ULTIME RECOURS

Paru dans Le Livre de Poche :

DOMMAGE PERSONNEL

LA LOI DE NOS PÈRES

SCOTT TUROW

Ultime recours

ROMAN TRADUIT DE L'AMÉRICAIN PAR STÉPHANE CARN

JC LATTÈS

Titre original :

REVERSIBLE ERRORS
publié par Farrar, Straus and Giroux, New York.

À Jonathan Galassi.

NOTE DE L'AUTEUR

Comme d'habitude, je ne m'en suis tiré que grâce à mes amis. Colleen Berk et Joe Tomaino m'ont utilement conseillé en matière de billets d'avion ; Jeremy Margolis, pour les armes à feu ; Jay Reich pour le Hongrois. Les Drs Michael Kaufman et Carl Boyar m'ont fourni de précieux renseignements en pathologie *post-mortem*. Je dois aussi remercier pour leurs commentaires un certain nombre de lecteurs éclairés : Annette et Rachel, tout d'abord – et puis Jennifer Arra, Debby et Mark Barry, Leigh Bienen, Ellie Lucas, Jim McManus, Howard Rigsby et la merveilleuse Mary Zimmerman – c'est une dette immense, que j'ai envers eux tous. Quant à Jon Galassi et à Gail Hochman, ils demeurent les astres de mon firmament littéraire. Laurie Brown y occupe à jamais une place bien à elle. Mes assistantes, Kathy Conway, Margaret Figuerosa et Ellie Lucas, m'ont été indispensables.

À tous, un grand merci !

LIVRE I

L'enquête

1.

L'avocat et son client

Le 20 avril 2001

Le client se prétendait innocent, comme d'habitude, et il lui restait trente-trois jours avant son exécution.

Arthur Raven, son avocat, avait résolu de prendre la chose avec philosophie. Après tout, il n'avait rien demandé. Il avait été désigné d'office par la cour d'appel fédérale, pour s'assurer qu'après dix ans de procédures tous les arguments juridiques en faveur de Rommy Gandolph avaient bien été épuisés. Se faire de la bile, c'était pas son boulot.

Mais ça ne l'empêchait pas de s'en faire.

« Je vous demande pardon ? » fit Pamela Towns, sa jeune collègue et partenaire, qui l'observait depuis le siège passager. Un petit gloussement d'anxiété avait dû lui échapper, pendant qu'il s'abîmait, une fois de plus, dans ses ruminations moroses, face à face avec lui-même.

« Non, rien, répondit Arthur. C'est juste que j'ai toujours eu horreur de partir perdant.

— Débrouillons-nous pour ne pas perdre, en ce

cas ! » répliqua la belle Pamela avec un sourire
radieux, digne d'une présentatrice de JT.

Ils roulaient en rase campagne. Au compteur du
coupé allemand flambant neuf d'Arthur, l'aiguille ne
décollait pas du cent vingt. La route était plate comme
la main, et si droite qu'il aurait pu lâcher le volant. De
tous côtés et à perte de vue, les champs émergeaient
de la brume matinale, figés dans leur perpétuel silence,
fraîchement labourés ou encore hérissés de chaumes.
Ils avaient quitté le centre-ville aux aurores pour éviter
les bouchons. Arthur espérait avoir un bref entretien de
présentation avec leur nouveau client, Rommy Gandolph, à la prison d'État de Rudyard. Si tout se passait
bien, ils seraient de retour vers deux heures – ou trois,
s'il se décidait à inviter Pamela à déjeuner. En attendant, il avait du mal à penser à autre chose qu'à la jolie
blonde qui était à son côté, aux boucles dorées qui lui
frôlaient les épaules et à cette petite main qui glissait
le long de sa cuisse, tous les quelques kilomètres, pour
tirer sur l'ourlet de sa jupe écossaise.

Mais, malgré le désir qu'il avait de lui plaire, Arthur
ne se berçait pas d'illusions : leurs chances de sauver
Gandolph étaient infimes.

« Juridiquement, au point où nous en sommes, pour
pouvoir invoquer l'erreur réversible, il nous faudrait un
élément nouveau, innocentant totalement le condamné
– et ça, ne rêvons pas !

— Qu'est-ce que vous en savez ?

— Ce que j'en sais ? Eh bien, primo, il n'y a guère
qu'au *National Geographic* que ce pauvre type n'a pas
avoué. » Une décennie plus tôt, Gandolph était passé
aux aveux. Il avait rédigé une déposition manuscrite,

adressée au procureur Muriel Wynn, avant de lire devant une caméra vidéo un texte où il reconnaissait être l'assassin de trois personnes – deux hommes et une femme – qu'il avait abattus par balles avant d'abandonner les corps dans la chambre froide d'un restaurant. À l'époque, dans son jargon platement descriptif, la presse avait baptisé l'affaire « le Massacre du 4 juillet ».

« Peut-être, rétorqua Pamela, mais au téléphone, il persiste à clamer son innocence. Et en toute objectivité, la chose n'aurait rien d'impossible – n'est-ce pas ? »

Pour Arthur, qui avait été procureur adjoint avant de passer de l'autre côté de la barrière, sept ans auparavant, en signant chez O'Grady, Steinberg, Marconi & Horgan, c'était exclu. Mais Pamela débutait. Elle n'avait que vingt-cinq ou vingt-six ans. Voler au secours d'un innocent menacé de mort, telle Jeanne d'Arc enfourchant son fougueux destrier à l'appel des voix de la Justice, c'était le genre d'exploit dont elle avait dû rêver pendant toutes ses études de droit. Elle avait certes transigé en faveur d'un poste dans un gros cabinet d'avocats d'affaires, assorti d'un salaire de 120 000 dollars par an, ce qui lui assurait l'argent du beurre – mais pourquoi aurait-elle renoncé à lorgner le beurre ? On ne pouvait pas empêcher les gens de rêver. Et ça, Dieu savait qu'Arthur Raven était bien placé pour en témoigner.

« Attendez de voir ce que j'ai découvert dans le dossier de libération conditionnelle de notre client ! lui lança sa jeune collègue. Le 5 juillet 1991, il a été condamné à une *prolongation de sa peine* pour infraction à la réglementation de la conditionnelle. Or les

meurtres ont été commis le 4 au matin. Une *prolongation de sa peine* – pour moi, ça implique qu'il était déjà
en prison, pas pour vous ?

— Ça implique qu'il avait déjà été sous les verrous,
mais pas nécessairement le 4 juillet. Vous avez consulté son dossier d'incarcération ? Vous avez trouvé
quelque chose qui permette d'établir qu'il était écroué
le 4 juillet ?

— Non. Mais la piste m'a l'air prometteuse. Ça
aurait mérité qu'on s'y attarde un peu, non ? »

Une décennie plus tôt, peut-être, quand tous les
documents qui auraient permis d'en avoir le cœur net
existaient encore. Mais la cour fédérale risquait de
n'accorder à Gandolph qu'un bref sursis, durant lequel
Arthur et Pamela devraient remuer ciel et terre, sans
doute en pure perte, pour s'assurer que ce tuyau percé
ne menait nulle part.

Irrité par la perspective de tout ce temps perdu,
Arthur fit glisser un peu plus haut sa manette de
contrôle de vitesse et trouva une obscure satisfaction à
ce surcroît de puissance. Cela faisait deux mois qu'il
s'était offert cette magnifique BMW en guise de tro-
phée, pour célébrer son accession au rang d'associé à
part entière, dans le cabinet où ils travaillaient. C'était
l'un des rares luxes qu'il se soit jamais permis, mais à
peine avait-il mis la clé dans le contact, qu'il avait eu
le sentiment de bafouer la mémoire de son défunt père,
récemment disparu. Mr Raven père était un homme
affectueux et dévoué, mais, entre autres petits travers,
plutôt regardant.

« Et attendez – ce n'est pas tout ! » poursuivit
Pamela. Elle avait tiré une page du gros dossier qu'elle

avait sur les genoux, et avait entrepris de la lui lire. Gandolph avait fait l'objet de multiples condamnations pour vol et recel. Il avait à son palmarès une douzaine d'arrestations – vols avec ou sans effraction, recel de biens volés, et récidive. « Regardez, dit Pamela, pas un seul vol à main armée ! Pas trace de violence. Et jamais la moindre victime de sexe féminin. Expliquez-moi comment ce petit monte-en-l'air pépère s'est tout à coup transformé en un monstre assoiffé de sexe et de sang ?

— L'occasion qui fait le larron, vous connaissez... ? répliqua Arthur. Et la cruche qui tant va à l'eau... »

Il aperçut du coin de l'œil la moue de dépit qui incurva vers le bas les jolies lèvres de sa passagère. Il était en train de tout faire foirer, comme d'habitude. Et il continuerait à se demander ce que pouvaient bien lui reprocher les femmes, et pourquoi il se retrouvait seul, à l'âge de trente-huit ans. Sans doute son physique jouait-il contre lui. Dès l'adolescence, il avait eu l'aspect terne et avachi de l'âge mûr. Pendant ses études de droit, il avait été marié quelques mois à une certaine Marjya, fraîchement immigrée de sa Roumanie natale. Leur aventure avait été aussi brève que douloureuse pour lui, et pendant les années qui avaient suivi il n'avait eu ni l'occasion ni l'envie de réitérer sa tentative. Il avait tout sacrifié à son travail, s'investissant avec passion dans chacun de ses dossiers. Il leur sacrifiait jusqu'à ses heures de sommeil et ses week-ends, qu'il passait dans cette concentration et cette solitude où il se complaisait. Puis le déclin de son père et les problèmes que posait l'avenir de sa sœur Susan lui avaient détourné l'esprit de ses propres frustrations.

Mais à présent, tout en guettant le moindre signe d'intérêt de la part de Pamela, il se sentait mortifié de sa propre candeur. Les espoirs qu'il caressait pour la jeune femme étaient aussi vains que ceux de sa coéquipière pour Gandolph. Et l'envie le démangeait de les sabrer, les uns comme les autres.

« Écoutez, lui dit-il. Notre client, là, ce Gandolph – Rommy, si j'ai bonne mémoire ? – il ne s'est pas contenté de passer aux aveux aussitôt après son arrestation, puis à de multiples occasions ; à son procès, il a ensuite plaidé la démence, ce qui impliquait, pour son avocat, de reconnaître que son client avait bien commis ce dont on l'accusait. Là-dessus se sont enchaînés dix ans de requêtes post-condamnation, de procédures d'*habeas corpus*, avec deux équipes de nouveaux avocats dont pas un n'a soulevé la possibilité d'une erreur judiciaire ! Pour ne rien dire de Rommy lui-même, qui ne s'est souvenu qu'il était innocent qu'une quarantaine de jours avant la date prévue pour l'injection mortelle. Sans blague, Pam... Vous pensez vraiment qu'il leur a fait part de son innocence, à ses précédents avocats ? Nouveau bavard, nouvelle histoire – tous les taulards vous le diront ! »

Le sourire d'Arthur se voulait le reflet du pragmatisme que donne l'expérience, mais à vrai dire, il n'avait jamais réussi à intégrer les us et coutumes de ses collègues. Depuis qu'il avait quitté le service du procureur du comté, il n'avait plaidé qu'exceptionnellement, et n'avait coiffé sa casquette d'avocat que pour défendre tel ou tel client du cabinet – quand ce n'était pas l'un de ses patrons – qui devait répondre d'une accusation de manœuvre financière. À présent, la loi qui réglait son existence d'avocat d'affaires avait quelque chose d'aseptisé. Dans les affaires civiles, les deux parties se concertaient pour arriver à une solution négociée, et les problèmes qu'il fallait résoudre relevaient de détails infimes, dans les alinéas des réglementations économiques. Alors que lorsqu'il était procureur, il se levait chaque jour avec le sentiment d'avoir à plonger dans une cave inondée et envahie par tous les miasmes des égouts, pour curer de véritables foyers d'infection. Le pouvoir corrompt, disait-on. Mais on pouvait en dire tout autant du mal. Un seul chaînon tordu, une réaction d'une brutalité pathologique, dépassant l'imagination du commun des mortels – un père qui jetait son bébé par la fenêtre du dixième étage, un ex-étudiant qui faisait avaler de force une poignée de lessive à son professeur, ou un type lambda, tel le nouveau client d'Arthur, qui non content d'assassiner trois personnes en avait profité pour sodomiser le cadavre de l'une de ses victimes – ces abominations déclenchaient une sorte de lame de fond qui éclaboussait tous ceux qui s'en approchaient. Flics, procureurs, avocats, juges. Personne ne pouvait envisager de tels actes avec le détachement que prescrivait la loi. La seule leçon que l'on pût en tirer, c'était que tout allait de mal en pis. Arthur n'avait aucune envie de retourner dans cet univers saumâtre qui menaçait constamment de chavirer dans le chaos.

Un quart d'heure plus tard, ils arrivaient à Rudyard, une petite ville comme il en existe tant dans le Midwest. Le centre était constitué de quelques immeubles sombres, encore souillés de suie, et de quelques hangars en tôle, abritant une variété de services agricoles.

Dans les faubourgs de l'agglomération, une sorte de mini banlieuisation était à l'œuvre, et l'on voyait partout éclore des centres commerciaux et des lotissements de maisons préfabriquées – résultats de la stabilité économique qu'apportait à la région cette industrie de base d'un genre quelque peu particulier : la prison.

Au détour d'une rue bordée d'érables et de petits pavillons dignes d'un plateau de cinéma, ils aperçurent soudain les murs de la maison d'arrêt qui se dressaient à l'autre extrémité du bloc, tel un monstre surgissant d'un banal placard, dans un film d'horreur. Les bâtiments de briques jaunes s'alignaient sur plusieurs hectares, aléatoirement reliés entre eux et percés de fenêtres remarquablement étroites et rares. Ces constructions nouvelles entouraient un vieil édifice de pierre assez massif pour avoir survécu à la guerre de Cent Ans. L'enceinte était défendue non seulement par un mur de plus de trois mètres, doublé d'un fossé hérissé de piques, mais, au-delà, par une clôture de grillage garnie de volutes de barbelés hauts d'un mètre cinquante, dont les pointes acérées scintillaient au soleil.

Ils se rendirent au bureau de la prison, où ils signèrent les registres d'admission, puis on les fit attendre sur un banc fatigué, pendant qu'on allait chercher Rommy. Entre-temps, Arthur avait retrouvé dans ses papiers la lettre de leur client qui avait abouti à la cour d'appel, après avoir transité par un certain nombre de mains. Elle était couverte de pattes de mouche disparates, semées de gribouillis multicolores et d'autres signes trop incongrus pour qu'on pût les qualifier de puérils. Au premier coup d'œil, on sentait que l'auteur de cette lettre était à la fois détraqué et désespéré.

> *Mon cher juge,*
> *Je suis dans le COULOIR DE LA MORE pour un CRIME que je n'ai pas commi. On m'a dit que j'ai eu tous mes apels et que j'ai perdu, ALORS QUE JE SUIS INOSENT. Les avocat qui on fait ma demande d'apel au tribunal du conté dise qu'ils ne peuve plus continué à me représenté, rapore au loi fédérale. Qu'est-que ce je peu fer ? Le jour de mon essécusion c'est le 23 mai ! ! ! Et je pourai pas avoir un sursi, ou quoi que se soi, si je dépose pas une demande d'ABAS. Mais j'ai meme plus d'avocat pour me fer sa. Qu'est-ce que je peux fer ? Y a pas quelqu'un qui peu m'édé, queque pare ? On va me tué, alors que j'ai jamais fait de mal à personne, ni dans cette afaire, ni aucune autre fois que je me rapelle, à l'here que je vous parle. AIDER-MOI. J'AI JAMAIS TUER PERSONE. Jamais !*

La cour d'appel fédérale avait émis un ordre assimilant la lettre de Gandolph à une requête de sursis favorablement accueillie, dans le cadre des lois fédérales d'*habeas corpus*, et avait désigné d'office un avocat – Arthur – pour l'assister dans ses démarches. Les juges peuvent ainsi, à l'occasion, brandir leur baguette magique pour transformer un malheureux crapaud non consentant – un pauvre avocat d'affaires déjà accablé de travail – en un prince charmant du service public, qu'ils mettent à la disposition d'un nouveau client non solvable et plutôt exigeant, que le code des bons usages juridiques lui interdit de refuser. Certains y voient une sorte d'hommage : la Cour s'en remet à un ex-procureur adjoint particulièrement estimé, et lui confie la mission d'administrer une sorte d'extrême-onction juridique. Mais pour Arthur, c'était avant tout un terrible surcroît de travail, qui venait s'ajouter à un emploi du temps déjà lourd.

Enfin, Rommy fut appelé au parloir. Pamela et Arthur franchirent la zone de réception, où on les soumit à une fouille rapide, puis le premier d'une longue série de verrous électroniques s'ouvrit devant eux, ainsi qu'une porte en verre pare-balles munie de barreaux d'acier, qui se referma irrévocablement dans leur dos, tandis qu'ils emboîtaient le pas à leur ange gardien.

Ça faisait des années qu'Arthur n'y avait pas mis les pieds, mais Rudyard avait quelque chose d'intemporel. Certes pas les procédures qui y étaient appliquées – ça, il s'en souvenait encore, ça n'arrêtait pas de changer. Les autorités – les instances législatrices de l'État, le gouverneur et l'administration pénitentiaire elle-même – rivalisaient d'ingéniosité pour améliorer la discipline, faire barrage au trafic d'objets et de produits illicites, mieux contrôler les gangs, et empêcher les prisonniers (ces pros de l'arnaque) de les arnaquer à tour de bras. Ils inventaient sans cesse de nouvelles formalités : de nouveaux formulaires à remplir, de nouvelles méthodes pour confisquer et entreposer l'argent, les clés, les portables (interdits dans la maison), de nouvelles barrières à franchir, de nouvelles procédures d'admission et de nouveaux protocoles de fouille.

Mais l'air, l'ambiance, les gens eux-mêmes, étaient immuables. Les murs avaient beau être régulièrement repeints et les couloirs quotidiennement récurés, rien n'y faisait. On aurait pu astiquer et désinfecter toute l'enceinte, centimètre par centimètre, et plusieurs fois par jour, une telle densité d'êtres humains entassés dans des cellules aussi exiguës, équipées chacune d'un WC ouvert, ça pollue irrémédiablement l'atmosphère. Partout s'immisçaient des relents de déjections humaines et des effluves plus diffus, mais tout aussi pénétrants. Dès la première bouffée de cet air chargé, Arthur se sentit vaguement nauséeux, tout comme jadis.

Au bout d'un long couloir de brique, ils arrivèrent devant une porte peinte en vert métallisé et marquée d'un mot – un seul, inscrit au stencil : « Condamnés ». Au-delà de cette porte, on les conduisit au parloir des avocats, qui n'était pas une salle à proprement parler, mais plutôt deux cagibis jumeaux, d'un mètre cinquante de large, tout au plus, séparés par un mur qui laissait place à hauteur d'homme à un dispositif ressemblant aux guichets des drive-in : un panneau de verre équipé d'une sorte de gouttière métallique permettant de glisser des documents. Bien que ce fût une violation manifeste de la confidentialité garantie par la loi aux avocats et à leurs clients, le système pénitentiaire avait conquis le droit de laisser un garde posté dans un coin du côté du prisonnier.

Derrière la vitre, ils aperçurent un petit troll chétif, au teint olivâtre, flottant dans sa combinaison jaune – l'uniforme réservé aux détenus du couloir de la mort. Rommy Gandolph. Son crâne se hérissait d'une tignasse broussailleuse. Une chaîne lui entravait les poignets, l'obligeant à se servir de ses deux mains pour attraper le téléphone qui lui permettrait de parler à ses avocats. De leur côté de la vitre, Arthur empoigna le micro de table et le disposa entre lui et Pamela, tandis qu'ils se présentaient à leur client.

« Dites donc, les mecs, c'est vous, mes premiers vrais bavards, fit Rommy. Tous les autres, c'étaient des commis d'office, là – des tocards. Alors maintenant que j'ai des vrais avocats, j'ai peut-être une chance... » Rommy s'approcha de la vitre pour mieux leur expliquer les difficultés de sa situation : « Parce que je suis le prochain Jaune qui va s'enfiler le couloir, les mecs. Z'êtes au courant ? Ils commencent déjà à me mater d'un drôle d'œil, comme si j'étais dans un tiroir à part. Parce que j'en ai plus pour longtemps avant qu'y me refroidissent. »

Pamela se pencha aussitôt vers la fente destinée au passage des documents et lui glissa quelques mots de consolation, s'efforçant de lui remonter le moral. Aujourd'hui même, ils allaient demander et obtenir un nouveau sursis, lui promit-elle.

« Ouais, repartit Rommy. Parce que je suis innocent, les mecs. J'ai jamais buté personne, moi. Faut leur dire qu'y me fassent passer le test là, les mecs, le truc de l'APN – histoire qu'on voie si c'est moi, ou pas, une fois pour toutes. » Mais les analyses d'empreintes génétiques, auxquelles on avait évidemment pensé à l'époque des faits, n'auraient été d'aucune utilité, pour la cause de Gandolph, parce qu'on n'avait jamais retrouvé sur les lieux du crime la moindre trace d'ADN identifiable – sang, sperme, cheveux, débris de mouchoir en papier, trace de salive... – qui aurait pu appartenir à l'assassin.

Tout à trac, l'index tendu vers Pamela, Gandolph

s'exclama : « Dites donc, vous ! Z'êtes vraiment aussi canon que je vous imaginais, d'après votre voix au téléphone. J'ai comme l'impression qu'on devrait se marier, vous et moi... »

Le sourire de Pamela, qui s'était d'abord épanoui, disparut tout aussi soudainement. Elle venait de comprendre que Rommy était on ne peut plus sérieux.

« J'aurais bien le droit de me marier, avant de mourir, trouvez pas ? fit Rommy. Qu'est-ce que z'en dites, vous ? »

Génial, pensa Arthur. Un rival.

« On est vraiment faits l'un pour l'autre, vous et moi, poursuivit Rommy. Je vais demander une dispense ! »

À en juger par l'attitude figée de Pamela, l'idée ne devait pas correspondre à celle qu'elle se faisait de son rôle de vaillant défenseur du détenu opprimé. Ne sachant plus par quel bout prendre l'entretien, Arthur se hâta de sortir l'acte signé en 1992 par le juge Gillian Sullivan, qui avait prononcé la condamnation à mort. Il entreprit de le lire à haute voix.

« Augu-quoi ? De qui ça cause ? demanda Gandolph.

— Augustus Leonidis, répondit Arthur.

— Et alors ? Je devrais le connaître ? » Ses paupières closes eurent un petit tressautement. Il fouillait dans sa mémoire pour rendre ce nom à son propriétaire.

« C'est une des trois, expliqua posément Arthur.

— Des trois quoi ?

— Des trois personnes que vous avez tuées, selon le ministère public – et dont vous avez avoué le meurtre, ajouta-t-il mentalement, mais pour l'instant, il préférait ne pas trop entrer dans les détails.

— Mmm, fit Rommy. Je crois pas qu'on se connaissait. » Il secoua la tête, comme s'il s'était agi d'un visiteur qui serait passé sans lui laisser sa carte de visite. Gandolph avait une petite quarantaine d'années. Il devait réunir dans son génotype un échantillon d'à peu près tous les gènes en circulation sur le sol américain. Selon les critères les plus courants, c'était un Noir – mais il devait avoir aussi un peu de sang indien et latino. Sa dernière coupe de cheveux n'était plus qu'un lointain souvenir. Son sourire était quelque peu ébréché, mais il n'était, somme toute, pas si laid. C'était plutôt comme si la folie l'avait rongé de l'intérieur. À voir les yeux de son client papillonner comme des moucherons surexcités à proximité d'une ampoule, Arthur subodora ce qui avait pu convaincre ses précédents défenseurs de plaider la démence. Dans le sens où on l'entendait communément, Rommy Gandolph était complètement « barge » ou « largué » – mais pas tout à fait, cependant. Tendances sociopathiques, troubles de la personnalité, profil *borderline,* voire schizoïde – mais pas totalement égaré dans sa folie, ni dépourvu de repères au point de ne plus pouvoir reconnaître la limite séparant le bien du mal, ce qui était le critère imposé par la loi.

« J'ai jamais été du genre à buter les gens, moi, déclara Rommy, comme après une longue réflexion.

— Eh bien, vous avez été reconnu coupable du meurtre de trois personnes : Augustus Leonidis, Paul Judson et Luisa Remardi. On vous a accusé de les avoir tuées par balles, avant de les abandonner dans une glacière. » Et, selon l'acte d'accusation, il en avait aussi profité pour sodomiser le corps de Luisa, bien que Rommy, sans doute par honte, eût toujours contesté ce dernier point. Mais Gillian Sullivan, qui avait jugé l'affaire seule, sans l'intervention d'un jury, l'avait néanmoins déclaré coupable sur l'ensemble des chefs d'accusation.

« Alors là, je suis vraiment pas au parfum », fit Rommy. Il leur glissa un regard en coin, comme si cette remarque avait suffi à clore le sujet. Arthur, dont la sœur, Susan, était encore plus folle que Rommy, pianota sur la vitre pour attirer le regard du prisonnier et retenir son attention. Face à des interlocuteurs tels que Susan ou Rommy, il fallait parfois s'assurer que l'on avait capté leur regard avant de tenter de se faire comprendre.

« Reconnaissez-vous cette écriture ? » demanda Arthur d'un ton aimable – il avait glissé dans la fente à documents la confession écrite de la main de Rommy. Le garde sauta sur ses pieds, et exigea d'inspecter le document feuille à feuille, recto verso, pour s'assurer que rien n'y avait été dissimulé. Rommy étudia le texte un bon moment.

« Qu'est-ce que vous en pensez, des actions en Bourse ? leur demanda-t-il. Vous en avez, vous ? Et d'abord, ça ressemble à quoi ? »

Après un instant de flottement, Pamela entreprit de lui expliquer le fonctionnement du marché à terme.

« Non, c'est pas ça ! – je veux dire, le fait d'en avoir, des actions. De pouvoir dire qu'on en a. Qu'est-ce que ça fait, comme effet ? Putain, si un jour j'arrive à sortir d'ici, je vais m'en acheter quelques-unes, pour pouvoir regarder tous ces trucs, à la télé – en hausse de

25 points, le cours du Dow Jones, tout ça... J'aimerais bien voir par moi-même de quoi ça cause. »

Pamela persévéra encore un peu, tâchant de lui décrire les mécanismes financiers des entreprises. Rommy ponctuait chacune de ses explications d'un petit hochement de tête appliqué, mais son esprit battait manifestement la campagne. Arthur pointa l'index vers le document que son client tenait à la main.

« Selon le service du procureur de l'État, c'est vous qui avez écrit ça. »

Les yeux de Rommy, qui étaient d'un noir d'encre, survolèrent rapidement le papier. « C'est justement ce que j'étais en train de me dire, répliqua-t-il. En fait, plus que je regarde, et plus j'aurais tendance à dire que c'est moi.

— Eh bien, ce document explique que vous avez tué ces trois personnes. »

Rommy avait fini par revenir à la première page.

« Ouais, mais ce truc-là, voyez... pour moi, ça n'a ni queue ni tête.

— C'est faux ?

— Putain, ça fait tellement longtemps. Ça s'est passé quand, au juste ?

— En juillet 1991 », répondit Arthur. Rommy se carra sur sa chaise.

« Ça fait si longtemps que ça, que je suis là ?

— Est-ce bien vous qui avez écrit cette confession pour la police ? répéta Arthur.

— Je savais bien qu'ils m'avaient fait écrire un truc, là-bas, chez les flics. Mais y m'ont jamais dit que c'était pour le tribunal. » Il y avait, bien sûr, attaché au dossier et signé, l'article de mise en garde prévu par la loi, déclinant les droits du prévenu et précisant que toutes les déclarations faites par Rommy pourraient être retenues contre lui. « En tout cas, y a un truc qu'ils m'ont pas parlé du tout, c'est de me choper la piquouze de la mort – putain, ça c'est sûr ! Y avait ce flic, y m'a balancé tout un tas de trucs qu'y m'a fait écrire. Mais quand même, je me rappelle pas que j'ai rien écrit qui ressemble à ça. Parce que moi, j'ai jamais tué personne.

— Pourquoi avez-vous accepté d'écrire ce que vous a dicté ce flic ? demanda Arthur.

— Ben... parce que j'avais, comme qui dirait, fait dans mon froc. »

L'une des preuves les plus sujettes à controverse du dossier, c'était que Rommy s'était littéralement oublié lors de l'interrogatoire auquel l'avait soumis Larry Starczek, l'inspecteur chargé de l'enquête. Au procès, le ministère public avait été autorisé à exposer les vêtements souillés de l'accusé en les présentant comme preuve d'une conscience pas très... nette. Par la suite, ce détail était devenu l'un des principaux sujets de polémique des multiples appels interjetés par Rommy – et aucune cour n'était parvenue à en traiter en toute sérénité, sans quelques ricanements sous-entendus.

Arthur demanda si l'inspecteur l'avait maltraité. S'il l'avait privé d'eau ou de nourriture, s'il l'avait empêché de contacter un avocat. Rommy n'avait jamais fourni de réponse claire et directe à cette question, mais il n'avait jamais franchement accusé Larry Starczek de l'avoir maltraité. Restait que le policier lui avait fait rédiger une confession détaillée, totalement mensongère.

« Est-ce que, par hasard, vous vous souviendriez de l'endroit où vous vous trouviez, le 3 juillet 1991 ? » s'enquit Pamela, et, comme Rommy ouvrait de grands yeux, désespérément largué, elle lui expliqua qu'ils se demandaient s'il n'était pas en prison à cette date.

« Eh, moi, vous savez, avant ce truc, j'étais jamais vraiment tombé pour de bon, hein ! répondit Rommy, manifestement persuadé que la question visait ses anté-cédents.

— Non. Ça, nous sommes au courant, déclara Arthur. Mais se pourrait-il que vous vous soyez trouvé en prison, le jour où ces meurtres ont été commis ?

— Parce que y a quelqu'un qui a dit ça ? » fit Rommy, sur le ton de la confidence, en se penchant vers la vitre. Il semblait attendre de plus amples détails, puis, comme l'idée avait fini par infuser dans sa conscience, il partit d'un grand éclat de rire. « Ouaf ! s'esclaffa-t-il. Celle-là, ça serait la meilleure, hein ! »

Mais visiblement, l'idée ne l'avait jamais effleuré – bien qu'il ait maintes fois déclaré qu'à cette époque, il se faisait régulièrement embarquer par la police, ce qui apportait tout de même un peu d'eau au moulin de Pamela.

En fait, Rommy n'avait aucun nouvel élément à invoquer pour sa défense. Au fil de la conversation, il nia successivement toutes les accusations portées contre lui par le ministère public. Selon les policiers qui l'avaient coffré, on avait retrouvé sur lui un bijou appartenant à Luisa Remardi, la seule des trois victimes qui fût une femme. Cela aussi, Rommy le niait.

« C'est eux qui l'avaient avec eux, ce truc. Sûr que je l'avais pas sur moi, quand ils m'ont serré ! »

Enfin, Arthur tendit le téléphone à Pamela qui lui posa des questions plus détaillées sur son enfance. Rommy leur livra alors sa propre version de la triste histoire que décrivait son dossier. Il était né d'une mère célibataire de quatorze ans qui n'avait cessé de boire durant toute sa grossesse. Incapable d'élever son bébé, elle l'avait envoyé à DuSable chez ses grands-parents paternels, des intégristes qui semblaient considérer les châtiments corporels comme la partie la plus significative de la religion. Sans être un enfant spécialement agressif ou opposant, Rommy avait toujours été un peu largué. Les spécialistes qui furent consultés portèrent un diagnostic de retard mental léger. L'enfant se mit à accumuler les échecs. Retards scolaires, problèmes de petite délinquance. Vols, drogue. Il s'acoquina avec d'autres jeunes paumés. Les cellules de Rudyard étaient pleines de Rommy, blancs, noirs ou café au lait.

Au bout d'une bonne heure, Arthur se leva en lui promettant qu'ils allaient faire leur possible.

« Et vous amènerez votre robe de mariée, la prochaine fois que vous reviendrez, d'acc ? Y a tout ce qu'il faut, ici. On a même un super curé, et y connaît son boulot ! »

Quand Rommy se leva à son tour, le garde bondit pour empoigner la chaîne que le prisonnier portait autour de la taille, elle-même raccordée à celle de ses chevilles et de ses poignets. Ils entendaient Rommy jacasser, de l'autre côté de la vitre. Ça, c'était des avocats, disait-il. Des vrais ! Même que la fille allait l'épouser, et qu'il sortirait bientôt, parce qu'il était innocent. Le garde, qui semblait plutôt bien disposé à l'égard de Rommy, eut un sourire indulgent. Il hocha la

tête lorsqu'il lui demanda la permission de se retourner.
Pressant contre la vitre les paumes pâles de ses mains
enchaînées, Gandolph leur lança, assez fort pour que
sa voix traverse la cloison de verre :

« Merci, les mecs ! Z'êtes cool, d'être venus jusqu'ici. Merci pour tout ce que vous faites pour moi.
Vraiment, les mecs – Z'êtes super cool. »

Arthur et Pamela quittèrent la pièce, puis le bâtiment, sans desserrer les dents. Dès qu'ils se retrouvèrent à l'air libre, comme ils mettaient le cap sur la
voiture d'Arthur, Pamela s'ébroua avec soulagement,
secouant ses épaules graciles. Mais, comme on pouvait
s'y attendre, son esprit revenait obstinément vers
Rommy et son affaire.

« Franchement, Arthur... est-ce qu'il a l'air d'un
tueur ? Il a un sérieux petit vélo, bien sûr, mais est-ce
que vous trouvez qu'il a la tête d'un tueur ? »

Brillante, songea Arthur. Une jeune avocate prometteuse. Lorsqu'elle s'était spontanément portée volontaire, pour travailler avec lui sur ce dossier, il s'était
dit que, vu son manque d'expérience, elle ne lui serait
pas d'un grand secours. Il avait néanmoins accepté,
avant tout parce qu'il lui répugnait de décevoir quiconque – mais son physique, joint au fait qu'elle fût
encore célibataire, ne l'avait certes pas desservie. Et
les talents qu'il lui découvrait à présent ne faisaient
qu'aiguiser l'intérêt qu'il lui portait.

« Il y a au moins une tête que Gandolph n'a pas du
tout, c'est celle de votre futur époux !

— Wow ! La conquête de ma vie ! » s'esclaffa-
t-elle – mais tout cela glissait sur elle comme de l'eau

sur une sirène ; Rommy n'était ni le premier, ni le dernier type à qui elle ferait tourner la tête.

Ils échangèrent encore quelques blagues, et, toujours sur le mode plaisant, elle laissa tomber : « Moi qui n'arrivais justement pas à mettre la main sur un homme potable, ces derniers temps ! Remarquez, avec Rommy, ça risque d'être compliqué – elle eut un geste en direction de l'autoroute, à l'horizon. Si je dois me taper le trajet tous les samedis soir ! »

Elle avait posé la main sur la poignée de la portière. Le vent fit virevolter ses cheveux. Elle partit d'un nouvel éclat de rire, et Arthur eut un petit pincement au cœur. À trente-huit ans, il n'avait toujours pas renoncé à l'idée qu'il puisse exister quelque part en lui un autre Arthur, plus grand, plus mince et plus séduisant. Subtil, beau parleur, toujours parfaitement à l'aise, cet autre lui-même n'aurait pas hésité à attraper la balle au bond, et à transformer la remarque de Pamela en un discret appel du pied – une invitation à déjeuner, voire davantage, si affinités. Mais oscillant au bord de ce terrible gouffre qui séparait ses fantasmes du monde réel, Arthur comprit qu'à son habitude, il reculerait. De peur d'essuyer un refus, bien sûr. Pourtant, s'il lui avait présenté la chose avec toute la désinvolture requise, elle aurait pu décliner sa proposition – comme elle n'aurait pas manqué de le faire – d'une manière tout aussi anodine. Non. En fait, ce qui l'arrêtait, c'était ce froid calcul : toute ouverture était injuste de sa part, puisqu'en tant que subordonnée, Pamela avait forcément quelques craintes pour son avenir dans ce cabinet dont il était l'un des principaux cadres. Rien de ce qu'il pourrait dire ou faire ne pourrait les mettre sur un pied d'égalité. Il lui était impossible de descendre du piédestal où le plaçaient son statut et les convenances, d'abandonner cet indispensable bouclier qui lui permettait de se sentir à l'aise avec lui-même. Mais tout en suivant son propre raisonnement, il savait aussi qu'avec les femmes, il se retranchait toujours derrière le prétexte de tel ou tel obstacle, et finissait invariablement par se retrouver seul, avec sa frustration.

Il actionna la petite télécommande qu'il avait dans la poche pour déverrouiller la portière de Pamela, et tandis qu'elle se laissait choir sur le siège passager, il s'attarda quelques instants dehors, le nez au vent, environné par un tourbillon de poussière qui traversait le parking. Renoncer à ses espoirs, y compris les plus irréalistes, était toujours pour lui une rude épreuve. Un autre courant d'air balaya le parking, chassant cette fois la poussière. Il leur apporta, sur un fond de terre fraîchement labourée, un bouquet d'odeurs printanières. L'amour, cette possibilité à la fois si douce et si extraordinaire, le frappa en plein cœur, comme une note d'une justesse parfaite. L'amour ! Il se laissa emporter par une sorte d'euphorie, à l'idée de l'occasion qu'il avait laissée passer. L'amour...

Et pour la première fois, il s'interrogea véritablement sur le cas Gandolph. Et s'il était vraiment innocent ? L'idée lui parut aussi douce que la précédente. Et si Rommy était innocent ?

Mais il eut tôt fait de revenir sur terre. Les clients n'étaient pas innocents. Les différentes catégories qui définissaient sa vie s'imposèrent à nouveau à son esprit, et le monde réel lui retomba sur les épaules. Il était l'un des principaux associés du cabinet. Il vivait seul. Son père était mort, et sa sœur Susan était à sa charge. Il passa la liste en revue, une fois de plus, et eut à nouveau le sentiment qu'il était bien en deçà de ce qu'il aurait pu attendre de la vie, et même du strict minimum. Là-dessus, il ouvrit sa portière, et prit le chemin du retour.

2.

L'enquêteur

Le 5 juillet 1991

Lorsque Larry Starczek apprit le meurtre de Gus Leonidis, il était au lit avec un jeune procureur adjoint, une certaine Muriel Wynn, qui venait de lui annoncer qu'elle avait une liaison sérieuse avec un autre homme.

« Dan Quayle [1] ! répondit-elle, comme il exigeait de connaître le nom de son rival. Il a été ébloui par mes dons en orthographe ! »

Excédé, Larry soulevait du pied ses vêtements étalés sur la moquette, en quête de son slip, quand son gros orteil rencontra son beeper, qui vibrait. Il prit l'appel.

« Mauvaise nouvelle, annonça-t-il à Muriel, en raccrochant. L'ami Gus vient de se faire rectifier. On l'a retrouvé dans son frigo avec une balle dans la tête, en compagnie de deux de ses clients. » Il avait déniché son pantalon. Il ajouta qu'il devait y aller : le commandant voulait voir tout le monde sur le pont.

---

1. Candidat malheureux à la présidence des États-Unis, célèbre pour l'énormité de ses fautes d'orthographe (*N.d.T.*).

Muriel, une petite brune mince et nerveuse, s'était assise sur les draps impeccablement repassés de l'hôtel, toujours sans un fil sur elle.

« A-t-on déjà mis un procureur sur le coup ? » s'enquit-elle. Larry n'en avait pas la moindre idée, mais il connaissait la musique. Il suffisait que Muriel se pointe sur les lieux du crime, et tout le monde supposerait qu'elle avait été officiellement envoyée sur le terrain. Ça, songea-t-il, c'était une autre des qualités de Muriel : elle sentait le terrain, presque aussi bien que lui.

Il lui demanda à nouveau le nom de son soupirant.

« J'ai tout simplement besoin de construire quelque chose, répliqua-t-elle. Et cette fois, je crois que ça pourrait marcher. Il ne serait pas impossible que je me marie...

— Que tu te maries !

— Flûte, Larry ! C'est pas une maladie honteuse, que je sache. Toi aussi, tu es marié.

— Eh ! » répondit-il. Il s'était effectivement remarié, cinq ans plus tôt, avec Nancy Marini, une infirmière au cœur d'or, plutôt belle plante, qui élevait ses fils comme les siens. Un mariage de bon sens. Mais comme Nancy l'avait souligné à plusieurs reprises, ces derniers temps, il n'avait toujours pas renoncé à ce qui avait précipité la faillite de son premier mariage – sa tendance à sauter tout ce qui bougeait et son incapacité de nouer des relations adultes avec quiconque, à la possible exception des cadavres qu'il récoltait sur les trottoirs. Sa deuxième expérience conjugale menaçait donc de n'être bientôt plus qu'un souvenir mais, même avec Muriel, Larry préférait garder ses problèmes pour lui.

« Ce n'est pas toi qui me disais que le mariage était
une catastrophe ?

— Mon mariage avec Rod, oui. Un vrai désastre.
Mais je n'avais que dix-neuf ans, à l'époque. » Bien
qu'elle n'en eût que trente-quatre, Muriel avait ceci de
remarquable qu'elle était veuve depuis déjà cinq ans.

C'était le week-end du 4 juillet, et en ce début
d'après-midi, l'hôtel Gresham était étrangement calme.
Le directeur devait à Larry quelques retours d'ascenseur pour certains problèmes qu'il lui avait vite et bien
résolus – des clients qui refusaient de plier bagage, une
professionnelle qui exerçait dans les salons. Il veillait
donc à ce que Larry dispose d'une chambre pour
quelques heures, chaque fois qu'il en avait besoin.
Comme Muriel l'effleurait au passage, en allant se
recoiffer devant le miroir, il l'attrapa par-derrière et
l'enveloppa de ses bras. Puis il enfouit son nez dans
les petites boucles noires qu'elle avait derrière l'oreille,
et fit rouler son pelvis contre sa hanche, dans un mouvement suggestif.

« Et il sait s'occuper de toi aussi bien que moi, ce
type ?

— Larry. Ça n'est pas la finale du championnat
national de jambes en l'air, où tu te serais fait mettre
sur la touche. Sur ce plan, tu sais bien que ça a toujours
roulé, toi et moi. »

Leur relation était un perpétuel combat, et il aimait
cet antagonisme – peut-être encore plus que le sexe lui-
même. Ils s'étaient connus sept ans plus tôt, à la fac de
droit, où ils suivaient tous deux les cours du soir. Devenue une véritable petite star, Muriel avait été admise à
la division de jour, et Larry avait décidé de laisser tom-

ber ses études bien avant d'obtenir la garde de ses fils. Il s'était inscrit en droit pour de mauvaises raisons.

Après son divorce, il avait lutté pied à pied pour ne pas sombrer. Il tâchait de ne pas s'incruster dans les bars et même de remonter un peu dans l'estime de ses parents et de ses frères, pour qui le boulot de flic n'était qu'un pis-aller. Il méritait bien mieux. Tout compte fait, Muriel et leurs petits interludes étaient probablement ce que l'expérience lui avait apporté de plus satisfaisant. Il avait des femmes dans sa vie – il en avait même trop. Mais ses aventures le laissaient toujours sur sa faim. Avec Muriel, c'était autre chose. Elle n'avait sûrement pas l'étoffe d'un top model, avec ses dents écartées et son petit nez rond, en pied de marmite, mais après s'être marié deux fois pour cause d'attirance physique, Larry se serait filé des claques, dès qu'il était près d'elle, en se maudissant d'en savoir si peu sur lui-même.

Tandis qu'elle achevait de poudrer ses taches de rousseur, Larry alluma la radio. Les stations d'information avaient déjà eu vent de la nouvelle, mais Greer, son commandant, s'était bien gardé d'ébruiter les détails.

« J'aimerais vraiment avoir cette affaire », fit-elle. Avec seulement trois ans et demi d'ancienneté à son poste, elle n'avait aucune chance de se voir confier un dossier où la peine capitale serait probablement requise, mais essayez donc d'arrêter une Muriel en pleine ascension ! Ses petits yeux noirs cherchèrent ceux de Larry dans le miroir. « J'aime être sous les projecteurs. Me sentir au cœur de l'événement. Quand j'étais gamine, ma mère ne cessait de me le seriner :

"Débrouille-toi pour laisser une trace dans l'histoire, ma fille !" »

Il hocha la tête. Effectivement, l'affaire ferait du bruit.

« L'ami Gus, fit Larry. Ils l'ont descendu. Quelqu'un va devoir payer les pots cassés – et au prix fort, tu crois pas ? »

Le couvercle du poudrier s'était refermé avec un claquement sec. Muriel eut un petit sourire triste.

« Pauvre Gus. Tout le monde l'adorait. »

Depuis plus de trente ans, Augustus Leonidis était propriétaire du Paradise, un restaurant qu'il dirigeait personnellement. Au début des années 60, peu après l'ouverture de son établissement, lorsque le petit aéroport de DuSable, qui était le dernier rempart du quartier contre le déclin, avait été désaffecté, Leonidis avait vu le North End sombrer dans la décrépitude, autour de lui. Les principales compagnies aériennes avaient déserté l'aéroport parce que ses pistes, trop courtes, ne permettaient pas d'y faire atterrir les long-courriers. Mais Gus, avec l'optimisme forcené des immigrés de fraîche date, avait tenu bon. C'était un patriote d'une espèce en voie de disparition. Quel secteur pouvait être défavorable aux affaires, s'il se trouvait sur le sol américain ? Gus avait refusé de déménager.

Et, en dépit du quartier, son restaurant avait prospéré, à la fois grâce à la sortie est de l'US 843, qui aboutissait pratiquement devant l'entrée du Paradise, et à ses célèbres petits déjeuners, dont le clou était une spectaculaire omelette, dorée au four, qui avait la taille d'un petit ballon lorsqu'elle arrivait sur votre table. Le Paradise était l'un des établissements les plus fréquentés de Kindle County. Chaque client y était accueilli à bras ouverts par le patron et son exubérance légendaire. Cela faisait si longtemps qu'on l'appelait « l'ami Gus », que personne n'aurait su dire au juste ce qui lui avait valu ce sobriquet – était-ce sa générosité pour les traîne-misère du quartier, ses activités civiques ou son indéfectible optimisme ? Année après année, l'ami Gus comptait régulièrement, dans les sondages du *Tribune*, parmi les dix citoyens les plus appréciés du comté.

Quand Larry arriva sur les lieux, les flics du secteur semblaient avoir tenu à s'assurer qu'ils ne passeraient pas inaperçus, à en juger par l'armada de voitures pie qui stationnaient au beau milieu de l'avenue, en faisant tourner leurs gyrophares.

Le remue-ménage avait attiré un assortiment de badauds provenant de toutes les couches sociales. On était en juillet, et tout le monde était en tenue légère, puisque l'installation électrique vétuste des immeubles du quartier interdisait l'usage des climatiseurs. Une poignée de fleurs de banlieue flanquées de leur marmaille avaient formé un petit attroupement sur le trottoir d'en face. Aux alentours, plusieurs fourgons de retransmission télé s'apprêtaient à émettre, déployant les écumoires géantes qui leur tenaient lieu d'antennes.

Muriel était arrivée dans sa propre voiture mais, discrètement postée près de la grande vitrine du restaurant, elle attendait que Larry lui donne le coup de pouce qui lui permettrait de s'infiltrer dans l'affaire. Il hâta le pas et eut un geste vague dans sa direction. « Hey ! » lui lança-t-il. Même lorsqu'elle optait pour une tenue détendue, Muriel ne sortait jamais sans ses hauts talons à la Minnie Mouse. Pour rien au monde elle n'aurait renoncé à ces quelques centimètres supplémentaires et – soupçonnait-il – à cette occasion de mettre en valeur un croupion des plus appétissants. Muriel tenait à tirer le meilleur parti de tous ses atouts. Le regard de Larry s'attarda sur son petit short bleu qui ondulait dans la brise et il eut un frisson en se remémorant son corps, à présent caché à tous les autres.

Il sortit son insigne pour les deux flics en uniforme qui montaient la garde près de la porte. Dans la salle, sur la gauche, il repéra trois civils assis dans l'un des box. Un Black en tablier, une femme vêtue d'une robe de chambre beige, qui semblait terrassée de chagrin, et un jeune type qui rentrait la tête dans les épaules, et portait à l'oreille un brillant assez gros pour que Larry ait pu le repérer de la porte. Tous trois semblaient s'être isolés dans leur propre univers, hors d'atteinte du tourbillon d'activité policière qui faisait rage autour d'eux. Des membres du personnel et de la famille, se dit Larry. Sans doute attendaient-ils d'être interrogés, ou de poser leurs propres questions. Il fit signe à Muriel qui vint s'installer près d'eux, sur l'un des grands tabourets pivotants qui s'alignaient le long du bar, devant les distributeurs de soda, telle une rangée de champignons vénéneux.

Plusieurs dizaines de personnes se bousculaient sur les lieux. Larry repéra parmi les présents non moins de six techniciens de l'Anthropométrie judiciaire en chemise kaki, occupés à relever les empreintes. Mais l'atmosphère restait remarquablement feutrée. Un tel déploiement d'effectifs aurait dû provoquer un tohu-bohu monstre, ponctué d'exclamations et de saillies d'humour noir. Mais ce jour-là, tout le monde avait été mobilisé au beau milieu du week-end du 4 Juillet. Les gens étaient soit endormis soit de mauvais poil. Sans compter que le commandant s'était personnellement déplacé. Il n'avait rien d'un mariole – et le crime était particulièrement odieux.

Harold Greer, commandant de la brigade criminelle, avait installé son QG de campagne dans le petit cagibi où Gus s'était aménagé un bureau, derrière les cuisines. Là, le commandant avait réuni autour de lui l'équipe des enquêteurs qu'il avait convoqués sur les lieux. Contrairement à ce qu'on aurait pu penser, Gus était un type soigneux. Au-dessus de son bureau était accrochée une croix byzantine, côtoyant un calendrier publicitaire offert par un marchand de boissons en gros et illustré de pin-up, et des photos de la famille Leonidis, probablement prises lors d'un voyage en Grèce. On y voyait l'épouse, avec les enfants, deux filles et un garçon. Elles devaient déjà dater d'une quinzaine d'années – sans doute d'une époque que Gus aimait à se remémorer, comme tant d'hommes d'âge mûr : les années où il avait vraiment commencé à s'imposer dans sa profession, et où son affaire avait pris de l'ampleur. La famille semblait florissante. L'épouse, toute souriante et plutôt accorte, dans son maillot à fronces, était la femme éplorée qu'il venait de croiser en arrivant.

Greer était au téléphone. L'index enfoncé dans l'oreille, il tâchait de résumer la situation pour un membre de l'équipe du maire, sous le regard attentif de tous les flics présents. Larry alla aux nouvelles auprès de Dan Lipranzer. À son habitude, Lip se tenait seul dans un coin. Il arborait une superbe coupe fixée à grand renfort de brillantine, dans le plus pur style délinquant juvénile des années 50 et, même en plein été, il avait invariablement l'air d'un vieux piaf déplumé, transi et replié sur lui-même. Il avait été le premier représentant des forces de l'ordre à arriver sur les lieux, et avait eu la primeur des impressions de Rafael, le chef de l'équipe de nuit.

Le Paradise ne fermait que deux jours par an : pour la Noël orthodoxe, et pour le 4 Juillet. L'anniversaire de Dieu et celui de l'Amérique, les deux choses qui fussent sacrées, aux yeux du patron. De cinq heures du matin à midi, tous les jours ou presque, la queue des clients s'étirait jusque sur le trottoir. Le reste de la journée était généralement plus calme. La clientèle de Gus était constituée de flics, de chauffeurs de taxi et de voyageurs en transit. L'aéroport de DuSable avait trouvé un second souffle quelques années auparavant, lorsque la Trans-National Air y avait implanté ses lignes régionales.

À en croire le chef de l'équipe de nuit, qui l'avait rapporté à Lipranzer, Gus était venu prendre la caisse et souhaiter bon week-end à ses employés peu avant minuit, le soir du mercredi 3 juillet. Il avait distribué cent dollars en cash à chacun de ses salariés et il s'apprêtait à accrocher à la porte la pancarte « fermé », lorsqu'ils avaient vu arriver Luisa Remardi, qui tenait le guichet de vente des billets à la Trans-National. C'était une habituée, et Gus, qui mettait un point d'honneur à s'occuper personnellement de toutes ses bonnes clientes, avait renvoyé tout le monde – c'est-à-dire Rafael, le cuistot et son aide – dans leurs foyers, et s'était mis lui-même aux fourneaux. C'est donc durant l'heure, ou les deux heures, qui avaient suivi, que Gus, Luisa et un troisième client avaient été tués. Cette troisième victime était un Blanc d'une trentaine d'années, un certain Judson, à en juger par les plaques de l'une des voitures qui mijotaient encore sous le soleil estival, dans le parking du restaurant. On avait recoupé le résultat de la recherche dans les fichiers des cartes grises, avec un avis de disparition déposé la veille par sa femme. Selon Mrs Judson, l'avion de son mari aurait dû atterrir à l'aéroport de DuSable le jeudi 4 juillet à midi dix.

Quand il était arrivé, le vendredi, vers les quatre heures trente, pour la réouverture, Rafael ne s'était pas alarmé outre mesure de l'état dans lequel il avait trouvé les lieux. Une fois débarrassé de ses derniers clients, Gus avait dû se hâter de fermer boutique, pour ne pas risquer d'attirer d'autres noctambules, s'était-il dit. Ce n'est que vers cinq heures du matin, que Mrs Leonidis, Athena de son prénom, inquiète de n'avoir pas vu son époux à leur bungalow des environs de Skageon, où elle l'attendait la veille, avait passé un coup de fil. Explorant les alentours, Rafael avait alors localisé la Cadillac de son patron, toujours garée au parking, et avait commencé à subodorer que les traces de sang qu'il avait remarquées près de la caisse ne provenaient pas d'une pièce de viande que Gus aurait rapportée du sous-sol pour la déposer à la cuisine. À la venue du cuistot, ils appelèrent la police et, après quelques hésitations, finirent par tirer la poignée du frigo, en espérant y retrouver quelqu'un encore vivant. Leurs espoirs furent déçus.

Il était près de trois heures et demie de l'après-midi

lorsque Greer raccrocha son téléphone et annonça à ses douze inspecteurs qu'ils avaient du pain sur la planche. Malgré la température, qui frôlait les trente degrés, Harold Greer arborait une veste et une cravate, au cas où il aurait été filmé par la télé. Muni de son écritoire à pince, il entreprit de répartir les tâches, assignant à chacun et à chacune de ses subordonnés un champ d'investigation bien délimité sur les lieux du crime.

Greer lui-même prendrait la tête de l'équipe et centraliserait tous les rapports – ce qui ne manquerait pas de faire bonne impression sur la presse. Mais Larry savait pertinemment que le résultat de toute cette belle organisation serait six tandems d'enquêteurs qui se marcheraient sur les pieds, s'évertuant à recouper les mêmes pistes, et ne s'accorderaient qu'à en omettre certaines autres. Et au bout d'une semaine d'enquête, en dépit de ses excellentes intentions, Greer devrait songer à tous les autres dossiers qui se seraient entre-temps entassés sur son bureau, et les flics s'égailleraient comme une bande de matous.

Larry fit un effort surhumain pour rester de marbre, lorsque Greer lui annonça qu'il ferait équipe avec Wilma Amos. Wilma était l'exemple type de ces flics qui n'avaient décroché leur insigne que pour satisfaire aux quotas de minorités ethniques imposés par la réglementation fédérale, et qui trouvaient la meilleure utilisation de leurs talents dans la noble tâche de râtelier à chapeaux. Pis, il en déduisit qu'il devrait se contenter de jouer en seconde ligne, et qu'il n'aurait aucune chance d'approcher du cœur de l'enquête. Wilma et lui se virent confier l'investigation du passé de l'unique victime féminine, Luisa Remardi.

« Visite guidée », leur annonça Greer en les emmenant dans les cuisines. Aux yeux de la plupart des gens, Harold était un type impressionnant, un grand Noir puissamment charpenté, calme, organisé, et beau parleur. Larry n'avait rien contre lui. Le commandant était plutôt moins magouilleur que la moyenne des cadres de la police, et c'était un bon flic. Il comptait même parmi la poignée de policiers que Larry considérait comme aussi compétents que lui.

Les techniciens avaient délimité un passage à grand renfort de banderoles. Harold demanda à ses enquêteurs de se mettre à la file indienne et de ne toucher qu'avec les yeux. Le premier diplômé en criminologie venu aurait crié au massacre en apprenant que Harold avait fait défiler toute son équipe sur les lieux du crime. Les risques de contamination du terrain étaient énormes, et même si tout le monde portait des chaussures couvertes, le moins futé des avocats aurait eu beau jeu de présenter cette petite « visite guidée » comme le voyage d'Hannibal à la tête de son escadron d'éléphants. Mais Harold savait qu'aucun enquêteur digne de ce nom ne pouvait prétendre s'approprier une affaire tant qu'il ne s'était pas rendu personnellement sur les lieux du crime. Tout bon chien de chasse a besoin de renifler la vraie piste de sa proie.

« Voici nos hypothèses de travail... » commença Harold. Ils s'étaient postés derrière la caisse, installée sur un comptoir vitré dont les étagères étaient garnies de confiseries et de cigares éventés. Vues de l'extérieur, les traces de la poudre violette utilisée pour les relevés d'empreintes prenaient l'allure de décorations de Noël.

« Théorie numéro un, qui me paraît tout à fait plausible : l'attaque à main armée qui tourne mal. La caisse est vide, le sac destiné à la banque a disparu. Les victimes n'ont plus ni montre, ni bijoux, ni portefeuille.

« Deuxième théorie : à ce jour, je pencherais pour un seul coupable. Pour l'instant, rien ne le prouve, mais ça me semble de plus en plus clair. Toutes les balles retrouvées sur les lieux sont de 38., et portent les mêmes marques. Je dirais donc, à quatre-vingt-dix-neuf pour cent, un seul tireur. On ne peut pas exclure complètement la possibilité d'un ou de plusieurs complices, mais ça n'en prend pas le chemin.

« Gus s'est fait descendre ici, derrière sa caisse. À première vue, il se dirigeait vers le téléphone. Une première balle l'a atteint à l'occiput, sur la gauche. Après examen préliminaire, Painless a évalué la distance de tir à un mètre ou deux, ce qui implique que le tireur se trouvait près de la caisse. Un vol à main armée qui a tourné au vinaigre », répéta Greer, en tirant de sa poche intérieure un petit stylo argenté du bout duquel il pointa les traces de sang : une grande flaque qui avait séché sur le lino fatigué, et des éclaboussures sur le téléphone mural vert.

« Après avoir descendu Gus, poursuivit Greer, le tireur s'est retrouvé avec comme un problème – les deux clients qui restaient dans le restaurant. Et voilà qui nous mène du simple crime crapuleux au meurtre aggravé, perpétré de sang-froid et avec brutalité. » Ces mots étaient des termes consacrés. Dans l'État, un « meurtre aggravé commis de sang-froid et avec brutalité » entraînait automatiquement la peine capitale. « Au lieu de filer vers la sortie comme l'aurait fait la moyenne des petits marlous, notre homme décide de liquider les témoins. Il tue Mrs Remardi ici, d'une seule balle, à l'abdomen. »

Harold s'était déplacé de sept ou huit mètres, en direction d'un box situé en face de l'entrée, dans la partie la plus ancienne du restaurant. À l'époque où Gus avait acheté les locaux, bien avant d'agrandir la salle en élargissant la façade vers l'est et vers l'ouest, le bâtiment d'origine devait avoir été décoré dans le style médiéval. Deux rangées de box, faits de gros madriers de bois sombre, toujours un peu raboteux sous leur gros vernis, étaient regroupés en un îlot central, aux quatre coins duquel on avait installé de gros porte-manteaux carrés, figurant des tours crénelées.

« Tout indique que Mrs Remardi a tenté de se défendre. On a relevé des ecchymoses sur ses bras et ses mains. L'un de ses doigts est cassé. Mais elle n'a pu se sauver. Le tissu de son uniforme est brûlé autour de la blessure, avec des traînées jaunes, qui laissent supposer que le coup a été tiré à bout portant. À en juger par le point de sortie de la balle, les conclusions préliminaires du médecin légiste sont qu'elle a traversé le foie, et sectionné l'aorte. La mort est intervenue en quelques minutes. »

La balle avait été retrouvée dans le bois du panneau central. Une auréole irrégulière de sang séché marquait l'emplacement. Le bois avait éclaté, révélant l'épaisseur du pin brut. Ce qui signifiait que Luisa était morte à sa place, dans le box. Sa tasse de café, marquée d'un croissant de rouge à lèvres vermillon, était restée sur la table, près d'un cendrier plein de mégots.

« Si elle avait eu devant elle le tueur et un complice,

il paraît peu probable qu'elle ait tout de même tenté de se défendre. Un argument supplémentaire, en faveur du one man show. » Sous la table, Harold leur montra les restes d'une assiette encore enduite de sauce, qui avait volé en éclats pendant la bagarre. Un morceau de gras gisait parmi les débris de faïence, non loin d'un paquet de cigarettes à moitié vide et d'un briquet jetable.

« Quant à Mr Judson, il mangeait à la table du coin, là-bas, près de la fenêtre. Ce matin, Rafael a ramassé sur cette table une assiette, un verre et une boîte de 7-Up. Sur le côté gauche de la veste de Mr Judson, on a relevé une trace de poussière qui suggère qu'il s'était glissé sous la table, pour se mettre à l'abri de la fusillade – ou pour se cacher. Mais le tireur a fini par le trouver.

« D'après les empreintes des chaussures souillées de sang, les traces laissées par les corps et la distribution de la rigidité post-mortem sur les corps de Gus et de Luisa, Mr Judson aurait été contraint sous la menace de traîner les deux corps jusqu'à la chambre froide qui se trouve au sous-sol. »

Harold pilota ensuite ses enquêteurs, qui le suivaient comme une classe de cours préparatoire, le long du bar où Muriel patientait toujours. Il leur fit franchir une petite porte, donnant sur un escalier. Le groupe entreprit de descendre tant bien que mal les marches de bois, dans la lumière chiche que dispensait une ampoule nue. Au milieu d'un cellier de briques, trois civières équipées de roues attendaient les corps qui, toujours congelés, n'avaient pu être enlevés. Painless Kumagai, le pathologiste de la police, avait l'intention de pratiquer un certain nombre de tests et de mesures avant de donner son feu vert pour qu'on les déplace. Comme le groupe approchait, Larry reconnut la voix pointue et l'accent chantant du médecin légiste, qui donnait ses directives à son équipe. Harold recommanda à ses hommes de regarder où ils mettaient les pieds. Des câbles électriques serpentaient sur le sol, alimentant les projecteurs à halogène que les techniciens de Painless avaient installés dans le frigo pour prendre des photos.

Toujours du bout de son stylo, Harold ouvrit plus grande la porte de la chambre froide. Le corps de Judson était près du seuil, une jambe allongée dans le passage. Harold leur montra ses semelles. Toutes deux étaient engluées de sang séché, et les motifs correspondaient aux empreintes relevées au rez-de-chaussée. Dûment gantés de latex, Painless et son équipe s'activaient au fond de la chambre froide.

« Mr Judson a donc traîné les deux corps dans la chambre froide, puis a été ligoté avec un câble électrique, bâillonné avec un torchon et abattu d'une balle dans la nuque en une parodie d'exécution. »

Le stylo de Harold glissa dans l'air comme un missile téléguidé, pointant successivement chacun de ces éléments. La force de l'impact avait fait basculer la victime sur le côté.

« Après quoi, sans doute pour fêter ça, notre héros a sodomisé le corps de Mrs Remardi. » L'un des assistants du médecin légiste s'écarta un peu, révélant le cadavre. Après les examens préliminaires, on l'avait remise dans la position où on l'avait trouvée, affalée sur le ventre sur une pile de sacs de frites surgelées. Au-dessus de la taille, Luisa Remardi portait encore sa veste d'uniforme de la Trans-National. Dans son dos, la sortie de la balle avait déchiré le tissu marron sur quelques centimètres, et Larry reconnut le contour de l'auréole de sang qu'il avait vue au rez-de-chaussée, vaguement imprimée sur la cloison du box. Ici, elle était nettement plus grande. Elle dessinait sur le tissu un cercle sombre, comme un effet de teinture au nœud. La jupe d'uniforme de la victime avait été tirée sur ses chevilles et sous les pans amidonnés de son chemisier blanc, les deux globes de ses fesses pointaient en l'air, de chaque côté de l'ellipse sombre de son sphincter qui avait été distendu au moment de la mort. Quelqu'un l'avait besognée, là, sur place, comme l'attestait la couleur rouge vif de la muqueuse, et si Harold avait vu juste, cela avait dû se dérouler aussitôt après sa mort, tandis qu'une réaction vitale était encore possible.

« Les tests de viol sont négatifs, mais on a retrouvé un bout d'emballage de préservatif, pris ici, dans son slip, et ce qui ressemble fort à des traces de lubrifiant, autour de l'anus. » À la requête de Greer, un jeune médecin légiste orienta le faisceau d'une torche pour mettre ce dernier point en évidence. Le froid avait empêché le gel de s'évaporer. Par les temps qui couraient, les violeurs eux-mêmes préféraient se protéger du sida, et ils avaient entendu parler des tests génétiques. C'était bien l'œuvre d'un homme seul, songea Larry. Pas de complice – en supposant que le scénario de Harold soit le bon. Les nécrophiles avaient leur dignité, tout comme les amateurs de sodomie. Ils n'aimaient généralement pas officier en public.

Harold leur énuméra encore quelques mesures réglementaires à appliquer, puis il remonta au rez-de-chaussée, tandis que Larry s'attardait dans la chambre froide. Il demanda à Painless s'il pouvait jeter un œil.

« Oui, mais ne touche à rien. » Painless travaillait dans le service depuis vingt ans. Il était bien placé pour savoir qu'un flic était toujours plus bête que celui qui l'avait précédé – et bien moins que le suivant.

Larry avait été le premier à oser dire ouvertement qu'il avait une sorte de sixième sens dans le processus d'enquête, mais il était loin d'être le seul. Moyennant deux ou trois verres bien tassés, la moitié des flics qu'il connaissait admettaient volontiers qu'ils se sentaient parfois guidés par certains fantômes secourables. Sans prétendre apporter une explication définitive à la chose, il supposait que, porté à un tel degré, le mal déclenchait une sorte de perturbation cosmique. Et à toutes fins utiles, il avait pris le pli de commencer chacune de ses enquêtes par quelques instants de recueillement, durant lesquels il tâchait d'établir la connexion avec les victimes.

Il resta une bonne minute penché au-dessus de Gus. À l'exception des membres des gangs, qui passaient du jour au lendemain du statut de suspects à celui de victimes, il était exceptionnel qu'un flic eût affaire à une victime qu'il avait côtoyée de son vivant. Il ne connaissait Gus que pour avoir assisté avec plaisir à son numéro de l'immigrant fou et pour s'être régalé de ses célèbres omelettes. Jamais il ne l'avait croisé en dehors de son restaurant. Mais comme tout bon pédagogue ou tout bon prêtre, l'ami Gus avait le don du contact. La connexion serait facile à établir avec lui.

Je suis avec toi, mon vieux pote, se dit Larry.

La balle avait pénétré à la base du crâne, au niveau occipital, projetant des éclats d'os et de matière cérébrale. Gus avait été retrouvé la tête posée sur une boîte de steaks hachés, bouche bée, comme un poisson mort. D'ailleurs, on aurait dit trois poissons morts.

Comme toujours en un tel instant, Larry avait intensément conscience de lui-même. C'était son domaine. Le meurtre. La plupart du temps, comme n'importe qui, il pensait au tuyau d'arrosage du jardin qu'il fallait remplacer, ou à la manière dont il pourrait se libérer et avoir des billets pour le match de foot de ses fils. Mais chaque jour, à un moment ou à un autre, il devait se risquer dans la caverne humide et froide du meurtre, dans les ténèbres visqueuses que recouvrait cette idée.

Il n'avait d'ailleurs pas à s'en défendre. Le meurtre était tellement enraciné dans la nature humaine, que la société s'était constituée pour le combattre. Pour Larry, il n'existait qu'un métier plus essentiel que le sien – celui de mère. « Allez donc mettre un peu le nez dans les livres d'anthropologie, se plaisait-il à dire aux civils qui lui en parlaient. Tous ces squelettes qu'on a retrouvés avec une hache de pierre dans le crâne... Vous croyez peut-être que ça date d'avant-hier ? » Tout homme portait le meurtre en lui. Larry lui-même avait donné la mort, au Vietnam, et Dieu seul savait qui il avait pu tuer en tirant des rafales de M16 à l'aveuglette, dans le noir. À vrai dire, il connaissait mieux les morts de son propre camp. Mais un jour, pendant le bref stage qu'il avait fait comme patrouilleur, il avait balancé une grenade à main dans un souterrain et il avait vu la terre s'ouvrir sous ses yeux, avec des corps qui volaient dans un déferlement de sang et de débris. Le premier homme avait été littéralement mis en pièces – d'un côté le tronc avec un bras, de l'autre, les deux jambes. Mais ses deux compagnons avaient jailli de terre entiers. Larry les revoyait encore traverser son champ de vision. L'un d'eux hurlait et l'autre, qui était probablement déjà mort, portait sur le visage cette expression qu'on ne peut qualifier que de pénétrée. « C'était donc ça », se disait ce type – et c'était aussi clair que s'il avait brandi une pancarte. Son expression n'avait pas fini de hanter Larry. C'était exactement ce qu'il lisait à présent sur le visage de Gus. La chose la plus vaste en ce monde – la mort. Chaque fois, elle infusait en lui et le prenait à la gorge avec l'émotion tyrannique et figée de ces toiles réalistes parfaites qu'on voit dans les musées – Hopper ou Wyeth. Voilà – c'était donc ça.

Pour les victimes, c'était la fin. L'instant de la capitulation. Mais rares étaient ceux qui lâchaient prise de bonne grâce. Confronté à une mort si imminente et si imprévue, tout être humain en était réduit à la terreur et au désir – le désir de continuer à vivre, mêlé de l'indicible angoisse de ne plus pouvoir le faire. En de telles circonstances, personne ne pouvait mourir dignement, Larry en était convaincu. Sûrement pas ce pauvre Paul Judson qui gisait, recroquevillé près de la porte. C'était un blondinet, le type même du banlieusard, l'air plutôt sympa. Ses cheveux, fins et soyeux comme les barbes du blé, commençaient à se clairsemer. Sans doute pas du genre démonstratif. Mais là, si. Larry, qui s'était agenouillé près de lui, distingua de minuscules cristaux de sel au coin de ses yeux. Paul était mort, comme lui-même le ferait sans doute, en pleurant à chaudes larmes.

Il passa enfin à Luisa Remardi qui, se trouvant placée sous sa responsabilité directe, exigeait de lui d'autant plus d'attention. Son sang avait coulé sur les gros sacs où avait été déposé son corps, mais c'était au rez-de-chaussée qu'elle avait trouvé la mort. Dévastés par la balle comme un immeuble après une explosion, ses artères sectionnées et ses organes détruits avaient dû dégorger tout ce sang que son cœur s'obstinait à pomper. Luisa avait d'abord dû se sentir prise de somnolence puis, son cerveau manquant de plus en plus d'oxygène, elle avait dû être la proie d'hallucinations, sans doute effroyables, jusqu'à ce que ses cauchemars se diluent dans une lumière d'une insondable blancheur.

Avec l'autorisation des pathologistes, il escalada le tas de sacs, pour mieux voir sa tête. Luisa était une belle femme. Sa peau commençait à se relâcher un peu sous le menton, mais ses hautes pommettes restaient ravissantes. Un savant balayage éclaircissait ses cheveux noirs et, bien que travaillant dans l'équipe de nuit, elle se maquillait généreusement, avec un effort particulier pour mettre en valeur ses paupières et ses grands yeux bruns. À la base de son cou, on distinguait la ligne où s'arrêtait son fond de teint, à la lisière de sa peau naturellement pâle. C'était l'une de ces beautés italiennes – Larry en avait connu un certain nombre – qui s'épanouissaient après la trentaine, sans pour autant renoncer à jouer les séductrices.

Tu es à moi, maintenant, Luisa. Je vais m'occuper de toi.

De retour au rez-de-chaussée, Larry se mit en quête de Greer, pour voir s'il pouvait mettre Muriel sur l'affaire. Il s'arrêta en chemin près d'une table où un autre technicien, un bleu répondant au nom de Brown, avait entrepris d'inventorier le contenu du sac à main de Luisa qui s'était répandu sur le sol, près de la porte.

« Du nouveau ? s'enquit Larry.

— Un carnet d'adresses. » De ses mains gantées, Brown tourna les pages pour Larry.

« Jolie écriture », lui fit remarquer Larry. Le reste n'était que le bazar habituel – trousseau de clés, tickets de caisse, bonbons à la menthe. Sous la couverture du chéquier de la victime, Brown lui montra deux préservatifs lubrifiés, sous le même emballage bleu que celui dont on avait retrouvé un morceau dans son slip. Que pouvait-on conclure, en dehors du fait que Luisa sortait beaucoup ? Peut-être l'assassin était-il tombé sur les capotes en fouillant son sac pour trouver le portefeuille. C'était peut-être même ce qui lui avait donné des idées...

Mais en toute rigueur, il était, comme toujours, impossible de tout reconstituer. Voilà une chose que Larry avait apprise d'expérience. Le passé n'était plus que ça – du passé. Il persistait à échapper à notre mémoire, comme aux meilleures techniques médico-légales. Et quelle importance, puisque l'essentiel leur était tout de même parvenu : trois personnes étaient mortes d'une mort sordide, dans la terreur, et le fumier qui les avait descendues avait jubilé en savourant son pouvoir, chaque fois qu'il avait pressé la détente.

Larry revint vers l'emplacement où Luisa avait été assassinée et ferma les yeux pour tâcher à nouveau d'établir le contact. Il aurait juré que là-bas, quelque part, sans doute pas si loin que ça, quelqu'un venait de ressentir un douloureux petit choc au cœur.

« J'arrive, enfoiré, lui promit Larry. Tu ne perds rien pour attendre. »

3.

L'ex-juge

Le 4 mai 2001

Gillian Sullivan, quarante-sept ans, récemment libérée de la maison d'arrêt fédérale pour femmes d'Alderson, en Virginie-Occidentale, s'était installée dans une petite cafétéria du centre-ville et fumait en attendant Arthur Raven. Au téléphone, l'avocat, qu'elle avait fréquenté auparavant pendant plus de dix ans, avait pris la précaution de souligner qu'il souhaitait la voir pour des raisons strictement professionnelles. Comme tant d'autres, il tenait apparemment à ne pas lui laisser espérer qu'il lui tendrait une épaule consolatrice ou secourable. Elle se demandait, pour la énième fois, si elle n'aurait pas mieux fait de filer discrètement, lorsqu'elle aperçut Arthur qui franchissait la porte vitrée du restaurant au pas de charge, son attaché-case sous le bras.

« Madame le juge », fit-il en lui tendant la main, et l'effet de fausse note fut immédiat : même avant sa disgrâce, il ne lui aurait jamais donné du « Madame le juge » en privé.

« Gillian suffira amplement, Arthur.

— Excusez-moi.

— Je trouve tout cela très embarrassant... » Elle éteignit sa cigarette. L'idée venait juste de l'effleurer que la fumée aurait pu le gêner. En prison, personne ne s'en offusquait. Fumer restait un privilège.

En son temps, Gillian était successivement passée du statut de procureur à celui de juge, puis de celui de prévenue à celui de détenue. C'était un parcours extrême, mais sa carrière elle-même, quoique tourmentée, était à l'image de l'univers juridique dans sa nature profonde – une compagnie de théâtre d'un genre un peu particulier, où chaque comédien pouvait s'attendre à jouer à peu près toutes les parties. Une semaine ou dix ans plus tard, vous pouviez retrouver sur une estrade de juge le procureur contre qui vous veniez de plaider telle affaire, à moins qu'il ne se fût installé dans un cabinet privé, d'où il s'efforçait de draguer vos propres clients. Au fil des années, rivalités et alliances se trouvaient tour à tour dissoutes ou confortées, mais toutes les victoires et toutes les défaites subsistaient, peu ou prou, dans la mémoire collective de la tribu.

Bien qu'ayant parfaitement compris tout cela, Gillian avait tout de même un peu de mal à digérer la série de revers qui l'amenait à se retrouver en tête à tête avec ce pauvre petit Arthur, si consciencieux et si terne. Treize ans auparavant, après avoir exercé vingt mois comme juge, Gillian s'était vu confier ses premiers dossiers dans les cours criminelles. Elle présidait aux audiences d'infraction et de flagrant délit. Arthur Raven était le procureur adjoint attaché à sa salle d'audience. Ils débutaient tous deux et, à ce stade, elle aurait mis sa tête à couper que ses propres perspectives d'avenir étaient infiniment plus brillantes que celles d'Arthur. Dans l'univers des prétoires, on côtoyait bon nombre d'hommes et de femmes passés maîtres en l'art de séduire – de véritables virtuoses possédant à fond la gestique de l'humilité et de la sincérité, quitte à dissimuler un noyau explosif d'ambition et d'égocentrisme. Mais dans le cas d'Arthur, il n'en était rien. Il était cousu de fil blanc : une énergie forcenée, alliée à une rage de vaincre confinant au désespoir. La plupart du temps, lorsqu'il officiait dans sa salle d'audience, elle se retenait de lui dire d'aller prendre un calmant. D'ailleurs, elle avait dû céder plus d'une fois à cette envie, car même à l'aune de ses propres critères, elle n'avait jamais brillé ni par sa patience, ni par son indulgence, durant sa carrière de juge – et qui aurait pu lui jeter la pierre ? Arthur semblait intimement persuadé que le succès finirait par faire de lui cet irrésistible conquérant qu'il s'évertuait si candidement à devenir.

« Comment vous en sortez-vous ? lui demanda-t-il, sans paraître remarquer le ridicule double sens que comportait la question.

— Comme ci, comme ça », fit-elle. Et la vérité, c'était qu'après toutes ces années de règlements de comptes avec elle-même, elle commençait à soupçonner qu'elle n'avait rien réglé du tout. Durant une longue période – la plupart du temps ces derniers mois, et en quasi-permanence pendant les quelques années qui avaient précédé – la honte que lui inspirait sa situation l'avait menée au bord de la folie, au sens où elle avait bien conscience que ses sentiments de culpabilité venaient parasiter chacune de ses pensées. Son esprit brinquebalait, tel un chariot lancé sur une route défoncée.

« En tout cas, vous êtes superbe, comme toujours », lui dit-il.

D'expérience, Gillian se méfiait des raisons qui pouvaient pousser un homme à flatter une femme. Un compliment recouvrait toujours une proposition sexuelle, ou quelque autre manœuvre, encore moins avouable. Elle y coupa court, en lui demandant tout à trac ce qui lui valait le plaisir.

« Eh bien, commença-t-il, ça a quelque chose de très embarrassant, pour reprendre vos propres termes. J'ai été désigné sur un dossier par la cour d'appel fédérale. Un deuxième *habeas corpus*. Rommy Gandolph. Le nom vous dit quelque chose ? »

Bien sûr. Elle ne risquait pas de l'oublier. Au cours des années où elle avait siégé en cour criminelle, elle n'avait vu passer que deux dossiers qui s'étaient soldés par un arrêt de mort. Dans l'autre cas, la sentence lui avait été imposée par un jury. Mais pour celle de Rommy Gandolph, elle était la seule responsable. Procès et verdict à huis clos. Elle s'était trouvée replongée dans cette affaire un mois auparavant, en recevant une lettre de Rudyard – les élucubrations habituelles d'un prisonnier qui, dix ans après les faits, prétend tout à coup détenir des informations essentielles qu'il voudrait lui communiquer de toute urgence. Sans doute un type qu'elle avait envoyé au trou et qui espérait la faire venir sur place, pour avoir le plaisir de lui cracher à la figure. En se remémorant les images qui lui restaient du procès Gandolph, elle revoyait toujours les photos de ces corps congelés, dans la chambre froide du restaurant. Pendant le procès, l'un des flics avait expliqué que la taille du frigo s'expliquait par celle de la carte du restaurant, particulièrement étendue. Macabre prévoyance, de la part du tenancier...

« C'est bien ça, lui dit-il, comme elle lui résumait l'affaire. L'ami Gus. Mais vous savez ce que c'est – je vais devoir tout vérifier. À certains moments, je me demande si je ne suis pas pris d'hallucinations, parce qu'il ne faudrait pas grand-chose, pour que je me mette à croire à son innocence. Et je travaille avec une jeune collègue qui s'est juré de tout passer au crible. Elle a déjà déniché certaines choses assez troublantes. Tenez, regardez un peu... »

De sa grosse mallette, Raven avait sorti un papier – la première page d'une petite liasse. Il avait apparemment entrepris d'étayer la thèse selon laquelle Gandolph se serait trouvé sous les verrous au moment des faits, pour violation de la réglementation de conditionnelle. Il ne subsistait que peu d'archives de cette période, et les relevés d'incarcération de Gandolph ne permettaient pas d'établir les faits de façon définitive. Mais Arthur avait récemment réussi à mettre la main sur une fiche de transport attestant que son client avait été transféré de la maison d'arrêt au tribunal le 5 juillet 1991 au matin.

« Et qu'en dit Muriel ? » demanda Gillian. Muriel Wynn, qui avait fait ses débuts voilà dix ans dans une grande affaire criminelle, en tant que simple adjointe, était à présent montée en grade. Première adjointe de l'actuel procureur du district, elle partait favorite dans l'élection de l'année suivante pour le poste de son supérieur, Ned Halsey. Gillian n'avait jamais tenu

Muriel Wynn en très haute estime. C'était le genre de
carriériste pure et dure que le milieu juridique actuel
engendrait à tour de bras. Mais pour tout dire, bien
qu'ayant été l'une des leurs, Gillian avait perdu toute
estime pour les procureurs au cours des épreuves
qu'elle avait dû affronter, ces dernières années.

« Elle pense que l'inspecteur de conditionnelle de
Rommy a dû se mettre à sa recherche et l'épingler, ce
matin-là, pour qu'il ne loupe pas son rendez-vous au
tribunal, fit Arthur. Mais j'en doute. Un vendredi, le
lendemain d'un jour férié ? Qui ferait du zèle, pour
aller au boulot ? À part ça, Muriel dit aussi qu'il serait
vraiment grotesque que le client, comme son avocat,
soient passés à côté du fait qu'il se trouvait en taule au
moment où le meurtre a été commis. Mais quatre mois
se sont écoulés entre les faits et l'arrestation, et
Rommy est à peine capable de distinguer la veille du
lendemain. »

A priori, la tendance naturelle de Gillian aurait été
de donner raison à Muriel. Mais elle n'avait pas la
moindre envie de prendre parti dans ce débat. Face à
Arthur, elle se sentait ramenée à un décorum et à un
mode de fonctionnement dont elle pensait s'être définitivement démarquée. À son corps défendant, elle s'efforçait de redevenir un magistrat. Mais, en dépit de
tous ses efforts de neutralité, Arthur perçut son scepticisme.

« Il y avait des preuves multiples et accablantes. Je
sais, je sais. Et Rommy a dû reconnaître les faits au
moins vingt fois. Au point où nous en sommes, le
Christ lui-même reviendrait sur terre pour témoigner
de son innocence, que nous n'aurions pas pour autant

gain de cause. Mais ce type n'avait aucun autre antécédent d'agression ni de vol à main armée. Au procès, Molto et Muriel ont contourné l'obstacle en prétendant que mon client était sous PCP, mais les récentes recherches sur ce produit ont permis d'établir qu'il n'entraînait pas obligatoirement de comportement violent. Alors, comme vous voyez, il y a quand même matière à réflexion.

— Pourquoi le choix de la cour d'appel s'est-il porté sur vous, Arthur ?

— Alors ça, mystère ! Ils se figurent toujours que les gros cabinets ont les moyens. Sans doute quelqu'un s'est-il rappelé que j'avais une certaine expérience de la peine capitale. J'ai été procureur sur l'affaire Francesco Fortunato.

— Celui qui avait empoisonné toute sa famille ?

— Trois générations, des gosses aux grands-parents. Et à l'audience, il éclatait de rire chaque fois qu'on prononçait le nom d'une de ses victimes. Mais même dans ces conditions, j'ai failli tomber dans les pommes quand le président du jury a rendu sa sentence de mort. Par la suite, j'ai préféré me recycler dans les délits financiers. Si je devais appuyer moi-même sur le bouton, je crois que je serais le premier à passer l'arme à gauche ! Cela dit, je persiste à être pour le maintien de la peine de mort, par principe. »

Gillian, elle, curieusement, était contre. Depuis toujours. Trop de problèmes – en un mot comme en cent. Dix ans plus tôt, à l'issue du procès de Gandolph, son avocat, Ed Murkowski, lui avait avoué qu'il avait demandé que le verdict soit rendu par le juge seul, après avoir eu vent de ses opinions. Mais elle ne sié-

geait pas pour légiférer et, si un crime méritait la peine
capitale, c'était bien celui de Gandolph.

« Alors, que voulez-vous savoir au juste, Arthur ? Si
j'ai eu des états d'âme ? » À présent, plus personne ne
se souciait de ce qu'elle pouvait en penser. Et elle
n'avait toujours pas le moindre doute quant à la culpabilité de Gandolph. Elle s'en était à nouveau assurée,
face à face avec elle-même, voilà plusieurs mois,
quand la lettre du prisonnier était arrivée de Rudyard.
Elle se souvenait d'une autre remarque de l'avocat de
la défense, après que la sentence fut tombée, quand
toute l'équipe, procureur y compris, s'était réunie un
moment dans son bureau. Gillian avait fait un commentaire dubitatif sur le choix de Gandolph de plaider la
démence et Ed lui avait répondu : « Je vous assure que
ça valait infiniment mieux que la version qu'il avait à
raconter, madame le juge. En somme, cela revenait à
plaider coupable avec circonstances atténuantes ! »

L'idée l'effleura d'expliquer tout ça à Arthur, mais
les yeux sombres de son interlocuteur s'étaient tout à
coup rivés au cendrier. Il semblait plongé dans l'examen des mégots, comme s'il avait contemplé des
feuilles de thé divinatoires. Elle sentit qu'Arthur s'apprêtait à entrer dans le vif du sujet.

« La cour d'appel fait l'impossible pour me faciliter
la tâche, fit-il. Sans doute parce qu'ils m'ont désigné.
Je les ai suppliés de me donner un délai supplémentaire
pour enquêter, et ils ont renvoyé la décision à la cour
du district jusqu'au 29 juin, date à laquelle ils nous
diront s'ils autorisent Gandolph à déposer une nouvelle
demande d'*habeas corpus*. Alors, entre-temps, je retourne
chaque pouce de terrain. » Il avait finalement renoncé

à poursuivre ses efforts pour éviter de la regarder en face. « Excusez-moi, mais il y a une question que je dois vous poser. À l'époque où vous jugiez des affaires criminelles, aviez-vous déjà passé le genre de... euh, d'arrangements qui vous ont valu tous ces ennuis plus tard, lorsque vous jugiez des affaires de dommages et intérêts ? »

Jusque-là, elle n'avait pas pris grand plaisir à la conversation, mais maintenant qu'elle apercevait où il voulait en venir, elle fut parcourue d'un frisson glacé qui ne lui était que trop familier.

« C'est ce que les gens racontent ?

— Gillian, je vous en prie... Ne jouons pas au plus fin. Et surtout, ne le prenez pas mal. Je ne fais que mon travail.

— Non, Arthur. Je n'ai reçu aucun pot-de-vin, à l'époque où je jugeais des affaires criminelles. Et je n'ai pas touché un sou, en particulier, pour le procès Gandolph – pas plus que pour mes autres dossiers. Ça n'a commencé qu'au tribunal de droit civil, où cela semblait faire partie du folklore local. » Elle secoua la tête, une seule fois, à cause de l'absurdité de la situation, et aussi parce que sa remarque avait vaguement l'allure d'une excuse.

« Très bien », dit-il, mais de toute évidence, il soupesait la réponse qu'elle venait de lui fournir selon sa propre expérience de juriste, estimant à vue de nez les chances qu'elle avait d'être véridique. Comme elle l'observait, elle décida qu'Arthur Raven n'était pas particulièrement gâté par la nature. Il était plutôt petit et ne lui avait jamais paru en très bonne forme. Et à présent, il avait prématurément vieilli. Ses yeux noirs sombraient dans de larges cernes bleuâtres qui faisaient vaguement penser à des coquards et trahissaient un surmenage chronique, et l'absence de toute hygiène alimentaire. Ses cheveux se raréfiaient. Mais pis, il avait toujours cet air d'épagneul empressé. On s'attendait à tout instant à le voir haleter, en tirant une langue de vingt centimètres.

Elle se souvint alors qu'il avait de graves soucis familiaux. Un proche parent, atteint d'une maladie incurable – c'était peut-être ce qui l'avait usé avant l'âge.

« Et votre problème avec l'alcool ?

— L'alcool ?

— N'aviez-vous pas ce genre de problème, au moment de l'affaire Gandolph ?

— Non.

— Vous ne buviez pas ? »

Là, il était manifestement plus sceptique – et à bon droit, elle devait l'admettre.

« Qu'en disent les gens, Arthur ?

— Ce qu'ils en disent n'aura pas beaucoup de poids, si vous devez déclarer sous serment que vous ne buviez pas à l'époque.

— Je buvais, Arthur. Mais sans excès.

— Pas à ce moment-là ? »

Elle promena sa langue à l'intérieur de sa joue. Emporté par le sens commun, Raven venait de manquer sa cible. Elle pouvait soit le reprendre, soit répondre « jamais » et voir s'il retomberait de lui-même sur ses pieds – mais elle se souvenait des instructions de tout bon avocat, pendant la préparation de ses témoins : ne répondez qu'à la question qui vous est posée, et le plus succinctement possible. Jamais de zèle.

« Non, pas à ce moment-là. » Elle rangea son paquet de cigarettes dans son sac, une gibecière de daim, qu'elle referma d'un geste sans appel. Elle était prête à partir. Elle demanda à Raven s'il avait terminé. En guise de réponse, il s'accorda une seconde de pause, laissant courir son index grassouillet au bord de sa tasse.

« Non, fit-il enfin. J'ai encore une question. Une question plus personnelle – si vous permettez. »

Sans doute se demandait-il : pourquoi ? Pourquoi avoir sabordé un avenir plein de tant de brillantes perspectives pour sombrer dans la dépendance, d'abord – puis dans le crime ? Pourquoi leur était-il si difficile de comprendre que c'était pour elle un mystère insondable ? Ne fallait-il pas être un parfait étranger à soi-même, pour pouvoir tomber si bas ? Mais non. Les objectifs de Raven étaient bien plus pragmatiques.

« Je ne comprends toujours pas pourquoi vous êtes restée ici. Vous êtes libre d'aller et venir, à présent, comme n'importe quel autre citoyen... Vous êtes célibataire et sans enfants... »

Raven, lui, s'il avait été dégagé de toute obligation, aurait sans doute immédiatement déménagé. Mais elle ressentait une sorte de réticence viscérale à se comparer à lui. Elle était restée seule, certes, mais par choix. Et à ses yeux, sa solitude n'avait jamais été que temporaire. Elle avait trente-neuf ans, la nuit où les agents fédéraux étaient venus frapper à sa porte, mais un mari, un couple, une famille restaient des pièces maîtresses, dans l'image qu'elle se faisait de son avenir.

« Ma mère était à l'agonie, et l'administration des affaires pénitentiaires a décidé d'avancer ma libération pour que je puisse m'occuper d'elle. En fait, c'est eux qui ont tranché. » Comme toutes ses autres réponses, elle avait laissé celle-ci confortablement incomplète. Elle était sortie de prison sans un sou vaillant. L'État fédéral et ses avocats ne lui avaient rien laissé. Duffy Muldawer, son « parrain » dans le cadre d'un programme de réinsertion en douze étapes, lui avait proposé un logement. Mais en dépit de tout ça, il lui arrivait de partager l'étonnement de Raven : pourquoi ? Pourquoi être ainsi revenue sur ce qui était, à plus d'un titre, la scène du crime ? « Lorsque ma période de mise à l'épreuve sera écoulée, je demanderai sans doute à partir.

— Et votre mère ? Elle est morte ?

— Voici quatre mois.

— Vous m'en voyez navré. »

Gillian eut un haussement d'épaules. Ses sentiments concernant la mort de l'un et l'autre de ses parents n'avaient pas encore eu le temps de se décanter, bien qu'elle ait longtemps considéré comme l'un de ses rares points forts cette aptitude qu'elle avait à ne pas s'éterniser sur ce genre de choses. Son enfance, la maison où elle avait grandi, avaient certes été pires que pour bien d'autres – mais nettement meilleures que pour certains. Ils étaient six frères et sœurs. Son père et sa mère buvaient. Toute la famille vivait dans un état d'hostilité et de rivalité permanentes. Pour elle, le seul intérêt de cet environnement était l'énergie qu'il lui avait donnée pour le fuir. C'était comme d'être né à Pompéi : vous ne laissiez derrière vous qu'une atmo-

sphère empoisonnée et des ruines fumantes. La civili-
sation était à réinventer, quelque part ailleurs. Elle
avait placé tous ses espoirs dans ses deux principaux
atouts – sa beauté et son intelligence. Car elle était
aussi belle que brillante. Et ainsi dotée, elle n'avait vu
aucune raison de se laisser entraver par son passé. La
petite Jill Sullivan, qui avait grandi dans cette maison,
s'était métamorphosée en la Gillian qu'elle avait elle-
même modelée – avant de la détruire.

« Mon propre père est mort il y a trois mois, et je
n'en suis pas encore remis, annonça Arthur, et l'espace
d'un bref instant, son front bas se plissa douloureusement. Il me faisait perpétuellement tourner en bour-
rique. C'était le type le plus anxieux qui ait jamais
marché sur cette planète. Il aurait dû mourir bien plus
tôt, rongé par ses angoisses. Mais je ne peux pas lui
reprocher d'avoir été un père abusif, parce que vous
voyez, c'est grâce à toutes ses manies de papa poule...
eh bien, que j'ai toujours su à quel point je comptais,
pour lui. »

Raven leva vers elle un regard plus calme, recueilli
dans ses souvenirs, où se lisait une sorte de déploration,
mêlée d'un obscur aveu : autour de lui, les cœurs d'or
du genre de son père ne devaient pas être légion.
Arthur la faisait songer à ces jeunes chiots qui s'obsti-
nent à venir glisser leur truffe humide sous votre
paume. Au bout d'une seconde, il eut lui-même l'air
embarrassé, soit par la portée de ce qu'il venait de lui
dévoiler, soit à cause de l'embarras où il l'avait plongée. « Dites-moi un peu pourquoi je vous raconte tout
ça... ? demanda-t-il.

— Sans doute parce que vous pensez qu'une femme

dans ma situation n'a rien de mieux à faire que de vous écouter », répliqua-t-elle.

Elle l'avait dit sur un ton totalement détaché, sans la moindre arrière-pensée, et sa première impression fut que ses propos avaient pris un tout autre sens que celui qu'elle avait voulu leur donner. Mais non... Pendant un bon moment, ils restèrent tous deux face à face, abasourdis par la pure brutalité de cette remarque.

Un frémissement électrisa les traits empâtés de Raven, puis il redressa les épaules et boutonna son manteau.

« Désolé de vous avoir dérangée. Il m'avait semblé que nous avions certaines choses en commun. J'ai dû me tromper. »

Dans un violent effort pour ne pas perdre totalement contenance, Gillian retrouva son paquet de cigarettes dans son étui de cuir et en sortit une, mais lorsqu'elle craqua l'allumette, sa main tremblait. C'était un tel risque, pour elle, que de se laisser rattraper par la honte. Elle ne pouvait abaisser un tant soit peu sa garde, sous peine de ne plus jamais refaire surface, et d'être engloutie par ces vagues énormes. Elle regarda la flamme progresser le long de la tige grise qu'elle réduisait en cendres. Elle entendit crisser la fermeture éclair du porte-documents de Raven, de l'autre côté de la table.

« Je serai peut-être amené à vous citer à comparaître, pour avoir votre déposition », fit-il.

Touché, songea-t-elle – et, bien sûr, pour la clouer au pilori à la première occasion. Et ce ne serait que justice.

« Accepteriez-vous de déposer par courrier ? »

Comme il lui demandait où il pourrait la joindre, sans passer par les services de libération conditionnelle de la cour fédérale, elle lui expliqua qu'elle habitait un studio, au sous-sol de chez Duffy Muldawer. Duffy, un ex-prêtre catholique, avait longtemps été l'avocat commis d'office principal, dans la salle d'audience de Gillian, bien des années auparavant – et, partant, l'adversaire désigné de Raven. Il ne prit pourtant pas la peine de lui demander quelques nouvelles de sa santé. Évitant soigneusement de la regarder en face, il se contenta de noter ses coordonnées sur son agenda électronique, l'une de ces petites merveilles de miniaturisation, toujours plus performantes que les précédentes, qui étaient devenues indispensables à ses concitoyens durant les quatre ans et demi où elle était morte au monde. Les volutes bleues de sa cigarette se déroulaient paresseusement entre eux. La serveuse vint leur demander s'ils désiraient reprendre du café, et Gillian attendit qu'elle se fût éloignée :

« Je n'avais aucune raison de vous brusquer, Arthur.

— Ce n'est pas grave. J'ai toujours senti que vous me trouviez barbant... »

Elle eut un petit sourire amer. Mais elle avait pour lui une certaine admiration. Il avait mûri, et il avait du répondant, à présent. Ses coups faisaient mouche. Elle fit une nouvelle tentative :

« On ne peut pas dire que je sois très heureuse, en ce moment, et ça me rend encore plus malheureuse de croiser les gens que je côtoyais autrefois. Ça réveille de douloureux souvenirs. »

Remarque foncièrement idiote – qui pouvait se dire heureux ? Sûrement pas ce pauvre Raven, si mal dans sa peau et apparemment si seul face à ses problèmes familiaux. Elle s'en souvenait à présent... c'était sa sœur qui avait des problèmes de santé mentale. Mais qui se souciait des états d'âme de Gillian ? Évidemment, personne n'aurait douté de la sincérité de sa souffrance, mais aux yeux de tous, elle n'avait que ce qu'elle méritait.

Arthur s'était levé. Pour toute réponse, il se contenta de dire qu'il la rappellerait et mit le cap sur la porte. Comme elle le suivait du regard, elle aperçut du coin de l'œil son propre reflet dans l'un des miroirs bon marché, marbrés de veinures mordorées dont était formé le coffrage des piliers du salon de thé. Elle se laissait souvent surprendre par sa propre image. La plupart du temps, elle avait nettement meilleure mine que ne l'aurait laissé supposer ce qu'elle ressentait. L'image qu'elle projetait était bien plus attrayante que celle qu'elle avait intérieurement d'elle-même.

Son endurance avait quelque chose de révélateur, s'avisa-t-elle. Comme l'acier trempé, elle semblait encaisser tous les coups sans en être affectée. Elle était grande et solidement charpentée. Les années elles-mêmes avaient glissé sans laisser de traces sur son visage, qui avait gardé des contours fermes. Elle commençait juste à perdre ses couleurs. Ses cheveux, naguère d'un blond ambré, avaient pris la nuance du pelage de certains rongeurs, tirant sur le gris, et, elle l'avait depuis longtemps remarqué, sur les peaux aussi claires que la sienne, comme sur les porcelaines, chaque fêlure marquait. Mais la manière dont elle s'arrangeait – impeccable petit tailleur de sergé, rang de perles, coupe d'un naturel étudié, relevée de quelques touches de gel – venait renforcer cette impression de netteté et d'équilibre qui semblait émaner d'elle. C'était une image qu'elle s'était composée dans son adolescence, quelque chose d'aussi factice que ces autoportraits que dessinent la plupart des adolescents, mais elle n'y avait jamais renoncé, pas plus qu'à cette apparente autorité, et au sentiment de mensonge gratuit qui l'accompagnait.

À l'évidence, Arthur Raven s'en allait cruellement déçu. Elle avait répondu à ses questions par des semi-mensonges, avant de lui clouer le bec pour le dissuader d'approfondir le sujet, dans sa quête de la vérité. Raven s'était laissé fourvoyer par la rumeur, par les ragots qui avaient circulé sur elle, lorsque sa vie s'était écroulée. On avait dit qu'elle était alcoolique. Qu'elle s'offrait tous les midis des déjeuners trop arrosés, et qu'elle arrivait à demi pompette à ses audiences d'après-midi. Il lui était effectivement arrivé de s'endormir sur son estrade. Et pas quelques secondes. Elle était vraiment tombée, la tête sur son bureau, et avait sombré dans un sommeil si profond que l'huissier avait dû venir la réveiller. Ensuite, en se regardant dans un miroir, elle avait reconnu la texture et le motif de son sous-main de cuir, imprimé sur sa joue. Les gens faisaient des gorges chaudes des marmonnements et des horreurs qui lui échappaient, çà et là. Tout le monde déplorait ce gâchis : ce talent qui lui avait valu un siège de juge à l'âge de trente-deux ans, cette intelligence hors pair qui lui avait permis de décrocher un diplôme à Harvard, et qu'elle noyait à présent dans l'alcool. Ils ironisaient sur son incapacité à tenir compte des mises en garde répétées qui lui avaient été faites. Mais elle n'avait jamais vendu la mèche. Le juge Sullivan n'était pas une simple pocharde, comme le prétendait la rumeur, pas plus qu'une maniaque des médicaments – ça, c'était la thèse des secrétaires et des clercs du tribunal qui s'étonnaient de ne jamais sentir de relents d'alcool dans son sillage. Et pour cause ! Son Honneur Gillian Sullivan, juge à la cour supérieure et ex-adjoint du procureur du comté, carburait à la poudre. C'était une « tox » – une héroïnomane.

Elle ne se piquait pas. Elle n'avait jamais pu toucher à une seringue, et elle tenait trop à son apparence physique pour porter atteinte à son propre corps, y compris dans les moments les plus noirs. Non. Elle « chassait le dragon », comme disent les initiés : à l'aide d'un petit tube de papier alu, elle inhalait les fumées qui se dégageaient de la poudre que la flamme transformait, d'abord en une pâte brunâtre puis en un exquis délire. La montée était plus longue. Il pouvait s'écouler plusieurs minutes avant que le raz de marée de plaisir ne commence à se répandre en elle, mais elle avait soigneusement réglé sa vie dans les moindre détails, et cette forme de toxicomanie – un vice pour cadre supérieur, en quelque sorte – correspondait parfaitement à l'image qu'elle souhaitait donner d'elle : nette, indécelable et sans bavures. Aucune trace d'aiguille, ni de ces saignements de nez que provoquait la poudre prisée directement.

Comme toujours, tout avait commencé avec un homme. Toby Elias. Un type superbe, brillant et retors,

un adjoint du service de l'Attorney Général. Gillian
avait même songé à l'épouser, à une époque. Un soir,
il était rentré avec un sachet d'héroïne confisqué dans
le cadre d'une affaire qu'il suivait, un échantillon
qu'un dealer avait remis à un autre pour amorcer une
vente. Le sachet qui tenait lieu de pièce à conviction
n'était jamais revenu après le verdict. « Pourquoi s'en
priver ? » s'était esclaffé Toby. Il avait l'art de contourner les règles avec élégance. Elle avait été subjuguée
par l'ironie désinvolte avec laquelle il foulait aux pieds
les lois qu'il appliquait à tous les autres. Ils avaient
sniffé – prisé – le premier soir, et par la suite, ils
avaient régulièrement réduit les doses. C'était une paix
presque surnaturelle, mais rien qui exigeât d'être
répété, à ce stade.

Un mois plus tard, Toby était passé sous un camion.
On n'avait jamais su s'il s'agissait vraiment d'un accident. Il n'en était pas mort. Il était resté des mois cloué
à son lit d'hôpital, puis c'était devenu un infirme
bavant dans un fauteuil roulant. Elle l'avait abandonné.
Ils n'étaient pas mariés. Elle n'allait pas sacrifier sa
vie à un homme qui ne lui avait même pas promis la
sienne.

Mais pour elle, ça avait été le début de la fin. Elle
s'en était parfaitement rendu compte. Toby ne s'en
était jamais remis, mais elle non plus. Trois ou quatre
mois plus tard, pour la première fois, elle avait sniffé
seule. Lors d'un procès où elle siégeait, elle avait autorisé le chimiste cité à comparaître par la défense à
ouvrir le sac placé sous scellés pour vérifier le poids
de la marchandise saisie. L'explosion du plaisir lui
semblait à présent encore plus délectable. Elle se for-

geait des occasions, faisait pratiquer des analyses
même lorsque aucune des parties n'en demandait,
encourageait les procureurs à laisser les pièces à
conviction dans le coffre de son bureau, au lieu de les
rapporter au service du procureur. Ses manigances
avaient fini par être repérées, mais les soupçons
s'étaient portés sur l'un des gardes de la salle, qui fut
muté dans un secteur de banlieue. Elle en était donc
réduite à s'approvisionner dans la rue, et à présent, il
lui fallait de l'argent – beaucoup d'argent.

Et elle passait pour alcoolique. En guise d'avertissement, elle aussi avait été bannie de la division des
affaires criminelles et transférée au tribunal de droit
civil, où elle jugeait des affaires de dommages personnels avec, à la clé, des sommes énormes, versées à titre
de dommages et intérêts. Et là, quelqu'un avait percé
son secret. L'un des dealers qu'elle avait jugés l'avait
reconnue. Cette jolie petite dame blonde, si élégante,
qui s'aventurait dans les quartiers dévastés, ce vaste
champ de ruines qui commençait à moins de deux kilomètres du tribunal. Il l'avait dénoncée au flic dont il
était l'indic et de là, le bruit était parvenu aux oreilles
de Brendan Tuohey, juge principal du tribunal de droit
civil et de Rollo Kosic, son homme de main. Ce dernier
était passé la voir pour lui dire qu'il savait tout, mais
sans la moindre réprimande – pas même une mise en
garde. Il s'était contenté de lui laisser de l'argent. Elle
n'avait qu'à suivre ses conseils, de temps à autre, pour
statuer sur un dossier, et l'argent continuerait d'affluer.

Elle avait obéi – toujours à regret, mais pour elle, la
vie n'était désormais plus qu'une longue misère entre
les prises. Et une nuit, en une scène digne de *1984* ou

du *Zéro et l'Infini*, des coups furent frappés à sa porte. C'était le procureur fédéral, flanqué de deux agents du FBI. Elle avait été épinglée, non pas pour la drogue, mais pour les pots-de-vin. Dès qu'ils eurent tourné les talons, elle éclata en sanglots, et s'offrit une bonne pipe.

Après ce soir-là, elle s'en était remise à Duffy, son actuel propriétaire. Cet ex-alcoolique qui avait été prêtre, avait appris de longue date à venir en aide aux âmes égarées. Au moment où le verdict avait été rendu, elle était désintoxiquée. Son vice était le seul secret qu'elle ait pu préserver, durant cette période où elle avait vécu avec le sentiment d'être exposée au vu de tous, dépouillée de ses vêtements et couverte de chaînes. Et elle n'avait pas la moindre envie de se replonger dans tout cela – sûrement pas pour Arthur Raven, ni pour le compte d'un assassin qui avait été assez bestial pour violer une morte.

Et pourtant. Cette petite phrase cinglante l'avait elle-même épouvantée, un peu comme lorsqu'on découvre une fissure dans le sol, juste sous ses pieds. Pour s'éviter un surcroît de honte, elle avait préféré prévenir le danger en verrouillant d'emblée toutes les portes, et elle allait ressasser ça pendant des heures. Arthur Raven. La manière dont sa bouche s'était arrondie en un petit « o » incrédule, lorsque la teneur de sa remarque avait infusé. Ce soir-là, elle allait avoir un urgent besoin de la présence de Duffy, et de ses conseils apaisants, pour échapper au naufrage.

Cela éclairci, elle se leva pour quitter sa table et, une fois de plus, lorgna son reflet dans le miroir. Vue de l'extérieur, c'était une femme mince et élégante, vêtue avec goût. Mais en elle se lovait son véritable ennemi, un vieux démon que sa chute et son emprisonnement n'avaient pas suffi à rassasier, et qui demeurait pour elle, abstraction faite de cet acharnement qu'il mettait à la faire souffrir, une parfaite énigme.

4.

Le procureur

Le 5 juillet 1991

Un gémissement s'éleva du box d'en face, assez soudainement pour glacer le cœur de Muriel, qui s'était installée au comptoir, près du distributeur de soda. Un Noir vêtu d'un grand tablier blanc – le cuisinier, supposa-t-elle – s'était levé. La perspective de son départ semblait avoir réveillé les angoisses de la femme en pleurs, qui s'accrochait désespérément à lui. Le troisième, un jeune homme dont l'oreille s'ornait d'un petit brillant, se tenait derrière eux, l'air misérable.

« La veuve... » lui souffla l'un des techniciens qui officiait près d'elle – il avait entrepris de saupoudrer le plan de travail sous la caisse. « Elle refuse de quitter les lieux. »

Le cuisinier repoussa doucement l'éplorée en direction du jeune homme qui finit par lui passer, comme à contrecœur, le bras autour des épaules, avec pour seul effet de la faire sangloter de plus belle. Dans un de ces moments de lucidité quasi clinique qui lui avaient déjà valu une certaine renommée dans le service du procureur, Muriel s'avisa tout à coup que Mrs Leonidis appliquait simplement le rituel standard du deuil tel qu'elle le concevait : elle mettait un point d'honneur à manifester son chagrin avec la plus grande exubérance possible. Sa véritable réaction à la mort de son mari, deuil sincère ou soulagement, ne viendrait que dans un second temps, et en privé.

Depuis le tout début de sa carrière, Muriel avait eu un sixième sens pour les survivants des actes de violence. Elle ignorait la véritable nature des liens qui la rattachaient à ses parents, et elle n'aurait su dire s'il lui était déjà arrivé d'aimer un homme, son défunt époux y compris – mais les victimes lui inspiraient une compassion profonde et irradiante, dont la puissance évoquait celle des tempêtes nucléaires du soleil. Elle avait eu tôt fait de découvrir que la principale source de leur souffrance n'était pas tant la perte qu'ils avaient subie, en elle-même, que sa nature impondérable. Leurs maux n'avaient pas pour origine quelque inévitable calamité naturelle, telle qu'un typhon ou un tremblement de terre, voire un ennemi aussi insidieux et imprévisible qu'une maladie, mais une défaillance humaine. Ils souffraient par l'incompréhensible volonté d'un agresseur, dont les forces de la loi et de la raison avaient échoué à contenir la férocité. Ces victimes-là étaient particulièrement fondées à se révolter contre ce qui les frappait, parce que aux yeux de la loi, cela n'aurait jamais dû se produire.

Lorsque la veuve eut retrouvé un peu de calme, elle se rendit aux toilettes pour dames. Le jeune homme, qui l'avait accompagnée jusqu'à mi-chemin, jeta un regard timide en direction de Muriel, tandis que la porte des toilettes se refermait.

« Je n'arrive pas à lui parler, lui expliqua-t-il. Mes sœurs habitent la région. Elles sont en chemin, elles arrivent. Elles vont l'emmener. Avec elles, elle acceptera de partir. Mais moi, personne ne m'écoute. » Il avait l'air à la fois ombrageux et fragile. Ses tempes s'étaient prématurément dégarnies, et il avait le crâne presque rasé, comme une nouvelle recrue de l'armée. Maintenant qu'elle le voyait de plus près, Muriel remarqua qu'il avait le nez et les paupières à vif. Elle lui demanda s'il était, lui aussi, de la famille.

« Je suis le fils. Le fils du Grec », répondit-il avec une sorte d'emphase morose, comme s'il avait trouvé une ironie amère à ses propres paroles. Se présentant comme John Leonidis, il lui tendit une main moite.

« Dieu merci, fit-il, lorsque Muriel lui eut décliné ses propres nom et titre. C'est vous qu'attendait ma mère. Elle veut parler au procureur. » Il tapota sa poche, avant de réaliser qu'il avait déjà son paquet de Kool à la main. « Je peux vous poser une question ? » Il vint s'installer sur le tabouret d'à côté. « Est-ce que je figure sur la liste des suspects ?

— La liste des suspects ?

— Enfin, je ne sais pas – les idées se bousculent dans ma tête. Mais, à ma connaissance, je suis la seule personne au monde qui aurait pu en vouloir à mon père au point de l'assassiner.

— Et vous l'avez fait ? » s'enquit-elle, le plus naturellement du monde.

Le regard de John Leonidis resta rivé sur la braise

incandescente de sa cigarette. Ses ongles, rongés, n'étaient plus que d'irrégulières rognures.

« Jamais je n'aurais été assez gonflé. Mais vous savez, toute cette comédie de "l'ami Gus", c'était pour la galerie. En privé, c'était un vrai porc. Vous savez qu'il exigeait de ma mère qu'elle lui coupe les ongles de pied – vous imaginez ça ? En été, il s'installait sous la véranda, derrière chez nous, affalé comme un sultan, pendant que ma mère s'exécutait. C'était à vomir. »

John eut un petit hochement de tête amer puis, sans crier gare, se mit à sangloter. Muriel se souvenait d'avoir éprouvé le même genre d'état d'âme nauséeux, deux ans auparavant, à la mort de son propre père ; elle prenait donc très précisément la mesure de la tornade de sentiments contradictoires qui s'était abattue sur John. Tom Wynn était à la fois le principal leader syndicaliste de l'usine Ford et le porte-parole du personnel. Au travail, il prêchait la solidarité et la fraternité, mais à peine avait-il franchi le seuil du domicile familial, qu'il exhalait sa mauvaise humeur. À sa mort, après une trop brève période de deuil, la mère de Muriel s'était remariée avec le principal du collège où elle enseignait, et elle menait à présent une vie de couple plus heureuse que tout ce qu'avait pu connaître sa fille. Muriel aussi s'était retrouvée seule face à toutes les émotions avortées, qui avaient surgi autour de ce que la mort de son père laissait inachevé. Comme le jeune homme se pinçait l'arête du nez, tâchant de retrouver un semblant de contenance, la main de Muriel s'avança et se posa sur la sienne, sur le Formica fatigué du comptoir.

Lorsque sa mère émergea des toilettes, il avait

retrouvé ses esprits. Comme il l'avait prédit, dès qu'il présenta Muriel à sa mère en lui annonçant qu'elle était là en tant que procureur, Athena Leonidis parut renaître de ses cendres. Elle se redressa aussitôt, raide comme la justice :

« Je veux les voir tous morts, déclara-t-elle. Morts. Les salauds qui ont fait ça. Je veux le voir, de mes propres yeux. Je ne dormirai pas, tant que je ne l'aurai pas vu ! »

Elle s'affaissa à nouveau et se laissa tomber dans les bras de son fils, qui décocha un regard morne à Muriel, par-dessus l'épaule de sa mère.

Mais Muriel comprenait la véhémence de Mrs Leonidis. Elle aussi, elle croyait aux vertus du châtiment. Sa prof de mère était plutôt laxiste et démago – le genre à tendre l'autre joue. Mais sur ce plan, Muriel s'était toujours senti davantage d'affinités avec son père qui défendait certaines des actions les plus dures du syndicat en soulignant que les êtres humains avaient peu de chances de devenir spontanément bons, qu'il leur fallait toujours un coup de pouce. Dans un monde parfait, tous les honnêtes citoyens devraient avoir leur médaille, mais dans la vraie vie, on n'avait ni le temps ni le fer-blanc nécessaires pour décorer tout le monde. Il fallait donc recourir à des moyens d'incitation d'un autre genre : pour que les justes se voient dûment rétribués de leurs efforts, les pécheurs devaient souffrir dans leur chair. Non pas parce que les bons trouvaient un quelconque plaisir à les voir souffrir, mais parce que c'était une peine en soi, que de faire le bien – les affres de l'abnégation, les tourments de l'honnête homme, soumis à la main de fer de la vertu. Les justes méritaient une compensation. Le meurtre appelait la mort. Cela découlait tout naturellement de la règle de réciprocité fondamentale dont procède toute loi.

L'inspecteur chef Harold Greer fit alors son entrée. Il commença par conseiller à la veuve de rentrer chez elle, mais c'était à Muriel qu'il voulait parler. Il l'emmena dans le minuscule bureau de Gus.

« Ça fait deux heures que j'attends quelqu'un de chez vous. Impossible de mettre la main sur Tommy Molto ! – Molto était le supérieur hiérarchique direct de Muriel, au bureau des Homicides. Si j'en crois Larry, vous seriez plutôt fine mouche... »

Muriel eut un petit haussement d'épaules : « S'il le dit ! » lança-t-elle, ce qui lui valut un petit gloussement amusé de la part de Greer, pourtant plutôt pète-sec.

Larry n'avait probablement jamais eu de chef dont il ne s'était fait un rival.

« Eh bien, si vous parvenez à nous dégoter un mandat de perquisition un week-end de 4 juillet, vous le serez bien assez pour moi ! »

Elle prit quelques notes sur l'un des carnets verts que les serveurs utilisaient pour les commandes. Harold voulait des mandats pour fouiller toutes les voitures garées dans le parking et les domiciles des membres du personnel. Avant de prendre congé, Muriel crut devoir lui faire part de la remarque de John Leonidis sur les raisons qu'il avait d'en vouloir à son père.

« Nom d'un chien... » lâcha Harold, avec une grimace soucieuse. La perspective de devoir cuisiner des proches parents affligés n'avait rien de réjouissant.

« Ce doit être le choc, dit Muriel. Vous savez ce que c'est, les histoires de famille...

— Exact, fit Harold, qui avait lui aussi une famille. Filez vite nous chercher ces mandats, d'accord ? Et laissez-moi les numéros où je peux vous joindre, au cas où j'aurais besoin d'autre chose. »

Elle n'avait aucune idée de la façon dont elle pourrait dénicher un juge un vendredi férié, pour lui faire signer des mandats. Harold parti, elle se retrouva seule dans le cagibi, au milieu de toutes ces choses qui avaient appartenu à Gus. Elle parcourut la liste des numéros personnels d'un certain nombre de juges, et elle finit par en avoir un au bout du fil. La voix de Gillian Sullivan, qui était le dernier choix de Muriel, lui parut pâteuse et ensommeillée, comme d'habitude, mais le juge était disponible. Muriel fonça à son bureau, au centre administratif du comté, où elle dut taper elle-même le texte de ses mandats.

Elle avait peine à se retenir de trépigner de joie. Car s'il y avait une règle d'or dans le service, c'était bien celle-là : dossier ouvert, dossier attribué. Cette maxime, qui ne souffrait aucun écart, empêchait les adjoints de larguer leurs chiens galeux, et les gros bras du service de se faire systématiquement attribuer les dossiers les plus prometteurs. Mais, sans l'aide de Larry, elle aurait sans doute été reléguée en trente-sixième position, pour un dossier où la peine capitale serait probablement requise. Avant longtemps, son nom ferait les gros titres du *Tribune* et cette perspective suffisait à l'électriser de la tête aux pieds.

Enfant, elle avait longtemps eu peur de la mort. Elle tremblait au fond de son lit à l'idée que ce long processus de croissance, jusqu'à l'âge adulte, ne servirait qu'à la rapprocher de ce point terrifiant, de ces ténèbres qui finiraient par l'engloutir. Par la suite, elle s'était rangée à l'avis de sa mère. Il n'y avait qu'une issue – faire en sorte de laisser derrière soi une trace qui résisterait au temps. Elle aurait aimé que, dans un siècle, quelqu'un puisse dire : « Elle a fait de bonnes choses, cette Muriel Wynn. Aujourd'hui encore, nous en profitons tous. » Elle ne s'était jamais figuré que cela serait facile. Elle savait qu'elle devrait prendre des risques, et ne pas ménager sa peine ; ça faisait partie du marché. Mais il était essentiel d'obtenir que justice soit faite pour Gus, comme pour tous les autres. C'était une pierre qui viendrait s'ajouter à cet édifice toujours inachevé, à ce rempart dressé contre la férocité des instincts qui, sinon, menaçaient de dévorer le monde.

En s'en allant, elle croisa Larry sur le trottoir en face du Paradise. Il était aux prises avec Stanley Rosenberg, un journaliste de Canal 5 particulièrement fouineur. Stanley persistait à le bombarder de questions, malgré les rebuffades répétées de Larry qui le renvoyait invariablement à son chef. De guerre lasse, Starczek, qui n'avait pas très haute opinion des journalistes, se contenta de faire demi-tour, en le plantant là.

« Tu parles d'une bande de vautours ! » dit-il à Muriel, qui lui emboîta le pas. Leurs voitures étaient garées au même endroit. Elle sentait dans son dos le rayonnement glacé de la désolation qui régnait sur ces rues grisâtres, imprégnant tout, comme une odeur particulièrement tenace, jusqu'au tissu de vos vêtements.

« Alors ? Tu t'es fait embaucher par Harold ?

— Tu as bien joué, sur ce coup-là. » Ils étaient

arrivés à sa Honda. Elle le remercia avec circonspection et lui lança un petit « À la prochaine ! » désinvolte, mais il la retint par le bras.

« Alors, qui c'est ? »

Elle mit trois secondes à comprendre, et lui conseilla de penser à autre chose.

« Eh ! Tu crois peut-être que je ne finirai pas par savoir ? »

Au bout de quelques rounds, elle jeta l'éponge : « C'est Talmadge, finit-elle par lâcher.

— Talmadge Lorman ?

— Sans blague, Larry... tu en as rencontré beaucoup d'autres, des Talmadge ? »

Talmadge Lorman, ex-membre du Congrès, avocat d'affaires et lobbyiste bien connu, enseignait la législation des contrats, du temps où ils étaient étudiants. Trois ans plus tôt, sa femme était morte d'un cancer du sein et leur veuvage prématuré les avait rapprochés, Muriel et lui. Ils avaient eu une liaison, mais leur relation restait intermittente, comme cela semblait devoir être le cas entre Muriel et tous les hommes de sa vie. Ces derniers temps, ils semblaient pourtant avoir trouvé leur vitesse de croisière. Maintenant que ses deux filles étaient à la fac, Talmadge commençait à se lasser de sa solitude – et elle aimait graviter dans le champ magnétique qui l'environnait. En présence de Talmadge, les événements les plus épiques semblaient à portée de main.

« Tu vas vraiment épouser Talmadge Lorman ?

— Oh, rien n'est encore fait. Je t'ai simplement dit que j'avais comme l'impression que notre relation pourrait éventuellement aboutir à quelque chose – mais cela ne se fera sans doute pas. On en est encore à des années-lumière, pour l'instant. C'était juste pour t'expliquer pourquoi je n'accours plus ventre à terre dès que tu me siffles.

— Moi, je te siffle ? ! »

Était-ce cette conversation qui leur donnait un sentiment d'étrangeté, à l'un comme à l'autre... Elle se sentit soudain dans une sorte d'état second, comme si elle avait plané au-dessus de la scène, en dehors de son propre personnage. Elle avait déjà vécu ça, ces quelques dernières années. Des moments où la vraie Muriel semblait être non pas totalement absente, mais indétectable, un minuscule noyau de quelque chose qui existait, certes, mais dépourvu de forme bien définie. Elle avait été une adolescente ordinaire, aussi emmerdante que la moyenne, convaincue que le monde entier était une arnaque et, en un sens, elle n'avait jamais vraiment dépassé ce stade. Elle savait que chacun servait ses propres intérêts et c'était ce qui l'avait attirée vers le droit : elle aimait cet aspect du rôle de l'avocat qui exigeait de mettre bas les masques et de percer les gens à jour. Mais ses convictions ne lui facilitaient pas la tâche, lorsqu'il s'agissait de jeter des ponts vers autrui.

C'était ce qui semblait ramener Larry vers elle, inlassablement, comme sur les chevaux de bois. Elle le connaissait. Il était futé – plus futé que gentil. Elle aimait son humour, son cynisme, et cette sûreté d'instinct qui lui permettait de la comprendre. C'était un costaud, avec du sang à la fois polonais et allemand, des yeux bleus enfantins, une grosse tête ronde couronnée d'une tignasse blonde qui commençait à s'éclaircir.

Viril, sans être vraiment bel homme, exhalant un charme primal. Batifoler avec lui avait été le genre d'extravagance dont elle avait été coutumière dans son adolescence, du temps où elle s'amusait à jouer les écervelées. Mais Larry avait femme et enfants et c'était un flic à cent vingt pour cent. Elle se répéta ce qu'elle lui avait dit, cet après-midi-là – qu'il était grand temps pour elle de tourner la page et de passer à autre chose.

Elle balaya la rue du regard, pour s'assurer qu'ils étaient seuls, et pinçant l'un des boutons de sa chemise – une ample chemise en acétate qu'il portait sous son veston d'été – elle lui imprima une petite traction affectueuse comme pour lui demander pardon. Puis elle se glissa au volant, mit le contact, et revint à l'affaire qui lui faisait battre le cœur.

5.

Pistes

Le 3 octobre 1991

Comme il se rendait à l'aéroport de DuSable pour enquêter sur Luisa Remardi, Larry s'arrêta à La Pointe pour visiter une maison. Dix ans auparavant, après avoir travaillé sur le meurtre d'un agent immobilier, l'inspecteur Starczek s'était lancé dans des opérations de réhabilitation. Il rénovait une maison pratiquement tous les dix-huit mois et la revendait à bon prix. Quand il était plus jeune, son boulot de flic n'était pour lui qu'une étape temporaire, en attendant mieux. Il adorait son travail, mais du jour où il avait laissé tomber ses études de droit et pris ce poste d'inspecteur, qu'il acceptait comme un décret du sort lui-même, il n'avait cessé d'ambitionner une carrière plus brillante, qui le mènerait dans les plus hautes sphères. Après toutes ces années, les seules ambitions qui lui restaient reposaient toutes sur l'immobilier.

En cet après-midi d'automne ensoleillé, il examina la maison. Elle serait mise en vente dès la fin de la semaine – c'était du moins ce que lui en avait dit un courtier bien informé. La Pointe, qui était longtemps resté un quartier réservé à la petite communauté afro-américaine de classe moyenne, commençait à attirer des célibataires et des jeunes couples de toutes ethnies, en quête de maisons plus spacieuses et d'un meilleur rapport qualité prix que celles du centre. Celle-ci, une belle bâtisse coloniale, était une perle rare. Aucun yuppie n'y aurait résisté.

Elle avait été subdivisée en appartements, mais la plupart de ses détails d'origine étaient restés intacts, y compris les balconnets carrés qui ceignaient les tourelles à chaque angle et la grille de fer forgé, entre les piques de laquelle s'entassaient des paquets de feuilles jaunies.

Il y avait aussi ce vaste coin ensoleillé, sur le devant. Il pourrait y planter des zinnias, des capucines, et des renoncules pour que le jardin reste fleuri de mai à octobre. L'expérience lui avait appris qu'un dollar investi dans les plantations rapportait quelque chose comme trois cents pour cent, en terme de revalorisation de la propriété et, bizarrement, le jardinage avait fini par devenir son domaine de prédilection, dans toute l'entreprise. Le père de son père avait été fermier en Pologne. Pour lui, c'était un retour aux sources. Ce qu'il appréciait particulièrement, c'était que ça lui avait permis de renouer avec des choses qui lui échappaient auparavant. Au cœur de l'hiver, il se plaisait à se représenter l'emprise du gel dans les profondeurs du sol, l'action régulatrice du froid sur les microbes, et celle, fertilisante, de la neige. Il suivait l'évolution de la trajectoire du soleil, et il avait chaque jour une opinion

différente sur l'opportunité de la pluie. Sous les pavés,
la terre ! – c'était devenu sa devise personnelle.

Il était quatre heures bien sonnées lorsqu'il arriva en
vue de l'aéroport. Depuis près de cinq semaines,
l'équipe spéciale réunie au Paradise par Harold Greer
quadrillait systématiquement toute la ville mais, conformément à ses prévisions, Greer était parti perdant
en orchestrant l'enquête depuis le QG de la police, installé à McGrath Hall – une véritable forteresse médié-
vale, où les bruits de couloir allaient bon train : qui se
faisait qui ; quel était le nouveau crétin que le Big Boss
ou ses principaux lieutenants avaient décidé de piston-
ner. Ce n'était sûrement pas dans ce temple de la politique locale que se faisait le vrai boulot, exception faite
de ces sports nationaux qu'étaient pour les flics la
grogne et les jeux de pouvoir. Courant août, le FBI
avait cru épingler un coupable en Iowa. Le tuyau s'était
avéré percé, et à cette date, la plupart des inspecteurs
étaient déjà retournés à leurs dossiers habituels. À sa
connaissance, Larry était le seul enquêteur de l'équipe
spéciale qui continuait à rédiger plus d'un rapport par
quinzaine.

Luisa s'était révélée suffisamment énigmatique pour
tenir son intérêt en éveil. Son autopsie avait soulevé
deux nouvelles questions sur les circonstances précises
de sa mort. Autour de son anus, Painless avait relevé
un certain nombre de déchirures linéaires superfi-
cielles, présentant de minuscules traces de saignements. Or, un mort ne saigne pas. La thèse de Larry
était qu'elle s'était prêtée à une première agression
sexuelle, dans l'espoir de sauver sa vie. Mais, pendant
ce temps, qu'avait bien pu faire Judson, la troisième

victime, qui avait finalement traîné les deux autres corps au sous-sol ? Avait-il été tenu en respect par un complice ?

Larry s'était garé devant le grand centre administratif récemment mis en service par TN Air. Avec l'avènement des nouveaux long-courriers nécessitant des escales plus courtes, la Trans-National avait réinvesti l'aéroport de DuSable, en visant une clientèle bien définie : les joueurs et les hommes d'affaires. La compagnie proposait des vols économiques, vingt-quatre heures sur vingt-quatre, en direction des autres villes du Midwest ainsi que vers Las Vegas et Atlantic City. Le succès de ce programme avait été fulgurant. Trois autres compagnies nationales avaient ouvert leurs propres terminaux et la direction du trafic aérien du comté avait donné son feu vert pour un énorme projet d'expansion, visant à soulager un peu les monstrueux embouteillages qui sévissaient, jour et nuit, aux alentours de l'aéroport principal. Les plus grandes chaînes d'hôtellerie et de restauration avaient ouvert des établissements dans les environs, et la Trans-National avait récemment inauguré ce nouveau centre administratif sur le site même d'un vaste projet immobilier qui avait capoté, cinq ans plus tôt. Le devant de la structure de béton était agrémenté d'un gros rouleau à pâtisserie de verre, formant atrium. C'était un produit typique de l'architecture moderne – cloisons en papier à cigarettes et lumières aseptisées. Larry n'avait jamais raffolé du style moderne.

Il avait demandé à la sécurité de TN de lui arranger un autre rendez-vous avec Genevieve Carriere, l'hôtesse responsable du guichet des billets qui avait été,

de l'avis de tous, la meilleure amie de Luisa. Nancy
Diaz, l'un des cadres du service (qui était une ancienne
de la police du comté, tout comme une majorité du
personnel de la sécurité, chez TN), avait donc convoqué Genevieve dans son bureau. À l'arrivée de Larry,
Nancy prit le premier prétexte pour s'éclipser, le laissant
en tête à tête avec Mrs Carriere.

« Erno aimerait vous parler, quand vous en aurez
terminé », ajouta Nancy depuis le seuil de la porte,
avant de s'éloigner. Erno Erdai, chef adjoint de la sécurité, régnait en maître absolu sur le fonctionnement du
service. Larry le connaissait depuis la nuit des temps.
Ils avaient commencé ensemble l'école de la police.
Mais Erno ne s'était pas donné la peine de l'accueillir
personnellement, les deux ou trois premières fois où
il était venu fouiner sur les lieux. Sans doute le chef
adjoint tenait-il à lui en imposer, par l'importance de
son nouveau statut.

Le local de Nancy était équipé d'un bureau de méla-
miné imitation bois et de néons particulièrement aveu-
glants, sans doute pour compenser l'absence totale de
fenêtres. Genevieve s'était assise, les jambes croisées
aux chevilles. Dans son uniforme kaki, elle avait l'air
strict et austère d'une institutrice, ce qu'elle avait précédemment été. Elle aidait son mari à terminer ses
études de médecine, et avait trouvé plus commode et
plus rentable de travailler à l'aéroport, dans l'équipe de
nuit de la Trans-National, pour pouvoir rester à la maison dans la journée, avec leur bambin d'un an. Elle
portait au cou une petite croix d'argent. Elle avait le
visage rond et les dents légèrement en avant. Elle avait
appris à tenir le menton haut et à regarder ses interlocu-

teurs bien en face. Quand il l'avait interrogée, deux mois et demi auparavant, Larry avait cru détecter chez elle le frémissement de quelque chose qui était resté du domaine du non-dit.

Ils échangèrent quelques banalités d'usage, concernant son bébé – lors de sa dernière visite, Larry l'avait interviewée à son guichet où elle gardait un porte-photos en cuir à portée de main, sur son comptoir. Larry lui annonça que c'était cette fois d'argent, qu'il voulait lui parler.

« D'argent ? fit-elle. Pour ce qu'on en voit la couleur, dans cette boîte ! Justement, on souhaiterait en voir un peu plus !

— C'est de l'argent de Luisa qu'il s'agit. »

Elle parut d'autant plus prise de court. Elle lui expliqua que Carmine, l'ex de Luisa, négligeait le plus souvent de lui verser sa pension et que son amie était toujours fauchée. Luisa vivait avec sa mère et ses deux filles. Elle avait quitté l'aéroport principal voilà cinq ans pour venir travailler à DuSable. Elles se relayaient, Genevieve et elle, en horaires alternés – de vingt heures à six heures du matin un jour, et de dix-huit heures à minuit le lendemain. Elle était le seul agent en service lorsque les vols de Las Vegas décollaient ou atterrissaient. Ce rythme de travail lui permettait d'emmener chaque matin ses filles à l'école et d'être là à leur retour. Un soir sur deux, elle pouvait même les faire dîner. Elle dormait la journée.

À en juger par ce qu'il avait appris pendant ces interrogatoires, Luisa était une femme de caractère, aux prises avec de très banals problèmes d'argent. Elle avait eu ses deux filles avec ce Carmine, qui avait ensuite mis les voiles – peut-être parce qu'elle avait pris quelques kilos, peut-être parce qu'elle commençait à lui rappeler un peu trop sa mère. Carmine parti, Luisa s'était retrouvée avec un énorme prêt à rembourser pour leur maisonnette de rêve, un F4 situé dans le West Bank, mais elle avait décidé que ses filles n'avaient pas à souffrir des méfaits de leur père. Résultat, elle avait des dettes. De très lourdes dettes. Larry avait relevé un trou de trente mille dollars sur sa carte de crédit, quelque chose comme un an auparavant. Ensuite, elle avait commencé à verser à la banque la totalité de son salaire. Mais en ce cas, comment payait-elle les courses et les fournitures scolaires ? En espèces, apparemment. Où qu'elle aille, elle emportait de grosses sommes en liquide.

S'il y avait aux Homicides un autre inspecteur qui fût capable d'éplucher aussi bien que lui les finances de quelqu'un, Larry ne l'avait pas encore rencontré, et ce ne fut pas sans une certaine fierté qu'il étala sous le nez de Genevieve les documents qu'il avait glanés dans les banques au fil des mois. Luisa devait avoir été pour Genevieve une amie quelque peu encanaillée : il lui échappait certains mots qui n'auraient jamais franchi les lèvres de Genevieve, elle fréquentait les night-clubs, et son lit voyait certainement passer plus de conquêtes masculines. Mais, en sa qualité d'amie intime, Genevieve devait avoir eu vent de pas mal de choses. Elle hocha cependant la tête d'un air surpris.

« Je ne suis au courant de rien, à ce sujet. Vous avez ma parole. »

Quand on repère un flux de liquide un peu trop important, c'est généralement qu'on a mis le doigt sur quelque chose de louche. Larry avait passé tous les noms du carnet d'adresses de Luisa à la moulinette de la base de données du FBI, mais sans succès. Il avait alors pensé à une solution plus anodine, pour expliquer l'origine de tout cet argent. Peut-être Luisa avait-elle dans sa vie un monsieur d'un certain âge ?

« Si c'était le cas, répondit Genevieve, je n'en ai jamais rien su. Elle n'attendait pas grand-chose des hommes, depuis le départ de Carmine, et en tout cas, pas une vraie relation de couple. Elle sortait le samedi soir, bien sûr, mais elle ne m'a jamais parlé d'un papa gâteau...

— Lui connaissiez-vous d'autres activités, ou d'autres relations qui auraient pu être à l'origine de ce liquide ?

— Comme par exemple ?

— De la drogue ? » Larry attendait une réponse, quelle qu'elle fût, mais Genevieve en resta sans voix. Elle avait l'air sincèrement prise au dépourvu. « À cause de ce rapport, dans son dossier... » expliqua Larry. Officiellement, pour des raisons de sécurité, tout le personnel de TN devait se soumettre chaque mois à des analyses d'urine. Deux mois plus tôt, celles de Luisa s'étaient révélées positives. Puis, comme la sécurité décidait d'ouvrir une enquête, un indicateur anonyme avait appelé, à point nommé, pour accuser Luisa d'avoir vendu dans l'aéroport. Le responsable syndical fut convoqué et la sécurité exigea une fouille au corps à laquelle Luisa n'accepta de se soumettre qu'après de véhémentes protestations. On ne trouva rien sur elle et, après vérification, le test douteux se révéla n'être qu'une simple erreur de manipulation. Mais vu la profusion de liquide, Larry se demandait s'il n'y avait tout

de même pas eu quelque chose. Les employés des aéro-
ports étaient aux premières loges pour faire entrer des
substances illicites. Genevieve avait une autre thèse,
très différente :

« C'était un coup monté contre elle, dit-elle. Et là,
j'ai parfaitement suivi l'affaire. Luisa était dans une
rage noire. Depuis dix ans qu'elle travaillait pour la
compagnie, elle n'avait pas eu une seule analyse positive. Et tout à coup, voilà qu'ils décident de la fouiller !
Qu'est-ce que c'était que cette sale blague ?

— Et qui la lui aurait faite, à votre avis ?

— Luisa n'était pas du genre à mâcher ses mots.
Elle a dû dire quelque chose qui a froissé quelqu'un –
vous savez ce que c'est !

— Et vous auriez une idée de qui ça pourrait être ? »

Larry aurait juré qu'elle avait un nom derrière la
tête, mais Genevieve n'était pas du genre à parler à tort
et à travers, comme son amie. Il tenta à plusieurs
reprises de lui faire cracher le morceau, mais elle se
contenta de le regarder bien en face, sans se départir de
son petit sourire, puis leva les yeux au plafond. Comme
l'heure tournait, et qu'il ne voulait surtout pas louper
Erno, il remercia Genevieve, en précisant qu'il ne
serait pas impossible qu'il la recontacte par la suite.
Cette perspective n'eut pas l'air de l'enthousiasmer.
C'était l'un des mauvais côtés de son boulot, que de
devoir parfois cuisiner des braves gens, tels que cette
Genevieve, qui était probablement au-dessus de tout
soupçon. Détenait-elle vraiment des informations sur
l'argent de Luisa ? À vue de nez, il aurait dit que oui,
mais Genevieve était manifestement persuadée que
cela n'avait rien à voir avec le meurtre de Luisa. D'une

façon ou d'une autre, elle s'efforçait de préserver la mémoire de son amie – et c'était tout à son honneur. Peut-être Luisa avait-elle un tonton flingueur, un poil mafioso sur les bords, qui lui était venu en aide. Peut-être sa propre mère, une survivante du vieux continent, avait-elle fait fortune dans les jeux de paris clandestins qui prospéraient dans son ancien quartier de Kewahnee – à moins qu'elle n'ait aidé sa fille en puisant dans son propre bas de laine, enfoui sous son matelas.

Il passa plusieurs minutes à faire les cent pas autour d'une plante en pot, en face de la porte d'Erno, avant que la secrétaire ne vienne le chercher. La direction de la sécurité avait son siège à l'aéroport principal. Sur place, à DuSable, Erno était donc seul maître à bord. Il disposait d'un immense bureau, trop vaste pour le mobilier qui lui avait été attribué. La lumière qui coulait à flots par les baies vitrées faisait miroiter son bureau – le meuble – sur lequel on aurait vainement cherché ne fût-ce qu'un grain de poussière.

« Alors, quoi de neuf ? s'enquit Erno, lorsqu'ils furent tous deux installés, l'un en face de l'autre. Les pontes du centre-ville aiment être tenus au courant. Ils détestent apprendre dans le journal que quelqu'un de chez nous a fait un faux pas. »

Erno avait émigré clandestinement de Hongrie en 1956, après la mort de son père, qui avait été pendu à un lampadaire en face de la maison familiale par les Soviétiques. On discernait encore dans son élocution quelques traces de cet accent slave qui, comme une musique de fond incongrue, allongeait certaines de ses voyelles et en laissait certaines autres en arrière, au fond de sa gorge. Mais il tenait par-dessus tout à faire comme si de rien n'était – c'était un aspect essentiel de son personnage. Erno était de ceux qui veulent toujours avoir l'air d'en être, et il avait probablement mené sa propre petite enquête pour savoir où en était celle de Starczek. Mais cette curiosité même mettait Larry en position de force. Pour toute réponse, il ouvrit son calepin à spirale, et lui annonça qu'il n'avait pas très bien compris les tenants et aboutissants de l'enquête concernant un éventuel trafic de stupéfiants dont il était fait état dans le dossier personnel de Luisa. Erno tordit plusieurs fois sa bouche, d'un air dubitatif, comme s'il évaluait le prix de ce qu'il se préparait à admettre, avant de se pencher vers son bureau, sur lequel il s'appuya des deux coudes.

« Je préférerais ne pas avoir à le noter par écrit, dit-il, mais je crois que mes gars ont fait un peu de zèle, sur ce coup-là. C'est pas toujours facile de les avoir à l'œil, tu sais. Mais il se trouve que cette dame, cette pauvre Luisa, ça n'était pas vraiment un cadeau, d'après ce que j'en ai entendu dire. Elle pouvait se vanter d'avoir filé la migraine à plus d'un – comme tu as pu le voir, d'après les observations de son dossier. Insolence, insubordination... Tu vois le genre. Ces mots reviennent régulièrement dans les rapports, et chaque fois avec une orthographe différente. Je crois qu'elle est un peu sortie de ses gonds en voyant arriver les résultats de ce test douteux. Assez en tout cas pour renforcer les soupçons de quelqu'un qui l'aurait déjà eue à l'œil... » Erno avait ponctué cette dernière phrase d'un regard en coin. Il suggérait que ses hommes avaient bondi sur le prétexte du tuyau anonyme pour soumettre Luisa à une fouille humiliante. Le genre de

truc qui se produit tous les jours, dans la rue. Genevieve avait donc dit vrai, sur ce point. Luisa ne savait
pas tenir sa langue, et ça lui avait joué des tours.

« C'était une fausse piste ?

— Double zéro pointé », affirma Erno, d'autorité. Il
ouvrit l'un de ses tiroirs et en sortit un cure-dents qu'il
se ficha au coin des lèvres. Erno était un grand échalas,
sec et nerveux. Il avait le type slave – long nez, long
visage osseux, en lame de couteau. Ses sourcils étaient
d'un blond si pâle qu'ils en devenaient presque invisibles. Larry avait toujours eu un peu de mal à l'encadrer. Il avait un côté tranchant, désagréable, et arborait
perpétuellement cette grimace amère, comme s'il avait
eu sous le nez une matière malodorante, qui aurait très
bien pu être vous. Il aurait sans doute fait un flic conve-
nable, plutôt intelligent et consciencieux, mais sa carrière avait tourné court. Il était encore cadet à l'école
de la police, lorsqu'il avait tiré sur sa belle-mère, au
cours d'une dispute familiale, et l'avait tuée. Le rapport
du médecin légiste avait corroboré le témoignage de la
femme d'Erno, qui avait confirmé la version de son
mari – à savoir que la vieille femme l'avait poursuivi
avec un couteau – mais par la suite, l'état-major de la
police refusa la candidature d'un type qui avait tué
avec son arme de service avant même d'avoir décroché
son insigne.

La vie ayant parfois de ces détours bizarres, la situation avait cependant fini par se retourner en faveur
d'Erno. Quelques-uns de ses vieux copains flics
l'avaient mis en relation avec la sécurité de TN, où il
avait été engagé et depuis, il assurait le maintien de
l'ordre dans l'aéroport, aidait les douaniers à épingler

les trafiquants de drogue et luttait contre les resquilleurs qui tentaient de monter dans les avions sans billet.
Il venait à son travail en costume cravate, possédait
une jolie maison en banlieue, des actions de la Trans-
National, un plan de retraite juteux et il avait sous ses
ordres tout un bataillon d'ex-flics – bref, il avait réussi.
Mais, pendant des années, il avait traîné autour du
Ike's, le plus célèbre des bars à flics de la ville, comme
une âme en peine. Il voulait absolument avoir l'arme
et l'insigne d'un vrai flic d'appellation contrôlée. Il
venait au bar descendre quelques bières, en écoutant
les histoires de ses ex-collègues avec cette attitude
propre à l'âge mûr, cet air chagrin, commun à tant
d'hommes entre deux âges – et sur ce point, Larry ne
valait guère mieux que les autres.

« Où tu veux en venir, avec cette histoire de dope ?
demanda Erno. Je croyais que Greer penchait pour la
thèse du Grand Méchant Pas de Chance – le mauvais
endroit, au mauvais moment.

— Peut-être. Mais il se trouve que notre petite Luisa
avait de grosses rentrées d'argent, en liquide. »

Cela parut éveiller l'intérêt d'Erno. D'après ce qu'en
savait Larry, Erno était l'un de ces Hongrois qui se
passionnent pour le fric en général, et pour le leur en
particulier. Il n'en faisait certes pas étalage, et quand il
évoquait ses options en Bourse, c'était plutôt de l'air
de ces gens qui vous confient qu'ils ont un taux de
cholestérol remarquablement bas – « J'en ai de la
veine, hein ! » Il rappelait à Larry certains de ses
grands-oncles polonais qui pouvaient vous retracer
l'historique de chaque dollar qu'ils avaient gagné ou
déboursé. Une attitude typique du vieux continent. Là-

bas, l'argent, c'était la sécurité. Mais il suffisait de bosser trois mois aux Homicides pour être immunisé à vie contre ce genre de cliché. D'abord parce que vous appreniez que l'argent est, au contraire, l'une des principales causes de mort violente – la seconde, après l'amour – et ensuite parce qu'on n'en a de toute façon jamais assez, lorsque le croque-mitaine frappe à votre porte.

« Et d'où lui venait tout cet argent ? s'enquit Erno.

— C'était justement la question que je voulais vous poser, les gars. Aurait-elle pu voler quelque chose ? »

Erno fit pivoter son siège et lui présenta son profil, le temps de méditer cette question. De l'autre côté de la rue, sur la piste nord-sud, un 737 se posait, tel un gros canard sur un étang. La masse hurlante de rivets et d'aluminium arriva à la rencontre du tarmac à quelques degrés de son axe, mais finit par se poser sans encombre. Les fenêtres d'Erno devaient être équipées d'un triple vitrage, car aucun bruit n'avait filtré.

« Elle ne piquait pas de billets, si c'est à ça que tu penses, répondit Erno.

— Je me demandais plutôt si elle n'aurait pas pu se servir dans la caisse.

— Ça, aucun risque. La comptabilité est trop pointilleuse, pour tous les billets payés en liquide.

— Et pourquoi pas les billets eux-mêmes ?

— Les billets ? Effectivement, c'est l'un des trucs les plus intéressants à voler, dans un aéroport. Un simple morceau de papier peut valoir mille dollars dans la rue, mais ceux qui s'y frottent finissent toujours par se faire pincer. » Erno lui décrivit les procédures. Les agents établissaient les billets, le plus souvent à partir de leur terminal informatique, mais parfois à la main. Les billets n'étaient valides qu'une fois revêtus du code informatique personnel de l'agent qui les établissait ou, pour les billets rédigés à la main, de l'empreinte d'une plaque d'identification personnelle que l'agent glissait dans une machine, pour marquer les billets vierges. « Chaque fois qu'un voyageur monte en avion, la comptabilité établit la correspondance entre le règlement et le billet utilisé. Au cas où il n'y aurait pas de paiement enregistré pour un billet, mon téléphone sonnerait aussitôt. Évidemment, la première chose que l'on vérifierait, ce serait l'agent qui a établi le billet et qui serait immédiatement identifié grâce à l'empreinte de sa plaque.

— Et alors ? Il sonne souvent, ton téléphone ?

— Un ou deux billets, par-ci par-là. Mais vraiment pas de quoi rafler le pactole, si c'est de ça qu'il s'agit. On ne m'a signalé la disparition d'aucune plaque d'identification ces derniers temps. Ça, ça ferait du bruit. La compagnie ne rigole pas du tout, avec ce genre de truc. Même pour un dollar cinquante, on vous coffre et on vous attaque en justice, ici. Tolérance zéro – c'est le règlement. Et tu vois, ça marche, ce genre de dissuasion. Tout le monde a trop la trouille pour prendre le moindre risque. Et ton entretien avec Genevieve, qu'est-ce que ça a donné ? Est-ce qu'elle a une idée de l'endroit où Luisa cachait son arbre à fric ? »

Larry lâcha un grognement. « Non, elle m'a fait le coup des trois singes.

— Sans blague ? » Erno eut une petite grimace consternée.

« Sans blague. Tu crois qu'elle pourrait avoir été de mèche avec Luisa ?

— Je sais bien qu'il ne faut jamais dire jamais, mais là, c'est un cas où je le dirais quand même. Trop à cheval sur le règlement. L'employée modèle. Pourquoi tu ne la fais pas citer à comparaître ? Un mandat du Grand Jury ? C'est pas du tout le genre à te mener en bateau, une fois qu'elle aura prêté serment. Il te suffira de la cuisiner un peu, et je te parie que tu sauras tout ce que mijotait sa copine. »

C'était une idée, et Larry en prit note sur son calepin. Mais ni Muriel ni Tommy Molto n'apprécieraient ce genre d'initiative. Un mandat du Grand Jury, ça risquait de déclencher un concert de hurlements outrés dans les rangs des avocats qui leur reprocheraient de harceler d'honnêtes citoyens blancs sur de vagues soupçons.

Erno lui demanda quelles autres solutions il envisageait.

« Eh bien, il ne nous reste plus grand-chose, pas vrai ? Je ne vois pas du tout Luisa à la tête d'une petite entreprise de paris clandestins : la moitié des voyageurs ne font que transiter vers Las Vegas. »

Erno reconnut la logique de la chose.

« Et vous, quel genre de problèmes vous avez à résoudre ? demanda Larry.

— Nous ne sommes encore qu'un petit aéroport. Notre principal souci, ce sont les SDF pendant l'hiver. Tu sais, les clodos qui traînent dans les rues du North End... Dès les premiers froids, ils sont à la recherche d'un endroit chaud où se planquer, et on en retrouve partout, ici : dans les chiottes, derrière les tapis de retrait des bagages. Ils piquent des trucs, ils font peur aux gens. Ils gerbent partout.

— Et les putes ? »

Il y avait pas mal de clients potentiels – des voyageurs esseulés en quête d'un peu de compagnie. Une jolie femme encore jeune, telle que Luisa, sanglée dans son uniforme, aurait très bien pu réveiller les fantasmes de certains pour les hôtesses de l'air. À l'heure du déjeuner, à la pause-café, après le travail, aux heures creuses de la nuit, quand elle n'avait rien d'autre à faire... Mais Erno lui fit remarquer qu'il n'y avait à proximité immédiate aucun hôtel où une jeune personne aurait pu exercer.

« Bon, ben, on peut pas dire que tu m'aies été d'un putain de secours », lança Larry.

Erno promena sa langue contre le coin de sa bouche, mimique qui semblait lui tenir lieu de sourire. « En fait, dit-il en agitant son cure-dents, j'ai peut-être un tuyau pour toi. Enfin... Je me demande si je fais bien de t'en parler, mais y a un môme – enfin, c'est plus un môme, disons plutôt un mec, que je connais. Enfin... un mec, je me comprends : c'est mon grand connard de neveu, Larry. Sauf que l'air de famille ne te sauterait peut-être pas aux yeux, si tu venais à le croiser.

— Ah ? Il n'est pas aussi beau gosse que toi ?

— Ça, au contraire ! Difficile de faire mieux, dans le genre. Son père était un vrai Brummel. Le genre étalon, tu vois – et sur ce point, il tient de son père. Mais il se trouve qu'il est d'une autre couleur que toi et moi.

— Ah...

— C'est ma sœur, tu vois... Quand j'étais môme,

dans le South End, les vieux n'arrêtaient pas de dire qu'il fallait virer tous les Nubiens de cette ville. Tu sais, les Blacks nous cernaient sur trois côtés et nous, on n'en voulait pas, de ces mal blanchis, avec leur drogue et leurs putes. *Fekete*. Sombre. C'est comme ça qu'on dit, en hongrois. J'entendais ce mot à tout bout de champ. *Fekete !* C'était pire qu'une injure. Alors, naturellement, tu connais les filles, elles arrivent à un âge où c'est "Allez vous faire voir, papa-maman, vous et votre baratin sur la Sainte Église catholique et romaine" – et l'idée qu'elles se font de la grande aventure, c'est de se précipiter dans les bras du premier négro qui leur fait guili-guili. Llona, ma petite sœur, c'était ça. Elle ne pensait qu'à se farcir le cannelloni de viande noire, et elle n'en avait jamais assez !

« Et voilà comment mon neveu nous est tombé du ciel. Toute la famille se demandait s'il fallait commencer par étrangler ma sœur ou aller directement se pendre, alors c'est le grand frère – ton serviteur – qui a pris sur lui. Et ça, si je commence à te raconter, c'est un feuilleton d'au moins six cents épisodes. Tu as le temps d'en écouter une version abrégée ? Ça t'aidera à comprendre la suite.

— Je me ferai payer en heures supplémentaires, répliqua Larry.

— Ben, ce môme, en un mot comme en cent, c'est un de ces bâtards de métis élevés sans père. Les gens du quartier ne l'appréciaient pas des masses et il le leur rendait bien – avec intérêt, même. Et ma sœur, malgré toutes ses bonnes intentions, n'a jamais réussi qu'à envenimer les choses. Au lieu de l'envoyer chez les frères, à Saint-Jérôme, elle l'a mis à l'école publique,

pour qu'il ne soit pas le seul gosse noir de sa classe.
Et ça n'a pas fait un pli. Au bout de quelques semaines,
c'était devenu un vrai Black. Il parlait comme eux, il
traînait avec leurs bandes, il traficotait de la came. Et
moi, pendant ce temps, j'étais comme un mec qui a
oublié ses mains dans le feu et qui essaie de les récupérer. Sa première condamnation, ç'a été pour du sirop
contre la toux – un produit avec des composants
opiacés, dans les années 80, avant l'avènement du
crack. Le flash assuré, pour quelques cents. J'ai fait
jouer mes relations et j'ai réussi à le faire mettre dans
une boîte de rééducation pour jeunes délinquants.

« Mais je crois que c'est dans leurs gènes, à ces gens
– vraiment, j'en suis convaincu. Il replonge toujours.
La came, évidemment... Il a dû tout essayer. Son potentiel ? Brillant. Sauf que tu vois, ce truc de race, ça le
mine. Il déteste sa mère – et moi, il me méprise. Impossible de lui donner le moindre conseil, ni de le guider.
Il ne nous écoute pas, parce que nous autres, on n'a
pas la moindre idée de ce que c'est, d'être un Noir dans
l'Amérique blanche. Par contre, lui, il se gêne pas pour
te balancer des sermons à la mords-moi, longs comme
le bras. J'avais réussi à le faire embaucher par la boîte,
quand on a ouvert ici, mais lui, pas question d'être
simple agent, ou de poireauter toute la journée près des
détecteurs à métaux. Monsieur veut être cadre. Il veut
voir du pays. Alors il s'est engagé dans l'armée. Mais
là, au bout de huit mois, ils l'ont dégradé avant de le
foutre dehors – pour trafic de drogue, bien entendu.
Alors on l'a envoyé sur le vieux continent. Mais c'était
pas ses racines, qu'il disait – et le voilà reparti, cette
fois pour l'Afrique. Et tu sais quoi ? Personne ne jouait

au basket ! Là non plus, il ne se sentait pas chez lui.
Alors, il revient en disant qu'il a enfin décidé de devenir adulte, et de bosser dans la branche.

— La branche ?

— Les compagnies aériennes. Il veut être payé pour
voir du pays. Et ça, qu'est-ce que tu veux, c'est vraiment à se tordre de rire, quand on sait à quel point
les boîtes sont allergiques aux histoires de drogue. Ils
préféreraient carrément engager un orang-outang qu'un
môme qui a trempé là-dedans. Mais moi, au bout de
toutes ces années, je connais pratiquement tout le
monde dans les grosses agences de voyages. Alors je
me suis usé les genoux à force de faire des courbettes,
et j'ai fini par lui dégoter une place chez Time to Travel, et là, que le Grand Cric me croque, mais il se
débrouille pas si mal. Collins – c'est son nom, Collins –
il décroche son diplôme, puis sa licence d'agent de
voyages. Il aime parader en costard cravate. Tchatcher
toute la journée, ça le connaît, et il sait s'y prendre
avec les clients et les ordinateurs. Et, boum ! Le voilà
bombardé agent à part entière – jusque-là, il n'était que
grouillot. Alors là, pendant cinq bonnes minutes, j'y ai
cru. Ça allait marcher, il allait finir par y arriver. Mais,
tu parles, à la première occasion, il a replongé dans la
came, et s'est fait coffrer pour trafic. Triple récidive.
Sa première condamnation a été rétablie. Il s'est pris
dix-huit mois et a perdu sa licence d'agent de voyages
pour cet État.

« Et c'est ça qui l'a fichu en rogne à sa sortie, je te
jure – bien plus que les dix-huit mois de taule. Je lui
ai dit de déménager, pour changer d'air et rompre avec
ses mauvaises influences. Il lui restait trente-six États

où il pouvait encore exercer. Mais tu vois où je veux en venir – j'ai reçu un coup de fil, la semaine dernière. Il est revenu. Il est ici, dans le district.

— En prison, ou à l'hosto ?

— Au ballon.

— Pour ?

— Achat et vente.

— Combien ?

— Six zones, comme ils disent. Cent quatre-vingts grammes. Classe X.

— Duraille.

— Pire que ça. Ils vont le faire passer triple X. »

Triple récidive pour trafic de stupéfiants, ce qui entraînait automatiquement la prison à perpétuité, sans possibilité de remise en liberté conditionnelle – à moins que le neveu d'Erno ait de quoi négocier avec les procureurs. Quelque chose à leur offrir. Larry ne voyait toujours pas où il voulait en venir. Erno connaissait du monde à la brigade des stups. Tout un tas de vieux potes à lui, qui pouvaient lui venir en aide.

« Eh bien, à vue de nez, je dirais qu'il va devoir retrouver sa langue, fit Larry.

— Ouais, ben tu sais, vu les rats de gangs avec qui il traficotait, il a pas vraiment intérêt à l'ouvrir, s'il n'a pas envie de se retrouver avec la tronche en chou-fleur. Mais il se pourrait tout de même qu'il ait un argument. Il m'appelle au secours dès qu'il est coincé, tu vois le genre. J'ai beau me jurer de laisser le téléphone sonner, qu'est-ce que tu veux que je fasse ? Hier, il s'est mis à chialer tout ce qu'il savait et de but en blanc, il m'a sorti qu'il avait vu ou entendu quelque chose concernant ton affaire.

— Mon affaire à moi, là ?

— C'est ce qu'il dit. Il aurait vu un mec avec des bijoux qui auraient appartenu à une de tes victimes.

— Laquelle ?

— M'en demande pas tant. Comme je savais que tu allais venir, je lui ai promis de t'en parler. Pour tout te dire, connaissant Collins, je soupçonne que c'est bruit de chiottes et compagnie. Le téléphone arabe entre taulards : Victor l'a dit à Nestor, qui l'a dit à Hector. Mais imagine une seconde que ce soit un vrai tuyau et qu'il te le refile, Larry – si c'est pas du bidon, va falloir me le sortir du pétrin.

— Pas de souci, mais il a plutôt intérêt à mettre dans le mille.

— Ça, ce serait une grande première. »

Larry nota le nom du neveu – Collins Farwell. Le jour commençait à tomber lorsqu'il quitta l'immeuble et, de l'autre côté de la rue, un autre jet arborant le logo zigzaguant de TN se propulsait en direction du ciel, dans un grand chatoiement d'énergie. Pour une raison qui s'obstina un bon moment à lui échapper, Larry se sentait tout guilleret. Puis il comprit : il allait devoir appeler Muriel pour lui raconter ça.

6.

La lettre de Gillian

Le 15 mai 2001

Gillian Sullivan avait dû courir sous l'averse, mais comme d'habitude, Arthur Raven lui trouva cette beauté sereine et posée qu'il admirait depuis toujours. Elle secoua son parapluie dans le grand hall d'entrée du cabinet O'Grady, Steinberg, Marconi & Horgan, et remit à la réceptionniste son imper de vinyle brillant. Ses cheveux, coupés court, avaient été un peu aplatis par la pluie, mais son élégant tailleur sombre lui allait à ravir.

Arthur lui ouvrit le chemin jusqu'à la salle de conférences où trônait une monumentale table de granit vert veiné de blanc. À travers les grandes baies enchâssées d'acier de l'immeuble IBM, on apercevait la Kindle River qui scintillait, trente-cinq étages plus bas, dans la lumière du soir. Gillian avait appelé la veille. Elle lui avait dit sans préambule qu'elle avait à lui parler et avait mis fin à la conversation en s'excusant, une fois de plus, de sa brusquerie lors de leur dernière entrevue. Arthur l'avait assurée que, pour sa part, l'incident était clos. Il avait depuis longtemps pris le pli d'esquiver systématiquement ses problèmes relationnels avec les femmes et, dans ce cas comme tant d'autres, il aurait été fort capable d'endosser la responsabilité de la réaction de Gillian : pouvait-on attendre d'une personne qu'elle reste polie, lorsqu'on venait d'émettre, en sa présence, de sérieuses réserves sur son intégrité et sa tempérance, tout en laissant entendre qu'elle aurait pu représenter un danger pour la vie d'autrui ?

Il décrocha un téléphone pour convoquer Pamela et, en attendant l'arrivée de sa jeune collègue, il demanda à Gillian si elle avait trouvé du travail.

« Je tiens le rayon de produits de beauté, au Morton's.

— Et tout se passe bien ?

— Oui, si ce n'est que j'emploie mes journées à faire des compliments d'une sincérité discutable. Je touche mon chèque deux fois par mois ; il sert en majeure partie à garnir ma garde-robe, mais je me sens tout à fait à la hauteur. La mode et les cosmétiques étaient sans doute mes seuls domaines de compétence, en dehors du droit.

— Vous avez toujours été une femme éblouissante.

— Ce n'était pas le sentiment que j'en avais.

— Oh, que si ! Vous aviez l'air d'une reine, du haut de votre estrade. Une véritable reine. J'avais un tel béguin pour vous... » insista Arthur, et il se sentit tout à coup dans la peau d'un écolier devant le bureau de la maîtresse. Son embarras arracha à Gillian l'ombre d'un sourire. À l'évidence, « béguin » n'était pas le mot qui convenait : les sentiments d'Arthur étaient rarement aussi anodins. Ses fantasmes étaient ardents et passionnés. Ils le consumaient jusqu'à la moelle. Depuis l'âge de douze ou treize ans et tous les six mois, il était tombé désespérément amoureux de quelque superbe spécimen du beau sexe, des créatures totalement inaccessibles, qui venaient hanter son imagination comme des mirages. Gillian Sullivan, la star du tribunal, dont l'intelligence et la beauté forçaient l'admiration, était tout naturellement prédestinée pour le rôle et, dans les quelques semaines qui avaient suivi l'affectation d'Arthur à sa salle d'audience, il en était tombé follement amoureux. Lorsqu'il venait plaider à la barre, ou aux audiences d'instruction, dès qu'il approchait du juge Sullivan, toujours vêtue avec la dernière élégance et répandant dans son sillage des senteurs exquises, il s'était souvent trouvé contraint de tenir son bloc-notes jaune en position de repli stratégique, pour masquer une érection incongrue. Mais il n'était pas le seul – bien d'autres procureurs adjoints s'avouaient sensibles aux charmes de Gillian. Un jour, Mick Goya, avec qui il trinquait dans une taverne du quartier, avait suivi des yeux la belle magistrate qui passait, toujours fraîche et sereine comme une rose : « Tu sais, Raven, lui avait-il glissé, je pourrais m'enfiler un mur, si je savais qu'elle était derrière ! »

Et même après cette longue dégringolade, elle continuait à lui faire de l'effet. Ses malheurs n'avaient pas eu de conséquence nocive sur sa silhouette. Elle était restée mince, et même presque maigre, mais elle avait nettement meilleure mine que lorsqu'il l'avait vue pour la dernière fois, plusieurs années auparavant, blême et défaite, les traits soufflés par l'alcool. Et pour ne pas changer, la seule idée de sa visite avait suffi à le mettre dans tous ses états.

Pamela arriva et leur serra la main à tous deux avec une certaine raideur, sans même se donner la peine de sourire. Avoir condamné Rommy à mort aurait amplement suffi à mettre Gillian en bonne place dans la liste de ses bêtes noires, mais la jeune avocate avait été d'autant plus horrifiée, lorsque Arthur lui avait rapporté les circonstances exactes de cette condamnation. Un juge corrompu ! En observant du coin de l'œil la mine frigorifique de Pamela, Arthur s'avisa soudain que Gillian devait se trouver constamment en butte à ce genre de réaction, et singulièrement lorsqu'elle se risquait dans les sanctuaires du microcosme juridique. Il avait dû lui falloir un sacré courage, pour s'aventurer jusque-là.

Ils s'installèrent tous trois à l'extrémité du monument de granit vert, sur lequel jouaient les reflets ambrés du couchant. Pour répondre aux questions de Pamela, Arthur avait spéculé que leur entrevue, dix jours plus tôt, avait pu éveiller quelques souvenirs dans la mémoire du juge, mais Gillian se contenta d'ouvrir le fermoir de son sac à main.

« J'ai ici quelque chose qui devrait vous intéresser », commença-t-elle, en lui tendant une grande enveloppe blanche. Avant même qu'elle ne l'ait fait glisser vers Arthur, il en découvrit la provenance : au coin supérieur gauche était imprimée l'adresse d'expédition de Rudyard, avec au-dessous, inscrit à la main, le numéro de cellule de l'expéditeur.

Elle contenait une lettre datée du mois de mars précédent, et soigneusement rédigée à la main, en lettres d'imprimerie, sur deux feuillets de papier jaune. Arthur entreprit de la lire, Pamela penchée sur son épaule.

Madame le juge,

Je m'appelle Erno Erdai. Je suis actuellement incarcéré dans le quartier de haute sécurité de Rudyard, où je purge une peine de dix ans pour coups et blessures aggravés, pour avoir tiré sur un homme en état de légitime défense. Ma date de sortie est fixée pour avril 2002, mais je n'espère pas survivre jusque-là, car j'ai un cancer et je ne suis pas au mieux de ma forme. Sans doute aurez-vous du mal à vous souvenir de moi, mais j'étais le chef adjoint de la sécurité chez Trans-National Air, responsable de l'aéroport de DuSable, et j'ai comparu deux ou trois fois devant vous, dans votre salle d'audience au tribunal, lorsque nous avons porté plainte pour des incidents survenus à l'aéroport – des voyageurs en infraction, généralement. Mais quoi qu'il en soit, ce n'est pas pour évoquer le bon vieux temps que je vous écris aujourd'hui – quoiqu'en ce moment, si le cœur vous en dit, j'ai tout le temps de me livrer à ce genre de loisir... (Je plaisante !)

Si je vous écris aujourd'hui, c'est que je détiens certaines informations concernant une affaire que vous avez jugée et pour laquelle vous avez prononcé une condamnation à mort. L'homme que vous avez condamné attend actuellement dans le couloir de la mort, et son exécution est la prochaine programmée au planning du quartier des condamnés, ce qui donne à cette lettre un certain caractère d'urgence.

Car ce que je m'apprête à vous révéler pourrait bien infléchir totalement le cours des événements.

Ce n'est sûrement pas le genre de chose dont je parlerais au premier venu et, pour tout vous dire, j'ai eu beaucoup de mal à attirer l'attention des personnes concernées. Voilà deux ans, j'ai écrit à Larry Starczek, l'inspecteur chargé de l'enquête, mais maintenant que je ne lui suis plus d'aucune utilité, ce que j'ai à lui dire ne l'intéresse guère. J'ai aussi écrit au service des avocats commis d'office, mais ces gens ne répondent même pas aux lettres de leurs clients – alors vous imaginez, à celles d'un taulard inconnu ! C'est peut-être parce que j'ai été à moitié flic pendant la plus grande partie de ma vie, mais il ne m'a jamais été donné de rencontrer un avocat qui m'ait vraiment inspiré de l'estime et de la confiance. (J'espère pour vous que vous avez eu de meilleures expériences, sur ce point ; mais là, nous sortons du sujet.)

Si vous n'aviez pas eu votre problème, je vous aurais probablement contactée il y a bien longtemps. J'ai entendu dire que vous aviez retrouvé la liberté et, de mon point de vue, je suis sans doute plus heureux de vous parler à présent. Les anciens taulards ne jugent personne. J'espère simplement que vous aurez à cœur de rectifier un verdict que vous avez rendu sans être en possession de toutes les informations nécessaires. Comme tout le courrier qui sort d'ici est filtré – et vous en savez quelque chose – je préfère ne pas vous en dire davantage dans cette lettre. Ici, on ne sait jamais comment les gens peuvent réagir aux événements. Je sais bien que c'est

*une petite trotte pour venir ici, mais vous allez
devoir faire le voyage, pour que je puisse vous expliquer tout ça de vive voix. Et il vous suffira de
m'écouter en me regardant bien en face, pour voir
que je ne vous mène pas en bateau.*

Bien sincèrement, Erno Erdai.

Les ongles de Pamela s'étaient incrustés dans
l'épaule d'Arthur – surtout au moment où elle avait lu
la petite phrase annonçant des révélations susceptibles
d'infléchir le cours des événements, concernant la prochaine exécution programmée à Rudyard. Arthur se
sentit donc obligé de lui recommander la prudence.
Cette lettre ne donnait aucun nom. Nulle part il n'y
était fait la moindre allusion à Rommy. Et les prisonniers, qui étaient, à proprement parler, ce que l'on pouvait rencontrer de pire dans l'humanité, étaient souvent
prêts à tout pour se rendre intéressants.

Gillian avait observé leurs réactions sans mot dire.
Arthur lui demanda si elle se souvenait de cet Erno
Erdai, mais elle fit non de la tête.

« Qu'est-ce qui vous porte à penser qu'il s'agit bien
de mon client, en ce cas ? s'enquit-il.

— Je n'ai prononcé que deux condamnations à
mort, dans toute ma carrière, Arthur. McKesson, mon
premier condamné, a été exécuté au Texas voilà des
années, et Starczek n'était pas l'inspecteur chargé de
l'affaire. »

Il se tourna vers Pamela. Il s'attendait à la voir trépigner de joie, mais elle s'était plongée dans l'examen
de l'enveloppe dans laquelle avait été expédiée la lettre

d'Erdai, s'attardant particulièrement sur le cachet de la poste.

« Vous avez donc reçu cette lettre en mars ? demanda-t-elle, en regardant Gillian dans le blanc de l'œil. Et vous l'avez gardée sous le coude pendant deux mois ? » Le ton sur lequel elle l'avait dit fit sursauter Arthur. D'ordinaire, Pamela adoptait d'instinct l'attitude conciliante commune à toute sa génération : une convivialité globale et vague, sous-entendant que rien au monde ne valait qu'on se donne la peine de se crêper le chignon.

« Mais voilà qui est réparé ! » déclara aussitôt Arthur. Pamela avait pourtant mis le doigt dessus : Gillian ne s'était pas bousculée. Avait-elle réfléchi pendant tout ce temps à ce qu'il convenait de faire – à supposer déjà qu'il convînt de faire quelque chose... ?

« Disons que j'y ai repensé plus sérieusement après notre entretien », fit-elle, pour Arthur.

Mais Pamela ne l'entendait pas de cette oreille.

« Vous n'êtes donc toujours pas allée voir cet homme ? »

Gillian fronça les sourcils. « Ce n'est pas mon travail, mademoiselle.

— Et laisser exécuter un innocent que vous avez condamné à tort, ça l'est ?

— Oh, de grâce ! » La main d'Arthur s'éleva vers Pamela, comme celle d'un agent de la circulation. Elle s'abstint de tout commentaire, mais jeta un regard comminatoire en direction de Gillian, tandis qu'il lui demandait la permission de faire une photocopie de la lettre. Gillian, dont le visage avait plongé derrière sa main gracile, semée de taches de rousseur, acquiesça d'un mouvement de tête. À l'instant où Pamela s'empara des deux pages, Arthur eut le sentiment très net que Gillian Sullivan se demandait pourquoi elle avait pris le risque de venir les leur montrer.

Pendant toutes les années où Gillian avait exercé, tant comme procureur que comme juge, elle s'était juré de ne jamais perdre son sang-froid, quel que fût le degré d'ignominie atteint par les prévenus ou les autres protagonistes. Elle se refusait à leur donner le plaisir d'une réponse émotionnelle. Comme la jeune collègue d'Arthur se dirigeait vers la porte, moulée dans sa jupe de cuir et perchée sur ses miniboots, Gillian fut à deux doigts de l'exhorter au calme. « Contenez-vous, ma petite ! » faillit-elle lui dire. Mais Pamela aurait aussitôt rétorqué, et non sans raison, qu'elle ne voulait surtout pas lui ressembler en quoi que ce fût, et qu'elle pouvait bien garder ses conseils.

« Qu'est-ce que vous lui mettez, comme carburant, Arthur ? s'enquit-elle, lorsque la porte se fut refermée sur la jeune femme. Du kérosène suractivé ?

— Oh, elle a un bel avenir dans la profession, cette petite ! affirma-t-il, d'un ton qui sous-entendait que ce n'était pas qu'un compliment.

— Je n'ai jamais cessé de recevoir du courrier en provenance de la prison, Arthur. Je n'imagine même pas comment ils réussissent à retrouver ma trace. Et le plus souvent, ce n'est qu'un tissu d'absurdités. » Il y avait, bien sûr, les obscénités que pouvait inspirer à des hommes confinés dans leurs cellules et soumis à une constante frustration le souvenir de cette femme séduisante, qui leur était apparue tout auréolée de son pouvoir – mais il y avait aussi quelques autres messages très comparables à celui d'Erdai, écrits dans l'improbable espoir qu'elle pourrait réexaminer certaines situations et y porter remède, maintenant qu'elle avait elle-même fait l'expérience de la prison. « Vous imaginez bien qu'il m'est difficile de prendre toutes ces lettres au sérieux, lui dit-elle. Vous savez ce que c'est, Arthur – bien sûr que vous le savez. Cette lettre... Vous savez que les membres des gangs sont capables de comploter n'importe quoi.

— Erno Erdai ? Ça m'a tout l'air d'être un Blanc. Rommy est noir, mais il n'est pas assez fiable pour se faire recruter par un gang, et il n'y a aucune allusion aux gangs, dans son dossier.

— Vous n'imaginez pas les alliances qui peuvent se nouer, là-dedans. C'est pire que la guerre des Roses ! »

Arthur haussa les épaules et souligna que le seul moyen d'en avoir le cœur net était d'aller parler d'urgence à cet Erno Erdai.

« Je pense que c'est à vous de le faire, dit-elle. C'est pour ça que je vous ai apporté cette lettre.

— Mais il précise que c'est à vous qu'il veut parler.

— Oh, je vous en prie ! lança-t-elle, en fouillant dans son sac. Puis-je fumer dans cette salle ?

— Zone non-fumeurs », objecta Arthur. Il y avait un fumoir quelque part dans les locaux, mais l'atmosphère y était si confinée qu'elle aurait tout aussi bien fait de respirer directement dans un cendrier plein.

Gillian referma son sac, bien résolue, comme toujours, à tenir ses pulsions en respect.

« Je n'ai même pas le droit d'y mettre les pieds »,
lui fit-elle remarquer.

Arthur lui opposa un masque désapprobateur – mais
peut-être n'était-ce que le résultat de l'effort qu'il fit
pour réprimer un sourire – et elle comprit presque
immédiatement : il n'existait plus d'autorité susceptible
de sanctionner un éventuel manquement à l'éthique
professionnelle, de sa part. Qui aurait pu la rappeler à
l'ordre, ou lui interdire d'exercer ? Désormais, elle
était libre de faire tout ce que la loi n'interdisait pas
explicitement.

« Gillian, personne ne pourrait me reprocher – pas
plus qu'à vous, dans ce cas précis – de faire tout ce qui
est en mon pouvoir pour entendre ce que cet homme
veut nous dire. Mais il n'a pas mâché ses mots pour
nous faire savoir ce qu'il pensait des avocats.

— Il se peut très bien qu'il accepte tout de même
de vous parler.

— Il se peut aussi qu'il me prenne en grippe et qu'il
refuse ensuite de nous dire quoi que ce soit, à vous
comme à moi. Gillian, il reste un mois et demi avant
que la cour d'appel ne décide du sort de cet homme et,
à ce stade, je ne peux m'offrir le luxe de perdre du
temps, ni de courir le moindre risque.

— Je serais incapable de retourner à Rudyard,
Arthur. » Cette seule idée lui contractait l'estomac. Elle
s'était juré de ne plus jamais respirer une seule bouffée
de cet air inerte, et de ne jamais retourner se frotter un
tant soit peu aux prisonniers et à leur réalité distordue.
Derrière ces murs, elle avait passé le plus clair de son
temps à l'isolement, séparée des autres prisonnières,
parce que le bureau des prisons avait renoncé à enquê-

ter pour savoir qui était la fille ou la sœur d'untel ou d'untel qu'elle avait condamné, et lesquelles de ses codétenues risquaient de s'en prendre à elle par désir de vengeance. Et c'était tout aussi bien. Elle s'était rarement sentie à l'aise avec les femmes qu'elle côtoyait, celles qui étaient enceintes lors de leur incarcération, ou que l'on tenait à l'écart du reste de la population pour telle ou telle incartade. Toutes étaient des victimes – de leur propre point de vue, tout au moins, et certaines objectivement, dans les faits. Pour la plupart, elles étaient parties totalement démunies dans la vie et n'avaient jamais cessé de dégringoler. D'autres étaient vives et alertes. Certaines pouvaient même être de bonne compagnie. Mais dès qu'on commençait à mieux les connaître, on se heurtait à des problèmes caractériels de la taille de Gibraltar : une tendance pathologique au mensonge, des crises de colère qui auraient fait pâlir celles du Vésuve, une perception du monde totalement distordue, qui les rendait incapables de percevoir des pans entiers de la normalité. Gillian s'épanchait peu, mais leur offrait son aide pour leurs problèmes juridiques – et, malgré tous ses efforts pour s'y opposer, ses camarades persistaient à l'appeler « juge ». Ça avait l'air de faire plutôt plaisir à ses codétenues, et même à certaines de ses gardiennes, de constater qu'une représentante de la caste des Puissants avait dégringolé de son piédestal.

Mais Raven refusait de capituler.

« Écoutez. Je ne vais pas y aller de mon petit sermon, mais il me semble tout de même qu'il tient un argument, cet Erdai. Vous avez déclaré cet homme coupable, et vous avez prononcé une sentence de mort.

Si mon client n'est pas coupable, cela ne vous donne-t-il pas une certaine responsabilité ?

— Ne poussez pas trop loin le bouchon, Arthur. J'en ai déjà fait plus que je ne devais. » Elle s'était débattue plusieurs jours contre ses propres doutes avant de se décider à lui apporter cette lettre. C'était de la folie que de s'exposer à un contact prolongé avec Raven, dont les questions concernant son passé pouvaient se faire plus précises. Elle ne se sentait plus la moindre allégeance à la loi, dont les puzzles et les stratégies avaient autrefois fait ses délices mais qui, tel un souverain courroucé, l'avait bannie de sa cour. Mais le souvenir cuisant de cette cruelle petite phrase qu'elle avait jetée au nez d'Arthur demeurait toujours présent à sa mémoire. Ce n'était pas la loi en soi, mais les règles qu'elle s'était elle-même imposées, avec l'assistance avunculaire de Duffy (qui lui tenait lieu tout à la fois de logeur et de directeur de conscience), qui lui avaient dicté de venir : fini le gâchis ; assez de souffrance inutile, pour elle-même et pour autrui. Elle devait désormais s'attacher à réparer les dommages qu'elle avait causés, quand c'était possible et nécessaire.

Toujours en manque de nicotine, elle se leva et alla se poster dans un coin de la pièce. Depuis sa sortie de prison, elle n'avait plus mis les pieds dans un cabinet juridique et l'atmosphère compassée des lieux avait quelque chose de dérisoire, à ses yeux. Tout le monde s'était tellement rempli les poches, en son absence... Elle avait peine à imaginer que des gens raisonnables puissent s'entourer d'un tel luxe. Boiseries, somptueuse table de marbre, plateau d'argent et service à café signés d'un designer suédois, fauteuils de cuir fin. Tout cela ne lui avait jamais fait envie, mais elle avait encore un peu de mal à concevoir qu'Arthur Raven – bosseur et intelligent, sans doute, mais n'ayant jamais fait preuve de talents particuliers – ait pu être à ce point choyé par la fortune.

Raven l'observait, caressant d'un geste machinal les quelques touffes de cheveux ébouriffés qui lui restaient sur le crâne. À son habitude, il avait l'air d'avoir travaillé d'arrache-pied – sa cravate était dénouée et ses doigts tachés d'encre, tout comme ses poignets de chemise.

Intuitivement, elle se mit en quête d'un moyen d'esquiver : « Comment se porte votre sœur, Arthur ? Elle n'était pas un peu souffrante, pour autant que je me souvienne ?

— Schizophrène. Je lui ai organisé un système d'assistance à domicile, mais je dois tout de même m'occuper d'elle régulièrement. Les derniers mots de mon père ont été "Je te confie ta sœur", ce qui n'avait rien d'une surprise, vu qu'il n'avait cessé de me répéter ça depuis mes douze ans.

— Vous avez d'autres frères et sœurs ?

— Susan est ma seule sœur.

— Et votre mère ? Quand est-elle morte ?

— Ma mère va très bien, merci. Voilà trente ans qu'elle nous a tout simplement laissés nous dépatouiller seuls. À l'époque où Susan est tombée malade, elle est partie vivre à Mexico pendant quelques années, puis elle est revenue. C'est une femme affranchie. Ils formaient un drôle de couple, avec mon père. Elle a un petit appartement ici, dans le centre-ville. Elle gagne sa vie comme modèle, pour les études de nus des classes de dessin, à l'école du musée.

— Elle pose nue ?

— Mais bien sûr. "Le corps humain est une belle chose à tout âge, Arthur !" Je suppose que c'est un bon exercice, que de dessiner des rides – mais pour tout vous dire, je n'en sais fichtre rien. » Le sourire de Raven s'était fait un peu moins assuré. Sans doute était-il lui-même effaré de ce qu'il venait de lui avouer.

« Vous la voyez toujours ?

— De temps à autre. C'est un peu comme de rendre visite à une tante éloignée. Vous voyez, au lycée, j'avais deux ou trois amis – des Noirs, en fait – qui avaient été élevés par leur grand-mère. Ils avaient des relations un peu comparables avec leur mère. C'est comme d'avoir une copine nettement plus âgée que soi. Et quand on a grandi comme ça et qu'on n'a aucun point de comparaison... »

Il eut le même petit sourire hésitant. Mrs Raven était l'exact opposé de May Sullivan, qui exigeait d'occuper une place prééminente dans la vie de tous les membres de la famille. La mère de Gillian était une femme brillante et d'une ironie féroce, mais chaque après-midi, en rentrant de l'école, Gillian trouvait la bouteille de triple sec débouchée, sur le plan de travail de la cuisine. Toutes leurs soirées étaient chargées du même suspense : après qui May allait-elle se déchaîner ? Se contenterait-elle d'un petit coup de gueule, ou en viendrait-elle aux mains, comme c'était souvent le cas pendant ses disputes avec leur père ? Ses crises de rage réduisaient la maison et tous ses occupants au silence, dans une angoisse qui pouvait se prolonger des heures entières. Arthur parut apprécier cet intérêt que portait Gillian à sa famille, mais il n'en renonça pas pour autant à l'assiéger pour la convaincre de se rendre au chevet d'Erdai. Cette persévérance, se souvint-elle... Ça avait toujours été l'un des points forts d'Arthur Raven.

« Je ne sais pas comment trouver les mots pour vous persuader, dit-il. Je ne vous demande pourtant pas grand-chose. Il vous suffira d'arrondir les angles, en me préparant le terrain. » Il lui promit qu'elle n'aurait pas à écouter jusqu'au bout les révélations d'Erdai, si elle préférait rester dans l'ignorance, et il s'engagea à l'emmener lui-même à Rudyard pour s'assurer qu'elle pourrait faire l'aller-retour dans la journée. « Écoutez, Gillian, je n'ai pas demandé à m'occuper de cette affaire. C'est la cour d'appel qui me l'a mise sur le dos, comme un harnais. Voilà quatre semaines que je ne sais même plus ce qu'est un week-end. Et vous voyez, je fais ce que j'ai à faire – c'est-à-dire mon devoir. Mais là, je vais avoir besoin de votre aide. »

Désarmant d'humilité, il ouvrit vers elle ses bras épais et courtauds, avec ce sourire mal assuré qu'il avait eu en lui parlant de sa mère : il n'avait jamais connu que ça et devait faire avec. Cet homme était bon, songea Gillian. Une bonne nature. Quelqu'un qui avait réussi, l'âge venant, à se connaître lui-même bien mieux qu'elle n'aurait pu se le figurer. Il avait parfaitement conscience d'être l'un de ces infatigables petits castors, un vertueux, un consciencieux, épouvanté à l'idée de mal faire et, comme il l'avait lui-même souligné lors de leur dernière entrevue, il savait aussi que certains pouvaient trouver barbants les gens dans son

genre. Mais, s'avisa-t-elle soudain, c'était justement là
son erreur, et pas la moindre : elle aurait dû accorder
bien plus de considération et de respect à Arthur et à
ses semblables. Et cette prise de conscience lui parut
une étape essentielle, dans sa propre réhabilitation –
parce qu'elle comprenait à présent que cette réhabilitation était, en fait, son seul projet. En quelque recoin
secret d'elle-même, elle l'avait toujours su : quand elle
aurait repris un peu de poil de la bête, il lui faudrait
s'amender, se réinventer, combler d'une matière nouvelle, plus dense, l'abîme insondable qu'elle avait
creusé dans sa propre vie.

« Bien – j'irai donc le voir », articula-t-elle. Elle
n'avait pas sitôt prononcé ces mots qu'ils volèrent en
miettes, comme des porcelaines précieuses dégringo-
lant d'une étagère. Elle les regarda s'écraser au sol, et
observa leur impact – le sourire qui illumina le visage
de Raven – en subodorant tout à coup qu'elle venait
de commettre une terrible erreur, elle qui ne désirait
plus que la sécurité de l'anesthésie. Jusque-là, elle avait
vécu au jour le jour. Prendre son Paxil, en veillant à
limiter les risques de contact avec sa vie antérieure.
Elle fut prise d'une panique qui ne lui était que trop
familière : la terreur de l'ex-toxicomane qui sent fléchir
sa résolution.

En lui faisant retraverser l'élégant hall d'entrée,
Raven lui déclina une série de protestations de gratitude toutes plus maladroites et plus conventionnelles
les unes que les autres. Il lui tendit son parapluie
mouillé et son ciré. Un tapis géant, signé d'un célèbre
artiste contemporain qui avait dû se recycler dans le
design textile, s'étendait sur le plancher de chêne ciré

et Gillian, toujours sous le coup de l'émotion, se plongea dans la contemplation de ces figures abstraites bigarrées. En compagnie d'Arthur et en l'espace de deux semaines, elle avait entendu à deux reprises un esprit parler par sa propre bouche, tel un elfe des bois hantant un arbre.

Elle prit rapidement congé de lui et descendit dans l'ascenseur ultra rapide, encore sidérée de sa propre conduite, interdite devant cette palpitation qu'elle sentait frémir dans sa poitrine, comme une petite flamme scintillant au coin d'une cage. Bah ! se dit-elle. Ce serait de toute façon trop éphémère pour qu'il lui faille décider s'il s'agissait bien d'un sursaut d'espoir.

7.

La maison d'arrêt

Le 4 octobre 1991

À la maison d'arrêt, la plupart des détenus avaient plusieurs noms. Si les costards-cravates de la loi retrouvaient trace de votre casier, vos chances d'obtenir un non-lieu ou une remise en liberté sous caution diminuaient d'autant. Lors de leur arrestation, les prévenus avaient donc tendance à oublier leur nom de baptême. Il pouvait s'écouler des semaines avant que les services de l'identification de McGrath Hall aient eu le temps de comparer les cartes d'empreintes prélevées lors de l'incarcération avec celles des fichiers, et d'établir à peu près qui était qui.

Malheureusement pour lui, Collins Farwell fut rapidement identifié. Bien qu'il se soit fait inscrire sous le nom de Congo Fanon, à la date où Muriel reçut le coup de fil de Larry, la prison savait déjà que ce nom n'était qu'un sobriquet. Muriel avait déjà sur les bras une affaire de braquage de banque, mais elle accepta de rejoindre Larry à la prison après l'audience. En arrivant, elle le trouva assis sur l'un des blocs de granit qui tenaient lieu de bancs, dans le hall. Le regard enfantin de ses yeux bleus s'attarda sur elle.

« Dis donc ! Tu t'es mise sur ton trente et un ! » s'exclama-t-il.

Pour plaider au tribunal, elle portait ordinairement un tailleur rouge, et se maquillait nettement plus que lorsqu'elle restait travailler sur ses dossiers au bureau. Avec une familiarité un rien excessive, Larry tendit la main vers l'un des grands anneaux qu'elle portait aux oreilles.

« Africain ?

— Ouaip.

— Joli », fit-il.

Comme elle lui demandait ce qui se passait, il lui fournit un résumé un peu plus détaillé de sa conversation de la veille avec Erno. Il était cinq heures et les prisonniers devaient être dans leurs cellules pour l'appel, ce qui signifiait qu'ils devraient patienter un peu pour interroger Collins.

« Tu veux voir à quoi il ressemble, en attendant ? » demanda Larry.

Il sortit son badge pour franchir les grilles, et ils escaladèrent les passerelles et les coursives grillagées qui permettaient d'aller d'une rangée de cages à l'autre. Muriel marchait quelques mètres en arrière. Elle n'avait pas eu le temps de changer de chaussures et ses hauts talons risquaient à tout instant de se prendre dans les grilles – or, ici, le moindre faux pas pouvait s'avérer dangereux. Les civils des deux sexes qui s'aventuraient sur les passerelles apprenaient vite à marcher à distance prudente des cellules. Certains visiteurs avaient failli se faire étrangler avec leur propre cravate et, naturellement, les risques étaient d'autant plus grands pour les visiteuses. Sans compter que les shérifs adjoints qui faisaient office de gardes maintenaient un *statu quo* de non-agression mutuelle avec les détenus et n'intervenaient pas toujours avec la célérité voulue.

En longeant les passerelles, on surprenait des scènes typiques de l'univers carcéral – visages noirs, odeurs musquées, insultes et rodomontades sexuelles lancées dans leur dos. Les occupants de certaines cellules avaient tendu des fils à linge qui morcelaient encore davantage l'espace, déjà exigu. Des photos avaient été scotchées à même les barreaux : portraits de famille ou pin-up découpées dans les magazines. Pendant le confinement, les prévenus dormaient ou somnolaient. Ils écoutaient la radio et s'envoyaient d'une cellule à l'autre des messages codés dans le jargon des gangs. Un officier en uniforme kaki, un Noir haut et large comme un tank, manifestement agacé d'avoir été dérangé, était arrivé pour les escorter, lorsqu'ils avaient franchi la dernière grille les séparant des étages. Il donna deux coups sur une porte pour indiquer qu'ils étaient parvenus à la cellule de Collins, et, tournant aussitôt les talons, regagna ses quartiers en promenant sa matraque sur les barreaux, pour s'assurer que sa présence ne passerait pas inaperçue auprès des détenus.

« Lequel de vous deux est Collins ? » demanda Larry en entrant.

L'un des occupants de la cellule était sur les WC, tandis que l'autre jouait aux cartes avec un détenu de la cellule voisine, à travers les barreaux.

« Yo, man ! Y a vraiment pas moyen d'avoir une minute à soi, ici ? » Assis sur la cuvette en inox, Collins avait tendu l'index vers Muriel. Il prit néanmoins le temps d'achever ce qu'il avait commencé, en fusillant les deux intrus d'un regard de défi.

Ils s'éclipsèrent aussitôt. À leur retour, Collins remontait tout juste la fermeture éclair de sa combinaison orange.

« Vous êtes de la brigade des stups, ou quoi ? » s'enquit le jeune homme, quand Larry lui présenta son insigne. Collins Farwell avait le teint café au lait, les yeux clairs et un casque de cheveux crêpelés, taillés au millimètre. Comme annoncé, c'était un homme superbe. Ses yeux, presque orange, étaient aussi lumineux que ceux d'un chat, et il avait parfaitement conscience de l'effet produit par son physique. Sans cesser de fixer Muriel, il ajusta les épaules de sa combinaison pour s'assurer de paraître à son avantage.

« Nous sommes des Homicides, signala Larry.

— Putain, j'ai tué personne – c'est pas mon rayon, mec. Tu dois être sur la piste d'un autre Bamboula. Moi, j'suis pas un tueur – je s'rais plutôt du genre joli cœur... » déclara-t-il, et pour renforcer son point de vue, il leur fredonna quelques mesures d'Otis Redding, soulevant une rafale de rires et de sifflets enthousiastes dans les cages environnantes. Là-dessus, il leur tourna le dos, baissa à nouveau la glissière de sa combinaison, et remit le cap sur les toilettes. Il planta au passage ses yeux dans ceux de Muriel, escomptant la faire battre en retraite, mais elle lui tint tête une bonne minute.

« Qu'est-ce t'en dis ? lui demanda Larry, comme ils reprenaient le chemin de la sortie.

— Wow ! À tomber à la renverse ! » rétorqua-t-elle.

Il ressemblait à Harry Belafonte, l'acteur préféré de sa mère.

« Eh bien, je vais récupérer une de ses photos anthropométriques et je la ferai encadrer, rien que pour toi. Tu crois que nous perdons notre temps ?

— Et toi, qu'est-ce que t'en penses ?

— À mon avis, ça n'est qu'un rat de prison comme tant d'autres, et il va essayer de nous mener en bateau. Mais si t'y tiens, j'ai une heure ou deux à perdre. »

Après l'heure du repas, lorsque Collins fut de retour, avec le gros de la population carcérale, ils purent le faire amener discrètement dans une salle d'entretien. Larry avait arrangé ça avec le service administratif de la prison. Il avait simplement dit aux responsables qu'il avait besoin d'interroger Collins, concernant un meurtre. Ici, la moitié du personnel avait conclu des alliances avec des gangs – ou avec autre chose. S'ils soupçonnaient que Collins coopérait avec la police, la rumeur se répandrait plus vite qu'une traînée de poudre. L'officier de garde les emmena dans une petite salle trapézoïdale dont les cloisons de placoplâtre portaient des traces de pieds jusqu'à plusieurs dizaines de centimètres du sol, et ils s'installèrent dans des sièges baquets pivotants en plastique moulé, solidement fixés à la dalle de béton par de gros boulons hexagonaux.

« Alors, lança Larry, comment va Talmadge ? » Il détourna aussitôt le regard, comme s'il regrettait d'avoir laissé cette remarque lui échapper. Muriel haussa les épaules. Tout le monde lui parlait de Talmadge, en ce moment – la semaine précédente, la presse avait publié une photo de lui à une soirée organisée pour une cause humanitaire. Mais elle n'avait aucune envie d'en parler avec Larry.

« Jamais je n'aurais imaginé que tu pouvais être aussi jaloux !

— Eh ! C'est une simple information que je te demande, protesta-t-il. Un genre de bulletin météo, quoi. Comme quand je prends des nouvelles de ta famille – la santé de ta mère, tout ça.

— Mmm.

— Et alors ?

— Et alors... Je t'en prie ! On se voit ; on est bien ensemble.

— Et moi, tu ne me vois pas ?

— Larry, je n'ai pas souvenir qu'on se soit beaucoup "vus", ces derniers temps – en tout cas pas de façon très suivie. Pour autant que je puisse en juger, tu ne te souciais de moi que lorsque tu avais envie de baiser.

— Et alors ? Y a pas de mal à ça, si ? » s'enquit-il. Elle allait répondre vertement, quand elle comprit qu'il la faisait marcher. « Bon – maintenant, je vais t'envoyer des fleurs tous les matins, avec des *billets doux* ! »

Des *billets doux*... On n'était décidément jamais à l'abri d'une surprise, avec ce type. Elle le regarda, interdite.

« OK. Je te laissais les coudées franches. Je pensais que tu avais besoin d'espace.

— Mais *j'ai* besoin d'espace, Larry ! » Quand ses yeux se refermèrent, ses cils parurent s'embourber un peu dans son maquillage. Larry, que son instinct trompait rarement, sentait que quelque chose se tramait.

L'avant-veille, comme Talmadge s'apprêtait à partir, il avait pris la tête de Muriel contre lui et lui avait dit : « Nous devrions peut-être songer à faire de notre relation quelque chose de plus permanent. » Elle avait beau savoir depuis longtemps que cela finirait ainsi, elle s'était sentie parcourue d'une sorte de courant électrique. Puis elle s'était abrutie de travail pour ne pas y repenser, avec pour seul résultat qu'elle avait eu toutes les peines du monde à penser à autre chose.

C'était comme si le grand canyon s'était ouvert sous ses pieds. D'une certaine manière, son premier mariage, qui n'était que rarement pour elle un sujet de réflexion, gisait dans ce dangereux abîme, quelque part en contrebas. Elle s'était mariée à dix-neuf ans, un âge où l'on n'est pas à une bêtise près, et à l'époque, elle pensait avoir décroché le gros lot. Rod était son professeur de littérature au lycée. Il était caustique, brillant et toujours célibataire à quarante-deux ans. L'idée ne lui était jamais venue qu'à cela il pouvait y avoir de bonnes raisons. L'été d'après le bac, elle l'avait rencontré à un coin de rue et l'avait dragué sans vergogne – elle venait juste de découvrir qu'en matière de sexe, la franchise payait, quand on n'avait pas un physique à provoquer des embouteillages. Elle l'avait littéralement assiégé. Elle le harcelait pour qu'ils déjeunent ensemble, pour qu'il l'emmène au cinéma, toujours en catimini. Ses parents avaient été horrifiés, quand elle leur avait annoncé leur mariage. Mais elle avait travaillé d'arrache-pied et, après avoir passé son diplôme en cinq ans, avait décroché un poste de professeur dans l'enseignement public. Elle prenait des cours du soir à la fac de droit.

Avec le temps, évidemment, Rod avait beaucoup

perdu de son charme. Enfin, partiellement, car ça restait l'une des personnes les plus drôles qu'il lui eût été donné de rencontrer – le philosophe de comptoir qui laisse tomber les répliques les plus dévastatrices, dans les comédies anglaises. Mais en un mot comme en cent, c'était un être humain inachevé. Un garçon brillant, qui restait prisonnier, pieds et poings liés, de ses propres frustrations – il était d'ailleurs le premier à le reconnaître. Il se plaisait à dire que son principal souci, dans la vie, c'était que n'ayant que deux mains, il était incapable « de tenir à la fois sa bière, sa cigarette et la télécommande de la télé ». C'était probablement un homo qui préférait s'ignorer, et n'avait jamais eu le courage de regarder les choses en face. À peine leurs fiançailles conclues, l'intérêt sexuel qu'il lui portait avait commencé à fléchir, et au cours de leur troisième année de mariage, son manque d'empressement avait fini par pousser Muriel vers d'autres hommes. Rod était au courant, et ne semblait pas s'en formaliser. D'ailleurs, il se liquéfiait dès qu'elle lui parlait de divorce. Il aurait été incapable d'affronter sa mère, une bourgeoise coincée, rigide et superficielle à souhait, pour lui expliquer ça. Il aurait dû l'envoyer promener depuis la nuit des temps, mais il continuait à subir ses diktats – jusqu'au jour où il succomba à un accident coronarien, qu'avait laissé présager la mort prématurée de son père et de son grand-père. En dépit de toutes les mises en garde, Rod ne faisait aucune sorte d'exercice physique et n'allait voir son médecin que pour lui rire au nez. Pour Muriel, sa disparition fut un traumatisme d'une ampleur qu'elle n'aurait jamais soupçonnée. Elle avait perdu à la fois son mari et le héros qu'il avait été pour elle quand elle avait dix-neuf ans.

Quand on a épousé un homme qui aurait pu être votre père, on peut rétrospectivement soupçonner que l'on avait certains problèmes à compenser. Et à la réflexion, son mobile principal n'avait pas varié d'un iota : elle essayait simplement de faire quelque chose de sa vie. Mais Rod, ce poivrot irresponsable, et Talmadge, cette force de la nature, avaient moins de points communs qu'un roc et un géranium en pot, et, à la lumière des quinze ans qui s'étaient écoulés depuis son premier mariage, cette époque prenait à présent pour elle des allures de vie antérieure, à proprement parler. La crainte des erreurs qu'elle se savait capable de commettre sur son propre compte, et de cette tendance qu'elle avait à se rendre invisible à elle-même, n'avait pas fini de la hanter, mais face à Larry, elle avait décidé de n'en rien laisser paraître.

« J'ai peine à croire que tu te montes à ce point la tête, avec Talmadge, affirma-t-elle.

— Je ne sais pas. J'ai l'impression d'être en roue libre. » Il lui annonça qu'il allait divorcer – et cette fois, il semblait résolu. Ils étaient allés voir un avocat, Nancy et lui, une femme énergique qui avait d'abord tenté de les réconcilier. Ils étaient d'accord pour le partage des biens. Le seul problème, c'était les fils de Larry. Nancy était trop attachée à eux pour les abandonner. Elle avait même proposé d'assurer leur garde, mais Larry avait refusé net. Pour le moment, la discussion piétinait, mais ils étaient en quête d'une solution, et ils étaient bien décidés, l'un et l'autre, à sortir de l'impasse.

« C'est triste », lâcha-t-il, et ça aussi, ça semblait lui sortir du cœur. Il ne prit pas la peine de la regarder. Larry n'avait jamais été très porté, et c'était tout à son honneur, sur la compassion au rabais.

Dans le couloir avait résonné un bruit de chaînes – la musique de la prison. Un garde frappa un coup à la porte et pilota Farwell dans la pièce. Il avait les poignets et les chevilles entravés par deux chaînes, raccordées à une troisième, passée autour de sa taille. Le garde le fit asseoir à une table adjacente et, à l'aide d'un cadenas, fixa la chaîne de ses chevilles à un anneau solidement rivé au sol.

« Je veux une remise de peine, mec, lança Collins, dès que la porte se fut refermée sur le garde.

— Doucement. N'allons pas plus vite que la musique. On devrait peut-être commencer par faire les présentations, non ?

— J'ai dit que je voulais une remise de peine », répéta le détenu. À l'extérieur de sa cellule, son accent s'était fait nettement plus blanc et, comprenant apparemment que c'était d'elle que viendraient les décisions, il s'était d'instinct adressé à Muriel.

« Quelle quantité aviez-vous sur vous, lors de votre arrestation ? » s'enquit-elle.

Collins se passa une main sur le menton. Il portait une barbe de plusieurs jours, sans doute par coquetterie. Dans l'enceinte de la prison, un détenu ne pouvait être interrogé sans qu'on lui ait préalablement lu ses droits. Le rituel de l'avertissement légal n'ayant pas été accompli, dans la sinueuse logique de la loi, rien de ce qu'il dirait ici ne pourrait être retenu contre lui, lui expliqua Muriel. Mais Collins n'était pas tombé de la dernière pluie, et avait compris ça tout seul. Il s'offrait juste une seconde de réflexion pour décider de la meilleure tactique.

« J'en avais une demi-livre, mec, fit-il. Du moins, jusqu'à ce que les flics des stups se servent. Ils m'en ont laissé six onces – cent quatre-vingts grammes. Juste assez pour me faire tomber. » Le souvenir des ripoux qui l'avaient coffré lui arracha un petit gloussement. Ils avaient revendu les soixante-dix grammes excédentaires, ou les avaient gardés pour leur consommation personnelle, mais lui, il ne s'en prendrait pas moins perpette, sans espoir de libération conditionnelle.

« Et si vous nous disiez ce que vous avez à nous dire ? lui suggéra Muriel.

— Et vous, si vous me disiez quel genre de remise de peine vous pouvez me proposer, au lieu de me prendre pour une pauvre pomme de négro, qui va tout vous déballer pour pas un rond ? »

Larry se leva et s'étira une seconde, mais ce n'était qu'une feinte pour contourner Collins. Une fois derrière lui, il empoigna la chaîne cadenassée au sol et tira brusquement pour resserrer les maillons sur l'entrejambe du jeune Noir, le plaquant contre son siège. Muriel lui jeta un regard de mise en garde, mais Larry savait parfaitement jusqu'où aller. Il posa la main sur l'épaule de Collins.

« Je trouve que tu la ramènes un peu, là, mon pote, ricana-t-il. Parce que tu vois, rien ne t'oblige à nous causer. Rien – nada. Nous, on peut très bien s'en aller comme on est venus. Et toi, tu resteras là, à te tirer perpette. Mais si tu veux sortir de ce trou, je te conseille d'apprendre la politesse, vite fait. Parce qu'en passant dans le couloir, j'ai pas vu la queue des procureurs qui attendent pour te proposer un meilleur plan. »

Lorsque Larry relâcha la chaîne, Collins se retourna vers lui et lui décocha un regard d'une insolence incendiaire, avant de revenir vers Muriel. Presque malgré lui, il la prenait à témoin. Collins lui-même ne savait pas trop jusqu'à quel point Larry pouvait jouer les durs. D'un geste, elle invita Larry à sortir un moment dans le couloir. Ils attendirent pour se parler que le garde soit retourné dans la salle surveiller son prisonnier.

« Ah ! J'ai horreur de négocier avec ces petits dealers ! s'exclama Larry. Sur ce terrain, je ne leur arrive pas à la cheville ! »

Muriel ne put réprimer un éclat de rire. Larry avait toujours été le roi de l'autodérision – une chose que Talmadge n'apprendrait jamais. Larry avait gardé sa veste, un trois-quarts de cuir noir, et tandis qu'ils tenaient leur conciliabule, dans cet espace confiné, elle se sentit prise dans le flot d'énergie animale qui émanait en permanence de sa puissante carrure.

« Je serais bien infoutu de dire si ce petit con essaie de nous baiser, ou s'il détient vraiment les clés du royaume, dit-il.

— Eh bien, je ne vois qu'un moyen pour le savoir. On n'est pas venus faire du lèche-vitrines, là. Il va devoir mettre ce qu'il a sur la table. Et une fois qu'il aura craché le morceau, on verra si ça tient la route. S'il nous livre le tueur et s'il accepte de témoigner, les stups seront peut-être d'accord pour revoir la quantité saisie à la baisse – en dessous de cent quatre-vingts grammes, il s'en tirera avec de dix à douze ans – mais je ne peux rien lui promettre de mon propre chef. »

Larry hocha la tête. C'était un plan. Muriel lui empoigna le bras avant qu'il n'ait eu le temps de faire demi-tour.

« Tu devrais peut-être me laisser lui parler, maintenant. Je crois que pour ce qui est du rôle du grand méchant flic, tu as déjà posé tes jalons. »

Lorsqu'ils revinrent dans la pièce, Muriel exposa à Collins les règles de base. Ayant eu le temps de la réflexion, Collins avait retrouvé un ton sensiblement plus courtois, mais il persistait dans son refus.

« J'ai jamais dit que j'allais témoigner, les mecs. Je vais sûrement plonger, et pour un bon bout de temps. Quoi que je dise, je suis de toute façon bon pour quelques années – vrai ou faux ? »

Muriel acquiesça.

« Mais si je témoigne, ça va chauffer pour mes fesses. Les GO – vous connaissez ? Les Gangsters Outlaws ? En général, ils n'attendent pas que vous les ayez balancés une deuxième fois.

— Écoutez, rétorqua Muriel. Vous non plus, vous n'êtes pas notre client idéal. Un triple X, purgeant une peine de prison à perpétuité, devant un jury, ça fait nettement plus désordre qu'une dame patronnesse. Et si vous n'êtes pas prêt à répéter au tribunal ce que vous allez nous dire, pour nous, ça ne vaut rien.

— Pas question que je témoigne, mec, protesta Collins. Tu peux me passer au détecteur de mensonges, OK. Mais pas question que je me pointe là-haut. Dans toute cette histoire, je tiens à rester strictement IC » – informateur confidentiel.

La discussion se prolongea quelques minutes, mais Muriel était à la rigueur d'accord pour se passer de son témoignage. Non pas qu'elle ait douté de la valeur des informations de Collins, mais parce qu'un dossier qui aurait reposé sur l'intervention d'un triple X dans le box des témoins ne valait tout simplement pas la peine d'être instruit. En dernier recours, elle proposa d'essayer d'obtenir une remise de peine dans le service du procureur, mais seulement si l'information que détenait Collins menait à l'arrestation du coupable. Et elle voulait savoir tout de suite ce qu'il avait à leur proposer.

« Et si vous m'arnaquez, là, tous autant que vous êtes ? Vous arrêtez ce gus, et vous me laissez au trou – qu'est-ce que je fais, moi ? » Il laissa tomber son regard jaune ocre sur Larry.

« Je croyais que ton oncle t'avait dit que j'étais réglo, répliqua Larry.

— Mon oncle, mec ? s'esclaffa Collins, en songeant à Erno. Qu'est-ce qu'il en sait, hein ? Un gros porc de flic, tu peux toujours lui mettre du rouge à lèvres, ça reste toujours un gros porc de flic, pas vrai ? »

Muriel se fendit d'un petit sourire, mais Larry se raidit. « Pig » – dans l'esprit de la plupart des policiers, la vieille injure faisait encore tilt. Muriel posa la main sur le bras de Larry, tandis qu'elle expliquait à Collins qu'elle n'avait rien de mieux à lui proposer, et que c'était à prendre ou à laisser.

Collins tendit le cou en avant et fit pivoter sa tête, comme pour se libérer d'une tension dans la nuque.

« OK, dit-il enfin. Je suis passé dans ce rade, l'autre jour... le Lamplight.

— Quand ? s'enquit-elle.

— La semaine dernière. Mardi – juste avant de me

faire serrer. Quand j'ai vu arriver ce zozo. Un vrai traîne-savates, toujours en loques, vous voyez le genre.

— Son nom ?

— On l'appelle Squirrel – l'écureuil. Me demandez pas pourquoi. Sans doute parce qu'il a une cervelle de rongeur, ce pauvre naze. » Collins laissa s'écouler quelques secondes, le temps de savourer sa vanne. « Enfin bref, je m'envoyais une bière avec des potes, quand on a vu débarquer Squirrel, qui se met à faire toutes les tables, pour fourguer ses trucs.

— Quel genre, les trucs ?

— La semaine dernière, il avait de l'or. Des chaînes en or. Il nous en a sorti cinq de ses poches, et j'ai vu qu'il avait un autre truc. C'est quoi déjà, le nom de ces espèces de médaillons, une pierre sculptée, avec une tête dessus...

— Un camée ? » proposa Muriel.

Farwell fit claquer ses longs doigts. « C'est bien ça. Un de mes potes a voulu le voir de plus près et Squirrel le lui a montré, en disant : "Oublie ça tout de suite, mec. Celui-là, il est pas à vendre." Le pote a retourné le truc et ça s'ouvrait par le milieu – tu vois, sous la pierre. Y avait un petit compartiment avec deux photos, toutes petites. Le portrait de deux mômes. "La famille va m'en donner un sacré paquet", qu'il a fait. *La famille* – j'avais pas la moindre idée de ce qu'il voulait dire. Mais un peu plus tard, je l'ai à nouveau croisé, aux gogues, tu vois. Il était là quand je suis arrivé et on s'est mis à tchatcher, tout ça, et je lui ai dit : "C'était quoi au juste, *la famille* ?" Et il m'a dit : "Putain, la bonne femme à qui j'ai taxé ça, elle est six pieds sous terre, à l'heure où je te cause. Elle s'est pris une balle dans la peau." Sauf qu'à le voir, ce pauvre taré, il a pas l'air capable d'écraser une mouche. Alors moi je lui fais : "Tu déconnes, ou quoi, mon pote ? – Ma parole, qu'il me fait. Je l'ai butée, avec les deux autres, dans la nuit du 4 juillet. T'as dû voir ça, mec, c'est passé à la télé et tout, quoi. J'ai été célèbre, tout ça. J'ai récupéré pas mal de trucs sur les trois maccab', mais j'ai tout bazardé, à part ce machin-là, parce que ça, personne ne m'en donnera autant que la famille. Eux, ils vont me filer une sorte de rançon, pour le récupérer, quoi. Quand il commencera à faire froid, et que j'aurai besoin de fric pour me mettre au chaud, tu vois." » Collins eut un haussement d'épaules, comme s'il s'était lui-même interrogé sur ce qu'il fallait en penser.

Larry lui demanda de décrire le médaillon. La plupart des objets dérobés aux victimes avaient été mentionnés dans la presse. Larry était manifestement en quête d'un détail inédit.

« C'est tout ? s'enquit Muriel, lorsque Collins eut répondu à Larry.

— Mmm, fit Collins.

— Tu ne sais même pas son vrai nom, à ce loustic ?

— Je sais pas au juste, mec. Ça pourrait être quelque chose comme Rommy, un truc du genre.

— Tu crois qu'il te bluffait, quand il t'a dit qu'il avait descendu les trois personnes ?

— Possible, reconnut-il. Évidemment, je donnerais mes deux bras pour qu'il ait dit la vérité, mais vous savez, quand un mec est raide défoncé, qui sait ce qui peut lui passer par la tête ? Il peut raconter n'importe quoi. En tout cas, il s'en est vanté – ça, ça fait pas un pli. »

Collins, lui, n'avait pas du tout l'air de biaiser. Il leur avait dit les choses de la façon la plus directe. Clairement, sans bavures. S'il s'avérait finalement que Squirrel n'y était pour rien, Muriel pourrait quand même donner un coup de pouce pour sa remise de peine.

Larry lui posa encore quelques questions, dont Collins n'avait pas la réponse, puis ils le renvoyèrent dans sa cellule. Ils n'échangèrent aucun avis avant d'avoir retrouvé la rue, en face de la grande forteresse qu'était la maison d'arrêt.

« Réglo ? s'informa-t-elle.

— J'ai l'impression. S'il avait essayé de nous mener en bateau, il aurait pu en faire bien plus. »

Muriel acquiesça. « Tu crois qu'il a lui-même trempé dans le coup ?

— Si Collins en était et que Squirrel le balance, il est cuit. Ça, il est assez grand pour le comprendre tout seul. J'aurais donc tendance à dire que non. »

Là-dessus aussi, l'avis de Muriel rejoignait le sien. Elle lui demanda quelle proportion de ce qu'avait dit Collins du camée avait été publiée dans les journaux.

« On n'a jamais dit que le médaillon s'ouvrait, assura Larry. Les enfants représentés sur les photos, ce sont les filles de Luisa, le jour de leur baptême. Et je vais te dire ce qui m'a totalement scié à la base, c'est que ce qu'en a dit Squirrel, selon Collins, c'est l'exacte vérité : ce camée, les parents de Luisa y tiennent comme à la prunelle de leurs yeux. C'est un genre d'héritage, un bijou de famille qui leur vient d'Italie.

La mère le tient de sa propre mère, qui le tenait de la sienne et l'autre débile, là, ce Squirrel, a dû apprendre ça d'une façon ou d'une autre.

— Tu comptes prévenir Harold ?

— Je vais d'abord passer voir Squirrel. » Pour éviter que le commandant ne confie cette tâche à un autre inspecteur, sous-entendait-il. À McGrath Hall, les officiers de police avaient pris l'habitude de dresser la liste de leurs arrestations, et de faire des calculs statistiques, comme s'il y avait eu un tableau pour l'affichage des scores. Comme tous ses collègues, Larry visait le plus gros gibier.

« Bien. Moi, je ne dirai rien à Molto », répondit Muriel. Ils marchaient côte à côte dans le froid du crépuscule, réunis, comme cela leur arrivait si souvent, par la rapidité même avec laquelle ils tombaient d'accord. Le petit nuage blanc de leur haleine s'étirait dans leur sillage, et l'air était chargé de senteurs automnales, sombres et revigorantes. Le long du mur latéral de la prison s'était formée la longue file des visiteurs du soir, principalement constituée de jeunes femmes, flanquées d'un ou deux bambins. Quelques enfants pleurnichaient.

Il la regarda longuement, dans la lumière déclinante. « Tu as le temps de venir boire un verre ? » demanda-t-il.

Elle lui glissa un regard en coin. « Ça me paraît un peu dangereux.

— Justement, le danger t'aimes ça. »

C'était vrai. Elle avait toujours aimé ça – et pour elle, Larry en était un, et non des moindres. Mais elle était fermement décidée à devenir adulte. « Mon client devrait craquer, demain. Il faut que je rentre préparer mon contre-interrogatoire. » Elle lui décocha un petit sourire crispé, à peine nuancé d'un soupçon de regret, avant de tourner les talons en direction du service du procureur, situé sur le trottoir d'en face.

« Muriel... » appela Larry. Quand elle se retourna, il avait plongé les deux mains dans les poches de sa veste de cuir noir et s'en battait les flancs. Ses lèvres s'agitèrent, sans émettre le moindre son. Il n'avait rien à ajouter. Ils restèrent ainsi quelques instants, face à face, les bras ballants. Une note de chagrin avait imperceptiblement résonné dans la voix de Larry et, ce soir-là, son prénom, lancé dans la nuit, fut le mot de la fin.

8.

Squirrel

Le 8 octobre 1991

« Squirrel ? Cette cervelle d'oiseau-mouche ? s'exclama Carney Lenahan. On est sans arrêt à ses trousses !

— C'est quoi au juste, ce mec ? demanda Larry. Un toxico ? »

Ce fut Christine Woznicki, la coéquipière de Lenahan, qui répondit : « Zéro plus zéro égale la tête à Toto ! » Elle lui donna le vrai nom de Squirrel – Romeo Gandolph, que Larry nota dans son calepin. Ils étaient dans la salle de garde, au poste de la Section Six ; il était huit heures du matin à peine passées, et le responsable de l'équipe venait de terminer son briefing. Les deux flics s'apprêtaient à partir en patrouille. Woznicki aurait été une femme séduisante, mais la dureté de sa mâchoire, toujours un poil crispée, et de sa silhouette, souple mais un poil trop sèche, évoquait dans l'esprit de Larry l'image d'un cuir à repasser les rasoirs. Ça devait être ce genre de nana – mais de toute façon, pour ce qu'il en avait à cirer... Le père de Christine exerçait déjà à la Six du temps où Larry y avait débuté, quelque chose comme quinze ans plus tôt. Stan Woznicki aussi avait fait équipe avec Carney. Plus on prend de l'âge, se dit Larry, et plus on s'aperçoit que tout ça n'est qu'un éternel recommencement...

« C'est un voleur, le Squirrel, fit Lenahan. Vol et recel. Il pique et il revend – soit l'un, soit l'autre, et les deux quand il peut. Pire qu'un romano ! Ici, on le voit passer minimum une fois par mois, ce petit con. Pas plus tard qu'hier, Ed Norris l'a ramené menottes aux poings.

— Pourquoi ?

— MMMP – "même motif, même punition". Lady Carroll – c'est comme ça qu'elle se fait appeler. Elle a une boutique de perruques sur la 61e, et avant-hier soir, elle devait avoir la tête ailleurs, parce qu'elle a oublié de fermer sa porte de derrière à clé. Squirrel, c'est un spécialiste des portes de derrière : il se planque dans un placard jusqu'à l'heure de la fermeture. Hier matin, la moitié du stock de Lady Carroll s'était envolée, et pratiquement toutes les fleurs de trottoir de la 61e se trimbalaient avec des perruques neuves. Alors Ed a laissé le Squirrel mariner un peu ici, pendant toute la soirée, mais il n'a pas craché le morceau. Pourtant, c'est lui – ça, tu peux me croire. Sûr qu'il s'est au moins chargé d'écouler la marchandise. »

À soixante balais bien sonnés, Carney arrivait en fin de carrière. Toute sa personne était grise, y compris sa vieille trogne, sous les néons blafards du poste. Larry aimait les flics de cette trempe. Ils avaient tout vu et tout fait, mais il leur restait tout de même quelque chose de bon. En 75, du temps où Larry avait débuté,

Carney se faisait une spécialité de râler contre la décision de l'administration d'acheter des voitures climatisées, qui, selon lui, ne pouvaient être qu'une source de problèmes : les tire-au-flanc n'avaient pas besoin qu'on les encourage à rester planqués dans leurs bagnoles, disait-il.

« On a trouvé quelque chose sur lui, quand Norris l'a coffré ? »

Lenahan glissa un coup d'œil vers sa collègue, qui haussa les épaules.

« En général, il évite de stocker », répliqua-t-elle.

Larry leur demanda s'il pouvait jeter un œil au rapport de Norris et quand il demanda si Squirrel et Gus se connaissaient, Carney se gondola de rire.

« Tu parles qu'ils se connaissaient ! Comme la mangouste et le cobra ! Gus s'imaginait que Squirrel lorgnait sa caisse. Il avait dû essayer, au moins une fois, et Gus l'a pris la main dans le sac. Après ça, quand il l'attrapait, ne serait-ce qu'à commander un café au bar, il le fichait dehors. » Au Paradise, quiconque payait ses notes était le bienvenu. Les chefs de gang y côtoyaient les flics et les putes à dix dollars. En cas de problème – des gamins du quartier qui chahutaient, des clodos qui s'incrustaient, ou des petits marlous, tels que Squirrel qui venaient rôder – Gus tenait à s'en occuper personnellement, même s'il y avait toute une tablée de flics dans un de ses box. « Une fois, j'ai même vu Gus lui courir après avec un grand couteau de cuisine, fit Lenahan. Ça m'étonnerait qu'ils aient échangé beaucoup de lettres d'amour, ces deux-là. »

Larry sentit une intuition le traverser de part en part. C'était lui. Squirrel.

« Et la came ? demanda-t-il. Il y touche ? »

Ce fut Woznicki qui répondit : « On ne lui connaît pas d'habitude, en particulier. Il se défonce comme les autres, avec tout ce qui lui tombe sous la main. Pendant des années, il a sniffé de la peinture – elle parlait du toluène – ce qui explique peut-être, en partie, le problème. Parce qu'il a vraiment une case de vide, ce pauvre Squirrel. Il vit dans la rue, au jour le jour. Il essaie de piquer tout ce qu'il peut, pour pouvoir s'envoyer en l'air la nuit venue, histoire d'oublier un peu à quel point il déjante. Pas besoin d'avoir fait Harvard pour piger le topo.

— Il a une arme ?

— Pas que je sache. En fait, c'est plutôt le genre roquet : il jappe le plus fort qu'il peut en montrant les dents, mais on l'a jamais vu mordre. Pourquoi ? Tu crois que ça pourrait être lui, pour Gus ?

— Je commence à me poser la question.

— Ça, je ne l'en aurais jamais cru capable, ce loustic », s'étonna Woznicki, en rejetant en arrière sa longue figure aux puissantes mandibules. Mais c'était l'une des plus tristes leçons que l'on pût apprendre dans la police : face à tout individu lambda, vos chances de découvrir qu'il était bien pire que vous ne l'imaginiez au premier abord étaient toujours plus fortes que pour la possibilité inverse.

Lenahan et Woznicki prirent le large, et Larry alla demander à la réception de consulter certains documents. Le dossier de Rommy arriva par fax du poste central au bout d'une demi-heure, mais pour le rapport de Norris, l'archiviste lui demanda de patienter. Le document devait être en cours de saisie. Laissant le préposé à ses recherches, Larry appela son chef.

Harold Greer était en réunion, ce qui n'était pas plus mal. Larry eut donc affaire à son bras droit, un certain Aparicio, qui était trop urbain pour poser trop de questions. Larry avait un autre coup de fil à passer.

« Tu veux un mandat ? » demanda Muriel. Elle était dans son bureau, où elle attendait les résultats de la délibération de son jury.

« Pas encore. Mais reste dans le coin.

— Je suis là. Pour toi, toujours. »

« Toujours. » Qu'est-ce que ça pouvait bien vouloir dire ? La veille, en sortant de la prison, comme il la regardait s'éloigner, dans son petit tailleur spécial procès, perchée sur ses escarpins rouges, il avait eu soudain le sentiment que le monde entier n'était qu'un grand vide. Que le faisceau des sensations qui le reliaient à elle était la chose la plus réelle de l'univers. La puissance de cette sensation, qui n'était pas seulement faite du jaillissement du désir, mais de quelque nostalgie plus vaste, plus globale, l'avait laissé sans voix, dès qu'il avait prononcé son nom.

« Toujours... » marmonna-t-il en raccrochant.

Une heure plus tard, il demanda au standard d'envoyer un appel radio à Lenahan et Woznicki. Ils n'étaient qu'à quelques blocs de là. Il leur donna rendez-vous dans le parking, derrière le poste. Il était midi passé, à présent. Le parking grouillait de monde. On se serait cru près d'un supermarché, aux heures de pointe.

« Qu'est-ce qui se passe ? demanda Woznicki en abaissant sa vitre. Tu n'as toujours pas mis la main sur ce rapport ?

— Toujours pas.

— J'ai appelé Norris, ça fait déjà un moment.

— OK, mais là, j'aurais besoin d'un coup de main pour emballer Squirrel. Tu sais où il habite ?

— Dans la rue, en général, répondit Lenahan. Il ne fait pas encore assez froid pour qu'il s'appuie le trajet jusqu'à l'aéroport. Les jours où il s'est fait un peu de tune, il va dans une pizzeria sur Duhaney Street.

— Qu'est-ce qu'il fiche là-bas ?

— Il mange – je saurais pas te dire si c'est pour fêter ça, ou si c'est juste parce qu'il a faim.

— Bof, il doit bien avoir faim, de temps en temps, dit Woznicki. Allez, grimpe. On t'emmène. »

Ce jour-là, Squirrel bouda sa pizzeria préférée. Au bout d'une heure ou deux, ils passèrent au bar où Collins avait dit avoir rencontré Gandolph – le Lamplight. On s'étonnait de ce que quelqu'un se soit donné la peine de baptiser ce genre d'endroit. C'était un vrai boui-boui – *a priori*, une boîte qui gardait les grilles de ses fenêtres baissées pendant les heures d'ouverture, c'était plutôt mauvais signe. Près de la porte, il y avait un petit comptoir où l'on vendait de l'alcool. Les bouteilles étaient sous clé, derrière un gros grillage. Le bar à proprement parler commençait plus loin, dans le fond. Larry en avait vu des centaines, de ces bouges. Il n'y avait que quelques ampoules qui fonctionnaient encore, çà et là, y compris les néons publicitaires pour la bière, et ce qu'elles éclairaient était à l'avenant : vétuste, crasseux et rafistolé. Le revêtement des murs s'effilochait par endroits, comme un vêtement usé jusqu'à la trame et la cuvette de l'unique WC était jaune de tartre. Le siège avait été fendu en deux. La chasse d'eau fuyait. À peine mettait-on le pied sur le seuil, qu'on était assailli par des relents de moisi et de fuite de gaz. Les clients, jeunes pour la plupart, traînaient là-dedans toute la journée par petits groupes, à se raconter des bobards que personne ne croyait, ou à se refourguer mutuellement de la dope. Selon toute probabilité, ce devait être ce genre d'activité qui avait attiré Collins dans le coin.

Dehors, autour de la porte, sur le trottoir, c'était le même topo – prostituées carburant à l'héroïne, en quête d'un client ou de leur prochain fix, mecs vivotant grâce à leur pension d'invalidité ou à leurs combines. La faune habituelle. Ils se dispersèrent en voyant rappliquer les flics. Carney et Christine étaient entrés par la porte de devant, tandis que Larry contournait le bâtiment, au cas où Squirrel aurait essayé de se tirer par celle de derrière.

Une minute plus tard, Lenahan le siffla.

« Inspecteur Starczek – je vous présente Romeo Gandolph. »

Le type que Carney poussait devant lui était un maigrichon, affichant un air complètement ahuri et dont les yeux papillotaient frénétiquement, comme des soucoupes volantes. Inutile de convoquer un Grand Jury pour deviner ce qui lui avait valu son sobriquet... Larry le plaqua contre la voiture de service et le soumit à une fouille rapide. Rommy se mit à râler, et demanda à plusieurs reprises ce qu'il avait fait.

« Merde ! s'exclama Larry. Qu'est-ce que t'as fait du médaillon, Romeo ? »

L'intéressé rétorqua qu'il était au courant de rien, comme prévu.

« Merde ! » répéta Larry. Gandolph n'avait pu vendre ce camée après l'avoir conservé si soigneusement, des mois durant. Larry lui donna la description du bijou, mais Squirrel répéta qu'il n'avait rien vu d'approchant.

Larry n'avait pas oublié la mise en garde d'Erno contre Collins. Ça n'aurait pas été la première fois qu'une balance l'aurait envoyé sur une fausse piste. Il s'apprêtait à relâcher Squirrel, mais à sa grande surprise, Lenahan attrapa Gandolph par sa tignasse broussailleuse et l'enfourna à l'arrière de la voiture pie. Squirrel gueulait tout ce qu'il savait, se plaignant d'avoir encore mal au bras, depuis sa garde à vue de la veille. Il avait passé une bonne partie de la soirée attaché avec des menottes à un anneau de fer scellé au mur, au-dessus de sa tête. Au poste, Lenahan pointa l'index vers un banc, à l'intention de Rommy – il connaissait le chemin – puis il attrapa le bras de Larry, qui flaira l'embrouille, rien qu'à la manière dont Carney surveillait le couloir.

« Tu risques de ne retrouver aucune trace d'hier soir – ni rapport, ni rien, lui dit-il.

— Parce que ?

— Parce que le camée n'a pas été déposé au service des objets volés. »

Larry grogna. Il se faisait trop vieux, pour ce genre de sport.

« Carney. Je sais que tu n'as rien à voir avec tout ça, mais ce débile va finir par avouer qu'il avait le médaillon hier soir, quand les collègues l'ont coffré – tu sais ça aussi bien que moi. Alors, qu'est-ce que je raconte à Harold, hein ?

— Je comprends, répliqua Carney, et je fais ce que je peux. On a passé la journée à courir après Norris. Il n'est pas là. Mais sa copine nous a juré qu'il allait arriver d'une minute à l'autre. »

Ils furent interrompus par un appel du standard. Un coup de fil pour Larry. Il espérait que c'était Norris, mais ce fut Greer. Il tâcha de répondre à ses questions d'un ton enjoué.

« J'ai comme l'impression qu'on est à deux doigts de conclure, commandant. » Il lui communiqua quelques-unes des informations.

« Vous travaillez avec qui, là, Larry ? »

Il savait pertinemment que Harold voulait parler de ses collègues de l'équipe spéciale, mais il fit l'andouille, et répondit : « Lenahan et Woznicki, chef.

— Et voilà notre cow-boy solitaire reparti pour de nouvelles aventures », marmonna Harold à part soi. Il annonça à Larry qu'il lui envoyait immédiatement un inspecteur des Homicides pour l'épauler. Lorsque Larry reposa le combiné, il aperçut un grand Noir qui avait l'air d'attendre quelque chose. Il portait une petite veste en satin de m'as-tu-vu et une chemise en jersey qui ne parvenait pas à masquer tout à fait sa brioche. Il affichait un grand sourire, comme s'il avait quelque chose à lui vendre – ce qui, en un sens, était bien le cas. C'était Norris.

« Paraît que tu cherches ceci », lança-t-il en sortant le camée de sa poche. Il n'avait même pas pris la peine de le glisser dans une enveloppe de plastique.

Larry avait longtemps survécu dans son service en appliquant des règles telles que « vivre et laisser vivre », et, à sa connaissance, le pape n'avait toujours pas prévu de lui constituer un dossier de canonisation. Mais il faisait son boulot – c'était peut-être là sa principale source de fierté. Il se pointait tous les matins, pour faire son boulot. Pas pour faire la sieste, ni pour faire les poches aux toxicos, ni pour se planquer derrière son bureau en mettant au point un vaste projet de congés pour longue maladie. Il faisait son taf de flic, comme les autres flics de sa connaissance. Mais ça, c'était trop. Il arracha le bijou des mains de Norris. Les photos étaient toujours à leur place – deux nourrissons, l'air aussi sonnés l'un que l'autre par leur débarquement en ce monde.

« Tu te prends pour qui, toi, putain, pour Dick Tracy ? s'exclama Larry. Tu coffres un mec et tu trouves dans ses poches un bijou qui est passé tous les jours à la télé pendant une semaine parce qu'il appartenait à une victime ; le mec en question se trouve avoir eu au moins quelques prises de gueule avec une autre des victimes – et toi, à quoi tu penses ? À ce que tu vas pouvoir empocher en vendant cette putain de pièce à conviction ? J'espère que t'es le seul dans ton genre, dans la boutique !

— Eh relax ! Ça peut pas être ton mec. Celui-ci, c'est qu'un petit locdu. Il a pas voulu avouer, pour les perruques, alors je me suis dit que j'allais lui donner une leçon. Où est le problème ?

— Le problème ! enragea Larry. Je me retrouve avec une preuve en béton, hein ? J'ai tout ce qu'il me faut, pas vrai ? Fiche d'enregistrement, relevé des objets saisis ? Comment je vais lui prouver, à Bernie-l'Avocat, que c'est bien sur son client que t'as retrouvé ce truc ?

— Eh, me gonfle pas, mec ! Ici, n'importe qui peut témoigner. »

Larry tourna les talons et le planta là, mais Norris le rappela :

« Eh, mec ! T'oublieras pas de me citer pour son arrestation, si c'est le bon client ! »

Larry ne se donna même pas la peine de répondre. Qu'est-ce qu'on pouvait dire, face à une tache pareille...

9.

Dans les murs

Le 22 mai 2001

Gillian s'alluma une dernière cigarette avant d'entrer dans le quartier de haute sécurité de Rudyard. Tournant le dos à la prison, elle promena son regard le long de la jolie petite rue, si typique du Midwest, bordée de maisonnettes coloniales et de pelouses verdoyantes. Les érables des allées du parc avaient sorti leurs nouvelles feuilles. Arthur s'attardait dans sa belle voiture, d'où il téléphonait à son bureau.

Heureusement pour Gillian, il avait laissé en ville sa jeune collègue aux dents longues et, tandis qu'ils filaient sur l'autoroute entre les champs où les jeunes plants de maïs commençaient à poindre hors de terre, tendant leurs feuilles vertes déployées et inclinées, comme des mains amicales, ils avaient bavardé avec entrain. Il lui avait rapporté, entre autres, ce qu'il avait pu apprendre d'Erno Erdai, le prisonnier qu'ils venaient voir. Ils avaient longuement parlé de Duffy Muldawer, son propriétaire, qu'Arthur avait retrouvé avec plaisir le matin même. Ils avaient évoqué le souvenir de leurs joutes oratoires de jadis, du temps où Arthur était procureur adjoint dans la salle d'audience présidée par Gillian.

En toute rigueur, Duffy n'avait jamais été un grand juriste. Il n'avait étudié le droit que parallèlement à ses devoirs de prêtre, et avait fini au poste d'avocat commis d'office, après qu'un amour qui avait malheureusement été éphémère l'eut contraint à abandonner ses vœux. Mais c'était pour sa première vocation qu'il était vraiment fait. Gillian s'en était aperçue en 1993, lorsqu'elle s'était inscrite à l'un de ces fameux programmes de désintoxication en douze étapes. Vu le sombre pronostic qui planait sur son avenir, il était impératif pour elle de se désintoxiquer d'urgence, mais elle ne pouvait supporter la langue de bois, ni les clichés qui avaient cours dans ces cercles d'âmes à la dérive qui, pour verbaliser leurs souffrances, n'en étaient pas moins totalement déboussolées. En désespoir de cause, elle avait appelé Duffy, qui lui avait offert son aide lorsque les journaux avaient publié les premiers articles relatant sa chute. Il était devenu pour elle un véritable directeur de conscience. Sans lui, peut-être n'aurait-elle jamais refait surface.

Arthur semblait avoir décidé de s'éterniser au téléphone. Elle écrasa sa cigarette dans les graviers du parking et inspecta son propre reflet dans les vitres fumées de la voiture. Elle portait un tailleur pantalon noir David Dart, avec une veste de style cardigan, éclairée d'un rang de perles et, aux oreilles, des petites boules d'or. L'impression d'ensemble visée était la sobriété : elle préférait passer aussi inaperçue que possible dans l'établissement. Mais cette intention avait manifeste-

ment échappé à Arthur, qui avait dû l'observer derrière
son pare-brise, tandis qu'il finissait au téléphone :

« Vous êtes splendide, comme d'habitude », lui
déclara-t-il en mettant pied à terre. Elle discernait chez
lui, comme chez tant d'autres représentants du sexe
mâle, cette pointe d'appétit sexuel insatiable. Mais elle
était en grande partie immunisée. Depuis peu, elle avait
même pris l'habitude de porter une fausse alliance,
pour aller à son travail. Les vendeuses de produits de
beauté devaient avoir la même réputation que les infirmières ou les femmes qui s'attardaient dans les bars à
l'heure de la fermeture. Un certain type d'homme semblait écumer systématiquement les rayons de parfume-
rie. De temps à autre, elle en croisait un qui faisait
mine de la reconnaître et, dans cette cohorte, il y en
avait une poignée qui, pour des raisons qui échappaient
à son imagination, semblaient voir en elle soit une
proie facile, soit une nymphomane frustrée. Elle les
éconduisait tous, systématiquement. De toute façon, le
sexe n'avait jamais été son domaine de prédilection –
overdose d'enseignement catholique, ou quelque chose
du genre. Elle aimait plaire, et elle aimait le pouvoir
que lui conférait sa puissance de séduction, mais les
réalités de l'amour, tout comme l'amour lui-même,
n'avaient jamais rien eu pour elle de très gratifiant.

Elle remercia Arthur de son amabilité et, se retournant, fit face à la prison. Pendant des années, en des
instants comme celui-ci, pour ranimer son courage, elle
s'était représenté l'image d'un roulement à billes –
scintillant, poli, impénétrable. C'est de cette image de
perfection qu'elle se pénétra, pour franchir les portes
de Rudyard.

Une fois dans les murs, Arthur se chargea de fournir les explications. Ils étaient convenus que Gillian verrait d'abord Erdai en tête à tête – en espérant qu'il accepterait ensuite de parler à Arthur. Elle n'avait qu'une vague idée de ce qui l'attendait, mais à la lecture des rapports de police et des autres documents que lui avait remis Raven, elle avait pu se faire une idée de la trajectoire d'Erdai, qui présentait de troublants points communs avec la sienne. Il avait grimpé les échelons quatre à quatre, depuis l'école de la police jusqu'à un poste important dans le service de la sécurité de la Trans-National Air. Puis, inexplicablement, tout avait basculé pour lui. En février 1997, comme il se trouvait au Ike's, un bar bien connu de tous les flics du comté, il avait eu une altercation avec un certain Faro Cole. S'il fallait en croire les déclarations faites après coup par Erdai lui-même, ce Cole était un petit margoulin sur lequel il avait naguère mené une enquête. Il le soupçonnait de revendre des billets d'avion volés à la compagnie. Cole, que l'on décrivait comme un Noir âgé d'une trentaine d'années, était entré dans le bar en le menaçant d'une arme. Il criait qu'il n'avait plus un sou, et que c'était la faute d'Erdai. Plusieurs flics avaient immédiatement dégainé, et avaient cerné Cole, qui avait alors levé les bras sans pour autant lâcher son revolver, qu'il tenait par le canon et non par la crosse. Finalement, après avoir palabré un moment, il avait remis son arme à Erdai et avait accepté de sortir discuter avec lui. Mais cinq minutes plus tard, Cole avait refait irruption dans le bar et, selon tous les témoignages, Erdai qui le suivait à un mètre ou deux, avait abattu le jeune homme d'une balle dans le dos.

Bizarrement, Erno avait plaidé la légitime défense, mais personne ne l'avait suivi sur ce terrain. Les rapports de tous les experts en balistique s'accordaient à lui donner tort. Erno fut condamné pour tentative d'homicide. Cole, qui avait survécu à sa blessure, admit par l'entremise de son avocat qu'il était sous l'empire de la drogue au moment des faits et reconnut avoir eu une attitude provocatrice. Il n'opposa aucune objection à la demande de circonstances atténuantes déposée par l'avocat d'Erdai. Mais ce dernier avait déjà tué sa belle-mère, plusieurs décennies auparavant, et le service du procureur refusa net de lui donner une deuxième chance. Erdai plaida coupable pour coups et blessures aggravés et attaque à main armée, et se vit condamné à une peine de dix ans de prison, qui aurait probablement été ramenée à cinq, s'il n'avait entre-temps développé une tumeur maligne du poumon. La direction de la prison avait confirmé à Arthur que son mal était de sombre pronostic. Mais le comité d'application des peines avait néanmoins rejeté sa demande de libération anticipée pour raison de santé – comme il rejetait à peu près toutes les demandes similaires. Erdai avait donc dû se résoudre à finir ses jours derrière les barreaux, perspective dont Gillian mesura pleinement l'horreur, tandis qu'elle attendait sur un banc à côté d'Arthur.

« A-t-il encore toute sa tête ?

— Selon le personnel médical, oui, lui répondit-il, au moment où son nom était appelé au micro. Mais vous allez en juger par vous-même.

— Sans doute », fit-elle en se levant.

Pour Gandolph, Erdai semblait donc être l'homme

de la dernière chance. Arthur avait l'air de plus en plus fébrile, à l'approche de ce moment de vérité. Il se leva à son tour pour lui souhaiter bonne chance et lui tendit sa main moite, qu'elle serra avant de s'éloigner, escortée par une gardienne. Lorsque la grille principale du bloc se referma derrière elle, Gillian eut comme un coup au cœur. Un son incongru dut lui échapper, car la gardienne se retourna vers elle pour lui demander si tout allait bien.

« Très bien », répliqua-t-elle – mais elle n'avait pas besoin de se regarder dans une glace pour sentir que toute sa physionomie proclamait le contraire.

La gardienne, une belle plante aux cheveux artificiellement raidis, se prénommait Ruthie. Elle avait été spécialement affectée à l'infirmerie et c'était un véritable moulin à paroles. La prison elle-même n'avait pu venir à bout de son incorrigible bonne humeur, ni de sa verve. Les commentaires qu'elle faisait sur tout et à propos de tout – y compris sur Erdai, les bâtiments nouvellement construits et, bien sûr, le temps qu'il faisait, furent pour Gillian un agréable moyen de diversion.

Elles arrivaient à destination. L'infirmerie était une structure distincte, composée de deux étages, et reliée au reste du bâtiment principal par un couloir sombre. Gillian suivit son guide le long de ce couloir, jusqu'à un autre sas, constitué de plusieurs portes à barreaux successives. Une sentinelle montait la garde dans un petit poste de surveillance, contrôlant les allées et venues derrière sa vitre pare-balles. Ruthie lui montra le laissez-passer que Gillian portait au cou, et la porte s'ouvrit dans un bourdonnement électrique.

Dans l'hôpital de la prison régnait un semblant de liberté. L'ambiance était davantage celle d'un asile. Les prisonniers les plus dangereux étaient enchaînés à leur lit, mais seulement en cas de problème. Ici, comme dans la cour, les meurtriers les plus sanguinaires pouvaient aller et venir librement. Dans le service où Ruthie conduisit Gillian, deux surveillants non armés montaient la garde, assis sur des pliants. De temps à autre, ils se levaient et faisaient les cent pas pour se dégourdir les jambes, mais cela semblait être leur seule occupation. Ruthie avait traversé environ la moitié d'une longue salle, lorsqu'elle tira un rideau, dévoilant pour Gillian un lit d'hôpital. Celui d'Erno Erdai.

Il se remettait de sa seconde opération – l'ablation d'un lobe de son poumon gauche. Il s'était plongé dans un livre. Le cadre de son lit avait été surélevé pour lui faciliter la lecture. Il était vêtu d'une robe de chambre d'hôpital délavée. Une potence à perfusion, reliée à son bras gauche, égrenait son goutte-à-goutte. Son visage était pâle et émacié, avec un long nez osseux, en pointe de flèche. Il avait levé les yeux de son livre. Son regard se posa sur Gillian, jusqu'à ce qu'il fût secoué d'une quinte de toux. Lorsqu'il eut retrouvé son souffle, ils échangèrent une poignée de main.

« Bon, eh bien, je vais vous laisser parler tranquillement », fit Ruthie, qui resta toutefois dans les parages, après avoir approché une chaise en vinyle pour Gillian. Elle s'éloigna et alla se poster de l'autre côté de la salle en regardant ostensiblement ailleurs.

« J'ai bien connu votre père, dans le temps », commença-t-il. Son élocution avait un je-ne-sais-quoi d'exotique, comme s'il avait grandi dans une famille où l'anglais n'aurait été qu'une seconde langue. « À l'école de la police. C'était l'un de mes professeurs. Il enseignait la tactique urbaine. Et je peux vous dire qu'il connaissait son sujet – à fond. On disait que sur le terrain, il n'avait pas son pareil ! » s'esclaffa Erno, en pouffant de rire. Il avait au coin de la bouche un abaisse-langue qu'il mâchonnait de temps à autre. Gillian avait maintes fois entendu louer les qualités de tacticien de son père, mais elle avait toujours eu du mal à faire le lien entre ce superman et l'homme qu'elle voyait filer doux devant sa mère. Il mesurait près de deux mètres et aurait facilement pu en imposer à sa femme, mais il tremblait devant elle, tout comme les autres membres de la famille. Gillian le haïssait pour sa lâcheté.

« Je suppose que vous n'aviez aucun souvenir de m'avoir vu au tribunal ? demanda Erdai. Et maintenant que vous me voyez ? » Il semblait attacher une certaine importance à l'idée qu'il ait pu produire sur elle une impression durable, mais elle ne vit pas l'intérêt de faire preuve d'une complaisance particulière.

« Non. Désolée.

— Eh bien, moi, je me souviens de vous. Et je dois dire que je vous trouve nettement meilleure mine qu'à l'époque. N'allez pas le prendre mal, mais à présent, j'ai comme l'impression que vous avez fait une croix sur l'alcool.

— Effectivement.

— Je vous demandais ça sans aucune arrière-pensée. Moi aussi, il m'est arrivé de forcer un peu sur la bouteille. Sauf que moi, si on me laissait, je replongerais, dès demain. Vous savez, ce tord-boyaux que fabriquent les détenus. Un vrai poison – on pourrait mettre votre chienne de vie en bouteille que ça aurait à peu près le même goût ! Eh bien, pour peu qu'on m'en laisse l'occasion, j'en descendrais une bouteille entière. » Erno secoua la tête puis jeta un regard vers son livre qui restait ouvert entre ses mains. Un ouvrage sur la Seconde Guerre mondiale. Elle lui demanda si c'était intéressant.

« Assez, oui. Ça m'occupe. Vous lisiez beaucoup, vous, quand vous étiez dans la maison ?

— Un peu, répondit-elle. Mais nettement moins que je ne l'aurais prévu. De temps à autre, j'essaie de me souvenir de ce que je faisais, et il ne me revient pas grand-chose. Comme si j'avais passé des années les yeux dans le vide. »

Il y avait des chaînes entières d'associations d'idées dont elle avait dû se défaire, par la même occasion. Se considérer comme un magistrat. Comme une citoyenne respectable. La loi, qui avait été toute sa vie, et à plus d'un titre, s'était trouvée autant dire abolie. Pour autant qu'elle pût en juger à présent, pendant son arrestation, la négociation de ses charges et sa première année en prison, elle avait eu la tête envahie de l'équivalent mental de la neige sur un écran télé : le récepteur était allumé, mais il n'y avait pas de signal. Parfois, mais ça restait exceptionnel, elle se réveillait au milieu de la nuit en pleurant, généralement après un rêve perturbant. Elle devait alors vivre cet instant dévastateur où elle se souvenait qu'elle n'était plus chez elle, dans son lit, avant une autre journée où elle irait siéger au tribunal – mais en prison, entre ces quatre murs, réduite à l'état de proscrite, de rebut de la société. Elle avait sombré de plus en plus profond, comme un objet qui s'enfoncerait dans un puits en direction du centre de la Terre. Le souvenir de ces moments qu'elle aurait voulu pouvoir laisser à jamais derrière elle lui revint, l'espace d'un instant. Elle redressa les épaules, pour les tenir à distance.

« Alors comme ça, vous êtes venue entendre mon histoire ? » demanda Erdai.

Gillian lui parla d'Arthur. Elle était venue parce que Erno semblait tenir à la voir personnellement, mais la personne la mieux placée, et la plus directement concernée par ce qu'il avait à dire, était le défenseur du condamné, son avocat.

« Voilà donc la raison de sa visite, fit Erno. Je pensais qu'il vous avait accompagnée pour vous conseiller. Eh bien – je suppose qu'il va déformer mes paroles, pour me faire dire ce qui l'arrange. C'est ce qu'ils font tous, n'est-ce pas ? Ils seraient prêts à tout, pour voir leur nom dans le journal.

— Vous imaginez bien que ce sont les intérêts de son client qu'il défend, et non les vôtres. Si vous craignez que...

— Je ne crains plus rien, laissa-t-il tomber. Que voulez-vous qu'ils me fassent, à présent ? Qu'ils me condamnent à mort ? » Les yeux d'Erdai s'étaient arrêtés sur ses propres pieds, sous les couvertures, comme si ces symboles de l'impermanence de son existence avaient pu lui révéler le secret de l'immortalité. « Vous voyez, ce qui m'a toujours turlupiné, c'est de savoir qu'il était là, ce Gandolph. Ici, on ne les voit jamais, les Jaunes. Mais je savais qu'il était là, de l'autre côté du couloir, pour ainsi dire, et ça me restait sur la conscience. Sauf qu'à l'époque, je pensais tout de même sortir un jour. Alors je me disais, pourquoi jouer avec le feu ? Maintenant, c'est l'inverse. De toute façon, le temps qu'il a fait comptera pour tout ce qu'il a commis impunément. » D'un mouvement de langue, il fit passer son abaisse-langue de l'autre côté de sa bouche, et sourit à cette idée. Gillian que ce monologue commençait à mettre mal à l'aise chercha une question à lui poser, mais préféra s'abstenir.

« Et c'est bien comme ça qu'on envisageait les choses, pas vrai ? lui demanda Erno. Punissons-les toujours – même si nous ne savons pas pourquoi, eux, ils le savent ! »

Elle doutait d'avoir jamais eu une attitude aussi froidement cynique. Non pas qu'elle se soit bercée d'illusions sur la proportion d'innocents parmi les prévenus, mais jamais elle ne se serait permis de les jeter en prison, sous prétexte qu'ils avaient probablement tous quelque chose sur la conscience. Mais elle ne voulait surtout pas s'engager dans ce genre de polémique avec Erdai. L'homme avait un côté brutal, qu'il avait dû avoir toute sa vie, et elle sentait bouillir en lui une colère sourde, qu'il avait soit acceptée, soit domptée. Elle sentait obscurément quelque chose, au tréfonds de lui-même, une chose qu'il avait parfaitement intégrée, à moins qu'il n'ait totalement abdiqué devant elle – elle n'aurait su trancher.

« Je dois admettre, fit-il, que je ne m'attendais pas à vous voir débarquer ici. Je voulais juste voir si quelqu'un d'autre aurait le cran de le faire – vous savez, envoyer balader le train-train habituel pour remettre les pendules à l'heure. J'ai toujours eu horreur de me retrouver dans le rôle du bouc émissaire. Je vous remercie infiniment d'être venue. »

Elle répondit qu'elle n'avait aucun mérite. Elle n'avait pas grand-chose à perdre, en venant – à part la journée.

« Oh que si ! se récria Erno. Dès qu'ils vont se demander ce qui a pu dérailler, dans cette affaire, les journaleux vont se mettre à remuer la vase – ils ne se gêneront pas pour vous déchirer à belles dents, vous et votre passé. Je ne vous apprends rien. »

L'idée ne l'avait pas effleurée – et ce, tout d'abord, parce qu'elle n'imaginait même pas ce qu'Erno s'apprêtait à lui révéler. La mise en garde éveilla néanmoins en elle une vague glacée qui lui étreignit le cœur. L'anonymat était désormais son seul refuge. Mais un instant plus tard, son angoisse lâcha prise. Si elle redevenait une « cause célèbre » et si les projecteurs des médias la reprenaient pour cible, elle s'en irait. Elle était restée dans cette ville en ayant bien conscience que si elle prenait la fuite, en renonçant à tout regarder en face, d'un œil dégrisé, elle ne parviendrait jamais à surmonter ce qui lui était arrivé. Elle n'était pas encore prête à partir, mais un jour, elle larguerait tout. Ça demeurait l'un de ses projets d'avenir les plus chers.

Erdai la dévisageait ouvertement, sans la moindre nuance d'excuse.

« Vous pensez donc que je dois lui parler, à cet avocat ?

— Je crois que c'est quelqu'un d'honnête. Et qu'on peut se fier à lui. »

Erno lui demanda le nom de famille d'Arthur, dans

l'espoir qu'il lui évoquerait quelque chose. Il se souvenait effectivement d'un Raven qui avait été procureur adjoint, mais il n'avait jamais eu directement affaire à lui.

« De toute évidence, lui dit Gillian, si vous savez quelque chose tendant à démontrer que Gandolph a été condamné à tort, Arthur est la première personne qui doit en être informée.

— Et comment, que je sais quelque chose ! lâcha Erno en riant. Il n'a rien fait.

— Gandolph ?

— Il est innocent, déclara-t-il tout à trac, en l'observant à nouveau, longuement. Vous ne me croyez pas, hein ? »

C'était la question la plus lourde de conséquences qu'il lui ait posée jusque-là, mais elle y répondit presque immédiatement : « Non. » Quand elle était en prison, une bonne moitié de ses codétenues se prétendaient innocentes et, au fil des années, elle avait tout de même fini par croire une poignée d'entre elles. Dans un établissement pénitentiaire tel que celui-ci, où la justice qui drainait les détenus était parfois rendue à la chaîne, sans grand discernement, les chiffres devaient être encore plus élevés. Mais dix ans plus tôt, à l'époque où elle avait jugé l'affaire Gandolph, elle avait fait son travail avec grand soin. À ce moment-là, l'héroïne n'était encore pour elle qu'un agréable passe-temps, et l'importance de cette affaire, où il y allait de la vie d'un homme, ne lui avait pas échappé. Même face à Erno, elle ne pouvait se résoudre à admettre qu'elle-même et tous les autres – Molto, Muriel, Starczek, et même Ed Murkowski, l'avocat de la défense, qui avait admis en privé être convaincu de la culpabilité de son client – aient pu se fourvoyer si grossièrement.

« Non, répéta Erno – et ses yeux clairs, prisonniers de leurs orbites fripées, s'éternisèrent à nouveau sur elle. À votre place, moi non plus, je n'y croirais pas. »

Une nouvelle quinte de toux le saisit. Gillian attendit que l'alerte soit passée pour lui demander ce qu'il entendait par là. Lorsqu'il eut retrouvé un semblant de calme, il reprit deux ou trois bonnes inspirations et lui lança d'un ton péremptoire : « Parfait. Vous pouvez aller dire à l'avocat que je le recevrai. C'est l'heure de mes analyses. Ils vont venir me chercher. Revenez avec lui, dans une heure et quelque. » Là-dessus, il se replongea dans sa lecture. La conversation était terminée. Il ne prit même pas la peine de lever les yeux, quand elle s'en alla.

10.

Les aveux

Le 8 octobre 1991

À la télé, les assassins étaient généralement des
génies malfaisants qui prenaient un plaisir pervers à
tuer. Une fois ou deux dans sa carrière, Larry était
tombé sur un avocat ou un cadre sup qui avait concocté
un plan diabolique pour se débarrasser d'un conjoint
ou d'un associé encombrant. Mais à l'exception des
membres des gangs, la plupart des coupables qu'il avait
arrêtés appartenaient tous à l'une de ces deux catégories : la mauvaise graine – les vrais salopards qui
avaient commencé à torturer des chats dès l'école pri-
maire – ou, plus couramment, les minables, ceux qui
en avaient pris plein la tronche pendant suffisamment
longtemps pour finir par se rebiffer sur quelqu'un
d'autre. Ceux qui appuient sur la détente pour prouver
au reste du monde qu'ils sont capables de le faire, et
qu'ils ne vont pas continuer à en chier en silence. Ça,
c'était Squirrel.

Ils s'étaient installés dans une petite pièce de la Section Six qui servait à la fois de vestiaire et de salle

d'interrogatoire, et s'étaient assis chacun au coin d'une petite table – on aurait presque pu croire qu'il avait invité Gandolph à dîner. Larry aurait préféré l'interroger devant témoins, mais Woznicki et Lenahan avaient eu un appel, un flagrant délit d'effraction. Il s'était donc dit qu'il allait commencer par déblayer un peu le terrain avec son client, et qu'il appellerait un collègue dès qu'il sentirait Squirrel mûr pour se mettre à table.

« T'aurais déjà vu ça quelque part ? » lui demanda Larry. Il avait déposé le bijou entre eux, sur la table grise. Un profil de femme, avec une collerette de dentelle, était finement gravé dans la pierre brune. Une très jolie pièce – mais même Squirrel était assez malin pour ne pas y mettre les doigts. Une ou deux réponses restèrent coincées, quelque part dans son gosier.

« Je m'en souviens pas au juste, mec, finit-il par dire. Il est chouette, ce truc. Si je l'avais vu, je crois que je m'en souviendrais, non ?

— Est-ce que tu te fous de ma gueule, Squirrel ?

— Ça, sûrement pas, monsieur l'inspecteur. Jamais je me fous de la gueule de la police.

— Là, je crois que tu te fous de ma gueule, parce que celui qui m'a donné ça, c'est un collègue qui l'a trouvé sur toi. Alors, t'essaies de me dire quoi, là ? Que mon collègue est un menteur ?

— Moi ? j'ai jamais dit ça ! C'est vous qui le dites.

— Alors, c'est un menteur, oui ou non ?

— Je sais même pas de quoi vous causez. » Squirrel promena son pouce brun le long des lignes d'un tag, sans doute sculpté dans le bois de la table par quelque jeune gangster que l'environnement n'avait pas suffi à dissuader. « C'est plutôt un escroc, je dirais, fit Squirrel. Mais certains escrocs, ça peut aussi leur arriver de mentir – je me goure ?

— Tu te crois où, là, Squirrel – en cours de philo ? J'ai pas vu la plaque sur la porte. Alors, je vais te reposer la question : Est-ce que c'est à toi ?

— Nh-hn. Il aurait jamais dû être en ma possession, ce truc. »

Larry ne put réprimer un sourire. Il était si nanard qu'il en devenait touchant.

« Je sais bien qu'il n'aurait pas dû – mais n'empêche qu'il l'était. Tu l'avais sur toi – pas vrai ? »

Une lueur d'hésitation s'alluma quelque part derrière les yeux de Gandolph. Ce grand gosse avait décidément poussé beaucoup trop près des lignes à haute tension.

« Eh, m'sieur, tu sais quoi... Va falloir me laisser y aller...

— Aller où ?

— Aux gogues, tiens ! » Gandolph eut un fin sourire, comme s'il avait sorti la plaisanterie de l'année. Dans sa bouche, sur la gauche, Larry nota que plusieurs dents manquaient à l'appel. Il remarqua aussi que son pied gauche était agité de tressautements nerveux.

« Eh bien, reste où tu es, et tiens-moi encore un peu compagnie. J'aimerais en savoir davantage sur ce camée....

— C'est la police qui me l'a taxé.

— Non. Personne ne t'a rien volé. Je suis officier de police. Tiens – le voilà. Je te le rends. Tu vois – il est là... »

Là encore, Squirrel résista à la tentation d'avancer la main.

« Comment tu as fait pour choper ça ? demanda Larry.

— Hum, grogna Rommy, en se passant la main sur les lèvres et le menton.

— Je crois que t'aurais tout intérêt à t'expliquer, Squirrel. Sinon ce truc risque de t'attirer deux ou trois bricoles. C'est un bijou volé. *Volé* – ça te dit quelque chose, non ? ROV – recel d'objet volé. Et moi, je crois que c'est toi, le voleur.

— Nh-hn, fit Squirrel.

— Connaîtrais-tu une dame qui s'appelle Luisa Remardi ?

— Qui ça ? » Il s'était penché en avant, feignant, plutôt mal, la surprise. Mais quand il avait entendu le nom de Luisa, ses yeux s'étaient resserrés, comme deux grains de café.

« File-moi un coup de main, Squirrel. Ce camée appartient à Luisa. Alors, dans l'hypothèse où tu ne connaîtrais pas Luisa, d'où il peut bien venir ? »

L'effort distordit le visage osseux de Gandolph, tandis qu'il tâchait de démêler ce problème.

« C'est une autre meuf qui me l'a refilé, lâcha-t-il enfin.

— Sans blague ?

— Ouais ! Elle me l'a genre laissé en dépôt, voyez. Parce qu'elle me devait un peu de tune.

— Vraiment ? Et pourquoi elle t'en devait ?

— Oh, un truc que j'avais fait pour elle. Je me souviens plus au juste.

— Et c'était comment, son nom, à cette dame ?

— Ah ! Ça, j'étais sûr que vous alliez me le demander ! Ouais. C'était quoi déjà, son nom...

— OK. Et elle va bien, cette chère madame Quoi-déjà ? – puisque c'était "Quoi-déjà", son nom ! » Larry sourit, mais à quoi bon tenter de faire de l'esprit face à un tel abruti... L'astuce lui était passée largement au-dessus de la tête. « Alors, Squirrel. Qu'est-ce que t'en dis ? Je donne un coup de fil et je t'emmène au poste central, et là, on te fera passer au détecteur de mensonges, pendant que tu raconteras ton histoire avec madame "Quoi-déjà". Tu crois que tu passeras le test, Squirrel ? Moi, ça m'étonnerait, m'enfin, on peut toujours essayer – OK ?

— Je suis pas au courant, moi, de votre histoire de détecteur, là, minauda-t-il, peut-être dans l'espoir d'être drôle et de faire diversion. Et, m'sieur... déconne pas, quoi – laisse-moi sortir, rien qu'une minute. Si j'attends une seconde de plus, je sens que je vais lâcher quelque chose.

— Tu sais comment le camée a été volé, Squirrel ?

— Allez quoi, m'sieur... Faut que j'y aille. Sinon je vais iéch dans mon froc. »

Larry l'attrapa par le poignet et le regarda dans le blanc de l'œil. « Si tu fais dans ton froc devant moi, je te le fais bouffer. » Il attendit une seconde, pour laisser à sa menace le temps d'infuser. « Alors, Squirrel, raconte-moi un peu... Est-ce que tu connais un certain Gus Leonidis, dit l'ami Gus ? Tu vois qui je veux dire ? »

Les yeux chassieux de Squirrel se remirent à papillonner.

« Léo quoi ? Je ne crois pas que ça me dit quelque chose, le nom que t'as dit. C'est la première fois que je l'entends. »

Larry lança le nom de Paul Judson, et Squirrel nia l'avoir jamais entendu.

« Pourtant, d'après ce qu'on m'a dit, si je baissais ton froc, je trouverais sur tes fesses la trace des pompes de Gus, parce qu'il paraît qu'il te bottait le cul, chaque fois qu'il te voyait ! »

Squirrel partit d'un grand éclat de rire. « Ouais ! Elle est bonne, celle-là. La trace de ses pompes, sur mes fesses ! » Mais sa gaieté fut de courte durée et il se remit à grincer des dents. « Putain, m'sieur, si tu me fais rigoler rien qu'une fois de plus, je te coule un bronze juste là, sur le lino.

— Bien ! Je vois que tu sais qui c'est, l'ami Gus.

— Ouais. OK. Je sais.

— Et ce camée, il a été volé à une dame, chez Gus. Une cliente du restaurant. »

Squirrel mit une seconde de trop à répondre.

« Sans blague ! Volé, chez Gus ! Ça alors ! »

La main de Larry affermit sa prise sur son poignet et serra plus fort.

« Je t'ai déjà dit de ne pas te foutre de ma gueule, Squirrel ! » L'intéressé détourna la tête et se mit à taper frénétiquement du pied. « Où tu l'as eu, ce camée ?

— C'est à une meuf », dit-il.

Larry détacha la paire de menottes qu'il avait à la ceinture et passa l'un des bracelets au poignet de Squirrel.

« Putain, m'sieur ! Me mets pas au trou, m'sieur... Les mecs en taule, y sont vaches, avec moi. Sans déconner, m'sieur. Parce que je suis un neutron, m'sieur. Ils font rien que de me dérouiller. » Il était neutre, voulait-il dire – assujetti à aucun des gangs, et donc victime désignée pour tous. « Allez, quoi, m'sieur ! Laisse-moi au moins y aller, OK ? »

Larry fixa le second bracelet à la patte de verrouillage de l'un des placards, situé derrière Gandolph.

« Excuse-moi, mais faut que j'aille aux toilettes », railla Larry.

Il prit tout son temps et ne revint qu'au bout de vingt bonnes minutes. Squirrel était plié en deux et se balançait frénétiquement sur sa chaise.

« À qui il est, ce camée ?

— À qui tu veux, mec !

— Dis-moi comment on t'a retrouvé avec en poche un bijou appartenant à une morte ?

— Laisse-moi y aller, mec ! S'il te plaît, quoi – faut que j'y aille. C'est pas légal, ce que tu fais, quoi. Pas légal du tout !

— Tu as buté Gus, Squirrel. »

Squirrel se mit à pleurnicher, comme sur le point de fondre en larmes.

« OK, OK ! Je l'ai tué. Laisse-moi y aller. Déconne pas, mec !

— Et qui d'autre ?

— Hein ?

— Qui d'autre, tu as tué ?

— Eh ! j'ai jamais tué personne – allez, z'y va, quoi ! »

Larry le laissa encore mariner pendant une heure. À son retour, l'odeur était insoutenable.

« Seigneur tout-puissant ! s'exclama-t-il en ouvrant la fenêtre. La vache ! » Le temps avait changé, depuis quelques jours. L'hiver était désormais bien plus qu'une idée. L'air extérieur était froid et sec. Il ne devait pas faire beaucoup plus de cinq degrés. Squirrel s'était remis à pleurer dès que Larry eut franchi la porte.

Starczek revint avec un journal et un sac-poubelle, et força Gandolph, qui ne portait pas de sous-vêtements, à enlever son pantalon et à le mettre dans le sac.

« Eh ! j'ai même pas le droit d'avoir un avocat ou quelque chose ?

— Tu peux appeler qui tu veux, Squirrel. Mais à quoi ça te servirait d'avoir un avocat ? À quoi tu crois que ça ressemble, tout ça ?

— Ça ressemble qu'il va te faire un procès, mec ! C'est toi qui m'as forcé à faire dans mon froc. T'as pas le droit de faire ça ! C'est pas réglo, quoi. C'est pas légal.

— Et où t'as vu jouer ça, toi, que le premier taré venu peut se chier dessus et aller raconter que c'est la faute aux flics ? Je doute fort que ça marche. »

Squirrel se mit à crier de plus belle : « C'est pas vrai, ça, mec ! C'est pas comme ça que ça s'est passé ! »

L'une de ses chaussures avait une trace de merde. Larry l'enjoignit de la mettre dans le sac avec le reste. Squirrel s'exécuta en sanglotant.

« Eh, t'es une vraie peau de vache, mec ! T'es le pire flic que j'aie jamais vu. Où tu crois que je vais ravoir des pompes, hein ? C'était ma seule paire, celle-là. »

Larry rétorqua qu'il risquait fort de ne plus en avoir besoin pendant un certain temps. Il posa un journal sur la chaise et intima à Squirrel l'ordre de se rasseoir. Rommy était désormais nu jusqu'à la ceinture. Il marmonnait entre ses dents, et semblait trop catastrophé pour écouter ce que lui disait Larry, qui dut taper sur la table pour le faire taire.

« Squirrel – qu'est-ce qui lui est arrivé, à Gus ? L'ami Gus, tu te souviens – qu'est-ce qui lui est arrivé ?

— J'en sais rien, m'sieur. » Il mentait comme un gosse, en regardant ses pieds.

« T'en sais rien ? Il est mort, Squirrel.

— Ah ouais. Je crois bien que j'ai entendu dire ça.

— Et ça a dû te briser le cœur ! Un type qui te cognait, dès qu'il en avait l'occasion... »

Squirrel avait beau ne pas être très futé, il avait flairé le piège. Il se moucha d'un revers de main. « J'en sais rien, mec. Y a tout un tas de gens qui me cognent. À commencer par les flics.

— Moi, je ne t'ai pas touché, Squirrel. Pour le moment.

— Putain, qu'est-ce que tu me traites comme ça, toi ? Me faire chier dans mon froc, et m'obliger à rester assis dedans, comme si j'étais un môme ou je sais pas quoi, mec ! Et me faire foutre à poil, en plus !

— Écoute un peu, là, Squirrel. Tu te promènes avec les bijoux d'une morte – qui a été tuée en même temps qu'un type qui te filait une branlée dès qu'il apercevait ta tronche de rat. Alors t'essaies de me dire quoi, là – que c'était rien qu'une putain de coïncidence ? C'est ça que tu voudrais me faire avaler ?

— Eh, mec ! Ça caille, ici. J'ai même pas un calbut sur moi. Regarde un peu – même que j'ai la chair de poule, quoi ! »

La main de Larry s'abattit à nouveau sur la table. « Tu les as butés, Squirrel ! T'as tiré sur Gus et, après ça, tu as tiré sur Luisa et sur Paul. Et puis t'as vidé le tiroir-caisse, que tu lorgnais depuis si longtemps. Voilà ce qui s'est passé. Et après ça, t'as descendu tout le monde dans la chambre froide et t'en as profité pour te farcir Luisa Remardi. Voilà ce qui s'est passé. »

Squirrel protesta, et Larry décida d'attaquer sur un autre flanc : « On a retrouvé tes empreintes, Squirrel. Partout sur les lieux du crime. Tu savais, ça ? Y en a plein partout, tout autour de la caisse. »

Gandolph resta cloué sur sa chaise. S'il n'était jamais entré au Paradise, ou s'il ne s'était jamais approché de la caisse, il aurait immédiatement su que Larry bluffait. Mais il n'y avait aucun risque : là-dessus, Squirrel ne pouvait pas le prendre en flagrant délit de mensonge.

« Eh ! J'ai jamais dit que j'y étais jamais allé. J'y suis allé – et même souvent. Ça, y a des foules de gens qui pourront te le dire. J'aimais bien venir voir Gus, rigoler avec lui, tout ça.

— Rigoler avec lui ? C'est comme ça que tu dis, quand tu descends un mec ?

— J'y suis allé souvent, dans sa boutique, pour lui dire salut, tout ça. Mais de là à le tuer, ça n'a rien à voir !

— Continue à nier, Squirrel. On a tout notre temps. J'ai rien de mieux à faire, là, que d'écouter tes mensonges ! »

Larry coupa le radiateur avant de quitter la pièce. À son retour, quarante minutes plus tard, il était accompagné de Wilma Amos, sa coéquipière qui avait fini par arriver. Squirrel s'était pelotonné contre le placard, peut-être pour essayer d'échapper aux menottes, ou simplement pour se protéger du froid. Il poussa un hurlement.

« Eeeeh ! Toi, tu rentres pas ici avec une meuf, alors que j'ai même pas de froc ! »

Larry lui présenta Wilma qui se redressa de toute sa hauteur pour toiser Squirrel d'un regard scrutateur. L'intéressé s'était retourné aussi vite que possible, voilant sa nudité de son unique main restée libre.

« Je voulais juste te poser la question devant témoin, Squirrel : tu veux manger quoi ? Tu veux quelque chose à boire ? »

L'interpellé lui répondit d'aller se faire voir et qu'il était une vraie peau de vache, aussi sûr qu'il était là.

« Bien – j'en conclus que ta réponse est non », fit Larry. Ils étaient convenus que Wilma les laisserait à nouveau seuls dans la pièce, mais qu'elle resterait derrière la porte pour prendre des notes.

« Ce que je veux, c'est un falzar, mec ! C'est ça que je veux. Je me gèle, là. Je vais clamser ou attraper la crève.

— T'en as un, de falzar, Squirrel. Tu peux le remettre, si tu y tiens. »

Squirrel se remit à geindre. Il était éreinté.

« Putain, mec – qu'est-ce que j'ai fait, pour que tu me traites comme ça ?

— T'as assassiné trois personnes. T'as descendu Gus, Luisa et Paul. Tu as piqué tout ce qu'ils avaient et tu t'es farci la petite dame, par la sortie de derrière !

— T'arrêtes pas de me répéter ça, mec !

— Parce que c'est vrai.

— C'est vraiment vrai ? » s'enquit Squirrel.

Larry hocha la tête.

« OK. Mais si j'avais fait un truc pareil, buter trois personnes, tout ça, comment ça se fait que je m'en rappelle plus du tout ?

— Ben là, justement, j'essaie de te rafraîchir la mémoire. Je te demande juste de faire un petit effort. »

Ils prétendaient tous ne plus avoir aucun souvenir. Comme un ivrogne regagnant ses pénates. Larry le premier. Il prétendait souvent ne plus savoir, et il était sincère – surtout quand il ne voulait pas se souvenir. Mais tôt ou tard, dans le cours de la conversation, ça leur revenait. On finissait toujours par mettre le doigt sur quelque chose, un détail essentiel, qui était jusque-là resté inaperçu.

« Ça s'est passé quand, tout ça ? demanda Gandolph, d'un air absent.

— Le week-end du 4 juillet.

— Le week-end du 4 juillet... répéta Squirrel. Je crois que j'étais même pas là, ce week-end-là.

— Qu'est-ce que ça veut dire, "pas là" ? T'étais parti où ? En croisière ? »

Squirrel se moucha à nouveau d'un revers de main. Larry lui attrapa le poignet.

« Regarde-moi, Rommy. Regarde-moi bien. » Subjugué, Gandolph leva vers lui le regard vague de ses yeux sombres, et Larry reconnut ce petit frisson familier. Il le tenait. Squirrel était à sa merci. « Tu les as tués tous les trois. Je sais que tu l'as fait. Alors, dis-moi – dis-moi si je me trompe. Moi, je dis que tu l'as fait. Tu les as tués et tu t'es amusé avec la dame.

— J'ai jamais fait ce que vous dites, là – à aucune dame !

— Qui c'était, si c'est pas toi, hein ? Y avait quelqu'un d'autre, avec toi ?

Rommy laissa échapper un gémissement, puis il se ressaisit : « Merde, mec ! Je me rappelle plus rien de tout ça. Comment tu veux que je sache si y avait quelqu'un avec moi ? Ce que je te dis, moi, c'est que je ferais jamais ce genre de truc à aucune meuf, même si je la détestais à mort ! »

Larry se gratta l'oreille avec une bonhomie étudiée. Il avait entendu un détail intéressant.

« Parce que tu la détestais, Luisa ?

— Je la détestais... C'est beaucoup dire, mec. Tu sais, Jésus il a dit, aimez-vous les uns les autres – c'est pas ça qu'il a dit ?

— OK, admit Larry, sans cesser de se gratter l'oreille. Qu'est-ce que tu avais contre elle ? »

Squirrel eut un vague mouvement de la main. « Rien. C'était juste le genre de pétasse qui fait chier, quoi. Le genre à te promettre un truc, et pis finalement, tu vois rien venir – ce genre-là, tu vois.

— Je vois. Mais j'ai oublié un truc. D'où tu la connaissais ? »

Pour la première fois, Gandolph parut faire un véritable effort de mémoire.

« Bof, elle, c'était juste une copine. Je la voyais à l'aéroport. »

L'aéroport... ! se dit Larry, et il se maudit de n'y avoir pas pensé plus tôt. Squirrel et Luisa avaient fait connaissance à l'aéroport. Toutes les pièces du puzzle s'emboîtaient.

« Et vous étiez ensemble, elle et toi ?

— Eh, t'es ouf ! s'esclaffa Rommy, que l'idée parut

à la fois flatter et embarrasser. Ça, jamais de la vie !
Ça m'arrive presque jamais, de draguer des meufs !

— Alors pourquoi tu dis que c'était une pétasse ?
Elle se foutait de ta gueule ? Elle te faisait marcher ?

— Putain, tu te fais des drôles d'idées, toi, dans ta
tête.

— Moi, je me fais des drôles d'idées ? Je crois pas.
Je vais te dire, moi, ce qui est bizarre, Squirrel. Le plus
bizarre, c'est que tu aies commencé par dire que tu
ne connaissais aucune de ces trois personnes. Et puis
finalement, tu connaissais Gus et tu connaissais Luisa.

— Sûrement pas, putain ! J'ai juste dit que je les
avais pas tués !

— Et tu dis ça comme tu disais que tu ne les
connaissais pas – c'est ça ? »

Faux sur un point, faux sur toute la ligne – telle était
la logique de la loi. Et Squirrel venait de le comprendre, à en juger par son immobilité soudaine.

« Écoute, Rommy. En toute honnêteté, là, j'essaie de
t'aider. J'essaie de comprendre ce qui a pu se passer
dans ta tête. Tu vois, t'arrives devant la vitrine de Gus,
tu repères cette nana, qui t'a joué un sale tour. Tu
entres. Tu t'énerves un peu, tu t'engueules avec elle...
Et Gus essaie de te fiche à la porte. Je peux comprendre
comment tout ça a pu dégénérer, et échapper à ton
contrôle. Je veux dire, pour moi, t'as rien d'un tueur.
Hein, que t'es pas un tueur ? »

C'était comme ça qu'on les amenait tous à confesser
leurs fautes, en hochant la tête quand ils vous expli-
quaient qu'ils n'avaient vraiment pas eu le choix.

« Ça me serait jamais venu à l'idée que je puisse le
faire, répondit Gandolph.

— Alors, comment c'est arrivé ? »

Squirrel garda le silence.

« C'est quoi, ce que tu prends, Rommy ? Du crack ?
Tu prends du crack ?

— Tu sais, mec, c'est rare que j'en aie. Je sniffe un
peu de peinture, de temps en temps. Sauf que la dernière fois que je suis passé à la visite, à Manteko, les
toubibs, là-bas, ils m'ont dit que c'était pas bon pour
moi. Parce que j'avais pas vraiment de neurones à gas-
piller.

— Me dis pas que tu ne t'envoies pas un peu de
poudre, de temps en temps. »

Squirrel en convint.

« Alors, t'as très bien pu être défoncé, le 4 juillet.
En général, les mecs qui s'envoient du PCP dans les
naseaux, ils ne gardent pas grand souvenir de ce qu'ils
ont fait. Et la poudre, ça rend mauvais, Squirrel. Y a
des tas de braves types qui ont fait toutes sortes de
conneries, sous PCP.

— Ça, ouais », admit Squirrel. La thèse semblait lui
convenir.

« Vas-y, Rommy. Raconte. »

L'espace d'une seconde, Gandolph eut l'audace de
le regarder bien en face.

« T'amène plus aucune meuf dans cette pièce !

— Non, fit Larry.

— Et tu pourrais pas la fermer, cette putain de
fenêtre ?

— OK, mais on parle d'abord. »

Au bout d'un quart d'heure, il referma la fenêtre, et
Wilma apporta une couverture de l'armée dans laquelle
Squirrel se pelotonna, tandis qu'elle s'installait dans un

coin et notait rapidement l'essentiel de ses réponses. Il confirma l'histoire dans les grandes lignes. Il avait vu Luisa dans le restaurant, tandis qu'il passait devant la vitrine. Et à la réflexion, il se souvenait d'avoir pris un peu de PCP.

« OK. Alors tu es arrivé chez Gus à une heure du matin, et ensuite ? demanda Larry.

— Putain, mec. J'arrive même pas à m'en rappeler. Surtout si j'avais pris de la poudre, et tout.

— Allez, vas-y, Squirrel. Qu'est-ce qui s'est passé ?

— Putain, mec ! L'ami Gus... comme d'hab', quand y m'a vu, il m'a dit de me casser.

— Et c'est ce que t'as fait ?

— Comment j'aurais pu me casser, si je les ai descendus ?

— Et le flingue, où tu l'avais trouvé ? »

Rommy secoua la tête, sincèrement dérouté par la question.

« J'ai jamais eu de flingue, mec. Je me serais collé un pruneau quelque part avant même d'avoir réussi à tirer sur qui que ce soit – c'est ce que je me suis toujours dit. »

Ce qui était sans doute sagement jugé.

« Mais ce soir-là, t'en avais un, pas vrai ? »

Gandolph s'abîma dans la contemplation de l'émail gris qui recouvrait le pied métallique de la table.

« Non. Mais je crois que Gus, il en avait un. »

Larry glissa un œil vers Wilma. Ça, personne n'y avait pensé. Mais quoi de plus logique ? Vu la faune qui évoluait autour de son restaurant, Gus avait plutôt intérêt à ne pas compter uniquement sur la rapidité d'intervention de la cavalerie.

« Ouais, c'est ça, dit Rommy. Gus, il avait un flingue. Même qu'il me l'a sorti, un jour qu'il a voulu me lourder – en plein hiver, mon pote. Y avait plein de neige, partout. Tout était gelé. Je claquais des dents, et y m'a dit de tailler ma route.

— Tu savais où il était, ce flingue ?

— Juste derrière la caisse. Sous les paquets de clopes et les barres Hershey, dans le truc avec des vitres, là.

— C'est là que tu l'as pris ? »

Le regard de Squirrel fit rapidement le tour de la pièce. « Putain, mec, tu pourrais pas remettre un peu de chauffage ? »

Larry alla se poster près du radiateur. « C'est là que tu as pris le flingue ? »

Squirrel hocha la tête. Larry tourna la valve et installa son prisonnier à proximité du radiateur. Boulette typique du travail d'équipe : personne n'avait songé à demander à la famille si Gus avait une arme. Chacun comptait sur les collègues pour s'en assurer.

Laissant Rommy en compagnie de Wilma, il alla téléphoner à John, le fils de Gus. Non sans une certaine réticence, Leonidis junior confirma que son père avait bien une arme derrière son comptoir. Il ne se rappelait plus grand-chose, concernant ce revolver. C'était sa mère qui avait insisté pour que Gus l'achète. Il demanda à Larry de patienter un moment et, quelques minutes plus tard, revint en ligne. Il avait retrouvé les factures dans les tiroirs de son père. Quatre ans plus tôt, Gus avait acheté un 38. Smith & Wesson, à quatre coups – l'arme du crime, identifiée par les experts en balistique d'après les rayures des balles retrouvées sur les lieux. Mais en dépit d'un quadrillage minutieux, les techniciens n'avaient pu mettre la main sur aucune douille. Dans le cas d'un revolver, les douilles des cartouches restaient dans les chambres.

Il y avait toujours quelque chose, se dit Larry. Le coupable avait toujours connaissance d'un détail, quelque chose d'évident qui avait jusque-là échappé à tout le monde. Il demanda à Wilma de téléphoner à Greer, et se chargea d'appeler Muriel.

11.

Bon

Le 22 mai 2001

La perspective de devoir rester plusieurs heures en tête à tête avec Gillian Sullivan avait réveillé Arthur dès quatre heures du matin. Dans la voiture, durant tout le trajet, il était alternativement passé par des phases de confusion où il demeurait interdit, incapable d'aligner deux phrases, et des phases de volubilité où il la soûlait de mots. À présent, en l'apercevant, par la petite fenêtre grillagée pratiquée entre les deux portes à barreaux de l'arrière du pavillon de surveillance, son cœur avait bondi dans sa poitrine. Mais ce n'était pas une réponse à ses propres désirs insatisfaits. Ce qui le mettait dans un tel état de surexcitation, c'était l'ampleur des conséquences que cela pouvait entraîner pour son client. Il se précipita vers la porte bien avant qu'elle ne l'ait franchie.

« Il accepte de vous parler, dit-elle.

— Génial ! » Arthur se rua vers son attaché-case où il enfourna prestement le brouillon de motion qu'il avait entrepris de réviser en attendant son retour.

Quand il revint vers Gillian, il la trouva souriante, attendrie devant son impatience.

« Mais il ne peut pas vous recevoir immédiatement, Arthur. Il faut attendre encore une heure. » Elle lui expliqua les raisons de ce délai.

Un tantinet déçu, Arthur se rendit à la réception pour arranger un nouveau rendez-vous. Quand il avait appelé la direction de la prison pour organiser la visite, il s'attendait à se heurter à différentes objections concernant Gillian et son statut d'ancienne détenue – une catégorie de visiteurs qui n'étaient jamais *persona grata* dans les parloirs des prisons. Mais à sa grande surprise, c'était à une foule de questions sur lui-même qu'il avait dû répondre, parce que pour Erdai, Arthur Raven était un parfait inconnu. Erno étant resté très vague quant aux raisons de la visite de Gillian, la direction de la prison semblait penser que sa présence au chevet du malade avait pour objet ses biens immobiliers. Arthur n'avait finalement été autorisé à accompagner Gillian que sur la supposition (qu'il s'était bien gardé de démentir) qu'il était son conseil juridique. Ce qui expliquait que le lieutenant de garde à la réception ait avisé Arthur que s'il tenait à parler à Erdai, il ne pourrait le faire qu'en présence de Mrs Sullivan. Elle fronça les sourcils en apprenant qu'elle allait devoir y retourner.

« Puis-je au moins vous inviter à déjeuner, en ce cas ? » lui demanda-t-il. Il était affamé. Gillian accepta, quoique sans grand enthousiasme. Elle alluma une cigarette à la seconde où ils quittèrent le pavillon de surveillance.

« Erdai vous a-t-il dit quel genre d'information il détenait ? s'enquit Arthur.

— Il m'a dit et répété que votre client était innocent.

— Innocent ? » Arthur en resta cloué sur place – au bout de quelques secondes, il pensa à refermer la bouche. « Et il vous a donné une explication ? »

Elle fit non de la tête, en soufflant un nuage de fumée dans la brise.

« Il a simplement dit qu'il pensait que votre client avait suffisamment payé, et qu'il allait sortir. Je suppose qu'il va vous dire que c'est quelqu'un d'autre qui a tué ces trois personnes. Mais il ne m'a donné aucun nom, et n'a rien dit sur la manière dont il l'avait appris.

— Et vous l'avez cru ?

— Il m'a posé la même question, Arthur, et j'ai répondu que non. Non pas qu'il m'ait fait mauvaise impression – au contraire. C'est un homme intelligent, je n'ai aucun doute là-dessus, et vous aurez l'occasion d'en juger par vous-même. Mais je suppose que mes opinions sont quelque peu forgées d'avance. »

À son habitude, Arthur ne put s'empêcher de la bombarder de questions, y compris après qu'il eut été clairement établi que Gillian n'en détenait pas les réponses. Mais il finit par se résigner à garder le silence, tandis qu'ils rejoignaient la voiture. *Innocent.* Il n'aurait su dire au juste ce qu'il s'attendait à entendre dans la bouche d'Erdai. Après avoir relu pour la douzième fois la lettre qu'il avait envoyée à Gillian, la principale hypothèse d'Arthur avait été que, travaillant à l'aéroport de DuSable, à proximité du Paradise, Erdai avait été témoin du crime ou avait entendu le témoignage de quelqu'un qui y avait assisté – bref, qu'il détenait des informations inédites. Il avait néanmoins refusé d'écouter Pamela qui l'engageait à considérer la possibilité que Rommy ait pu être totalement étranger aux meurtres. Comme il sentait son cœur s'emballer dans sa poitrine, pour retrouver un peu de calme, il s'efforça de se concentrer sur l'instant présent : il était à Rudyard, où les gens se retrouvaient emprisonnés parce qu'ils n'avaient pas su se conduire convenablement. C'était des hors-la-loi, des bandits, des menteurs. Espoir ou pas, l'hémisphère le plus rationnel de son cerveau lui disait qu'avant la fin de la journée, il se rangerait probablement à l'avis de Gillian, quant aux prétendues révélations d'Erdai.

Ils cherchèrent vainement un restaurant digne de ce nom dans le village. Les visiteurs de la prison étant en majorité fauchés, ils apportaient leur propre pique-nique. Ils finirent par opter pour une sorte de grand snack sombre, avec des tables en formica imitation bois. À en juger par l'aspect de l'ensemble, Arthur soupçonna que l'endroit avait dû être une salle de bowling, avant d'être recyclé en cantine familiale.

Gillian se commanda une salade, tandis qu'Arthur se rabattait sur le plat du jour, une sorte de hachis gratiné.

« Je m'attends au pire, lui glissa Arthur, comme la serveuse faisait demi-tour vers la cuisine. Dans ce genre d'endroit, tout doit être cuit, recuit et sur-cuit. Nous allons sortir de table avec un boulet de canon sur l'estomac. »

Lorsque son assiette fut déposée devant lui, Arthur prit son couteau et, comme de coutume, commença par trier ses aliments. Il rangea les petits pois près des pommes de terre, avec grand soin, sans empiéter les uns sur les autres, la sauce formant une petite flaque bien délimitée, autour de la tranche de gratin. Gillian, qui écrasait sa seconde cigarette lorsque leurs plats arrivèrent, le regarda faire avec une curiosité amusée.

« La force de l'habitude, expliqua-t-il.

— C'est ce que je me disais. Comment est votre gratin ? Aussi indigeste que vous le craigniez ?

— Pire, déclara-t-il après en avoir mastiqué une bouchée.

— Puis-je vous demander pourquoi vous l'avez commandé, en ce cas ?

— Mon père tenait à ce qu'on prenne le plat du jour. Il pensait que c'était le meilleur rapport qualité/prix. Quand on commandait autre chose en sa présence, ça le mettait dans tous ses états. Vous voyez – vous me posiez des questions sur ma mère, l'autre jour. Eh bien, cette sorte de manie, l'obligation de prendre le plat du jour, je suis sûr que c'est le genre de chose qui l'a fait fuir. » Il déglutit laborieusement sa bouchée de gratin. « Et à la réflexion, je peux comprendre son point de vue. »

Gillian lui sourit. Il l'avait dit sur le mode plaisant, pour l'amuser, mais il avait bien conscience d'avoir abordé là un point névralgique. Étant le rejeton de deux êtres aussi mal assortis, il avait envisagé simultanément durant toute son enfance le point de vue de ses deux parents. Il partageait le chagrin de son père devant la désertion de sa mère, tout en comprenant le refus de cette dernière de rester enchaînée à un homme qui communiquait son anxiété à tout son entourage. Sa mère n'avait certes pas la même générosité pour son fils : elle lui reprochait sans cesse de trop ressembler à son père, d'être trop conventionnel, trop terne, trop fri-leux. En gardant à l'esprit qu'il était le fils d'une excentrique, il avait fini, au prix d'un grand effort, par faire la sourde oreille à ses jugements, qui n'étaient d'ailleurs que rarement exprimés. Mais à présent qu'il approchait du cap de la quarantaine, il était de plus en plus obsédé par l'exemple de sa mère, cette femme qui s'était affranchie de toutes les entraves traditionnelles pour vivre la vie qu'elle s'était choisie. Et lui – que voulait-il vivre ? Ce mystère lui paraissait parfois assez insondable pour pouvoir l'engloutir tout entier.

« Vous m'avez laissée sur l'impression que vous étiez très attaché à votre père, Arthur – vous vous sou-venez, le jour où je vous ai rencontré au Duke's ? » Elle avait ajouté ces derniers mots avec un surcroît de précaution.

« Attaché ? Durant toute ma vie, mon père a été pour moi l'équivalent de la gravitation. Sans lui, mon uni-vers aurait volé en miettes ! » Son père était décidé-ment son sujet de conversation favori, ces temps-ci. Parler de lui était une manière de lui rendre vie. Cela évoquait des images encore si proches. Il savait parfai-tement ce qu'il faisait, pourquoi il le faisait, et à quel point c'était vain. Mais il le faisait tout de même – c'était ce qui lui avait valu de se retrouver en si mau-vaise posture, durant sa première entrevue avec Gillian. Ce qui n'avait nullement empêché qu'elle ait néan-moins décidé de le gratifier de sa présence et de son attention, puisqu'elle était là, en face de lui, sur cette banquette de skaï, une cigarette fumant entre ses jolis doigts manucurés.

Harvey Raven avait travaillé toute sa vie comme

simple employé dans le casse auto d'un membre de la
famille qui récupérait des pièces détachées. Il semblait
que ce fût un élément nécessaire des soucis et des per-
pétuelles inquiétudes de Mr Raven père, que d'avoir
cru dur comme fer qu'il aurait suffi de quelques différences minimes, dans le cours des choses, pour que
sa vie en ait été transfigurée – peut-être pas au point
d'atteindre la perfection, mais du moins la sérénité. Si
seulement il avait eu un peu plus d'argent. Si seulement il avait pu être l'un des propriétaires du casse, et
non un moins que rien. Si seulement, si seulement –
c'était sa devise personnelle. Et qui aurait pu dire le
contraire ? Durant toutes ces années qu'Arthur avait
passées au cabinet, côtoyant des gens fortunés, cultivés
et influents, il avait eu conscience qu'ils n'avaient pas
la moindre idée de la vie que pouvaient mener les
gens modestes, tels que son père. Ils ne pouvaient
comprendre cette quête perpétuelle de l'argent et de
la sécurité qu'il permettait d'acheter. Ils ne pouvaient
s'imaginer ce que c'était, que de se sentir à la merci
du monde entier. Le cœur d'Arthur explosait toujours
de joie lorsqu'il se rappelait le regard émerveillé
qu'avait eu son père à la remise de son diplôme de
docteur en droit, ou en apprenant, sept ans plus tard,
que son fils allait quitter le service du procureur du
district pour être engagé dans un cabinet privé, moyennant l'incroyable salaire de cent mille dollars par an.

« La plupart des gens sous-estiment totalement la vie
des gens ordinaires, déclara-t-il à Gillian. Vous savez,
les gens que l'on dit normaux. L'homme de la rue.
Mais moi, plus j'ai pris de l'âge, et plus j'ai vu vieillir
mon père, plus j'ai compris à quel point il était

héroïque. Vous voyez, ça a quelque chose de miracu-
leux qu'un homme qui avait si peur pour lui-même ait
tout de même réussi à se dévouer à ce point pour les
siens, et à si bien s'occuper d'autrui. » Arthur sentait
approcher ce point du cycle où sa gorge se nouait, et
où ses larmes menaçaient de déborder, mais comme
toujours, il aurait été au-dessus de ses forces de renoncer à porter ce rituel à son terme. Il poursuivit donc :

« Et il est mort avec courage. Il avait un cancer du
foie. Ça le rongeait de l'intérieur, littéralement. Il est
allé voir un médecin qui lui a donné son diagnostic –
rien de bien réjouissant. Il n'avait plus devant lui que
six mois, dont il passerait le plus clair avec des dou-
leurs atroces. Eh bien, il a pris la chose avec philosophie. Et jusqu'au bout. Quand il était à l'hôpital, j'avais
envie de le prendre par le col de sa robe de chambre et
de le secouer en lui disant : "Nom d'une pipe, tu as
tremblé pour des babioles pendant toute ta vie – et
regarde, maintenant... !" Mais il avait accepté l'inéluc-
table avec sérénité, ce qui fait qu'on a pu vivre des
choses formidables ensemble. Dès qu'il allait un peu
mieux, il riait aux éclats. Finalement, tout compte fait,
je garde un souvenir merveilleux du temps que nous
avons passé ensemble. Il m'aimait et je l'aimais. Pas
une seconde, il n'a été tenté de nous abandonner. Il a
assumé son rôle, là où plus d'un aurait pris le large.
Et j'ai fait ce qu'il attendait de moi. Il savait que je
m'occuperais de Susan. Vous voyez, nous nous étions
mutuellement reconnaissants. »

Arthur renonça totalement à lutter contre les larmes.
Il se détourna pour ne pas imposer ce spectacle à Gillian, et chercha son mouchoir derrière lui, à tâtons.

Quand il parvint à se ressaisir, il vit qu'elle s'était figée sur son siège, sans doute d'horreur.

« Bon Dieu ! Je me conduis vraiment comme un idiot. Mais depuis sa mort, je n'arrête pas de pleurer. Je pleure pour un oui et pour un non, pendant les feuilletons télé. Et même pour le journal télévisé ! J'essaie de comprendre la logique de la chose. On a un tel besoin d'aimer les gens, et ça ne sert qu'à nous empoisonner la vie, quand on les perd. Ça vous paraît logique, à vous ?

— Non », répondit-elle, d'une toute petite voix fêlée. Ses joues avaient viré au rouge pivoine, et les taches de rousseur, sur son cou, qui passaient d'habitude inaperçues, ressortaient à présent. Ses paupières, soulignées d'une ligne bien nette, et délicatement ombrées d'un nuage de fard sombre s'étaient abaissées. « Non, répéta-t-elle, avant de reprendre souffle. On dirait que vous avez un drôle d'effet sur moi, Arthur, dit-elle.

— Un effet positif, j'espère ?

— Je ne saurais pas dire.

— Eh ouais, soupira-t-il, l'air résigné.

— Non, non, Arthur. Rien à voir avec vous. C'est moi. Vraiment. » Elle semblait aux prises avec quelque chose. Son regard s'était posé devant elle, sur ses longues mains. Elle était encore toute rose, jusqu'à son décolleté. « Cette gratitude, cette admiration dont vous me parlez – je n'ai jamais connu rien de tel. Jamais. » Elle parvint à sourire, mais ne trouva pas le courage de lever les yeux vers lui. Quelques instants plus tard, elle demanda s'ils pouvaient y aller.

Pendant le trajet, il ne desserra pas les dents. Après

ces quelques heures passées en sa compagnie, il commençait à avoir une idée plus nette des contradictions qui déchiraient Gillian Sullivan. Dieu savait qu'elles auraient dû lui avoir sauté aux yeux, vu le gâchis qu'elle avait fait de sa propre vie. Mais, même à présent, sa conduite semblait si sereine, si posée et si pleine d'autorité, qu'il était toujours pris de court en découvrant certains éléments disparates de sa personnalité. Ses réactions tenaient de la douche écossaise la plus imprévisible – du bouillant au glacial. Habitué comme il l'était à s'efforcer de plaire aux femmes, il se sentait avec elle dans la peau d'un yo-yo. Mais dans l'ensemble, elle paraissait l'apprécier à un point qu'il n'aurait jamais osé espérer. Et il avait beau se morigéner, il ne pouvait s'empêcher d'être exalté par ses marques de reconnaissance.

Ils arrivaient à Rudyard, et Gillian n'avait toujours pas l'air d'avoir retrouvé son calme. C'était cette fois la perspective d'y retourner qui semblait la perturber. Elle se pencha en avant, embrassant du regard la vaste enceinte de la prison, et secoua la tête. Arthur s'excusa de la forcer à y revenir.

« Ce n'est pas votre faute, Arthur. Je savais ce que je faisais, en venant ici. Mais... C'est vraiment quelque chose de devoir faire face à tout ça. Les souvenirs.

— Un genre de dernier voyage au bout de l'enfer ? » suggéra-t-il.

Gillian s'était remise à fourrager dans son sac, en quête d'une dernière cigarette. Elle s'accorda le temps de la réflexion.

« Les gens se font des idées, sur la vie en prison, vous ne croyez pas ? Moi la première. Mais je crois que tout le monde se figure que certains aspects doivent être particulièrement effroyables.

— Comment ça, certains aspects ? Le sexe ?

— Oui, bien sûr. Le sexe. C'est l'exemple type. La peur de devoir s'en passer. La peur des agressions homosexuelles. En fait, quand j'y étais, la plupart des lesbiennes que j'ai croisées faisaient partie du personnel – je n'invente rien. Mais le sexe lui-même, on finit par le considérer comme l'une des choses dont on doit se passer – une de plus. C'est la principale forme de châtiment. Le manque. La privation. Des gens. De vos habitudes. De nourriture. De la vie telle que vous la connaissiez. C'est exactement le rôle que doit jouer la prison. Et c'est bien ça, l'ironie. Quand tout a été fait et dit, quand vous avez surmonté l'angoisse que vous inspirent les histoires de gouines sadiques, le châtiment lui-même est exactement conforme à ce que prévoit la loi. C'est comme une amputation. Vous cessez de désirer. On vous désintoxique, et je m'y suis pliée. Peu à peu, l'ennui remplace le désir. En prison, on vous fait mourir d'ennui. Vous vous dites – bien, je suis une femme intelligente, je vais lire, m'intéresser à des tas de choses. Mais autour de vous, tout le monde compte les heures. Tout perd son importance. Vous avez été condamnée à sentir le poids du temps qui passe et c'est ce que vous faites. À certains moments, j'écoutais ma montre, à mon poignet. J'écoutais s'égrener chaque seconde. Chaque seconde perdue. »

En voyant les regards d'angoisse qu'elle jetait vers la prison, Arthur sentit une fois de plus les larmes lui monter aux yeux, bien malgré lui. Il les laissa ruisseler le long de ses joues, sans mot dire. Puis il s'essuya le visage d'un revers de main et, une fois de plus, se confondit en excuses – bien qu'elle parût à présent totalement immunisée contre l'incongruité de sa conduite.

« Et c'est reparti..., murmura-t-il.

— Je vous en prie, Arthur. Vous êtes bon. Vous êtes un homme de cœur. » Elle eut l'air comme estomaquée par ses propres paroles. « Un homme de cœur », répéta-t-elle, et elle se tourna vers lui pour lui faire face. Puis ses yeux tombèrent sur sa cigarette, qui attendait toujours l'allumette, et elle sortit de la voiture.

12.

À la une

Le 9 octobre 1991

Je m'appelle Romeo Gandolph. J'ai vingt-sept ans. Je sais lire et écrire. Je fais cette déclaration de mon plein gré et libre de toute contrainte. Personne ne m'a rien promis en échange de ma déposition. Je suis informé que ma déclaration fera l'objet d'un enregistrement audiovisuel pendant que je la lirai.

Le 4 juillet 1991, peu après minuit, je suis passé juste avant la fermeture au Paradise, un restaurant tenu par Gus Leonidis, que je connaissais depuis longtemps. Il y a quelque temps, j'avais essayé de prendre de l'argent dans la caisse et il m'avait poursuivi dans la rue. Il avait réussi à me rattraper et il m'avait frappé. Depuis, dès qu'il me voyait dans son restaurant, il me mettait à la porte, parfois en plaisantant, mais à d'autres moments, il était sérieux. Une fois, Gus a sorti un pistolet du meuble qui se trouve sous sa caisse, et m'a donné l'ordre de sortir.

Le 4 juillet dernier, en passant devant le Paradise, j'ai vu par la vitrine une personne que je connaissais, et je suis entré. Elle s'appelait Luisa Remardi ; j'avais fait sa connaissance à l'aéroport, où j'avais l'habitude de venir bavarder avec elle.

Quand je suis entré, le 4 juillet 1991, Gus m'a accusé d'être venu rôder dans son restaurant, afin de me cacher quelque part et de voler quelque chose après la fermeture. J'avais pris du PCP, et les accusations de Gus m'ont mis en colère. Nous nous sommes disputés. Gus s'est approché de la caisse pour prendre son revolver, mais j'ai été le plus rapide. Il s'est mis à me crier dessus et à m'injurier, et il s'est dirigé vers le téléphone pour appeler la police, alors j'ai tiré, sans réfléchir.

Luisa s'est mise à crier en disant que j'étais cinglé, et tout ça. Je me suis approché d'elle, pour lui dire de se taire, mais elle a sauté sur le revolver et j'ai fini par tirer une deuxième fois. Ensuite, j'ai vu qu'il y avait un autre client dans la salle, un homme de race blanche. Il s'était caché sous une table, mais je l'ai vu. Je l'ai menacé avec le revolver et je lui ai dit de tirer les corps de Gus et de Luisa en bas, dans la chambre froide. Une fois qu'il a eu terminé, je l'ai immédiatement abattu, à son tour. J'ai pris tout ce que j'ai pu trouver sur les corps, et je suis parti. J'ai abandonné le revolver quelque part. Je ne me souviens plus exactement de l'endroit.

J'avais pris une bonne dose de PCP, et je ne me souviens pas très bien de tout ça. Pour l'instant, c'est tout ce dont j'arrive à me souvenir. Je regrette beaucoup ce que j'ai fait.

Muriel s'était assise en face de Squirrel dans la salle réservée aux interrogatoires. À quelques mètres d'eux, un technicien manœuvrait une caméra vidéo, montée sur un trépied. Le petit projecteur intégré à l'appareil jetait un pinceau de lumière aveuglant sur Squirrel, à présent revêtu de la combinaison orange des détenus. Clignant les yeux dans la lumière trop crue, il avait buté sur certains mots du texte qu'il lisait et avait demandé à Muriel de les lui expliquer. À la première prise, il n'avait réussi qu'à lire une moitié du texte. Ils avaient dû interrompre le tournage et tout reprendre au début. La feuille tremblait un peu entre ses mains, mais à part ça, Squirrel avait l'air en forme.

« Avez-vous quelque chose à ajouter à votre déclaration, Mr Gandolph ?

— Non, m'dame.

— Avez-vous rédigé vous-même cette déclaration, avec vos propres mots ?

— C'est l'inspecteur, là, qui m'a aidé.

— Ce texte est-il bien le reflet des souvenirs que vous gardez des événements du 4 juillet 1991 ?

— Oui, m'dame.

— C'est bien ainsi que vous avez raconté à l'inspecteur ce qui s'est passé ?

— Ouais. On a eu une petite discussion, d'abord, mais en gros, ouais, c'est ça.

— Est-ce que quelqu'un vous a frappé, ou a exercé

sur vous une contrainte, quelle qu'elle soit, pour vous obliger à faire cette déclaration ?

— Non. Ça, je m'en rappelle pas.

— Mais vous vous en souviendriez, si on vous avait frappé ?

— Personne ne m'a frappé.

— Vous a-t-on donné à manger et à boire ?

— J'ai mangé quelque chose, là, maintenant. Avant, j'avais pas faim.

— Avez-vous à vous plaindre en quoi que ce soit de la façon dont vous avez été traité ?

— Ben, voyez... J'avais fait dans mon froc et je suis resté assis dedans. Et ça, c'était pas marrant. J'étais un peu comme un môme, là, voyez. » À ce souvenir, Squirrel s'ébroua en secouant sa tignasse anarchique. « Là, je préfère pas trop en causer. Et en plus, ajouta-t-il, ils ont failli me faire crever de froid. »

Muriel interrogea Larry du regard.

« J'ai dû ouvrir la fenêtre, à cause de l'odeur. »

Elle avait effectivement distingué quelques effluves, quand elle était arrivée dans la pièce. « Ça a vraiment coulé de source ! » avait plaisanté Larry, et elle lui avait répondu en citant son propre père, quand il poussait la porte de l'unique WC qu'utilisait toute la famille : « C'est à croire que quelqu'un vient de crever, là-dedans ! » Plus tard, elle rappela à Larry de faire enregistrer le pantalon souillé de Gandolph en tant que pièce à conviction – un indice qui trahissait quelques ballonnements de conscience.

Elle demanda à Rommy s'il avait quelque chose à ajouter.

« Ce que je veux dire, expliqua-t-il, c'est que j'y

crois toujours pas, que j'aie pu faire des trucs pareils. C'est pas du tout mon genre, de tuer les gens. J'ai jamais fait de mal à une mouche. Jusqu'à présent, j'avais jamais rien fait qui ressemble à ça. » Il se prit la tête entre les mains.

« Bien. Cet enregistrement va être interrompu. Il est minuit trente-deux, et nous sommes le 9 octobre. » Elle fit signe au technicien, qui éteignit le projecteur.

Un flic de la réception vint chercher Rommy pour le remettre en garde à vue jusqu'à six heures du matin, heure à laquelle il serait transféré à la maison d'arrêt. Les mains retenues dans le dos par des menottes, Rommy avait toujours cet air perdu et ahuri qui ne l'avait pas quitté durant toute son entrevue avec Muriel.

« À bientôt, Rommy », lui lança Larry.

Rommy lui jeta un bref regard par-dessus son épaule, et hocha la tête.

« Qu'est-ce que tu lui as fait ? s'enquit Muriel lorsque la porte se fut refermée sur Gandolph.

— Rien, répondit-il. Je n'ai fait que mon boulot.

— T'es vraiment incroyable, toi ! »

Larry eut un sourire enfantin.

Greer était arrivé pendant l'enregistrement. En dépit de l'heure plus que tardive, il était rasé de près et arborait une chemise fraîchement repassée, sans le moindre faux pli. Le commandant était une relation de Talmadge et Muriel avait été sa voisine de table une semaine auparavant, lors d'un dîner donné par une organisation de bienfaisance. Elle avait été frappée par ce souci constant qu'il avait de ne jamais abaisser sa garde. Greer était de ces Noirs qui ont toujours compris et accepté qu'ils devaient être un cran au-dessus de tout le monde, surtout en présence des Blancs. Il appliquait cette ligne de conduite depuis si longtemps, que c'était devenu pour lui une seconde nature. Il ne s'en rendait même plus compte.

Cette nuit-là, il n'avait l'air qu'à demi satisfait de son subordonné. Les mains aux hanches, il interpella Larry et commença par lui demander comment il avait mis la main sur Gandolph.

« J'ai eu un tuyau. Un détenu – un petit dealer qui m'a dit qu'il l'avait vu avec le camée.

— Et Gandolph avait toujours le bijou sur lui, quand vous l'avez épinglé ?

— Ouaip ! » Larry hocha longuement la tête. « Lenahan et Woznicki peuvent en témoigner, eux aussi, noir sur blanc.

— Et *quid* des violences sexuelles ? poursuivit Greer. Il n'a pas reconnu ça ?

— Pas encore.

— Vous avez une théorie, là-dessus, tous les deux ?

— La mienne, fit Larry, c'est qu'il en pinçait pour Luisa. Il l'a violée sous la menace de son arme, et a recommencé après sa mort. Mais je préférerais ne pas trop insister là-dessus, au tribunal. Il nous manque trop d'éléments. Nous risquerions de nous emmêler les pinceaux. »

Greer se tourna vers Muriel, qui déclara que Larry avait tort de vouloir évacuer le problème. L'agression sexuelle devait être punie, comme le reste.

« Vous n'aurez pas prouvé la culpabilité de Gandolph tant que vous n'aurez pas fait toute la lumière là-dessus, dit-elle. Et comme nous allons requérir la peine capitale, vous devrez fournir au jury toutes les informations. Sur ce point, vous avez peu de preuves, mais je crois que vous obtiendrez l'inculpation. Ce n'est tout de même pas le père Noël qui est venu violer Mrs Remardi ! Rommy est forcément soit le coupable, soit son complice. Et dans un cas comme dans l'autre, il est responsable. »

Les yeux de Greer s'étaient vissés sur elle. Il l'écouta jusqu'au bout, impressionné. Le lendemain matin, au saut du lit, Muriel avait encore toute une liste de choses sur laquelle elle hésitait – si elle voulait vivre seule ou en couple ; quelle était sa couleur préférée ; si elle parviendrait un jour à voter pour un Républicain ; si elle était passée à côté de quelque chose en n'essayant pas d'avoir un flirt avec une femme – mais dès qu'elle s'appropriait un dossier, son jugement avait le tranchant et la perfection d'un rayon de lumière. Entre ses mains, les problèmes se métamorphosaient en boutons de rose qui s'épanouissaient dans sa serre mentale en autant de solutions. Dans le microcosme du tribunal, sa légende avait eu tôt fait de s'imposer. On en parlait comme d'une étoile montante, qui grimperait vite, haut et loin.

« A-t-on pu établir qu'ils étaient deux ? s'enquit Greer.

— Selon lui, non, affirma Larry. Mais dès qu'il aura compris qu'il risque l'aiguille, la mémoire lui reviendra. Il ne va sûrement pas s'enfiler le couloir de la mort sans piper mot, s'il a un nom sur le bout de la langue... »

Greer soupesa tout cela et finit par échanger une poignée de main avec Larry et, dans la foulée, avec Muriel.

« Félicitations », leur dit-il.

Les journalistes se bousculaient déjà dans le hall. Greer demanda à Larry et à Muriel de poser à ses côtés, tandis qu'il faisait une brève déclaration pour les caméras. Les flashs se mirent à crépiter dès qu'il s'avança dans le hall de la Section Six – limite que les représentants de la presse n'étaient pas autorisés à dépasser. En dépit de l'heure, toutes les chaînes télé avaient délégué une équipe de tournage, et il y avait deux journalistes de la presse écrite sur le pied de guerre. Tout ce petit monde vint s'agglutiner autour d'eux, tandis que Greer annonçait l'arrestation de Gandolph, dont il précisa, outre son nom, l'âge et les antécédents judiciaires. Ils avaient déjà eu vent de l'histoire du camée – dans un poste de police, rien ne pèse autant qu'un secret ! Greer confirma que Squirrel avait le bijou en poche la veille au soir. Là-dessus, Harold les congédia tous. Les caméras avaient enregistré de quoi alimenter tous les bulletins d'information du lendemain.

Greer se tourna vers Muriel, au moment de prendre congé. « Toutes mes amitiés à Talmadge... » fit-il. Il l'avait dit d'un ton neutre, mais elle sentit le mouvement de rétraction de Larry. Elle prit le chemin du parking en sa compagnie, et il s'apprêtait à lui sortir la rengaine habituelle, quand ils virent débouler Stew Dubinski, du *Tribune*, rose et joufflu comme le postérieur de Cupidon. Il projetait de faire un portrait de Larry : L'INTRÉPIDE INSPECTEUR A ENCORE FAIT MOUCHE. Larry l'envoya balader, mais il le fit avec un tact et une courtoisie qui lui étaient hautement inhabituels, face à un journaliste. Sans doute avait-il compris qu'en tant que chroniqueur attitré du tribunal, Stew était appelé à jouer un rôle essentiel dans la carrière et les ambitions de Muriel.

Lorsqu'ils furent parvenus à se débarrasser de Dubinski, ils restèrent tous deux plantés entre leurs voitures. Le parking du poste était illuminé comme un stade de foot – c'était bien le dernier endroit où l'on souhaitait voir se commettre des braquages.

« Alors... ton jury a tranché dans le bon sens ? demanda Larry.

— Ils se sont à nouveau réunis cet après-midi. Coupable, sur tous les chefs d'inculpation. »

Il eut l'air heureux pour elle. Il était visiblement éreinté. La fatigue lui donnait plusieurs années de plus. Ses cheveux, qui commençaient à s'éclaircir, se soulevaient au moindre souffle de vent, et il avait le teint nordique, cette peau sensible des Scandinaves qui rougissait et s'irritait pour un rien. Mais pour elle, il demeurait une pièce inamovible de sa jeunesse, et elle refusait d'admettre que le temps puisse avoir prise sur lui.

À l'époque où ils avaient fait connaissance, elle était passée chez lui sous prétexte de l'aider à réviser ses cours de droit, et elle avait fini dans son lit dès le premier soir, pendant que son mari était à l'hôpital, pour une de ces alertes cardiaques dont la dernière devait l'emporter, deux ans plus tard. C'était une bourde, bien sûr, une de ces bêtises d'adolescente. Elle ne l'avait fait que pour tester ses limites. Elle avait eu envie de tâter d'un tantinet de provocation et de bousculer quelques interdits, avant de plonger dans l'univers aus-

tère de la loi et les responsabilités du monde adulte.
Mais leur relation avait duré. Bizarrement. Par à-coups.
Et elle avait résisté à tout : au remariage de Larry,
comme à la mort de Rod. Ils parlaient régulièrement
de rompre, mais une semaine plus tard, elle l'apercevait au tribunal, et c'était reparti. Sa quête, quelle
qu'elle pût être, se poursuivait, alimentée par tous les
désirs inassouvis, toutes les velléités qui relèvent de ce
stade où l'on ignore à peu près tout de la personne avec
qui l'on veut faire sa vie. Pour elle, cette époque était
enfin révolue, mais curieusement, elle se sentait navrée
pour eux deux.

« Je meurs de faim, fit Larry. Tu veux venir manger
quelque chose ? »

Elle aurait eu mauvaise grâce à le planter là, une
seconde fois. Il avait eu l'air si douloureusement surpris, l'avant-veille au soir, quand elle l'avait laissé
devant la prison. C'est alors qu'il lui vint une idée de
génie :

« Si on allait au Paradise ?

— Formidable. » Larry avait rarement eu l'occasion
de discuter avec John, au téléphone. Il lui avait promis
de reprendre contact dès que possible. John devait travailler au restaurant toute la nuit.

En arrivant, ils ne l'aperçurent nulle part. Il devait
être en cuisine. Mais lui, il les repéra aussitôt, par
l'étroit guichet d'inox où les serveuses passaient les
commandes au cuisinier. Il émergea de derrière ses
fourneaux, la spatule à la main, enveloppé dans un
immense tablier qui lui faisait deux fois le tour de la
taille et qui, à en juger par ses impressionnantes dimen-
sions, avait dû appartenir à feu son père.

« Alors, c'est vrai ? » Il avait pointé l'index sur la radio posée près de la caisse. Comme ils confirmaient la nouvelle, il vint s'asseoir à leur table, sur un tabouret. Ses yeux restèrent un moment fixés sur un coin plus sombre du revêtement du mur, puis il se plongea le visage dans les mains. Il sanglotait. Le visage ruisselant de larmes, il se répandit en remerciements.

« Allons, John... Nous ne faisons que notre travail », répétait Muriel, en lui tapotant l'épaule. Mais elle-même avait peine à retenir ses larmes. Elle sentait exploser dans tout son corps une myriade de sensations, le sentiment d'une connexion vivante avec ce qui était juste.

« Vous ne pouvez pas savoir ce que c'est, dit John. Se dire que le coupable court toujours, libre comme l'air. À chaque instant, j'avais l'impression d'une mission inaccomplie. Je devais faire quelque chose – sinon ça revenait à trahir mon père. »

Depuis les événements de juillet, Muriel n'avait pas manqué une occasion de parler à John, et de semaine en semaine, elle avait constaté qu'après sa mort, Gus avait pris dans la vie de son fils une place plus importante que celle qu'il y avait jamais occupée de son vivant. Muriel avait maintes fois observé ce genre de phénomène, sans bien en comprendre l'origine. Par la force des choses, John avait remplacé son père à la tête de l'entreprise familiale, et ces quelques mois où il avait dû endosser les soucis de Gus l'avaient indubitablement aidé à mieux comprendre le point de vue de son père. Mais lorsqu'elle avait John au téléphone, elle était saisie devant la férocité avec laquelle il parlait de l'assassin de son père. À certains moments, elle le soupçonnait de haïr le meurtrier pour lui avoir fait vivre ce moment de remords et de honte, cette minute durant laquelle il avait accueilli avec joie la mort de son père. Quelle que fût la façon dont ça s'était produit, elle sentait que la douleur déclenchée par le meurtre, et le fait qu'il lui ait ôté toute chance de se réconcilier avec son père, s'étaient substitués à la mésentente qui préexistait entre Gus Leonidis et son fils. À présent, John ne pouvait plus les distinguer l'une de l'autre.

Comme John entamait une nouvelle série de remerciements, ce fut finalement Larry qui les sauva tous trois en lui donnant une tape amicale sur la nuque. Il l'informa, sur le mode plaisant, qu'ils étaient venus dans l'espoir de dîner gratis. Éperdu de reconnaissance, John fila aussitôt vers ses fourneaux.

Ils se promenèrent dans la salle, entre les tables. Dès qu'ils se retrouvaient ensemble, c'était comme s'ils étaient tous deux lâchés dans une jungle psychique, où ils devaient se battre contre les tabous ; leurs pas les entraînèrent donc vers le box où Luisa Remardi avait trouvé la mort. Ils échangèrent un coup d'œil quasiment télépathique et, avec un synchronisme parfait, s'installèrent de part et d'autre de la table. Muriel dut tenir les yeux baissés pendant une bonne minute, pour garder son sérieux. Elle ne fumait qu'en période de procès, mais elle avait toujours un paquet de cigarettes dans son sac, en cas de besoin. Larry tendit la main vers celle qu'elle alluma et y préleva une bouffée, avant de la lui rendre.

« J'espère que tu as remarqué que je ne t'ai toujours pas parlé de Talmadge !

— Jusqu'à présent... »

Larry abaissa le menton pour lui glisser un regard inquisiteur :

« Tu vas vraiment épouser ce mec – je me trompe ? »

Il était deux heures du matin, et Larry, quoi qu'on puisse lui reprocher, ne méritait rien de moins que la vérité. En fait, cela faisait dix-neuf ans qu'elle flirtait. Elle essayait tous les hommes les uns après les autres, comme des chapeaux, en s'accrochant à l'espoir qu'un jour, en se regardant dans la glace, elle s'y reconnaîtrait enfin. Mais elle en avait soupé. À présent, elle voulait tâter de l'autre face de la vie – des enfants, une famille stable, la certitude d'être digne de compter aux yeux de quelqu'un qu'elle estimerait. Talmadge était un homme intéressant. Il avait une vie brillante, où elle rêvait d'avoir sa place. Elle partageait avec lui ce besoin de faire l'événement, d'occuper une certaine surface sociale. Il était drôle, riche, bien de sa personne et il comptait dans le monde. Énormément.

Elle regarda Larry, attablé en face d'elle. Ça lui faisait toujours un drôle de petit choc, de constater qu'il comptait tant pour elle, lui aussi, que ça ne se réduisait pas à une attirance passagère, qu'il existait entre eux un véritable lien, fait d'empathie, de communication et d'expérience commune. Mais en plus de tout le reste, ils partageaient les mêmes intuitions, comme s'ils avaient été coulés dans le même moule, et branchés selon le même schéma de fabrication. Des années plus tard, se dit-elle, elle se souviendrait de cette soirée, comme de l'instant où elle avait tranché.

« Ça m'en a tout l'air. »

Il s'adossa aux planches noirâtres du box. C'était

pourtant lui qui lui avait annoncé ce qu'elle allait faire, mais on aurait dit un homme frappé par la foudre.

« Eh ouais ! soupira-t-il enfin. Les plus dorés sur tranche finissent toujours par se faire les nanas.

— Tu crois que ça se résume à ça ?

— Ce que je crois, c'est que c'est un tout – riche, célèbre, influent. Talmadge peut faire pas mal de choses, pour toi. »

Cette conversation était mal partie dès le début. Pour toute réponse, elle se contenta de détourner les yeux.

« Ne me dis pas le contraire.

— Non », répliqua-t-elle.

Le visage épanoui de Larry passa successivement par une série d'expressions, dénotant toutes un violent effort pour se dominer et tenir sa langue. Il allait tout de même ajouter quelque chose, lorsque John revint avec les plats – steak et œufs frits. Après avoir demandé si quelqu'un y voyait un inconvénient, il prit une cigarette dans le paquet que Muriel avait laissé sur la table et, s'installant à côté d'eux, se mit à fumer en les regardant manger. Il avait du mal à tenir en place. Ses doigts s'agaçaient sur sa boucle d'oreille, il se rongeait les ongles, et les bombardait d'un feu nourri de questions, comme s'il avait eu besoin de s'habituer à l'idée que le tueur était bien sous les verrous. Ce qui semblait le troubler le plus, c'était qu'il ne s'agissait pas de quelque monstre gluant, qui serait sorti en rampant d'une bouche d'égout, mais d'un être humain comme les autres, un simple quidam qu'il avait vu des centaines de fois au restaurant.

« Ce qui me scie, vous voyez, c'est que... Purée, pour mon père, ce type, ça n'était qu'un mariole. Il pouvait être assez pénible, à ses heures, mais c'était une sorte de jeu, pour Gus, de courir après ce clown. Ça le faisait rigoler. Si je me souviens bien, une fois, il l'a même pourchassé avec un couteau de cuisine dans une main, et dans l'autre, un sandwich. Il a fini par lui donner le hamburger, en lui disant qu'il le tuerait s'il le revoyait dans le coin. C'était devenu un genre de compétition entre eux. Rommy glissait un œil par la vitre, pour voir si mon père était là, et il entrait, il venait rôder entre les tables, comme s'il faisait le tour du propriétaire. Ensuite, quand il voyait mon père revenir de l'arrière-boutique, il détalait comme un lapin. J'ai dû voir cette scène au moins une fois par semaine, pendant des années. »

Comme John continuait à ressasser ses souvenirs, Muriel et Larry tâchèrent peu à peu de lui expliquer la nature purement accidentelle de ces catastrophes.

« Écoutez, fit Larry. Ça ne rend sûrement pas la chose plus facile à digérer, mais je crois que votre père avait une sorte d'affection pour ce type. Et le soir du 3 juillet, si Squirrel n'avait pas sniffé un peu trop de poudre, et s'il n'avait pas repéré cette femme pour qui il en pinçait, vous auriez eu le droit au sketch habituel. Mais le sort en a décidé autrement. Ce soir-là, se trouvait rassemblé ici tout ce que ce petit minable lorgnait depuis des années sans pouvoir se l'offrir. Toute une vie de frustration – ça l'a fait sortir de ses gonds. Vous voyez, John, c'est idiot, mais c'est comme ça. C'est la vie. Les choses ne vont pas toujours dans le sens qu'on voudrait. » Et Muriel ne put s'empêcher de remarquer le coup d'œil qu'il lui avait glissé en prononçant ces derniers mots.

Il était près de quatre heures, lorsqu'ils quittèrent le Paradise. Larry était dans un tel état d'épuisement qu'il avait l'impression de perdre des boulons. Des bribes de rêves, semées de quelques démons familiers hantant des lieux qui le lui étaient moins, commençaient déjà à envahir la périphérie de son champ de vision. De l'autre côté de la rue leur parvenait le grondement de l'autoroute. Quel genre d'urgence pouvait vous jeter sur la route à une heure pareille ? songea-t-il. Les routiers qui profitaient de l'heure creuse pour franchir plus vite les villes, les boursicoteurs qui voulaient garder l'œil sur les marchés à terme des autres continents, les amoureux qui s'arrachaient à la tiédeur d'un lit au beau milieu de la nuit pour être chez eux avant l'aube... C'était toute une galaxie de besoins individuels qui passait en trombe, sur ces six voies.

Au restaurant, Larry s'était évertué à réconforter le fils de la victime, sans doute dans l'espoir de se consoler lui-même, mais en pure perte. John s'était lancé dans un intarissable éloge des exploits de son père – ces petits malfrats qui voulaient lui vendre de force du linge de cuisine, ces mafiosi qui avaient vainement essayé de lui tendre des embuscades et à qui il avait si courageusement tenu tête. Et de se retrouver tout à coup, avec Muriel, seul à seule, il restait sur le sentiment que quelque chose lui avait explosé dans la poitrine, à la place du cœur.

« Muriel, fit-il, avec la même inflexion plaintive

qu'il avait eue, sur le trottoir de la prison. J'ai besoin de te parler.

— De ?

— De Talmadge – sa main brassa l'air, en un geste de frustration. De tout ça.

— Je ne veux pas parler de Talmadge.

— Non. Écoute-moi. »

La fatigue commençait à lui faire tourner la tête et ce dîner tardif lui restait un peu sur l'estomac, mais c'était surtout de lui-même qu'il était écœuré. Depuis plusieurs jours, il avait analysé ce qui l'avait poussé à investir son énergie dans cette affaire, tel un chirurgien s'acharnant au chevet d'un patient déjà mort. C'était pour elle. Mais ce n'était pas tout – même lorsqu'il avait compris ça, il était loin d'avoir tout compris. Il ne voulait pas simplement continuer à traîner avec elle, en échangeant des vannes. Ni à se l'envoyer vite fait, entre deux portes. Non. C'était un véritable western qui s'était déroulé dans son esprit brumeux d'adolescent : il allait épingler le Méchant, et la Belle retrouverait ses esprits. Elle reconnaîtrait qu'il était la plus fine gâchette des alentours, elle larguerait Talmadge, et renoncerait à ses glorieuses ambitions. Reconnaissant si clairement, mais un peu tard, ses propres manœuvres, il en était accablé. Tu parles d'un superflic, se disait-il.

« Je veux que tu m'écoutes », répéta-t-il.

Ils avaient garé leurs voitures côte à côte dans le parking, à quelques pas de l'endroit où la Cadillac de Gus était restée mijoter sous le soleil de juillet une journée entière, près de celle de Luisa et de Paul, tandis que leurs corps gelés attendaient dans la chambre froide. La Civic de Muriel étant la plus proche, ils allèrent s'y asseoir. Muriel n'était pas très soigneuse et à l'arrière, la banquette et le tapis de sol lui tenaient lieu de vide-poches – papiers gras, emballages divers, gobelets plastique, s'entassaient çà et là avec le courrier personnel qu'elle rapportait du bureau.

« Tu te rappelles, quand on était jeunes, et que les gens nous répétaient sans cesse qu'il fallait devenir adulte ? lui demanda Larry. Et nous, on n'était pas contre. Mais dans notre tête, c'était genre "OK – mais qu'est-ce que ça veut dire, au juste ? Qu'est-ce qu'ils attendent de moi ?" Les gens te somment de t'engager, alors que toi-même, tu n'as pas la moindre idée de ce que tu veux faire. »

Comme il parlait, le regard de Larry s'était porté sur le mur d'en face, qui avait gardé les vestiges d'une grande fresque publicitaire, à la gloire d'une boisson gazeuse. On y distinguait encore, à la lueur des lampadaires, le spectre d'une blonde pulpeuse, le verre à la main.

« Je me suis toujours demandé comment j'allais pouvoir découvrir ça. Tu vois, je crois qu'il y a deux sortes de gens – toi, tu as toujours su ce que tu voulais, et, depuis le premier jour, tu t'es bagarrée pour l'obtenir. Tu voulais voir ton nom s'afficher en gros, sous les projecteurs. Mais moi, je relève de l'autre espèce : je suis incapable de dire si je veux telle ou telle chose, jusqu'au jour où je vois que je vais la perdre. C'est comme quand Nancy me dit : "Et si je prenais les garçons ?" Je me dis, Bon Dieu, atterris un peu, quoi ! »

Il se sentit submergé par le regret, tandis que lui revenait l'image de ses fils, s'affairant autour de lui. Ils gambadaient dans ses jambes comme deux chiots, pendant qu'il coupait des carreaux de plâtre ou qu'il posait du carrelage. Ils adoraient venir avec lui sur ses chantiers. Darrell jouait avec une scie qu'il traînait partout dans la poussière et Michael, armé d'un marteau qu'il tenait à deux mains, s'amusait à planter des clous dans une planche. Larry devait sans arrêt les garder à l'œil et se réveillait ensuite, en pleine nuit, brisé de terreur, comme un arbre frappé par la foudre, avec la certitude qu'il ne les surveillait pas suffisamment, et qu'ils finiraient par se blesser.

Il se pinça le nez et se laissa aller à sa douleur, en espérant qu'il ne s'effondrerait pas tout à fait. Il présentait certains symptômes d'un type psychique assez fréquent dans la police : des hommes, et parfois des femmes, qui craquaient pour un oui ou pour un non, parce qu'ils étaient trop blindés sur le terrain. Ils pleuraient comme une Madeleine quand leur perroquet passait l'arme à gauche, alors que deux heures plus tôt, ils n'avaient pas même pu se fendre d'un hochement de tête devant le corps d'un gamin de sept ans abattu en pleine rue. Larry tenait à garder un certain contrôle sur tout ça. Il y allait de l'idée qu'il se faisait de lui-même. Il voulait pouvoir se dire, comme il avait tenté de l'expliquer à John, « Ça fait un mal de chien, mais c'est la vie ».

« C'est tout moi, ça, dit-il. Trop con pour comprendre la valeur des choses avant de les avoir perdues. Mais tu sais, je suis loin d'être le seul. C'est un mal très répandu. »

Dans le noir, il ne distinguait plus les traits de Muriel. Il ne voyait que le scintillement de ses yeux, dans un rayon de lumière infiniment ténu, et son profil, en ombre chinoise. Elle s'adossa à sa portière, le menton levé, dans une attitude suggérant très clairement qu'elle était sur ses gardes.

« Où est-ce que tu veux en venir, au juste ? » Elle ne pouvait décidément pas ne pas être elle-même. Il fallait toujours qu'elle soit à l'entrée de la ligne droite, quand les autres n'en étaient qu'au début de la courbe. Pour autant qu'il pût en juger, elle avait grandi dans une famille blanche bon teint, tout ce qu'il y avait de normal. Mais elle n'avait pas quitté l'utérus maternel, qu'elle devait déjà être en train de calculer sa trajectoire – comme ces vaches qui prennent d'instinct le chemin le plus court vers leur destination. Muriel avait son propre système de navigation qui lui indiquait invariablement l'itinéraire le plus conforme à ses intérêts. Même lorsqu'elle faisait preuve de générosité, ce qui lui arrivait plus souvent qu'à son tour, on sentait dans son geste comme un léger différé, comme si elle avait pris une seconde pour décider si c'était vraiment, de son point de vue, la meilleure chose à faire.

Comme il se mettait en demeure de répondre, ses yeux se posèrent sur ses mains et il constata, avec surprise, qu'il avait de la terre sous les ongles. La veille, il était allé voir une autre maison à La Pointe, où se trouvait son chantier en cours, et il y avait planté quelques cyprès, pendant que la saison s'y prêtait encore. Sa mère l'avait tarabusté pendant toute son enfance pour qu'il se lave les mains, et il était sidéré de n'avoir même pas remarqué qu'il avait les ongles en deuil. Il n'avait pensé qu'à l'affaire depuis son dernier réveil, qui remontait à présent à près de vingt-quatre heures.

« Et si je te disais que je ne supporte plus mes propres conneries – courir après une vie plus belle que la vie elle-même... Et que je songe sérieusement à atterrir ? » Il lui montra ses ongles. « Je me suis mis au jardinage.

— Au jardinage ?

— Oui, cultiver des plantes. J'y ai pris goût. Ça te ferait réfléchir ?

— Larry...

— Maintenant, je crois que je sais ce dont j'ai besoin. Et ce que nous avons vécu ensemble – on n'a jamais mis les choses à plat, en toute honnêteté, ni l'un ni l'autre. On aurait pourtant pas mal de trucs à se dire.

— Une foule de choses, fit-elle en lui posant la main sur le bras. Mais, Larry... » C'était à son tour, de chercher ses mots. Elle avait légèrement changé de position, et dans le peu de lumière qu'il y avait, Larry put distinguer le petit tressautement qui avait agité ses paupières closes. « Je ne crois pas que nous puissions continuer comme ça. Moi, en tout cas, je m'en sens incapable. Je suis déjà passée à autre chose. »

Le coup l'atteignit de plein fouet. Et c'était autrement plus douloureux que dans le restaurant. L'air qu'il inspira lui brûla les poumons. Bon Dieu... se dit-il. Quel débile je fais. Lui jouer la grande scène, alors qu'elle m'annonce qu'elle va en épouser un autre.

« Je vais me sentir con, si je me mets à chialer. »

Elle se pencha vers lui, et lui effleura la nuque.

« Allez quoi, Larry ! Seigneur... Reprends-toi. Ça n'a jamais été pour la vie, nous deux.

— C'est ce que j'essaie de te dire, fit-il. Ça aurait dû l'être.

— Mais ç'a été super, Larry. Super – et à plus d'un titre. C'était l'aventure. On a eu ce qu'on voulait. Se cacher, se retrouver en secret. S'éclater ensemble, ni vu ni connu. Tu ne voudrais tout de même pas me faire croire que c'est une vie normale ? Je veux dire, je ne renie rien. J'ai même adoré ça. J'en garde un souvenir formidable. » Elle partit d'un éclat de rire sincère, à gorge déployée, dans la voiture sombre. Elle lui passa un bras autour des épaules et l'attira à elle. « On a vraiment eu de bons moments, ensemble », murmura-t-elle, tandis que son autre main remontait le long de sa cuisse, en souvenir. Il la chassa d'une tape, mais elle y repiqua aussitôt et recommença plusieurs fois ce petit jeu, sans cesser de rire. Ils appréciaient l'un comme l'autre cet intermède – l'affrontement physique, et la détente qu'il leur procurait. Comme il lui immobilisait la main, elle se servit de l'autre pour ouvrir sa braguette.

« J'ai aucune envie d'aller faire un dernier petit tour sur tes montagnes russes, Muriel, déclara-t-il en repoussant sa main.

— Eh bien justement, moi si ! » Et avec son audace coutumière, sa main se remit aussitôt en position. Il aurait juré qu'il était trop fourbu et trop secoué pour pouvoir être excité, mais il se trompait. Elle le prit dans sa bouche, sans crier gare, et il la laissa faire une seconde avant de la repousser.

« Putain, Muriel ! On est sur un parking. »

Elle mit le contact et fit le tour du bloc, sa main libre toujours agrippée à son sexe dressé, qu'elle pompait de temps à autre, tout en conduisant. Elle se gara, et entreprit de lui consacrer toute son attention. Larry jeta un coup d'œil inquiet aux alentours, mais le quartier se prêtait parfaitement à ce genre d'exercice. Ils n'étaient sûrement ni le premier ni le dernier couple à s'offrir une partie de plaisir éphémère, derrière ces immeubles lépreux, sous ces pylônes, parmi les tas de poubelles renversées et de containers rouillés. Muriel était tout à son affaire. Elle lui titilla le gland du bout du nez, avant de promener sa langue sur le frein et de le presser entre ses lèvres réunies, encore et encore. Elle était totalement à l'écoute de ses réactions, et prévoyait avec un flair infaillible les sensations que provoquait chacune de ses caresses. Ça aussi, c'était tout elle. L'audace. La franchise. Regarder la chose en face, en se délectant du pouvoir que peut trouver une femme à exercer sa volonté. Seigneur, c'est foutu, complètement foutu, se répétait-il. Et moi, aussi, je suis foutu. Lorsqu'elle le fit jouir, il eut la sensation qu'il ne pourrait jamais s'arrêter de crier.

13.

Normale

Le 22 mai 2001

« Décidément, vous ne pouvez plus vous passer de moi ! » fit Ruthie, la gardienne qui avait escorté Gillian le matin même. Toujours aussi belle plante et la mine toujours aussi épanouie, elle leur ouvrit la lourde porte du pavillon de garde. Elle salua Arthur d'un signe de tête, et accueillit Gillian comme une vieille connaissance. « Je croyais que vous en aviez terminé avec Ernie », ajouta-t-elle, tandis qu'ils lui emboîtaient le pas dans le long couloir sombre.

Arthur lui expliqua que le lieutenant chef avait exigé la présence de Gillian, ce qui fit rigoler la gardienne.

« Ah ! On n'est pas gâtés, ici, s'esclaffa-t-elle. Ils trouvent qu'il n'y a pas assez de règles comme ça. Ils arrivent toujours à nous en dégotter d'autres ! » Et Gillian avait payé pour le savoir. Les responsables de l'administration pénitentiaire étaient inégalés, en matière de rigidité. Ils comptaient inévitablement dans leurs rangs une certaine proportion de sadiques, qui prenaient un malin plaisir à voir les gens derrière les barreaux. Mais à Alderson, Gillian avait souvent eu affaire à des gardiennes de l'espèce de Ruthie – des braves filles qui n'avaient pris ce boulot que parce qu'elles n'avaient rien trouvé de plus intéressant, ou parce qu'elles se sentaient mieux en compagnie de gens n'exerçant aucune autorité sur elles.

Lorsqu'ils arrivèrent en vue de l'infirmerie, Ruthie proposa à Gillian de la raccompagner dès qu'Arthur serait au chevet d'Erdai. « Comme ça, le lieutenant chef n'y verra que du feu », l'assura-t-elle. Gillian aurait été curieuse d'entendre ce qu'Erdai avait à dire, mais les jours où son travail consistait justement à écouter les témoignages et à les évaluer, en les comparant à ce qu'elle avait retenu des autres éléments de l'enquête, appartenaient désormais à une époque révolue. Il lui parut plus sûr de s'éclipser.

Arthur, dont l'agitation n'avait cessé de croître à la perspective de ce qui l'attendait, avait franchi l'entrée de l'infirmerie et avait disparu sans même un signe de la main. Ruthie revint quelques minutes plus tard, pour la piloter jusqu'à la sortie, dans le labyrinthe des couloirs et des portes à barreaux.

Comme elle traversait le bâtiment principal, un prisonnier chargé de menues corvées, qui poussait un chariot en inox, se retourna sur son passage. Elle sentit son regard s'attarder sur elle, mais pensa qu'il se contentait de profiter de l'aubaine pour lorgner une visiteuse.

« Vous seriez pas le juge Sullivan, vous ? »

À son côté, elle sentit Ruthie se raidir, prête à intervenir, mais elle répondit : « Je l'étais, du moins – oui.

— Je vous présente Jones, dit la gardienne. C'est un brave garçon. Enfin... la plupart du temps. »

Ruthie plaisantait. Jones sourit, mais ses yeux restaient plantés dans ceux de Gillian. « Vous m'avez collé trente ans, dit-il. Pour coups et blessures aggravés. » L'idée l'avait effleurée qu'il devait y avoir encore à Rudyard pas mal de détenus qu'elle avait envoyés derrière les barreaux, mais elle était tellement absorbée par ses propres réactions qu'elle avait complètement oublié ce qu'elle risquait à côtoyer ces hommes. À présent, elle ne se sentait nullement en danger. Jones était un grand barbu, mais il avait largement dépassé l'âge de menacer quiconque.

« Vous aviez tiré sur quelqu'un ?

— Sur le pote qui bossait avec moi. On était en train de se faire un magasin de spiritueux. Le vendeur est allé chercher son arme, et moi je me suis énervé, et j'ai tiré sur mon pote. Il y a de quoi râler, hein ? Alors j'ai été inculpé pour ça, et pour le vol à main armée. Bon, le vol à main armée, je veux bien. Mais expliquez-moi un peu pourquoi vous m'avez mis au trou pour avoir tiré sur quelqu'un que je ne voulais pas descendre !

— Parce que vous vouliez tirer sur le vendeur, rétorqua Gillian.

— Pas du tout. J'ai juste perdu les pédales. Le coup est parti tout seul.

— Vous auriez pu tuer quelqu'un.

— Ouais, mais j'ai tué personne. Et ça, j'ai toujours pas compris ! »

Il avait très bien compris, mais il avait envie d'en parler. Il se réveillait encore la nuit, en s'étonnant de

la façon dont un seul instant avait suffi à tout faire
basculer.

« Bah ! lui dit Ruthie. Tout ça, c'est du passé, maintenant, pas vrai, Jones ?

— Eh ouais ! En attendant, je sucrerai les fraises
avant d'avoir fini d'éponger ça – il l'avait dit en
rigolant.

— Comment ça va, pour votre partenaire ? s'enquit
Gillian.

— Au poil. Il a toujours quelques petits problèmes
d'estomac, depuis, mais à part ça, ça va. Vous ne lui
avez mis que quinze ans, à lui. Il va sortir en 2003.

— Parce que lui, il n'avait pas d'arme. »

Jones parut capituler et battit en retraite vers son
chariot. Il semblait réconcilié avec son sort, mais le
lendemain ou le surlendemain, il serait à nouveau persuadé de s'être fait avoir.

Ruthie continua à parler de lui durant leur trajet vers
le pavillon de garde. Elle lui décrivit en détail les problèmes familiaux de Jones – pour elle, un secret, ce
devait être « une chose qu'on ne peut dire qu'à vingt-
cinq pour cent de l'humanité ». Mais elle était ado-
rable. Elle aida Gillian à retirer son sac du casier où
elle l'avait déposé et, en parfaite hôtesse, la raccompagna jusqu'à la grille d'entrée, de l'autre côté du pavillon de garde. Là, elle fit signe de la main au lieutenant
qui se tenait derrière le comptoir principal, pour lui
demander d'actionner le système d'ouverture.

Gillian tira la lourde grille et sortit de la pénombre
de la prison pour entrer dans la lumière d'un après-
midi quasi estival. C'était l'heure où les détenus
allaient prendre l'air et, même depuis le seuil, elle

entendait la rumeur qui montait de la cour, au loin, ponctuée d'exclamations, de cris et de jurons. À Alderson, la prison se trouvait à proximité d'un réseau de voies ferrées. La plupart des trains qu'elle voyait passer étaient des convois de marchandises transportant du charbon, mais la ligne Washington-Chicago passait par là, elle aussi. Elle longeait la prison d'assez près pour que l'on puisse distinguer les visages des passagers. Elle n'avait jamais pu s'empêcher de les regarder. Elle suivait des yeux, morte d'envie, ces gens qui pouvaient librement se rendre là où ils voulaient. Les Normaux, comme elle les appelait à part soi.

Elle se tourna vers Ruthie.

« Je crois que j'ai oublié quelque chose. Je n'ai pas noté l'heure, sur la fiche de sortie.

— Laissez, je m'en occupe, dit Ruthie.

— Non, je tiens à le faire moi-même. » Elle se souciait peu de sa fiche de sortie ; elle voulait juste revivre le moment où elle franchirait le seuil et se ferait ouvrir la porte. Et cette fois, lorsqu'elle entendit le déclic du verrou, ce fut comme si le mécanisme avait été branché sur son propre cœur. Une Normale.

Elle alla s'asseoir sur un banc, sous un arbre, à mi-chemin du parking, pour regarder passer les badauds – des Normaux, tous autant qu'ils étaient. Comme elle. Au bout d'un certain temps, elle sortit de son sac le livre qu'elle avait entrepris de lire. L'histoire des guerres du Péloponnèse, de Thucydide. Duffy, amateur de classiques, lui avait conseillé cette lecture, et à sa grande surprise, elle avait trouvé un plaisir apaisant à se replonger dans le récit des œuvres de la folie humaine, cette leçon issue d'un lointain passé. Elle commençait à entrevoir qu'elle tirait consolation de cette certitude : elle aussi tomberait un jour dans l'oubli. Ses fautes seraient emportées dans la grande marée du temps, qui efface tout, à la possible exception du travail de tel savant ou de tel artiste, qui avait foulé le sol de cette planète en même temps qu'elle. Le temps, ce grand pulvérisateur, ne laisserait d'elle rien de plus mémorable qu'une poignée de sable. Et à présent, elle était libre. Plus rien ne l'empêchait de passer à autre chose. C'est terminé, se dit-elle. En cet instant. Et si elle parvenait à accepter que cette page se tourne, tout cela serait vraiment derrière elle.

Il s'était écoulé plus d'une heure et demie, quand Arthur revint. Elle songeait à se mettre en quête d'un endroit où elle pourrait commander une boisson fraîche, lorsqu'elle le vit sortir du pavillon des gardes.

« Désolé d'avoir tant tardé, expliqua-t-il, mais je ne voulais pas repartir sans avoir vu Rommy. »

Elle lui répondit qu'elle n'était pas fâchée d'avoir attendu. Sa journée avait été bien meilleure que prévu. « Comment ça s'est passé, avec Erdai ?

— On ne peut mieux, s'exclama-t-il. C'était formidable. » Elle lui trouvait pourtant un je-ne-sais-quoi de bizarre. Il semblait étrangement déconcentré. Il marqua une brève pause, les yeux perdus dans le vide, comme un animal qui tente de distinguer une piste dans la brise, mais comme il n'en disait pas plus, elle finit par lui demander son sentiment sur ce que lui avait révélé Erdai.

« Là, je l'ai cru. Absolument ! Et c'est pour ça que j'ai tenu à aller voir Rommy. Je voulais lui raconter tout ça de vive voix. J'ai dû me bagarrer contre le lieutenant chef, mais ils ont fini par le faire descendre quelques minutes au parloir. » Tout à coup, il lui fit un grand sourire. « Il avait du mal à comprendre pourquoi j'étais si surpris : pour lui, ça n'a rien que de très normal : "Je vous l'avais bien dit, que j'avais rien fait." Il lui tarde de sortir, bien sûr, mais pour lui, la nouvelle de son innocence n'a rien d'un scoop. Pamela n'a pas fini de crier victoire ! Rommy est innocent. » Il s'était plongé dans un examen attentif des graviers, au pied de l'arbre. « *Innocent*, répéta-t-il.

— Puis-je vous poser une question, Arthur ? Est-ce qu'Erno vous a fourni un alibi pour Gandolph – ou est-ce qu'il sait qui est le vrai coupable ?

— Ça, pour savoir, il le sait, répondit-il. C'est lui. Erdai. C'est une sacrée histoire. Mais tout colle, jusqu'au moindre détail. Et je pense que ça doit être vrai. Pourquoi un mourant irait-il se casser la tête à mentir ? Il a vraiment tué tous ces gens, de sa propre main. C'est lui le coupable. » Comme lesté par le poids de ses propres paroles, il se laissa choir sur le banc près d'elle.

Elle garda quelques instants le silence. Elle n'était pas sûre de vouloir en savoir davantage. Elle avait tout fait pour rompre avec son passé et pour anesthésier ses propres facultés de jugement, mais le côté artificiel de tout cela l'avait immédiatement frappée. La coïncidence était trop belle : un détenu condamné par la maladie et incarcéré dans la même prison que Gandolph se porte volontaire pour endosser le crime.

À en juger par son air bizarre, elle avait d'abord songé qu'Arthur partageait ses doutes, en dépit de la vigueur avec laquelle il prétendait le contraire. Mais elle commençait à présent à entrevoir que c'était exactement l'inverse. Il n'y avait aucune trace de scepticisme dans sa réaction. À présent, la vie de Rommy Gandolph, cette vie innocente, était entre les mains d'Arthur, qui devenait la variable la plus déterminante – lui et son travail, ses réflexes, son instinct de stratège – dans cette bataille décisive. C'était désormais de lui que dépendait que justice soit faite. Ce regard perdu, qui semblait surnager dans ses yeux noirs, c'était de la terreur.

Bien des années auparavant, Raymond Horgan, le premier patron de Gillian, dans le service du procureur (qui était à présent l'un des principaux associés du cabinet où travaillait Arthur), lui avait raconté qu'avant son élection, alors qu'il exerçait encore comme avocat dans le privé, il gardait toujours dans le tiroir de son bureau un petit papier où il avait écrit de sa plus belle main cette devise qui à ses yeux pouvait tenir lieu de Notre Père à toute la profession : « Mon Dieu, protégez-moi des clients innocents... ! »

LIVRE II

Les procédures

14.

Le premier adjoint

Le 12 juin 2001

Muriel Wynn, premier adjoint du procureur de Kindle County, était à son bureau. À ce poste, elle s'était découvert une inclination à la méticulosité qu'elle avait ignorée durant toute sa jeunesse. Ses placards et ses listes de courses étaient toujours en proie au même chaos, mais là encore, c'était au travail qu'elle donnait sa pleine mesure. Son bureau, un meuble monumental, long de deux mètres cinquante, était organisé avec la précision d'une base militaire. Les remparts de papier – dossiers, notes de service, courrier – s'y alignaient en piles bien nettes, équidistantes les unes des autres. Toute la correspondance concernant sa future campagne pour l'élection au poste de procureur, dont l'ouverture officielle était imminente, était prudemment confinée au quart supérieur droit. Sa journée finie, elle rassemblerait tout son courrier, et le lirait chez elle, en dehors de ses heures de travail.

Un message accompagné d'un petit jingle électro-

nique s'afficha sur son écran d'ordinateur : « 12:02 –
l'insp. Lieut. Starczek vous attend à la réception, pour
un entretien. » Elle alla accueillir Larry dans la vaste
salle sur laquelle donnait son propre bureau, et où
cohabitaient une demi-douzaine de secrétaires. Les
visiteurs patientaient dans une petite salle d'attente,
derrière une balustrade en acajou à l'ancienne. De
l'autre côté du couloir, partageant le même secrétariat,
se trouvait le bureau du procureur. Ned Halsey, qui
avait été son patron pendant la décennie écoulée, s'apprêtait à lui passer les commandes du service, dès que
la voix des urnes lui en aurait donné le feu vert, lors
du scrutin de l'année suivante.

Larry s'était mis sur son trente et un pour venir au
tribunal. Il portait une cravate et une veste de lin plutôt
bien choisies, même si sa veste tombait un peu moins
bien que par le passé. Il avait toujours su s'habiller. Sa
silhouette s'était arrondie, à présent, et les quelques
cheveux qui lui restaient, fins et tirant sur le blanc,
avaient été soigneusement arrangés. Mais il avait gardé
sa prestance avantageuse, cette présence qui vient à
ceux qui savent ce qu'ils sont. En apercevant Muriel,
son sourire s'élargit et elle sentit son amusement –
comme s'il trouvait drôle, piquant même, de constater
que la vie vous transformait de façon si insondable,
que les pages se tournaient inévitablement, et qu'on
finissait par survivre à tout.

« Hey, Larry ! lança-t-elle.

— Hey ! » répondit-il.

Elle voulut savoir s'il avait déjà déjeuné. « Je me
disais qu'on pourrait manger un morceau, en allant au

tribunal fédéral. Ça nous laisserait le temps de parler un peu de cette audience idiote.

— Cool ! » répliqua-t-il.

Elle eut un sourire attendri en reconnaissant dans sa bouche le vocabulaire de ses fils. Elle lui demanda de leurs nouvelles.

« Parce que tu crois qu'ils sont vraiment de moi ? Je jurerais qu'ils ont été engendrés par Satan en personne ! » Il avait leur photo dans son portefeuille. Michael avait vingt ans, et il était en premier cycle à l'université du Michigan. Darrell, le cadet, marchait sur les traces de son aîné et de son père : c'était une vraie petite star, dans son lycée – non pas en football américain, mais dans l'art du ballon rond. Il avait toutes les chances de décrocher l'une des bourses d'études offertes par la ligue de football professionnel. « Si je ne l'étrangle pas d'ici là ! s'exclama Larry. Il faut toujours qu'il ait le dernier mot. Mes parents sont toujours de ce monde – tu penses s'ils sont aux anges, quand ils assistent à nos bagarres. C'est comme s'ils regardaient un vieux film de vacances. Pour eux, c'est un gag à la minute ! »

Muriel l'emmena une seconde dans son bureau. Elle voulait lui montrer les photos de Theo, le premier petit-fils de Talmadge. Il avait à peine trois ans, mais c'était déjà tout le portrait de son grand-père – grand et carré. Il était si attachant, ce petit bonhomme... C'était l'être le plus délicieux qu'elle ait jamais connu.

« Vous n'en avez jamais eu, toi et Talmadge, si je me souviens ? » fit Larry. C'était probablement la question qu'elle appréhendait le plus, mais à l'évidence, Larry l'avait posée sans l'ombre d'une arrière-pensée, juste pour avoir confirmation de ce qu'il savait.

« On n'a jamais réussi », lâcha-t-elle en lui montrant la porte.

Dans l'ascenseur, il lui demanda l'ordre du jour de l'audience de l'après-midi.

« Raven a déposé une motion pour présenter à la cour le témoignage d'un certain Erno Erdai, que tu es supposé connaître...

— Exact.

— Eh bien, Arthur tient à ce que la déposition soit faite en présence d'un juge, pour obtenir dès à présent une évaluation de crédibilité, parce que, si l'affaire doit être rejugée dans quelques mois, Erno risque de ne plus être disponible. Il a un cancer en phase terminale.

— Un cancer ? Bon Dieu ! Décidément, tout s'est barré en couilles pour lui, ces dernières années. Tu connais l'histoire ? »

En tant que responsable des dossiers d'homicides avec violence, elle avait vu passer l'affaire Erdai, quatre ans auparavant, à l'époque des faits. Un cadre de chez Trans-National Air, ex-cadet de la police et citoyen honorablement connu, avait été pris d'un coup de folie dans un bar à flics. Mel Tooley, qui représentait Erno, avait remué ciel et terre pour obtenir sa remise en liberté conditionnelle. Il avait même réussi à convaincre Jackson Ayres, l'avocat de la victime, de n'opposer aucune objection. Mais Muriel ne pouvait faire une telle fleur à ce type sous prétexte qu'il avait des relations et habitait la banlieue chic. Dans cette ville, une vingtaine de Noirs étaient incarcérés chaque semaine, pour avoir tiré sur quelqu'un. Erno ne pouvait prétendre à un traitement spécial.

« Et comment se porte notre brave Arthur ? s'enquit Larry.

— Toujours occupé à en découdre dans les prétoires, comme si sa vie en dépendait. À part ça, je crois que ça va.

— J'adorais lui apporter des dossiers, à ce vieil Arthur. Il était plutôt du genre bon gros bourrin, mais c'était la fiabilité incarnée. Il assurait à mort.

— Eh bien, c'est ce qu'il fait : il assure. Il a été à deux doigts de jeter l'éponge, quand la cour d'appel lui a mis ce dossier sur le dos, mais il refuse de s'avouer vaincu. Il trouve toujours de nouveaux leviers à actionner. Et voilà que la semaine dernière, il nous a ramené cet Erdai qui est, selon lui, un témoin critique.

— Critique ? s'étonna Larry. Pour qui ?

— Je vois que je n'ai pas besoin de te faire un dessin, lui dit-elle, en souriant. Tu vas sans doute devoir t'expliquer un peu là-dessus, ma vieille. La motion d'Arthur te met directement en cause : Erdai aurait tenté d'attirer ton attention sur des éléments tendant à disculper Gandolph, et tu aurais tout balayé sous le tapis.

— Oh ! J'ai toujours eu horreur de faire ce genre de truc, plaisanta Larry, avant de tout nier en bloc. Effectivement, Erno m'avait écrit, une fois ou deux, de Rudyard. Il a d'ailleurs envoyé le même genre de lettre à la moitié de la police municipale. Il était au trou, ça n'allait pas fort, et il demandait aux vieux copains de l'aider à s'en sortir. Qu'est-ce que tu voulais que je fasse, hein ? Que je lui envoie une carte de condoléances ? Je pense qu'une fois en taule, il a dû rallier ceux d'en face. Il veut quelque chose en échange, non ?

— Ça ne serait pas impossible. J'ai demandé à le voir, il y a une semaine et il a refusé net. Le personnel de Rudyard n'a pas la moindre idée de ce qu'il peut nous préparer. »

Ils n'étaient qu'à quelques pas du tribunal, quand Muriel s'arrêta au *Bao Din*.

« Tu aimes toujours manger chinois ? lui demanda-t-elle.

— Toujours, mais j'ai tendance à éviter les épices. »

C'était un chinois à l'ancienne, avec un rideau de bambou à l'entrée, et des tables en Formica. Il flottait dans l'atmosphère des parfums de friture et d'épices exotiques fermentées. Nourrissant d'indéracinables soupçons quant à l'origine de la viande qui entrait dans la composition des plats carnés, Muriel s'en tenait d'ordinaire aux légumes. En sa double qualité d'habituée et d'hôte de marque, elle fut accueillie avec empressement par Lloyd Wu, le patron, à qui elle présenta Larry.

Ce que semblait impliquer la motion d'Arthur ne lui laissait guère le choix. Elle allait devoir demander à Larry d'assister à cette audience, bien qu'ils n'aient jamais passé plus de dix minutes ensemble, quelle qu'en fût l'occasion, durant les dix dernières années. Quand il venait dans le service pour une affaire, il faisait parfois un saut à son bureau. Là, chacun prenait le pouls de l'autre. Ils parlaient des enfants, de la police, de leur boulot. Ils riaient ensemble de bon cœur, mais quand la porte se refermait sur lui, elle restait générale-ment sur le sentiment qu'elle avait eu tort de batifoler avec lui. Non pas à cause de Larry lui-même, car ces temps-ci, il était nettement plus facile à vivre que lorsqu'ils s'étaient connus, dix-sept ans plus tôt, sur les bancs de la fac. Mais il incarnait un passé avec lequel elle avait délibérément rompu, un reste d'attachement qui la liait à la Muriel première version, une Muriel aujourd'hui perdue, qui était à la fois plus dure, plus légère et moins heureuse que le modèle actuel.

Mais, à présent, elle avait besoin de lui. Un flic, ça garde en mémoire les détails les plus infimes de ses enquêtes. Carol Keeney, l'assistante attachée aux affaires en cour d'appel, qui avait suivi le dossier depuis plusieurs années, tandis que s'enclenchaient les procédures qui devaient aboutir à l'exécution, n'avait trouvé aucune allusion à Erdai, dans le dossier. Mais Larry lui rafraîchit aussitôt la mémoire : Erno les avait menés à Collins, qui les avait menés à Squirrel. Elle avait totalement oublié qu'Erdai était à l'origine de tout. Paupières closes, elle attendit que la lumière se fasse dans sa mémoire, mais elle ne voyait rien venir. Elle posa les coudes sur la table.

« Entre nous, Larry, puisqu'on est deux vieilles copines, toi et moi – est-ce que par hasard nous aurions des raisons de nous en faire ? Tu as une idée de ce qu'ils nous préparent ?

— Quelque chose qu'Erdai saurait, tu veux dire ?

— Par rapport à quoi ?

— Tu n'es plus une enfant de Marie, Muriel », fit-il, effleurant dangereusement une frontière rarement reconnue entre eux de façon explicite : la vérité du terrain, c'était une chose, et celle du tribunal en était une autre. Et en bon flic, Larry s'arrangeait généralement pour les faire coïncider, sans rien laisser dépasser. Elle se garda bien de relever sa remarque. « De quel genre de preuve favorable à Gandolph s'agirait-il, selon eux ? s'enquit-il.

— Arthur ne m'a rien dit, et je n'ai eu vent de rien. J'ai envoyé Carol à l'audience le jour où sa motion passait devant Harlow, et elle a dû faire quelque chose qui a agacé le juge, car il a accepté la motion. »

Larry grogna.

« Tu connais Harlow, Larry. C'est tout à fait son genre, que de tout passer à un avocat commis d'office, surtout avec une exécution à la clé. Sans compter qu'Arthur doit être dans ses petits papiers. Son cabinet travaille beaucoup avec les cours fédérales.

— Génial, fit Larry. Moi aussi, je les adore, les juges fédéraux. Tu parles, là-bas, on est entre gens du monde – "Vous reprendrez bien un petit-four, très cher..." »

Muriel s'esclaffa. Elle avait oublié à quel point l'humour de Larry pouvait frapper juste et fort. En sa qualité de premier adjoint et de dauphine du procureur, elle avait bénéficié d'un traitement de faveur, les rares fois où elle avait participé à des audiences dans les prétoires fédéraux. Les juges des cours supérieures du comté étaient élus, ce qui signifiait que, tôt ou tard, ils finiraient par se retrouver sur un pied d'égalité avec elle. Mais les juges fédéraux étaient nommés à vie, et les tribunaux fédéraux relevaient d'un autre univers. Muriel était globalement d'accord avec Larry, pour ce qui était du système fédéral.

« Harlow a simplement décidé de laisser à Arthur la possibilité d'ajuster son tir avec toutes les précautions qui s'imposent. Mais tu verras que tout finira par rentrer dans l'ordre. »

Larry acquiesça, l'air soulagé. Du temps de la fac de droit, il avait été le premier à reconnaître le talent de Muriel, et à croire en elle. Pour lui, les diagnostics de Muriel étaient parole d'évangile.

« Tu veux dire que je ne vais pas me retrouver avec Erno comme copain de cellule ? rigola-t-il. Moi qui espérais trouver un moyen d'échapper au turbin !

— Toi ? Tu ne raccrocheras jamais.

— Tu paries ? J'ai rempli mon dossier, Muriel. J'aurai cinquante-cinq balais en novembre, et je rends mon tablier le 1er janvier 2002. J'ai fait plusieurs fois le tour de la question, et les gens n'arrêteront pas de s'entre-tuer pour autant. Sans compter que l'an prochain, ils vont nommer un nouvel inspecteur chef, qui sera, ou bien moi, ce qui serait ridicule, ou bien quelqu'un d'autre, ce qui serait franchement bouffon. J'ai fait mon temps. Et ça roule bien, ma petite entreprise de rénovation – j'ai six ouvriers à plein temps, maintenant. Cinquante-quatre ans, c'est trop vieux pour assurer sur deux fronts.

— Six ouvriers ?

— L'an dernier, on a rénové huit maisons.

— Fichtre, Larry ! Tu es un homme riche.

— Rien à voir avec toi et Talmadge, mais je me débrouille. J'ai même commencé à jouer en Bourse. Mon chiffre d'affaires brut peut paraître énorme, mais bien sûr, les frais généraux sont en proportion... Enfin, bon. » Il eut un sourire étonné, comme surpris de s'entendre parler ce genre de jargon. Puis il lui demanda comment ça allait pour elle.

« Bien », dit-elle, sans s'étendre sur les détails. Elle était depuis longtemps engagée dans cette course spécifiquement féminine qui consiste à être tenaillée dès le saut du lit par l'angoisse de n'avoir pas le temps de tout faire, crainte qui, contrairement à bien d'autres, ne se trouvait que trop souvent corroborée par les faits. Elle n'avait jamais la satisfaction d'un travail accompli, parfaitement mené à son terme – ni dans son service, ni dans son couple, ni même dans ses relations avec les enfants de Talmadge. Mais elle avait tout de même quelques belles gratifications – un travail passionnant, plus d'argent qu'elle ne pouvait en dépenser et cette merveille de petit garçon. Elle appréciait à leur juste valeur toutes ces bonnes choses, et évitait de camper sur ses déceptions.

« Et ton mariage ? » demanda-t-il.

Elle éclata de rire. « Entre adultes civilisés, on ne se pose jamais ce genre de question, Larry.

— Pourquoi pas ?

— OK – et toi, comment il va, ton mariage ? Tu ne t'es jamais décidé à quitter le bercail, hein ? Comment faites-vous, avec Nancy ? Vous avez signé un traité de coexistence pacifique ?

— Tu sais ce que c'est, répondit-il. Comme tu ne voulais pas de moi, je me suis dit que n'importe qui d'autre faisait l'affaire. » La réplique sonna un peu faux, mais il garda le sourire. « Non, tu vois, tout va bien. Nancy est une femme formidable. Formidable, vraiment. Qu'est-ce qu'on peut dire de quelqu'un qui élève tes enfants comme si c'était les siens ? Rien que du bien. Et on ne fait pas toujours ce qu'on veut, dans la vie. La perfection n'est pas de ce monde – pas vrai ?

— Ça m'en a tout l'air.

— Je vais te dire – je pense de plus en plus à mes

grands-parents. Mes grands-parents maternels. Le jour de ses seize ans, le père de mon grand-père l'a fait entrer en apprentissage chez un ferronnier. Ça, c'était un boulot d'avenir. Et, par la même occasion, ils lui ont cherché une future. Il a vu ma grand-mère pour la première fois deux ans plus tard, trois jours avant leur mariage. Et soixante-cinq ans après, ils étaient toujours ensemble. Jamais un nuage dans leur couple. Alors, va savoir ! »

Ses doigts s'agaçaient sur le bouton de la petite théière en inox, et tout en l'écoutant, Muriel eut le sentiment d'être étonnamment à son aise. Il y avait donc en ce bas monde des liens qui ne pouvaient être rompus – et avoir partagé le lit de quelqu'un, c'en était un. Du moins pour elle, et sans doute pour la plupart des gens. Jusqu'à son dernier jour, quoi qu'elle fasse et qu'elle le veuille ou non, elle porterait en elle un reflet de Larry.

« OK. À ton tour, maintenant, dit-il. C'est pas trop dur ? Ça m'amuse de regarder Talmadge quand il passe à la télé et franchement, je me dis que ça ne doit pas être tous les jours facile de vivre avec une telle bête médiatique.

— Vivre avec Talmadge ? Rien de plus simple : il suffit d'avoir un sens de l'humour à toute épreuve et un petit tailleur noir. » Elle donnait dans l'autodérision, mais elle se sentait ébranlée comme par une lame de fond. Elle s'était juré de ne jamais succomber à la tentation de la moyenne, comme tout le monde. Viser la normale, le milieu. Ces seuls mots suffisaient à la faire flageoler sur ses jambes.

« Talmadge sera toujours Talmadge, Larry. C'est

comme de partager le char de Phébus : tu n'es jamais à l'abri d'un coup de soleil. »

Son époux menait l'existence dorée des millionnaires américains. Il sillonnait la planète à bord d'un jet privé, trois ou quatre fois par semaine. Il avait des clients dans le monde entier, dont plusieurs gouvernements. Pour Talmadge, le domicile conjugal n'était qu'une sorte de tanière où il pouvait se retirer en toute sécurité et ôter le masque scintillant de son personnage public, dévoilant un visage étonnamment sombre. Il veillait tard le soir et, une bouteille de whisky à portée de main, il ruminait, il pansait des plaies qui étaient passées inaperçues dans le feu de l'action. Il lui arrivait d'être pris de vertige devant l'ampleur de son succès, mais dans ses mauvais jours, il semblait croire que le monde ne le comblait de ses faveurs que pour mieux pouvoir ensuite le descendre en flammes, en lui démontrant qu'il n'en était pas digne. Muriel devait sans cesse s'employer à le rassurer.

« Il me respecte, fit-elle. Et ça, à mes yeux, c'est quelque chose. Nous avons appris à rester à l'écoute l'un de l'autre. Nous échangeons des conseils. Nous parlons. C'est bien.

— Super avocat et super procureur... Un mariage de titans ! » plaisanta Larry.

Pour Muriel, ça demeurait un sujet d'agacement, que de constater que les ambitions d'une femme étaient toujours mieux accueillies lorsqu'elle était l'épouse d'un homme lui-même ambitieux. Et elle en avait déjà conscience à l'époque où elle avait épousé Talmadge.

« Patience, Larry. Pour l'instant, personne n'a encore voté pour moi.

— Je ne vois vraiment pas qui pourrait se présenter contre toi. Tu as derrière toi toutes les forces de ton propre camp. Tu as l'avantage d'être une femme, sans parler de l'appui de tous les copains de Talmadge, avec leurs gros carnets de chèques. À en croire les journaux, tu seras élue sénateur avant même d'avoir compris ce qui t'arrive ! »

Sénateur, ou maire. Elle avait lu les deux. Mais ayant bien conscience de la série d'heureuses coïncidences dont il fallait bénéficier pour se hisser jusqu'à de tels sommets, elle se refusait à considérer ces augures comme autre chose que d'aimables élucubrations.

« C'est le poste de procureur que je vise, Larry. Et franchement, si je me présente, c'est que je sais que c'est du tout cuit. J'ai la bénédiction de Ned. Talmadge s'occupera de ma campagne, mais je passe tout de même pas mal de temps à me poser certaines questions.

— Arrête tes conneries ! Ça fait des années que tu en rêves.

— Je n'en sais rien, Larry. » Elle hésita, tâchant de comprendre où tout cela la menait, mais elle y renonça. C'était toujours la même histoire, quand elle était avec Larry. « Il y a un an, j'espérais encore que j'aurais à y réfléchir à deux fois, avant de faire acte de candidature. Mais là, j'ai dû me rendre à l'évidence : je n'aurai jamais d'enfants. C'était pourtant ça, ma priorité absolue, et je commence à en connaître un sacré rayon, en matière de procréation assistée... » Elle s'interrompit. Pas une fois dans sa vie, elle ne s'était livrée à ce genre de rumination morose, mais à présent, comme elle faisait le compte des années de consultations, d'examens, d'analyses, d'irrigations, d'heures passées à prendre sa température, à avaler des médicaments, à surveiller le calendrier et à se nourrir d'espoir – ce seul souvenir lui semblait parfois assez accablant pour venir définitivement à bout de son courage. Dans sa jeunesse, elle n'aurait jamais pu imaginer où la mènerait son désir de devenir quelqu'un.

Mais entre les mains de la nature, ce rêve enfantin, ce besoin qui la tenaillait de laisser d'elle une trace pour l'éternité, s'était traduit par ce désir violent de se reproduire, d'élever, de transmettre, d'aimer. Et de toutes les formes de désir qu'elle avait expérimentées – le raz de marée de sa libido, la faim ou même l'ambition – aucune ne pouvait rivaliser avec ce besoin vital qui s'était éveillé en elle après son mariage. C'était comme si son cœur avait été tiré par une énorme roue, sous laquelle, tôt ou tard, il finirait broyé. Elle devrait donc faire avec cette absence, ce deuil dont elle souffrirait jusqu'à son dernier jour.

Larry l'écoutait avec sympathie. Ses yeux bleus avaient plongé dans les siens. « En tout cas, tu peux compter sur mon suffrage, Muriel. Je veux que tu deviennes notre prochain procureur. Tu sais, c'est quelque chose, pour moi, de te savoir heureuse. » Et de toute évidence, il pesait ses mots. C'était bon de découvrir qu'elle avait gardé en lui un ami si fidèle.

Ils se bagarrèrent quelque temps pour payer l'addition, mais elle finit par capituler. Il lui rappela qu'il était désormais un riche entrepreneur, selon ses propres termes. Puis ils se faufilèrent dans la cohue des trottoirs jusqu'au vieil immeuble du tribunal fédéral. Kenton Harlow, juge principal de la cour fédérale du district, avait décidé d'entendre lui-même la déposition d'Erdai, au lieu de déléguer cette tâche à un confrère magistrat. La situation procédurale de l'affaire était pour le moins atypique. C'était un sous-produit des récents efforts du Congrès pour couper court à l'interminable série d'appels et d'escarmouches que devenait systématiquement toute procédure d'exécution de la peine capitale. La cour d'appel, qui n'entendait aucun témoignage de vive voix, s'était néanmoins réservé le droit d'apprécier les nouveaux éléments qui étaient apparus durant la brève période allouée à l'instruction, et de décider elle-même des suites à donner au procès, rôle traditionnellement imparti au juge siégeant dans les procès de la cour du district. Muriel n'avait jamais entendu parler d'une telle procédure et, à sa connaissance, personne autour d'elle n'en avait la moindre expérience.

Le juge principal siégeait dans ce que l'on appelait la Grande Salle. À en juger par le nombre de mètres carrés de marbre rose qui s'étalaient en arrière-plan de l'estrade du juge, on aurait pu se croire dans la chapelle Sixtine, mais l'attention de Muriel fut presque aussitôt accaparée par tout autre chose. Au premier rang, sur les chaises de noyer garnies de coussins de velours cramoisi, se trouvait réunie une brochette exceptionnellement éminente et nombreuse de membres de la caste journalistique – et pas seulement les rats de prétoire habituels. Il y avait là plusieurs généralistes, des reporters télé, Stanley Rosenberg de Chanel 5, Jill Jones et bien d'autres, sans oublier deux portraitistes spécialisés. À cette soudaine affluence, elle ne vit qu'une explication : Arthur avait dû leur faire miroiter quelque grandiose retournement de situation.

Elle s'accrocha au bras de Larry et pour lui faire prendre conscience de la gravité de la situation, elle lui glissa à l'oreille un terme qui dut lui rappeler le Vietnam.

« Ça va saigner ! » murmura-t-elle.

15.

Le témoignage d'Erno

Le 12 juin 2001

« Veuillez décliner vos nom et prénom, en précisant l'orthographe de votre nom de famille.

— Erno Erdai », répondit-il, et il épela son nom.

Depuis son estrade, d'où il surplombait le box des témoins, le juge Harlow répéta le nom d'Erno pour s'assurer qu'il ne l'écorcherait pas. « Air-daille ? » s'enquit-il.

Ça, c'était du pur Harlow, songea Arthur. Vous pouviez avoir flingué cinq personnes, dont quatre de façon définitive, il avait tout de même la courtoisie d'insister pour prononcer correctement votre nom.

Le juge Kenton Harlow était souvent qualifié de « Lincolnien ». C'était un vieil homme, grand et sec, avec un petit bouc qui soulignait un visage sculptural, ample et imposant. Son style direct et carré avait fait sa célébrité, et il s'attachait avant tout à défendre l'idéal de la Constitution. Mais le rapprochement avec Lincoln n'était certes pas le fruit d'une pure coïncidence. Ses chambres étaient décorées d'une série d'objets commémoratifs de son illustre modèle, depuis les premières éditions de la biographie établie par Carl Sandburg, jusqu'aux bustes, masques et bronzes de « Honest Abe », à tous les stades de sa vie.

Éminent juriste, spécialiste incontesté de la Constitution, attaché auprès de l'Attorney Général des États-Unis d'Amérique, et responsable de la division des droits civils au ministère de la Justice, Harlow était l'incarnation même de ce credo que l'on attribuait à Lincoln : pour lui, la loi était l'ultime aboutissement de l'humanisme.

Arthur se chargea de l'interrogatoire préliminaire d'Erno. Le malade avait encore maigri depuis qu'il était venu le voir en prison, trois semaines plus tôt. Le fonctionnement de ses poumons était de plus en plus précaire. Les marshals du tribunal lui avaient apporté une bouteille d'oxygène sur un petit chariot, près du box des témoins. Un tube transparent, raccordé à la bonbonne et fiché dans ses narines, l'aidait à respirer. Mais contre toute attente, Erno semblait de bonne humeur. Bien qu'Arthur lui ait dit et répété que ça n'avait rien d'indispensable, il avait tenu à venir en costume cravate.

« Votre Honneur, pour la transcription... » À la table des procureurs, Muriel Wynn s'était levée pour réitérer ses objections à la procédure. Arthur l'avait maintes fois eue au téléphone, pour lui parler de l'affaire Gandolph, mais cela faisait des lustres qu'il ne l'avait vue en personne. Elle avait plutôt bien vieilli – en général, les gens minces vieillissent mieux que les autres, songea-t-il. Ses courtes boucles brunes commençaient à se strier de quelques fils gris, et elle se maquillait un peu plus, à présent – une concession qu'elle ne faisait pas tant à l'âge qu'à sa position sociale, car comme toutes les personnalités de premier plan, elle était souvent filmée et photographiée.

Ils avaient été collègues, du temps où il travaillait dans le service du procureur, et Arthur avait vivement apprécié les relations qu'il avait eues avec elle, ainsi qu'avec la plupart de ses collaborateurs de l'époque. Il était chagriné à l'idée qu'elle devait désormais le considérer de l'œil sévère dont les procureurs voient généralement les avocats de la défense, ces âmes perdues, séduites et vampirisées par les démons dont elles ont accepté les chèques d'honoraires. Mais, étant l'avocat de Rommy, Arthur n'avait guère le choix. Il n'aurait raisonnablement pu avertir Muriel de ce qu'il lui mijotait, car elle aurait exigé un délai supplémentaire pour enquêter sur les allégations d'Erdai, dans l'espoir que l'état du malade s'aggraverait au point qu'il ne puisse plus témoigner. Elle aurait même pu tenter de faire pression sur lui par l'intermédiaire du personnel de Rudyard, pour l'amener à se dédire.

Avec un mordant qui devait lui être inspiré, partiellement du moins, par sa taille et son poids plume, Muriel fit remarquer au juge Harlow que Gandolph avait épuisé toutes les possibilités que lui offrait la loi pour éviter l'exécution de la sentence de mort.

« Mrs Wynn, répliqua le juge. Vous prétendez donc que, même si la police détenait des informations susceptibles de disculper Mr Gandolph, selon la Constitution – notre Constitution, j'entends, c'est-à-dire la Constitution fédérale », précisa Harlow, sous-entendant, non sans une certaine morgue, que les institutions de l'État, elles, appliquaient l'équivalent légal de la loi de la jungle. « Que selon notre Constitution, donc, il serait à présent trop tard pour prendre de tels éléments en considération ?

— Je dis seulement que c'est la loi, riposta Muriel.

— Eh bien, même si vous aviez raison, je ne vois pas ce que vous auriez à perdre en écoutant ce que Mr Erdai s'apprête à nous dire ! » Ayant prouvé qu'il était, comme toujours, le meilleur juriste présent dans la salle, Harlow se fendit d'un sourire débonnaire. Il enjoignit à Muriel de se rasseoir et fit signe à Arthur de poursuivre.

Ce dernier commença par demander à Erno où il résidait.

« Je suis hospitalisé dans l'aile médicale de la maison d'arrêt de Rudyard.

— Pour quelle raison y êtes-vous hospitalisé ?

— Je suis atteint d'un carcinome du poumon, au stade IV, avec métastases. » Et Erno ajouta, pour le juge : « Les médecins me donnent actuellement trois mois.

— Vous m'en voyez navré, Mr Erdai », dit Harlow. Par habitude, le juge ne levait que très rarement le nez de ses notes, et même en un tel moment, il resta plongé dans ses paperasses. Arthur avait plaidé plusieurs dossiers importants devant Harlow et le juge avait toujours paru apprécier sa modestie et sa conscience professionnelle. De son côté, Arthur tenait en grande estime Harlow dont il avait étudié les décisions dans le cadre de ses études. Harlow était une autorité, mais il pouvait aussi être capricieux et imprévisible, voire soupe au lait. C'était un libéral à l'ancienne. Il avait grandi pendant la dépression et pour lui, quiconque ne partageait pas sa conception de la démocratie était un requin ou, au mieux, un ingrat. Cela faisait des années que Harlow avait engagé une véritable guerre de position contre la cour d'appel, bien plus conservatrice, déplorant les fréquentes annulations et tâchant quasi systématiquement de les contourner. Arthur comptait bien tirer parti, pour le compte de Gandolph, de cette rivalité larvée. Harlow ne faisait pas mystère des réserves que lui inspirait la nouvelle législation donnant à la cour d'appel, et non plus aux juges fédéraux de son niveau, le droit de casser les procédures successives d'*habeas corpus*, pour les prévenus passibles de la peine capitale. Ce qui fait que le juge avait immédiatement accepté, à l'instigation d'Arthur, de procéder lui-même à l'évaluation du témoignage d'Erno – parce que, par tradition, la cour d'appel serait dans l'obligation de tenir compte de son avis. Et en fait, cela permettait à Harlow de reprendre, dans une très large mesure, son pouvoir de décision sur la suite des procédures, en se prononçant sur la question de savoir s'il fallait ou non rouvrir le dossier.

« Avez-vous été déjà condamné, Mr Erdai ? demanda le juge au témoin.

— Il y a quatre ans, dans un bar, j'ai eu une dispute avec un homme sur lequel j'avais eu l'occasion d'enquêter dans le cadre de mes responsabilités professionnelles. Les choses ont dégénéré et j'ai fini par lui tirer une balle dans le dos. Il avait dégainé le premier et m'avait menacé de son arme, mais je n'aurais certainement pas dû tirer. Heureusement, il a survécu à sa blessure, mais j'ai dû plaider coupable pour voie de faits aggravée. J'ai pris dix ans. » Erno avait tiré à lui le micro, qui avait l'allure d'une grosse cosse de haricot noircie, au bout de sa tige. Sa voix était rauque et chaque phrase semblait l'épuiser. Il devait sans cesse s'interrompre pour reprendre haleine, mais il semblait calme. Comme il parlait plus lentement, sur un registre plus châtié et plus contrôlé, les traces de son accent, qui d'ordinaire rappelait vaguement celui du comte Dracula, étaient nettement plus reconnaissables que lorsqu'il s'exprimait dans son registre favori, celui de la rue.

Arthur continua à explorer le passé d'Erno, depuis son enfance en Hongrie, jusqu'à ses débuts à la Trans-National Air. Harlow prenait des notes. Avant de plonger au cœur du sujet, Arthur se tourna vers Pamela, installée à la table de la défense, pour s'assurer de n'avoir rien oublié d'essentiel. Elle lui décocha un sourire radieux et secoua la tête avec zèle. Arthur eut un petit pincement au cœur en pensant à elle. Dès sa première année d'exercice, elle expérimenterait d'emblée un triomphe tel qu'elle n'en connaîtrait peut-être plus jamais. Elle allait avoir toutes les peines du monde, par la suite, à se contenter de ce dont était fait l'ordinaire des avocats. Puis l'idée lui vint qu'il pouvait en dire tout autant de lui-même, et il posa sa question, en se délectant à l'idée de tout ce qu'elle risquait de changer dans sa vie :

« Je voudrais que vous essayiez de vous souvenir de ce qui s'est passé le 4 juillet 1991, Mr Erdai. Pourriez-vous nous dire ce que vous avez fait, dans les premières heures de cette journée ? »

Erno ajusta l'embout de son appareil respiratoire.

« J'ai tué Luisa Remardi, Augustus Leonidis et Paul Judson », déclara-t-il.

Arthur s'attendait à entendre une rumeur courir dans le prétoire, derrière lui, mais il n'y eut qu'un long silence. Harlow, qui avait au-dessus de sa tête un écran d'ordinateur sur lequel s'affichait la transcription du greffier, leva les yeux pour voir défiler les mots qu'il venait d'entendre. Puis il posa son stylo et se frotta le menton. Du fond du nid blanc que formaient ses sourcils broussailleux, son regard s'était posé sur Arthur. Le juge ne laissa rien passer de plus dans son expression, mais l'intensité même de son regard semblait refléter une certaine admiration. Faire éclater une telle bombe, l'avant-veille d'une exécution – ça, pour Harlow, c'était l'aboutissement suprême de la profession.

« Vous pouvez passer à la question suivante, Mr Raven », intima Harlow.

Il n'y en avait une qui s'imposât :

« Romeo Gandolph a-t-il participé, de près ou de loin, à ces meurtres ?

— Non, répondit Erdai.

— Se trouvait-il sur les lieux ?

— Non.

— A-t-il pris part à la préparation, ou vous a-t-il aidé en quoi que ce soit, après les faits ?

— Non.

— Vous a-t-il aidé en quoi que ce soit à dissimuler le crime ?

— Non. »

Arthur marqua une pause, pour l'effet, et la salle parut enfin se réveiller. Dans le fond du prétoire, deux des reporters s'étaient rués vers le couloir, d'où ils

pourraient utiliser leurs portables. Arthur songea un
instant à se tourner vers Muriel, pour jauger ses réactions, mais il n'en fit rien. Il aurait eu l'air de pavoiser.
Bien au contraire, il évita soigneusement de regarder
dans sa direction.

« Mr Erdai, poursuivit-il, j'aimerais vous demander
de nous raconter les événements du 4 juillet 1991, en
vos propres termes. Décrivez-nous ce qui s'est passé
ce jour-là, au restaurant le Paradise, et les circonstances
qui ont été à l'origine de ces meurtres. Prenez bien
votre temps. Dites au juge tout ce dont vous vous sou-
venez. »

Vacillant, Erno dut s'appuyer d'une main à la balustrade pour se tourner vers Harlow. Il flottait un peu
dans son costume gris, beaucoup trop chaud pour la
saison.

« Luisa Remardi travaillait à l'aéroport, commença-
t-il. Elle tenait le guichet des billets. Je n'aime pas
médire des morts, mais cette fille n'était pas toujours
très sérieuse, et j'ai commis l'erreur de m'amouracher
d'elle. Vous savez, monsieur le juge, au début, c'était
juste comme ça, pour le plaisir, mais j'ai fini par me
prendre au jeu. Et, au bout d'un certain temps, j'ai eu
des soupçons sur sa fidélité. Elle avait d'autres aventures, et ça m'a fait perdre la tête. Je dois l'avouer. »
Erno tripota son nœud de cravate pour le desserrer,
tandis que Harlow, dans son grand fauteuil de cuir,
laissait tomber ses lunettes sur son sous-main, pour
mieux concentrer son attention sur le témoin. Erno prit
une grande lampée d'air et continua :

« J'ai commencé à la surveiller et évidemment, un
soir, j'ai fini par voir ce que je soupçonnais. Ça devait

être le 3 juillet au soir. Luisa avait rendez-vous avec un type sur le parking de l'aéroport. Un coin tranquille, plutôt sombre. Et alors voyez, elle s'est fait ce type, là, comme ça, dans sa voiture. Et pour vous dire à quel point j'étais hors de moi – j'ai tout regardé jusqu'au bout. Ils se sont trémoussés une bonne quarantaine de minutes... »

Erno avait trouvé son rythme, à présent. Arthur aurait préféré ne pas l'interrompre, mais les formalités de l'interrogatoire l'exigeaient.

« Pourriez-vous identifier l'homme qui était avec Mrs Remardi ?

— Aucune idée. Je me fichais totalement de savoir qui c'était. Tout ce que je voyais, moi, c'était qu'elle était en train de se faire calcer sous mon nez, par un autre lascar... » Il y eut quelques gloussements dans la salle et Erno jeta un bref regard vers Harlow. « Euh, désolé, monsieur le juge... »

Harlow, qui était connu pour faire parfois preuve, en privé, d'une certaine verdeur, balaya d'un geste la remarque scabreuse.

« Enfin, passons. Au bout d'un certain temps, elle a dû finir par en avoir son compte, parce que le type est parti et elle a démarré. Je l'ai suivie. Elle est allée chez Gus. Au Paradise. Je l'ai rejointe là-bas et je lui ai fait une scène. Je ne vous fais pas un dessin – je l'ai traitée de tous les noms, et elle a répliqué sur le même ton, disant que je n'étais pas son propriétaire et qu'en plus, j'étais un homme marié. Qu'elle ne voyait pas pourquoi on aurait fait deux poids deux mesures pour elle et pour moi. Vous voyez ça d'ici... » Erno secoua la tête et inclina son front pâle vers la rambarde de noyer, plongé dans de sombres souvenirs.

« Évidemment, Gus a fini par nous entendre. Il avait dû donner congé à ses employés – pour le 4 Juillet, je suppose. Toujours est-il qu'il était seul. Il est arrivé et il m'a dit de sortir. Je lui ai répondu d'aller se faire voir, et j'ai attrapé Luisa par le bras pour l'entraîner hors du box où elle s'était installée. Mais elle s'est mise à se débattre, en criant de plus belle, quand tout à coup, j'ai vu Gus revenir à la charge, mais cette fois, avec un revolver au poing. Vous savez, j'avais une certaine expérience des armes. Je connaissais l'endroit, et je connaissais Gus. Il n'était pas du genre à tirer sur qui que ce soit – et c'est ce que je lui ai dit. Mais à ce moment-là, Luisa a bondi de derrière sa table, et a attrapé le revolver. "Lui peut-être, qu'elle a fait, mais moi, si !"

« Et elle avait l'air prête à tirer. Alors j'ai plongé vers le revolver, en essayant de le lui arracher des mains. Et boum ! Le coup est parti, comme dans les films. Bien sûr, quand Gus est arrivé avec son arme, j'ai tout de suite regardé si le cran de sécurité était mis. Mais il a dû se déclencher dans la mêlée. Enfin, quoi qu'il en soit, j'ai vu que Luisa était touchée. Elle avait un gros trou, juste à la taille. Ça faisait de la fumée. Elle a regardé ça, l'air de dire, "Mince, qu'est-ce qui m'arrive ?" Et toute cette fumée... Et la tache de sang qui s'élargissait à vue d'œil.

« Gus a couru vers le téléphone pour appeler l'ambulance, mais je lui ai dit : "Attends ! – Attendre ? Attendre quoi ? Qu'elle soit morte ?" Moi, ce que je voulais, c'était juste une minute, le temps de réfléchir un peu, monsieur le juge. J'avais besoin de faire le point. Parce que je commençais à entrevoir ce qui me pendait au nez. Vingt ans que je travaillais pour cette compagnie aérienne, et à peine il aurait décroché son téléphone que j'étais cuit. Bye-bye le job ! Je voyais déjà les titres dans les journaux : "UN CADRE DE LA TRANS-NATIONAL ABAT UNE DE SES EMPLOYÉES" – "LE CHEF DE LA SÉCURITÉ IMPLIQUÉ DANS UNE FUSILLADE."

« Et ça risquait d'être encore pire, parce que je n'en étais pas à mon premier incident. Il suffisait que je tombe sur le mauvais procureur, et je risquais bien de finir en taule.

« Alors, j'avais besoin d'une minute de réflexion. Une minute, pas plus, pour décider de la meilleure conduite à tenir, pour y voir plus clair et retrouver un peu de calme. Même trente secondes, ça m'aurait suffi. Mais Gus était dans tous ses états. Une fusillade, dans son restaurant – et avec son arme, en plus ! Je lui ai répété "Attends !", mais il a continué son chemin et il a décroché. Et moi, j'étais complètement déboussolé. Je n'avais plus ma tête. Tout ce que je voulais, c'était reprendre le contrôle de la situation. Je lui ai crié d'arrêter, mais il faisait la sourde oreille. Il a composé le numéro, et j'ai tiré. J'ai mis dans le mille. En plein dans le mille, répéta Erno, dans un gémissement. À l'arrière de la tête.

« Après ça, je suis retourné vers le box. Luisa n'allait pas bien du tout. Elle pissait littéralement le sang, et j'ai tout de suite compris que pour elle, le compte était bon. Mais qu'est-ce que j'y pouvais ? Au moins, à présent, j'avais le temps de réfléchir et la seule solution qui s'offrait à moi, c'était d'essayer de m'en tirer le mieux possible. Le mal était déjà fait – ça, je ne pouvais plus rien y changer. Le seul truc qu'il me restait à faire, c'était d'éviter de me faire choper, si possible.

« Alors j'ai imaginé de maquiller les faits, de faire croire à un casse, un vol à main armée qui aurait mal tourné. Je retourne au comptoir, et je prends tout l'argent de la caisse. Je pique la montre et les bagues de Gus. J'essuie la table où Luisa s'était installée, pour enlever toutes les empreintes. Et là, à un moment, purée ! Il m'a semblé voir quelque chose bouger dans un miroir, à l'autre bout de la salle. Je n'aurais pas juré que je n'avais pas rêvé, mais je me suis dit que finalement, il devait y avoir quelqu'un d'autre quand je suis arrivé. J'ai pensé qu'il valait mieux m'en assurer, et en y regardant de plus près, j'ai trouvé ce type, caché sous une table. Un client. Un simple quidam, comme moi. En costume cravate. Jusque-là, il n'avait pas pu prendre le large parce que je m'étais toujours trouvé entre lui et la porte. C'est pour ça que l'idée lui était venue de se planquer. Mais ça n'avait pas marché. Je l'avais vu.

« Je l'ai fait sortir de là-dessous. Il bredouillait, répétant le genre de trucs que j'aurais dits, à sa place : "Ne me tuez pas. Je ne dirai rien..." Il a même sorti son portefeuille pour me montrer les photos de sa femme et de ses gosses – il avait dû voir ça à la télé. Et je lui ai dit la vérité : "J'ai pas l'intention de te descendre, mon pote. J'ai pas la moindre envie de te tuer." Je lui ai dit de transporter Gus au sous-sol, dans la chambre froide, et comme Luisa était morte, entre-temps, je lui ai dit de faire pareil pour elle. Et puis je l'ai ligoté, ce pauvre Paul Judson – il me semble que c'était son nom, c'est du moins ce que j'ai lu dans les journaux. Et pendant tout ce temps, je me suis creusé la tête pour savoir comment je pourrais l'épargner. J'ai même pensé à lui crever les yeux, vous voyez. Mais, Seigneur, l'attaquer avec une fourchette, ou je ne sais quoi – c'était pire que de presser la détente.

« Je n'étais même pas sûr d'être capable de le tuer comme ça, de sang-froid. Vous voyez, je m'emporte facilement et dans le feu de l'action, un coup malheureux peut partir, comme avec Gus. Mais descendre un homme froidement, juste parce que c'était lui ou moi... ?

« Dans mon enfance, en Hongrie, mon père a été tué parce que les voisins l'avaient dénoncé à la police secrète et j'ai retenu la leçon. Depuis, je n'ai jamais beaucoup compté sur les gens, en dehors de ma famille. Ma devise, c'était, genre : "Fais ce que t'as à faire, sans t'occuper du reste." Mais je ne me rendais pas compte que ça pouvait aller jusque-là – parce que j'ai bel et bien fini par le tuer, d'une balle dans la nuque. À la façon dont il s'est affalé par terre, comme une masse, j'ai su qu'il était déjà mort avant même d'avoir fini de s'écrouler. Ensuite, j'ai pris les bijoux de Luisa et j'ai un peu arrangé ses vêtements, à cause du rendez-vous dans le parking. Je ne savais pas trop ce que ça pourrait donner à l'autopsie. »

Il marqua une nouvelle pause pour reprendre souffle. Un silence de mort, seulement troublé par le sifflement de la bonbonne d'oxygène, s'était abattu sur la salle. Arthur, qui était le seul dans l'assistance à s'être trouvé debout, eut le sentiment que personne d'autre n'aurait eu l'énergie de se hisser sur ses pieds. Sur tous les visages, la stupeur le disputait à l'horreur – sans doute inspirée par cette terrible tendance qu'a le mal à précipiter les catastrophes en cascade, ou par l'incongruité qu'il y avait à entendre cet homme assis là, devant eux, utiliser des mots si ordinaires, pour décrire et nommer des actes qui échappaient à toutes nos normes. Mais l'étaient-ils tellement, hors normes ? Qui aurait pu jurer qu'il aurait agi différemment, à la place d'Erno ? Toute l'assistance semblait suspendue aux lèvres du témoin.

« Pendant tout le temps que j'ai passé dans le restaurant, j'étais comme un zombie, poursuivit-il. Mais après coup, les jours et les semaines suivants, j'étais complètement déboussolé. Je n'arrivais plus à penser. Quand je croisais des pauvres types, dans la rue – vous voyez, les clochards, ou les mômes des gangs, ou ces dingues échappés des asiles qui marchent en parlant tout seuls – bref, tous ces pauvres types qu'on a tendance à mépriser – je me disais que pas un n'avait sur la conscience la moitié de ce que j'avais fait. Que j'étais vraiment le dernier des derniers. Je n'attendais plus que de me faire épingler. Je m'étais plus ou moins préparé à recevoir les flics, quand ils viendraient frapper à ma porte. Mais je devais avoir bien fait les choses, parce qu'ils sillonnaient toute la ville de long en large, mais n'arrivaient qu'à se marcher sur les pieds. »

Comme Erno prenait une autre pause, Arthur laissa courir son regard dans le prétoire pour voir comment le message passait. Pamela avait aspiré ses lèvres et retenait son souffle, comme par crainte de perturber le rythme parfait du récit d'Erno. Arthur lui décocha un clin d'œil puis, pour la première fois, il eut l'audace de regarder vers la table des procureurs, d'abord en direction de Larry Starczek, qu'il n'avait pas vu depuis des années. Il avait pensé à demander son exclusion, puisque Erno allait devoir parler de lui dans sa déposition, mais à la dernière minute, Arthur avait jugé que le témoignage d'Erdai serait plus fort s'il accusait Starczek en sa présence, et en le regardant dans le blanc de l'œil. Et à présent, il s'en félicitait : l'attitude de Larry n'avait rien pour plaire au juge. Depuis quelques minutes, il semblait se retenir de pouffer de rire, comme s'il venait d'entendre la meilleure histoire drôle de l'année.

À ses côtés, Muriel Wynn était nettement plus pensive. Tandis qu'elle achevait de prendre quelques notes, son regard croisa celui d'Arthur. Il s'attendait à la trouver dans une rage noire. Elle devait avoir eu tôt fait de comprendre qu'Arthur avait mis à profit sa vulnérabilité de future candidate : condamner et faire exécuter un innocent n'est pas précisément le genre d'exploit que les électeurs attendent d'un candidat auquel ils se préparent à confier le poste de procureur du comté. Arthur espérait déclencher un tollé général qui forcerait Muriel à expédier l'affaire au plus vite, pour se soustraire au collimateur de la presse. Mais c'était mal la connaître. Elle adorait ce genre de défi. Elle eut un imperceptible signe de tête dans sa direction, comme pour lui dire : « Pas mal, voyons la suite ! » Non pas qu'elle ait cru un mot du témoignage d'Erno – pas le premier. Mais, de juriste à juriste, elle s'inclinait devant le courage et l'habileté d'Arthur. Ce dernier lui retourna son signe de tête avec, espéra-t-il, tout le respect qui s'imposait, avant de revenir à son témoin.

« Mr Erdai, je ne vous ai pas encore demandé si vous fréquentiez Romeo Gandolph, à cette époque – en juillet 1991.

— Fréquenter, ce serait beaucoup dire. Disons plutôt que je le connaissais.

— À quel titre ?

— Au titre d'emmerdeur patenté. »

Une vague de rire d'une ampleur inattendue salua cette repartie. Harlow lui-même pouffa, du haut de son estrade. Ce moment de détente avait apparemment été le bienvenu pour tout le monde.

« Squirrel, Rommy – appelons-le comme vous voudrez. C'était un genre de SDF. En hiver, il venait traîner du côté de l'aéroport de DuSable pour se mettre à l'abri et dès qu'il arrivait quelque part, comme par enchantement, les choses s'évaporaient. On avait plutôt tendance à le faire déguerpir, mes gars et moi, si vous voyez ce que je veux dire. C'était devenu une habitude. Voilà comment et pourquoi je le connaissais.

— Savez-vous comment Romeo Gandolph a été accusé de ces meurtres ?

— Ça, oui, je le sais.

— Je vous prie de raconter à la cour, en vos propres termes, ce qui s'est produit.

— Ce qui s'est produit, répéta Erno avant d'inhaler une bouffée d'oxygène, eh bien, c'est exactement comme m'a dit l'aumônier, à Rudyard : ça n'est pas tout à fait comme si je n'avais aucune conscience. Et j'ai surtout un neveu. Collins. Collins Farwell. Depuis toujours, j'essaie de l'aider. Je n'ai jamais cessé.

Depuis qu'il est au monde, je me fais du mauvais sang pour lui – et il me donne matière à m'en faire, vous pouvez me croire.

« En un mot comme en cent, Collins s'est fait arrêter quelques mois après que j'ai tué ces gens. Trafic de stupéfiants. Triple X. Prison à perpétuité. Et vous voyez, ça m'a longtemps travaillé. J'étais là, moi, tranquille – moi, un salaud d'assassin, et personne ne venait me chercher noise, alors que lui, il allait plonger jusqu'à sa mort, pour avoir vendu des produits illicites à des acheteurs consentants. Je ne sais pas, mais ça me travaillait.

« Et en même temps, dans un coin de ma tête, je me disais que je ne serais jamais vraiment tranquille tant que quelqu'un n'aurait pas été épinglé pour les meurtres. En y réfléchissant, c'était idiot, parce que de toute façon, ça m'aurait travaillé. Mais sur le moment, je me suis dit que, si j'arrivais à mettre ça sur le dos de quelqu'un d'autre, je ne m'en porterais que mieux, et que ça pourrait rendre service à Collins. Parce que, pour avoir une chance d'en réchapper, il devait balancer quelque chose aux procureurs. »

Une autre question s'imposait : « Pourquoi Rommy ? lui demanda Arthur.

— Eh bien, si vous voulez la vérité, c'était parce que je savais que je pourrais lui mettre ça sur le dos. Vous voyez, tout est parti du camée – ce médaillon qu'ils ont retrouvé sur Squirrel. Il appartenait à Luisa et je savais que Squirrel l'avait.

— Squirrel, c'est Rommy ?

— C'est comme ça qu'on l'appelait.

— Pourriez-vous nous expliquer comment vous avez appris que ce camée était en sa possession ?

— Je pourrais, oui, mais ça risque d'être long. Une semaine ou deux avant la mort de Luisa – il se redressa pour se reprendre – avant que je ne la tue, je la surveillais presque constamment. Je ne la quittais pas de l'œil. Un matin, je suis arrivé tôt, à l'heure où elle abandonnait son guichet, et elle a commencé à me faire une scène, pour tous ces voleurs que je laissais traîner dans l'aéroport. Elle avait enlevé son médaillon, parce qu'il s'était pris dans le fil du téléphone, et elle a eu à peine le temps de le poser sur le comptoir et de tourner le dos une seconde, que Squirrel le lui a piqué. Elle l'a vu se carapater à toute vitesse, et plus de camée. Alors elle est venue se plaindre à moi, parce que le bijou était dans sa famille depuis deux siècles.

« Mais moi, qu'est-ce que j'y pouvais, hein ? J'ai tâché de remettre la main sur Squirrel. Ça m'a pris une journée entière, mais j'ai fini par le retrouver dans un boui-boui du North End. Évidemment, il m'a juré qu'il n'était au courant de rien, mais je lui ai dit : "Écoute un peu, tête de chou-fleur ! Ce bijou a beaucoup plus de valeur aux yeux de cette dame que pour n'importe quel loquedu à qui tu pourrais le vendre. Rends-le-lui, et tu le regretteras pas. On ne te posera aucune question, et tu seras dédommagé."

« Évidemment, après la mort de Luisa, j'avais totalement oublié l'histoire du camée – sauf quand j'ai lu dans les journaux que la police l'avait cité dans la liste des objets volés sur les lieux du crime. Mais ça, j'étais bien placé pour savoir que c'était une erreur ! Je me suis dit que Luisa avait préféré ne pas parler à sa mère de la disparition du trésor de famille. Vous savez, y a tout un tas d'histoires que les flics croient dur comme fer, et qui sont en fait montées de toutes pièces – mais ça, c'est un autre sujet ! » Erno glissa un coup d'œil appuyé en direction de Larry, puis tendit la main vers son tuyau d'oxygène. La fatigue commençait à se faire sentir.

« Alors – ça devait être vers la fin septembre – je suis tombé sur Squirrel à l'aéroport. Je ne crois pas qu'il ait jamais su mon nom, mais il se souvenait très bien de moi et de ma promesse. "Je l'ai toujours, ton truc !" qu'il me dit, en sortant le camée de sa poche, comme ça, là, dans le terminal. J'ai cru que mon cœur allait me défoncer la poitrine et me tomber dans les chaussettes – vous imaginez, ce bijou dont toute la presse avait parlé. Je ne voulais pas m'en approcher à moins d'un kilomètre. Je lui ai dit que j'allais voir, pour son argent, et j'ai filé ventre à terre, plus vite que s'il avait eu la peste noire.

« Mais le soir même, j'y ai repensé à tête reposée. J'avais eu tort de me défiler comme ça. Ça aurait pu me trahir. J'aurais mieux fait de le faire arrêter et coffrer, comme s'il avait été le coupable. L'idée me plaisait, et j'ai commencé comme qui dirait à mener mon enquête. J'en ai donc touché mot à mes potes flics, en leur disant que j'avais un œil sur Squirrel à cause du boxon qu'il foutait à l'aéroport. Et un beau jour, j'ai appris que lui aussi avait eu maille à partir avec Gus. Alors, je me suis mis à penser de plus en plus sérieusement à lui faire porter le chapeau. Je l'aurais peut-être pas fait, si Collins n'avait pas plongé – mais avec mon neveu sous les verrous, Rommy m'est apparu comme *la* solution.

« Du point de vue de Collins, Squirrel était le vrai coupable. Je lui ai laissé entendre que j'avais rassemblé des informations intéressantes sur Rommy, et je lui ai dit que je lui laisserais le soin d'arranger un peu l'histoire et de la vendre aux flics, pour qu'ils le fassent sortir du trou. Je lui ai promis de lui envoyer le flic *ad hoc* – il ne lui restait plus qu'à tirer son épingle du jeu. J'étais assez réticent sur la possibilité de témoigner, parce que je n'étais pas sûr que Collins tiendrait la route, dans le box des témoins. Alors je me suis contenté d'attendre une bonne occasion pour mettre un inspecteur sur le coup, et ça a été la visite de Larry Starczek, qui est passé dans mon bureau, à l'aéroport, quelques jours plus tard. »

La main d'Erno s'éleva en direction de Larry qui, confronté à cette impitoyable analyse de la manière dont il s'était fait rouler, semblait finalement disposé à prendre cette possibilité en considération.

« Le reste, vous connaissez », lança Erno.

Le brouhaha s'éleva à nouveau, tandis qu'Arthur relisait ses notes. Il allait enchaîner sur les lettres qu'Erno avait envoyées à Larry et au juge Sullivan, mais le témoin leva une main qui tremblait légèrement.

« Puis-je ajouter quelque chose, monsieur le juge ? » Il toussa encore, un son rauque qui déchira l'air du prétoire. « Ça ne fera peut-être pas grande différence, mais je tiens à ce que vous le sachiez, parce que à mes yeux, c'est un point essentiel. Mon neveu – il s'est finalement pris cinq ans. En échange du tuyau, contre Squirrel. Mais maintenant, il est sorti, et il a changé. Il a rencontré Jésus, ce qui a fait une grande différence dans sa vie. Il a une famille, une femme et deux petites. Il a monté une entreprise. Je lui ai donné une chance – bien plus d'une, évidemment, mais il a tout de même fini par la saisir. Alors, malgré tout ce gâchis dont je suis responsable, je crois qu'il y a quand même quelque chose qui parle en ma faveur. Et ça, je l'ai toujours à l'esprit. J'arrête pas d'y penser. »

Harlow écouta cette dernière remarque comme le reste, en toute neutralité, avec une gravité contemplative. Arthur savait qu'il faudrait des heures pour que le juge lui-même parvienne à se frayer un chemin dans cet écheveau d'événements. Mais Harlow avait déjà une question. Il se tourna d'abord vers Muriel, pour lui demander si elle autorisait la cour à poser quelques questions au témoin. Elle répliqua qu'elle-même en avait quelques-unes, mais qu'elle laisserait avec grand plaisir le juge ouvrir le feu – c'était le genre de ronds de jambe juridiques que Harlow affectionnait. Il appliquait l'étiquette à la lettre et, sous sa houlette, elle confinait au grand art. Il remercia Muriel d'un sourire, avant de revenir au témoin.

« Avant que vous ne quittiez cette salle, Mr Raven, j'aimerais m'assurer que j'ai bien compris le sens du témoignage de Mr Erdai. Si je vous ai bien suivi, monsieur, vous espériez faire condamner Romeo Gandolph à votre place – c'est bien cela ?

— C'est exactement ça, j'en ai bien peur, monsieur le juge, répondit Erno. Enfin, c'était un coup de dés. Mais j'étais prêt à tenter l'impossible, pour mon neveu. Évidemment, c'était sans garantie. Parce que j'avais assez l'expérience de ce genre de tractations pour

savoir que Collins n'obtiendrait rien de concret, si
Rommy ne plongeait pas.

— C'était justement la question que je me posais :
vous comptiez faire inculper Gandolph en disant à
votre neveu de mettre la police sur la piste du camée,
qui se trouvait alors en sa possession – n'est-ce pas ?
Mais ça me paraît léger, comme accusation. Imaginez
que Gandolph ait eu un alibi ? Ou qu'il ait pu expliquer
comment il avait eu le camée ?

— Ça aurait pu se produire, évidemment. Mais je
n'aurais jamais confirmé sa version, pour le vol du
camée. Et n'oubliez pas son passé de bisbille avec Gus.
En fait, j'avais plus ou moins prévu la façon dont les
choses se passeraient...

— Et quelles étaient vos prévisions ?

— Eh bien, j'étais à peu près sûr d'apprendre, tôt
ou tard, que Rommy était passé aux aveux.

— Pour un crime qu'il n'avait pas commis ?

— Eh bien, monsieur le juge... » Erno s'interrompit
à nouveau. L'essoufflement lui soulevait la poitrine et
les épaules. Il lui vint cependant un pâle sourire.
« Voyez-vous, Votre Honneur – je connais la musique.
Vous avez d'un côté un triple meurtre, et de l'autre,
une espèce de petite crapule qui se trouve en possession d'un bijou appartenant à l'une des victimes et qui
a, en plus, un mobile idéal pour tuer l'une des deux
autres... Vous voyez où je veux en venir, monsieur le
juge, fit Erno en levant vers Harlow son visage las. Les
flics ne sont pas des enfants de chœur ! »

16.

Retour au tribunal

Le 12 juin 2001

Le vénérable édifice du palais de justice fédéral, une structure à trois ailes dont la façade s'ornait d'un portique de colonnes corinthiennes, avait fait partie du plan initial du centre-ville de DuSable. C'était le centre optique d'une vaste esplanade que l'on avait baptisée Federal Square. Comme Gillian hâtait le pas le long des allées pavées de granit, une bande de pigeons s'envola sur son passage, comme à regret, et le souffle tiède qu'exhalait une bouche de métro fit s'épanouir sa jupe. Comme c'était généralement la règle pour la plupart des moyens de transport publics de Kindle County, son bus était en retard.

Elle avait reçu un coup de fil d'Arthur, deux jours plus tôt. Multipliant les excuses, à son habitude, il lui avait annoncé qu'ils s'étaient avisés, lui et sa jeune collègue, qu'il aurait été préférable, si possible, que Gillian se présente à l'audience – au cas où il aurait eu besoin d'elle, par exemple, pour authentifier la lettre qu'Erno lui avait envoyée, ou pour confirmer qu'elle l'avait bien reçue fin mars, avant même qu'Arthur ait été désigné pour défendre Gandolph – nomination qui aurait pu inspirer à Erdai l'envie d'échafauder un scénario. Un tel surcroît de précautions avait quelque chose d'un peu compulsif, de la part d'Arthur, mais elle avait accepté de répondre à sa citation à comparaître avec moins de réticence qu'elle ne l'aurait cru.

Comme elle s'engageait dans le superbe escalier central du tribunal, une délicate spirale de marbre blanc, elle s'efforça, mais en pure perte, de chasser de son esprit le souvenir du jour où elle l'avait gravi pour la dernière fois. C'était le 6 mars 1995. Tous les procès intentés aux autres avocats et juges corrompus contre qui elle aurait pu témoigner furent conclus sans son concours. Sa mission auprès de l'administration fédérale était donc achevée. Plusieurs jeunes procureurs adjoints vinrent témoigner en sa faveur, attestant qu'elle avait cessé de boire et qu'elle avait coopéré de bonne foi avec la justice. Son avocat avait fait appel à l'indulgence de la cour. Mais Moira Winchell, le juge principal qui avait précédé Kenton Harlow à ce poste – un iceberg doublé d'un dragon de vertu, que l'on comparait souvent à Gillian elle-même –, était sous le choc. L'affaire l'avait horrifiée. Elle avait condamné Gillian à soixante-douze mois de prison ferme. Six ans – soit au moins un an, voire deux, de plus que ce qu'elle escomptait, d'après les critères de verdict en vigueur dans les tribunaux fédéraux, et compte tenu de l'aide qu'elle avait apportée au ministère public. Mais Gillian avait elle-même prononcé des milliers de sentences, sans avoir l'absolue certitude d'en avoir parfaitement soupesé tous les facteurs. À sa grande surprise

– et sur ce point, elle n'était toujours pas revenue de son étonnement – elle avait ressenti le besoin de dire deux mots au juge, lorsque Winchell avait scellé son sort. « Je comprends », lui avait-elle dit.

Arrivée au dernier étage, elle jeta un bref coup d'œil par la petite fenêtre de la porte battante capitonnée de cuir qui donnait dans la grande salle d'audience du juge principal. À l'intérieur, elle aperçut Erdai, agrippé à la balustrade du box. Il avait un appareil respiratoire dans les narines. Perché sur son estrade qui, entourée de tous ces marbres et de toutes ces colonnades, évoquait irrésistiblement celle des fonts baptismaux, Kenton Harlow avait posé l'index le long de l'arrête de son grand nez, et fixait Erdai d'un œil attentif. Sa première impulsion, qu'elle réprima aussitôt, fut de pousser la porte et d'aller s'asseoir dans l'assistance. Mais ce n'était pas la place d'un témoin potentiel, en général – et sûrement pas la sienne, en particulier. Le voyage qu'elle avait fait à Rudyard en compagnie d'Arthur lui avait valu plusieurs mauvaises nuits, agitées de rêves orageux, à la suite desquels, comme elle l'avait confié à Duffy le matin même en quittant la maison, elle s'était découvert un intérêt croissant pour ce que s'apprêtait à dévoiler Erno, et pour l'impact qu'auraient ces révélations dans la ville, et donc pour elle.

Elle patienta pendant près d'une heure dans la petite salle réservée aux témoins, qui se trouvait de l'autre côté du hall de marbre. Elle se plongea dans Thucydide, jusqu'à ce qu'une soudaine rumeur provenant du couloir lui indique que la séance avait pris fin. Le cœur battant, elle se leva pour vérifier sa tenue, par habitude, dans le petit miroir accroché au mur. Elle ajusta les épaules de son tailleur sombre, et recentra les grosses perles de son collier tour de cou. Arthur arriva dix minutes plus tard, l'air plus sérieux et plus pénétré que jamais ; mais elle sentit cette fois en lui une sorte de rayonnement dont elle ne put s'empêcher d'être jalouse. Arthur triomphait.

Il commença par s'excuser. Muriel venait de faire sa grande scène, prétendant qu'elle avait été victime d'une embuscade. Elle avait demandé au juge Harlow vingt-quatre heures de délai pour préparer son contre-interrogatoire.

« Je sens que vous allez me dire de revenir demain..., soupira Gillian.

— J'en ai peur. Je veux bien demander à Muriel si elle tient à avoir votre témoignage, mais en toute sincé-rité, je doute qu'elle accepte de me dévoiler un tant soit peu ses batteries, pour le moment. C'est de bonne guerre... »

Œil pour œil. Gillian ne s'en souvenait que trop bien.

« Je peux vous faire établir une autre citation à comparaître, pour votre travail, si vous avez besoin de vous faire excuser.

— Non, merci. Mon patron est un homme compré-hensif. »

Ralph Podolski, le chef de l'entreprise qui l'avait engagée, était le frère cadet de Lowell Podolski, l'un des avocats condamnés pour ce même scandale qui avait entraîné la perte de Gillian. Ralph n'avait jamais fait la moindre allusion à son lien de parenté avec Lowell, jusqu'au matin où elle avait pris son poste au magasin – et depuis, il n'en avait plus été question.

Elle récupéra son sac. Arthur lui proposa de lui montrer un chemin plus discret vers la sortie, de façon à éviter les journalistes qui, selon lui, avaient pour l'instant fort à faire, occupés qu'ils étaient à tirer sur Muriel à boulets rouges. Dans l'ascenseur, elle lui demanda ce qu'il avait pensé du témoignage d'Erdai.

« Extraordinaire ! s'exclama Arthur.

— Il s'en est bien sorti ?

— Je crois que oui.

— Vous avez l'air de marcher sur un nuage.

— Moi ? » L'idée parut le prendre de court. « J'ai plutôt l'impression inverse. C'est comme si je ployais sous un fardeau. Quand votre client finit par se faire exécuter, à cause de vos erreurs, ce n'est pas un échec comme un autre. Je n'arrive plus à penser à autre chose. Vous savez, ça fait des années que je suis dans la profession et d'habitude, je ferraille pour une poignée de dollars – des affaires commerciales, des grandes firmes qui se rejettent mutuellement la responsabilité des contrats qui ont foiré. En général, j'apprécie mes clients, et je veux leur faire gagner leur procès. Mais les enjeux ne sont jamais que financiers ou commerciaux. Ici, si j'échoue, ce sera comme si l'univers entier se trouvait plongé dans les ténèbres. »

La porte de l'ascenseur s'ouvrit. Contournant la cabine, Arthur lui montra par-derrière un passage qu'elle n'aurait jamais trouvé seule, et l'accompagna jusqu'à la rue. Lui non plus ne tenait pas à se faire épingler par les journalistes. Il avait donné rendez-vous dans son bureau aux deux principales chaînes télé, à qui il avait accepté de réserver sa première interview. Environ trois pâtés de maisons séparaient le tribunal des magasins Morton, qui se trouvaient sur le chemin de l'immeuble IBM, où était sis le cabinet d'Arthur. Il partit à pied avec elle.

« Quel effet Erno a-t-il fait sur le juge ? s'enquit-elle. Vous avez pu vous en faire une idée ?

— Je pense qu'il l'a cru. On avait presque le sentiment que Harlow n'avait pas le choix.

— Pas le choix ?

— C'était comme quelque chose qui se serait imposé à toute la salle d'audience, expliqua Arthur. Son chagrin. À aucun moment, Erno ne s'est apitoyé sur son propre sort. Il ne demandait à personne de le plaindre parce qu'il avait ces meurtres sur la conscience. Mais chacun de ses mots valait son pesant de chagrin.

— Le chagrin, oui », fit Gillian. C'était peut-être pour cela qu'elle aurait voulu assister à l'audience. C'était la période d'accalmie d'avant le grand rush du soir et les trottoirs n'étaient pas encore trop encombrés. Ils firent donc une agréable promenade, sous un soleil éblouissant, passant alternativement de la lumière aux bandes d'ombre que projetaient les gratte-ciel de Grand Avenue. Gillian avait sorti des lunettes noires de son sac. Le regard que lui jeta Arthur ne lui échappa pas.

« Mais ça n'a rien à voir avec vous, lui dit-il. Votre affaire à vous, ça n'était pas un meurtre.

— Oui, voilà au moins une chose qui parle en ma faveur.

— Mais vous avez payé le prix fort.

— La vérité, et c'est une vérité terrible... » commença-t-elle, sentant bien qu'elle s'apprêtait à prendre avec Arthur une voie dans laquelle elle avait toujours refusé de s'engager avec quiconque. Mais face à un Arthur Raven, il était inutile de tenter de s'en tirer par une pirouette : ni la subtilité, ni le flou artistique n'avaient la moindre prise sur lui. Il pleurait quand il était triste, et riait le reste du temps, comme un gosse. Il était pur, direct, d'une seule pièce, tout comme sa bonté. Le côtoyer exigeait d'avoir le même genre de réaction non protégée – ce qui était loin d'être simple, pour elle. Lors de leur visite à Rudyard, elle avait été surprise de constater à quel point certaines émotions lui semblaient accessibles, en sa compagnie, et en particulier cet insondable chagrin qui la tenaillait. Mais à présent, la parfaite honnêteté d'Arthur n'était plus à prouver.

« En toute sincérité ce n'est pas ce que je regrette le plus, Arthur. Je sais que vous allez le prendre mal, et je ne vous en voudrai pas une seconde, mais je suis convaincue que l'argent n'a jamais influé sur mes décisions, dans tous ces procès. Évidemment, personne ne pourra jamais en être sûr à cent pour cent, et c'est bien pour cela que ce que j'ai fait était si insidieux. Voyez-vous, c'était un véritable système. Une sorte de taxe, disons. Les avocats ramassaient de véritables fortunes, et les juges s'estimaient fondés à prélever leur part de cette manne. À aucun moment, je n'ai eu conscience de faire indûment pencher la balance dans un procès, non pas parce que je serais au-dessus d'une telle faute, mais tout simplement parce que personne ne me l'a jamais demandé. Aucun d'entre nous n'aurait pris le risque d'éveiller de tels soupçons. J'ai honte de l'état dans lequel j'étais durant toutes ces années, et de l'énorme abus de confiance que j'ai commis. Mais vous avez raison : quelques années de prison, ça me paraît une juste expiation, pour ce genre de choses. Non, ce qui me ronge, c'est le gâchis.

— Le gâchis ?

— Avoir eu en main tant d'atouts, pour faire quelque chose de ma vie, et de les avoir gâchés.

— Écoutez, Gillian, vous avez le temps de tout reconstruire. Votre nouvelle vie commencera à la seconde même où vous le déciderez. Mais vous avez toujours vécu à votre propre rythme, selon votre propre horloge. »

Elle éclata de rire. Elle ne se reconnaissait que trop bien dans ce portrait. Elle habitait un univers parallèle à celui du commun des mortels. Son monde à elle pulsait à une cadence légèrement supérieure. Comme le suggérait Arthur, le temps de Gillian s'écoulait un poil plus vite. Elle avait terminé son premier cycle universitaire à dix-neuf ans, elle avait travaillé un an pour financer ses études de droit et était sortie diplômée de Harvard à vingt-trois ans, avant de revenir à Kindle County – mais en un sens, elle n'en était jamais partie, puisque durant ces trois années, elle avait vécu chez des cousins de son père qui habitaient Cambridge. Elle aurait pu viser Wall Street, Washington, voire Hollywood. Mais pour une fille de flic, il n'existait pas de destination plus brillante que le service du procureur de Kindle County.

Dans tout cela, l'élément déterminant avait été sa volonté. Au fil des années, elle se considérait comme une existentialiste : se fixer un projet, de façon plus ou moins arbitraire, et le porter à son terme. Elle était effrayée de constater à quel point la volonté était passée de mode, actuellement. Aujourd'hui, ses concitoyens baissaient les bras. Ils se voyaient comme une sorte de trottoir d'asphalte mou, irrémédiablement nivelé par le rouleau compresseur de leur petite enfance. Mais peut-être cela valait-il mieux ainsi. Dans son cas, lorsqu'elle était devenue toxicomane, elle s'était mise à porter aux nues la volonté, au point de se voir comme un personnage nietzschéen, un genre de Napoléon en jupons, assez audacieuse pour fouler aux pieds toutes les conventions. Ce n'est que des années plus tard, dans sa cellule, qu'elle avait enfin compris : à la source du mépris que lui inspirait la morale petite-bourgeoise, gisait la peur. La crainte de ce qu'elle aurait vu, si elle avait tenté de se juger elle-même, en toute rigueur, à l'aune des critères communément admis.

« Les gens passent par toutes sortes de catastrophes, Gillian. J'ai des parents qui ont survécu des années à Dachau, et ils ont surmonté tout ça. Ils ont émigré. Ils ont vendu des produits d'entretien pour les fenêtres. Ils ont pris leur carte au club de bowling. Ils ont regardé grandir leurs petits-enfants. Vous voyez – la vie continue !

— Mais dans mon cas, il ne s'agit pas de je ne sais quel séisme, naturel ou déclenché par la bêtise humaine, auquel j'aurais dû survivre. Moi, j'ai toujours été mon propre ennemi.

— Vous avez été jugée, condamnée, et vous avez payé. Et, nom d'un chien, pourquoi y revenir sans cesse ? Vous continuez à vous punir vous-même ! Vous tenez à revivre tout ce merdier psychologique dans lequel a commencé votre vie, *ad nauseam*. Tournez la page maintenant. Vous êtes une autre femme !

— Vous croyez ? » Et ça, elle comprenait que c'était un problème à élucider d'urgence.

« Bien sûr. Vous avez cessé de boire. Lors de notre premier rendez-vous, j'étais terrifié à l'idée que vous puissiez venir avec un coup dans l'aile. Mais pas du tout. Vous ne buvez plus. Ne perdez pas courage ! Allez de l'avant, que diable ! Repartez d'un bon pied. Il ne se passe pas de semaine sans que je tombe, en ouvrant mon journal, sur le nom de l'un des escrocs que j'ai poursuivis, du temps où j'étais procureur adjoint au service des délits financiers. Et la plupart du temps, c'est pour apprendre qu'ils viennent de conclure le contrat du siècle !

— Et vous les écrasez de votre mépris, ces salopards.

— Pas du tout. Pour moi, c'est leur droit le plus absolu, de renaître de leurs cendres et d'aller de l'avant. J'espère qu'ils sont plus sages, à présent – certains oui, d'autres pas. S'ils replongent, là, je les prendrai vraiment pour des salopards. Et pour des crétins. »

Il ne l'avait qu'à moitié convaincue, mais elle lui savait gré de ses efforts.

« Je vous ai déjà dit que vous faisiez preuve d'une grande bonté à mon égard, Arthur ? »

Il la dévisagea en clignant les yeux dans le soleil d'après-midi.

« Et alors ? C'est défendu ?

— Inhabituel, disons.

— Je pense peut-être que nous avons deux ou trois choses en commun, vous et moi. »

Chaque fois qu'elle était en sa compagnie, il trouvait toujours le moyen de revenir à ce premier instant où elle l'avait envoyé au tapis, dans le salon de thé. Ce jour-là, une porte s'était ouverte entre eux – bien que l'objectif de Gillian eût été, initialement, de les verrouiller toutes. Il s'obstinait à lui démontrer qu'en dépit de sa réticence à admettre une quelconque ressemblance entre eux ils étaient apparentés en esprit. Elle aimait sa compagnie. À l'exception de Duffy, qui n'avait jamais été avocat au sens strict, elle avait rompu tout lien avec l'intelligentsia juridique. Mais elle avait grand besoin de quelqu'un à qui parler vraiment, de juriste à juriste, à cœur ouvert. De quelqu'un avec qui discuter des motifs et du sens des mots, quelqu'un qui soit capable d'aller au cœur des choses. Mais là lui semblait précisément se situer la limite de ce qu'ils pouvaient partager, Arthur et elle.

Ils étaient devant les portes du Morton's. Le bâtiment, œuvre d'un célèbre architecte qui avait formé Frank Lloyd Wright, était l'exemple même de ce qui avait poussé son élève dans la voie opposée. La façade, abondamment décorée, s'ornait de portes vitrées monumentales en bronze ouvragé, auxquelles des sarments de bronze étincelants, polis par le contact des milliers de mains qui s'y posaient chaque jour, tenaient lieu de poignées. Le rayon des cosmétiques était juste à l'entrée.

« Mon poste », annonça-t-elle, l'index pointé sur sa caisse. Elle avait longtemps évité de travailler au magasin du centre-ville, où elle était fréquemment reconnue, mais avec le début des vacances d'été, Lowell avait besoin d'elle sur place deux jours par semaine.

« Vous aimez ce travail ?

— Disons que je m'estime heureuse de l'avoir. En

prison, on a tendance à considérer le travail comme un privilège – et c'est bien ce que c'est. Un jour, je suis tombée sur une annonce, et il m'a semblé que ce serait un bon début. »

Ce job lui avait d'abord paru amusant, bien que l'intérêt qu'elle portait à la mode n'ait jamais été tout à fait ludique. Elle avait entendu dire à ce sujet bien des choses qui avaient fait mouche en elle, au fil des années, comme des paroles de pure sagesse, issues de l'Évangile ou de Shakespeare : « La mode touche au plus profond de l'âme » – ou : « Elle fait partie de la vie, tout autant que le sexe. » Mais pour elle, c'était bien plus simple : « Tâchons au moins d'avoir *l'apparence* de la beauté. » C'était en partie un déguisement, en partie un jeu, en partie une réaction de vulnérabilité face au regard des autres et, par-dessus tout, le plaisir que l'on trouve à soi-même forger leur opinion. C'était stupide, certes – mais guère plus que ces jeux ridiculement répétitifs, à base de balles de toutes tailles et de toutes formes, pour lesquels tant d'hommes nourrissent une passion quasi obsessionnelle. Nombre de femmes, prisonnières soit de la culture dominante, soit de tendances plus instinctives, s'engageaient dans une quête passionnée de la beauté, et se jaugeaient mutuellement à l'aune de leur réussite sur ce plan. Mais ces temps-ci, Gillian s'était retirée de la compétition. Auprès des superbes jeunes femmes qui passaient à son rayon en sortant de leur club de gym, elle n'était plus qu'une *has been* – en mettant dans le terme la même connotation triste que lorsqu'on l'applique à une étoile sur le déclin. À côtoyer ses clientes, elle se félicitait cependant de n'être plus, ou presque plus, asservie à cette vanité, dont elle avait compris qu'elle était un élément déterminant de sa chute.

« Je sens que tout cela vous semble un peu superficiel, Arthur.

— Eh bien...

— Allez, dites-le. C'est le terme. Ça n'est que du maquillage, par définition.

— Disons plutôt que je ne me sens pas concerné. Voyez-vous, même les gens dénués de charme ont des instincts, mais il faut bien se résigner à s'accepter tel qu'on est.

— Voyons, Arthur ! » s'exclama Gillian. L'image peu flatteuse qu'il avait de lui-même lui serrait le cœur. « Pour un homme d'âge mûr, la séduction n'a plus rien à voir avec ce que c'est pour un adolescent. Le succès professionnel, l'argent, la voiture – tout le monde sait ce qu'il en est. Quel homme pourrait être vraiment repoussant, avec un compte en banque en pleine forme ?

— Bizarrement, cette règle ne semble pas s'appliquer à moi.

— Permettez-moi d'en douter.

— Sans doute à cause de mon incorrigible immaturité. »

Elle éclata de rire.

« C'est vrai, insista-t-il. Je cours toujours après les mêmes vieux fantasmes.

— Qui sont ?

— De me trouver une femme à la fois élégante, séduisante et intelligente. Bref, quelqu'un qui serait tout ce que je ne suis pas. Ridicule, non ?

— L'une de ces jeunes sirènes qui font la couverture des magazines ?

— Tout de même pas ! Non, une femme mûre ferait tout à fait mon affaire. » Il détourna le regard et, l'espace d'une seconde, eut l'air pris de vertige, dans le soleil d'après-midi. Puis il ajouta, un ton plus bas : « Quelqu'un comme vous, par exemple.

— Comme moi ? » Elle se retourna vivement vers lui, en espérant que la conversation n'était pas en train de prendre le tour qu'elle redoutait. « C'est quelqu'un de votre âge qu'il vous faut ! » Elle avait quarante-sept ans, soit, selon ses calculs et en mettant les choses au mieux, une dizaine d'années de plus que lui.

Il eut un petit rire de gorge. « Oh, vous feriez parfaitement l'affaire.

— Je suis assez vieille pour être votre mère.

— Allons donc !

— Votre tante.

— Un simple "non" suffira, Gillian, fit-il sans la moindre trace d'aigreur. Ça ne serait pas le premier.

— Ar-thur ! s'écria-t-elle. Arthur, ma vie est un vrai bazar. Une chatte n'y retrouverait pas ses petits ! Personne ne pourrait, ni ne voudrait, s'atteler à une telle tâche ! C'est la pure vérité. En toute honnêteté, je ne dis "oui" à personne, ces temps-ci. Ça ne fait tout simplement plus partie de ma vie. »

Il n'avait pas encore renoncé à ironiser, mais il exhala un long soupir, et baissa un instant la tête, ce dont le soleil profita pour faire miroiter le rond de cuir chevelu dégarni, au sommet de son crâne. Puis il se mit en demeure de retrouver le sourire.

« Oublions ça, Gillian. J'essayais juste d'illustrer mon point de vue. »

Un petit baiser fraternel sur la joue aurait été le bienvenu, mais elle n'avait jamais été très douée pour ça. Elle se contenta donc de lui offrir son sourire le plus avenant, en lui promettant qu'ils se reverraient le lendemain. Il lui rendit son sourire, mais s'éloigna d'un pas pesant, son attaché-case traînant à son côté, et elle reconnut la sensation familière qui l'avait frappée en plein plexus solaire. L'élancement de la culpabilité. L'Arthur Triomphant, qui avait sans doute dû puiser en lui un surcroît d'audace pour lui faire cet aveu, n'était plus qu'un souvenir, à présent. Elle n'avait eu qu'à prononcer quelques mots pour le terrasser, en le renvoyant à lui-même.

17.

L'histoire

Le 13 juin 2001

Erno Erdai était désormais détenu dans un service spécial de l'Hôpital Général de Kindle County. Comme les shérifs adjoints l'amenaient dans la salle d'audience – ils le poussaient dans un fauteuil roulant où il semblait avoir toutes les peines du monde à rester assis – Larry approcha pour leur proposer son aide. Erno se hissa sur ses pieds avec la lenteur laborieuse d'un vieillard et Larry aida les gardes à l'emmener, lui et sa bouteille d'oxygène, jusqu'au box des témoins où il répondrait au contre-interrogatoire de Muriel. Bien qu'Erno eût refusé net d'accorder à cette dernière un entretien préalable, Larry soupçonnait qu'il ne serait pas mécontent de bavarder un peu avec lui, entre vieux routiers du maintien de l'ordre – comme Erno devait encore considérer la chose. Tandis que les gardes s'éloignaient et qu'Erno ajustait l'embout de son appareil respiratoire, Larry s'attarda, accoudé à la balustrade de noyer, comme pour embrasser d'un regard admiratif cette magnifique salle d'audience où se

tenaient les cérémonies d'intronisation du monde juridique et les procédures d'acquisition de la citoyenneté.
En dépit des réserves que lui inspirait par ailleurs tout
ce qui se rapportait au système fédéral, il aimait le
décorum désuet qui s'était perpétué dans ce vieux tribunal.

« Alors comme ça, c'est un cancer du poumon ? Tu
as beaucoup fumé, Erno ?

— Quand j'étais jeune. Au Vietnam.

— Et depuis combien de temps tu sais que tu as ça ?

— Te fatigue pas, Larry. Pour maintenant, tu dois
connaître tout mon dossier par cœur. »

Le dossier en question avait été discrètement transféré de Rudyard au tribunal la veille au soir. Mais la
moitié du personnel du service administratif de la prison et du bureau du procureur aurait été passible de
poursuites si Larry s'était risqué à l'admettre. Sans
compter que c'était à Muriel qu'incombait la responsabilité de rassembler ce genre d'information. Ils avaient
remué ciel et terre jusqu'à pas d'heure pour glaner tout
ce qu'ils pouvaient, concernant Erno.

Larry lui demanda des nouvelles de sa famille.

« Ma femme a connu des jours meilleurs – tu penses ! Surtout quand elle a lu les journaux ce matin.

— Et tes gosses ?

— J'en ai pas, Larry. J'ai jamais été foutu d'en
faire. Je n'ai que mon neveu. Et toi, Larry, comment
vont tes enfants ? Tu as deux fils, si je me souviens
bien ?

— Deux, oui », confirma Larry – et de lui raconter
les derniers exploits de Michael et de Darrell – mais
l'intention d'Erno ne lui avait pas échappé. Des deux,

ce n'était pas lui qui avait la meilleure mémoire. Larry avait pourtant quelques souvenirs. Portant la main à sa poche, il en sortit un cure-dents qu'il lui offrit. Avec une joie qu'il ne fit rien pour dissimuler, Erno se le ficha aussitôt entre les dents, au coin de sa bouche.

« Une denrée rare, en prison. T'aurais pas cru qu'un cure-dents pouvait passer pour une arme mortelle, pas vrai, Larry ?

— En taule, il y a des chances.

— Ouais. Quelqu'un pourrait s'en servir comme d'une fourchette à escargots, pour t'arracher les yeux de la tête !

— Comment un Blanc, et un ex-flic de surcroît, peut-il survivre à Rudyard, quand on sait tout ce qui se passe là-bas ?

— Eh bien, tu fais avec, Larry – t'as pas vraiment le choix. Tu te débrouilles pour ne jamais faire d'ombre à qui que ce soit. Moi, j'avais un atout – un seul. Je savais d'expérience qu'on peut survivre dans des conditions incroyables, inhumaines. Étant gosse, je l'ai fait. Tu vois, Larry, dans ce pays, les gens se bercent d'un sentiment de fausse sécurité. En fait, on n'est jamais en sécurité – pas le genre de sécurité qu'on s'imagine, en tout cas. »

Larry retint celle-là. Cette conversation lui avait déjà permis d'engranger quelques bons morceaux qu'il s'empresserait de faire partager à Muriel, dès qu'elle arriverait. Erdai lui demanda comment ça allait pour lui.

« Eh bien, disons que je n'ai pas beaucoup dormi, cette nuit. Tu sais pourquoi ?

— J'imagine.

— Moi, ce que j'ai du mal à imaginer, c'est le plaisir que tu trouves à inventer tout ce merdier. »

L'espace d'une seconde, la bouche d'Erno béa autour de son cure-dents.

« Je comprends que tu puisses penser ça, Larry. Mais si tu étais venu à Rudyard quand je t'ai écrit, je t'aurais tout raconté, comme je le leur ai raconté, à eux. Exactement pareil. Je regrette que ça vous fasse de l'ombre, à toi et à ta petite amie, mais je ne suis pas le premier gus qui ait décidé de mettre un peu d'ordre dans sa boutique avant de baisser le rideau. »

Toi et ta petite amie. Celle-là non plus ne lui avait pas échappé. Au fil des années, à force de venir traîner chez Ike et de bavarder avec ses copains flics, Erno avait appris pas mal de choses. Un tantinet piqué au vif, Larry mit bas le masque de la camaraderie et décocha un regard sombre en direction d'Erdai, qui l'attendait de pied ferme et le soutint sans ciller. Larry n'avait jamais vraiment pris la mesure de ce type. Il n'avait aucune idée de la profondeur à laquelle plongeait cet iceberg. Jamais il n'aurait soupçonné qu'Erno puisse être du genre à péter les plombs dans un bar, ou à mentir pour le plaisir. Mais à présent, il commençait à entrevoir la chose. Le monde grouillait de types comme lui, rongés d'une colère froide, et n'attendant que de prendre leur revanche sur le premier qui passerait à leur portée, avant qu'on ait fini de clouer le couvercle de leur cercueil. Lorsque Larry s'en retourna à sa place, Muriel venait juste d'arriver, escortée de Tommy Molto qui avait suivi l'affaire avec elle, dix ans plus tôt – c'était elle qui était sous les ordres de Tommy, à l'époque – ainsi que de Carol Keeney, une adjointe spécialisée dans les affaires de cour d'appel. Carol avait suivi le dossier, pendant toutes ces années qu'avaient traîné les procédures. Tommy s'était quelque peu empâté, et semblait harassé, comme d'habitude. Ses bajoues naissantes conféraient à son expression quelque chose qui évoquait celle d'un bouledogue, mais Larry avait toujours eu de la sympathie pour ce type qui n'avait jamais cessé de faire de son mieux. Quant à Carol, elle était verte de peur, à en juger par le petit rictus morose qui plissait ses lèvres minces. Elle travaillait depuis trois ou quatre ans sous les ordres de Muriel, et elle aurait dû subodorer le pot aux roses, lorsque Arthur avait enregistré sa motion, au lieu de se contenter de la déposer sur le bureau de Muriel, en lui disant qu'elle aurait sans doute plus de chance qu'elle-même avec le juge Harlow. Tout le monde avait dû lui dire que sa boulette ne porterait guère à conséquence, mais Larry, lui, savait de quoi il retournait : l'avenir de la petite Carol dans le service du procureur était, autant dire, un trou noir.

Raven était arrivé, lui aussi, flanqué d'une superbe blonde. Il rejoignit Muriel à la table des avocats, avec un pas d'avance sur Larry. Muriel avait entrepris d'ouvrir et de vider sa grosse mallette, tandis qu'Arthur l'entretenait de quelque chose, à propos d'un témoin qui attendait dehors. Muriel ne devait pas avoir dormi plus d'une heure ou deux, mais elle semblait en pleine forme, revigorée par le défi qu'elle avait à relever, en dépit de l'éreintage en règle qu'elle avait subi dans la presse du matin et à la télé. Le révérend Dr Carnelian Blythe, célèbre pasteur du South End, qui semblait considérer toute injustice commise contre un Noir américain comme l'équivalent moderne de l'esclavage, avait organisé des manifestations et donné de multiples interviews le matin même, sur les marches du tribunal. Il se servait du cas Gandolph pour corroborer ses intarissables jérémiades contre la brutalité des forces de l'ordre du comté. L'avant-veille, Blythe ignorait probablement tout de Rommy.

« Je n'en aurai pas besoin, Arthur, affirma Muriel. Je me contenterai de stipuler qu'elle a bien reçu cette lettre idiote. Inutile de l'appeler à la barre. »

Se retournant, Arthur serra avec joie la main que lui tendait Larry. Tout ancien collaborateur du procureur considérait les années qu'il avait passées dans le service comme une période bénie – le temps d'avant la chute, lorsqu'il ne se prostituait pas pour de l'argent.

« Alors, vieux ! Vous devez crouler sous les propositions de Hollywood, depuis votre prestation d'hier soir ! » lui lança Larry. Arthur était passé sur toutes les chaînes, déclarant à chaque interview qu'il s'attendait, à peu de chose près, à voir Muriel se confondre en excuses et implorer le pardon de Rommy dès qu'elle arriverait au tribunal, ce matin. Arthur parut goûter la plaisanterie, mais planta Larry une seconde plus tard, pour aller retrouver son témoin.

« De quel témoin te parlait-il ? demanda Larry à Muriel.

— De Gillian Sullivan. Il l'a citée à comparaître pour authentifier la lettre d'Erno, au cas où il en aurait besoin pendant sa réhabilitation du témoin.

— Ah. C'était donc elle. » Larry avait croisé Gillian dans le couloir, mais son visage lui était sorti de la mémoire et il n'aurait rien su dire d'elle, hormis qu'il

la connaissait. Elle lui avait paru en plutôt bonne
forme, vu ce qu'elle venait de vivre. Elle était toujours
aussi mince, avec ce beau teint pâle et ce charme un
peu frigorifique. Dans le service du procureur, on la
comparait souvent à Muriel : elle aussi avait été une
star montante, en son temps – mais pour Larry, la
comparaison s'arrêtait là. Gillian était une cérébrale,
totalement déconnectée d'avec la réalité, qui jouait les
grandes dames avec des gens qui les avaient connus,
elle ou son simple flic de père, du temps où elle allait
à l'école de la paroisse. Muriel, elle, avait toujours su
rester simple et proche des gens, avec ce sens de l'humour qui n'appartenait qu'à elle. Résultat des courses
– Muriel était en pleine ascension, et Gillian en pleine
déconfiture. Pour Larry, c'était la morale de l'histoire.

Et il ne doutait pas une seconde que Muriel parvienne, une fois de plus, à le conforter dans la foi qu'il
avait placée en elle. Il la regarda ranger ses dossiers
devant elle sur la table, redoutable de précision et d'organisation. Elle avait déjà en tête toute l'affaire, dans
ses moindres détails. Elle ne plaidait que de plus en
plus rarement, ces temps-ci, mais pour lui, elle restait
la meilleure, et sur tous les plans. Au tribunal ou dans
son service, comme au lit. C'était probablement le
meilleur coup de sa vie, et sans doute la seule femme
qui fût, comme lui, capable de percevoir les rythmes
obscurs qui régissaient la ruche administrative et judiciaire où se déroulait le plus clair de leur vie. La fin
de son aventure avec elle avait été la période la plus
noire de toute son existence. Il imaginait bien qu'elle
ne l'avait pas appelé de gaieté de cœur, et il en avait
été doublement peiné, lorsqu'il avait reconnu sa voix

au téléphone. Ce qui lui avait totalement échappé, du temps de sa jeunesse folle, c'était la beauté d'une vie stable et paisible.

Arthur ne se faisait aucune illusion quant à ses talents d'orateur. Dans un prétoire, il était sincère et ordonné, parfois véhément, mais rarement fascinant. Il n'imaginait cependant pas de mener un jour une autre vie. Il ne se lassait pas de l'exaltation où le mettaient les grosses affaires, lorsque le suspense le faisait vibrer comme une corde de violon, tendue à se rompre, et filtrait dans la rumeur des spectateurs agglutinés sur les bancs du prétoire. Nulle part ailleurs les événements qui ponctuaient la vie d'une collectivité n'étaient déterminés d'une façon aussi fulgurante et aussi transparente que dans un tribunal. Ici, tout le monde – avocats, magistrats, parties, spectateurs – arrivait avec le sentiment de venir voir s'accomplir l'histoire.

Mais il avait beau aimer tout cela, ce fut pour lui un égal soulagement que de laisser temporairement derrière lui ses inquiétudes pour traverser le couloir qui le séparait de la petite salle des témoins. Il frappa et entra. Gillian s'était assise près de la fenêtre et regardait par la vitre de cet air absent qui lui était coutumier. Son sac était posé sur ses genoux et ses jambes, gainées d'un collant blanc, étaient sagement croisées aux chevilles. Peut-être regardait-elle le révérend Blythe, qui vociférait dans son mégaphone, en bas, dans le square. Arthur devait avoir un entretien le soir même avec lui. Le révérend s'efforcerait sans doute de manipuler l'affaire Gandolph à ses propres fins, et Arthur était terrifié par ce rendez-vous, mais pour l'instant, tout cela lui semblait encore à des années-lumière.

En retrouvant Gillian, il sentit monter en lui un sentiment très particulier. Après leur visite à Rudyard, il avait ressenti un petit frisson d'excitation pendant plusieurs jours, chaque fois qu'il s'installait à son volant et reconnaissait son parfum dans sa BM. Malgré le pitoyable gâchis qu'il avait provoqué la veille devant le Morton's, l'idée d'avoir réussi à entrer en relation avec cette femme, même si leurs liens n'existaient que dans le cadre de l'affaire, restait pour lui une source d'exaltation. Gillian Sullivan !

« Arthur. » Elle se leva, souriante. Il lui expliqua que, Muriel reconnaissant d'emblée que Gillian avait bien reçu la lettre d'Erno, son témoignage n'était plus indispensable. « Vous avez donc terminé, lui dit-il. Mais je ne vous remercierai jamais assez pour tout ce que vous avez fait. Vous avez fait preuve d'un grand courage.

— Pas si grand que ça, Arthur.

— J'ai été navré en lisant ce que les journaux ont dit de vous, ce matin. » Le *Tribune*, comme le *Bugle*, les deux principaux quotidiens de Kindle County, avaient exploité la condamnation de Gillian et son alcoolisme, les présentant comme une raison supplémentaire de remettre en question le verdict de l'affaire Gandolph. Bien sûr, l'idée avait effleuré Arthur lui-même, le mois précédent, mais elle lui était presque aussitôt sortie de l'esprit et s'était totalement dissipée au fil des jours qu'il avait passés en compagnie de Gillian. Ce matin-là, en la retrouvant sous la plume des journalistes, elle lui avait semblé carrément insultante.

« Ce n'étaient que quelques lignes, Arthur. Je m'attendais à bien pire.

— Je me sens aussi gêné que si je vous avais attirée dans un piège et ça, je vous assure que c'est bien la dernière chose qui m'ait traversé l'esprit.

— Je sais. Jamais je ne vous soupçonnerais de ce genre de chose. Ça ne vous ressemblerait pas.

— Merci. » Ils se regardèrent et échangèrent un sourire un peu guindé. Puis il lui tendit la main. L'espace d'une seconde, il se sentit vraiment triste de devoir la laisser repartir, mais il ne voyait pas d'autre solution. Au lieu de serrer la main qu'il lui tendait, Gillian se plongea dans la contemplation de son sac à main, une petite besace en cuir ivoire, comme s'il avait contenu, outre la panoplie indispensable à toute existence féminine, la réponse à quelque problème aussi mystérieux que fondamental.

« Arthur, puis-je vous dire deux mots, au sujet d'hier soir ?

— Non », répondit-il aussitôt. Emporté par son triomphe, il avait entrouvert devant elle le coffre à jouets poisseux de ses désirs. Mais à présent, ce seul souvenir suffisait à le mettre mal à l'aise. Pour vivre avec ses fantasmes, il lui était indispensable de les maintenir dans un secret absolu. « Oubliez tout ça. J'étais complètement décalé. Franchement, mon attitude n'avait rien de professionnel. Vous voyez bien que je ne suis pas sortable – pour ce genre de chose, en tout cas. Sans blague, Gillian... vous croyez que c'est par hasard qu'on se retrouve seul à trente-huit ans ?

— Personnellement, j'étais seule à trente-huit ans – et je le serai encore à quarante-huit. Pourquoi êtes-vous si dur avec vous-même ?

— Vous, si vous êtes seule, c'est le résultat d'un choix.

— Pas tout à fait. Moi non plus, à ma façon, je ne suis pas sortable !

— Je vous en prie, Gillian. Moi, je suis condamné à rester seul – et je parle en connaissance de cause. Le monde est plein de types comme moi, incapables de nouer de vraies relations. Ça ne va pas changer du jour au lendemain. Alors, n'essayez surtout pas. » Il lui tendit à nouveau la main, mais elle fronça les sourcils.

Il lui expliqua que le juge allait arriver d'une seconde à l'autre, et ils quittèrent ensemble la salle d'attente. Dans le couloir, elle lui demanda si Erno lui semblait prêt.

« À cent vingt pour cent ! répondit Arthur. Nous l'avons parfaitement préparé, mais comme vous savez, personne ne peut prévoir les réactions d'un témoin tant qu'il n'est pas en situation. »

Elle risqua un œil par le petit hublot de la porte.

« Il risque d'y avoir de l'action, fit-elle. Les débats vont être passionnants.

— Vous pouvez venir voir, si vous avez le temps. »

Cette seule idée la révulsait.

« Cela pique ma curiosité, Arthur. J'ai beaucoup regretté de n'être pas venue écouter ce que vous a dit Erno à Rudyard. Peut-être est-ce à cause des journaux, mais j'ai de plus en plus le sentiment d'avoir des enjeux dans cette affaire. Vous ne pensez pas que ce serait une sorte d'hérésie que j'assiste à cette séance ?

— Je vais d'abord m'assurer que personne n'y voit d'objection. » Il poussa la porte battante et fit signe à l'huissier de prévenir le garde de la présence de Gillian à ses côtés, pour qu'il lui trouve une place.

Comme prévu, Muriel ne vit aucun inconvénient à la présence de Gillian. Cela faisait partie de ses rodomontades de matador des prétoires. Elle prétendait même que cela ne lui ferait ni chaud ni froid que Dieu le Père vienne avec tous ses anges assister à ses contre-interrogatoires. Quand le juge Harlow gravit les marches de son estrade, Arthur demanda à lui dire un mot en aparté. Harlow était assez grand pour pouvoir, en déplaçant un peu sa chaise, se pencher par-dessus la balustrade sur le côté de son estrade, tandis qu'Arthur lui demandait si la cour voyait une objection à ce que Mrs Sullivan, le juge qui avait édicté la sentence initiale, assiste à la séance en tant que simple auditeur. Et il lui expliqua les circonstances qui avaient amené Gillian au tribunal.

« Il s'agit bien de Gillian Sullivan, n'est-ce pas ? s'enquit le juge en la lorgnant, paupières plissées, derrière ses verres à double foyer. Gillian Sullivan, elle-même ? »

Arthur confirma d'un signe de tête, et Harlow demanda à Muriel si elle n'y voyait pas d'objection.

« Ma seule objection concerne le fait qu'elle ne nous ait pas tenus informés, lorsqu'elle a reçu cette lettre. Mais, Miss Sullivan ne jouant aucun rôle dans la présente procédure, elle peut y assister au même titre que n'importe quel citoyen.

— Je suppose qu'elle tient à voir personnellement

ce qu'il en est, dit le juge. Et je la comprends. Parfait...
allons-y. »

D'un geste, Harlow les renvoya tous à leur place,
mais tandis qu'ils s'exécutaient, Arthur eut conscience
que les yeux de tous les principaux protagonistes
– Muriel, Tommy, Carol, Larry qui semblait vouloir
s'incruster, Harlow, et à coup sûr, lui-même – s'étaient
fixés sur Gillian. Elle était allée s'asseoir au tout dernier rang, près de l'allée, vêtue avec son élégance coutumière, et sous son maquillage parfait, elle leur
opposait un masque presque vide d'expression. Il
s'avisa alors, non sans un petit choc, qu'elle avait vu
juste : elle risquait gros, dans ce tribunal. Pour elle, les
enjeux étaient tout aussi réels que pour la plupart des
autres participants. Car en un sens, elle était l'accusée.
La question dont on allait débattre était de savoir si,
pour telle ou telle raison, le juge Sullivan avait rendu,
dix ans plus tôt, des verdicts grevés d'erreurs dites
réversibles – mais en ce cas, létales. Tous attendaient
la réponse à cette question, et Gillian soutenait sans
sourciller le feu nourri de leurs regards.

18.

Le contre-interrogatoire d'Erno

Le 13 juin 2001

« La question, Mr Erdai, attaqua Muriel, la vraie question est donc celle-ci : nous avez-vous menti, à l'époque, ou est-ce maintenant que vous mentez ? »

Avant même d'avoir eu le feu vert de Harlow, Muriel était venue prendre place en face d'Erno, et avait marqué une brève pause, pour laisser grimper le suspense, avant de poser sa première question. Ce petit bout de femme, qui appelait à présent sur elle l'attention de toute l'assistance, évoquait irrésistiblement l'image d'un poids plume piaffant sur son tabouret, en attendant la cloche.

« C'était à l'époque, répondit Erno.

— Et là, est-ce un mensonge ?

— Non.

— Mais il peut vous arriver de mentir, il me semble, Mr Erdai ?

— Comme tout le monde.

— Et en 1991, si je ne m'abuse, vous avez donc menti à l'inspecteur Starczek ?

— Oui, m'dame.

— Vous lui avez menti pour faire condamner quelqu'un d'autre à votre place – c'est bien ce que vous nous avez dit ? »

Le cure-dents passa furtivement d'un coin à l'autre de la bouche d'Erno, avant qu'il ne donne sa réponse : « Oui.

— Un acte ignoble, n'est-ce pas ?

— Pas de quoi être fier.

— Mais tout en admettant être un infâme menteur, vous nous demandez à présent de vous croire sur parole. Exact ?

— Pourquoi pas ?

— Nous aurons l'occasion d'y revenir, Mr Erdai. À propos, me suis-je présentée ?

— Je sais qui vous êtes.

— Mais vous avez refusé l'entretien que je vous proposais, vrai ou faux ?

— Parce qu'un tel entretien ne pouvait que vous donner des arguments supplémentaires pour me présenter comme un menteur, alors que je dis la vérité. »

Sur son estrade, Harlow réprima un petit sourire. Pour autant que Larry pût en juger, le juge semblait apprécier la plupart des boutades et des bons mots qui s'échangeaient pendant les débats.

« Bien, Mr Erdai. J'aimerais d'abord m'assurer que j'ai bien compris ce que vous nous avez dit. Vous avez déclaré avoir tué trois personnes en juillet 1991. Trois mois plus tard, la police n'avait toujours pas le moindre soupçon à votre encontre – exact ?

— Exact.

— Souhaitiez-vous vous faire arrêter ?

« — À votre avis ?

— À mon avis, vous auriez fait n'importe quoi, ou presque, pour échapper à la police – vrai ou faux ?

— C'est à peu près ça, oui.

— Je crois que vous avez beaucoup d'amis dans la police ?

— Un certain nombre, oui.

— Vous étiez donc bien placé pour savoir que l'enquête piétinait – c'est exact ?

— Vous voulez dire qu'elle était au point mort ?

— Ou qu'elle agonisait.

— Plus ou moins, oui.

— Donc, si vous aviez vraiment été l'assassin de ces trois victimes, vous auriez eu d'excellentes raisons de penser que vous vous en étiez sorti impuni – exact ?

— En principe, oui. Mais en pratique, j'avais encore quelques doutes.

— Quelques doutes, oui. Mais en dépit de tout ça, et tout en sachant que l'enquête était pratiquement close, vous auriez décidé d'apporter aux enquêteurs des éléments nouveaux qui risquaient de tout faire redémarrer – est-ce bien ce que vous nous avez dit ?

— À cause de mon neveu.

— Et au lieu de transmettre vos informations de façon anonyme, vous êtes allé directement trouver l'inspecteur Starczek.

— Sauf que c'est lui qui est venu me voir, mais bon – c'est du pareil au même.

— Du pareil au même... » reprit Muriel. Elle était tout à son affaire, à présent. Elle allait et venait devant le témoin, les deux mains tendues le long du corps, doigts écartés, comme si elle s'était tenue prête à bondir sur Erno, au cas où il aurait tenté de lui échapper. Ce jour-là, elle portait ce qui était, aux yeux de Larry, une tenue d'écolière améliorée – une robe imprimée, au col souligné d'un gros nœud, destinée tout autant au juge qu'aux téléspectateurs. Elle n'avait dû se retenir qu'*in extremis* d'arborer le badge d'une association de parents d'élèves, pour les caméras. Mais quiconque avait vu Muriel sévir au tribunal savait à quoi s'en tenir : elle était plus dangereuse qu'une panthère.

« Considérez-vous l'inspecteur Starczek comme un bon policier ?

— Un des meilleurs.

— Et admettez-vous qu'il est généralement difficile d'embobiner les bons policiers ?

— Quand ils sont sur leurs gardes, oui. Mais personne ne peut se tenir en état d'alerte vingt-quatre heures sur vingt-quatre.

— Ainsi, non content de ranimer une enquête qui était en train de mourir de sa belle mort, vous avez pris le risque de le faire, de votre propre aveu, en mentant à un homme dont vous connaissiez les compétences, et dont vous saviez qu'il était habile à détecter les mensonges – exact ?

— Présentez ça comme vous voulez, rétorqua Erno.

— Après quoi, vous avez dit à votre neveu de mettre la police sur la piste du camée, tout en sachant que si on interrogeait Gandolph, et qu'il vienne à dire la vérité, il risquait fort de vous impliquer à votre tour – c'est bien ça ?

— J'avais prévu le coup. J'aurais dit qu'il avait tout inventé, et qu'il essayait de me compromettre parce qu'il avait appris que c'était moi qui l'avais balancé aux flics.

— Et vous espériez que ce mensonge passerait inaperçu ?

— Bien sûr.

— Parce que vous savez mentir de façon très convaincante, n'est-ce pas, Mr Erdai ? »

Harlow appuya l'objection d'Arthur avant même qu'Erno ait ouvert la bouche, mais une fois de plus, l'habileté de la question avait arraché au juge un sourire furtif.

« Vous nous avez expliqué hier que vous aviez bien conscience que votre neveu n'obtiendrait rien de la police ni des procureurs, si Gandolph n'était pas condamné. Comment pouviez-vous être si sûr que Gandolph n'avait pas, par exemple, un alibi ?

— Je savais qu'il était dans le coin, puisqu'il avait volé le camée de Luisa quelques jours plus tôt, à l'aéroport.

— En plein été ? Je croyais qu'il n'y allait que l'hiver, pour se mettre à l'abri. »

Erno fit la grimace. Il avait essayé de doubler Muriel à l'arraché, mais elle l'avait pris la main dans le sac. Après quelques autres escarmouches, il dut admettre avoir déclaré la veille que Gandolph ne venait à l'aéroport que l'hiver, et qu'effectivement rien ne lui permettait de s'assurer que Squirrel n'aurait pas d'alibi. Il revint sur ses propres paroles, quoique de fort mauvaise grâce.

« Bien, Mr Erdai. Voici donc comment nous pourrions résumer la situation, enchaîna Muriel, en comptant chaque point sur ses doigts. En dépit des risques que cela comportait, vous avez ranimé une enquête agonisante, et pour ce faire, vous avez menti à un inspecteur chevronné, dont vous connaissiez le flair, en le mettant sur la piste de quelqu'un qui aurait très bien pu dévoiler vos liens avec l'une des victimes. Et tout cela, vous l'auriez fait sans même savoir si l'individu que vous vouliez, selon vous, faire accuser, avait ou non un alibi solide ? Comprenez-vous à présent pourquoi nous devons refuser de vous croire ? »

Pour la première fois, Arthur objecta avec véhémence. « Objection retenue », répliqua le juge. Mais Erno, piqué au vif, eut l'imprudence de vouloir continuer à ferrailler seul :

« Ça peut vous paraître absurde, mais c'est pourtant ce qui s'est produit, poursuivit-il. Il fallait que je fasse quelque chose pour sortir mon neveu du trou. On n'est pas toujours parfaitement logique avec soi-même.

— Comme à présent, par exemple – n'est-ce pas, Mr Erdai ? Ce que vous nous racontez là, c'est précisément l'une de ces choses qui défient toute logique ? »

Arthur lui opposa une autre objection, et, sans lever le nez de ses notes, le juge enjoignit à Muriel de passer à la question suivante. Elle se retourna un bref instant pour interroger Larry du regard et, par la même occasion, juger de l'effet de ses banderilles. Larry avait plaqué le poing sur sa bouche, le pouce levé contre sa joue. Muriel répondit d'un imperceptible hochement de tête : c'était bien l'impression qu'elle en avait.

« Mr Erdai, avez-vous été étonné d'apprendre que l'examen systématique des empreintes relevées sur les lieux du crime n'en avait révélé aucune vous appartenant ?

— J'ai effacé toutes les traces. Très soigneusement, comme je l'ai dit.

— Pas d'ADN, de sang, de salive, ni de sperme. On n'a jamais rien trouvé de tel provenant de vous, sur les lieux du crime – n'est-ce pas ?

— Non. Pas plus que de Gandolph.

— Vous semblez connaître sur le bout du doigt les indices que nous avons, ou que nous n'avons pas, contre Gandolph – n'est-ce pas, Mr Erdai ?

— J'ai suivi l'affaire de près. Pour des raisons évidentes.

— Et l'arme, Mr Erdai ? Qu'est-elle devenue ?

— Dans la rivière, avec tout le reste. »

Muriel grimaça un sourire bref mais large – l'expression du vieux routier qui n'en est pas à son premier mariole ayant réponse à tout. Elle retourna à la table des procureurs pour jeter un coup d'œil à ses notes, puis dévisagea Erdai un long moment.

« Êtes-vous promis à une mort prochaine ? demanda-t-elle.

— C'est ce que disent mes médecins.

— Et vous les croyez ?

— En général, oui. Certains jours, il m'arrive d'espérer qu'ils se gourent – ça ne serait pas la première fois. Mais la plupart du temps, je me fais une raison.

— On peut donc dire que, de votre point de vue, vous n'avez rien à perdre, en faisant ce genre de déclaration – exact ?

— Là, je ne vous suis pas.

— Vraiment ? Pouvez-vous nous citer une chose que vous risqueriez de perdre ?

— Mon âme, répondit Erno. À supposer que j'en aie une.

— À supposer que vous en ayez une..., répéta-t-elle. Mais restons sur terre, si vous le voulez bien, Mr Erdai. Y a-t-il ici-bas quelque chose que vous craignez de perdre ?

— Ma famille, répliqua Erno. Ils comptent énormément, pour moi.

— Eh bien, ils sont réunis à vos côtés, n'est-ce pas ? Quoi d'autre ?

— Je ne voudrais pas perdre la pension que me verse mon ancien employeur. J'ai travaillé des années pour l'avoir ; je veux partir rassuré, et certain de laisser quelque chose à ma femme.

— Mais le fait de vous accuser d'un meurtre ne risque pas de vous faire perdre cette pension, si ?

— Seulement s'il s'était agi d'un crime contre la compagnie.

— Et celui-ci en était-il un ?

— Seulement si Luisa avait été cadre. »

Un éclat de rire général secoua l'assistance. Ils affichaient complet, ce jour-là. Les comptes rendus de l'audience de la veille avaient fait leur effet, et comme prévu, toutes les places disponibles avaient été littéralement prises d'assaut.

« Vous ne risquez donc pas de perdre votre pension, et vous ne vivrez pas suffisamment longtemps pour risquer d'être à nouveau poursuivi pour faux témoignage – exact ?

— Je n'ai pas à être poursuivi pour faux témoignage.

— Quoi qu'il en soit, vous ne courez guère le risque de voir votre peine prolongée.

— Je suppose que non.

— Et qu'en est-il de votre neveu, Collins Farwell, qui a menti à l'inspecteur Starczek – il a prétendu avoir eu certaines conversations avec Romeo Gandolph, si je ne m'abuse ?

— Oui. Mais il était de bonne foi. Il était persuadé que Gandolph était le vrai coupable.

— Où se trouve actuellement Collins ?

— Il a un avocat, Me Jackson Ayres. Vous pouvez lui passer un coup de fil.

— Un avocat ? Pour se faire conseiller, concernant la présente affaire ?

— Essentiellement, oui. C'est moi qui paie les honoraires, puisque au départ c'est moi qui l'ai mis dans le bain.

— Et savez-vous si son avocat a dit à Collins qu'il ne pouvait être poursuivi pour des fausses déclarations qu'il aurait faites en 1991, puisque le délai de prescription est largement écoulé ?

— Ça ne relève pas du secret professionnel, ce genre de chose ?

— Je vais m'exprimer en d'autres termes, Mr Erdai. Vous savez que votre témoignage ne risque absolument pas de porter tort à votre neveu, n'est-ce pas ?

— Tout du moins, je l'espère.

— Et où se trouve-t-il ? »

Erno jeta un regard interrogateur vers le juge, qui répondit d'un hochement de tête résolu.

« Il habite à Atlanta. Et là-bas, sa conduite est irréprochable, comme je l'ai dit.

— Félicitations, lança Muriel. Bien. Examinons à présent l'autre aspect du problème, Mr Erdai. Qu'espérez-vous gagner en vous accusant ?

— Une conscience nette.

— Une conscience nette, reprit Muriel. Mr Erdai, vous avez déclaré avoir tiré sur cinq personnes, dans le passé. Les trois que vous avez assassinées, plus votre belle-mère, plus cette cinquième personne qui vous avait cherché noise et que vous n'avez manquée que de justesse, dans un bar. Et un simple aveu pourrait suffire à soulager votre conscience – c'est bien ça ? »

Quelques rires coururent dans la salle, derrière Larry. Il lui sembla que c'était Carol, qui avait pourtant de bonnes raisons de se contrôler, qui avait lancé la vague. Harlow leva les yeux de ses notes, et le silence revint instantanément.

« Il n'y a plus que ça que je puisse réparer. Tout le reste, personne n'y peut plus rien. J'essaie seulement de faire de mon mieux, Muriel. »

Appeler Muriel par son prénom. Ça, c'était du pur Erno. Pour autant que Larry pût en juger, il n'avait dû avoir affaire à elle qu'une fois ou deux, mais pour Erno, tous ceux qui appartenaient au camp des forces de l'ordre étaient *de facto* ses frères de sang.

« Eh bien, n'avez-vous pas déposé une demande de remise en liberté pour raison de santé, voici plusieurs mois – puis, comme votre requête avait été rejetée, n'avez-vous pas demandé votre transfert, pour être plus près de votre femme ?

— Exact.

— Demande à nouveau rejetée ?

— Exact.

— Ça pose un problème à votre femme, de venir vous voir à Rudyard ?

— Ce serait nettement plus simple, si j'étais sur place.

— Où avez-vous passé la nuit ?

— À l'Hôpital Général du comté.

— Votre femme est-elle venue vous voir, aujourd'hui ?

— Oui. Avant l'audience. »

Muriel remonta dans le temps. Elle lui avait aussi rendu visite la veille, ainsi que l'avant-veille, et les jours d'avant. Et Arthur avait déposé une demande pour qu'Erno ne soit pas ramené à Rudyard, tant que l'affaire Gandolph serait en cours de jugement.

« Est-ce important pour vous de voir votre femme tous les jours ?

— Bien sûr. Surtout maintenant. Ça compte beaucoup, pour moi. Elle n'a rien fait pour mériter ce qu'elle a subi, ces quelques dernières années. Elle devrait n'avoir rien vécu de tout ça. Pas un seul jour. » Sa voix s'était faite plus lourde sur ce dernier mot et, sans crier gare, son visage s'embrasa. Il retira l'embout de son appareil respiratoire et dissimula son visage derrière sa main. Harlow gardait une boîte de Kleenex dans l'un de ses tiroirs. Il la fit passer au témoin avec une rapidité et une économie de geste toutes professionnelles. Muriel attendit la fin de la tempête sans donner le moindre signe d'impatience, car Erno n'aurait guère pu mieux corroborer sa petite démonstration. Dès qu'il eut retrouvé un semblant de calme et de souffle, elle changea de sujet :

« Parlons à présent du crime pour lequel vous purgez cette peine, Mr Erdai.

— Je ne vois pas le rapport ! » répliqua Erno, et Arthur bondit aussitôt sur ses pieds pour faire objection. Cette condamnation n'avait d'intérêt, soulignat-il, que dans la mesure où elle pouvait servir à évaluer la crédibilité du témoin. En elles-mêmes, les circonstances qui l'avaient entraînée étaient dénuées de tout lien avec le sujet.

« Au contraire, riposta Muriel. Ce lien existe, et je vais me faire un plaisir de le démontrer ! » C'était la version juridique de la fameuse promesse – « Votre chèque a été posté hier soir », mais, siégeant sans jury, Harlow décida de laisser à Muriel cette petite marge de manœuvre, puisque la procédure n'était qu'une simple déposition, et non un véritable procès.

« Souvenez-vous tout de même qu'aucun procureur ne peut se vanter de m'avoir mené deux fois en bateau, précisa le juge.

— Personnellement, je ne m'y risquerais pas, Votre Honneur », répliqua Muriel, avant de revenir à Erno qui eut un imperceptible mouvement de recul en la voyant approcher. Sa morgue semblait déjà s'émousser, après ces premières escarmouches avec Muriel.

« En fait, Mr Erdai, si vous êtes actuellement incarcéré, c'est parce que les amis que vous aviez dans la police ont refusé de confirmer vos déclarations – exact ?

— Je suis en prison pour avoir tiré sur une personne.

— Mais vous avez déclaré aux policiers qui fréquentaient le Ike's, le bar où a eu lieu la fusillade –

vous leur avez déclaré que vous aviez tiré en état de légitime défense, n'est-ce pas ?

— Parce que, de mon point de vue, c'était le cas.

— Et plusieurs des policiers qui ont assisté à cette fusillade et qui savaient que, selon vous, vous n'aviez tiré que pour vous défendre, étaient des amis à vous, n'est-ce pas ? Des ex-collègues, avec qui vous veniez boire un verre dans cet établissement ?

— Bien sûr.

— N'avez-vous pas été un peu déçu, Mr Erdai, en constatant qu'aucun d'entre eux ne s'est donné la peine d'appuyer votre thèse de l'autodéfense ?

— Après mûre réflexion, non.

— Mais initialement ?

— Je ne sais pas au juste ce que j'attendais d'eux, au départ.

— Mais cela ne vous aurait nullement gêné, s'ils avaient corroboré votre version ?

— Sans doute pas.

— À votre connaissance, est-ce une pratique courante, chez les policiers, que de protéger leurs amis et collègues ?

— Ça doit se produire, de temps en temps.

— Mais, dans votre cas, ce genre de solidarité n'a pas joué, n'est-ce pas ? »

On vit alors, pour la première fois, transparaître le côté le plus sombre d'Erno, une sorte d'incandescence sulfureuse qui explosa derrière ses yeux. Mais il eut tout de même le sang-froid de se maîtriser, avant de répondre que non.

« Vous avez donc plaidé coupable, c'est bien ça ?

— C'est bien ça.

— Venons-en à l'inspecteur Starczek, à présent — en entendant son nom, Larry se redressa instinctivement sur son siège. Faisait-il partie des amis que vous aviez dans la police ?

— Larry ? Ça fait bien trente ans qu'on se connaît. On a fait l'école ensemble.

— Et ces lettres, que vous lui avez envoyées... »

Sans crier gare, Muriel avait fait demi-tour en direction de Larry, qui se trouvait à la table des procureurs. Elle lui parla dans un souffle, presque sans bouger les lèvres. « Ouvre ma mallette, et sors le courrier – premier compartiment. » Il eut une seconde d'hésitation, mais au moment où il lui tendit les trois enveloppes, il l'avait rattrapée. À en juger par les adresses qui y figuraient, et par celle de l'expéditeur, il s'agissait de la déclaration de Muriel à sa caisse d'assurance vieillesse, et de deux relevés de cartes bancaires. Les enveloppes à la main, elle revint vers le témoin.

« Vous n'avez jamais écrit à l'inspecteur Starczek pour lui dire que vous aviez ces trois meurtres sur la conscience, n'est-ce pas ?

— Je lui ai simplement dit que je voulais lui parler.

— Vous ne lui avez pas dit d'emblée que vous aviez besoin de son aide ?

— J'aurais pu. Vous savez, si j'ai bonne mémoire, j'ai dû essayer de l'appeler à son bureau quelque chose comme trois ou quatre fois, mais il n'y était jamais, et le standard de la police n'acceptait pas les appels en PCV venant de la prison. Alors je lui ai écrit deux ou trois lettres. Mais il n'a jamais répondu. »

Arthur se leva, l'index pointé sur les enveloppes que

Muriel tenait à la main. « Je n'ai pas eu connaissance de ces lettres, Votre Honneur.

— Monsieur le juge, je n'ai reçu pour ma part aucun résumé préalable du témoignage de Mr Erdai. D'ailleurs, je n'ai pas montré les lettres au témoin. Mr Raven pourra inspecter tout ce que je ferai lire à Mr Erdai. »

Comme Arthur maintenait son objection, Harlow les réunit tous deux sur le côté de l'estrade, hors de vue du témoin. Larry vint se joindre à leurs conciliabules.

« Qu'est-ce que c'est que ces lettres ? fit le juge, à mi-voix.

— Ce sont mes relevés de compte, Votre Honneur », répondit Muriel, sur le même ton.

Larry s'attendait à voir le juge s'étrangler de colère, mais Harlow n'eut qu'un sourire. « Un bluff ? demanda-t-il.

— C'est mon droit le plus strict, fit-elle.

— Mais tout à fait », répondit le juge, avant de les renvoyer d'un geste. Muriel demanda au greffier de relire les deux dernières questions et leur réponse.

Larry surveillait Arthur du coin de l'œil, craignant qu'il ne tente de mettre Erno en garde contre le subterfuge – il n'y a pas de coup trop bas, pour un avocat de la défense ! Mais Arthur resta de marbre. La main devant la bouche, il expliqua la situation à son associée, sans se départir de son masque de joueur de poker.

« Bien. À l'époque où vous avez écrit à l'inspecteur Starczek, vous vouliez qu'il appuie votre transfert dans un établissement de sécurité normale, n'est-ce pas ?

— Mon avocat avait essayé de m'obtenir ça, mais

ça n'avait pas marché. J'ai donc contacté quelques vieilles connaissances qui auraient pu m'aider.

— Ce que vous nous expliquez là, Mr Erdai, c'est que vous espériez obtenir votre transfert en avouant à l'inspecteur Starczek que vous étiez l'auteur d'un abominable triple meurtre ? »

En dépit du regard comminatoire que Harlow avait préalablement fait planer sur la salle, quelques rires fusèrent dans l'assistance.

« Au moment où j'ai écrit à Larry, j'avais pratiquement renoncé à ce transfert. C'est le règlement : si vous avez commis un crime avec une arme à feu, vous relevez de la haute sécurité, point barre.

— Pourriez-vous nous citer le nom d'un policier qui aurait tenté d'intervenir auprès de l'administration pénitentiaire pour vous faire bénéficier d'une exception ? »

Erno ôta le cure-dents de sa bouche. Il était refait sur ce point, parce qu'il savait que personne ne viendrait à la barre corroborer ses dires. Il répondit à Muriel qu'il ne s'en souvenait pas.

« Mais quelle que soit la raison pour laquelle vous avez écrit à l'inspecteur Starczek, vous convenez que vous ne lui avez jamais mentionné ces meurtres – n'est-ce pas ?

— Exact. Je lui ai simplement dit que je voulais lui parler d'une chose importante.

— Et l'inspecteur Starczek n'a jamais répondu ?

— Non.

— À présent que vous ne lui étiez plus d'aucune utilité, il ne voulait plus entendre parler de vous – c'était bien votre sentiment, n'est-ce pas ?

— Non. Ça n'est pas comme ça que je le dirais. »

Muriel retourna du côté de Larry et en revint avec une copie de la lettre qu'Erno avait envoyée à Gillian. Raven, qui se trouvait à trois mètres de Larry, sur la gauche, bondit immédiatement sur ses pieds.

« Je n'ai pas vu cette lettre, Votre Honneur ! »

D'un air candide, Muriel vint montrer la lettre d'abord à Arthur, puis à Harlow. Larry en avait sous les yeux un autre exemplaire que Muriel avait laissé sur la table. Les mots s'y trouvaient bien, noir sur blanc, bien que la mine interrogative d'Arthur indiquât clairement que leur portée lui avait échappé. Tandis que Muriel revenait vers le box du témoin, Larry surprit le sourire confraternel dont elle gratifia Raven au passage, un petit « j't'ai eu ! » enjoué, comme s'ils disputaient une partie de Scrabble ou de tennis. Puis elle revint vers Erno et, se servant de la lettre comme d'un poignard, elle la lui pointa en plein plexus solaire.

« N'avez-vous pas écrit au juge Sullivan que l'inspecteur chargé de l'enquête ne s'intéressait plus à vous, "maintenant que vous ne lui étiez plus d'aucune utilité" ? »

Erno relut plusieurs fois le passage. « C'est bien ce qui est écrit ici.

— Admettez-vous avoir éprouvé un certain ressentiment ?

— Appelez ça comme vous voudrez.

— Eh bien, pour moi, ça s'appelle du ressentiment. »

Harlow retint l'objection d'Arthur, mais eut à nouveau ce petit sourire de connaisseur. Larry avait amplement eu le temps de se faire une opinion, à présent.

Kenton Harlow aimait la joute oratoire. Il admirait les bêtes de prétoire. Il pensait que la vérité finissait par émerger de ces escarmouches juridiques, et il était manifestement conquis par le style de Muriel.

« Bien, reprit-elle. Nous pouvons le dire autrement, si vous y tenez. Vous lui aviez fourni des informations sur ce que vous saviez être un dossier essentiel – exact ?

— OK, fit Erno.

— Et votre ami l'inspecteur Starczek a remporté l'affaire. Grâce à vous, il a épinglé le coupable. Il en a retiré un certain prestige personnel.

— Tout comme vous, rétorqua Erno.

— Et tout comme la police de cette ville, dans son ensemble, n'est-ce pas ?

— Exact.

— Ces mêmes policiers dont pas un n'a levé le petit doigt pour vous aider à obtenir votre transfert dans une prison plus confortable ?

— Tout juste.

— Et dont pas un n'avait daigné appuyer votre thèse de la légitime défense, quatre ans plus tôt, chez Ike ?

— Ouais. Ça peut se dire comme ça.

— Or, il se trouve que vos présentes déclarations reviennent à reprendre ce que vous aviez donné à l'inspecteur Starczek et à la police, voilà dix ans, n'est-ce pas ?

— Je ne fais que rétablir la vérité.

— À tort ou à raison, vous essayez à présent de corriger ou de neutraliser l'effet des informations que vous aviez fournies – n'est-ce pas ?

— Parce que ça n'était qu'un tissu de mensonges. »

Muriel décida de s'en remettre à l'autorité du juge, qui mit le témoin en demeure de répondre. Il ne pouvait plus continuer à se dérober :

« Oui », convint-il.

La chose n'était que trop claire, à présent, mais lorsque le mot franchit ses lèvres, un murmure passa dans le rang des journalistes. Ils tenaient leurs titres, pour leurs papiers du lendemain.

Muriel entreprit alors d'interroger Erno sur les relations qu'il entretenait avec les Gangsters Outlaws, l'un des gangs qui régnaient sur la maison d'arrêt de Rudyard. Larry avait travaillé sur le sujet une bonne partie de la nuit pour obtenir ces informations, et elle en fit bon usage. Erno s'était fait un allié d'un camarade de cellule appartenant à ce gang. Il avait fini par bénéficier de la protection des Gangsters Outlaws, pour qui on disait qu'il glanait quelques informations stratégiques auprès des copains qu'il avait gardés dans le camp des forces de l'ordre. Erno refusa d'admettre ce dernier point.

« Savez-vous, Mr Erdai, que dans un certain nombre d'autres cas, des détenus membres des GO ont déposé des confessions mensongères pour disculper d'autres membres du gang ?

— Objection ! s'exclama Arthur. Rien ne permet d'établir que Mr Erdai ait appartenu à quelque gang que ce soit.

— Je demandais simplement au témoin s'il était au courant de ce genre de pratique.

— Ça n'a aucun rapport avec l'affaire en cours.

— J'entendrai tout de même la réponse du témoin, trancha Harlow.

— J'en ai entendu parler, oui, admit Erno.

— Et saviez-vous aussi, Mr Erdai, que le pouvoir des GO s'étendait jusqu'au couloir de la mort, à Rudyard ?

— Ce que je sais, c'est qu'ils sont effectivement un certain nombre, là-bas.

— Dont Mr Gandolph ?

— Ça, je l'ignore. Ce qu'il faut savoir, c'est que dans ce bâtiment, les Jaunes, comme on les appelle, sont complètement isolés des autres détenus. Ils ne voient jamais personne. Je n'ai jamais échangé un seul mot avec Gandolph, pendant tout le temps que j'ai passé là-bas.

— Bien, Mr Erdai. Est-ce à dire que, vu l'expérience que vous avez de cette organisation, si un membre des GO qui vous aurait accordé sa protection vous demandait de raconter une histoire – et surtout une histoire qui ne vous nuirait en rien, tout en faisant grand tort à l'inspecteur Starczek et à la police qui vous ont laissé tomber – une histoire qui vous permettrait même de bénéficier de visites plus fréquentes de votre femme, avant votre mort – est-ce à dire que votre intégrité foncière vous interdirait de le faire ? »

Arthur avait bondi de son banc bien avant que Muriel ne soit parvenue au bout de sa tirade.

« Objection ! » lança-t-il d'une voix calme, et le juge lui répondit immédiatement : « Objection retenue ». Mais Muriel avait atteint son objectif, qui était de faire passer son argument auprès de la presse. Ayant achevé et parachevé son ouvrage, elle s'apprêtait à regagner sa place aux côtés de Larry, lorsqu'elle s'arrêta tout à coup.

« Oh ! » fit-elle, comme un simple détail qu'elle aurait oublié et qui lui serait soudain revenu. « Après avoir traîné dans la chambre froide les corps des trois victimes, Mr Erdai, rappelez-nous un peu ce que vous dites avoir fait à celui de Luisa Remardi ?

— J'ai baissé sa jupe et ses sous-vêtements jusqu'à ses chevilles.

— Et puis ?

— Et puis rien.

— Vous vous êtes donc contenté de la déshabiller. Mais pourquoi – par simple curiosité ?

— Je l'ai déshabillée parce que je savais qu'elle avait eu un rapport sexuel une heure auparavant, et que je me doutais que ça se verrait à l'autopsie. Je voulais faire croire à une agression. Dans le même ordre d'idée que de prendre les objets de valeur pour simuler un vol. Pour brouiller les pistes.

— En fait, vous n'avez donc eu aucun rapport anal avec le cadavre ?

— Non.

— Mais vous savez que le Dr Kumagai, médecin légiste de la police, a certifié durant le procès que le corps avait subi une sodomie post-mortem ?

— Je sais aussi qu'il est arrivé à Painless de commettre un certain nombre d'erreurs, au fil des années.

— Ce que vous ne savez peut-être pas, c'est pourquoi on a retrouvé un lubrifiant pour préservatif d'usage courant dans l'anus de la victime ?

— Renseignez-vous auprès du monsieur qui s'est occupé d'elle dans le parking de l'aéroport.

— Pensez-vous que cela puisse expliquer la disten-
sion que l'on a observée sur son sphincter anal ?

— Je ne suis pas médecin légiste.

— Mais vous admettrez que votre version des faits
n'explique pas ce dernier point ¬ n'est-ce pas ?

— Je n'ai jamais prétendu avoir réponse à tout.

— Merci », conclut-elle, avant de revenir s'asseoir
près de Larry – et à la grande surprise de ce dernier, il
sentit le poing du premier adjoint du procureur heurter
le sien sous la table, en signe de victoire.

À peu de chose près, le contre-interrogatoire de
Muriel s'était déroulé conformément aux prévisions
qu'avait faites Arthur, lors des entretiens qu'il avait eus
avec Erno à la prison – à une seule exception près : la
citation de la lettre d'Erno à Gillian, disant qu'il n'était
plus d'aucune utilité pour Larry. Arthur avait mal
mesuré ce que cela pouvait impliquer. Mais pour le
reste, Erno avait été bien préparé. L'élément déterminant était Muriel, et ce redoutable talent qu'elle avait
pour s'imposer par son punch.

Lorsqu'elle en eut fini avec le témoin, le juge Harlow, droit comme un I sur son fauteuil, s'était reculé
de l'autre côté de son bureau, comme pour prendre
physiquement ses distances d'avec Erdai. Arthur, parfaitement conscient de l'ampleur de la tâche qui l'attendait, se leva pour le contre-examen de son témoin.
Il reboutonna sa veste, et relut une dernière fois les
notes prises par Pamela, avant de se lancer dans ce

qu'il était convenu d'appeler, dans le jargon du tribunal, la « réhabilitation » de son témoin.

« Mr Erdai, Mrs Wynn vous a demandé pourquoi vous aviez pris de tels risques, pour venir en aide à votre neveu. Pourriez-vous expliquer cela plus en détail à Son Honneur, le juge Harlow ? »

Un long moment, le regard d'Erno resta vissé sur la balustrade de son box.

« Nous avons survécu à pas mal de catastrophes, dans ma famille. Mes parents ont eu la vie dure, pendant la guerre de 40, et après ça, en 56, mon père a participé à la révolte. » Une grimace déforma son visage. « Il a été tué. Ils l'ont abattu d'une balle, avant de le pendre par les pieds à un lampadaire, juste devant chez nous. Nos voisins l'avaient donné à la police secrète. Ensuite, pour ma mère, ma sœur et moi, ça a été un vrai calvaire, de quitter le pays et d'arriver jusqu'ici. Alors, quand Collins s'est retrouvé avec cette peine de prison à perpétuité – c'était le seul enfant que nous ayons eu, ma sœur et moi –, je me suis dit que s'il devait moisir en prison pendant le reste de sa vie, c'était sans espoir. Vous voyez, je n'avais pas oublié le corps de mon père, pendu à ce lampadaire. J'y repensais sans arrêt. Ils l'ont laissé comme ça des jours et des jours. On nous défendait de le détacher. C'était une sorte d'avertissement. » Il se couvrit la bouche de la main, comme pour contenir un haut-le-cœur, mais au lieu de vomir, il fut secoué d'un long sanglot. Au bout d'une minute, il s'essuya le visage avec les Kleenex de Harlow et comme précédemment, il lui fallut un certain temps pour reprendre souffle.

« Collins, j'ai toujours su qu'il pouvait devenir quelqu'un. C'était un gosse intelligent, mais il traversait une mauvaise passe. Et pour moi, c'était comme une dette que j'avais, envers mon père et ma mère. Envers toute ma famille. Je leur devais d'aider Collins. Je devais tout faire pour lui donner une nouvelle chance. Tout ce qui était en mon pouvoir. »

Arthur attendit un instant, au cas où Erno aurait voulu ajouter quelque chose, mais il en avait terminé. Pamela et Arthur avaient passé des heures en sa compagnie et l'une des dures réalités du dossier, c'était qu'il n'inspirait à Arthur aucune sympathie particulière. Non pas parce que Erno était un criminel, ni même à cause de l'exceptionnelle gravité des faits qu'il avait confessés. Au fil des années, comme tous les professionnels du système judiciaire, Arthur avait croisé de parfaites crapules qui étaient, par ailleurs, des esprits alertes et brillants, voire séduisants. Mais Erno avait quelque chose d'insupportablement glacé. C'était un homme brutal et, non content d'être imperméable à tout sentiment, il en tirait une certaine fierté. Il ne demandait à personne de l'aimer. Et pourtant, sa dureté même confortait Arthur dans l'inébranlable certitude qu'il disait la vérité – ainsi que dans son admiration pour cet homme qui avait décidé de se lancer dans cette entreprise sans attendre en retour d'être reconnu comme un saint ou un martyr ; car il avait bien conscience de n'être ni l'un ni l'autre.

« Bien. Passons à un autre sujet. Mrs Wynn a soulevé d'intéressantes questions concernant les raisons que vous pouviez avoir de faire ce témoignage. Pouvez-vous nous expliquer pourquoi vous avez accepté de vous confier à moi et au juge Sullivan ? Pourquoi avez-vous décidé de dire la vérité sur les événements du 4 juillet 1991 ? »

Comme on pouvait s'y attendre, Muriel se leva pour faire objection à la supposition qu'Erno ait pu dire la vérité. Le juge lui imposa silence d'un geste, comme il l'avait précédemment fait pour Arthur, à deux ou trois reprises.

« Examinons objectivement les différents arguments de ce débat, sans nous soucier de ce qu'en pense la galerie ! décréta Harlow, faisant ouvertement allusion à la presse. Eh bien, Mr Erdai ? Expliquez-nous cela. Pourquoi sommes-nous rassemblés ici, à vous écouter ? »

Erno prit le temps de stabiliser son souffle.

« Disons qu'au début, quand j'ai fait épingler Gandolph, je me fichais un peu de ce qui pouvait lui arriver. Je me disais que, si on additionnait tout ce qu'il avait pu faire et tout ce qu'il avait réussi à passer à l'as, il méritait d'aller moisir à l'ombre pendant un bout de temps.

« Mais comme j'ai déjà dit, si Larry était venu quand je le lui ai demandé, je lui aurais dit la vérité. Je n'étais pas encore tout à fait décidé sur la manière dont je m'y prendrais, mais je l'aurais fait, parce que je lui devais la vérité. Mais à présent, je me rends compte que c'est à Gandolph que je la devais.

« Il n'y a rien de tel que de sentir qu'on n'en a plus pour bien longtemps – ça, vous pouvez me croire. Vous êtes sans doute convaincu d'avoir bien conscience de n'être pas éternel, mais quand votre médecin vient vous le dire en face – maintenant, c'est peut-être pas la même chose, pour les vieux ; ma mère m'a paru plutôt

soulagée de s'en aller. Elle avait quatre-vingt-six ans.
Mais si votre heure n'a pas encore sonné, comme pour
moi, vous passez le plus clair de votre temps avec la
peur au ventre. Ça vient. Vous savez que ça se rapproche. Ça vous guette. Il n'y a rien à faire, et vous
n'y pouvez rien. Ça vient. Et c'est dur, vraiment dur.
Vous avez vécu toutes ces années, vous avez survécu
à toutes ces épreuves, et voilà. En fin de compte, quand
vous sentez venir la fin, ça reste très dur.

« Beaucoup de gens retrouvent la foi, sur leur lit de
mort. Moi, j'ai retrouvé la mienne. J'écoute le prêtre.
Je réfléchis. J'ai fait des choses abominables. Je ne sais
pas si cette maladie est une punition que m'envoie
Dieu, ou si ça m'arrive, comme tout le reste, parce que
ces choses-là n'arrivent pas qu'aux autres... en tout cas,
je ne m'attends pas à ce qu'Il m'envoie un télégramme
pour s'expliquer. Mais quand on comprend enfin qu'on
a la possibilité de se racheter un peu – c'est ça qui
m'a fait me souvenir de Gandolph. Lui aussi, depuis
maintenant plus de neuf ans, il en est là. Chaque jour,
comme moi, il se réveille avec cette idée : le compte à
rebours a commencé. Ça se rapproche. Ça le guette, et
il n'y a rien qu'il puisse faire. Comme moi. Sauf que
lui, il n'a rien fait pour mériter ça, et il me suffirait de
dire la vérité pour qu'il s'en sorte. Jour après jour, il
doit supporter ce que je supporte, mais pour lui, c'est
injuste. Voilà ce que je me suis dit : pour moi, personne
n'y peut rien, mais pour lui, si. Je peux faire beaucoup.
Il me suffit de faire mon devoir. De dire la vérité. »

Erno avait dit tout cela les yeux baissés, sans regarder quiconque. Il parlait de cette même voix rauque,
un peu désincarnée, qu'il avait eue pour répondre aux

autres questions. Mais quand il en eut terminé, il leva les yeux vers le juge, et ponctua sa déclaration d'un signe de tête définitif.

L'index de Harlow était revenu se poser le long de son nez. Le juge se demandait manifestement ce qu'il devait penser d'Erno, tout comme se l'étaient maintes fois demandé Arthur et Pamela – et ils avaient passé un certain nombre d'heures à se renvoyer cette question. En dépit de la limpidité de ses propos, il demeurait des zones d'ombre autour d'Erdai, une impression de flou qu'Arthur avait finalement décidé de mettre sur le compte de l'incertitude dans laquelle le malade se trouvait pour sa propre existence. Arthur était convaincu qu'Erdai pensait sincèrement tout ce qu'il venait de dire, mais sous un certain angle, on avait peine à croire qu'il ait pu avoir spontanément ce genre de réflexion. De telles idées lui semblaient tellement étrangères.

Erdai lui rappelait parfois Susan, sa sœur schizophrène, lorsqu'elle prétendait agir sous le contrôle de voix qui lui parlaient d'une autre région du cosmos. Erno avait déclaré qu'en abattant Paul Judson il avait appris quelque chose d'effrayant sur sa propre nature. Mais de son point de vue, ce genre de chose devait être infiniment plus aisé à appréhender que ces forces qui lui inspiraient, à la fin de sa vie, de réparer un tant soit peu les dommages provoqués par sa propre férocité. Erno admettait qu'il puisse désirer faire le bien, mais ne semblait toujours pas clairement convaincu des avantages qu'il pouvait y trouver.

Pour conclure, le juge demanda à Muriel si elle avait d'autres questions à poser au témoin. Après avoir briè-

vement pris conseil auprès de Larry, elle répondit que
non.

« Mr Erdai, fit alors le juge, vous pouvez disposer. »
Harlow dévisagea Erno encore un moment, puis ajouta,
d'une voix sourde : « Je vous souhaite bonne chance,
monsieur », avant de quitter son estrade, sans un regard
en arrière.

19.

Toujours victimes

Le 13 juin 2001

Comme la séance touchait à sa fin, Muriel, toujours portée par son adrénaline, se tourna vers la salle où les spectateurs, agglutinés en rangs serrés, commençaient à jouer des coudes pour pouvoir se rapprocher de la sortie. Parmi la horde des spectateurs anonymes alléchés par les titres de ces dernières vingt-quatre heures, elle repéra une bonne douzaine de journalistes spécialement délégués par leur rédaction.

Ce matin-là, Ned Halsey lui avait galamment suggéré de lui laisser le soin de démêler cette affaire – et la polémique qui l'accompagnait. Mais les journalistes connaissaient le rôle capital qu'avait joué le dossier Gandolph dans la carrière de Muriel. Si Arthur parvenait à établir l'innocence de Squirrel, la presse ne manquerait pas de la clouer au pilori, qu'elle ait ou non participé à la séance. D'ailleurs, pour rien au monde, elle ne se serait privée de relever elle-même ce défi. En dépit de leur cruauté, elle aimait ces moments d'urgence absolue. Elle aimait sentir le monde tourbillonner autour d'elle, comme une mer démontée. Raven approchait, chargé de toute une pile de nouvelles motions ; elle devait aussi consulter Molto et Carol sur les nouvelles procédures à engager ; Larry attendait ses directives quant à l'orientation qu'il devait donner à l'enquête sur Erno, et les journalistes commençaient déjà à bourdonner autour d'elle, dans l'espoir de s'assurer la primeur de ses commentaires. Mais c'était bien la vie dont elle avait rêvé depuis son enfance – « l'arène », comme disait Talmadge, et elle ne s'offensait nullement de la connotation « bête de cirque » du terme. Ce qui l'exaltait, c'était de se sentir totalement impliquée dans la lutte, d'avoir le sentiment que chacune de ses cellules devait fonctionner à plein rendement, pour gérer les tensions qu'impliquait la place qu'elle tenait dans le monde.

Avec la clarté instinctive dont ces choses se manifestaient à elle, ce qu'elle avait à faire lui apparut soudain. John Leonidis était dans la salle. Il était venu assister à la séance, du dernier rang, comme il le faisait depuis à présent neuf ans, dès qu'il y avait une audience de quelque importance concernant le meurtre de son père. Ignorant les journalistes, dont les rangs grossissaient autour d'elle, elle fila retrouver John. Elle lui posa le bras sur l'épaule et lui fit traverser le couloir en direction de la salle des témoins. Les journalistes attendraient. De toute façon, ils ne s'en iraient pas tant qu'elle ne leur aurait pas livré ses commentaires.

John n'était pas seul. Il lui présenta un jeune homme au visage lisse, sans doute originaire des Philippines, et nettement plus jeune que lui. Muriel avait refermé la porte de la petite pièce, mais la rumeur de la foule qui piétinait devant la porte de la salle d'audience leur parvenait toujours, à peine assourdie.

John s'était consumé de rage pendant toute la séance. Sans cesser de se ronger l'ongle du pouce, il entreprit d'expliquer à Muriel, comme si l'idée ne l'avait pas déjà effleurée, qu'Erno ne mentait que pour se venger de la police du comté et que son histoire lui avait été soufflée dans les moindres détails.

« Je vais leur dire, moi, à ces idiots de journalistes ! Je vais leur dire ce qu'il en est », fulmina-t-il.

Pour Muriel, l'idéal était effectivement d'être soutenue par les victimes elles-mêmes. Elle fit néanmoins remarquer à John qu'il ne devait parler que s'il le désirait vraiment.

« Mais je le veux, Muriel. Croyez-moi ! J'y pense sans arrêt, à cette petite ordure de Gandolph. Et il ne se passe pas de jour sans que je découvre quelque chose qu'il m'a fait perdre. Ces derniers mois, je n'ai pas cessé de me demander si mon père aurait été fier de moi. » John avait toutes les raisons de penser que Gus aurait été satisfait de son fils. Non content de reprendre la direction du Paradise, qui marchait mieux que jamais grâce à la réhabilitation du quartier, John avait lancé une chaîne de restaurants économiques grecs dans tout le pays, en partenariat avec une chaîne d'hôtels locale. À l'invitation de John, Muriel allait déjeuner plusieurs fois par an dans celui du centre-ville. Le LAG Tavern – LAG, pour « l'ami Gus ». John venait la rejoindre à sa table, il allumait une cigarette et lui parlait de l'affaire, dont tous les détails restaient aussi clairs dans son esprit que si le procès s'était tenu la veille.

« Vous voyez, je sais que Gus aurait trouvé à redire à certains aspects de ma vie, tout comme ma mère. Mais il aurait fini par s'y faire, lui aussi, et par m'accepter tel que je suis. J'en suis vraiment convaincu, mais comment en avoir le cœur net ? J'aurais pourtant le droit de savoir, comme tout le monde. Eh bien, ce Gandolph, cette pauvre sous-merde – il n'a pourtant rien de divin, hein ! Mais dans ma vie, ça a été la main de Dieu. »

Pour John, comme pour la plupart des survivants, le meurtre de son père et le châtiment du coupable seraient à jamais une intarissable source d'interprétations personnelles. Et il ne pouvait considérer l'affaire comme classée, principalement parce qu'elle n'avait toujours pas abouti. Depuis près de dix ans, John Leonidis retenait son souffle, espérant contre tout espoir qu'à l'injustice de la disparition de son père ne viendrait pas s'ajouter celle de la machine judiciaire, qui se révélait incapable d'appliquer à Gandolph le châtiment auquel elle l'avait condamné.

Dans le camp des victimes, c'était John qui avait demandé la tête de Gandolph avec le plus de véhémence. À l'époque du procès, la veuve de Paul Judson avait déménagé à Boulder, où elle tâchait de reconstruire sa vie. On était sans nouvelles d'elle depuis des années. Quant à la mère de Luisa, qui avait été quelque peu malmenée par Larry au cours de l'enquête, elle avait demandé la peine de mort au procès, mais sans grande conviction. John, en revanche, aurait été prêt à passer ses diplômes de droit pour pouvoir instruire lui-même le dossier. Muriel avait d'abord pensé que ces démonstrations de zèle s'adressaient à sa propre mère, mais au cours des interventions que firent la plupart des victimes avant le verdict, John déclara qu'il avait la conviction que son père aurait demandé la peine capitale.

« Il tenait à donner sa chance à chacun, avait-il dit, parlant de Gus. Il était même du genre à vous en donner six plutôt qu'une, s'il voyait que vous faisiez sincèrement l'effort d'essayer. Mais en fin de compte, il était de la vieille école. C'était un homme à poigne et, tôt ou tard, il aurait dit "trop, c'est trop". Mon père a fait preuve d'une grande générosité, envers Gandolph et pour tout remerciement, il s'est pris une balle dans la tête. Je pense que mon père aurait voulu voir cet homme mort. C'est donc ce que je demanderai, moi aussi. » À l'époque déjà, Muriel n'aurait pas juré que la vision que se faisait John de son père fût totalement conforme à la réalité, mais après tout, qu'est-ce qu'elle en savait ? Elle se souvenait distinctement de l'atmosphère qui régnait dans le prétoire, pendant l'intervention de John, de la gravité avec laquelle Gillian Sullivan l'avait écouté, du haut de son estrade. Les idéalistes pouvaient bien se récrier devant l'horreur d'un arrêt de mort prononcé *ex cathedra* par des magistrats – cela valait tout de même mieux que de laisser de simples citoyens appliquer l'idée qu'ils se faisaient de la justice, ce qui risquait fort d'arriver avec des hommes tels que John Leonidis, qui avaient avec les victimes des différends et des dettes affectives que seule l'action violente pouvait effacer. Pour John, la mort de Romeo Gandolph était devenue une priorité absolue, une partie du rôle de dépositaire et de substitut de son père qu'il avait endossé à la mort de Gus.

Muriel ouvrit la porte et fit signe à Carol d'accompagner John et son ami au rez-de-chaussée, jusqu'au grand hall du tribunal où l'attendaient les caméras. Plusieurs journalistes crièrent son nom, et elle leur promit de faire vite. C'était compter sans Larry, qui s'engouffra dans la pièce, accompagné de quatre femmes auxquelles il fit un rempart de son corps : deux adolescentes, une jolie quadragénaire et, fermant la marche, une vieille dame aux cheveux d'un noir trop profond pour ne pas être artificiel. Des quatre, ce fut la seule que Muriel avait reconnue.

« Mrs Salvino, bien sûr ! » s'exclama-t-elle en accueillant la mère de Luisa Remardi. La vieille femme n'était pas du genre à s'en laisser conter, ni à mâcher ses mots. Muriel avait toujours pensé que Luisa avait dû être coulée dans le même moule que sa mère. Quant aux deux jeunes filles qui l'accompagnaient, elles auraient presque pu être jumelles, tant leurs visages se ressemblaient, mais les deux ans qui les séparaient induisaient des différences très nettes dans leur attitude globale. La plus grande dépassait sa sœur de la tête et des épaules, et portait un maquillage exubérant, mais elles avaient le même teint mat, la même silhouette déliée, les mêmes cheveux noirs et les mêmes grands yeux sombres. Elles étaient aussi jolies l'une que l'autre. Muriel comprit qu'elle avait devant elle les filles de Luisa.

Du ton bourru qui lui était coutumier, Mrs Salvino mit fin aux salamalecs de Muriel.

« Dites donc, lança-t-elle à la cantonade, vous avez décidé de ne jamais nous en faire voir la fin, on dirait !

— Nuccia ! protesta la quatrième visiteuse.

— Muriel..., commença Larry, d'un ton solennel qui ne lui ressemblait pas du tout. Vous vous souvenez certainement de Genevieve Carriere ? C'était une très bonne amie de Luisa. » Genevieve s'était jointe à la petite bande en qualité de chauffeur et d'accompagnatrice. Mrs Salvino était l'une de ces Italiennes de Kewahnee qui ne descendaient en ville que deux ou trois fois l'an, et jamais sans appréhension.

« Personnellement, je n'avais rien à faire en ville, expliqua Mrs Salvino. C'est Darla qui a entendu parler de l'audience à la télé, et qui a décidé de venir. Mais si vous voulez mon avis, ça n'était qu'une excuse pour manquer l'école !

— Comme si j'avais besoin d'une excuse ! » fanfaronna Darla, l'aînée de ses petites-filles. L'autre, qui portait un appareil dentaire, restait timidement près de la porte, mais Darla était un sacré numéro. Elle avait seize ans à présent, et elle arborait la panoplie de ces lycéennes branchées que Muriel croisait tous les jours dans la rue – vêtements sexy et maquillage à l'avenant. Sa poitrine était beaucoup trop épanouie pour son étroit T-shirt, qui s'arrêtait deux doigts au-dessus de son nombril. Muriel était parfois surprise de la pruderie de ses propres réactions devant les libertés que prenaient les jeunes filles, parce qu'elle-même n'aurait pas manqué d'user et d'abuser d'une telle liberté, si elle avait été de mise de son temps.

« Comme si tu avais besoin de venir écouter des choses pareilles ! riposta la grand-mère.

— Bon-jour la ma-mie ! Ça passe à la télé presque chaque semaine. Et c'est de ma propre mère qu'il est question. S'il fallait compter sur toi pour se tenir au courant ! Je veux dire, c'est quand même la moindre des choses qu'on s'y intéresse, non ! »

Larry décida de s'en mêler. « Je ne crois pas que tu aies appris grand-chose de ce qui s'est vraiment passé, Darla. Erdai n'est qu'un malade condamné qui s'écoute parler pour se distraire. Il est prêt à dire n'importe quoi.

— N'empêche que j'avais tendance à le croire, par moments, répliqua-t-elle avec cette manie de la contra-diction commune aux personnes de son âge. Parce que l'autre, là, celui qui serait soi-disant coupable – ça ne tient vraiment pas debout. D'abord, ça m'étonnerait qu'un type aussi déjanté ait eu assez de jugeote pour maquiller l'histoire qu'il raconte.

— Et question maquillage, tu t'y connais, pas vrai ! » pouffa sa grand-mère.

Darla lui lança un regard bref, mais virulent.

« Le seul truc, avec celui-ci, poursuivit-elle, c'est qu'il est moche à faire peur. »

Muriel et Larry, dont l'esprit était resté sur le ton incisif et l'ambiance polémique du prétoire, partirent d'un éclat de rire, parfaitement synchrone.

« Non, sans blague ! insista la jeune fille. Je veux dire, on sait bien qu'il a un pied dans la tombe, tout ça – mais je ne vois vraiment pas comment maman aurait pu lui trouver un minimum de sex-appeal, même quand il était en bonne santé ! Et ça, ça ne ressemble pas du tout à ma mère. Parce que sur toutes les photos où on la voit avec des conquêtes à elle – mon père y compris, bien sûr – ben, c'est toujours des super beaux mecs ! »

Darla avait mis une certaine véhémence dans ses pro-pos, et Muriel fut frappée par ce que cette reconstitu-tion admirative de sa mère avait de pathétique, de la part de cette jeune orpheline. Plus elle avançait en âge, et plus Muriel était sensible à l'écrasante charge de souffrance qui transitait chaque jour dans un tribunal. Lorsqu'elle était plus jeune, le sentiment qui prédominait à ses yeux était la colère – celle des victimes, mais aussi celle des prévenus, qui se sentaient souvent injustement traités – et, de façon encore plus poignante, ce besoin qu'elle-même ressentait de faire reculer le mal. Mais après toutes ces années, ce qui lui restait à présent, c'était l'héritage de la douleur. Celle de Darla, comme celle des criminels dont certains étaient assez conscients pour regretter leurs actes. Et en tout cas, celle des membres de leur famille qui étaient, dans leur immense majorité, tout aussi innocents que n'importe qui d'autre dans l'assistance, et dont le seul tort était d'aimer quelqu'un qui avait mal tourné.

Darla semblait tenir à cette opinion qu'elle s'était forgée sur sa mère. Elle se tourna vers Genevieve qui avait esquissé un sourire, durant l'escarmouche entre Darla et sa grand-mère.

« Tu ne trouves pas que j'ai raison, tante Genevieve ? Tu l'aurais vue, toi, maman, sortir avec ce genre de bonhomme ?

— Jamais, répondit Genevieve. Ta mère avait ce type en horreur. » Comme Genevieve s'était tournée vers la jeune fille, pour lui poser la main sur l'épaule, elle ne vit pas le regard qu'échangèrent Muriel et Larry.

« Et pourquoi le détestait-elle ? » demanda Muriel.

Les six personnes tenaient à peine dans la petite pièce. Elles devaient se partager le peu d'espace qui restait entre le vieux canapé de tweed et la table admi-

nistrative standard, flanquée de ses chaises métalliques
assorties. Genevieve eut immédiatement conscience
d'avoir lâché un mot de trop. Elle détourna le regard,
et se concentra sur l'une des scènes champêtres qui
ornaient le papier peint, pour tenter de se soustraire à
l'attention dont elle se sentait tout à coup l'objet.

« Oh, ils n'ont jamais très bien accroché, tous les
deux », fit-elle, et sa main manucurée eut un geste
vague, comme si tout cela avait été trop flou dans sa
mémoire pour mériter de plus amples explications. Ses
cheveux avaient blanchi prématurément, ce qui produisait un effet tout à fait frappant, car le reste de sa personne avait gardé la fraîcheur et les rondeurs de la
jeunesse. Dans l'ensemble, il se dégageait d'elle une
impression d'équilibre et de stabilité. Une décennie
plus tard, elle s'occupait toujours des filles et de la
mère de son amie. Des années durant, Muriel s'était
imaginée sur les gradins des terrains de foot et de base-
ball, aux côtés de femmes telles que cette Genevieve –
des mères pour qui le dévouement était une seconde
nature, et qui comptaient probablement parmi les meilleures personnes de la planète.

« Peut-être devrions-nous demander à ces jeunes
filles de sortir un moment ? suggéra Muriel, au cas où
la réticence de Genevieve se serait expliquée par leur
présence.

— Et puis quoi encore ? se récria Darla. Comme si
on était des bébés ! C'était notre mère, non ? »

Muriel sourit, presque malgré elle, sans doute parce
qu'elle-même, à l'âge de Darla, n'aurait été ni moins
délurée, ni plus nuancée dans ses opinions – d'ailleurs,
cette tendance qu'elle avait à aller un poil trop loin et

à s'aventurer en territoire interdit pour découvrir qui elle était vraiment n'avait toujours pas fini de la fasciner. Andrea, la cadette, parut hésiter davantage sur la conduite à tenir, mais elle finit par décider elle aussi de rester à sa place. De son côté, Larry n'avait pas relâché d'un iota la pression qu'il exerçait sur Genevieve :

« Vous n'avez donc jamais eu vent d'une quelconque aventure entre Erno et Luisa ? »

Genevieve consulta sa montre et, d'un geste, suggéra aux deux jeunes filles qu'il était grand temps d'y aller. Avant de lever le camp, elle se fendit tout de même d'une dernière remarque :

« Je croirais plus volontiers qu'il ait pu la tuer. »

Muriel leva la main pour retenir Mrs Salvino : « Et vous, madame ? Votre fille aurait-elle fait allusion à ses relations avec Erno, en votre présence ?

— Ça, Dieu seul le sait ! dit la vieille dame. Vous croyez que j'y faisais attention ?

— Vous parlait-elle des hommes qu'elle voyait ?

— Seigneur ! s'exclama Mrs Salvino. J'étais sa mère. Vous pensez que c'était le genre de questions que je lui posais !

— Moi, ça m'étonnerait pas, que tu le lui aies demandé », lâcha Darla.

Mrs Salvino leva une main menaçante, avec un « Tssst ! » de mise en garde, tandis que Darla répliquait d'un autre geste, la main ouverte du parieur, vraisemblablement hérité de sa grand-mère. Mais Darla avait gardé le sourire. À vue de nez, elle avait pour la vieille dame bien plus d'estime et d'affection qu'elle ne voulait en laisser paraître.

Tandis que Genevieve continuait à pousser sa petite troupe vers la sortie, Muriel avertit Mrs Salvino que les journalistes tenteraient sans doute de l'interroger.

« Je n'ai rien à leur dire.

— Ils vont vous demander de leur donner votre avis. De leur dire si vous croyez qu'Erdai puisse être le coupable.

— Ça ne serait pas impossible, fit Mrs Salvino. Ils ont très bien pu le faire ensemble, celui-là et l'autre. Je n'en sais trop rien. La seule chose de sûre, c'est qu'elle est morte.

— Nous n'avons à faire aucun commentaire particulier », déclara Genevieve en guise de conclusion.

Muriel prit congé de ses visiteuses. Genevieve sortit la dernière et, comme elle s'apprêtait à refermer la porte derrière elle, Larry posa deux doigts sur sa manche :

« Nous aimerions reparler un peu de tout cela avec vous. »

Genevieve secoua aussitôt la tête. Elle avait une excuse toute prête : les vacances. Tous les ans, dès que l'école s'achevait, elle partait en famille à Skageon, pour un mois.

« Quand partez-vous ? demanda Muriel.

— Demain, répondit Genevieve. À la première heure.

— Eh bien, nous ferons peut-être le trajet jusque làbas », dit Larry, à qui le regard noir que lui avait glissé Genevieve n'avait pas échappé.

Muriel se souvint tout à coup des journalistes, et comme le siège que livrait Larry ne semblait pas porter ses fruits, elle rouvrit elle-même la porte et laissa partir Genevieve. Ils se retrouvèrent nez à nez, elle et Larry – un étrange moment de répit dans la tempête. De l'autre côté de la porte, le maelström ne donnait aucun signe d'essoufflement.

« Nous allons devoir la rejoindre là-bas, et prendre sa déposition, dit Larry. Elle nous donnera sans doute un peu de fil à retordre, mais ce n'est pas du tout le genre à mentir sous serment. Par contre, je doute que nous puissions arriver à lui faire cracher quoi que ce soit, sans au moins une citation à comparaître.

— Tu as entendu ce qu'elle a dit, des sentiments de Luisa envers Erno ? Elle l'a toujours eu en horreur. Je donnerais cher pour faire porter ça au dossier. Ne laissons passer aucune occasion de prendre Erno en flagrant délit de mensonge.

— Ça, tu ne t'en es pas privée, cet après-midi ! »

Elle encaissa le compliment en souriant, mais elle savait aussi que les feux d'artifice rhétoriques ne suffisaient pas à remporter un procès. L'issue de la plupart des affaires était déterminée dès le départ, en fonction de la personnalité du juge ou du jury, et Kenton Harlow lui donnait des sueurs froides.

« S'il émet un avis favorable sur la crédibilité d'Erno, dit-elle, je peux me préparer à avoir cette affaire sur le dos pendant un bon bout de temps. Talmadge pense que, si ça traîne un peu en longueur, le révérend Blythe risque de trouver quelqu'un qui accepte de se présenter contre moi pour les primaires.

— Un Noir ?

— Évidemment. » Elle secoua la tête : l'idée n'avait

rien de réjouissant. Elle n'avait pas l'ombre d'une envie d'engager un tel duel, dont elle risquait de sortir avec l'étiquette d'ennemie des Noirs.

« Alors, demanda Larry. Quelle est l'alternative ?

— Tu la connais aussi bien que moi. Soit on descend Erno en flammes, soit on reconnaît qu'on a merdé – pour pouvoir cautériser la plaie le plus vite possible.

— On n'a rien merdé du tout ! Ce mec n'avait pas la conscience tranquille, Muriel. Tu le sais aussi bien que moi. Je ne l'ai pas touché. Il a avoué de son plein gré. Erno peut rengainer ses conneries, et aller se faire voir !

— Bien sûr, mais tu vois où je veux en venir...

— Sans compter qu'avec tout le respect que je dois à Talmadge, si on reconnaît l'avoir fait condamner à tort, l'autre petit taré, Blythe, va te rectifier le portrait en moins de deux. Ça risque de ne pas faire très décoratif, sur les belles affiches de ta campagne.

— Eh bien, on verra ! » répliqua-t-elle aussitôt. Elle l'avait dit sur le ton du défi, presque avec hauteur. Elle le sentit se rétracter. Tout cela éveillait entre eux de vieux échos, le souvenir de choses qui s'étaient passées des années auparavant, dont elle se sentait toujours coupable, et sur lesquelles elle ne lui avait pas tout dit. L'avant-veille, elle lui avait confié qu'elle aurait volontiers renoncé au poste de procureur en échange de la joie d'être mère, et elle était on ne peut plus sincère. Mais devoir renoncer aux deux choses qu'elle désirait le plus au monde ? Elle se connaissait assez pour savoir qu'elle ne ferait pas si facilement son deuil de ses projets de carrière.

« Nous avons épinglé le bon coupable, Larry. À présent, tâchons de faire chavirer la barque d'Erno. Je vais essayer d'insister auprès de Jackson Ayres, pour parler au neveu. Pendant ce temps, tu continueras à creuser la piste du gang. Les GO peuvent très bien lui avoir promis quelque chose que nous ne soupçonnons même pas. Et par la même occasion, tu pourrais essayer de me dénicher le nom du type qu'Erno a blessé, chez Ike. Mon petit doigt me dit que la victime va se faire un peu tirer l'oreille, pour confirmer cette histoire de légitime défense qu'Erno essaie de nous refiler. »

Toutes ces idées parurent belles et bonnes à Larry. La concorde régnait à nouveau, entre eux.

« Bien, dit-elle. Au tour des journalistes, à présent. Comment tu me trouves, dans le rôle du procureur dur mais juste ? »

Il joignit les pouces, les deux index levés, pour figurer un objectif imaginaire.

« Convaincante », fit-il.

Elle le dévisagea un moment, en souriant. « J'avais oublié à quel point on s'amuse, quand on bosse ensemble, Larry ! »

Comme elle ouvrait la porte, elle tomba sur Darla qui attendait, appuyée au chambranle. La jeune fille se redressa dès qu'elle l'aperçut.

« Y a un truc que j'ai oublié de vous demander, lui dit-elle. Est-ce que vous pensez qu'on a une chance de le récupérer, un jour ?

— Récupérer quoi ? »

Darla lui lança un de ces regards d'impatience dont les adolescents ont le secret, suggérant qu'elle avait devant elle la pire empotée qu'il lui eût jamais été donné de rencontrer.

« Le camée ! Le bijou de ma mère. Il fait partie des pièces à conviction, c'est ça ? Mr Molto nous a dit qu'on ne le récupérerait pas tant que tout ne serait pas terminé. Mais vous voyez, là, ça fait vraiment trop longtemps qu'on attend, quoi – et alors, ben... je me posais la question, parce que... » En dépit de sa façade de jeune fille délurée, Darla parut soudain céder à la pression émotionnelle. Les mots lui manquaient.

Mais Muriel avait compris. Ce bijou, qui symbolisait le lien entre elle et sa mère, lui revenait de droit, en tant qu'aînée. Il contenait son portrait dans les premières heures de son existence, et Luisa l'avait, littéralement, porté sur son cœur. Muriel se sentit tout à coup emportée par une vague de colère et de frustration : dix ans avaient passé et la loi, malgré toutes ses nobles intentions, avait négligé de rendre à cette orpheline ce précieux héritage, et le réconfort qu'elle aurait pu y trouver.

Ouvrant ses bras à Darla, Muriel la serra contre elle et lui promit de s'en occuper personnellement. Puis elle mit le cap sur l'ascenseur en s'efforçant de retrouver un semblant de calme – outre qu'elle était mauvaise conseillère, la colère était rarement photogénique ! Mais elle se félicitait d'avoir eu cette petite conversation avec Darla. Elle en avait profité pour reprendre la mesure de sa propre détermination. Finie, la guéguerre entre Indiens et Tuniques Rouges ! Assez de cet Arthur qui surgissait des fourrés au moment où on s'y attendait le moins, en brandissant l'étendard de Squirrel ! Il était grand temps de faire justice, et de rendre la paix à ces innocents qui l'avaient injustement perdue. Toute cette affaire, ces micmacs juridiques, et jusqu'aux épreuves de Romeo Gandolph – tout cela n'avait que trop duré !

20.

Susan

Le 13 juin 2001

Depuis son siège du dernier rang, Gillian Sullivan n'avait eu à faire que trois pas pour gagner la sortie, dès que le juge avait levé la séance. Ses talons plats résonnaient déjà sur le marbre du couloir, lorsqu'elle entendit son nom, dans son dos. Stew Dubinski, chroniqueur juridique attitré du *Tribune* depuis la nuit des temps, la rejoignit au pas de course, en soufflant comme un phoque. C'était bien la dernière personne qu'elle avait envie de voir.

Chacune de ses apparitions en public l'exposait à de telles rencontres, et au cours de l'audience, elle s'était plus d'une fois morigénée pour se convaincre de partir sans attendre la fin. Mais elle était restée rivée à son siège jusqu'au dernier mot prononcé par Harlow. Quelle force l'avait ainsi contrainte à s'attarder, presque malgré elle ? Parmi les innombrables erreurs qu'elle avait à se reprocher, pourquoi cette obstination à camper sur celle-là ? Mais elle n'avait pu s'empêcher de parcourir les quotidiens du matin et, la veille au soir, de regarder le dernier journal télévisé en compagnie de Duffy, dont les ronflements menaçaient de couvrir le son de la télé. Depuis sa visite à Rudyard en compagnie d'Arthur, elle était comme fascinée par tout ce qui concernait cette affaire. Était-ce à mettre sur le compte d'une conscience encore assoiffée d'autoflagellation ? Tôt ou tard, elle devrait cesser de se voiler la face parce que, quelle que fût la vérité dans cette affaire, c'était, en un certain sens, de sa propre vérité qu'il s'agissait.

Dubinski, qui avait toujours eu une petite tendance à l'embonpoint, était devenu littéralement porcin. Elle retrouvait le visage qu'elle lui avait connu, mais comme fondu et noyé dans une flaque de graisse. Il ne lui avait jamais inspiré de sympathie particulière. C'était la négligence personnifiée – prenant des libertés avec les horaires, voire avec les faits eux-mêmes. Quelques années plus tôt, il s'était vu retirer sa carte de presse après avoir été pris en flagrant délit d'indélicatesse. On l'avait surpris à écouter à la porte d'une salle où délibérait un jury.

Elle lui expliqua en quelques mots les raisons de sa présence, mais il avait manifestement vu en elle un angle d'approche inédit, auquel les autres journalistes ne penseraient pas et il avait déjà dégainé son magnétophone. Gillian hésita. La prudence lui soufflait que, si elle continuait à faire l'objet d'articles tels que celui qui était paru le matin même, elle pourrait dire adieu à son travail. D'un autre côté, rabrouer Dubinski risquait de renforcer sa détermination. Elle lui répéta plusieurs fois qu'elle était pressée et qu'elle avait à faire, mais il répondait invariablement en lui jurant que la prochaine question serait la dernière, et de l'affaire Gandolph, il glissa insensiblement vers des questions plus précises concernant sa vie actuelle – des choses qu'elle n'avait pas la moindre envie de lui dévoiler.

« Ah ! Vous voilà enfin ! » fit une voix derrière elle, tandis qu'une main lui empoignait fermement le coude. C'était Arthur. « Si vous voulez que je vous raccompagne, il faut partir immédiatement, madame le juge. On vient de m'appeler sur mon portable. Une de mes clientes s'est fait arrêter, et je dois filer régler les problèmes de caution. » Tout en parlant, Arthur l'avait entraînée en direction de la sortie.

Dubinski s'était engouffré dans leur sillage, mais profitant de la présence d'Arthur, il changea son fusil d'épaule. Il voulait à présent avoir ses réactions à lui, sur pratiquement tous les points soulevés par Muriel. Comme le journaliste reprenait souffle après avoir posé une question, Arthur s'arrêta et lui fit face, pour tenter de lui faire lâcher prise, mais peine perdue : Stew les suivit jusqu'à la terrasse du petit parking situé en face du tribunal, où Arthur avait garé sa BM neuve.

« Hé ! Mais on dirait que le secteur privé se porte bien ! s'exclama Dubinski en promenant la main sur la carrosserie.

— En tout cas, ce n'est pas grâce à l'affaire Gandolph que j'ai pu me l'offrir ! » répliqua Arthur, et, après avoir déverrouillé la portière de droite pour Gillian, il se mit prestement au volant et démarra en trombe.

« Vous êtes mon héros ! soupira Gillian, paupières closes, la main sur le cœur. Est-ce moi qui ai perdu la main, ou est-ce Dubinski qui est de plus en plus collant ? Vous n'avez aucun client à sortir de prison, n'est-ce pas ?

— Malheureusement, si. Ma sœur.

— Votre sœur !

— J'ai l'habitude, Gillian. Mais je dois vraiment filer la chercher.

— Allez-y. Vous me laisserez au prochain coin de rue.

— Où allez-vous ?

— Arthur, je vous en prie ! Occupez-vous d'abord de votre sœur. Je travaille au magasin de Nearing, ce soir. Je prendrai le bus.

— Parfait. Comme je vais au poste de West Bank, vous pouvez aussi bien venir avec moi jusque-là. Je vous déposerai à un arrêt de bus. »

Effectivement, elle ne risquait pas de le retarder en l'accompagnant jusqu'au poste de police, et il leur restait pas mal de choses à se dire. Elle n'avait pas renoncé à dissiper le malaise de leurs adieux de la veille – sans compter qu'elle était impatiente de connaître ses réactions à l'audience du matin. Ce fut finalement lui qui ouvrit le feu, en lui demandant ce qu'elle avait pensé d'Erno.

« Muriel est redoutable, répondit-elle. Elle a appuyé sur tous les points sensibles.

— À votre avis, est-ce qu'Erno dit la vérité ? »

Elle ne s'était pas posé la question. D'abord parce que ça n'était pas à elle d'en juger. Elle prenait à présent conscience de la fascination que ce spectacle avait exercée sur elle. Depuis sa condamnation, elle n'avait plus mis les pieds dans un prétoire, mais ces quelques heures au tribunal l'avaient revigorée à un degré qu'elle aurait refusé d'imaginer : le juge, les avocats, les procureurs, la façon dont les murs de la salle répercutaient les voix, la charge émotionnelle des débats, qui dépassait tout ce que l'on pouvait voir au théâtre – ici, tout était si criant de vérité ! Entendre Erno parler de sa mort prochaine lui avait fait l'effet d'un coup de foudre auquel elle aurait assisté en direct. Elle s'attendait presque à sentir une odeur d'ozone envahir la grande salle.

Elle avait toujours adoré cette atmosphère. Elle avait été frappée de constater à quel point tout cela était resté vivace dans sa mémoire : les calculs et les réflexions qui sous-tendaient chaque question, les efforts de décryptage qu'appelaient les réponses les plus impénétrables du juge. Et il lui avait fallu tant d'années pour s'avouer qu'elle en avait rêvé chaque nuit...

« En toute sincérité, Arthur, je me demande si je tiens à le croire. Mais j'ai admiré votre intervention finale. Vous avez été brillant, à votre façon, et tout aussi efficace que Muriel dans son contre-interrogatoire.

— Ça, permettez-moi d'en douter », dit Arthur, mais il ne put réprimer un sourire. Le compliment de Gillian n'était certes pas de pure courtoisie. Son intervention avait été parfaite. Le contre-interrogatoire exigeait du panache et du sens de la repartie. Celui qui le menait devait devenir une sorte d'incarnation du scepticisme. Le contre-examen du témoin était un tout autre exercice, bien plus subtil. L'avocat, un peu comme un bon oncle usant de son influence positive sur un gamin indiscipliné, devait insensiblement ramener son témoin sous une lumière plus flatteuse.

« Pour l'instant, en ce qui concerne Erno, disons que je garde l'esprit ouvert, fit-elle. Avez-vous des éléments plus tangibles à l'appui de sa version des faits ?

— À ce jour, c'est impossible à dire. Il n'y a aucun indice matériel. S'il avouait l'avoir violée, peut-être qu'on trouverait un poil pubien, de l'ADN ou Dieu sait quoi. Mais là, nous n'avons rien.

— Et à votre avis, pourquoi il persiste à nier ça – l'agression sexuelle ?

— Depuis la première visite que nous lui avons rendue à Rudyard, il n'a pas perdu une occasion de souligner que le médecin légiste avait pu faire erreur, et en fait, je pense que ça joue en sa faveur. S'il essayait de trafiquer son témoignage en fonction des preuves, il aurait avoué ça avec le reste. »

Ils avançaient pare-chocs contre pare-chocs, dans la circulation d'après-midi. Gillian s'absorba dans ses réflexions. À ce stade, il ne leur suffirait pas de soulever de simples doutes, pour sortir Gandolph du couloir de la mort. Dix ans s'étaient écoulés. Tous les délais étaient archi-dépassés. Mais il restait une chance pour que Muriel préfère abréger le litige, pour échapper aux feux des projecteurs.

« Il ne serait pas impossible que Muriel vous propose de négocier, lui dit-elle.

— Pour transmuer sa condamnation à mort en prison à vie ? Alors qu'il est probablement innocent ?

— Qu'en penserait Gandolph ?

— Ce serait l'équivalent moderne du jugement de Dieu. On lui offre la possibilité de sauver sa tête. S'il est coupable, il sautera sur l'aubaine. Mais, même innocent, il risque d'accepter, pour échapper à la mort.

— C'est à lui de choisir, non ? demanda Gillian, mais Arthur secoua la tête.

— Je suis aussi mordu que Pamela, à présent. Je veux prouver son innocence. » Il lui jeta un coup d'œil empreint d'une timidité enfantine. « C'est encore mieux que d'être procureur. En tant que procureur, vous redressez les torts, mais jamais dans de telles conditions. Là, c'est comme si j'avais déclaré la guerre au monde entier. Depuis des années, c'est la première fois que je me lève chaque matin sans me sentir misérable et battu d'avance. » Arthur, qui n'était décidément pas du genre à cacher ses sentiments, irradia un instant la pure lumière de l'euphorie.

Gillian lui sourit, mais eut à nouveau la sensation de s'être aventurée en terrain interdit. Même si elle pouvait à présent s'avouer qu'elle regrettait les jeux tactiques et les coups de théâtre de la pratique juridique, il était toujours aussi périlleux pour elle de s'y complaire. Ce renoncement faisait partie de son châtiment, et elle ne pouvait que l'accepter. Elle préféra donc changer de sujet. Comme elle demandait à Arthur des nouvelles de sa sœur, il lui résuma l'histoire de Susan d'une de ces voix éteintes qui évoquent non pas un véritable détachement, mais la défaite de l'espoir, lorsqu'il capitule devant un excès de souffrance. C'était une histoire des plus banales : des périodes de relative stabilité, entrecoupées de rechutes brutales et suivies d'hospitalisations. Susan avait disparu à plusieurs reprises, pendant des périodes particulièrement atroces, où Arthur et son père sillonnaient la ville à sa recherche. La dernière fois, elle avait refait surface à Phoenix, intoxiquée aux amphétamines, la pire des drogues pour une schizophrène, et enceinte de trois mois. Pour le père d'Arthur qui s'obstinait à espérer que cette superbe jeune fille, merveilleusement douée et prometteuse finirait par retrouver la santé et redevenir elle-même, les cycles de sa maladie avaient été un véritable calvaire.

« Elle prend des médicaments ? demanda Gillian.

— Oui, et ils l'aident. Mais elle finit toujours par refuser de les prendre.

— Pourquoi ?

— Parce qu'ils ont des effets secondaires. Des tremblements irrépressibles, de la tachycardie, des torticolis. Elle reste avec la tête bloquée sur le côté. L'un des principaux intérêts du foyer, c'est que ça nous permet de nous assurer qu'elle reçoit bien son injection hebdomadaire de Prolixine. Elle supportait mieux le Risperdal, mais elle devait en prendre tous les jours, et ça, ça ne marche pas. Ces produits la domptent, comme un animal, et elle les hait. Je crois que pour elle, le pire est de constater à quel point sa vie devient terne, avec ces médicaments, à côté de ce qui lui passe par la tête, quand elle ne prend rien. Imaginez un peu... Un QI de 165 ! Je crois qu'on ne peut même pas se représenter à quel point son esprit est étincelant, survolté, volcanique. Elle a toujours eu ce côté génial. Pour elle, les événements du monde extérieur sont à peu près aussi intéressants que s'ils avaient eu lieu voilà dix siècles, mais elle dévore trois quotidiens chaque matin, et n'oublie jamais rien. »

Depuis plusieurs années, poursuivit-il, un ami d'enfance de Susan, à présent cadre supérieur chez Faulkes Warren, une boîte de fonds communs de placement, lui avait trouvé des petits boulots, dans le secteur informatique. Et effectivement, elle avait montré de bonnes prédispositions pour l'analyse informatique. Si elle n'avait pas dû travailler strictement isolée dans une pièce, ni être hospitalisée deux fois par an, sa sœur aurait probablement gagné chaque année un quart de million de dollars. Au lieu de quoi, ses problèmes de comportement l'amenaient toujours à la limite du renvoi. Il avait donc passé un marché avec les employeurs de Susan. Quand elle entrait en phase paranoïde, ils appelaient la police, tout simplement. Arthur avait un vieux copain au poste de West Bank, un certain Yogi Marvin, sergent, qui envoyait une voiture de patrouille. En général, Susan était ravie de voir débarquer les forces de l'ordre. Elle pensait qu'ils arrivaient pour coffrer ses ennemis imaginaires, qu'elle accusait toujours de tel ou tel méfait.

« Merde ! pesta Arthur, comme ils parvenaient en vue du poste de police. C'est elle ! » Le poste de West Bank était une perle du style contemporain fonctionnel – une grosse boîte à chaussures en brique. Devant les portes vitrées de l'entrée, à quelques mètres d'un flic en uniforme, deux femmes semblaient se quereller avec entrain. Arthur trouva une place de stationnement à proximité, et s'élança aussitôt vers elles. Gillian mit pied à terre et attendit près de l'aile rutilante de la BMW, hésitant sur ce qui était la conduite la plus adéquate – rester ou prendre discrètement le large.

« J'ai besoin de mes cigarettes, disait Susan. Tu sais très bien que j'en ai besoin, Valerie.

— Je sais que tu en as besoin, répliqua Valerie, et Rolf aussi, il le sait. Nous sommes tous au courant.

C'est bien pour ça qu'on n'y touche jamais, à tes cigarettes... » Gillian supposa que Valerie était l'une des animatrices du foyer où résidait Susan – Arthur lui avait dit que l'une d'elles l'accompagnerait. Avec ce flair que vous donne l'expérience, Gillian subodora que Valerie était une sorte de religieuse. Sa patience, tandis qu'elle tentait de calmer Susan tout en lui donnant la réplique, avait quelque chose de surnaturel, et sa mise n'était qu'à peine plus élaborée qu'un habit ecclésiastique – robe-chasuble sans forme et grosses chaussures. Valerie avait le visage rond et agréable, et sa peau n'avait pas dû voir l'ombre d'une crème ou d'un produit de beauté depuis des lustres – pas même une malheureuse pommade contre les gerçures des lèvres !

« Tu m'as dit de ne pas fumer au travail, s'écria Susan, et tu as pensé que j'allais le faire quand même. C'est pour ça que tu les as prises !

— Susan. Je pense que tu te souviens que je n'étais pas au travail avec toi. Ce que je t'ai dit, c'est que Rolf avait de l'asthme et que, comme ton bureau est à côté du sien, il fallait que tu suives le règlement, et que tu ailles fumer au salon. Ça ne veut pas dire que j'ai pris tes cigarettes. Je n'en ai jamais eu la moindre intention – ni moi, ni Rolf.

— Je sais parfaitement qu'il me les a piquées ! »

Arthur suggéra que la meilleure solution serait qu'il aille lui en acheter un autre paquet.

« Mais pourquoi ils refusent d'obliger Rolf à me rendre celui qu'il m'a pris ? C'est là, maintenant, que j'ai envie de fumer ! »

Arthur jeta un coup d'œil vers Gillian qui attendait toujours au bord du trottoir, et lui fit une mimique de désespoir. En quittant Alderson, elle avait croisé les doigts pour ne plus jamais avoir à assister à ce genre de scène, pour un paquet de cigarettes – l'un des faits divers qui se produisent quotidiennement, en prison. Presque machinalement, elle glissa la main dans son sac. « Je crois que j'en ai une », dit-elle.

Susan battit en retraite, les mains levées dans un geste d'autodéfense. Bien que Gillian ne fût qu'à quelques mètres d'elle, sa présence lui avait échappé. Arthur la lui présenta : « Gillian, une amie. » Comme l'espérait Gillian, la dispute pour les cigarettes ne tarda pas à se tarir, mais c'était désormais sur elle que se reportaient les soupçons de Susan :

« Une amie ? Mais tu n'as aucune amie qui fume ! » dit-elle. Elle parlait à son frère, mais s'était tournée vers Valerie, pour ne pas avoir à nouveau à faire face à Gillian.

« Eh bien, comme tu vois, Gillian a des cigarettes, rétorqua Arthur.

— T'aimes pas me présenter tes amis, d'habitude.

— Je n'aime pas le faire si mes amis ne sont pas gentils avec toi.

— Eh ! Tu crois peut-être que je ne sais pas que je suis schizo ?

— Si, Susan – et je sais que tu le sais. »

Elle prit la cigarette, sans jamais regarder Gillian en face, et marmonna un petit « merci » penaud. Du temps qu'elle était juge, Gillian avait croisé son compte de schizophrènes en phase aiguë et à Alderson, il y avait une bonne demi-douzaine de détenues atteintes de cette maladie qui auraient été davantage à leur place à l'hôpital qu'en prison. Vu l'expérience qu'elle en avait, l'aspect extérieur de Susan – un peu enveloppée, pâle, cheveux poivre et sel, coupés court – était plutôt surprenant. Avec son jean et son T-shirt, on aurait pu la prendre pour une mère de famille se rendant au supermarché du quartier. Elle devait avoir quelques années de plus que son frère. Ses traits étaient réguliers et d'une poignante beauté, mais elle était totalement déconnectée d'avec son être extérieur. Pour prendre la cigarette, elle tendit le bras devant elle comme un automate. Elle avait le regard inerte et le visage rigide, comme si la moindre émotion, quelle qu'elle fût, avait présenté pour elle un danger intolérable.

« C'est une psy ? demanda-t-elle à son frère.

— Non. »

Susan cligna spasmodiquement les yeux. Chaque fois qu'elle tentait de prendre la parole, son visage semblait tétanisé par l'effort. Pendant une fraction de seconde, ses yeux clairs concentrèrent leur regard en direction de Gillian.

« Vous, vous êtes une *coopérante*, hein ?

— Je vous demande pardon ? » Gillian s'était tournée vers Arthur, qui eut l'air chagriné. Le mot, lui expliqua-t-il, faisait partie du jargon de Susan. On désignait parfois les schizophrènes qui refusaient de prendre leurs médicaments sous le terme d'*opposants*. Il fallut quelques secondes à Gillian pour comprendre ce que Susan avait voulu dire.

« Vous essayez toujours de me faire rencontrer des gens qui s'en sont sortis, toi et Valerie, fit Susan.

— Parce que nous espérons que ça t'aidera. Mais pour Gillian, c'est autre chose, elle n'en fait pas partie. »

Susan, qui avait jusque-là gardé sa cigarette à la main, entreprit de l'allumer. Elle sortit des allumettes de sa poche et ferma un œil en aspirant une bouffée de fumée. En dépit du ton relativement assuré des propos qu'elle tenait, entre deux répliques, elle clignait les yeux et semblait terrifiée.

« D'abord, je sais très bien que vous n'êtes pas Gillian Sullivan.

— Ah, non ? lança Gillian, faute de mieux.

— Gillian Sullivan était juge. Elle est en prison. »

Arthur ne bluffait pas, lorsqu'il parlait de la mémoire de sa sœur.

« J'ai été libérée, voilà sept mois. »

En guise de réponse, Susan vint se planter devant elle, un peu trop près, en faisant pivoter son visage comme une poursuite de théâtre, tandis qu'elle scrutait celui de Gillian.

« Qu'est-ce que vous prenez, vous, comme médicaments ? »

Arthur saisit sa sœur par le bras, mais elle se dégagea aussitôt.

« Du Paxil, fit Gillian.

— Moi aussi, répliqua Susan. Et des neuroleptiques, vous en prenez ? Des anti-hallucinogènes ? » Comme Gillian hésitait, Susan secoua vigoureusement la tête. « Vous, vous êtes passée par là. J'ai vu ça tout de suite ! »

Ceux qui prétendent ne pas comprendre les malades mentaux ne font que le prétendre. Susan avait vu juste : Gillian avait été folle. Pas de la même manière que Susan, qui, elle, n'avait jamais réussi à franchir cette vallée que nous traversons tous, pour la plupart, durant l'enfance, lorsque nous renonçons à notre mythologie propre, pour en adopter une autre, commune à tous. Mais Gillian avait été coupée de la réalité ordinaire, elle aussi, et elle en avait parfaitement conscience. Du haut de son estrade de juge, elle régissait un monde d'actions répréhensibles, entraînant des sanctions rigoureuses, puis, dans le cocon de l'héroïne, elle sacrifiait à ses fantasmes de bravoure et d'invincibilité. Une seconde avant d'émettre son verdict, elle se sentait toujours investie d'un pouvoir magistral, régalien, comme lorsqu'elle jouait jadis avec ses poupées. Non, elle n'était nullement plus équilibrée que Susan, et jamais elle n'aurait la prétention de l'être.

« Je suis passée par là, confirma-t-elle.

— Je ne me trompe jamais, repartit Susan – et elle souffla vers le ciel un panache de fumée, de l'air impérial d'une Bette Davis exaspérée. Ce que je comprends pas, c'est pourquoi vous prétendez être Gillian Sullivan ! »

Ne désespérant pas de lui faire entendre raison, Arthur rappela à sa sœur qu'il avait longtemps été affecté à la salle d'audience du juge Sullivan.

« Je sais, dit-elle. Je m'en souviens parfaitement – même que tu étais fou amoureux d'elle, à l'époque. Mais toi, c'est toutes les trois semaines que tu as le coup de foudre !

— Merci, Susan.

— C'est vrai. Sauf qu'aucune femme ne tombe jamais amoureuse de toi. »

Arthur, qui avait eu l'air épuisé à la seconde même où il avait mis pied à terre, parut un moment trop accablé pour relever.

« Eh ! C'est pas de ma faute, Arthur !

— Je n'ai jamais prétendu que ça l'était.

— Mais tu te dis que, si tu n'avais pas ta folle de sœur sur les bras, tout irait bien mieux, pour toi !

— Susan, je préfère quand tu ne cherches pas l'affrontement à tout prix, avec moi. Je t'aime, je veux t'aider, et tu le sais. Maintenant, excuse-moi. Je vais devoir retourner à mon bureau. Je suis en plein procès. Je t'ai déjà parlé de cette affaire – le condamné à mort ?

— Tu vas réussir à le faire sortir de prison ?

— J'espère.

— Et elle, tu l'as fait sortir, elle aussi ?

— Elle a fini de purger sa peine, Susan.

— Tu l'as fait sortir exprès pour pouvoir me l'amener, c'est ça ? Qu'est-ce qu'elle prend, là ?

— En fait, déclara Gillian, dans mon cas, ce qui m'a fait aller mieux, c'est plutôt ce que j'ai cessé de prendre... »

Encouragée par le tour qu'avaient pris les choses jusque-là, Gillian avait pensé que cette remarque pourrait avoir un effet positif, mais elle s'était lourdement trompée. Pour la première fois, Susan fut prise d'un accès de fébrilité. Ses mains se mirent à virevolter dans l'air.

« Ça – j'arrête pas de leur dire ! Si seulement ils me laissaient arrêter – moi aussi, je m'en sortirais. Je le sais – que je m'en sortirais. Elle s'en est sortie, elle – et elle ne prend plus rien !

— Susan. Gillian était en prison, pas à l'hôpital. Elle a purgé sa peine et maintenant, elle tente de retrouver un rythme de vie normal.

— Exactement comme tu voudrais que je fasse... »

Arthur en resta sans voix. La concession semblait négligeable, mais il avait apparemment appris au fil des années que le moindre compromis de sa part ne faisait que renforcer la malade dans ses positions.

« J'aimerais beaucoup te voir y arriver, Susan, mais tu dois avant tout faire ce qui te paraît le plus adéquat.

— Tu sais bien que j'aimerais aller mieux, Arthur.

— Je sais, oui.

— Comme ça, tu pourrais la ramener.

— Gillian ?

— Appelle-la comme tu veux. Mais invite-la, mardi prochain. De toute façon, à trois, ce sera plus sympa. »

Pour la première fois, Arthur parut sur ses gardes.

« Je ne crois pas qu'elle sera libre, mardi soir. Vous travaillez ce jour-là, n'est-ce pas ? »

Gillian attendit un signe, un indice quelconque, mais finalement la question semblait être une vraie question. Prudemment, elle fit non de la tête.

« Oui, mais tu ne veux pas que je la voie, lança Susan.

— Susan, est-ce que tu fais vraiment un effort pour coopérer ? Pose-toi la question.

— Pourquoi tu refuses de l'inviter, mardi ? Tu ne veux pas vraiment m'aider. Tout ce que tu veux, c'est que je continue à prendre ces saloperies, et elle, elle est contre. C'est pour ça que tu ne veux pas que je lui parle !

— Susan, je préfère nettement quand tu ne me cherches pas noise à tout bout de champ. Et si tu rentrais chez toi avec Valerie, maintenant ? »

Susan refusait de se calmer, reprochant de plus belle

à son frère de tenter de l'empêcher de voir Gillian. Et c'était effectivement le cas, Gillian le sentait bien. Mais c'était pour la protéger, elle-même, et non pour blesser Susan. Elle aurait été prête à se porter volontaire pour l'activité du mardi, quelle qu'elle fût, mais elle préféra s'en abstenir, vu les effets imprévisibles de sa précédente initiative.

Arthur opta pour la temporisation et promit à sa sœur d'y réfléchir. Susan garda une minute le silence, puis résista, d'une façon presque visible, au retour d'un comportement plus équilibré.

« Je sais bien qu'elle ne viendra pas !

— Ça suffit, Susan ! s'écria Arthur. Ça suffit comme ça ! Tu as eu ta cigarette. Pour Gillian, j'ai dit que j'y réfléchirais. Maintenant, tu rentres avec Valerie. »

Cela prit encore plusieurs minutes, mais Susan et Valerie finirent par monter toutes deux dans le minibus blanc du foyer. Susan leur dit au revoir, en précisant qu'elle espérait bientôt découvrir la vraie identité de Gillian. À peine le véhicule eut-il tourné le coin, qu'Arthur se répandit en excuses, d'abord auprès du flic qui avait patiemment poireauté pendant toute la scène, puis auprès de Gillian. Il lui expliqua qu'avec sa sœur, dès qu'un détail s'envenimait – comme aujourd'hui les cigarettes –, c'était tout l'édifice qui menaçait de s'écrouler.

« Ne vous excusez pas, Arthur. Puis-je vous demander ce qu'il en est, du mardi ?

— Ah. C'est le jour de son injection. Ensuite, nous rentrons dîner ensemble, à l'appartement. C'était celui de mon père, mais à présent c'est moi qui l'habite.

C'est justement pour Susan que j'y suis resté. Notre dîner du mardi soir est un véritable événement, pour elle, surtout depuis la mort de mon père. Je pense que c'est ce qu'elle sous-entendait quand elle a dit que ce serait "plus sympa à trois".

— Ah. Ça ne me poserait pas de problème particulier de venir, si c'est important pour elle.

— Mais je ne vous le demande pas, et franchement, Susan fera à peine attention à vous, quand vous serez là – ça, je peux vous le dire d'expérience. Il n'y a aucune cohérence dans son comportement, en dehors de la paranoïa. »

Il insista pour la raccompagner jusqu'au centre commercial. Elle protesta un peu, mais il allait être cinq heures. Il mit le contact et démarra vivement. Comme il s'éloignait du parking du poste, elle lui demanda si ce n'était pas bon signe que Susan parle de guérison.

« Chaque fois que je parle avec elle, c'est de guérison. Ça n'a pas varié, depuis près de trente ans. »

Trente ans ! Vu l'énergie qu'il fallait pour fréquenter sa sœur, elle sentit grimper d'un cran l'admiration qu'il lui inspirait. À sa place, elle aurait jeté l'éponge depuis belle lurette.

« Vous aurez du mal à le croire, dit-il, mais je suis convaincu que vous lui avez plu. D'habitude, en présence d'un inconnu, c'est exactement comme si la personne n'existait pas. Toute cette histoire, autour de votre sortie de prison – je ne vous fais pas un dessin. Ça doit l'intéresser. Mais je suis désolé qu'elle ait eu une attitude si injurieuse, envers vous.

— Ce qu'elle en a dit était bien trop vrai pour être insultant. »

Arthur parut embarrassé de cette remarque, comme s'il hésitait sur la façon dont il devait prendre ça. Pendant une minute, on n'entendit plus dans la voiture que le babil de la radio. Maintenant qu'elle avait tout loisir d'y repenser, Gillian s'avisa que la chose n'était pas dénuée d'un certain sel : en dépit de tout ce qu'avait pu lui dire Arthur sur la parenté d'esprit qu'il sentait entre eux, c'était non pas de lui, mais de sa sœur, qu'elle se sentait la plus proche – de cette femme douée d'une beauté et d'un esprit hors du commun, mais ravagée par de mystérieux séismes intérieurs.

« Susan est bien aussi intelligente que vous l'avez dit, constata Gillian. Elle a un œil de lynx.

— En tout cas, elle ne m'a pas loupé. » Il poussa un soupir et effleura sa veste à l'emplacement du cœur. Inutile de demander lequel des commentaires de sa sœur avait fait mouche – « Sauf qu'aucune femme ne tombe jamais amoureuse de toi. » Elle prit à nouveau la mesure de la vaste frustration que devait être la vie d'Arthur Raven.

Ils étaient en face du Morton's. Arthur fit faire demi-tour à son élégante voiture, mais elle hésita à descendre. Il lui sembla plus important que jamais de ne pas être pour lui un fardeau supplémentaire, une autre source de regrets. Elle tenait à lui dire de vive voix quelques-unes des paroles de consolation auxquelles elle avait pensé pour lui, après leur conversation de la veille, devant le magasin du centre.

« Arthur, je ne voudrais pas revenir sur un sujet douloureux, mais j'ai vraiment quelque chose à vous dire.

Ce qui m'a fait mal, hier, quand nous nous sommes quittés, c'est que vous ayez eu l'air de vous sentir repoussé. Mais je vous assure que ça n'a rien à voir avec vous. Ça n'a rien de personnel. »

Arthur fit la grimace. « Bien sûr que c'est personnel. Qu'est-ce qu'il peut y avoir de plus personnel ! Comment vous appelez ça, vous ?

— Arthur, vous ne tenez pas compte de la réalité.

— Écoutez, fit-il. C'est votre droit le plus strict, de dire non. Vous n'avez pas à vous justifier. Le monde grouille de femmes qui ont préféré ne pas s'afficher avec moi.

— Arthur ! Ce n'est certainement pas le problème ! » Elle l'avait dit avec plus de conviction que prévu. À l'évidence, Arthur n'avait rien d'un prince charmant, mais elle en tenait pour ces conceptions vieillottes selon lesquelles la beauté est une prérogative du beau sexe – et, pour tout dire, ce qui la gênait le plus, en lui, ce n'était pas tant son physique lui-même que sa taille : même avec des talons plats, elle le dépassait d'une dizaine de centimètres. Mais sa compagnie lui était agréable. Comme elle s'en était immédiatement rendu compte, il était totalement prisonnier de ses propres compulsions. Il lui aurait été plus facile de cesser de respirer que de renoncer à aligner ses petits pois dans son assiette. Mais il en était parfaitement conscient, et c'était cette lucidité, jointe à l'attitude d'acceptation qu'il avait envers lui-même, qui le rendait attirant – sans oublier son inclination naturelle à partir en guerre et à prendre fait et cause, comme un brave petit soldat, pour ce qui lui semblait juste. En fait, sa constance et son refus obstiné de baisser les bras devant la maladie mentale de sa sœur n'avaient fait qu'ajouter à l'estime qu'elle avait pour lui. Non, le problème n'était décidément pas du côté d'Arthur.

« En toute franchise, Arthur, c'est vous qui devriez avoir peur de vous afficher avec moi.

— À cause de votre rôle dans l'affaire Gandolph ?

— Parce que ma compagnie risque de déteindre sur vous, dans un milieu dont le respect est indispensable à votre survie professionnelle. » Elle le regarda bien en face. « Quels sont nos projets pour la soirée, Arthur ? Un dîner avant d'aller danser – et pourquoi pas une petite réception chez l'un de vos chers collègues ? Je suis sûre que vos associés seront très impressionnés et très touchés de la générosité avec laquelle vous avez tendu la main à cette ex-détenue un peu vieillissante, mais fraîchement sortie de prison, qui a déshonoré toute la profession !

— Et le cinéma ? demanda-t-il. Dans le noir, personne ne nous verra ! » Il souriait, bien sûr, mais elle eut tôt fait de s'apercevoir que ces discussions le lassaient.

« Gillian... voilà au moins dix fois que vous m'en rebattez les oreilles, de cette prétendue générosité que j'aurais envers vous – et que vous me renvoyez scrupuleusement l'ascenseur. Mais vous savez aussi bien que moi que c'est surtout une question d'instinct. Et moi, je sais parfaitement ce que vous dicte le vôtre.

— Non, Arthur. Pour la dernière fois, ce n'est pas le problème. Vous êtes un homme généreux, et ça ne court pas les rues, dans l'univers où je vis. Mais de ma part, cela reviendrait à profiter de vous. Avec moi, vous n'auriez pas ce que vous méritez.

— Bien. Je prendrai ça pour un refus. Mais sans la moindre rancune. Le sujet est clos. Soyons amis. » Il poussa un bouton, près de lui, pour déverrouiller sa portière, puis il lui fit un sourire qui se voulait radieux et lui tendit la main, une fois de plus. Bouillant intérieurement, elle refusa de la lui serrer. Il persistait à voir les choses sous le jour le plus douloureux.

« Alors, nous dînons ensemble, mardi ? lui lança-t-elle. Où et quand ? »

Les lèvres tendres d'Arthur béèrent un tantinet.

« Ça n'est pas nécessaire, Gillian. Susan s'en passera fort bien et, de toute façon, il ne faut surtout pas se plier à ses moindres caprices. Sans compter qu'il n'est pas question pour moi de vous imposer ça.

— Ridicule ! » fit-elle en prenant pied sur le trottoir. Elle se pencha pour regarder dans l'ombre de la voiture, où Arthur la dévisageait, sidéré. « Nous sommes amis, oui ou non ? » s'exclama-t-elle, avant de claquer la portière, non sans une certaine délectation.

21.

Collins

15-19 juin 2001

Jackson Ayres, l'avocat qu'Erno avait engagé pour défendre son neveu, n'était pas un homme facile. Il lui arrivait, en privé, de qualifier ses propres clients de « salopards », mais il avait encore infiniment moins d'estime pour les flics et les procureurs, dont le seul intérêt, à ses yeux, était qu'il pouvait croiser le fer avec eux. Pour Aires, l'univers juridique entier gravitait autour d'un seul mot, la race, et tout se réduisait à une lutte entre le monde blanc et le monde noir. Quelques années auparavant, au cours d'un procès, il avait qualifié Muriel Wynn de « négrière » en présence d'un jury. Elle n'aurait cependant pu dire que cet éclat avait aigri leurs relations : elles avaient toujours été abominables.

Jackson avait pris place dans le bureau de Muriel. Ses longs doigts grêles réunis en un petit clocher, il l'écoutait débiter son boniment. Il avait largement dépassé le cap des soixante-dix ans, à présent, mais il restait mince, alerte, et en pleine possession de ses moyens. Son front était auréolé d'un nuage de cheveux blancs crépus qui lui donnait de faux airs de Mandela, ressemblance qui n'était sans doute pas tout à fait fortuite. Comme tout avocat de la défense, il n'était pas dans ses habitudes de se trouver en position de force et, quand c'était le cas, comme à présent, il devenait proprement insupportable. Tommy Molto, sombre et échevelé, était assis à côté de Jackson et en face de Muriel, qui s'était installée derrière le meuble monumental qui lui tenait lieu de bureau. Molto ne prenait même pas la peine de dissimuler ses réactions allergiques à ce que disait Jackson.

« Immunité totale ! répondit Aires, lorsque Muriel lui annonça qu'elle voulait avoir un entretien avec Collins.

— L'immunité ? s'étonna-t-elle. Pourquoi ? Il en a besoin ? Même s'il nous a menti en 1991, le délai de prescription est largement dépassé.

— Le pourquoi de la chose restera entre lui et moi, si vous permettez, Muriel. Mais s'il n'a pas une totale garantie de votre part, il fera valoir les droits constitutionnels garantis par le cinquième amendement.

— Que penseriez-vous de me communiquer un résumé écrit des déclarations présumées de votre client ? proposa-t-elle.

— Citez-moi un seul avantage que je trouverais à faire une chose pareille ! Il vit actuellement à Atlanta où il coule des jours heureux. Il n'a pas la moindre raison de venir vous parler, Muriel.

— Jackson, pourquoi ai-je tout à coup l'impression que vous avez eu une petite conversation avec Arthur ? Je viens de répondre à sa motion, demandant au juge Harlow de me contraindre à accorder l'immunité à votre client. » Arthur savait, tout comme Jackson, que la décision d'accorder l'immunité était strictement à la discrétion du procureur, et que Muriel ne ferait jamais rien de tel, si ça ne lui était pas indispensable pour remporter l'affaire.

« C'est ce que demande Arthur, Muriel. S'il n'en tenait qu'à moi, vous pourriez d'ores et déjà oublier jusqu'au nom de mon client. Mais je vous répète qu'il ne parlera ni à Arthur ni à vous sans la garantie d'être sous la protection de la loi.

— Il peut toujours se retrancher derrière le cinquième amendement, Jackson, riposta Muriel. Mais je tiens à ce que cela apparaisse noir sur blanc dans le dossier, pour que les juges puissent constater que nous avons fait tout ce qui était en notre pouvoir pour l'entendre. Accepteriez-vous de lui notifier sa citation à comparaître ?

— Quel avantage y trouvera mon client ?

— Nous lui offrons le voyage, aller-retour, tous frais payés.

— Il est agent de voyages, ma chère. Il peut aller où il veut, quand il veut, aux frais de la princesse. Sans compter qu'une procédure d'*habeas corpus* relève d'une instruction civile. Si vous voulez vraiment sa déposition, vous devrez aller la recueillir sur place. Or, je doute fort que messieurs les contribuables sautent de joie à l'idée de vous offrir deux voyages en Géorgie, juste pour avoir le plaisir de vous entendre dire par mon client qu'il refuse de répondre à vos foutues questions.

— Deux voyages ? » s'étonna Molto. Bien que l'allusion lui ait échappé, à elle aussi, Muriel s'était bien gardée de donner à Jackson la satisfaction de lui demander des éclaircissements, mais le code qui s'appliquait ici – les règles fédérales de procédures civiles – n'étaient littéralement pas de son rayon, au propre comme au figuré.

Pour rien au monde Jackson n'aurait laissé passer cette occasion de pavoiser. Il leur décocha un large sourire, dévoilant une denture anarchique, jaunie par la nicotine et que l'on voyait rarement au tribunal, où sa seule expression était le masque de l'indignation. Parce que, s'ils voulaient citer Collins à comparaître, souligna Ayres, toujours tout sourires, ils allaient devoir se rendre d'abord au tribunal fédéral d'Atlanta, pour obtenir un mandat qui soit valide dans cet État.

« C'est exactement ce que nous allons faire, répliqua Muriel. Peut-être pourrons-nous prendre le même avion pour enregistrer la déposition. Je vous préviendrai par courrier.

— Vous croyez peut-être que je ne sais pas reconnaître un bluff, quand j'en vois passer un ? Le diplôme qui est encadré au-dessus de mon bureau est si vieux que le mouton qui a donné sa peau pour le parchemin a dû venir ici à bord de l'arche de Noé. Vous n'aviez pas remarqué ? Je suis un trop vieux renard pour mordre à ce genre d'hameçon, Muriel. »

Molto raccompagna Jackson jusqu'à la sortie. À son retour, ils bavardèrent un peu, Muriel et lui, puis elle laissa un message pour Larry. À cinq heures à peine passées, il était sur le seuil de son bureau. Il frappa poliment à la porte ouverte et, comme il attendait sa réponse, dans l'encadrement de la porte, elle fut prise de saisissement devant sa carrure. Il lui suffisait d'ap-

paraître pour s'imposer, par sa seule présence physique. Les costauds avaient décidément la partie belle.

« Tu as une minute ?

— Pour toi, toujours. » Toutes les secrétaires qui
travaillaient dans le grand hall sur lequel donnait son
bureau étaient rentrées chez elles. Les téléphones
étaient sur répondeur. Le service était silencieux. Les
doigts de Larry restaient posés sur le châssis de la
porte. Il s'était figé, comme cloué sur place par la note
enjouée qui avait résonné dans sa voix. Elle-même, elle
l'avait entendue. Un témoin qui l'aurait écoutée à l'instant, ou l'avant-veille après leur conversation avec
Mrs Carriere, aurait pu en conclure qu'elle cherchait à
l'aguicher. La force de l'habitude, se dit-elle. Les
couches anciennes de son vieux moi, qui affleuraient à
la surface. Larry était un homme d'âge mûr, à présent.
Il était précédé d'une imposante brioche, mais jusque
dans la moindre de ses cellules, elle se souvenait du
désir qu'il lui inspirait autrefois. Et bien sûr, c'était
grisant de se sentir ainsi rajeunir, régénérée, comme
par une résurgence de sa jeunesse – mais c'était surtout
idiot.

Elle lui résuma son entretien avec Jackson. Larry
non plus ne voyait pas pourquoi Collins tenait tant à
son immunité.

« Sans doute parce qu'il sait que je ne la lui accorde-
rai pas. J'ai comme l'impression que Collins et son
oncle ne sont pas exactement sur la même longueur
d'onde. En esquivant, il évite de rester au centre du
débat – et c'est bien pour ça que nous allons aller à
Atlanta.

— Sans blague ?

— Sans blague. Je retirerai la citation au tribunal, et tu iras la notifier au dénommé Collins dès qu'elle nous sera accordée.

— Tu crois vraiment que je réussirai à parler à Collins, si son avocat s'y oppose ?

— Moi, je ne peux pas parler à une partie représentée. Mais Jackson refuse d'accuser réception de l'assignation – ce qui fait qu'un officier de police doit se rendre chez Collins pour lui expliquer l'affaire, et la raison d'être de la citation. Et s'il se décide finalement à se confier à toi contre l'avis de son avocat, qui pourra nous le reprocher ? » Muriel se représenta avec délectation la tête que ferait Jackson Ayres, dans ce dernier cas. C'était généralement de ses propres boulettes qu'il enrageait le plus.

Le mardi suivant, au TriCities Airport et aux aurores, Larry attendait depuis déjà quelque temps à la porte d'embarquement de leur vol et commençait à se faire du souci, quand il la vit enfin arriver. Pour Muriel, prendre l'avion était, comme pratiquement tout le reste, un défi permanent. Si l'hôtesse ne s'apprêtait pas à fermer la porte à la seconde même où elle déboulait, elle avait le sentiment d'avoir perdu des minutes irremplaçables.

« Je ne comprendrai jamais comment tu peux supporter ça ! s'exclama Larry, tandis qu'ils se ruaient vers leurs sièges. Prendre l'avion, ça n'est déjà pas une partie de plaisir ! » Ils avaient tous deux emporté un petit sac de voyage, mais tous les compartiments à bagages avaient déjà été pris d'assaut. À l'antenne du ministère de la Justice de Géorgie, qui les appuyait, on

leur avait promis que l'émission du mandat ne prendrait pas plus d'une heure, mais même avec cette
garantie, Larry ne pouvait espérer rencontrer Collins
avant la fin de l'après-midi, c'est-à-dire en pleine heure
de pointe. Ils risquaient donc de devoir passer la nuit
sur place. Larry fourra son sac sous le siège de devant.
« Je vais avoir l'impression d'être enfermé dans une
maison de poupée pendant tout le voyage, bougonna-
t-il.

— Désolée, Larry. Je n'avais toujours pas réussi à
joindre Claire – tu sais, la fille de Talmadge ? Je lui
avais promis de garder notre petit-fils, ce soir.

— J'espère que tu prendras ça comme un compliment, mais quand j'entends "Voulez-vous danser,
grand-mère", ça n'est pas précisément toi que je vois
dans le rôle.

— Je m'y sens pourtant très bien, Larry, et comme
ça risque d'être la seule chance que j'aurai jamais, je
ne vais sûrement pas la laisser passer. » Il lui suffisait
de parler du garçonnet pour ressentir ce mélange de
joie et d'attente passionnée où la plongeaient sa présence et son absence. Ça avait dû transparaître sur son
visage.

« Et l'adoption ? demanda Larry.

— Hein ?

— Tu n'y as jamais pensé ?

— Oh. » Elle prit quelques secondes pour rassembler son courage. « Nous avons bien failli adopter un
petit garçon, voilà trois ans. Un Noir américain. Mère
accro au crack, la totale. Mais ça n'a pas marché. J'ai
bien cru que je ne m'en relèverais pas. Mais comme
on dit – c'est sans doute mieux comme ça. Si elles

devaient noter leur père, les filles de Talmadge lui donneraient à peine la moyenne. Enfin, n'empêche... de temps à autre, je me dis qu'on pourrait renouveler cette tentative.

— Talmadge est réticent ?

— Disons qu'il n'est pas très chaud. Et, vu le temps qu'il passe en voyage, je risquerais d'être pratiquement seule à assurer. Ça n'est pas simple.

— Est-ce qu'il s'en sort mieux avec ses filles, maintenant qu'elles sont grandes ?

— Elles le prennent comme il est. Et moi, ajouta-t-elle, l'index pointé sur son propre nombril, elles m'adorent ! » Ils éclatèrent de rire ensemble. En fait, le manque de disponibilité de leur père était une importante composante de la complicité qui unissait Muriel aux deux jeunes femmes.

Restait que ces considérations avaient un arrière-goût plutôt morose – tout comme l'ensemble de leur conversation. La promiscuité de l'avion ne leur laissant pratiquement aucune intimité, elle se souvint de ses anciennes résolutions : il y avait quelque chose de fondamentalement malsain à parler de Talmadge avec Larry. Elle revint à son travail.

« OK, fit-il. Changeons de sujet. »

Sans lever le nez des papiers où elle s'était plongée, elle répondit : « Je préférerais, oui.

— C'est juste que...

— Que quoi ?

— Bon, c'est pas mes oignons, je sais, mais...

— Jusqu'ici, ça ne t'a jamais arrêté, Larry. Crache le morceau, maintenant que tu as commencé. »

Elle l'entendit se vidanger les poumons. « Parfait.

— Finis ta phrase. Dis une bonne fois pour toutes ce que tu as sur le cœur, et qu'on en finisse.

— Eh bien, c'est juste que de temps en temps, quand tu me parles de ce brave vieux Talmadge, j'ai l'impression de t'entendre parler de Tu-sais-qui...

— Tu-sais-qui ?

— L'autre, là – feu l'époux de Madame.

— De Rod ? » s'esclaffa-t-elle, si fort qu'en dépit du rugissement des moteurs, plusieurs têtes se retournèrent, de l'autre côté de l'allée. Il n'y avait aucun point commun ! Talmadge était un monument, un monstre sacré, une véritable institution locale – Rod n'était qu'un misérable poivrot.

« Merci de m'en avoir fait part, Larry », fit-elle en ouvrant un autre dossier. Mais pour elle, le sujet était loin d'être clos, parce qu'elle s'était soudain souvenue de la manière dont Rod lui apparaissait, du temps où elle s'était mis en tête de le séduire. À l'époque et à ses yeux, c'était un homme lumineux, séduisant, avenant. Il n'avait sûrement rien d'une épave flottant à la dérive parmi les glaçons de son verre à cocktail. L'espace d'un instant, elle se mit donc en demeure de suivre l'idée de Larry jusqu'au bout de sa trajectoire. Tous deux étaient ses aînés. Tous deux étaient des hommes distraits. Ils avaient été ses professeurs – des étoiles de son firmament – et tous deux se drapaient dans cette espèce de vanité dont son instinct aurait dû lui souffler de se méfier, parce qu'elle ne pouvait leur servir qu'à dissimuler à leurs propres yeux d'effrayants abîmes de manque de confiance en eux-mêmes. Un courant d'air glacé lui balaya le cœur. Qu'est-ce que ça pouvait bien vouloir dire ? Tout – ou rien ? Elle avait quarante-quatre ans. Elle avait fait sa vie. Quelques semaines auparavant, le philosophe qui se trouvait dans le fauteuil voisin lui avait déjà énoncé cette vérité fondamentale : la perfection n'est pas de ce monde. Elle s'étira dans l'espace exigu de son siège d'avion et, à son habitude, remisa le tout dans un coin de sa tête pour revenir, une fois de plus, à son travail.

Ils arrivèrent au tribunal fédéral vers deux heures et demie de l'après-midi. Leur demande déposée, ils se retrouvèrent devant le bâtiment pour organiser le reste de la journée, en compagnie d'un assistant de l'Attorney Général, et d'un inspecteur des forces de police de Fulton County, un dénommé Morley, délégué auprès d'eux pour leur prêter main-forte en cas de besoin. De l'autre côté d'un véritable canyon de souterrains et d'autoroutes, on apercevait le CNN Center et le Georgia Dome. Larry n'était donc pas venu pour rien : il pourrait au moins dire à ses fils qu'il avait vu les plus célèbres des monuments locaux.

Ils convinrent que Larry et Wilton Morley – le flic – se rendraient tous deux chez Collins pour lui signifier sa citation, tandis que Muriel les attendrait, munie de son portable, dans les locaux du ministère de la Justice. Si Collins décidait tout à coup de se confier à eux sans le secours de son avocat, elle accourrait. Elle tenait à être sur place, pour enregistrer ses déclarations dans les règles de l'art. Et si Larry ne lui faisait pas signe, ils se retrouveraient à l'aéroport pour le vol du retour.

Morley avait l'adresse de Collins, dans la banlicuc

nord. Au téléphone, avec ce satané accent du Sud, Larry n'avait pu se faire aucune idée de sa couleur de peau, à ce Morley, et il avait découvert un homme avenant et détendu – et d'un noir d'ébène. Ici, les rapports entre les races étaient différents. Larry avait maintes fois remarqué ça à l'armée, plusieurs décennies auparavant, et ça restait vrai. Ici, la victoire des Noirs avait été plus tangible. Ils avaient commencé par triompher de l'esclavage, puis des ségrégationnistes. Quelle que fût la cause considérée, on était toujours plus tranquille avec de vrais cadavres, que l'on pouvait déclarer morts et enterrés.

Dans la voiture, Morley montra à Larry les documents qu'il avait réunis. Des relevés de compte indiquant que Collins était le propriétaire de *Collins Travel*, son agence de voyages. Conformément à ce qu'en avait dit Erno, le casier de Collins, à l'échelle locale et nationale, n'indiquait aucune nouvelle arrestation depuis sa sortie de prison, cinq ans plus tôt. Statistiquement, soixante-dix-huit pour cent des ex-détenus récidivaient, mais de temps à autre, Larry trouvait une certaine consolation en pensant aux vingt-deux pour cent qui s'en sortaient. Pour les tumeurs les plus meurtrières, un cancérologue aurait été aux anges, avec un tel taux de guérison. Mais à y regarder de plus près, on constatait qu'une bonne partie des ex-taulards qui ne replongeaient pas n'étaient pas vraiment redevenus d'honnêtes citoyens. Ils avaient tout simplement appris à enfreindre la loi en toute impunité. Rien ne permettait à Larry de savoir si Collins ne relevait pas de cette seconde catégorie. Ça paraissait un peu trop beau, qu'un type si fraîchement sorti de prison ait réussi à réunir les fonds nécessaires pour lancer sa propre affaire. Sans compter qu'une agence de voyages, c'était précisément la couverture idéale pour blanchir de l'argent mal acquis – grâce à un trafic de stupéfiants, par exemple. Mais sur Collins Farwell, Morley n'avait que de bons renseignements.

« Y a un de mes gars qui fréquente la même paroisse que lui. Ils vont à l'église ensemble et il achète ses billets d'avion dans son agence. D'après lui, c'est un garçon très sérieux – me demandez pas ce qu'il entend au juste par là ! »

Pour Larry, Atlanta était une sorte de clone de Los Angeles Sud – un joli coin, vallonné et verdoyant, mais étranglé dans un gigantesque nœud d'autoroutes et de centres commerciaux. Collins habitait à trente minutes au nord-ouest du centre-ville, de l'autre côté du Jimmy Carter Boulevard, dans un ancien village dont la population avait dû se trouver multipliée par dix en l'espace de cinq ans. Sur les quelques kilomètres qui séparaient la petite ville de l'US 85, ils virent défiler des succursales d'à peu près toutes les chaînes de fast-food du monde connu, et plusieurs églises, qui ressemblaient comme des sœurs à des supermarchés.

Morley commença par faire le tour du bloc où se trouvait l'agence. Elle était située près d'un teinturier et d'une boutique de toilettage pour chiens, à l'extrémité d'un long bâtiment à toit plat, abritant toute une enfilade de locaux commerciaux en béton préfabriqué. Après réflexion, Larry décida d'y aller seul.

« Z'êtes dans le Sud, là, mon pote, objecta Morley, lorsque Larry lui demanda de l'attendre dans la voiture.

Ici, les choses risquent de ne pas se passer tout à fait comme là-haut ! »

Larry ne voyait pas à quoi Morley faisait allusion. Sans doute s'imaginait-il que la pente naturelle d'un flic nordiste était de faire irruption dans la boutique et de se ruer sur Collins, pour lui mettre d'emblée son poing dans la figure.

« Je comprends, dit Larry. Vous garderez un œil sur moi. Mais je crois qu'en y allant seul j'ai de meilleures chances d'amener ce type à parler. Je préfère que l'ambiance soit celle d'une conversation détendue entre amis, plutôt que celle d'une descente de flics. »

Morley se gara de l'autre côté de l'avenue. Le trafic était déjà dense. Comme ils surveillaient de loin l'entrée de l'agence, ils en virent sortir deux personnes – un homme arborant une chemise et une cravate impeccables, assez grand pour correspondre au signalement de Collins, et une dame d'un certain âge – qui échangèrent une poignée de main. Après avoir pris congé d'elle, l'homme partit à pied, en longeant le pâté de maisons jusqu'à un garage qui se trouvait à l'autre extrémité de la rangée de boutiques. Les grandes portes coulissantes avaient été relevées et, même de son poste d'observation, Larry percevait le couinement des outils électriques et l'odeur âcre des produits qu'ils utilisaient pour dégripper les rouages. L'homme était en grande conversation avec quelqu'un, à l'avant d'une vieille Acura, qui se trouvait au-dessus de la fosse graisseuse du pont élévateur. Larry regarda ce qui venait à gauche puis à droite, et traversa la rue au pas de gymnastique. Lorsque l'homme contourna la voiture en direction de la sortie, Larry eut le temps de reconnaître Collins Far-

well, sans erreur possible. Affichant son plus beau sourire, il mit immédiatement le cap sur lui. Collins soutint
un bref moment son regard, puis détourna les yeux et,
obliquant vers la droite, pressa le pas en direction de
son agence, où il s'engouffra. Lorsque Larry le revit,
une seconde plus tard, il sortait en trombe par la porte
latérale du bâtiment. Il prit le large à toutes jambes.
L'espace d'une seconde, Larry le suivit des yeux, inter-
loqué.

Cette affaire, se dit-il. Nom d'un chien, cette putain
d'affaire !

Il s'élança aussitôt sur les traces de Farwell, qui
avait disparu dans une rue résidentielle adjacente. Il
avait bien conscience que ce n'était pas la chose la plus
futée, pour un Blanc, que de pourchasser un Noir dans
un quartier où n'importe qui pouvait sortir un flingue,
et faire feu de n'importe quelle fenêtre. Du temps de
sa jeunesse rebelle, il avait aimé plus que tout autre
l'aiguillon du danger, mais depuis le Vietnam, il en
était revenu. Le danger, et il pouvait en parler d'expérience, c'était ce qui faisait de vous un homme mort,
point final.

Il accéléra, dans l'espoir de rattraper Farwell le plus
vite possible. Comme il gagnait du terrain, il lui cria
cette connerie de formule consacrée : « Je désire simplement vous parler ! »

La rue montait en pente douce et, au bout d'une
petite centaine de mètres, Farwell renonça. Soit qu'il
ait enfin entendu et compris ce que lui criait Larry –
soit, plus probablement, qu'il ait été à deux doigts de
s'effondrer. En dix ans, il avait dû prendre, au bas mot,

vingt-cinq kilos. Il ahanait comme une forge, les mains sur les genoux.

« Putain, qu'est-ce que vous fabriquez ? » lui lança Larry, et il dut répéter plusieurs fois sa question. Par-dessus son épaule, il vit Morley qui les rejoignait à toutes jambes, l'arme au poing. Les deux mains levées, Larry lui fit signe de rester où il était. Morley obéit, sans toutefois relâcher sa surveillance.

Lorsque Farwell parvint à parler, ce fut pour lui dire : « La vache, mec – j'ai rien à te dire, moi ! » Dans cette chaleur accablante, il était en nage. Sous son élégante chemise blanche, à présent trempée de sueur, on apercevait les contours de son maillot de corps.

« Prendre la fuite, à ma connaissance, ça reste le meilleur moyen de se faire courir après ! »

Pour la première fois, Farwell montra les dents – jusque-là, ça n'avait été qu'une discussion d'affaires : « J'ai rien fait qui puisse t'autoriser à me filer le train, mec. Je mène une vie irréprochable. Tu peux prendre tes renseignements. Je suis totalement clean. » Les traits de Collins s'étaient sensiblement arrondis, et ses tempes commençaient à se dégarnir, mais il restait d'une beauté saisissante, avec ces yeux fascinants, cou-leur de cuir clair. En été, la composante blanche de son teint, celle qui prenait le soleil, faisait chatoyer sa peau.

« Écoutez, fit Larry. Je suis spécialement venu jus-qu'ici pour vous remettre une citation à comparaître, parce que votre petit malin d'avocat a refusé de s'en charger – c'est tout. Mais je sais que vous êtes réglo, et je suis le premier à m'en réjouir. Vraiment, j'en suis très heureux. Vous avez intelligemment mené votre barque.

— Ça, je vous le fais pas dire, répliqua Collins. Dieu m'a tendu la main, mec. Alors j'ai dit, basta ! Tout ce que j'ai pu faire, du temps où on se connaissait, c'est du passé. Le Seigneur a dit qu'il pouvait transformer n'importe qui en un homme nouveau, et je l'ai pris au mot. Tu vois, il m'a fait une offre que je ne pouvais pas refuser. J'ai été baptisé. Délivré de mes péchés.

— Bien, rétorqua Larry. Parfait. » À part soi, il regretta de n'avoir pas sur lui l'un de ces badges que les brigades des quartiers distribuent aux enfants qui se font remarquer pour leur bonne conduite – c'était ce que Collins avait l'air d'attendre.

À l'approche du soir, la température commençait à se faire plus clémente. Les heures les plus torrides étaient désormais passées. Ils se trouvaient le long d'un bloc de petites maisons de bois équipées, pour la plupart, de toits en shingle vert, avec des vérandas protégées par des écrans de toile d'acier, et ombragées par des bouquets de pins de Géorgie. Avec un soupir de gratitude, Collins leva un instant les yeux, lui aussi, vers les arbres, puis ils rebroussèrent chemin côte à côte, sans mot dire. D'un signe, Larry indiqua à Morley qu'il avait la situation sous contrôle, mais l'inspecteur parcourut encore une centaine de mètres à reculons, sans les quitter des yeux.

« C'est ton renfort ? demanda Collins.

— Tout juste. »

Collins secoua la tête. « Vous êtes venus à deux, alors que je ne suis qu'un paisible citoyen !

— C'est pour ça qu'il est resté dans la voiture, Collins. Je suis simplement venu vous remettre votre assignation.

— Tu peux me remettre toutes les assignations que tu veux, mec. Rien ne m'oblige à parler. C'est ce que m'a dit mon avocat. Cinquième amendement, mec – si ça te dit quelque chose.

— Eh bien, tôt ou tard, vous devrez tout de même faire le voyage jusqu'à Kindle County, pour venir dire tout ça au juge de vive voix – à moins que vous n'acceptiez tout de suite de répondre à quelques questions. »

Collins éclata de rire. Celle-là, ce n'était pas la première fois qu'on la lui faisait.

« Je parlerai quand mon avocat me dira de le faire, mec. Le cinquième amendement ne s'applique que si on la boucle. Lorsqu'on commence à répondre à une question ou à une autre, on ne peut plus faire machine arrière. Il faut vider son sac jusqu'au bout. Or, tu sais aussi bien que moi que j'ai fait un certain nombre de choses que je préférerais oublier. Il m'a fallu des années pour me sortir de ce pétrin, mec. J'ai aucune envie d'y retourner !

— Écoutez... je ne prendrai aucune note. Tout ça restera strictement entre nous. D'ailleurs, en fait, je n'ai qu'une question à vous poser. Votre oncle a déclaré que vous avez menti, il y a dix ans, du temps où vous étiez en prison, quand vous avez balancé Rommy. Selon lui, vous m'auriez mené en bateau. »

Collins marchait, les yeux fixés sur les pavés du trottoir.

« Mon oncle est un type bien.

— On fera graver ça sur une plaque à son nom,

Collins. Ce que je veux savoir, c'est s'il dit vrai. Sans tortiller – est-ce que vous m'avez menti, il y a dix ans ?

— Écoute, euh... » Collins s'immobilisa. « La vache, j'arrive même pas à me souvenir de ton nom, mec.

— Starczek.

— C'est ça – Starczek. Écoute, Starczek. Tu ne vas sûrement pas te contenter d'une seule réponse – ça, tu le sais aussi bien que moi. Si je te dis "Ouais, j'ai menti", toi, tu vas te dire, "Putain, il dirait n'importe quoi pour confirmer les dires de son oncle". En fait, ce que tu attends de moi, c'est que je te dise qu'Erno est un sale menteur – ce qu'il n'est pas, loin de là ! »

Ils étaient revenus à l'agence. Ils entrèrent par la porte latérale, celle qu'avait empruntée Collins pour prendre la fuite. Elle donnait sur un petit cagibi où étaient rangés les papiers à en-tête et les formulaires des billets. La pièce de devant était meublée de deux bureaux : celui du patron et l'autre, installé dans un petit box, qui devait être celui de la secrétaire ou de la réceptionniste. Mais pour l'instant, il n'y avait personne. Collins prit un siège et fit signe à Larry de s'asseoir dans un fauteuil, en face de son bureau. Au mur était accroché un grand calendrier, illustré d'une scène religieuse et côtoyant un crucifix en bois, tout simple, sans doute en acajou, assorti au lambris des murs.

« Ça marche, les affaires, on dirait ?

— Pas mal. Mais je ne compte pas sur ces foutues compagnies aériennes pour gagner ma vie. Ces temps-ci, je m'investis davantage dans le voyage organisé. Il y a tout un tas de sites intéressants à visiter, pour les associations et les groupes religieux qui veulent faire des excursions.

— Et les locaux vous appartiennent, Collins ?

— Oui.

— Formidable ! fit Larry, en promenant autour de lui un regard admiratif, comme s'il était vraiment épaté.

— C'est mon oncle qui m'a avancé les fonds, au départ. J'ai fini de le rembourser l'an dernier.

— Votre oncle ? Erno ?

— J'en ai pas d'autre. Cet homme a été une bénédiction pour moi. J'ai mis beaucoup trop de temps à m'en rendre compte, mais il a été la main de Jésus-Christ dans ma vie. En toute sincérité. Jamais je ne dirai un seul mot contre lui. C'est un homme formidable et maintenant lui aussi, il est revenu vers le Christ.

— Épargnez-moi les détails », lança Larry, tout à trac, sans trop mesurer l'effet de sa remarque. Il s'était toujours méfié des illuminés de tout poil, ceux qui croyaient dur comme fer avoir reçu la révélation d'une vérité supérieure, inaccessible au commun des mortels, qu'il s'agisse de religion, de yoga, ou de diététique.

« T'avise pas de ricaner, Starczek, lorsque je te parle de mon Sauveur ! C'est la chose la plus sérieuse de toute mon existence !

— Non, Collins – c'est votre oncle qui me fait marrer. Erno ment, et vous le savez.

— Ah ! Voyez – qu'est-ce que je vous disais ! C'est vous tout craché, ça. Vous croyez vraiment qu'un homme qui se prépare à se présenter devant le trône de Dieu pour être jugé par son Créateur pourrait mentir, comme ça, sans sourciller ? Moi pas. C'est pas du tout ma façon de voir. Pour moi, ce que dit mon oncle, c'est la vérité de Dieu.

— Eh bien, s'il dit la vérité, pourquoi ne venez-vous pas confirmer ses déclarations devant un juge ?

— Mon oncle ne veut pas que je le fasse. Il a fait tout ce qu'il devait faire. Si je viens déposer sans aucune protection, sans garantie d'immunité, sans rien du tout, vous savez très bien que vous pouvez me poursuivre pour faux témoignage. Ça serait vraiment chercher les ennuis, et je n'ai rien à y gagner. »

Collins avait bien appris sa leçon. Il avait dû régurgiter, presque mot pour mot, l'exposé de son avocat – et Larry n'aurait pu lui donner tort. « Ouaip. Mais en admettant que ce que dit votre oncle est vrai, ne pensez-vous pas que vous lui devez au moins ça, à ce pauvre Gandolph ? »

En entendant ce nom, Collins se rembrunit aussitôt et se laissa choir dans son fauteuil directorial.

« Là-dessus, je vais vous dire une chose, et n'essayez pas de me soutirer un mot de plus. Chaque soir, quand je prie pour demander pardon au Christ, la première personne qui me vient à l'esprit, c'est lui. Gandolph. La première chose que je demande à Dieu, c'est de me pardonner pour ce que nous lui avons fait, à ce pauvre type. » De l'autre côté de son bureau, Collins avait posé sur Larry un regard résolu, exempt de crainte. Il ponctua sa déclaration d'un hochement de tête définitif.

Larry ne voyait pas bien ce qu'ils avaient derrière la tête, ces deux-là – et quel que fût le cas de figure, c'était trop compliqué pour lui. Glissant la main dans sa poche, il en tira deux exemplaires de l'assignation. Il remplit le formulaire de retour sur l'une d'elles, décrivant où et à qui le document avait été remis, et tendit l'autre exemplaire à Collins qui le parcourut. Pendant ce temps, Larry jeta un œil aux photos qui étaient exposées sur le bureau, dans des cadres. Sur presque toutes figurait une blonde, souriante, plutôt bien en chair, et généralement accompagnée de deux petites rousses, des jumelles.

« Elles sont de moi, dit Collins. Si c'est la question que vous vous posez...

— Vos petites ?

— Ouaip. Elles sont aussi blanches que vous. Quand je suis sorti de l'hôpital avec elles – je les tenais toutes les deux dans mes bras – la gardienne a refusé de me laisser partir et pourtant, elle-même était Black. Anne-Marie, ma femme, était verte de rage. Elle est encore plus chatouilleuse que moi sur le sujet. Fut un temps où je ne voulais même pas adresser la parole à un Blanc. Mais on n'échappe pas à sa vérité – et ma vérité, c'est que tous les membres de la famille que je considère comme mienne sont blancs. Alors que moi, je suis noir. Allez comprendre ça ! La seule explication possible, c'est que Jésus avait quelque chose de spécial en tête, pour moi. »

Fort de sa précédente expérience, Larry s'efforça cette fois de se contenir, devant cette allusion aux voies du Seigneur, pourtant réputées impénétrables, mais Collins détecta le tressaillement de scepticisme qui l'avait parcouru.

« Tu te dis peut-être que je débloque. Mais ça, mec, c'est la vérité de ma vie. Quand ils m'ont laissé sortir de Rudyard, il ne s'était pas écoulé un mois que j'avais replongé dans toutes ces conneries. Y avait pas un péché auquel j'avais pas succombé. Et tu sais ce qui m'est arrivé – ce qui devait m'arriver. Je me suis pris une balle dans le dos, mec, mais je m'en suis tiré comme une fleur. Comme tu me vois, là, avec mes deux bras et mes deux jambes. À l'Hôpital Général, les toubibs n'en croyaient pas leurs yeux. Cette balle, elle avait zigzagué comme un vrai missile téléguidé, à l'intérieur de mon corps. Comme si elle avait suivi une trajectoire bien définie – attention ! Là, c'est sa colonne vertébrale, passons au large ; et là, je vais prendre un poil à gauche, pour éviter son rein, et là un peu à droite, pour ne pas sectionner une de ces grosses artères. Un vrai miracle. Tu sais pourquoi ?

— Non, mais je vais le savoir.

— Parce que Jésus avait décidé de me dire quelque chose, mec. Il me disait : je t'ai envoyé des signes et des signes, et tu continues à faire le con. Alors cette fois, je vais accomplir un miracle, un vrai. Et là, si t'es pas capable de comprendre que je suis à tes côtés et que je veille sur toi, si tu restes aveugle et sourd, je ne pourrai plus rien pour toi. Tu veux faire le con ? Vas-y, te gêne pas ! Mais dis-toi bien que personne n'entrera au Royaume des Cieux sans mon aide. Tu peux aller te faire enfermer dans une autre cellule et continuer à dire "plus jamais !", mais tant que tu ne m'auras pas fait place dans ta vie, tu ne t'en sortiras pas. Si tu m'acceptes, si tu m'accueilles, tu n'auras pas besoin de souffrir davantage. Pas une seconde de plus ! Et il en a été ainsi.

« Alors, quand il sera temps pour moi de parler,

Starczek, Jésus me le fera savoir. Et moi, quand j'aurai
prêté serment devant Lui, tu pourras te dire que chacun
de mes mots sera la vérité même. Mais, pour l'instant,
je reste là où Jésus veut que je sois, et j'en bouge pas.
Cinquième amendement, mec ! »

Là-dessus, il raccompagna Larry jusqu'à la porte, lui
serra la main et prit congé de lui en lui souhaitant bon
voyage – il se fendit même d'un petit salut amical pour
Morley qui poireautait toujours, de l'autre côté de la
rue.

22.

La famille Raven

Le 19 juin 2001

Le mardi, à la première heure, le juge Harlow édicta un bref ordre écrit statuant sur plusieurs des requêtes de réouverture de l'instruction déposées par Arthur. Il les rejeta presque toutes, mais les raisons invoquées par le juge ne manquaient pas d'intérêt : ces requêtes pourraient être ultérieurement réitérées, précisait Harlow, « dans la mesure où le témoignage d'Erno Erdai a paru présenter aux yeux de la cour une crédibilité suffisante pour permettre la poursuite des procédures ». La cour d'appel gardait toute autorité pour déterminer si l'on pouvait autoriser Gandolph à maintenir sa nouvelle demande d'*habeas corpus*, mais la décision de Harlow était un magistral coup de pouce à la cause de Rommy. Si la cour d'appel rendait l'arrêt que l'on attendait d'elle, l'exécution de Rommy Gandolph serait reportée de plusieurs années, ce qui laisserait à Arthur et à Pamela le temps de poursuivre leurs recherches pour sa défense. Ils fêtèrent ça dignement et annoncèrent la bonne nouvelle à leur client.

Après coup, la réalité finit cependant par s'imposer à Arthur : ils allaient devoir s'infliger une période indéfinie de bagarres juridiques et de paperasseries pour le compte de Rommy. Squirrel était à la fois sa bannière et son boulet.

La nouvelle avait opportunément détourné son attention de la corvée qui l'attendait : le soir même, Gillian Sullivan allait venir dîner chez lui, en compagnie de Susan. Il s'était d'abord persuadé que Gillian se décommanderait, mais en fin d'après-midi, tandis qu'il était au téléphone avec un journaliste, sa secrétaire déposa sur son bureau un message ainsi libellé : « Mrs Sullivan sera à la réception à cinq heures. »

Gillian Sullivan. Dans son affreux petit appartement ! Cédant à une soudaine panique, il se sentit accablé de honte et de trac.

Elle tint parole et arriva à l'heure dite. Pendant le trajet, comme ils devaient passer prendre Susan au Franz Center, Arthur fit de son mieux pour la mettre en condition – le problème étant, précisément, qu'au bout de trente ans, il n'avait réussi à relever que quelques rares éléments prévisibles, dans la conduite de sa sœur. La schizophrénie n'était que trop souvent une maladie de surdoués et il n'y avait pratiquement pas de limites aux machinations inspirées que Susan pouvait mettre en œuvre pour alimenter son anxiété et ses propres soupçons. Quoi qu'il arrive, Arthur était d'une patience à toute épreuve – toute réaction menaçante ou critique ne pouvait qu'envenimer les choses. Il ne se permettait de réagir qu'en privé. Susan lui envoyait chaque jour plusieurs messages électroniques et, lorsque rien ne venait la distraire, ses petites missives étaient parfois d'une fulgurante lucidité. Il arrivait qu'elle rivalise d'esprit et de finesse avec les meilleurs chroniqueurs.

« Parfois, quand je lis ses e-mails, lui dit Arthur, tandis qu'ils parvenaient en vue du foyer, ça me brise littéralement le cœur. J'en reste cloué à mon fauteuil, et je pleure. Vous savez, mon père a failli devenir fou en pensant à ce qu'elle aurait pu devenir. Mais en un sens, c'est une façon de la trahir, que de ne pas accepter sa maladie comme faisant partie d'elle-même... »

Le quartier du North End, où se trouvait le foyer, était principalement constitué de maisonnettes de bois avec des toitures de shingle, parsemées çà et là de quelques bâtiments plus massifs. Arthur s'arrêta devant une grande maison de brique d'allure assez austère et laissa s'écouler quelques secondes, promenant son regard aux alentours. Il repéra au coin de la rue une petite bande d'adolescents qui arboraient, en dépit de la température, les blousons de satin des gangs.

« Je préfère que vous m'accompagniez dans le bâtiment, lui dit-il. Ce n'est pas une bonne idée, pour une Blanche, que de rester seule, dans une BMW neuve. » Comme Gillian refermait la portière, le déclic du verrouillage télécommandé attira l'attention des jeunes rôdeurs. « Comme ça, vous pourrez surveiller la voiture de la fenêtre, fit-il. Vous dresserez la liste des pièces qu'ils emporteront ! »

Le Franz Center était un établissement semi-hospitalier. Chacun des huit résidents avait son propre studio équipé. Valerie et les autres assistantes médicales se relayaient vingt-quatre heures sur vingt-quatre pour les aider. Dans ses périodes de calme et de relative stabilité, Susan parvenait à subvenir à pratiquement tous les frais qui étaient à sa charge mais ce, uniquement grâce aux subventions de l'État et de la fondation Franz qui finançaient le centre. La contribution de l'État était constamment remise en question, et Arthur ne cessait d'envoyer des courriers et de faire démarche sur démarche pour éviter que le foyer ne ferme. L'héritage de son père qui, grâce à la bienfaisante pingrerie de Harvey Raven, se trouvait être beaucoup plus important que ce qu'on aurait pu attendre d'un homme qui avait eu des revenus aussi modestes, avait été laissé comme caution.

Le studio de Susan était petit, mais propre. Elle traversait des périodes durant lesquelles son sens de l'hygiène se dégradait, et elle-même se souciait peu des apparences. Mais pour ce qui était des travaux domestiques, elle se conformait généralement aux directives de ses moniteurs. Il n'y avait aucun cadre aux murs, et aucun appareil électronique dans la pièce, car ils auraient donné lieu, tôt ou tard, à des illusions d'agression. Susan entendait en général la voix de sa mère la mettant en garde contre quelque menace invisible.

L'infirmière était déjà passée, et quand Arthur arriva, sa sœur avait eu son injection de Prolixine. Elle était prête. Arthur lui parla de Gillian pour lui rappeler son existence, comme l'avait fait Valerie entre-temps, dans la semaine, mais Susan ne manifesta aucun signe qui pût indiquer qu'elle comprenait de quoi il parlait, jusqu'à ce qu'elle fût installée sur le siège avant, et qu'Arthur eût démarré.

Elle demanda alors à son frère sans crier gare : « Est-ce que vous baisez ensemble, tous les deux ? » Raven s'empourpra jusqu'à la racine des cheveux, mais comme d'habitude, sa réponse fut la modération même :

« Susan, je trouve ça beaucoup plus agréable, quand tu essaies de tenir compte d'autrui.

— Alors, vous baisez ? Moi, j'en connais un rayon sur la baise, mais Arthur, il n'y connaît rien. » Ce dernier commentaire s'adressait clairement à Gillian, bien que Susan n'ait pas jeté un seul coup d'œil dans sa direction.

« Je ne pense pas qu'on donne des diplômes, dans cette matière », repartit Gillian, calmement. Arthur lui avait bien recommandé de ne pas se laisser dérouter par les provocations de Susan, et cette seule réplique sembla suffire à apprivoiser la malade. Dans le rétroviseur, Gillian lui parut avoir gardé, comme toujours, un front d'airain.

À la mort de son père, Arthur avait emménagé dans son appartement. D'un certain point de vue, c'était plutôt confortable. Arthur avait vécu des années dans un appartement situé dans l'un des immeubles de standing du quartier de la rue des Rêves. Chaque soir, il lui suffisait de jeter un coup d'œil en bas, sur les trottoirs pour se sentir vaincu d'avance, terrassé par ce monde où la mode et la poudre aux yeux régnaient en maître, et qui lui demeurerait à jamais étranger. Il n'avait pas eu le choix. Sa sœur avait été gravement perturbée par la mort de leur père et ses psychiatres avaient confirmé que cet appartement avait pour elle une grande importance affective. C'était le seul endroit où elle avait été en bonne santé, et il symbolisait pour elle la réalité, sinon très fugace, de la stabilité mentale de son enfance. S'il abandonnait cet appartement, ce serait pour Susan une porte qui se refermerait à jamais.

Arthur fit signe à Gillian de s'asseoir sur un vieux tabouret métallique, tandis que lui et sa sœur appliquaient le protocole habituel. La cuisine, avec ses placards émaillés blancs était exiguë, mais ils travaillaient bien, côte à côte. Susan fit de la purée – sa spécialité. Elle écrasa les patates comme elle aurait démantelé un réseau terroriste, sourcils froncés, en les fusillant du regard dans leur casserole. Le seul échange qu'elle eût avec Gillian consistait à fumer ses cigarettes. Le plat de résistance, un sauté de bœuf, était tout prêt dans une grande boîte en plastique qu'Arthur avait sortie du congélateur le matin même. Il en versa le contenu dans une sauteuse et ajouta quelques ingrédients frais. Il y avait de quoi nourrir un petit régiment. Après le dîner, les restes seraient recongelés. Selon les calculs d'Arthur, il devait rester au fond quelques morceaux d'origine qui avaient dû être décongelés et recongelés chaque semaine depuis le début des années 90. C'en était même dangereux. Mais c'était ainsi que procédait leur père, pour qui un sou était un sou, et Susan ne tolérait aucun écart à la procédure.

Elle mit trois couverts, ce qui était son premier geste de reconnaissance de la présence de Gillian. Arthur distribua les rations. Aussitôt servie, Susan prit son assiette et alla s'installer dans le divan, en face de la télé.

« J'ai fait quelque chose ? demanda Gillian.

— Ça fait partie du protocole.

— Vous ne mangez jamais ensemble ? »

Arthur secoua la tête.

« Son émission a commencé. C'est le seul truc qu'elle puisse regarder sans grimper au lustre.

— Qu'est-ce que c'est ?

— Terminez votre bouchée... *Star Trek*. »

Il avait posé l'index sur ses lèvres pour prévenir un éventuel éclat de rire de Gillian, mais elle dut s'enfoncer la moitié du poing dans la bouche pour ne pas exploser. Jugeant apparemment qu'il s'agissait d'un sujet moins glissant, elle le questionna sur l'affaire Gandolph. Elle n'avait pas eu vent de la décision de Harlow et fut ravie d'apprendre cette bonne nouvelle.

« Que comptez-vous faire, à présent, Arthur ?

— Pas la moindre idée. J'ai déposé toutes les motions et envoyé toutes les citations à comparaître qui paraissaient utiles. Nous n'avons rien retrouvé dans les archives des prisons qui permette d'établir que Rommy était incarcéré la nuit du meurtre. Jackson Aires ne laisse personne approcher du neveu d'Erno ; il ne faut surtout pas compter sur Muriel pour lui accorder l'immunité, et le juge ne peut l'exiger d'elle. Comme la période d'instruction prend fin le 29 juin, je crois que pour l'instant, le mieux est de faire le gros dos, en laissant le temps travailler pour nous. Je vais attendre que le délai soit écoulé. La décision de Harlow a mis la balle dans le camp de Muriel : à elle de tenter quelque chose pour saper la crédibilité d'Erno, avant que nous n'allions devant la cour d'appel, qui décidera d'autoriser ou non la poursuite des procédures. »

Néanmoins, les relations avec Blythe s'annonçaient épineuses. Comme il le craignait, les rapports avec le révérend étaient toujours à sens unique. Après leur premier entretien, Blythe n'avait plus jamais daigné lui

téléphoner personnellement. Il le faisait par l'intermédiaire d'un secrétaire qui l'appelait tous les jours pour
avoir un résumé détaillé des procédures en cours –
informations qu'Arthur était tenu de lui fournir, car
Rommy, fou de joie d'avoir reçu la visite du révérend
à Rudyard, le lui avait expressément demandé. Mais
Arthur n'en voyait jamais rien revenir. Pas le moindre
retour d'ascenseur. Blythe, qui se présentait désormais
comme le guide spirituel de Rommy, avait beau proclamer qu'ils formaient une seule et même équipe, Arthur
et lui, le révérend ignorait superbement tous les
conseils d'Arthur concernant ses débordements rhétoriques, et ne se donnait pas la peine de le prévenir avant
de lancer ses petites bombes médiatiques.

« Ce dont j'ai une peur bleue, c'est qu'il finisse
par nous mettre à dos les juges de la cour d'appel, avec
ses diatribes contre ce qu'il appelle les "oppresseurs
racistes".

— Mais je ne vois pas comment ils pourraient faire
autrement que de vous laisser poursuivre. Ils ne peuvent se permettre d'ignorer purement et simplement le
témoignage d'Erno – en tout cas pas sans l'avoir eux-
mêmes entendu. N'est-ce pas ainsi qu'il faut comprendre la décision de Harlow ? »

C'était bien l'avis d'Arthur, mais il s'était tant de
fois fourvoyé en tentant de prédire les réactions des
juges...

Son émission terminée, Susan les rejoignit pour le
dessert – elle raffolait des gâteaux. Puis ils firent la
vaisselle et rangèrent tout. Avant de quitter l'appartement, Arthur ouvrit le congélateur et y déposa la boîte
de sauté de bœuf.

Arthur aida sa sœur à descendre dans la pénombre de la cage d'escalier. Gillian fermait la marche. Ces vieux bâtiments étaient aussi solides que des porte-avions, mais la maintenance y laissait à désirer. Par endroits, la moquette des marches était usée jusqu'à la corde et les murs étaient constellés de silhouettes d'amibes, là où le plâtre cloquait sous la peinture.

En dehors de son travail et des visites, plutôt guindées, qu'elle rendait à ses sœurs, Gillian avait peu l'occasion de sortir. Elle avait donc attendu cette soirée avec une certaine impatience, et n'était pas déçue. Elle avait été très agréablement surprise par la patience et l'affectueuse habileté que déployait Arthur envers sa sœur.

Sur le chemin du retour, Susan lui fit un compte rendu exhaustif de l'épisode de *Star Trek*. Comme toutes ses codétenues, Gillian avait passé un certain nombre d'heures devant la télé et elle put poser sur Kirk, Spock et Scotty quelques questions bien documentées, auxquelles Susan répondit avec empressement. Lorsqu'ils arrivèrent au foyer, Gillian sortit de la voiture pour lui dire au revoir et passer à l'avant. Et là, sur le trottoir, tandis que s'éteignaient les dernières lueurs de l'une des journées les plus longues de l'année, Gillian eut l'occasion d'entr'apercevoir l'autre Susan Raven. La main de Susan s'avança maladroitement vers la sienne, et elle exerça sur son avant-bras un mouvement de pompe d'une vigueur démesurée, mais ses yeux s'étaient vissés dans les siens, sans se mettre à papilloter. Gillian se sentit reconnue d'une façon totalement nouvelle.

« J'ai été très heureuse de vous revoir, dit Susan.

C'est formidable qu'Arthur se soit trouvé une amie aussi sympa ! »

Arthur raccompagna sa sœur jusqu'à son studio. Tandis que Gillian l'attendait sur le trottoir, une cigarette à la main, elle se sentit en proie à un étrange mélange d'émotions. Lorsqu'il revint, elle qui ne pleurait jamais, elle se sentait au bord des larmes. Arthur s'en rendit compte et, sur le chemin de chez Duffy, Gillian lui expliqua qu'elle avait enfin vu Susan telle qu'elle aurait pu être. C'était comme si elle avait senti le regard d'une paire d'yeux posés sur elle, à travers d'épais fourrés, au fond d'une forêt. Arthur médita un bon moment là-dessus.

« Vous voyez, finit-il par dire, en fait, pour moi, cette personne, cette femme qui vient de vous parler – elle n'a jamais vraiment disparu. C'est l'ombre de la fillette avec qui j'ai grandi.

— Elle allait bien, dans son enfance ?

— C'est ça, la schizophrénie – un coup de tonnerre dans un ciel clair. Ça leur tombe dessus presque du jour au lendemain. Elle avait quatorze ans. Rien ne l'aurait laissé prévoir. Bien sûr, elle a toujours été un peu... originale. Elle collectionnait des soldats de plomb et composait des scènes de bataille. Plutôt rare, pour une fille. Elle conservait des galets qu'elle ramassait au bord de la rivière et calculait compulsivement l'âge de chacun d'eux. Elle ne s'endormait pas tant qu'elle ne les avait pas classés par ordre chronologique. Mais nous étions tous béats d'admiration devant son intelligence – et Dieu sait si elle est intelligente. Et voilà qu'un jour, nous l'avons trouvée nue, recroquevillée dans un coin de sa chambre. Elle s'était barbouillée d'excréments et refusait de sortir. Elle disait que notre grand-mère maternelle était revenue d'entre les morts pour l'avertir que mes parents avaient mis au point un langage codé, pour parler d'elle à son insu.

« Cette scène, soupira Arthur. Elle hante ma mémoire, comme une vieille affiche, sous les projecteurs d'un cinéma. Vous savez – celles qu'ils accrochaient à l'entrée ? Je la revois, chaque fois que je retrouve Susan. Parce que c'était l'un de ces instants où vous comprenez tout à coup que votre vie vient de basculer, de fond en comble, que plus rien ne sera jamais comme avant.

— Ça a dû être une vraie catastrophe.

— C'est le mot. Pour mes parents, tout au moins. Eux, dès qu'ils ont entendu le mot *schizophrénie*, ils ont compris. Ils étaient condamnés. Et c'était vrai. Ma mère est partie au bout de deux ans. J'avais neuf ans, quand Susan est tombée malade. Je ne savais pas très bien qu'en penser. Mais vous savez, la vérité vraie est plutôt moche. Le souvenir que j'en ai, c'est d'avoir accueilli cette nouvelle avec une certaine joie.

— De la joie ?

— Elle était si belle, si brillante. C'était toujours elle, l'attraction. "Super Susan" – c'était le surnom que je lui donnais, en cachette. Et tout à coup, voilà que Super Susan a perdu la vedette. Vu d'ici, évidemment, ça me fait grincer des dents. Pas seulement à cause de la puérilité de ma réaction, mais parce que c'était une lourde erreur. Le truc le plus bête, le plus drôle et le plus triste à la fois, c'est que je continuais à l'idolâtrer. Peut-être parce que je m'y sentais un peu obligé, pour qu'il y ait au moins quelqu'un sur terre qui comprenne

vraiment à quel point c'était tragique. Super Susan...,
répéta Arthur.

— Oui », fit Gillian. Il avait garé la BMW le long
du trottoir, devant la maison de Duffy. Elle jeta un
coup d'œil vers le petit bungalow. Elle aurait aimé
poursuivre cette conversation.

« Moi aussi, j'ai eu un frère comme ça, que j'idolâ-
trais.

— Vraiment ?

— Oui. Carl. C'était mon préféré. Il avait quatre ans
de plus que moi. » Elle replongea soudain dans le flot
de ses souvenirs. « C'était un garçon formidable, plein
de vie. Un rebelle. Je l'adorais.

— Où est-il, à présent ?

— Mort. Accident de moto. Il n'est resté sur terre
que dix-huit ans. » Elle s'éclaircit la gorge, avant
d'ajouter : « C'était le premier homme avec qui j'aie
couché. »

Au bout d'un moment, elle trouva le courage de se
tourner vers Arthur. Il avait posé sur elle un regard
dense, méditatif. Elle aurait presque pu visualiser l'effort mental qu'il produisait, pour tâcher de se représenter ce que cela pouvait bien signifier, pour elle. Et, une
fois de plus, elle eut la stupéfaction de constater à quel
point le petit Arthur Raven avait mûri.

Elle découvrit qu'elle avait allumé une cigarette,
sans même se soucier de l'injure qu'elle faisait au
décor parfait de la belle voiture d'Arthur.

« Je vous ai choqué. »

Il laissa s'écouler quelques secondes avant de
répondre. « Naturellement.

— Oui. » Elle referma son sac, et posa sa cigarette

dans le cendrier, pour l'en retirer presque aussitôt, le temps de s'offrir une dernière bouffée. « Bien sûr, c'est choquant. Je n'ai jamais bien su ce qu'il fallait en penser – alors, en toute franchise, je n'en pense rien. Parce que c'est moi qui l'ai voulu. Après coup, c'était plus troublant. Mais sur le moment, j'étais contente. »

Pour la gamine de quatorze ans qu'elle était, c'était une aventure lourde de conséquences, certes, mais exempte de tout aspect menaçant. Plus tard, du haut de son estrade de juge, elle avait eu à condamner de façon quasi routinière des hommes, des pères, des frères, des beaux-pères qui avaient sexuellement abusé de leurs enfants, et elle avait stigmatisé ce crime comme impardonnable. Mais sa propre expérience relevait d'une catégorie qui échappait aux prévisions des législateurs. Elle avait été non seulement consentante, mais séductrice. Et elle aimait trop Carl pour le charger du moindre blâme, ne fût-ce que dans son souvenir. Ils avaient toujours eu l'un pour l'autre une préférence mutuelle. Dès l'âge le plus tendre, ils avaient partagé une certaine manière d'appréhender le monde. Leur connivence s'exprimait généralement par des regards entendus. Il était son allié, dans les luttes qui l'opposaient à ses parents. Tant d'autres jeunes femmes se disputaient son attention et sa beauté. Un soir, il était rentré un peu gai. Il titubait. Il l'avait câlinée. Elle s'était accrochée à lui, et la nature avait fait le reste. Le lendemain, il avait dit : « Je suis plus naze que je ne l'aurais imaginé », et elle avait répondu : « Ça m'a plu. » Il y eut deux autres occasions. Elle avait attendu son retour, et était venue à sa rencontre. *Elle* était venue. Par la suite, il avait fermé sa porte à double tour, et l'avait rabrouée sans ménagement, lorsqu'elle avait eu le front de lui en demander la raison.

« Parfois, quand ça me revient, je voudrais pouvoir m'arracher les oreilles pour ne plus entendre sa voix qui me dit : "On est nazes, Gill. Complètement nazes." » Elle avait réussi à se rendre repoussante aux yeux de Carl. C'était l'aspect le plus douloureux. Pendant les quelques mois qui avaient précédé l'accident, ils s'étaient à peine adressé la parole.

« À sa mort, j'ai voulu mourir. Sérieusement. J'ai songé à me tuer. J'échafaudais des plans, des scénarios. Des manières d'en finir. J'en parlais avec mes amies. La corde. Le feu. L'eau. J'ai pensé à sauter sous un train. J'avais lu *Anna Karenine*. Et, pendant plusieurs années, je me suis fait des brûlures de cigarettes à des endroits qui restaient invisibles aux autres. Et puis ça m'a passé. J'ai renoncé à me conduire comme ça. À penser comme ça – ou alors, j'ai oublié ce qui m'avait initialement inspiré ce genre de sentiment. On fait des choses étranges, quand on se sent grandir. Tout le monde passe par là. Et on survit. Mais dans toute cette expérience, il n'y avait rien qui puisse coïncider, à mes yeux, avec le terme "inceste" ou "abus sexuel". » Comme elle baissait les yeux, elle s'aperçut qu'elle s'apprêtait à allumer une autre cigarette. Sa main gauche, celle qui tenait le briquet, était stable et ferme, mais dans l'autre, la cigarette vacillait entre ses doigts, comme sous l'effet d'un vent violent.

« Je n'ai jamais dit ça à âme qui vive, Arthur. À personne. » Elle avait passé des dizaines d'heures dans différents groupes de thérapie où l'on se racontait tout. Elle avait tout dit à Duffy – du moins le pensait-elle jusque-là. Elle trouva l'énergie de regarder à nouveau du côté d'Arthur. Il l'observait.

« Vous n'avez absolument aucune idée de ce que vous faites, n'est-ce pas ? » lui demanda-t-il.

Ça aussi, il l'avait découvert tout seul.

« Eh non », murmura-t-elle.

Il s'était appuyé à sa portière. Il s'agrippa au volant pour se redresser. Son visage s'était approché à quelques centimètres de celui de Gillian. Sa voix s'éleva, calme :

« Quand on grandit dans l'ombre d'une personne aussi anxieuse que mon père, lui dit-il, on passe le plus clair de son temps à se demander ce qu'il peut y avoir au monde qui puisse vous terrifier à ce point. » Il avait tendu le bras devant elle, pour ouvrir sa portière, mais pas un instant ses yeux ne lâchèrent les siens.

« Et je n'ai pas peur de vous », acheva-t-il.

23.

Coup de grisou

Le 19 juin 2001

Il était cinq heures et demie passées lorsque Larry parvint à joindre Muriel. Il lui donna rendez-vous directement à l'aéroport. Morley et Larry, qui roulaient à contresens du flux dominant, parvinrent à couvrir une bonne partie de la distance qui les séparait du centre en un délai record, vu l'heure. Mais, au niveau d'un carrefour particulièrement encombré, ils se trouvèrent pris dans un monstrueux bouchon et durent s'arrêter. La radio leur annonça qu'un poids lourd s'était renversé à proximité de Turner Field. À dix-huit heures quinze, le portable de Larry sonna. C'était Muriel qui appelait de son taxi. Elle était partie une demi-heure avant eux, mais n'avait guère plus de deux ou trois kilomètres d'avance.

« On n'aura pas l'avion », conclut-elle. Mais, à son habitude, elle avait déjà examiné toutes les solutions et échafaudé un plan. Le vol Delta de vingt heures dix était déjà complet, et ils n'arrivaient qu'en dix-huitième position sur la liste d'attente. Ils ne pouvaient pas voyager sur une autre ligne, parce qu'ils avaient des billets à tarif réduit destinés aux fonctionnaires. Muriel avait donc réservé deux places sur l'un des premiers vols Delta du lendemain et leur avait pris des chambres dans un hôtel de l'aéroport.

Cinquante minutes plus tard, lorsque Larry arriva enfin, il la trouva dans le hall de l'hôtel, entourée de ses sacs, le portable à l'oreille, s'employant à régenter le service du procureur de Kindle County, à mille six cents kilomètres de là. Une banale affaire de gang qui avait dégénéré, comme d'habitude – tous les témoins, y compris ceux qui avaient été mis à l'isolement pour déposer devant le Grand Jury, prétendaient à présent s'être trompés en identifiant le prévenu. Le juge Harrison, qui était convaincu que tout s'était arrêté, en matière de développement des procédures criminelles, le jour de son départ du service du procureur, quarante ans plus tôt, leur donnait du fil à retordre. Lorsque Muriel remisa son portable dans sa mallette, elle avait donné le feu vert à une motion de censure pour demander à la cour d'appel d'y mettre bon ordre.

« Il déniche tous les jours de nouvelles idées pour nous mettre des bâtons dans les roues », expliqua-t-elle. Elle était déjà passée prendre leurs clés. Elle tendit la sienne à Larry. Mais comme ni l'un ni l'autre n'avait déjeuné, ils convinrent de passer immédiatement au restaurant. Larry s'empressa de commander une bière qu'il descendit presque d'un seul trait. Il était encore en nage sous sa veste qu'il ôta, avant de la poser sur le dossier de la chaise voisine, inoccupée. Jusque-là, leur petite excursion à Atlanta n'avait décidément rien eu d'un voyage d'agrément, et le sprint qu'il avait

dû piquer pour rattraper Collins n'avait rien arrangé. Il
raconta leur entrevue à Muriel qui en rigola de bon
cœur, jusqu'à ce qu'il en vienne à la réplique de Collins, déclarant que ce que disait son oncle était la pure
vérité divine et que lui-même demandait chaque soir
pardon à Jésus de ce qu'ils avaient fait à Gandolph.

« Aïe, fit Muriel. Ça ne sent pas très bon. Tu crois
qu'il essayait de noyer le poisson ?

— Sans doute. Il ne m'a pas semblé très franc du
collier. Il a commencé par m'annoncer qu'il ne parle-
rait jamais contre Erno et qu'il ne reconnaîtrait rien –
Larry beurrait sa seconde tartine. Si tu veux savoir ce
que j'en pense, il m'a vraiment fait l'impression
d'avoir mûri et changé. Selon lui, c'est une véritable
résurrection. Il a accroché une croix plus grande que
Cleveland au-dessus de son bureau, et il n'a plus à la
bouche que ces bondieuseries de prêcheur à la sauce
biblique. Il m'en a débité tout un wagon. »

Elle promena l'index sur le pourtour de son verre de
vin, en faisant la grimace. « Ne parle de Dieu qu'avec
respect, Larry. »

Il lui lança un regard.

« Parce qu'il est là, poursuivit-elle. "Lui", ou "Elle"
– ou "Ça", comme tu veux. Mais il est là. Toute la
semaine, j'attends avec impatience l'heure que je passe
à l'église. C'est le seul moment où je me sente dans
une réelle plénitude. »

Pour lui, ça n'avait rien de bien nouveau. Sa vision
du monde – il était au courant.

« À mon avis, répondit-il, c'est le catholicisme qui
a définitivement empoisonné la religion. Le prêtre de
notre paroisse est un type formidable. On l'invite à la

maison. Il vient dîner avec nous. Les gamins l'adorent. Je pourrais discuter avec lui des journées entières, mais je n'arrive pas à franchir la porte de l'église. Je préfère prier dans mon jardin. C'est le seul moment où je me sente le droit de demander quelque chose. »

Elle eut un petit sourire hésitant, qu'il lui renvoya, mais il se sentait vaguement perturbé à l'idée que Muriel ait pu subir une telle métamorphose. Certaines des choses qu'elle lui avait dites, ces derniers temps, concernant Dieu, ou les enfants, le portaient à se demander si elle n'avait pas subi une sorte de transplantation du cerveau, durant ces dix dernières années.

Bizarre, ce qui pouvait se passer dans la tête des gens à partir de la quarantaine, quand ils se rendaient compte que nous sommes seulement locataires, ici-bas. Il pressentait un péril vague, qu'il ne s'expliquait pas, en constatant à quel point les angles de Muriel s'étaient arrondis.

Il se détourna un peu et promena son regard dans la salle. Le restaurant était à moitié vide. Le décorateur avait opté pour un thème tropical – branches de palmier, balustrade et meubles en bambou. Autour d'eux, tous les clients avaient l'air las et défaits. Ça sautait aux yeux. Un lit propre, une chambre à soi, ça n'était pourtant pas l'enfer. Et pourtant, ça avait quelque chose d'éprouvant. Se retrouver en territoire inconnu, si loin de chez soi. Il était malsain de rompre le lien qui vous unissait à votre morceau de terre, songea-t-il. D'une certaine manière, tout le ramenait invariablement à son jardin.

Il se mit en quête d'un téléphone public. Il voulait laisser des messages à Nancy et à ses collègues pour les prévenir qu'il ne rentrerait pas ce soir-là. En traversant le hall, il pensait toujours à Muriel. Il avait songé à lui demander si Talmadge l'accompagnait à la messe, mais ça aurait été une violation flagrante de la promesse qu'il lui avait faite dans l'avion, à l'aller. Et de toute façon, il en savait assez comme ça. La vie de Muriel était, en mettant les choses au mieux, compliquée – mais somme toute pas plus que celle de n'importe qui d'autre. Il ne pouvait cependant pas réprimer tout à fait en lui un obscur sentiment de satisfaction. Muriel avait la conviction que c'était Dieu qui veillait à l'ordonnance de l'univers ; lui, dans ses moments les plus sombres, il aurait plutôt penché pour la vengeance.

« Nous avons comme un problème », lui annonça Muriel à son retour. Elle y avait longuement réfléchi pendant qu'il s'était absenté. « L'autre roue du carrosse vient de casser. Ce matin, Harlow a décidé d'appuyer le témoignage d'Erno.

— Et merde ! » pesta Larry.

Elle lui expliqua ce que signifiait la décision du juge, dont Carol venait de lui lire le texte au téléphone.

« Et remerde, répéta Larry. Mais les autres juges ne sont pas forcés d'en tenir compte, si ?

— La cour d'appel ? En principe, non. Mais eux, ils n'ont pas entendu le témoignage d'Erno. Ils n'auront donc pas grande latitude pour contrer le point de vue de Harlow, à moins que nous ne dénichions un élément nouveau, quelque chose qui apporterait la preuve définitive qu'Erno a menti. Or, ton entrevue d'aujourd'hui avec son neveu ne fait que corroborer ses dires. Quand j'annoncerai ça à Arthur, il va grimper au lustre en me bombardant de motions pour essayer de me contraindre à accorder l'immunité à Collins.

— Et alors ?

— Et alors, rien. Je l'attends de pied ferme. La garantie d'immunité reste strictement entre les mains du procureur. Mais ça lui permet tout de même de porter cette information à la connaissance de la cour d'appel.

— Rien ne t'oblige à aller le répéter à Arthur. J'ai promis à Collins de ne prendre aucune note. Du strict point de vue d'Arthur, comme de n'importe qui d'autre, c'est comme si cette conversation n'avait jamais eu lieu.

— Ce qui signifie, par la même occasion, que nous ne pourrons pas nous en servir contre Collins – mais je vais tout de même devoir en parler Arthur.

— Pourquoi ? »

Pourquoi ? L'idée avait quelque chose de déroutant. Elle raisonna à haute voix : légalement, *stricto sensu*, l'obligation de transmettre les preuves favorables à la défense ne s'appliquait qu'aux procès. Et comme Collins refusait de témoigner, les déclarations qu'il avait faites à Larry n'étaient pas valides. Elles ne constituaient qu'un témoignage indirect et, partant, irrecevable.

« Alors ? demanda-t-il. Où est le problème ?

— Nom d'un chien, Larry ! Pour commencer, ça ne serait pas très malin. Collins va appeler Jackson, et s'il apprend que nous n'avons pas transmis l'information, nous aurons l'air de deux magouilleurs.

— Pas du tout. La version que va servir Collins à son avocat, ça sera "J'ai pas pipé mot aux flics". Pourquoi il irait s'exposer à un sermon de Jackson, qui lui a formellement interdit de l'ouvrir ? Sans compter que, de son point de vue, il ne m'a rien dit. Pourquoi se compliquer inutilement la vie ?

— Bon Dieu, Larry, imagine une seconde que Collins ait dit la vérité ! Qu'ils aient vraiment menti pour faire tomber Rommy, et qu'il se mette tous les soirs à genoux en demandant pardon à Jésus !

— Aucune chance !

— Aucune ? Tu veux dire que l'idée ne t'a jamais effleuré, ne fût-ce qu'une seconde, qu'il pourrait y avoir une infime possibilité pour qu'Erno ait dit la vérité ? »

D'un geste las, il chassa de sa vue le démon du ridicule.

« Souviens-toi, Muriel... Il a avoué, l'autre petit trouduc. Il a fait des aveux complets. En ta présence.

— Larry, ce pauvre type est totalement dans le potage.

— Tu peux m'expliquer ce que tu entends par là ? »

La serveuse arriva à point nommé avec leurs assiettes qu'elle posa devant eux, en pépiant avec entrain. Elle était originaire d'une bourgade des environs, et son accent semblait tout droit sorti d'*Autant en emporte le vent*. Lorsqu'elle s'éloigna pour aller leur chercher d'autres verres, Larry avait englouti la moitié de son steak, et n'avait toujours pas levé les yeux vers Muriel. Elle aurait pu temporiser, attendre un meilleur moment pour trier tout ça avec lui, mais il y avait un ordre – un ordre hiérarchique, pour être plus précis – à respecter. Les flics détestaient que les juristes prennent les décisions. Le boulot d'un avocat ou d'un magistrat, ça se réduisait à du bla-bla. Toutes ces belles phrases dont ils se gargarisaient au tribunal, ces paragraphes fleuris qu'ils consignaient dans leurs documents ou ceux, nettement plus sobres, qu'ils lisaient dans les rapports de police. Mais le boulot des flics, c'était la vie elle-même. Eux, ils partaient bosser l'arme à la ceinture. Ils suaient à grosses gouttes sous leur gilet pare-balles. Les témoins qui débarquaient au tribunal, tout beaux et tout propres, dans leurs habits du dimanche, pour répondre aux questions des procureurs, ils avaient dû aller les débusquer dans des ruelles sombres et puantes, jonchées de seringues, en se demandant s'ils devaient craindre davantage les balles ou le HIV. Les flics pataugeaient dans un monde brutal et dur, et ils n'hésitaient pas à riposter sur le même ton, quand nécessaire. Pour un procureur, céder un pouce de terrain devant un flic, fût-il aussi talentueux que Larry, c'était souffler sur les braises, en alimentant la grogne de base.

« Promets-moi d'abord que ça ne va pas tourner au bunker d'Hitler, lui dit-elle.

— C'est-à-dire ?

— Promets-moi de garder l'esprit ouvert. Juste un poil. Il ne serait pas totalement inconcevable – pas totalement – que nous ayons commis une erreur. Ça arrive. Le système n'est pas parfait, et nous non plus. »

Il prit très mal la chose.

« Putain, on n'a commis aucune erreur, Muriel ! Pas la queue d'une !

— Je ne t'attaque pas. Dans notre branche, nous

n'avons pas le droit à l'erreur. C'est même le critère officiel – "au-delà de tout doute raisonnable". La certitude juridique. Mais ni notre travail ni notre jugement ne peuvent se maintenir constamment au-dessus de tout reproche. Je veux dire, personne ne peut exclure totalement la possibilité d'une erreur.

— Si. Là, c'est exclu ! » En dépit de la masse de chair qui l'enveloppait, elle vit saillir les veines de son cou. « C'est lui qui a fait le coup. Il connaissait deux des victimes, et pour les deux, il avait des mobiles. Il est passé aux aveux. Il savait avant nous quelle était l'arme du crime. Il détenait le camée de Luisa. Il est coupable, et toi, je ne vais pas te laisser faire ton enfant de Marie. Tu te nuirais à toi-même, et à moi aussi, par la même occasion.

— Larry, je me fiche de ce que peut en dire Arthur, voire le juge. Tu crois vraiment que je pourrais baisser les bras devant un triple meurtre ? Tu crois que je vais les laisser tomber, John Leonidis et les deux petites ? Regarde-moi dans les yeux et dis-moi que tu m'en crois capable ! » Il prit le verre de scotch que la serveuse venait de déposer devant lui, et en descendit la moitié. Mais l'alcool n'arrangeait rien. Larry avait manifestement du mal à garder son sang-froid, et il couvait toujours ce vieux fond de colère. Ça, elle l'avait toujours su.

« Plus un mot de toutes ces conneries ! Y a pas d'erreur qui tienne !

— Je n'ai jamais dit qu'il s'agissait d'une erreur de notre part. Je tiens juste à pouvoir dire que j'ai satisfait à l'obligation professionnelle de considérer cette hypothèse.

— Écoute. C'est moi qui l'ai démêlée, cette affaire. Tout seul. Toute l'équipe avait mis les pouces, dès que l'histoire avait cessé de faire les gros titres. Et moi, j'ai maintenu la pression. J'ai démêlé cette affaire et je l'ai démêlée avec toi – et même *pour* toi, si tu tiens à ce que je te dise toute la vérité, et rien que la vérité.

— Pour *moi* ? »

À présent, la fureur le secouait de la tête aux pieds. Ses yeux semblaient prêts à lui jaillir du crâne.

« Fais pas celle qui ne pige pas, nom d'un chien ! C'était quelque chose, non – cette affaire ? Tu voulais être promue procureur adjoint. Tu avais décidé de faire ton chemin. De te marier avec Talmadge. De marcher dans les pas de l'histoire, et de me laisser tomber. Alors, viens pas maintenant me dire que c'était qu'une erreur à la con ! Tu arrives trop tard, pour ce genre d'erreur. Moi, j'ai continué à mener ma petite vie minable, pendant que tu gravissais les échelons de la gloire. Viens surtout pas me faire celle qui ne savait pas à quel jeu on jouait, parce que notre jeu, c'était toi qui en avais fixé toutes les règles ! » Là-dessus, il balança sa serviette vert pomme dans son assiette et s'en alla, assez précipitamment pour jeter à terre quiconque se serait trouvé sur son chemin, le petit sac qui lui tenait lieu de bagage tressautant sur son épaule, comme s'il n'avait guère pesé plus qu'une écharpe de soie.

En le regardant partir, elle sentit qu'elle avait quelque peine à déglutir. Elle avait la sensation d'avoir assisté à un séisme. Elle pensa d'abord qu'elle accusait tout simplement le choc de cette explosion, mais l'instant d'après, elle s'avisa que la vraie nouvelle était tout autre. Dix ans après, les blessures de Larry n'avaient toujours pas cicatrisé. Elle l'avait pris pour quelqu'un qui se suffisait trop à lui-même pour pouvoir souffrir si longtemps et si profondément. C'était en tout cas ainsi qu'il avait choisi de se présenter, et c'était plus ou moins l'image qu'elle se faisait d'elle-même.

L'une de ses amies se plaisait à dire qu'on apprenait dès le lycée tout ce qu'il y avait à savoir sur la manière dont nos amours commencent et s'achèvent, mais qu'il fallait attendre l'âge adulte pour explorer les vastes régions intermédiaires, la jungle obscure des relations dans leur durée. Car à tous les stades de l'existence, la déflagration initiale, nucléaire, de la naissance et de la mort de nos amours restait la même. Et ce que ses copines auraient pu lui dire de la colère de Larry dans le vestiaire des filles de son lycée était sans doute juste – ça signifiait qu'il tenait encore à elle. Et, tout bien pesé, elle se sentit en danger.

La veste de Larry était restée sur le dossier de la chaise voisine. Elle la contempla un instant, avant de la prendre. Il avait dû aller au bar, songea-t-elle. Mais il n'y était pas. Elle monta à l'étage de leurs chambres et frappa à sa porte – un coup léger.

« Larry ? Ouvre. J'ai ta veste. »

Il avait déboutonné sa chemise, qui bâillait sur sa petite brioche, et il avait à la main une flasque de Dewar, déjà à moitié vide, qu'il avait dû sortir du mini-bar. Il lui prit la veste des mains et la jeta derrière lui sur le lit, sans trouver le courage de la regarder en face.

« Larry. Et si nous lâchions un peu de vapeur, tous les deux ? Nous sommes loin d'en avoir fini avec ce dossier. Nous ne pouvons pas nous permettre de nous fiche en rogne.

— En rogne ? Pourquoi tu serais en rogne, toi ? C'est moi, qui suis furax ! » Il regarda la petite bouteille qu'il tenait à la main, revissa le bouchon et la balança à plusieurs mètres de là, dans la poubelle qui vacilla sous le choc. « Et là, tel que tu me vois, je suis moins en rogne qu'atrocement gêné.

— On pourrait peut-être en parler ?

— Pour quoi faire ?

— Ne me laisse pas à la porte, Larry. » Elle avait les deux mains chargées – sa mallette dans l'une, et dans l'autre son petit sac de voyage. Il étudia la situation une seconde, et lui fit signe d'entrer, en lui tournant le dos. La petite clairière dégarnie, au sommet de son crâne, avait viré au rose vif.

« Je ne pourrais même pas te dire comment ça m'est venu.

— Allez, Larry...

— Non, je ne veux pas dire que ça n'était pas sincère. Mais ce qui me tracasse, c'est ce que je t'ai dit à la fin. Sur moi. Je ne crois pas que je puisse me plaindre de ce que m'a apporté la vie. C'est bien, et même mieux que bien. C'est simplement que, sur ce plan-là, je suis comme tout le monde, tu vois. En amour, personne n'est jamais content de ce qu'il a. »

Cette déclaration, redoutable de justesse, la frappa comme la foudre. Il venait d'exprimer là sa conviction la plus profonde, une vérité qu'elle-même n'avait que très rarement le courage de s'avouer. Un instant, elle sentit à nouveau l'onde de choc du petit missile nucléaire qu'il lui avait balancé dans l'avion : l'idée qu'à travers ses deux mariages successifs, elle ait pu viser le même but mensonger. Cette idée ne l'avait pas lâchée de la journée. Elle lui restait sur l'estomac, comme un plat particulièrement indigeste, et elle ne manquerait pas d'y réfléchir encore, le dimanche suivant. Parce que pendant ces précieux instants qu'elle passait à l'église, croyante ou pas, l'amour était le principal objet de ses prières. Et elle prenait à présent la mesure de cette quête chimérique, et de la perpétuelle frustration à laquelle elle nous condamne, entrecoupée de moments extatiques où l'on s'imagine, fût-ce de façon totalement illusoire, avoir enfin trouvé. Tout le reste – l'art, les idées, les accomplissements professionnels – tout ça n'était que le plumage dont se parait l'animal Amour, en quête de chair fraîche.

« J'y tenais énormément, tu sais, fit-il, tandis que son index décrivait un cercle imaginaire les réunissant. Après coup, j'ai eu le moral à zéro pendant un bon moment. C'est tout. La réaction, tu vois. »

Les hommes en général, et Larry ou Talmadge en particulier, étaient prêts à tout, pour éviter de laisser affleurer leur fragilité. Mais ils étaient fragiles et les moments où ils découvraient leur propre vulnérabilité alimentaient une sorte de crise chronique. Ça ne guérissait jamais. C'était précisément ce qu'il était en train de lui dire.

« Je ne veux pas que tu craches le morceau à Arthur, fit-il. Pour Collins.

— Larry.

— Légalement, rien ne t'y oblige – tu l'as toi-même admis. C'est le genre de cadeau qui ne servirait qu'à lui donner l'occasion de nous noyer dans un rideau de fumée. »

En dépit de tout ce qui venait de se passer, elle n'était toujours pas tentée de lui céder. Elle s'assit dans un fauteuil près de la porte pour réfléchir. Il se mit à ronger son frein.

« Putain ! jura-t-il. Et si pour une fois, tu me faisais le plaisir de... de... »

Il lui avait suffi de quelques secondes pour repartir au quart de tour, mais il s'était entendu et avait aussitôt ravalé sa colère. Il se laissa choir sur le lit, à un mètre ou deux d'elle, épuisé par lui-même. Dans la chambre d'à côté, une machine entreprit de piler une pleine charge de glaçons.

Elle allait pourtant devoir en informer Arthur, tôt ou tard. Mais effectivement, ça pouvait attendre que Larry ait digéré tout ça. Pour l'instant, il semblait trop ébranlé pour pouvoir en encaisser davantage.

« Eh bien, en voilà une belle image d'Épinal, fit-elle enfin. Toi et moi, dans une chambre d'hôtel, avec une bagarre en cours.

— Nos bagarres n'ont jamais eu le moindre sens, Muriel !

— Sans blague ? Tu crois que tu me laissais toujours parler dans le vide ?

— Ça n'était que nos préludes amoureux. »

À cela, elle ne trouva rien à répondre.

« Tu aimais ça. Pour toi, le sexe était un duel. Entre deux rivaux.

— Merci, docteur !

— Et ça marchait, Muriel. Entre nous, ça a toujours marché. Tu ne me feras pas croire que tu as oublié. »

Il trouva l'énergie de la regarder, une fois de plus, bien en face. Pour lui, s'avisa-t-elle, ce qu'ils avaient vécu ensemble était resté gravé dans le marbre. Les tablettes de leurs Dix Commandements, inlassablement relus et analysés, parfaitement intégrés. En renier tout ou partie, si infime fût-elle, était un sacrilège.

« Mon Alzheimer n'en est qu'à un stade très précoce, Larry. Je me souviens. »

Cet aveu fait, c'était comme s'ils avaient vu apparaître tout leur passé, avec sa charge de plaisir et de passion, gisant devant eux, comme le défunt lors d'une veillée mortuaire. À cette différence près que ce mort-là était encore très vert. Le désir qui n'avait cessé de les consumer fit soudain irruption entre eux. Elle percevait parfaitement la concentration passionnée de Larry qui guettait sa réaction, et elle connaissait d'avance la question qui lui brûlait les lèvres – l'insistance avec laquelle il revenait sur Talmadge ne laissait aucun doute là-dessus. Mais Larry lui-même reconnaissait cette frontière comme infranchissable. D'ailleurs, il n'y avait aucun point de comparaison. Tout le monde savait que la vie conjugale n'avait rien de commun avec l'aventure amoureuse, et elle n'était certes pas la première à découvrir que le sexe est plus grisant avant le mariage qu'après – bien qu'en toute honnêteté, elle ne s'y fût pas attendue. Pour elle, coucher avec quelqu'un n'avait jamais eu l'allure d'une épreuve dont il lui aurait fallu sortir victorieuse. C'était une chose importante et agréable, certes, mais jamais difficile, et elle avait longtemps pensé qu'ils finiraient par trouver leur rythme de croisière, Talmadge et elle. Mais il n'en avait rien été. Jamais l'idée ne lui serait venue qu'elle compterait un jour parmi les gens qui doivent faire sans, mais soit par excès de fatigue, soit à cause de l'âge, le sexe n'était plus un sujet de préoccupation dans son couple – ou ça l'était de moins en moins. Quand il lui arrivait de se réveiller en proie au désir, le matin, comme ça lui arrivait tout de même, de temps à autre, elle était chaque fois saisie d'étonnement.

Et elle l'était, à présent.

« Je me souviens, Larry », répéta-t-elle à mi-voix. Elle lui jeta un coup d'œil timide, juste pour lui signifier son assentiment – mais l'intensité de son désir était telle qu'elle s'en sentait à présent comme illuminée. Ça n'était tout de même pas une invitation, mais il dut sentir que, s'il s'était approché d'elle, elle aurait eu grand-peine à le repousser. Pourtant, elle ne pouvait se résoudre à faire le premier pas. Après tous ces choix qu'elle avait faits au détriment de Larry – à ses yeux à lui, du moins – une telle initiative, de sa part à elle, aurait eu quelque chose de vaguement despotique.

Elle restait donc là, impuissante, timide, comme une midinette désemparée, incertaine de son pouvoir de séduction – un sentiment qu'elle avait fui toute sa vie, songea-t-elle. Elle attendit, à l'affût de ses moindres mouvements, prête à y répondre. Mais quelque chose – son amertume, sans doute – retint Larry. Cet instant parut vouloir s'éterniser. Puis l'idée qu'ils auraient pu s'offrir une étreinte à la va-vite, après leurs prouesses de jadis, glissa entre eux, et s'en alla aussi furtivement qu'elle leur était venue.

« Je suis sur les genoux, dit-il.

— Je comprends », répondit-elle. Elle se retourna sur le seuil, pour lui rappeler qu'ils avaient rendez-vous le lendemain matin, à six heures trente, puis elle s'engagea dans le couloir et longea une interminable enfilade de portes fermées et de veilleuses, au bout de laquelle l'attendait la chambre solitaire qui serait la sienne pour la nuit. Elle allait, chargée de ses bagages, et regardait défiler les numéros de porte, en se demandant si elle aurait un jour la force de tourner cette page et de reprendre sa vie là où elle l'avait laissée.

24.

La déposition de Genevieve Carriere

25-28 juin 2001

Dans son courrier, qui semblait ne lui apporter, chaque lundi matin, que de mauvaises nouvelles, Arthur trouva une note de Muriel Wynn. Le ministère public proposait de prendre la déposition d'une certaine Genevieve Carriere, trois jours plus tard, soit le jeudi suivant, au cabinet de Sandy et Marta Stern, que le témoin avait engagés pour la représenter.

« Qui est cette invitée surprise ? » s'enquit Arthur, lorsqu'il parvint à avoir Muriel en ligne. Au fil des années, durant les rares occasions où Arthur avait eu affaire à Muriel, leurs relations avaient été empreintes de ce badinage bon enfant qui est d'usage entre ex-collègues. Mais, vu ce qui les opposait dans l'affaire Gandolph, Muriel avait adopté un ton nettement plus sec. Arthur, qui ne pouvait s'empêcher de souffrir de toute marque de froideur, d'où qu'elle vienne, s'était longuement préparé à affronter une entrevue qu'il pré-voyait frigorifique. Il eut pourtant la surprise de tomber sur une Muriel accorte et d'excellente humeur, et fut immédiatement pris d'angoisse – quel nouvel atout allait-elle lui sortir de sa manche ?

« Arthur, lui dit-elle, deux mots me suffiront, pour vous répondre : Erno Erdai. »

Œil pour œil – tel était le mot d'ordre que Muriel appliquait, comme tant de ses collègues, dans ses rapports avec les représentants de la défense.

« Je n'avais pas le choix, Muriel.

— Parce que vous ne vouliez pas nous laisser la possibilité de mener notre propre enquête.

— Parce qu'il me fallait à tout prix éviter que vous ne fassiez pression sur lui à Rudyard, ou que vous ne fassiez traîner les choses, jusqu'à ce qu'il soit mort ou incapable de témoigner. Erno dit la vérité, Muriel. Et vous le savez.

— Ça, ça m'étonnerait ! Votre client a confessé.

— Mon client a un QI de 73, et il sait qu'il a généralement affaire à des gens plus malins que lui. Il est habitué à ne rien comprendre aux questions qu'on lui pose. Il fait ce qu'on lui dit de faire, sans broncher, et ça, je pense que Larry en a amplement profité. Quand un adulte s'oublie dans son pantalon, c'est tout bonnement qu'il est mort de peur – inutile d'invoquer je ne sais quel sentiment de culpabilité. Les flics ne sont pas des anges, Muriel – et nous ne sommes pas des enfants de chœur, vous et moi. »

Cette citation quasi textuelle des propos d'Erno, qui avaient fait sensation à l'audience, fit douloureusement mouche. La voix de Muriel grimpa d'un ton :

« J'y étais, Arthur. Votre client ne portait pas la moindre trace de coup. Il m'a regardée droit dans les yeux, et m'a dit qu'il n'avait à se plaindre d'aucune violence.

— Parce qu'il était trop choqué pour vous dire le contraire. Rommy n'a aucun antécédent de violence. Erno, lui, avait déjà tiré sur deux personnes, avant ce triple meurtre. À vue de nez, Muriel, lequel de nos deux candidats vous paraît avoir le meilleur profil, pour le rôle ? »

Bizarrement, Arthur se sentait en position de force, dans la bagarre. Ses arguments l'emportaient haut la main sur ceux de Muriel. Restait que Rommy n'avait jamais expliqué sa confession. Il n'avait jamais dit clairement que ses déclarations lui avaient été arrachées par la contrainte, et aucun de ses précédents avocats, qu'Arthur avait toujours le plus grand mal à joindre, n'avait tenté de faire valoir cet argument.

Comme toujours, lorsqu'elle se sentait en mauvaise posture dans un débat, Muriel préféra y couper court. « À jeudi, Arthur », conclut-elle tout à trac. Arthur tenta ensuite sa chance auprès de Sandy Stern, l'un des avocats de Mrs Carriere. Toujours aimable, Sandy prit le temps de louer le travail accompli par Arthur sur ce dossier.

« J'ai suivi tout cela dans les journaux avec le plus grand intérêt, mon cher. Remarquable. »

Estimant ses louanges à leur juste valeur, Stern, doyen respecté du barreau de Kindle County, ne les dispensait qu'au compte-gouttes. Cela fait, il transféra l'appel sur le poste de sa fille Marta, avec qui il exerçait depuis bientôt une dizaine d'années. Marta représentait Mrs Carriere.

Arthur était toujours procureur adjoint, lorsqu'elle

avait débuté dans la profession. À l'époque, elle était l'exact opposé de son père : brouillonne, même quand cela la desservait, généralement mal à l'aise en société et plutôt négligée dans sa mise. Mais elle était redoutable d'intelligence et, disait-on, Sandy avait eu sur elle une influence modératrice. Dans les affaires criminelles, les avocats de la défense avaient généralement tendance à s'entraider, puisqu'ils se battaient contre un ennemi commun, en vue du même objectif : limiter les coups de canif des procureurs aux droits constitutionnels de leurs clients. Mais au téléphone, Marta eut plutôt l'air raide et guindée – sans doute le souvenir de ses anciens démêlés avec Arthur-le-Procureur-Adjoint. Elle se borna à l'informer qu'il s'agissait d'une collègue et d'une amie intime de Luisa Remardi, et refusa d'entrée de jeu de lui en dire davantage.

« Genevieve nous a expressément demandé de ne donner aucun aperçu de ce qu'elle allait dire, à aucune des deux parties. Elle ne veut surtout pas prendre position. Pour tout dire, elle peste de devoir interrompre ses vacances pour venir faire cette déposition.

— Risque-t-elle de nuire gravement à mon client ? »

Marta réfléchit. Entre confrères, le code des bons usages imposait un minimum de mise en garde.

« Si Muriel s'en tient aux questions qu'elle nous a annoncées, il y aura quelques mauvais coups, mais rien de fatal. Je vous conseille cependant de marcher sur ses traces, pour votre contre-interrogatoire. Ne vous risquez surtout pas en terrain inconnu. »

Lorsqu'il eut raccroché, Arthur soupesa mentalement ce conseil. Les Stern étaient l'intégrité même, l'un comme l'autre, mais ayant pour cliente un témoin réticent, ils avaient pu juger qu'il était de leur intérêt d'écourter autant que possible les interrogatoires, en décourageant tout ce qui aurait pu les prolonger.

Le jeudi, peu avant quatorze heures, Arthur arriva au pied des Morgan Towers, les plus hauts gratte-ciel de Kindle County. Sandy Stern avait immigré à une date relativement récente, mais à voir la façon dont il avait meublé son cabinet, on aurait cru que ses aïeux foulaient le sol des Amériques bien avant la révolution. Dans le hall de réception, où Arthur se vit prié de patienter, il remarqua plusieurs meubles signés Chippendale, décorés de pièces de porcelaine et d'argenterie anciennes. Muriel finit par arriver avec ses dix minutes de retard habituelles, flanquée de son incontournable Larry. Marta conduisit toute la troupe jusqu'à la salle de conférences, où Mrs Carriere les attendait, assise, droite comme un I, près d'une belle table ovale en noyer. Dans son tailleur sombre, avec sa petite veste à encolure ras du cou, elle avait tout d'une femme de médecin. Elle était toujours un peu ronde, et toujours aussi jolie, avec ses grands yeux noirs. Ses cheveux, précocement blanchis, ne faisaient qu'ajouter à l'impression générale de respectabilité qui émanait d'elle. Muriel fit un effort d'amabilité tout spécial pour mettre Mrs Carriere à son aise, mais se vit gratifier en retour d'un simple « Bonjour », à la limite de la raideur.

Le greffier, qui avait installé son sténographe près du témoin, lui demanda de lever la main droite et de prêter serment. Les questions de Muriel se cantonnèrent tout d'abord à ce qu'avait escompté Arthur, en se fondant sur les recherches de Pamela, à qui l'on pouvait ordinairement se fier. Mrs Carriere avait pris sa retraite, après avoir travaillé des années à la Trans-National Air, à la vente des billets. Matthew Carriere, son mari, était actuellement interne dans un hôpital de banlieue à Greenwood County, et ils avaient quatre enfants. Genevieve répondait d'un ton contraint, mais avec exactitude. Marta l'avait bien préparée. Sa cliente réfléchissait soigneusement à chaque question avant d'y répondre, aussi succinctement que possible. Elle était bien partie pour décrocher un A+ au concours national annuel du meilleur témoin.

Lorsque Muriel lui demanda enfin si elle connaissait Erno Erdai, Genevieve répondit qu'elle le connaissait, forcément, puisque c'était le chef de la sécurité chez TN à l'aéroport de DuSable, du temps où elle y travaillait.

« Luisa Remardi vous avait-elle parlé de lui ? » s'enquit Muriel.

Arthur objecta immédiatement que cette question induisait un témoignage indirect. Muriel et lui croisèrent un moment le fer, de façon à faire enregistrer leurs arguments respectifs dans la transcription de la séance mais, pour ce qui était de la procédure fédérale, le juge ne prendrait sa décision que bien plus tard. Pour l'instant, Mrs Carriere était tenue de répondre, ce que Marta confirma d'un petit hochement de tête, à l'intention de sa cliente. Avec le temps, les formes de Marta s'étaient un tantinet alourdies, mais elle avait appris à soigner la façade. Elle s'était apparemment trouvé un coiffeur digne de ce nom, et Arthur remarqua qu'elle portait au doigt une superbe alliance. Pour elle, tout semblait donc aller pour le mieux. Décidément, tout le monde arrivait à se caser, sauf lui...

« Oui, fit Genevieve.

— Vous a-t-elle jamais parlé de la nature de ses relations avec Erno Erdai ? »

Genevieve répondit qu'elle ne comprenait pas la question.

« A-t-elle déjà exprimé en votre présence des sentiments négatifs envers Erno Erdai ?

— En effet, oui.

— À certaines occasions, lorsque vous parliez de lui, vous a-t-elle paru être dans un état de surexcitation particulière ou de perturbation émotionnelle ?

— Je suppose qu'on pourrait le décrire comme ça. »

La règle excluant tout témoignage indirect – le rapport des paroles d'un tiers – faisait exception dans le cas de « propos proférés dans un état de surexcitation particulière ou de perturbation émotionnelle », se fondant sur l'idée contestable qu'une personne nerveusement perturbée était peu susceptible de mentir de façon délibérée. Cette disposition, appliquée depuis des siècles, ne tenait évidemment pas compte des études les plus récentes concernant le comportement des personnes soumises à un haut niveau de stress, mais sur ces bases, Arthur savait que le témoignage de Genevieve Carriere, quel qu'il fût, serait accepté par la cour.

« Mrs Carriere, fit Muriel, je voudrais que vous vous remémoriez l'occasion où Mrs Remardi vous a semblé au plus haut degré d'énervement, tandis qu'elle vous parlait d'Erno Erdai. Vous souvenez-vous d'une telle occasion ?

— Je me souviens d'une fois, oui. Je ne peux pas vous certifier que c'était bien celle où elle était au maximum de l'énervement, mais ce jour-là, elle était vraiment hors d'elle.

— Bien. Pourriez-vous situer cette conversation dans le temps ?

— Ça se passait environ un mois et demi avant que Luisa ne se fasse tuer.

— Où vous trouviez-vous, toutes les deux ?

— Sans doute au guichet de vente des billets, à l'aéroport de DuSable. Nous tenions la même caisse. Nos horaires de service se chevauchaient généralement d'une heure ou deux. C'était un moment de calme dans la journée. Nous n'avions pas grand-chose à faire. Nous comptions notre fond de caisse, et nous avions le temps de bavarder un peu.

— Avez-vous eu l'occasion de constater par vous-même ou d'apprendre personnellement, autrement que par ouï-dire, ce qui motivait la nervosité de Mrs Remardi ?

— Si vous voulez savoir si j'ai personnellement assisté à ce qui s'est passé, la réponse est "non". Je n'ai rien vu personnellement.

— Luisa vous l'a-t-elle raconté ? »

Arthur fit à nouveau objection à ce témoignage indirect, mais Muriel dut comprendre qu'il essayait juste de la ralentir dans son élan, car elle ne tourna même pas la tête vers lui, tandis qu'elle demandait à Mrs Carriere de donner sa réponse.

« Luisa m'a dit qu'elle avait été soumise à une fouille en règle. Pour la drogue. Une fouille au corps.

— Vous a-t-elle expliqué pourquoi cette fouille l'avait mise en colère ?

— C'était l'évidence même. Il y avait de quoi se

sentir humiliée et perturbée. Se faire fouiller à son travail – on serait furieuse à moins. Mais ce qui l'avait poussée à bout, c'était la manière dont les subordonnés d'Erno s'y étaient pris. Elle l'a exprimé en ma présence en des termes plutôt... crus.

— Que vous a-t-elle dit au juste ? »

Genevieve fusilla Muriel du regard, et s'autorisa un petit soupir.

« Elle m'a dit qu'ils l'avaient fouillée à travers ses vêtements, mais d'une façon plutôt poussée, et elle a ajouté qu'il lui était arrivé d'avoir des amants qui ne l'avaient jamais touchée à ces endroits-là. »

Le greffier, dont les attributions exigeaient qu'il reste de marbre quoi qu'il arrive, ne put s'empêcher d'envoyer promener les convenances, en éclatant de rire. Autour de la table, tout le monde se fendit d'un petit sourire, sauf Mrs Carriere, qui ne se détendit pas d'un iota.

« Combien de temps s'est écoulé entre l'incident et le moment où elle vous en a parlé ?

— Quelque chose comme une heure. Ils sont venus la chercher à la fin de son service, au moment où j'arrivais.

— Que vous a-t-elle dit d'Erno Erdai ?

— Mot pour mot, là encore ?

— S'il vous plaît.

— Ce sont généralement des termes que j'essaie d'éviter. Et, si j'ai bonne mémoire, c'était plutôt haut en couleur. C'était toute une liste de ce que l'on pourrait appeler des noms d'oiseaux.

— Vous paraît-il adéquat de dire que, ce jour-là, Luisa a exprimé de la haine pour Mr Erdai ?

— Tout à fait adéquat. Elle m'a dit et répété qu'elle n'avait jamais touché à la drogue et que c'était lui qui avait échafaudé toute cette histoire pour la faire fouiller. »

Muriel parut prise au dépourvu. Jusque-là, il semblait qu'il s'était établi un certain terrain de compréhension, entre elle et le témoin. Arthur avait cru Marta sur parole, lorsqu'elle lui avait affirmé n'avoir accordé à Muriel que cette unique entrevue avec Mrs Carriere, mais elles avaient dû échanger un certain nombre de coups de fil – sans doute dans le but, du point de vue de Marta, de libérer sa cliente le plus tôt possible.

Arthur vit Larry se pencher vers Muriel, pour lui glisser quelque chose à l'oreille. Il était vêtu d'une chemise polo, qu'il portait avec le col largement ouvert, et d'une veste de popeline kaki qui, par cette chaleur estivale, avait pris l'aspect fripé d'un sac en papier usagé. C'était le genre de tenue que semblait affectionner Larry, comme la plupart de ses collègues. Les flics mettaient un point d'honneur à se démarquer de l'univers compassé des procédures légales. Malgré la présence de l'huissier, Larry avait sorti un petit bloc à spirale sur lequel il notait quelques mots, çà et là.

« Vous a-t-elle expliqué sur quoi elle s'appuyait pour dire que c'était Erno qui avait menti pour la faire fouiller ? demanda Muriel.

— Non.

— C'était donc pure supposition de sa part ? »

Arthur objecta que Mrs Carriere ne pouvait attester de ce qu'avait supposé Luisa, et Muriel battit en retraite, retirant sa question. Derechef, Larry lui glissa quelques mots à l'oreille.

« Vous a-t-elle dit ce que Mr Erdai visait, selon elle, en provoquant cette fouille ?

— Non. Elle a simplement dit que c'était lui qui l'avait provoquée. »

Les prunelles d'obsidienne de Muriel s'attardèrent sur le témoin. La force de sa concentration donnait parfois à ce petit bout de femme l'allure heurtée d'une marionnette au bout de son fil.

« Le jour où elle a fait ces remarques négatives, concernant Mr Erdai, était-ce la première fois que vous l'entendiez parler de lui ?

— Non.

— Au cours de conversations précédentes, vous a-t-elle parlé d'Erno Erdai autrement que dans le cadre de son rôle de chef de la sécurité de l'aéroport de DuSable ? »

Là encore, Genevieve prit tout son temps avant de répondre que non.

« Avait-elle précédemment fait des remarques laissant penser qu'il lui déplaisait ? s'enquit Muriel.

— Avant la fouille, je ne me souviens pas de l'avoir entendue dire qu'elle ne l'aimait pas. »

Muriel, d'ordinaire aussi impassible qu'un joueur de poker, laissa pour une fois transparaître une certaine déception.

« A-t-elle manifesté des sentiments positifs à son égard ?

— Pas que je me souvienne, non.

— Serait-il juste de dire que le ton des commentaires qu'elle faisait sur lui était globalement négatif ? »

Arthur objecta à cette question pour la forme. Mise

en demeure de répondre par Muriel, Mrs Carriere finit par dire : « Probablement, oui. »

Muriel jeta un coup d'œil à son bloc-notes jaune. Elle s'apprêtait apparemment à passer à un autre sujet.

« Mrs Carriere, vous avez rapporté une remarque de Mrs Remardi, concernant sa vie amoureuse. »

Genevieve fit une petite moue, qui creusa une fossette sur son menton. Elle était manifestement navrée du tour implacable que prenait la procédure.

« Luisa Remardi discutait-elle souvent avec vous de sa vie privée ?

— Qu'entendez-vous par "souvent" ?

— Vous tenait-elle au courant de ce qu'elle faisait avec ses amis masculins ?

— Témoignage indirect ! » objecta Arthur, une fois de plus. Muriel l'assura qu'elle comptait contourner cette objection, par la suite, et demanda au greffier de relire sa question.

« J'en ai certainement entendu plus que je n'aurais dû, sur ce sujet, déclara Mrs Carriere, avec pour la première fois l'ombre d'un sourire. Je me suis mariée à dix-neuf ans, vous savez.

— Avez-vous vu Mrs Remardi en compagnie de Mr Erdai ?

— Parfois, oui.

— Bien. Vu l'intimité de vos relations avec Luisa Remardi, vu les nombreuses confidences qu'elle vous a faites, et compte tenu de vos propres observations, avez-vous pu vous faire une opinion sur la possibilité d'une relation amoureuse entre Luisa et Erno Erdai ? »

Pour le dossier, Arthur objecta, en développant longuement ses arguments, que le sujet ne se prêtait pas à ce genre de témoignage. Lorsqu'il en eut terminé, Muriel exigea une réponse à sa question.

« Non, je ne crois pas qu'ils aient pu avoir une relation intime. Je connaissais bien Erno. Il aurait été surprenant que Luisa soit sortie avec quelqu'un que je connaissais si bien, sans qu'elle m'en ait jamais touché mot. »

Muriel hocha la tête, une seule et unique fois, les lèvres crispées par l'effort qu'elle fit pour réprimer un sourire de triomphe. Là-dessus, elle céda sa place à Arthur.

Il prit le temps de réfléchir et de jauger longuement l'importance qu'accorderaient Harlow et les juges de la cour d'appel au témoignage de Genevieve. Ses propos auraient sans doute un poids considérable. Les juges étaient enclins à faire confiance aux gens tels que Mrs Carriere, les représentants de la classe moyenne, ces travailleurs consciencieux grâce auxquels le monde continuait à tourner à peu près rond. Dans l'ensemble, il était d'accord avec le diagnostic de Marta : il avait pris un rude coup, mais rien d'irréparable. Les opinions de Genevieve Carriere ne suffiraient pas à contrebalancer la décision du juge Harlow, qui considérait le témoignage d'Erno comme recevable. Il s'exhorta, une fois de plus, à la plus extrême prudence.

Il commença par souligner l'évidence, en demandant au témoin de reconnaître à nouveau qu'elle n'avait aucun moyen de s'assurer par elle-même de la véracité de ce que Luisa pouvait lui révéler, concernant sa vie privée. Elle ignorait, en particulier, si son amie lui avait tout dit, ou si elle avait gardé quelques secrets. Sans se départir de sa réserve, Mrs Carriere parut se faire légèrement plus réceptive à Arthur, sans doute parce que ce n'était pas lui qui l'avait forcée à venir témoigner. À cette dernière question, elle répondit : « Je suis même pratiquement sûre qu'il y avait certaines choses qu'elle ne me disait pas, parce que je les aurais désapprouvées. »

Ce qui laissait à Arthur une bonne marge de manœuvre pour prendre quelques risques, dans l'espoir de réhabiliter quelques autres aspects de la thèse d'Erno.

« Et, sans perdre de vue qu'il pourrait y avoir bien des choses que vous ignoriez, dans la vie personnelle de Mrs Remardi, vous a-t-elle parfois laissé entendre qu'elle fréquentait plus d'un homme à la fois ? »

Genevieve fit la moue et, baissant les yeux, parut réfléchir.

« Je vais devoir m'expliquer un peu plus longuement, pour répondre à cette question... » Arthur lui fit signe de poursuivre. « Après son divorce, Luisa n'avait que faire des hommes – du moins dans le cadre d'une relation suivie. Évidemment, il lui arrivait de rechercher un peu de compagnie, et parfois davantage. Et quand elle était d'humeur folâtre, franchement, elle n'était pas spécialement difficile – ni spécialement discrète. Et il pouvait s'écouler des mois entre deux de ses aventures – ou alors, une demi-journée. Elle pouvait voir un homme une seule fois, ou à plusieurs reprises. Je crois qu'il y a un mot, pour décrire cela – comment dire ? Le pragmatisme. Avec les hommes, Luisa avait une attitude tout à fait *pragmatique*. Alors, effectivement... de temps à autre, je l'entendais parler de plus d'un homme à la fois. »

Arthur n'en espérait pas tant. Il voulait simplement lui faire reconnaître qu'il n'aurait pas été impossible que Luisa ait couru deux lièvres à la fois. C'était un petit triomphe. Il songea à lui demander si elle avait eu vent de rendez-vous galants de son amie qui auraient eu pour cadre le parking de l'aéroport, mais ce qu'avait dit le témoin du comportement amoureux de Luisa lui laissait toute latitude pour inférer, sur ce point.

Il préféra donc revenir à l'opinion de Mrs Carriere, quant à la possibilité d'une idylle entre Erno et Luisa – opinion déjà quelque peu sapée par le fait, reconnu par le témoin, que Luisa aurait effectivement pu garder certaines choses pour elle.

« Vous saviez donc, d'après ce que vous en avait dit Mrs Remardi, qu'il y avait du tirage entre Erno Erdai et elle ?

— Du tirage ?

— Je vais reformuler ma question : quelque chose comme six semaines avant sa mort, vous saviez qu'elle était furieuse contre lui ?

— Oui.

— Et qu'elle le soupçonnait d'avoir forgé de toutes pièces un prétexte pour lui faire subir quelque chose de très humiliant et de physiquement très agressif ?

— Oui.

— Une agression que, d'après ses remarques, elle assimilait à des manœuvres de nature sexuelle ? »

Geneviève sourit – un vrai sourire cette fois, destiné à Arthur – et elle se délecta de ce tour de passe-passe juridique, avant de répondre par l'affirmative.

« Et, comme vous l'avez précédemment déclaré, elle

ne vous avait jamais dit ce qui, à son avis, avait poussé Mr Erdai à provoquer cette fouille ? »

Il comprit aussitôt qu'il avait fait un pas de trop. Les yeux de Genevieve plongèrent une seconde dans les siens, comme pour le mettre en garde, et elle fronça les lèvres.

« Comme je l'ai dit, elle ne m'a pas expliqué ce qui était, à son avis, le véritable but que visait Erno. »

Dévoré d'inquiétude pour ce qui avait pu lui échapper, Arthur s'appliqua à afficher un sourire bienveillant, comme si cette réponse le comblait.

« Ce sera tout », conclut-il. Il n'eut pas la témérité de jeter un coup d'œil en direction de Muriel et s'absorba dans la rédaction de quelques notes. S'il avait été, lui, à la place du procureur, les nuances de la réponse de Genevieve auraient très bien pu lui échapper. Mais c'était à Muriel Wynn qu'il avait affaire. Muriel et son redoutable sonar – un véritable sixième sens. Il ne fut donc nullement surpris de l'entendre demander à l'huissier de lui relire la dernière question d'Arthur.

« Vous a-t-elle dit pourquoi Erno Erdai l'avait fait fouiller ? interrogea-t-elle alors.

— Non. Elle ne m'a donné aucune explication sur ce qu'il avait en tête en faisant une telle chose.

— Ce n'est pas ma question. Je ne vous parle pas du but qu'il visait, mais des raisons qui l'avaient poussé à le faire. Vous a-t-elle dit quelque chose concernant ce qui avait poussé Erno Erdai à provoquer cette fouille ? »

Genevieve attendit quelques secondes, avant de dire que oui. Muriel se tourna vers Larry, et Arthur vit ce dernier lever les paumes au ciel, comme pour dire : Qu'est-ce que j'en sais ?

« Et quelle était cette raison ? » s'enquit Muriel.

À nouveau, Mrs Carriere s'abîma dans la contemplation de ses genoux, et poussa un long soupir.

« C'était à cause de quelque chose que j'avais dit à Erno la semaine précédente.

— Que vous lui aviez dit ? Revenons un peu en arrière... »

Geneviève leva la main, ce qui fit tinter un petit bracelet en or orné de figurines, parmi lesquelles quatre silhouettes, qui représentaient sans doute ses quatre enfants.

« Après cette fouille, Luisa était furieuse non seulement contre Erno, mais aussi contre moi. Parce que j'avais dit à Erno une chose qui, selon elle, l'avait poussé à la faire fouiller. C'est d'ailleurs pour cela qu'elle était venue m'en parler, à l'origine. En fait, elle m'avait passé un savon parce que j'en avais trop dit.

— Et qu'aviez-vous dit à Mr Erdai ? »

Geneviève prit à nouveau tout son temps.

« Cette nuit-là, j'avais été de service à la place de Luisa. À cette heure-là, d'habitude, c'était elle qui tenait le guichet. Et un homme est venu la demander.

— Un homme ? Vous a-t-il laissé son nom ?

— Non. Il ne m'a donné aucun nom.

— Pourriez-vous le décrire ?

— Comment ça, le décrire ?

— À quoi vous a-t-il fait penser ? Quelle était sa race ?

— Il avait le teint plutôt foncé. Un Noir, sans doute,

mais je ne pourrais pas l'affirmer. Latino-américain, peut-être.

— Son âge ?

— Difficile à dire. Ni jeune ni vieux.

— Corpulence ?

— Plutôt mince.

— Bien. Et c'est tout ce que vous avez dit à Erno Erdai, la semaine précédant cette fouille : qu'un homme était venu ?

— Oui.

— Avez-vous eu une conversation, avec cet homme ?

— Oui. C'est précisément ce que j'ai dit à Erno.

— Que vous a dit cet homme ?

— Il m'a demandé où était Luisa et m'a dit de lui dire qu'il avait vu un certain "Pharaon".

— "Pharaon" ? Comme celui d'Égypte ?

— C'est ce que j'ai cru comprendre. »

Visiblement perplexe, Muriel dévisagea longuement Genevieve Carriere.

« Cet homme vous a-t-il dit autre chose ?

— Il a dit qu'il avait vu ce Pharaon et que Luisa ne pouvait pas lui faire un coup pareil.

— Et qui était ce "Pharaon" ?

— Je n'en avais aucune idée. »

Arthur vit Muriel incliner la tête de côté, comme si elle venait d'entendre quelque chose.

« Et à présent, savez-vous qui était ce fameux Pharaon ?

— Tout ce que j'en sais, c'est ce que m'en a dit Luisa.

— Quand se déroulait cette conversation ?

— Le lendemain du jour où l'homme est venu.

— Rapportez-nous ce que vous avez dit de cet homme, vous et Luisa.

— Je lui ai dit qu'il était venu et je lui ai répété ce qu'il avait dit, au sujet de ce Pharaon. J'ai averti Luisa que j'en avais parlé à Erno et là, elle m'a vivement reproché de l'avoir fait – c'est ainsi que, de fil en aiguille, elle m'a révélé qui était Pharaon.

— Et que vous a-t-elle dit ? »

Genevieve Carriere soutint le regard de Muriel, et lui renvoya un regard tout aussi acéré, puis elle porta la main à sa bouche, en secouant la tête.

« Je ne veux pas en parler, déclara-t-elle, d'une voix qui trembla légèrement en dépit de la véhémence avec laquelle elle s'était exprimée. Tout ce que je sais, c'est ce qu'elle m'en a dit, et mes avocats m'ont assurée que ce n'était pas recevable, devant un tribunal. Je ne vois donc vraiment pas pourquoi je devrais subir un tel interrogatoire.

— Ne notez pas cela », ordonna Marta, en faisant signe à Arthur et à Muriel de la suivre jusqu'à son bureau, de l'autre côté du couloir.

La pièce ressemblait à la bibliothèque d'un gentilhomme des siècles passés. Tout était en cuir, avec des divans profonds et des collections entières de livres reliés et dorés sur tranche, alignés sur de longs rayonnages. Sur l'une des tables, Arthur remarqua une série de photos de famille où figuraient, aux côtés de Marta, son époux qui lui parut de race hispanique, et leurs deux enfants. Il y avait aussi plusieurs photos de ses parents, prises quelques décennies plus tôt. Arthur fut frappé par la ressemblance de Marta et dc Sandy, surtout lorsqu'elle portait, comme ce jour-là, un tailleur pantalon à double boutonnage. C'était son père tout craché.

« Ce n'est qu'une hypothèse, avertit Marta, mais imaginons que Mrs Remardi ait... *détourné* certains biens appartenant à TN ? » Marta y allait avec des pincettes. « Détourner » n'était bien sûr qu'un gracieux euphémisme pour dire « voler ».

« Quel genre, ces "certains biens" ? s'enquit Muriel.

— Des billets d'avion.

— Des billets d'avion ? »

Larry, qui les avait suivis, fut le premier à comprendre. « Et elle les écoulait par l'intermédiaire du Pharaon – c'est bien ça ?

— Ce n'est qu'une hypothèse. Mais par les temps qui courent, la Trans-National poursuit impitoyablement tout employé pris sur le fait. Tolérance zéro. Ils se sont fait avoir, il y a quelques années, en essayant de balayer quelque chose sous le tapis pour le compte de l'un de leurs principaux cadres. L'un des avocats, qui avait été engagé pour enquêter sur le vol, avait fini par prendre la fuite avec quatre millions sous le bras...

— Je m'en souviens, dit Muriel.

— À présent, c'est la potence pour tout le monde. Dépôt de plainte s'il y a des preuves, et poursuites au tribunal civil, pour récupérer les biens volés. Quels que soient le montant et l'auteur du vol. Or, les petites Remardi vivent grâce à une pension que leur verse la Trans-National.

— TN ne poursuivrait pas des orphelines.

— Est-ce que vous prendriez ce risque, si c'étaient les enfants de votre meilleure amie ? » Marta se tourna vers Muriel, les mains écartées. « Rien ne vous oblige à faire enregistrer dans le dossier ces informations concernant les activités de Luisa, si ?

— Pour l'instant, non, fit Muriel, mais je ne veux pas avoir à courir après votre cliente par monts et par vaux, si j'ai besoin d'une réponse. »

Marta acquiesça, avant de se tourner vers Arthur qui restait comme sidéré, ne sachant trop ce qu'il fallait en penser. Pour l'heure, il se contenta de rappeler à Marta qu'il y avait une condamnation à mort à la clé, et déclara qu'il laisserait le problème en suspens aussi longtemps que possible, mais qu'il se réservait le droit d'y revenir, si, à la réflexion, il s'avérait que cela pouvait aider Rommy.

« Bien sûr », concéda Marta.

Là-dessus, ils regagnèrent tous trois la salle de conférences. Marta prit sa cliente à part pendant quelques minutes. Lorsque Genevieve revint s'asseoir près de l'huissier, elle articula un « merci » silencieux à l'adresse de Muriel et d'Arthur, mais elle semblait toujours passablement perturbée. Elle gardait son sac sur ses genoux et son mouchoir à la main.

Cette marque de gratitude du témoin ne parut guère rasséréner Muriel. Au contraire. Plus le temps passait, et plus elle avait peine à dissimuler son impatience. Elle rebondit plusieurs fois sur sa chaise, avant de s'installer. Arthur subodora qu'elle soupçonnait Marta de l'avoir roulée dans la farine lors des conversations qu'elles avaient eues, avant l'entretien.

« Reprenons le cours normal de cet entretien, fit-elle. Un homme dont vous ignoriez le nom est venu à votre guichet et vous a demandé à parler à Luisa Remardi, dans le courant du mois de mai 1991. Êtes-vous sûre de cette date ?

— Absolument.

— Et cet homme vous a dit quelque chose au sujet d'un certain "Pharaon". Après quoi, vous avez parlé de cette visite à Erno Erdai, à qui vous avez répété les paroles de l'inconnu. Luisa Remardi vous a d'abord reproché de l'avoir fait, puis vous a expliqué qui était ce "Pharaon", ainsi que la nature de leurs relations. Ce résumé est-il exact ?

— Tout à fait.

— Vous a-t-elle dit le nom de famille du dénommé Pharaon ?

— Non.

— A-t-elle précisé s'il s'agissait d'un sobriquet ?

— Non.

— Vous a-t-elle dit où le dénommé Pharaon vivait ou travaillait ?

— Je ne sais rien de plus sur lui. Dès que Luisa m'a eu expliqué ce qu'ils faisaient ensemble, je n'ai pas voulu entendre un mot de plus et franchement, la seule chose qui aurait pu, à la rigueur, éveiller ma curiosité, c'était la façon dont ils se débrouillaient pour s'en tirer en toute impunité. À long terme, je ne voyais pas comment une telle combine aurait pu marcher. Mais même cela, je ne voulais pas le savoir.

— Et cet homme qui est venu la demander – Luisa vous a-t-elle expliqué ce qu'il était pour elle, et quels étaient ses liens avec le Pharaon ?

— C'était lui qui les avait présentés.

— Je vois. Avait-il une sorte de participation dans

l'entreprise à laquelle collaboraient Luisa Remardi et Pharaon ?

— Luisa m'a dit qu'il aurait voulu en toucher une part, mais qu'il ne l'avait pas eue.

— Mmm », marmonna Muriel. Elle avait déjà compris. Arthur se rejoua mentalement la séquence. Ce troisième larron les avait mis en relation. Il avait présenté Luisa au Pharaon, qui écoulait les billets. Il comptait bien recevoir sa part du gâteau.

« Bien. J'aimerais m'assurer que j'ai tout enregistré. Vous ignoriez totalement qui était Pharaon, et quel genre de relation Mrs Remardi avait avec lui, jusqu'à ce qu'elle vous ait expliqué tout cela, le lendemain de la visite de l'inconnu – vrai ou faux ?

— Vrai.

— Mais ce jour-là, si vous ignoriez ce que faisait Pharaon avec Mrs Remardi, pourquoi êtes-vous allée répéter ces propos à Mr Erdai ?

— Parce que Erno était le chef de la sécurité... »

Marta, installée de l'autre côté de sa cliente, eut un imperceptible mouvement et Genevieve leva le menton en direction de Muriel. « Parce que cet homme avait proféré des menaces contre Luisa.

— Des menaces ? Précises ?

— Oui.

— De quoi l'a-t-il menacée ? »

Les yeux de Genevieve plongèrent en direction de ses mains, posées sur son sac, qu'elle tenait toujours sur ses genoux.

« Il a dit qu'il allait la tuer. »

La vision d'Arthur se mit à tressauter, comme un film auquel il aurait manqué des images. Muriel, qui avait pourtant la langue bien pendue, en resta bouche bée.

« C'est Erno Erdai qui avait proféré cette menace ?

— Non, c'est l'inconnu qui est venu ce soir-là au guichet. »

Muriel, sur des charbons ardents, se dandina sur sa chaise. Elle secoua ses épaules, et s'étira la nuque avant de revenir à Genevieve.

« Je vais vous poser une question, Mrs Carriere, lui dit-elle d'un ton soudain plus sec. Et je compte sur vous pour y répondre en gardant à l'esprit que le serment que vous avez prêté vous contraint à nous dire la vérité, et toute la vérité. Me suis-je bien fait comprendre ?

— Oui.

— Répétez-moi intégralement ce que cet homme vous a dit.

— Il a demandé à voir Luisa, et je l'ai informé qu'elle n'était pas au guichet. Il était furieux, et il a crié quelque chose comme : "Dites-lui que j'ai vu Pharaon et qu'elle ne peut pas me faire ce coup-là... sinon, la prochaine fois que je la vois, je la tue." Alors naturellement, j'ai eu peur pour Luisa et, à la fin de mon service, j'ai croisé Erno. Je me suis dit qu'en tant que chef de la sécurité, il devait être informé de cet incident, et je lui ai tout raconté. »

Le sténographe du greffier cliqueta pour enregistrer cette dernière réponse, tandis qu'un silence de plomb s'abattait sur la pièce. Les implications de ce qu'ils venaient d'entendre mirent quelques secondes à filtrer dans l'esprit d'Arthur. Luisa avait trempé dans une sombre affaire avec pour complice un certain « Pha-

raon » et un troisième homme qui les avait mis en relation, et avait ensuite menacé de la tuer. Ce qui
constituait une tout autre toile de fond, pour ce meurtre.
Une possible association de malfaiteurs, totalement
extérieure à Rommy, et où Erno lui-même n'avait pas
grand-chose à voir. Et tout cela était globalement positif pour Gandolph. Face à une telle multiplication des
suspects, personne ne pourrait prétendre avoir le degré
de certitude nécessaire pour envoyer son malheureux
client à la mort.

Muriel aussi tentait manifestement de sonder l'am-
pleur de la catastrophe qui venait de s'abattre sur elle.
Ses traits s'étaient soudain crispés. Le dos au mur,
Muriel pouvait être redoutable.

« Cet homme a donc dit qu'il allait tuer Luisa
Remardi, quelque chose comme deux mois avant
qu'elle ne se fasse effectivement assassiner – c'est bien
ça ?

— Oui.

— Et, après le meurtre de Mrs Remardi, l'inspecteur
Starczek, ici présent, est venu vous interroger – à deux
reprises, si j'ai bonne mémoire. Vous en souvenez-
vous ?

— Oui.

— Or, vous ne lui avez pas dit un mot de cet
homme, qui était venu à votre guichet proférer des
menaces contre votre amie ? Pourquoi ?

— Il ne me l'a pas demandé et je ne pensais pas
que cet incident ait pu avoir le moindre rapport avec la
mort de Luisa. Quand je lui en ai parlé, elle a éclaté de
rire. Elle était persuadée que c'était du bluff.

— Bien sûr..., persifla Muriel. Pourquoi diable

auriez-vous fait le rapprochement, hein ? Un type vient vous dire qu'il va la tuer et elle se fait tuer quelques semaines plus tard – quel lien pouvait-il y avoir entre ces deux faits ?

— Je fais objection à cette question, intervint Marta.

— Vous y faites objection ! se récria Muriel, puis, se retournant vers Larry : Inspecteur Starczek, allez jeter un œil dans le couloir. Peut-être y a-t-il encore cinq ou six autres suspects qui font la queue pour venir s'accuser du triple meurtre !

— Et à ça aussi, je fais objection, naturellement ! protesta Marta.

— Je me vois dans l'obligation de remettre à plus tard cette audition, fulmina Muriel. Je suis trop furieuse pour continuer. » Sa tête s'agitait dans tous les sens, comme un yo-yo.

Toujours prompte à s'enflammer, Marta démarra au quart de tour. Elles étaient convenues, elle et Muriel, d'une séance de deux heures. Genevieve ne reviendrait pas. Pendant quelques minutes, les deux femmes firent assaut d'arguments sous le regard médusé d'Arthur. Du point de vue de Marta, la déposition de Genevieve était terminée.

« Ça, certainement pas, nom d'un chien ! » riposta Muriel. Genevieve était un témoin trop essentiel pour que son témoignage soit traité à la va-vite. Cela établi, Muriel voulait avoir le temps d'enquêter, avant de poursuivre.

Cloué à son siège, Arthur s'évertuait à mettre tout cela en perspective. Le délai fixé par la cour d'appel pour la période d'instruction s'achevait le lendemain. Muriel espérait manifestement obtenir une prolongation de ce délai, ce qui ne faisait pas du tout l'affaire d'Arthur. Car une fois la période d'instruction close, ce nouvel élément d'information serait pour lui une garantie supplémentaire que la cour d'appel se prononcerait pour une prolongation de l'*habeas corpus* de Rommy. Et il y avait de bonnes chances pour que Kenton Harlow, à qui il reviendrait probablement de trancher, accorde à Gandolph un nouveau procès, sur la base des témoignages d'Erdai et de Genevieve. Arthur décida donc de jouer les pacificateurs, dans l'espoir de hâter la conclusion de la déposition.

« Pourquoi auriez-vous besoin d'un supplément d'enquête ? demanda-t-il à Muriel.

— Eh bien, primo, parce que j'aimerais avoir de plus amples renseignements sur ce mystérieux visiteur qui a déclaré vouloir tuer Luisa.

— Que pourrait bien ajouter Mrs Carriere ? Elle vous a déjà donné quelques indications de signalement et vous a dit qu'elle ne connaissait pas le nom de cet homme... »

Le greffier les interrompit pour demander s'il devait prendre note de tout ça.

« Oui, dit Arthur.

— Non ! riposta Muriel.

— Ah, en ce cas, autant le dire haut et clair ! s'exclama Arthur. Prenez ceci en note, monsieur le greffier : Mrs Carriere, reste-t-il quelque chose que vous pourriez nous dire pour nous aider à identifier cet homme qui a menacé de tuer Luisa Remardi ? »

Il aurait juré qu'il avait posé cette question avec toute la courtoisie requise, mais Genevieve lui renvoya un regard chargé d'amertume.

« Je préfère en rester là, rétorqua-t-elle. Je n'ai pas de mot pour vous dire à quel point tout cela me désole. C'est une véritable histoire de fous, que j'ai vécue là. » Geneviève n'avait pas lâché son mouchoir. Elle le chercha des yeux, comme pour s'assurer qu'elle l'avait toujours sous la main, prêt à l'emploi.

« Peut-être pourriez-vous répondre par oui ou par non à cette question, fit Arthur – et nous en aurions terminé... »

Ce qui passa, en une fraction de seconde, entre Geneviève et Arthur fut assez fulgurant pour être une décharge de haine. Ça semblait totalement déplacé, mais ce regard d'abomination fit mouche. Geneviève avait touché son point le plus vulnérable. Arthur eut un geste d'impuissance. « OK. Nous continuerons plus tard. J'accepte de reporter. »

La réplique suivante parut tomber du ciel.

« Et moi, je pense qu'elle devrait y répondre tout de suite, à cette question. »

C'était Larry.

Tous les yeux se tournèrent vers lui. Les doigts du greffier, qui se demandait s'il devait prendre note de cette interruption, restaient suspendus au-dessus des longues touches de son sténographe. Muriel décocha en direction de Larry un regard chargé d'une telle fureur qu'Arthur n'aurait pas été surpris de la voir lui sauter à la gorge, d'un moment à l'autre.

« Fais-la répondre », riposta Larry. Il y eut une seconde de bras de fer entre eux. Le jugement de Dieu. Mais Muriel céda la première.

« Très bien, fit-elle. Veuillez répondre. »

Geneviève se tourna vers Marta. L'avocate approcha

sa chaise de la sienne et posa sa main sur celle de sa cliente, qui attendit d'avoir retrouvé un semblant d'aplomb.

« Je pense que tout cela ne nous mène nulle part, murmura Genevieve. Rien de ce que nous pourrons dire ou faire ne pourra améliorer le sort de ces petites. Et du côté d'Erno, personne ne pourra trier le bon grain de l'ivraie.

— Je vais déposer une plainte pour obstruction à la justice ! menaça Muriel. Répondez à ma question : y a-t-il quelque chose que vous pourriez ajouter, pour nous permettre d'identifier l'homme qui a menacé de tuer Luisa Remardi ?

— C'est moi qui l'ai posée, objecta Arthur. Je la retire. » Il n'avait pas la moindre idée de ce qu'il faisait. Il se contentait, intuitivement, de tirer de toutes ses forces dans le sens opposé de celui de Muriel.

« Eh bien, je la pose à mon tour, siffla-t-elle.

— Mais ce n'est pas votre tour, contre-attaqua Arthur, et nous venons de convenir d'un report de séance.

— Ah ! Finissons-en ! » explosa Muriel. Durant ce bref intermède, ses yeux n'avaient pas quitté Genevieve qui la fixait, elle aussi, d'un regard médusé et à présent embué de larmes.

« Vous ne m'avez pas demandé si je le connaissais, dit-elle. Vous avez simplement demandé s'il m'avait donné son nom, or il ne l'a pas fait. Mais je l'avais déjà vu dans l'aéroport. Et depuis, j'ai eu amplement l'occasion de l'apprendre, ce nom. » Elle se tourna alors vers Arthur et, à voir l'extrême gravité que reflétaient à présent ses yeux sombres, il comprit tout à

coup ce dont elle avait voulu l'avertir, et se maudit de
sa stupidité.

« C'était votre client, lui dit-elle. Rommy Gandolph.
C'est lui, l'homme qui est venu me dire qu'il allait tuer
Luisa. »

LIVRE III

La décision

25.

Il l'a fait !

Le 28 juin 2001

Arthur parvint à s'échapper seul du cabinet Stern, mais comme il attendait l'ascenseur, il vit arriver Muriel et Larry. Dans un silence mi-figue mi-raisin, le trio se planta devant les portes de bronze ouvragées. Muriel finit tout de même par desserrer les dents, pour lui annoncer son intention de déposer une motion de rejet devant la cour d'appel, mais Arthur était trop atterré pour lui répondre, voire pour l'écouter. Quand l'ascenseur arriva, il les laissa descendre sans lui. Il n'atteignit la sortie que quelques minutes plus tard, juste à temps pour voir tomber les premières gouttes d'une averse torrentielle, depuis l'éventail d'acier et de verre qui tenait lieu d'auvent à l'immeuble. Jetant un œil à l'extérieur, il décida d'affronter la pluie. Il avait parcouru plus d'un pâté de maisons lorsqu'il s'avisa qu'il était trempé. Il se précipita sous l'entrée d'un autre immeuble et là, au bout d'une minute qu'il passa à se colleter avec un maelström d'idées contradictoires, il repartit au pas de course. Il devait regagner son

bureau. Il lui fallait annoncer ça à Pamela. Il finit par
s'apercevoir qu'il avait l'estomac dans les talons et
qu'il était à bout de souffle, avec en prime une urgente
envie de pisser. Mais il n'entendait plus que la réplique
finale de Mrs Carriere. « Votre client, Mr Gandolph. »
Son esprit ruminait inlassablement ces mots, jusqu'à
les réduire en une bouillie mentale indigeste. Puis il
était à nouveau contraint de se rendre à l'évidence, et
de se précipiter vers le premier abri venu. Et quelques
instants plus tard, il se remettait à courir sous la pluie,
détalant comme un dératé, comme s'il avait gardé
l'ombre d'un espoir que, quelques entrées d'immeubles
plus loin, le témoignage de Genevieve Carriere prendrait un tout autre sens.

Jusque-là, il avait eu de Rommy l'image d'un pauvre
bougre innocent, et surtout, il s'était lui-même représenté sous les traits du preux champion d'une cause
miraculeusement juste. Mais si Rommy était coupable,
c'était tout son univers qui basculait. Le monde redevenait cet endroit morose où rien ne le retenait. Sa vie
redevenait ce triste mélange d'obligations et de travail
à haute dose.

Il était arrivé devant le Morton's. En proie au plus
extrême désarroi, il entra et se mit en quête des toilettes
hommes. Mais il n'avait pas sitôt franchi les portes
qu'il pensa à Gillian. À la périphérie de sa vision, il
avait cru voir passer une tache fauve qui aurait pu être
ses cheveux. Il mit le cap sur le rayon des cosmétiques,
mais elle n'était pas là. Il commençait à se dire qu'il
avait fait erreur, lorsqu'elle se dressa soudain devant
lui – elle s'était simplement baissée pour ranger des
produits dans les tiroirs du bas.

« Arthur ! » Elle recula d'un pas, sa longue main effilée posée sur son col.

« Il est coupable, lui dit-il. Je voulais juste vous mettre au courant. Comme Muriel va s'empresser de répandre la nouvelle, je pense que vous ne tarderez pas à en entendre parler. Mais il est coupable.

— Qui est coupable ?

— Mon client. Rommy. C'est bien lui qui a fait le coup. »

Elle sortit de son rayon en franchissant un petit rabattant, et prit Arthur par le coude, comme elle l'aurait fait pour un enfant égaré.

« Coupable ? Qu'est-ce qui vous permet de le dire ? »

Arthur lui résuma les déclarations de Genevieve Carriere. « Je n'arrive même plus à m'entendre penser, là, avoua-t-il. J'ai l'impression qu'on m'a passé le cerveau au micro-ondes. Où sont les toilettes ? »

Elle appela une collègue pour lui dire qu'elle prenait sa pause, puis elle lui montra le chemin, en lui proposant de l'aider à porter son attaché-case. Elle attendrait au sous-sol, près de l'escalator, dans une petite cafétéria.

Quelques instants plus tard, tout en tâchant de retrouver son calme, Arthur alla se planter en face des miroirs, au-dessus des lavabos. Ses cheveux trempés lui restaient collés sur le crâne. Sous la lumière cruelle des néons, on aurait dit des traînées d'encre. La pluie avait dessiné des zones plus sombres sur les épaules de sa veste grise. Rien de surprenant à ce qu'il ait fait sursauter Gillian, en arrivant. Il avait l'air d'un SDF fraîchement sorti d'un caniveau.

Il alla passer un bref coup de fil à Pamela pour l'assurer que ce revers de situation était bien aussi catastrophique qu'il y paraissait, puis il prit l'escalator pour se rendre à la petite cafétéria qui s'était récemment ouverte dans le sous-sol du Morton's – une attraction de plus, destinée à retenir les clients sur les lieux. L'établissement tournait à plein rendement, ce jour-là, bien que l'heure du déjeuner fût depuis longtemps passée. La plupart des petites tables blanches étaient prises d'assaut par des clientes qui attendaient la fin de l'averse, entourées de leurs emplettes.

Gillian était assise à quelques mètres de là et finissait sa cigarette. Elle lui tournait le dos. À défaut d'autre chose, sa présence l'aiderait à refaire surface, après le choc qu'il venait d'encaisser. Malgré les frissons qui commençaient à lui venir et l'état de détresse où il se trouvait, la seule vue de Gillian le remplissait toujours de la même exaltation, mêlée de désir. Mais il n'aurait pu dire que ses dernières révélations, l'autre soir, n'avaient pas réussi à provoquer en lui une partie des réactions qu'elle escomptait. Ce qui était revenu le hanter, c'était l'image de cette adolescente démoniaque s'infligeant des brûlures de cigarettes. Il se représentait la scène comme s'il y était : cette pâle jeune fille, si gracile, approchant une braise de l'intérieur de son bras, là où la peau est la plus tendre ; elle l'y maintenait, jusqu'au bout, en dépit de la douleur et de l'affreuse odeur de brûlé que dégageait sa propre chair, sans se départir de ce masque figé et solennel.

À présent, cette vision le clouait sur place. Il reconnaissait en lui-même l'adolescent rêveur, éternellement frustré. Mais conjointement à ce pêcheur de lune, il y avait aussi l'homme qu'il était devenu vers la trentaine – et qui n'était, lui, ni un gosse ni un crétin. C'était un adulte qui avait appris à tirer les leçons de ses propres erreurs, et évitait de les reproduire indéfiniment. Quelqu'un qui était capable non seulement de museler ses désirs, mais de les surmonter. Ces dix derniers jours, pendant les quelques minutes de pause qu'il s'autorisait, dans sa longue journée de travail, ses pensées s'étaient maintes fois envolées vers Gillian. Eh oui, son cœur revenait inlassablement vers elle. Oui, il se rejouait leurs conversations et les analysait jusqu'à ne plus pouvoir y discerner les événements réels d'avec ses propres souvenirs, ni d'avec les répliques, aussi habiles qu'imaginaires, qu'il y avait mêlées grâce au moteur suractivé de son imagination. Alors, son pouls se calmait, tandis qu'il prenait la mesure des vrais dangers qui le guettaient. La frustration, il connaissait ; ça ne lui faisait pas peur. La déception amoureuse, c'était tout autre chose.

Son divorce avait été une véritable catastrophe. Il avait épousé Marija principalement parce qu'elle avait voulu de lui. Elle était très jolie, et loin d'être idiote. Quant à lui, il ne pouvait tout simplement pas se rassasier d'elle. Mais durant les quelque quarante jours qu'ils avaient passés ensemble, pas une seconde il n'avait eu le sentiment de commencer à y comprendre quelque chose. Il n'avait jamais réussi à lui faire fermer la porte des WC, ni à lui faire apprécier un plat américain. Pourquoi ne l'avait-on pas mis en garde ? Pourquoi personne ne l'avait-il averti qu'il était quasiment impossible de s'entendre avec quelqu'un qui avait grandi sans savoir ce qu'était un poste de télé, ou

Richard Nixon – sans parler de Farah Fawcett ou du
Rubik's Cube. Avec elle, chaque minute valait son
pesant de surprises. Y compris la dernière, où elle lui
avait annoncé qu'elle voulait le quitter pour un type de
la campagne – un carreleur, excusez du peu.

Comment pouvait-elle l'abandonner ainsi, lui avait-
il demandé. Et leur couple ?

« Comment ça, notrre couple ? avait-elle rétorqué.
Mais ça n'egssiste pas ! »

Le coup avait été rude. Mais Gillian, qu'il désirait,
à tort ou à raison, avec tant de ferveur, représentait une
menace bien plus grande. Il ne possédait pratiquement
rien en ce monde. La seule chose qu'il eût à perdre,
c'était lui-même. Son âme, vulnérable et fragile. Une
personne aussi perverse et aussi compromise que Gillian, quelqu'un qui avait succombé à ses démons au
point de s'abîmer totalement dans l'alcoolisme, la
délinquance, l'inceste et Dieu savait quoi, était aussi
imprévisible que Susan. Il lui avait dit qu'il n'avait pas
peur d'elle. Pure fanfaronnade – il n'en revenait pas de
sa témérité. Après coup, il avait reconnu ce que cette
vérité avait de partiel, évidemment. Sa journée finie,
quand il se détournait de son bureau pour laisser son
esprit vagabonder dans les stries de lumière dorée qui
chatoyaient sur le fleuve, en pensant à elle, il commençait à entrevoir comment une telle passion pouvait
tourner au désastre.

Tout cela lui revint à l'esprit, tandis qu'il restait
planté là, à quelques mètres d'elle – elle ne s'était toujours pas retournée. Mais il la rejoignit. Comment
aurait-il pu s'empêcher d'être lui-même, c'est-à-dire
quelqu'un qui tentait sa chance, quoi qu'il arrive, et

fût-elle pratiquement nulle... Il devait tout essayer, pour se rapprocher de cette personne fascinante, pour abolir l'abîme qui séparait le monde réel de celui de ses pensées. C'était même un droit fondamental, se dit-il. Comme de manger à sa faim, d'être soigné, ou d'avoir un toit au-dessus de sa tête.

Elle s'était installée à une petite table blanche pour attendre le retour d'Arthur. Elle avait fumé plusieurs cigarettes. Elle avait réussi à se limiter à moins d'un paquet par jour, ces derniers temps, mais il devenait de plus en plus probable qu'elle ne sortirait pas indemne de ses rencontres avec Arthur Raven. Ces perturbations avaient certes quelque chose de salutaire, mais elles lui rendaient nécessaire le soutien de la nicotine. Elle avait cessé de fumer pendant ses études de droit et n'avait recommencé qu'à Hazelden, où elle avait été hospitalisée pendant sa désintoxication. Là-bas, tous les participants aux thérapies de groupe avaient une cigarette entre les doigts. Elle savait que cela revenait à troquer une toxicomanie contre une autre, pratiquement aussi meurtrière, et beaucoup moins agréable. Mais tels étaient les termes du contrat – personne ne pouvait se battre sur tous les fronts à la fois.

Comme elle se retournait, elle vit Arthur qui s'en revenait, hagard, l'air perdu dans ses pensées. Elle avait quelque chose à lui dire, quelque chose d'important. Elle n'attendit même pas qu'il se soit assis.

« Ne baissez pas les bras, Arthur. »

La bouche d'Arthur s'ouvrit, et il se laissa choir sur une chaise.

« Je sais que je suis mal placée pour vous donner des conseils, mais tant pis ! Vous avez fait du trop bon travail, sur ce dossier. S'il y avait un témoin surprise, dites-vous bien qu'il peut y en avoir d'autres ! »

En attendant son retour, elle s'était d'abord sentie désolée pour lui. Après avoir rencontré Susan, après cette soirée passée chez lui, en leur compagnie, après l'avoir entendu parler de leur père avec tant d'admiration, elle aurait voulu que quelque chose de plus riant advienne enfin dans sa vie. Parce qu'il le méritait, tout simplement. Perdre le procès Gandolph aurait été pour lui une claque d'une injustice criante.

Mais ce qui la ramenait face à la Gillian qui était si souvent scandalisée d'elle-même, c'était la cuisante déception que déclencha en elle cette nouvelle. Quiconque a passé sa vie dans les tribunaux criminels sait que les prévenus méritent généralement leur châtiment. Et tandis qu'elle attendait Arthur en fumant cigarette sur cigarette (dans le petit cendrier d'aluminium posé devant elle, les cendres formaient un tas de plus en plus haut), elle avait progressivement compris et dans le plus grand calme, qu'elle aussi souhaitait la libération de Rommy Gandolph. Elle voulait que le verdict qu'elle avait porté sur lui soit, comme tant d'autres verdicts de cette époque, revu et corrigé. Et annulé. Elle avait percé ce mystère, à présent : elle avait assimilé la nouvelle vie de Rommy Gandolph à sa propre renaissance. Et pour cela, elle s'était totalement fiée à Arthur et à sa parfaite sincérité, comme elle aurait remis son sort entre les mains d'un chevalier errant.

Parce que ça, c'était Arthur : la vaillance et la droiture même. Et le plus stupéfiant, c'était qu'elle ne se sentait absolument pas prête à y renoncer. Sans chercher à élucider ses véritables motifs, elle se sentait plus résolue que jamais à le requinquer.

« Le problème, dit-il, c'est que Genevieve m'a convaincu. J'ai vu qu'elle ne crachait le morceau qu'à contrecœur.

— Mais Erno aussi, vous le croyez. Avez-vous changé d'avis ? Pensez-vous qu'il mente, à présent ? » Il ne semblait pas y avoir réfléchi. « Vous avez surtout besoin de temps, Arthur. Vous devez aller parler à votre client, et à Erno.

— Exact.

— Ne capitulez surtout pas ! » Elle posa ses mains sur les siennes, avec un sourire d'encouragement, et comme un enfant, il parut aussitôt réagir à ses encouragements. Il hocha la tête et, s'enveloppant de ses bras, réprima un frisson. Il était transi. Il allait devoir rentrer se changer. Elle n'eut aucun mal à le croire : sous les siennes, ses mains lui avaient paru de marbre.

« Excusez-moi, Arthur, mais à vous voir, je me demande si vous êtes vraiment en état de conduire. Est-ce que je pousse un peu le bouchon, dans le genre maman poule ?

— Vous avez raison. Je vais prendre un taxi.

— Par ce temps, vous aurez du mal à en dénicher un. Où est votre voiture ? Je peux vous raccompagner. Je me suis un peu entraînée à conduire la camionnette de Duffy, et j'ai le temps. C'est mon heure de déjeuner. »

Il avait vraiment l'air sens dessus dessous. Depuis

une cabine, elle appela son patron qui lui dit de prendre son temps. Vu les conditions météorologiques, l'après-midi allait être calme.

« Allez, venez, Arthur ! lui dit-elle. L'angoisse de voir le volant de votre petit bijou entre mes mains va vous distraire de vos soucis ! »

Le parking qu'Arthur louait au mois se trouvait dans le quartier, sous l'un des gratte-ciel les plus récemment construits. Ils s'y rendirent en passant sous une série d'arcades qui reliaient les immeubles. La sortie donnait sur Lower River, une voie express longeant la voie sur berge de River Drive, en contrebas. Jamais un nouveau venu dans la ville n'aurait réussi à s'orienter dans cet embrouillamini et Gillian, qui n'y était pas passée depuis dix ans, n'était guère plus aguerrie. Lower Drive, la voie sur berge, avait été conçue pour amener les camions jusqu'aux quais de chargement des gros immeubles, sans qu'ils aillent grossir les bouchons du centre. Elle s'était révélée particulièrement efficace, mais son parcours était tortueux et l'environnement surréaliste. Vingt-quatre heures sur vingt-quatre, Lower Drive baignait dans une lumière sulfureuse et au fil des années, les SDF y avaient élu domicile. Les vieux cartons et les matelas éventrés où ils dormaient s'entassaient dans les recoins entre les piliers de béton qui soutenaient la voie sur berge. La pluie s'infiltrait par les brèches de la chaussée supérieure et ruisselait sur les fantômes dépenaillés qui campaient entre les piliers. On aurait cru voir, au mieux, des créatures sorties tout droit des *Misérables* – sinon des *Portes de l'Enfer*.

Dans la voiture, Arthur ne parvenait à penser qu'au

désastre du jour. « Est-ce que vous vous sentez vengée ? lui demanda-t-il.

— Vengée ? Absolument pas, répondit-elle, non sans une certaine véhémence. Pas le moins du monde, Arthur.

— Vraiment ? Après le règlement de comptes dont vous avez été victime dans la presse, je m'attendais à vous trouver plus amère.

— En ce cas, c'était vraiment courageux de votre part de venir m'annoncer cette nouvelle. Franchement, après l'autre soir, je n'espérais plus entendre parler de vous. »

Elle conduisait avec le manque d'assurance d'une vieille dame, usant et abusant du volant et de la pédale de frein. Elle fixait la chaussée mouillée d'un œil aussi terrifié que s'ils avaient traversé un champ de mines. Lorsqu'ils s'arrêtèrent à un feu, elle s'autorisa tout de même à lancer un regard de son côté. Dans l'état d'égarement où il se trouvait, il lui fallut un bon moment pour comprendre qu'elle parlait des confidences qu'elle lui avait faites sur elle et son frère.

« C'est plutôt l'inverse, fit-il au bout d'un certain temps. C'est moi qui craignais de vous avoir offensée, avec ce que je vous ai dit au moment où vous êtes descendue de voiture.

— Oh, pour ça, je crois que vous aviez totalement raison. J'essayais probablement de tempérer un peu la haute opinion que vous aviez de moi.

— Vous faites tout pour que personne n'ait la moindre chance, avec vous. Vous savez ça, je suppose ? »

Elle prit soudain conscience de la force démesurée avec laquelle elle s'agrippait au volant.

« Vous ne seriez pas le premier à me le dire, concéda-t-elle. Mais ça ne signifie pas que ma mise en garde n'est pas justifiée, Arthur. Au contraire.

— Exact, fit-il. Et je tiens compte de vos avertissements. Mais je n'ai jamais dit que vous étiez irréprochable, Gillian. Séduisante, c'est tout.

— Séduisante ? Comment ça ? »

Elle sentait son regard, posé sur elle. Il la dévisageait. Ils arrivaient en vue de l'appartement d'Arthur. Il lui donna les dernières directives d'approche, d'un ton pincé. Elle l'avait manifestement agacé, à le mettre ainsi au pied du mur. Mais il répondit tout de même :

« Je vous trouve très brillante, et très belle. Et je ne suis pas le seul, Gillian. Vous savez parfaitement sur quelle corde vous jouez. N'essayez pas de prétendre le contraire.

— Comment ça, séduisante – sexuellement, vous voulez dire ? » Sa position, aux commandes du véhicule, semblait l'affranchir de son ordinaire retenue – à moins que ce ne fût, là encore, qu'un effet de l'infaillible instinct qu'elle avait pour tenir tout le monde à distance. Mais là, elle avait marqué un point.

« Mais vous me le reprochez, on dirait. Et alors – c'est la vie, non ? »

D'un geste, Arthur lui indiqua le vieil immeuble de brique et, non sans un certain soulagement, elle gara la voiture le long du trottoir, avant de se tourner vers lui.

« C'est même la source de tout le reste – le sexe, je veux dire... »

Il eut une grimace douloureuse. Il regrettait tout ça.

Elle le voyait bien. Il regrettait cette conversation. Tout ce qu'il avait pu dire jusque-là, pour se trouver ainsi exposé à ses incivilités.

« En toute franchise, répliqua-t-il, qu'est-ce que ça aurait d'aussi terrible, si je vous disais que oui ? Vous tenez à revenir aux grands schémas de base ? Bien sûr, que j'aimerais vous faire l'amour. À l'occasion. Vous êtes désirable, et je suis un homme. Tout cela obéit à la loi des vases communicants et de l'instinct. Ça ne se produira sans doute pas cet après-midi, ni demain, ni même dans un avenir proche. Mais j'aimerais mieux vous connaître. Et vous aussi, j'aimerais que vous me connaissiez mieux. Je serais heureux de vous donner envie de me connaître. J'aimerais que ce que vous découvririez de moi vous plaise, au point de vous inspirer l'envie qu'une telle chose se produise. Et de ça aussi, vous pouvez rigoler, Gillian. » Il allait ouvrir sa portière, mais elle le rattrapa par le bras.

« Je ne me moquais pas, Arthur. J'ai simplement marqué un point.

— Comment ça ?

— Comment disiez-vous ? Le *béguin*... ? Ce sont vos propres fantasmes que vous pourchassez à travers moi. Vous ne me voyez pas telle que je suis.

— Il est au contraire fort possible que je vous voie bien mieux que vous ne vous percevez vous-même.

— Mais il reste des foules de choses que vous ignorez de moi. » Elle laissa son regard s'échapper vers les grosses branches des ormes centenaires qui surplombaient la rue, résistant vaillamment à l'épidémie. À l'abri de leur feuillage encore touffu, seules quelques gouttes de pluie avaient filtré. Le mot « héroïne » lui était venu sur le bout de la langue, mais les raisons qu'elle avait de lui raconter tout ça auraient immédiatement éveillé les soupçons d'Arthur. Il aurait pris l'histoire, comme ses révélations concernant Carl, comme un autre tir de semonce destiné à le maintenir à distance. « Des foules de choses, répéta-t-elle, et c'est ce qui me fait peur.

— Pourquoi ?

— Parce que vous serez déçu, inévitablement. Et j'aurai le sentiment de vous avoir roulé. Vous serez infiniment plus démoralisé que vous ne l'imaginez.

— Eh bien, à chaque jour suffit sa peine. Et ce sera mon problème », fit-il. Il ouvrit plus grande sa portière. « Écoutez, je commence à en avoir ras le bol, de cette conversation. Ras le bol de vous entendre me dicter ce que je dois ressentir. Vous pouvez toujours dire non, Gillian. C'est votre droit. Pour moi, vous ne serez pas la première, et jusqu'à présent, je ne me suis encore jeté d'aucun pont. Alors, contentez-vous donc de dire non, une fois pour toutes, et passons à autre chose. Mais par-dessus tout, cessez de jouer les tentatrices.

— Mais je n'ai pas dit que je voulais dire non », riposta-t-elle. Ces mots lui glacèrent le cœur et Arthur aussi parut pris de court. Elle gardait les yeux résolument fixés sur le pare-brise constellé de gouttes de pluie. Soudain effrayée et ne trouvant rien de mieux à dire, elle lui demanda si la voiture était bien garée.

« C'est parfait, répondit-il. Montez cinq minutes. Je vous donnerai un magazine à lire et quelque chose à boire, pendant que je passerai des vêtements secs. »

Comme sans doute son père avant lui, Arthur gardait les stores de ses fenêtres sud baissés pendant tout l'été et ce jour-là, il flottait dans l'appartement, plongé dans la pénombre, une odeur vieillotte de poussière et de papier peint imprégné de graillon. Leur conversation semblait avoir troublé Arthur tout autant qu'elle. Il fit rapidement le tour de l'appartement pour allumer les climatiseurs installés sous chaque fenêtre, et lui demanda ce qu'elle voulait boire, mais se reprit aussitôt : « Dans le genre boisson fraîche, je veux dire. Mais je ne sais pas au juste ce que j'ai dans le frigo. » Il fit quelques pas en direction de la cuisine, mais elle l'arrêta, déclarant qu'elle n'avait besoin de rien.

« Parfait, dit-il. Je reviens dans une minute. » Son regard resta un instant perdu dans le vague, puis, sans ajouter un seul mot, il disparut dans sa chambre. La porte se referma sur lui.

Seule au milieu du living, elle laissa s'écouler plusieurs minutes. Elle n'entendait plus que le bruit des tiroirs qu'Arthur ouvrait et refermait à la hâte. Elle se décida enfin à venir se poster devant une fenêtre, dont elle releva les stores. Un rai de lumière filtra tout à coup à travers les nuages. Arthur Raven, songea-t-elle. Qui aurait pu l'imaginer ? Mais elle ne put réprimer un petit frisson de joie, qui la transperça de part en part. C'était ce qui justifiait qu'on trouve le courage de se lever, chaque matin : on n'était jamais à l'abri d'une surprise. La vie vous en réservait toujours. Elle fit alors demi-tour et, d'une main résolue, alla frapper au panneau central de la porte d'Arthur.

« Puis-je entrer, Arthur ? » demanda-t-elle.

La porte s'entrouvrit d'un millimètre et, glissant un œil à l'extérieur, Arthur lui demanda de répéter ce qu'elle venait de dire. Elle s'exécuta.

« Entrer, pour quoi faire ? » s'enquit-il.

Elle le regarda.

« Ah, je vous en prie ! dit-il. Juste pour me prouver que ça ne méritait pas qu'on en fasse une montagne ? »

Il se pouvait fort bien qu'il ait été dans le vrai. Elle s'était, semblait-il, laissé embarquer dans l'un de ces enchaînements d'actes automatiques qui lui avaient déjà valu tant d'ennuis. Mais elle avait mis dans le mille en posant qu'une telle relation ne supporterait pas la lumière du plein jour. Ça ne pouvait se vivre que dans la pénombre d'un boudoir.

« Ne jouez pas les vierges effarouchées, Arthur. Je doute d'avoir le courage de renouveler ma tentative. » Elle franchit le seuil, centimètre par centimètre, et l'embrassa. Un baiser sec, froid et impersonnel, même pour une première tentative – mais ça avait le mérite d'illustrer son propos. Lorsqu'il fit un pas en arrière, elle vit qu'il n'avait que ses chaussettes mouillées.

« Comment voudriez-vous que nous procédions, Arthur ? »

Il lui lança un regard éteint. « Doucement », murmura-t-il.

Cette fois, ce fut lui qui l'embrassa, mais guère mieux que la première fois. Il lui prit la main, et l'entraîna en direction du lit. Il alla baisser complètement les stores, plongeant la pièce dans une quasi-obscurité. Il lui parlait sans oser tourner les yeux dans sa direction.

« Déshabillez-vous. Et puis nous resterons assis, côte à côte. Juste assis, l'un à côté de l'autre. Là. »

Elle lui tourna le dos pour se débarrasser de ses vêtements qu'elle plia et rangea sur une chaise, avant de s'asseoir. Puis elle sentit le lit s'enfoncer sous le poids d'Arthur. Il s'était suffisamment approché pour que sa cuisse vienne lui frôler le flanc. Presque malgré elle, elle jeta un coup d'œil vers lui, et vit son sexe, déjà dressé entre ses cuisses. Elle sentait en lui simultanément de l'avidité et de la tendresse. Comment savoir ce qui prévaudrait ? Si elle avait dû se représenter cette scène, elle se serait attendue à ce qu'il se jette sur elle, sans ménagement, mais elle en acceptait le risque. C'était un saut dans les ténèbres.

Dans un premier temps, rien ne se produisit. C'était le milieu de l'après-midi. La lumière du jour semblait assourdir tous les sons qui filtraient de l'extérieur. La pluie avait cessé, et les insectes s'étaient remis au travail, dans les arbres d'alentour. À quelques blocs de là, un bus fit ronfler son moteur.

Au bout de plusieurs minutes, elle sentit ses doigts remonter délicatement le long de sa cuisse. Ils l'effleuraient, centimètre par centimètre. Il lui frôla le genou, puis le dos et les épaules. Sa main se posa sur son cou et, comme promis, toujours très lentement. Lorsqu'il en vint à ses seins, ses mamelons s'étaient durcis. Il se mit alors à la couvrir de baisers. Sur les épaules, sur les seins. Il lui embrassa une seconde la bouche, et glissa soudain vers le bas. Il lui écarta les genoux et, toujours en prenant tout son temps, approcha ses lèvres des siennes, là-bas. Après avoir interminablement tourné autour du pot, il s'y enfonça davantage.

Comme elle ouvrait une seconde les yeux, elle vit luire son cuir chevelu dégarni, en contrebas. Quelques-uns des rares cheveux qui lui restaient s'étaient dressés, formant une petite crête de coq, et elle dut réprimer un petit gloussement. Elle demeura ainsi un instant, suspendue, froidement spectatrice, et se faisant elle-même la leçon, bien qu'il n'y eût rien de particulier à en dire – mais elle tenait à bien faire les choses. Elle ne s'autorisa qu'à s'ouvrir à ses sensations, à se laisser lentement sombrer dans le puits de l'instant. Elle refit surface à plusieurs reprises, mais pour y replonger chaque fois plus profondément, et plus délibérément, jusqu'à ce qu'elle finisse par se rejoindre elle-même, dans le plaisir, à la seconde où il la pénétra. C'était donc ça, la vie... songea-t-elle. Ces sensations dont elle avait été si longtemps privée. Ce fleuve où venait s'abreuver cette chose perdue, la vie, comme on disait. Elle entreprit de chevaucher son courant argenté, et, sans même pouvoir se rappeler le moment où elle l'avait enveloppé de ses bras, elle se retrouva étroitement encastrée, tout contre lui, la tête enfoncée au creux de son épaule, les jambes déployées derrière lui, tandis que son propre corps répondait aux mouvements qu'il imprimait en elle par des trépidations symétriques.

Après, il alla relever les stores pour donner un peu de lumière. Elle se protégea les yeux de la main, mais sentit sur elle le poids de son regard, tandis qu'il revenait près d'elle pour mieux l'observer.

« Tu es très belle, fit-il.

— Arthur, je suis de ces femmes qui ne sont pas à leur avantage sans leurs vêtements... » Ayant passé des heures à s'examiner sur toutes les coutures, elle savait très précisément ce qu'il voyait. Sa peau, couverte de taches de rousseur, avait une nuance si pâle que l'arête de ses tibias en paraissait bleutée. Ses membres étaient minces et longs, et ses seins minuscules.

Quant à Arthur, il ne correspondait pas du tout à l'image qu'elle s'en était faite. Sa peau avait une légère tendance à s'affaisser autour de sa taille, mais il avait dû passer un certain nombre de ses heures de solitude à exercer sa musculature : l'arrondi de son torse résultait de la forme ogivale de sa cage thoracique, puissamment charpentée. Il avait les hanches étroites et de petites pattes d'oiseau, mais de beaux bras musclés – et elle n'avait jamais vu d'homme aussi velu. Délivré de ses vêtements, il semblait beaucoup plus souple et plus à son aise. Son sexe rétracté luisait dans les broussailles, comme une ampoule électrique. Il était, comme le reste de sa personne, plutôt épais, mais pas très long. Comme il revenait vers le lit et qu'il la regardait, elle en profita pour se redresser et le prit tout entier dans sa bouche. Il parut vouloir reprendre du poil de la bête.

« Attends un peu », dit-il.

Mais elle n'entendait pas le laisser s'en tirer à si bon compte. Elle s'y appliqua consciencieusement, avec une tendresse résolue – celle-là même qu'il lui avait témoignée – jusqu'à ce qu'il eût retrouvé une érection totale, puis elle promena sa verge, comme une baguette magique, sur les angles de son visage, sur ses paupières, ses joues, ses lèvres, avant de le reprendre en elle. Et cette fois, lorsqu'elle se laissa choir à son côté, il tomba endormi.

Elle ramassa la courtepointe qui était tombée au pied du lit et s'y enroula, laissant ses yeux errer sur le lustre en verre dépoli, une horreur des années 50, en se remémorant ses propres sensations. Quelque temps après, elle était persuadée qu'il dormait encore, lorsque la voix d'Arthur brisa le silence.

« Eh bien, finalement, la Bible était dans le vrai.

— La Bible ? C'est à ça que tu penses ?

— Oui. »

Elle garda le silence, paupières closes, terrifiée à l'idée qu'il puisse tout gâter par des sermons ou des clichés sentimentaux.

« Et plus exactement, à cette expression : *il la connut.*

— C'est traduit du grec.

— Ah ? Mais c'est très juste, tu ne trouves pas ?

— Pourquoi ? Tu penses me connaître, à présent, Arthur ?

— En partie, oui. Une partie essentielle. »

Elle soupesa l'idée, et la rejeta aussitôt. Absurde. Qui pouvait prétendre la connaître ? Elle-même n'y était jamais parvenue.

« Et qu'est-ce que tu as découvert ? s'enquit-elle.

— Je sais que tu as souffert, toi aussi. Et que tu en as ras le bol de la solitude. Je me trompe ?

— Je n'en sais rien.

— Tu veux qu'on te témoigne le respect qui t'est dû, fit-il. Tu en as besoin. »

Elle se redressa sur le coude. Cette conversation commençait à la mettre mal à l'aise.

« Ne réfléchis pas trop. » Elle l'embrassa. « Tu crois que tu pourrais recommencer ?

— Oh, j'ai des réserves. Toute une vie...

— J'aimerais recommencer. »

Cela fait, elle passa à la salle de bains, un minuscule cagibi. Cette dernière fois avait été exquise, pour elle.

Au moindre mouvement d'Arthur, elle avait été parcourue par de spectaculaires ondulations de plaisir. Elle avait grogné, gémi, crié, et s'était finalement laissée glisser dans une vague particulièrement profonde, en une série de secousses sismiques, relevant de l'échelle de Richter. Elle était restée quelque temps perchée sur cette crête, oscillant dans la tempête comme un nid accroché à la cime d'un arbre, au-delà de son propre souffle, au-delà du temps, retardant de toutes ses forces le moment ultime – et ne s'était laissée exploser qu'en se sentant à deux doigts de perdre connaissance, si le jeu avait duré ne fût-ce qu'une seconde de plus. Les échos du plaisir lui vibraient encore dans les jambes, au point de lui faire redouter le moment où elle tenterait de se mettre debout. Cet homme était d'une telle simplicité, songea-t-elle. Il se promenait au volant d'une voiture digne de Beverly Hills, mais sa salle de bains ressemblait à celle de son ancienne concierge. Le lavabo avait des pieds en chrome. Dans une vie antérieure, quelqu'un avait fixé une petite jupe à franges autour de la cuve de la chasse d'eau, et un rond de fourrure acrylique sur le siège des WC. Elle s'y était assise, s'abîmant à nouveau dans le souvenir de son plaisir. Mais cette fois, comme elle s'y replongeait, les larmes lui vinrent aux yeux. Elle était profondément bouleversée, tant par ses émotions que par les mots qui lui montaient aux lèvres.

Elle lâcha un long ululement. Elle avait plaqué ses deux mains sur sa bouche, incapable de réprimer ses cris. Arthur finit par l'entendre. Il frappa avec insistance sur la porte et parvint à entrer en forçant le verrou. Toujours sans un fil sur elle, elle restait là, assise sur les toilettes, les yeux levés vers lui.

« Je le voulais, dit-elle, comme pour elle-même. Je le voulais si fort ! » Elle n'avait aucune idée de ce que pouvait recouvrir ce « le » – mais ce n'était sûrement pas l'acte lui-même. Le soulagement momentané d'un instant de plaisir, dans ce monde minable ? Du respect, comme il l'avait dit ? Ou simplement le lien, le lien qu'engendre l'amour ? La force de ce désir sans nom qui gisait en elle, dissimulé sous des strates et des strates de débris, comme un trésor antique, la stupéfiait. Oh ! Elle l'avait attendu, et désiré – ô combien.

Elle restait donc là, pleurant toutes les larmes du monde, répétant encore et encore qu'elle l'avait voulu, tellement fort. Arthur s'agenouilla près d'elle sur le carrelage frais et la serra dans ses bras.

« Tu l'as maintenant. Tu l'as. »

26.

Futé

Le 28 juin 2001

« Oh, la vache ! » À peine les portes de bronze de l'ascenseur avaient-elles refermé derrière eux leurs motifs de ramages Art déco, les isolant d'Arthur Raven, qui restait là-haut, planté sur le palier, que Muriel vint se blottir contre Larry, les mains croisées sur son cœur. « Depuis quand tu avais compris ?

— Avant Arthur, en tout cas », répondit Larry en secouant la tête d'un air plein de compassion – car il avait toujours eu de la sympathie pour Raven, surtout maintenant qu'il venait de lui faire boire la tasse. Quelques instants plus tôt, devant la porte du cabinet Stern, l'atmosphère s'était faite frisquette et cassante, comme si l'air du hall s'était soudain vitrifié autour d'eux. Arthur avait vacillé sur ses jambes, comme à deux doigts de la syncope. Son gros attaché-case semblait menacer de l'entraîner vers le sol. « On aurait dit l'orphelin de l'affiche pour la Croix-Rouge – j'ai failli appeler le SAMU ! Qu'est-ce qu'il va faire maintenant ?

— Filer à Rudyard pour raconter ça à son client, ou aller voir Erno à la prison du comté – en supposant qu'il soit toujours de ce monde. J'ai entendu dire que sa santé n'allait pas en s'améliorant, ces temps-ci. »

Larry lança une remarque aigrelette sur l'avenir d'Erno, puis il lui posa la question qui lui brûlait la langue depuis un certain temps – à savoir si Arthur avait enfin épuisé ses réserves de munitions juridiques. Muriel lui répondit d'un haussement d'épaules. Pour l'instant, ce qui avait mis Larry sur la piste la passionnait visiblement davantage : comment avait-il compris que c'était Rommy qui avait menacé Luisa ?

« Eh bien, je me demandais ce qui lui restait en travers de la gorge, à cette brave dame. En général, les gens honnêtes ne dissimulent pas la vérité sans une bonne raison – et, dans le cas de Genevieve, une raison honorable. J'ai donc tenté de reconstituer son raisonnement : Luisa est morte et personne n'y peut plus rien ; essayons du moins de protéger ses filles des éclaboussures. Mais pour ça, il lui fallait étouffer la véritable histoire, et ce, non seulement parce que ça risquait d'attirer l'attention des chiens de garde de la compagnie aérienne, mais surtout pour préserver la mémoire de la mère des petites. Dire que c'était Rommy qui était venu la menacer, c'était une chose – expliquer le pourquoi des menaces, c'en était une autre. Parce que le monde entier aurait appris l'histoire des billets volés, y compris les filles de Luisa. »

Ils prirent pied dans le hall, au rez-de-chaussée. Ici, la lumière plus vive faisait resplendir le hâle de Muriel, mais ce que Larry voyait briller en elle, c'était la flamme de la victoire. Dans ses meilleurs moments, dès qu'elle se lâchait un peu, Muriel devenait la fille la plus craquante du monde, et à présent, elle nageait littéralement dans le bonheur – et surtout quand elle se trouvait en sa compagnie.

« T'es vraiment le meilleur, Larry ! » lança-t-elle, avec un sourire radieux, qui révéla ce petit espace qui séparait ses incisives. Il pria de toutes ses forces pour garder un minimum de sang-froid, face à cette déclaration. S'ils avaient réussi à s'accorder, dix ans plus tôt, ils seraient sans doute devenus, Muriel et lui, l'un de ces vieux couples querelleurs, comme il en existe tant. Mais on veut toujours ce qu'on n'a pas et, depuis sa grande scène d'Atlanta, Larry s'était fait une raison : il ne se remettrait jamais d'avoir perdu Muriel – pas en cette vie, du moins.

Il pleuvait des cordes, mais elle parvint à héler un taxi. Larry avait laissé ses affaires dans une armoire de son bureau. Il prit place sur le siège arrière, à son côté. Comme le taxi redémarrait, elle lui demanda à quel journaliste il lui conseillait de réserver la primeur de la nouvelle. Il n'était pas trop tard pour faire le journal télévisé, sur Chanel 5. Elle décrocha son portable et mit Stanley Rosenberg au courant des événements. Puis elle appela Dubinski, au *Tribune*.

« Stew ? J'ai votre une, pour demain matin. Qu'est-ce que vous diriez de DEUX MOIS AVANT LE MASSACRE DU 4 JUILLET, GANDOLPH AVAIT MENACÉ DE TUER L'UNE DES VICTIMES ? »

Larry se sentait moins euphorique – sans doute la présence de Muriel exerçait-elle un effet modérateur sur son humeur. Mais pendant la déposition de Genevieve Carriere, il avait laissé de côté un certain nombre de questions qui lui trottaient à présent dans la tête. Primo, il ne comprenait pas comment il avait pu laisser passer cette histoire de trafic de billets ; puis il s'était rappelé ce qui l'avait fourvoyé.

« Tu sais, dit-il à Muriel, dès qu'elle eut raccroché, j'ai dû les relire cent fois, les notes que j'ai prises pendant ma conversation avec Erno, en octobre 91 – et même deux cents fois, plutôt qu'une ! Quand je lui ai demandé ce que Luisa pouvait traficoter, pour avoir tant d'argent en liquide, c'est Erno qui m'a parlé le premier d'une combine avec les billets. Et il a aussitôt ajouté qu'il n'y avait pas eu le moindre problème depuis des années, dans la compagnie.

— Peut-être ignorait-il ce qu'elle manigançait. Quant aux paroles de Squirrel rapportées par Genevieve – "J'ai vu Pharaon et la prochaine fois que je la vois, je la tue" – il a pu les interpréter comme une preuve que Luisa le trompait.

— Trompait qui ? Rommy ? Et pourquoi Erno aurait-il fait fouiller Luisa, s'il n'avait pas été au courant de la magouille, d'une façon ou d'une autre ? »

Muriel était trop heureuse pour s'en soucier, mais il insista.

« OK – mais il y a autre chose. J'ai noté qu'Erno m'avait conseillé de citer Genevieve à comparaître devant le Grand Jury.

— Pour qu'elle leur parle de Rommy ?

— Bien sûr. Mais pourquoi m'avoir fait passer le message de façon aussi détournée ? Pourquoi ne pas m'avoir dit clairement que Genevieve pouvait me parler de ces menaces proférées par Squirrel contre Luisa ? Pourquoi est-ce qu'il a joué au con ? »

Lorsqu'ils sortirent du taxi, l'averse avait pris l'ampleur d'un véritable déluge. Muriel partit à toutes jambes en s'abritant sous son attaché-case. Ses talons soulevaient de petits geysers sur les marches de granit du Centre administratif. Le bâtiment, un gros cube de briques rouges, avait été construit au début du siècle dernier, dans un style lugubre, évoquant celui des pires constructions industrielles de l'époque. Même par temps clair, il y régnait une lumière terne et fanée, comme le reflet des vieilles laques. Muriel y exerçait un pouvoir absolu. Les vigiles postés près des détecteurs à métaux lui donnèrent du « Madame-le-procureur-adjoint-chef », long comme le bras et, tandis qu'elle traversait le hall, elle se fit accoster tous les trois mètres par diverses personnes. Deux de ses adjoints, qui interrogeaient un gamin de neuf ans pour le meurtre d'un autre enfant, s'engouffrèrent dans son sillage pour obtenir l'autorisation de négocier les charges. Elle leur répondit que c'était prématuré, puis, s'attelant à une tâche plus agréable, salua une bonne douzaine de personnes en les appelant toutes par leur prénom. Elle était d'un naturel confondant, dans ce rôle. Jamais il ne l'aurait imaginée ainsi, dix ans plus tôt. Elle semblait sincèrement curieuse de connaître les progrès que faisait la rééducation de la grand-mère d'untel, qui se remettait d'une fracture du col du fémur – ou comment le gosse d'untel s'acclimatait à sa nouvelle école. Il fallait vraiment connaître Muriel pour savoir qu'avec elle, ce genre de relation était toujours à sens unique. Elle-même ne se dévoilait qu'au compte-gouttes.

Larry prit les devants et alla l'attendre près des ascenseurs, sans cesser de se triturer les méninges.

« Tiens, écoute ça, lui dit-il tout à trac, lorsqu'elle le rejoignit dans la cabine. Genevieve apprend à Erno ce que mijotent Squirrel et Luisa. Squirrel est un voleur et, comme nous l'a si bien expliqué Erno, les billets d'avion, c'est une monnaie d'échange idéale. Luisa travaille justement au guichet des billets. Erno saute donc sur le premier prétexte pour la faire fouiller.

— Ça colle.

— Mais il ne trouve pas de billets volés. Alors il se rabat sur le deuxième larron – ce barge qui en pince pour la belle, mais n'a pas su tenir sa langue. Mais un mois et demi plus tard, voilà que Luisa se fait descendre. Or, à présent, c'est trop tard. Erno ne peut plus se pointer en disant qu'il était au courant de tout.

— Pourquoi ?

— Parce qu'il a merdé sur toute la ligne. Il aurait dû admettre qu'il avait violé les accords syndicaux pour la faire fouiller sous un prétexte bidon, et qu'ensuite, il ne s'était pas donné la peine de mettre les flics sur la piste de Squirrel. Pour un bon avocat qui aurait pris la défense des orphelines, ç'aurait été un vrai jeu d'enfant que de leur faire cracher une fortune, à lui et à la compagnie. Et tous ses chefs lui seraient tombés sur le râble en lui reprochant de s'être endormi au volant.

« C'est alors que son charmant neveu se fait pincer. Là, Erno y réfléchit à deux fois, parce qu'il veut vraiment sauver Collins. Je me demande lequel des deux a appris le premier que Squirrel avait le camée – Collins a pu en avoir vent par hasard, ou peut-être qu'Erno a découvert ça en fouinant à son boulot, et l'a ensuite répété à Collins. Mais dans tous les cas de figure, Erno ne m'a lâché le morceau que par bribes, pour couper court à tout soupçon. "Va en parler à Collins et... tiens, à propos – si tu allais voir du côté de Genevieve ?" Le puzzle s'emboîte, non ? »

Ils étaient arrivés dans le service. Muriel s'arrêta au bureau de l'une des secrétaires pour prendre ses messages et une brassée de courrier. Une fois dans son bureau, elle referma la porte et lui demanda de tout reprendre depuis le début.

« Il m'avait dit la vérité, conclut Larry. À l'époque, tout ce qu'il nous a dit était vrai. Mais maintenant, il pète les plombs parce qu'il va clamser en taule, malgré les coups de main qu'il nous a filés. »

Elle soupesait tout cela, les lèvres froncées. « OK, fit-elle, il ne nous reste plus qu'à appeler les hérauts, et à rameuter quelques témoins.

— Pourquoi ?

— Parce que je vais m'empresser de répandre la nouvelle », répliqua-t-elle tandis que sa main, franchissant un vertigineux dénivelé, venait se poser sur son épaule. « Tu avais raison, ou tu étais du moins très proche de la vérité. Tu es totalement dans le vrai. » Ses prunelles sombres avaient pris l'éclat du diamant. « Tu as toujours eu un flair infaillible, Larry.

— Sauf que quelque chose me turlupine, concernant le refourgueur des billets – Belphégor, là, rappelle-moi son nom... Le Pharaon.

— Quoi ? Qu'est-ce qu'il y a ?

— J'en sais rien. Mais je tiens à être le premier du quartier à me rappeler à son bon souvenir. Si ce Pharaon est un copain de Squirrel, il pourrait bien nier en bloc tout ce que Genevieve nous a dit – surtout si Arthur arrive à lui mettre la main dessus avant moi, et qu'il lui souffle la conduite à tenir.

— Trouvons-le les premiers.

— À vue de nez, il pourrait faire partie d'un gang, non ? »

L'idée avait effleuré Muriel.

« Je vais en toucher un mot aux collègues de l'anti-gang, fit Larry. Ils m'ont aidé à creuser la piste des Gangsters Outlaws, pour Erno. »

Nonchalamment perchée sur un coin de son bureau, elle se balançait, en ruminant tout cela. Elle secoua la tête, émerveillée.

« Dis donc, mon pote, t'as pris tes pilules au phosphore, aujourd'hui ! T'as rien que des idées lumineuses !

— Ouais. Mais si je suis si futé que ça, pourquoi c'est pas moi, l'inventeur des valises à roulettes, hein ? Je ne traverse jamais un hall d'aéroport, sans me poser la question ! »

Muriel éclata de rire. Elle portait une robe sans manches, sous une petite veste qu'elle posa sur le dossier de son fauteuil. En été, la température du service descendait rarement au-dessous des vingt-cinq degrés, même avec la climatisation au maximum. Lorsque son attention revint vers Larry, son regard s'était fait plus sérieux.

« Si, tu as un œil de lynx, Larry, chuchota-t-elle – elle marqua une nouvelle pause. À Atlanta, tu m'as vraiment sciée à la base. »

Ils n'en avaient plus reparlé. Ni durant le voyage de retour, ni pendant les jours qui avaient suivi. Et Larry évitait le sujet comme la peste. Il s'était dit qu'il mettrait ça sur le compte de l'alcool, au besoin, mais il découvrit avec soulagement que c'était à un autre moment de leur conversation qu'elle faisait allusion.

« Tu sais, le parallèle que tu avais établi, entre Rod et Talmadge... Ça fait des jours et des jours que cette rengaine me trotte dans la tête.

— Faut croire que j'avais un peu pété les plombs.

— Pour ça oui – ô combien ! Mais ce que j'aimerais savoir, c'est pourquoi tu t'es donné la peine de me dire tout ça. Tu arrives et tu me balances : "Ça craint, dans ta vie." Pourquoi ?

— J'en sais trop rien. Sans doute parce que, sur le moment, il m'a semblé que c'était vrai.

— Eh bien, ça t'avance à quoi ? Et moi, Larry – à quoi ça me sert ? »

Il ne put réprimer une grimace. « Désolé. Sincèrement. Je crois que j'ai perdu une bonne occasion de la boucler, ce jour-là. »

Mais à l'évidence, ça n'était pas la réponse qu'elle attendait. Elle l'observa longuement, jusqu'à ce que son regard s'adoucisse, au point de prendre une nuance chez elle rarissime : de la mélancolie, ou quelque chose d'approchant.

« La vache, Larry..., fit-elle, doucement. Sans blague – depuis quand tu as un tel flair ?

— C'est simplement que je te connais, Muriel. Pour le reste, j'y connais pas grand-chose. Mais toi, si. Je te connais.

— Ça m'en a tout l'air. »

À Atlanta, il y avait eu un moment où il lui avait semblé qu'elle partageait ses regrets et, à la façon dont elle le regardait à présent, il sentait tout ça revenir à tire-d'aile. Qu'est-ce que cela présageait ? Rien de bon, décida-t-il. Il alla ouvrir le placard à dossiers dont il sortit ses documents, avec, irréfutable preuve d'un stupéfiant sixième sens météorologique, un parapluie télescopique de la taille d'une matraque.

« Tu vois, lui dit-il en brandissant son parapluie. Je suis loin d'être aussi futé que tu crois ! »

Elle s'était installée à son bureau, et s'attaquait déjà à une pile de dossiers. Elle lui signifia son désaccord en secouant vigoureusement la tête.

27.

L'ennemi

« Il va nous expliquer tout ça », l'assura Pamela, lorsqu'il vint la chercher à six heures, le lendemain matin, pour une autre odyssée vers Rudyard. Elle avait dû se le répéter pendant toute la nuit pour mieux s'en pénétrer, mais Arthur sentit qu'elle-même avait quelque peine à s'en convaincre. Neuf mois d'exercice dans une grande ville avaient suffi à transformer son sourire rayonnant en cette petite moue sceptique : des adversaires lui avaient menti, elle avait vu des juges trancher à l'encontre de tout bon sens, et, ces derniers temps, elle avait lâché plusieurs remarques acides, concernant les mœurs masculines.

Mais ce matin-là, Arthur n'était pas d'humeur à pinailler, pas plus avec Pamela qu'avec quiconque, sur ce qui restait ou non possible. Il filait sur l'autoroute, mais son cœur, lui, avait des ailes. En cet instant, dans son lit, dormait une rousse magnifique, aux épaules déliées, au dos constellé de taches de rousseur. Pendant une bonne partie de la nuit, lui, Arthur Raven, avait fait l'amour jusqu'à en tomber d'épuisement à une femme qu'il désirait, qu'il désirait depuis si longtemps qu'elle était devenue pour lui l'image même du désir. Et tandis qu'il parlait de l'affaire avec Pamela, son esprit revenait infailliblement, tel un pigeon voyageur à son pigeonnier natal, vers Gillian. Il devait constamment lutter pour contenir les éclats de rire qui menaçaient à tout instant de lui échapper.

Bien sûr, elle sortait de prison... Mais l'imagination d'Arthur décolla à tire-d'aile pour s'en aller virevolter joyeusement le long d'une mesa que cernaient des ravins. Et voilà qu'après des mois de travail et d'efforts acharnés, il semblait bien que Rommy fût coupable. De temps à autre, il se remémorait le lourd brouillard de disgrâce qui planait sur Gillian, ainsi que les avertissements qu'elle lui avait prodigués : elle finirait tôt ou tard par le décevoir – et sans doute plus tôt qu'il ne l'imaginait ! Mais il chassait aussitôt ces nuages et, presque à contre-courant de sa pente naturelle, se laissait à nouveau glisser dans un sirupeux torrent de joie.

À la prison, comme toujours, ils durent attendre. Quand Arthur téléphona à son cabinet, sa secrétaire lui lut la motion déposée le matin même par le ministère public à la cour d'appel. Muriel demandait aux juges de s'opposer à toute prolongation des procédures dans l'affaire Gandolph. Elle y avait adjoint des transcriptions des deux dépositions – celle d'Erno et celle de Genevieve, en soulignant, comme Arthur l'eût fait à sa place, que la personne que l'on jugeait était non pas Erno, mais Gandolph. Le ministère public n'avait donc pas à démêler le vrai du faux dans les déclarations d'Erdai. Qu'il s'agisse d'un malade aigri, prenant un malin plaisir à semer la pagaille avant de quitter ce monde, ou d'un témoin honnête, qui se fourvoyait en toute bonne foi, la seule question que la cour eût à trancher était : Romeo Gandolph avait-il eu, oui ou non, la possibilité de contester les charges qui pesaient sur lui ? Le témoignage de Genevieve, qui n'avait manifestement parlé qu'avec réticence, était venu s'ajouter à la somme des preuves qui pesaient sur Gandolph, et les procédures n'avaient que trop duré. S'adressant à la cour d'appel plutôt qu'à Kenton Harlow, Muriel aurait tout aussi bien fait d'intituler son texte « Motion visant à prévenir les arrêtés ultérieurs de cette pauvre poire de Harlow », mais selon toutes probabilités, la cour d'appel serait bien l'interlocuteur adéquat et, quel que soit le cas de figure, vu la guerre larvée qui les opposait à Harlow, ses juges ne manqueraient pas de défendre leur juridiction bec et ongles. Le week-end promettait donc d'être long, pour Arthur et Pamela – et d'autant plus, si Rommy ne leur fournissait pas au moins quelques réponses aux questions soulevées par Mrs Carriere.

Comme l'affaire Rommy se trouvait désormais propulsée sur le devant de la scène médiatique, Arthur et Pamela notèrent deux sortes de réactions à leurs fréquentes allées et venues. L'accueil de la plupart des membres du personnel pénitentiaire, qui s'identifiaient aux forces de l'ordre, se fit plus frisquet. Ce jour-là, par exemple, le directeur de la prison leur refusa arbitrairement le droit de visite, en se retranchant derrière le manque habituel de personnel, et Arthur dut appeler le conseil général de l'administration pénitentiaire, pour le faire capituler. Mais d'autres membres de la hiérarchie de la prison faisaient preuve de plus de compréhension – ceux qui tenaient pour acquis qu'il existait forcément un certain pourcentage de détenus qui n'étaient pas totalement irrécupérables, et que sur le tas, il y avait même quelques innocents injustement condamnés. Après avoir côtoyé Rommy pendant près de dix ans, certains de ses gardiens l'avaient pris en affection. Plusieurs avaient même plus ou moins laissé entendre en présence d'Arthur qu'ils n'imaginaient pas une seconde que Rommy ait pu donner délibérément la mort. Mais ce matin-là, au pavillon des gardes, Arthur fut frappé par le regard acéré que lui décocha l'officier de service à la réception – une femme qui leur avait pourtant réservé jusque-là un accueil des plus chaleureux. Elle semblait à présent se sentir flouée, sans doute après avoir lu les gros titres de ces dernières vingt-quatre heures. Toujours égal à lui-même, Arthur se sentit rougir jusqu'à la racine des cheveux, à l'idée qu'il ait pu abuser de sa confiance, à elle et à tant d'autres.

Rommy devait connaître la raison de leur visite surprise. Les détenus passaient leur vie devant la télé et le téléphone arabe de la prison, principal médium des nouvelles en provenance de l'extérieur, retransmettait les informations à la vitesse de la lumière. Il sauta pourtant sur ses pieds, malgré ses lourdes chaînes, derrière la vitre qui le séparait de ses avocats. Il semblait toujours aussi frêle et paumé – mais toujours vif comme un gardon.

« Hey, les mecs ! Alors, vous – ça gaze ? » lança-t-il à Pamela, et comme chaque fois, il lui demanda où elle avait laissé sa robe de mariée. Cette visite devait être la dixième qu'ils lui rendaient, mais ni l'un ni l'autre n'aurait su évaluer le degré de sérieux des propositions de Rommy. « Ben, alors – qu'est-ce que vous racontez ? » Pour lui, ça n'était qu'une simple visite d'agrément. En fait, il commençait à avoir ses habitudes. Il recevait beaucoup, ces temps-ci. Le révérend Blythe et ses sous-fifres venaient régulièrement le voir, et Arthur pouvait mesurer très précisément la fréquence de leurs visites à la régularité avec laquelle son client lui régurgitait, le plus souvent sous une forme distordue et à peine intelligible, l'âpre rhétorique du révérend.

« Nous avons essuyé un revers imprévu », attaqua Arthur, et il se mordit les lèvres – le sens de l'expression avait dû échapper totalement à son client, qui ne faisait pas dans la nuance. Renonçant à développer l'idée, il demanda à Rommy s'il se souvenait d'une certaine Genevieve Carriere, qui travaillait à l'aéroport.

« Une Noire, c'est ça ?

— Non, elle est blanche.

— Plutôt gironde ?

— Oui.

— Et elle a toujours une croix en or avec un petit saphir, autour du cou ? »

On pouvait se fier à la mémoire visuelle d'un voleur, pour retenir ce genre de détail... Maintenant que Rommy en parlait, Arthur se souvint de la croix. La question suivante eut nettement plus de mal à franchir ses lèvres : « Est-ce que vous lui avez dit que vous aviez l'intention de tuer Luisa ?

— C'est elle qui vous a dit ça ?

— Exact. »

Le visage de Rommy s'étrécit, sourcils et lèvres

froncés, dans un effort de concentration – comme si, depuis la veille, les déclarations de Genevieve n'avaient pas été le principal sujet de conversation dans tout le bloc.

« Nnh-nn, fit-il. Je crois pas, non. Je lui ai jamais dit ça. » Il secoua longuement la tête, avec une assurance croissante. Quand Arthur glissa un œil vers Pamela, qui tenait le micro, elle lui parut avoir retrouvé quelques couleurs. « Non, répéta Rommy. Je crois que le seul à qui j'ai pu dire un truc du genre, c'est l'autre, là. Et çui-là, plus personne ne l'a vu, depuis des années.

— Quel genre de truc ?

— Vous savez bien – que je la tuerais, tout ça – elle, la meuf.

— Parce que vous avez vraiment dit ça ?

— Mais ce que je vous dis, là, c'est qu'il est plus nulle part, l'autre gonze. Y s'est fait serrer avant moi. Il avait dû tremper dans un truc pas net. Je leur ai parlé, après, aux mecs qui bossaient avec lui. Ils m'ont dit, genre, qu'y s'était pris perpette. Mais je l'ai jamais vu par ici, ce gus. Il a pu être coffré dans une taule fédérale, ou peut-être bien qu'il est mort.

— De quel "gus" vous nous parlez, là ?

— De çui qui lui prenait ses putains de tickets, à la meuf. »

Arthur se plongea dans la contemplation de son bloc-notes. Il avait une sorte de tic, consistant à caresser nerveusement les quelques touffes de cheveux laineux qui lui restaient sur le crâne, comme s'il ne se tenait plus d'impatience, et il se surprit à faire ce geste. Ils avaient dû en parler des centaines de fois, et jamais Rommy ne leur avait dit un mot de cette histoire de billets. Quand Arthur avait été engagé au cabinet, Raymond Horgan l'avait mis en garde : « N'oubliez jamais qu'en plus d'être son pire ennemi, votre client est aussi le vôtre ! »

« Est-ce qu'il s'agirait d'un certain "Pharaon" ? » s'enquit Arthur.

Le visage de Rommy s'illumina. « Ouais, c'est ça ! C'était ça qu'il disait qu'il s'appelait. Je m'en rappelais plus, de son nom. »

Pamela lui demanda s'il se souvenait de son nom de famille.

« Y me l'a peut-être dit, un jour. Mais je me rappelle que çui-là. "Pharaon" – et il l'épela, en quatre lettres : "F-A-R-O". » Pamela eut un petit sourire, qu'elle réprima aussitôt.

« Quand l'aviez-vous rencontré ?

— Ça, je saurais pas vous dire. On était assez potes, fut un temps. Et maintenant que j'y pense, je crois que c'est lui qui m'a causé le premier. Mais après ça, je l'ai plus vu pendant un sacré bail et puis un jour, on s'est retrouvés nez à nez, dans un rade. J'avais des affaires en cours, là – je sais plus au juste, et tout d'un coup, vous savez quoi – je tombe sur lui. Je me rappelais même plus son nom, mais lui, il m'a branché. On a tchatché un peu. Il s'était dégotté un super job, dans sa branche – c'était du... comment je pourrais dire ?

— Du vol ? » fit Arthur, et il sentit Pamela frémir, à son côté. Elle le fusilla du regard, mais l'impertinence avait glissé sur Rommy comme de l'eau sur un canard. Son client avait appris depuis belle lurette à utiliser l'humour comme un rempart, dans la confrontation directe. Il n'eut pour toute réponse qu'un aimable petit gloussement.

« Non, pouffa-t-il. Ce mot-là, j'aurais su vous dire. Non, y s'était trouvé un super plan pour écouler des billets d'avion et les revendre, sans jamais tomber. Il les refourguait, genre dans une boîte. Alors y s'était dit que si des fois je connaissais quelqu'un qui aurait pu lui en refiler, à un guichet, ça aurait été cool pour nous deux. Et c'est comme ça que je lui ai présenté la meuf.

— Luisa ? Rappelez-nous comment vous l'aviez rencontrée », fit Arthur. Et du coin de l'œil, il émit un avertissement à l'adresse de Pamela. Il ne voulait surtout pas qu'elle tente d'aider Gandolph à se dépêtrer d'un de ses précédents mensonges.

« Ben, en fait, elle m'avait déjà acheté deux ou trois trucs.

— Deux ou trois trucs – des objets volés, vous voulez dire ?

— Volés ? riposta Gandolph. Ça, j'ai jamais demandé de facture à personne ! Moi, tout ce que je voyais, c'était que je pouvais me faire quelques ronds.

— Et Luisa vous les a achetés ?

— Oh, c'était rien que des broutilles. Je connaissais un des mecs aux expéditions, chez T&L – vous savez, les transports routiers. On avait revendu quelques trucs, lui et moi. Et elle, une fois, elle m'a acheté une radio. Au départ, c'était comme ça qu'on se connaissait. Mais Luisa, c'était plutôt le genre pipelette. Au milieu de la nuit, y avait pas grand-chose d'autre à faire, hein ? Si j'avais pas été là, elle aurait taillé une bavette avec les murs. Et l'autre, là, c'est quoi, déjà, son nom ?

— Genevieve.

— Ouais. Genevieve. Elle, quand y avait pas d'avion, elle prenait un bouquin et elle poireautait derrière son comptoir, sans moufter. Alors, je lui ai jamais beaucoup adressé la parole. Elle doit même pas savoir mon nom, si vous voulez que je vous dise. Peut-être bien qu'elle a dit aux flics qu'elle me connaissait, à force qu'ils l'ont tannée, comme ils ont fait pour moi – vous croyez pas ? » Rommy les regarda par-dessus sa main, pour juger de l'accueil que recevait cette hypothèse, sans doute concoctée pour lui par des camarades détenus.

Arthur lui fit signe de poursuivre.

« Ben, c'est tout, quoi. Une nuit, je suis venu et je lui ai demandé, à l'autre, là – à Luisa. Je lui ai dit que je connaissais quelqu'un qui serait prêt à acheter des billets au noir. Au début, elle a dit non, mais je suis revenu. Pharaon, y m'avait dit qu'y avait pas mal de pognon à se faire et à la fin, elle a dit qu'elle voulait d'abord rencontrer le mec, pour voir à quoi il ressemblait. Ils se sont filé rencard chez Gus, mais moi je suis resté devant la porte. Gus était derrière sa caisse et il voulait pas me laisser rentrer. Elle a d'abord fait mine de refuser, et je l'ai vue secouer la tête, mais Pharaon a dû finir par lui sortir quelque chose qui l'a rassurée, parce que pas plus tard que la semaine d'après, elle m'a refilé un joli petit paquet de tunes, pour me remercier de les avoir présentés, tout ça.

« Et puis après ça, j'ai plus entendu causer de rien. Et voilà qu'un jour, je me balade dans la rue, et Yo, man ! Qui je vois arriver, le Pharaon. Alors on tchatche un peu, et y me dit que ça gaze, lui et la meuf, là – Luisa. Et qu'y font affaire ensemble au moins tous les mois ou tous les deux mois – alors que moi, après la première fois, j'ai plus rien vu arriver. Alors Pharaon, il me fait – "Ah ? Je croyais qu'elle te filait ta part. En tout cas, elle avait promis qu'elle le ferait. Elle a même demandé un supplément pour toi." Et c'est pour ça que j'ai dit que j'allais la tuer – parce qu'elle me carottait, la meuf ! Elle encaissait mon pognon et moi, j'en voyais pas la couleur. C'était pas réglo du tout, ça – pas du tout, et elle savait bien. Alors on a discutaillé un peu, elle et moi, mais elle a fini par me donner son collier, le truc, là, pour que je la boucle.

— Le camée ?

— Exact, mec. Elle me l'a donné pour que je la boucle, parce qu'elle avait peur que j'aille raconter des trucs dans l'aéroport. Elle aurait pu perdre son job, ou allez savoir. Elle m'a dit que ce collier, c'était ce qu'elle avait de plus précieux et qu'y avait la photo de ses filles, à l'intérieur. Alors je l'ai pris, en me disant que comme ça, elle allait se grouiller de me rendre mon fric. Sauf qu'elle a pas eu le temps.

— Parce que vous l'avez tuée », conclut Arthur.

Rommy se redressa sur son siège, avec un froncement de sourcils qui parut à Arthur, en dépit de toutes ses réserves, d'une totale spontanéité.

« Vous aussi, vous dites ça, maintenant ? Vous êtes passés du côté des flics, ou quoi ?

— Vous n'avez pas répondu à ma question, Rommy. Je vous ai demandé si vous aviez tué Luisa.

— Non, putain. Non ! C'est pas mon genre, de tuer les gens. J'ai juste gueulé un peu, pour lui fiche les jetons. Elle me faisait passer pour un con, cette meuf, rapport à mon pote Pharaon, quoi. »

Rommy tentait d'appliquer successivement tous les petits trucs qu'il avait appris durant sa misérable existence, pour renforcer sa crédibilité. Il lui fit un sourire en coin, en agitant sa main maigrichonne, mais sous le regard inquisiteur d'Arthur, il finit par reprendre son air d'écureuil effarouché. Arthur n'avait pas cessé de dévisager son client, d'un regard si fixe qu'on aurait pu l'interpréter comme un signal convenu, mais son esprit s'était tout à coup envolé vers Gillian – non pas tant pour se rappeler ses exhortations à garder espoir, que pour se pénétrer à nouveau de la douceur qu'il trouvait à l'aimer – et il eut le sentiment que son rôle de protecteur des Rommy du monde entier procédait de cet amour-là. Il se sentait proche d'eux parce que, sans son père, il aurait très bien pu être l'un d'eux. Il aurait pu être Rommy. Susan était Rommy. La planète en grouillait, de ces créatures désarmées, incapables de se défendre. Et la loi accomplissait sa tâche la plus noble en s'assurant qu'ils soient équitablement traités et respectés. Il avait besoin de deux choses, pour vivre – d'amour et d'une mission. À présent qu'il avait réussi à réunir les deux, il aurait été bien incapable de dire s'il pourrait désormais à nouveau s'en passer.

Tout aussi désespérément qu'il avait appelé l'amour, il voulait à présent croire Rommy. Mais c'était impossible. Son client avait un mobile pour tuer Luisa. Il avait proclamé qu'il le ferait. Et lorsqu'on avait trouvé le camée dans sa poche, il avait avoué. Difficile de croire à une telle série de coïncidences malheureuses.

Pendant qu'Arthur soupesait tout cela, Pamela ne l'avait pas quitté des yeux, comme si elle avait eu besoin de son autorisation pour continuer d'espérer. Il fit imperceptiblement osciller son menton d'avant en arrière pour lui indiquer sa position. Pour toute réponse, elle n'eut qu'un regard mortifié, mais résigné. Ce fut cependant elle qui posa la bonne question à leur client :

« Pourquoi ne nous avoir rien dit, Rommy ? Nous en avons parlé des centaines de fois avec vous, et vous n'avez rien dit – pourquoi ?

— Vous n'avez pas demandé. J'ai toujours dit à mes avocats tout ce qui m'ont demandé. »

Avec Rommy, on atteignait fatalement le moment où la foi qu'il avait en sa propre ingénuité s'évanouissait, ou, plus précisément, se révélait n'être qu'un masque de plus. Malgré ses 75 de QI, Gandolph savait tromper son monde. Depuis le début, il avait prévu l'effet que son histoire avec Luisa produirait sur Arthur et Pamela, et la façon dont cela risquait de tempérer leur enthousiasme. Il était bien placé pour le savoir – il se souvenait des réactions de ses précédents avocats, lorsqu'il leur avait raconté l'histoire des billets et du camée. Arthur avait préféré ne pas contourner la confidentialité des entretiens que Rommy avait eus avec ses prédécesseurs. Il gardait à l'esprit le dicton qu'il avait cité à Pamela, le jour de leur première rencontre avec Rommy – « nouveau bavard, nouvelle histoire ». Mais il entrevoyait à présent ce qui avait poussé son collègue à plaider la démence, lors du procès – ainsi que ce qui expliquait que, par la suite, aucun de ses successeurs n'ait jamais remis en question la culpabilité de Rommy. Fort de ses précédentes expériences, Rommy n'eut aucun mal à déchiffrer ce qui se lisait sur le visage de ses actuels défenseurs.

« J'ai tué personne, répéta-t-il. C'est pas mon genre. » Mais il parut mesurer lui-même l'inutilité de ses protestations. Ses épaules s'affaissèrent et il détourna le regard. « Mais c'est pas ça qui les empêchera de me buter quand même. Pas vrai ? »

Arthur ferait son devoir. Il se battrait jusqu'au bout. Il rappellerait à la cour la teneur de la déposition d'Erno, et soulignerait que celle de Genevieve leur était parvenue un peu tard. Mais il n'avait aucun élément concret à l'appui de la version d'Erno, alors que celle de Genevieve coïncidait parfaitement avec tous les faits établis. Ses réticences mêmes ne faisaient que corroborer l'impression générale de sincérité qui s'en dégageait. Et pis – comme Arthur le savait à présent, Genevieve n'avait dit que la vérité.

« Non, confirma Arthur. Ça ne les empêchera pas.

— Et ouais, soupira Rommy. Et ça, je savais, parce que cette nuit, j'ai à nouveau fait le rêve.

— Quel rêve ? s'enquit Pamela.

— Celui où ils viennent me chercher, en disant que c'est l'heure. Au début, quand j'étais dans le bloc des condamnés, j'arrêtais pas de rêver à ça. Et je me réveillais tellement trempé, que je vous jure, vous avez du mal à supporter votre propre odeur. Des fois, je me dis qu'y z'auront même pas à s'emmerder à me tuer. Avec les autres Jaunes, on n'arrête pas d'en causer. Quand tu entends un pote chialer en pleine nuit, mec, tu sais pourquoi. C'est parce qu'il vient de le faire, ce putain de rêve. Et c'est vraiment dégueulasse de faire ça à un mec, qu'il soit obligé d'écouter tout ça, chaque nuit. Vous savez, si un jour y me laissent sortir d'ici, plus jamais je serai bien dans ma tête. »

À cela, ni Arthur ni Pamela ne surent que répondre.

« Tu sais, mec, le dernier, j'étais là quand ils sont venus le chercher. Deux ou trois jours avant, ils t'emmènent au pavillon des Morts. Ils te font déménager pendant que t'as encore un peu d'espoir, pour pas que t'essaies de castagner ou de foutre ta merde. Ben, Rufus Tryon, le dernier qu'ils ont descendu, il était dans la cellule d'à côté, mec. Et il a pas voulu les suivre. Il disait qu'il voulait parler à quelqu'un avant de s'en aller. Ils lui ont mis une bonne branlée – ben, ça l'a pas empêché de continuer à se bagarrer jusqu'à la fin, qu'y z'ont dit. Ils lui ont amené son dernier repas, et il a tout gerbé sur lui. Il devait avoir quelques os cassés, quand ils l'ont attaché sur la table. Mais bon, qu'est-ce que ça pouvait lui foutre, de toute façon, hein – il était plus à ça près. Vous croyez qu'y vaut mieux prendre des cachets, ou y aller sur ses deux pieds, tranquille, et les laisser faire ce qu'ils ont à faire ? »

Les joues de Pamela avaient l'air de deux feux rouges. Elle finit par trouver quelques mots de consolation pour Rommy. Elle l'assura que le mieux était encore de ne pas avoir à y aller du tout. Gandolph, qui savait reconnaître une bonne blague quand il en voyait passer une, lui décocha un sourire digne d'une citrouille de Halloween.

« Ouais. Sûr que ça serait mieux ! Mais quand même, on peut pas s'empêcher d'y penser. Ça vous prend la tête. Comment je vais supporter ça ? Est-ce que je vais me laisser faire ? La plupart du temps, je me dis vas-y la tête haute, mon pote. Dans tout ce que t'as fait, y a rien qui mérite que tu te fasses buter. Bien sûr, j'ai volé des trucs, mais ça mérite quand même pas la peine de mort – hein, pas vrai ? »

Au-delà de toute intégrité professionnelle, Pamela se réfugia dans des promesses qu'elle savait ne pas pouvoir tenir.

« Mais non, fit-elle. On va vous tirer de là, vous verrez.

— Bof, je me suis fait à l'idée. Ça doit quand même être quelque chose, vous croyez pas – de se dire, ça y est. Ils m'attendent. Ils vont me buter. Quand vous y pensez, et quand vous vous dites – OK, je vais passer dans ce couloir et au bout, y a quelqu'un qui m'attend avec la shooteuse, et ça sera le dernier truc que je verrai, y a rien à faire. Ça doit être quelque chose. Putain, quand je vois ce putain de couloir dans ma tête, et tout ça, je peux pas m'empêcher d'avoir les chocottes. » La tête rentrée dans les épaules, Rommy fut pris d'un accès de terreur sous les yeux de ses avocats. « Vous avez fait tout un tas de trucs pour moi, les mecs. Mais moi, je suis toujours là. Tout ça, ça n'a servi à rien. »

Même à ses propres yeux, la colère de Rommy n'était généralement qu'une ombre fugace, mais il parvint tout de même à en canaliser une bonne partie – sans doute grâce à l'influence du révérend Blythe. Il trouva finalement la force, rare chez lui, de plonger ses yeux sépia droit dans ceux d'Arthur, à travers la vitre.

« Je suis innocent, mec, lui dit-il. J'ai jamais tué personne. »

28.

Le secret du Pharaon

Le 5 juillet 2001

Service du procureur du comté, le soir. Derrière son vaste bureau, Muriel parcourut les papiers qu'elle avait laissés en attente toute la journée. Les rares soirs où ils se retrouvaient chez eux, Talmadge et elle, elle sortait de sa mallette une liasse de brouillons d'actes d'accusation, de courrier et de notes de service, qu'elle relisait au lit, après le dîner, en prenant de temps à autre conseil auprès de son époux. La télé ronronnait dans son coin, le chien et le chat se bagarraient pour la meilleure place sur l'édredon, tandis que Talmadge hurlait dans son téléphone – il n'avait toujours pas compris qu'il était inutile de pousser sa voix pour lui faire traverser les océans, par satellite interposé.

Mais ce qu'elle préférait, c'était la solitude tranquille de son bureau après six heures. Ce soir-là, comme la plupart des autres soirs, quand elle en aurait terminé, elle ferait une brève apparition à une réunion de collecte de fonds pour une cause politique ou humanitaire, glanant incidemment quelques milliers de dollars de plus pour sa propre campagne. Elle ne se souviendrait de l'adresse exacte où elle devait se rendre qu'en quittant son bureau, lorsqu'elle prendrait le dossier qui l'attendait, près du téléphone de sa secrétaire.

Pour le moment, elle se consacrait à la lecture d'une série de réponses à une circulaire qu'elle avait envoyée la semaine précédente, lorsque sa ligne directe sonna.

Talmadge, songea-t-elle d'abord, mais sur le cadran de son poste, c'était le numéro du portable de Larry qui s'était affiché.

« Dis donc, tu fais des heures sup ! lui dit-elle.

— Moi ? Non. C'est toi qui bosses tard. Je t'appelle de chez moi. Mais je viens de penser à un truc, et j'avais dans l'idée que je te trouverais toujours à ton poste. J'appelais pour faire mon *mea culpa*.

— Pourquoi ? Tu aurais quelque chose sur la conscience ?

— Je suis un vrai crétin, tu veux dire. C'était vraiment moi que tu félicitais, l'autre jour, pour ma présence d'esprit ?

— Il me semble, oui.

— Eh bien, il est encore temps de reconsidérer le problème », fit-il.

Pour le moment, Larry restait une énigme. Elle se félicitait de l'avoir mis au pied du mur, l'autre jour, après la déposition de Genevieve, et d'avoir tenté de lui faire dire pourquoi il avait pris la peine de lui ouvrir les yeux sur son propre compte. Était-ce une simple petite vengeance, de sa part, ou une véritable proposition d'alternative ? Manifestement, il n'en savait rien lui-même et c'était aussi bien, parce qu'elle n'aurait su dire laquelle de ces deux possibilités aurait fait son bonheur.

Mais ce soir-là, il n'appelait pas pour des raisons personnelles.

« En fait, je viens de faire un saut au bureau de Rocky Madhafi, à la brigade antigang, lui annonça-t-il. Et j'avais à peine commencé à lui expliquer que j'étais à la recherche d'un certain Pharaon, que je me suis dit "Bon Dieu ! Que je suis con !" Tu te rappelles m'avoir dit de remonter la piste du mec sur lequel Erno avait tiré, y a quatre ans, chez Ike ?

— Bien sûr.

— Mais est-ce que tu te souviens de son nom ? »

Elle finit par le dénicher, dans un recoin de sa mémoire : « Cole, répondit-elle.

— Et son prénom ? »

Là, elle séchait.

« F, A, R, O », épela-t-il.

Muriel mit une seconde à réaliser, et sa première réaction fut dubitative – pour une raison qui lui échappait, elle avait toujours supposé que « Faro » se prononçait « Fargo ».

« Eh bien, il y a un moyen simple de savoir s'il s'agit d'une seule et même personne, fit Larry. Enfin, peut-être... C'était à ça que je pensais. »

Pour l'audience avec Harlow, ils avaient préparé une mallette entière de documents qui était à présent posée devant la baie vitrée, derrière le fauteuil de Muriel. Parmi les papiers qu'elle contenait, se trouvaient les photocopies du carnet d'adresses que les gars du labo avaient découvert dans le sac de Luisa, dix ans plus tôt, au Paradise. À l'origine, Muriel avait prévu d'atta-

quer Erdai sur le fait que son nom n'y figurait pas,
mais après réflexion, elle s'était dit qu'Arthur riposte-
rait qu'une femme engagée dans une aventure avec un
homme marié ne prenait généralement pas le risque
d'appeler son amant au domicile conjugal. Muriel posa
son téléphone près d'elle sur la moquette et se mit à
feuilleter les photocopies, tout en poursuivant sa
conversation avec Larry – jusqu'à ce qu'elle ait mis la
main sur ce qu'elle cherchait.

« Aucune trace de Faro Cole ! » annonça-t-elle.

Le portable de Larry émit une salve de friture. « T'as
regardé à "F" ? » demanda-t-il.

Ça, elle n'y avait pas songé. Et Faro s'y trouvait,
inscrit au stylo, dans la jolie petite écriture bien nette
de Luisa, dont les lettres semblaient avoir été tracées
à la règle. « Cole » avait été ajouté par la suite, au
crayon.

« Putain ! lâcha Larry.

— Étudions le timing », souffla Muriel. Au prix
d'un violent effort de concentration, elle tenta de
remonter mentalement le cours du temps. « Six ans
après la mort de Luisa, Erno aurait tiré sur son complice ? Simple coïncidence, ou tu penses qu'à l'époque il
pouvait déjà y avoir un lien entre Erdai et lui ?

— Quand Erno s'est fait épingler chez Ike, dit
Larry, juste après le coup de feu, il a expliqué que Cole
s'était emballé parce qu'il avait enquêté sur lui pour
une affaire de fraude de billets remontant à plusieurs
années. C'était sans doute la combine où Faro avait
trempé avec Luisa et Squirrel, tu ne crois pas ? »

Larry avait passé toute la journée à y réfléchir, et il

avait une bonne longueur d'avance sur elle. Elle lui demanda d'où il tenait tout ça.

« La semaine dernière, nous sommes arrivés à la conclusion qu'Erdai avait dû percer à jour les magouilles du trio. Ce qui expliquait qu'il ait fait fouiller Luisa. Et Genevieve a dit qu'elle avait parlé de Faro à Erno. Il a dû remonter sa piste.

— Mais pourquoi Faro était-il assez remonté contre Erno, six ans plus tard, pour le poursuivre dans un bar avec un flingue ?

— Difficile à dire, précisément. Mais dans leurs rapports, tous les flics ont dit que Faro avait violemment pris Erno à partie, en lui reprochant de l'avoir mis sur la paille. Il avait dû couper les vivres à Faro, d'une façon ou d'une autre – ça ressemblerait pas mal à Erno, ça, non ? Luisa morte ou vive, il était toujours le shérif du village. C'est bien l'impression qu'il m'a donnée, l'autre jour. Erdai voulait à tout prix rendre aux crapules la monnaie de leur pièce. Et il ne pouvait pas laisser filtrer la nouvelle qu'il aurait pu, et qu'il aurait dû, sauver la vie de Luisa.

— Alors ? Bonne ou mauvaise nouvelle ?

— Purée ! s'exclama Larry. Ça devrait être plutôt bon pour nous. Excellent, même. Tu te souviens le bond qu'il a fait sur sa chaise, quand tu l'as interrogé sur la fusillade, dans le box des témoins ? Il ne voulait surtout pas en parler, parce que, de fil en aiguille, il savait que Faro pouvait raconter pas mal de choses sur ce qu'il avait traficoté, à son poste de chef de la sécurité. À vue de nez, ce cher Faro va s'empresser de te fournir la version Technicolor de la bande-annonce que nous a laissée entrevoir Genevieve, la semaine dernière : "Squirrel, ce crétin d'assassin." »

Elle rumina tout cela pendant un bon moment, mais l'hypothèse de Larry tenait la route.

« Le seul os, ajouta-t-il, c'est que je viens de passer une semaine à essayer de remonter la piste de Faro, et que jusqu'ici, tout ce que je peux en dire, c'est qu'il s'est évaporé. »

Faro semblait être arrivé dans le coin en 1990, date à laquelle il s'était inscrit pour le permis de conduire. À l'époque, il avait une adresse et un numéro de téléphone, mais il avait déménagé dès l'année suivante, pour réapparaître en 1996, à une adresse différente. En 1997, après la fusillade dont il avait été victime, il s'était à nouveau envolé dès sa sortie de l'hôpital.

Larry avait passé des dizaines de coups de fil, et avait enquêté aux deux adresses avec l'aide de Dan Lipranzer, mais il n'avait rien découvert de déterminant. Il savait à présent que Faro mesurait un mètre quatre-vingt-quinze, pour cent dix kilos, et qu'il était né en 1965. Tous les documents qu'il aurait pu laisser dans son sillage, relevés bancaires ou notes de téléphone, quittances de loyer ou fiches de salaire, avaient été détruits depuis longtemps, et les archives administratives de l'État n'avaient conservé que les informations de son permis de conduire. Faro Cole n'avait apparemment pas de casier dans le comté – pas plus qu'ailleurs, à en croire les fichiers du FBI. Ça avait quelque chose d'un peu surprenant, pour un receleur, mais Larry s'était informé auprès de plusieurs organismes, sans succès. Le nom de Faro ne disait rien à personne. En désespoir de cause, il avait même passé un coup de fil à un informateur qu'il avait à la Sécu et qui le sortait de l'ornière, de temps à autre, quand il avait besoin de savoir si des charges salariales avaient été versées sur le sol national, pour tel ou tel assuré. Pour l'instant, il semblait donc que Faro Cole soit ou bien mort, ou bien sans emploi à vie – à moins qu'il n'ait changé d'identité.

« Un mec qui débarque dans un bar le flingue au poing, fit Larry. On pourrait penser qu'il se serait retrouvé avec quelques bons chefs d'inculpation sur le dos – mais je suppose que quand il s'est étalé à plat ventre dans une mare de sang, chez Ike, plus personne n'a songé à se poser ce genre de question. Ils devaient plutôt se demander s'ils devaient lui appeler le SAMU, ou directement les Pompes funèbres. Bref, il n'a laissé aucune trace. Pas de clichés anthropométriques, pas d'empreintes. La seule chose que j'aie dénichée au service des pièces à conviction, c'est son flingue, et la chemise qu'il avait sur lui quand il est arrivé au bloc opératoire. Ils sont toujours inventoriés, et je me demandais si j'allais pas envoyer l'arme à Mo Dickerman. Histoire de voir s'il ne pourrait pas relever quelques empreintes qui me permettront de remonter jusqu'à Faro, s'il se cache sous un autre nom. »

Dickerman, directeur du service des empreintes digitales, comptait parmi les meilleurs spécialistes internationaux, en la matière. Muriel approuva aussitôt.

« Et par la même occasion, si tu pouvais me dégager une petite subvention dans ton budget, on pourrait aussi faire analyser l'ADN du sang sur la chemise, pour voir s'il se trouve dans le CODIS. »

Le CODIS – *Combined DNA Index System* – était le

fichier des empreintes génétiques. Chaque consultation allait chercher dans les cinq mille dollars, mais Larry ne voulait rien laisser au hasard. Elle n'essaya même pas de le freiner dans son élan.

« Alors, heureux ? » lui demanda-t-elle, comme elle l'avait fait, la semaine précédente. Cette fois encore, il hésita.

« Je crois qu'il me manque toujours quelque chose, répondit-il.

— Et si ce quelque chose, c'était moi, Larry ? » La boutade lui avait paru d'une drôlerie irrésistible, sur le moment, mais elle raccrocha immédiatement, sans prendre le temps de s'assurer qu'il partageait son point de vue.

29.

Ensemble

Juillet 2001

Lorsqu'ils n'étaient pas à leur travail, ils étaient ensemble. Pour Gillian qui, dès le lycée, avait opposé une résistance farouche à toute tentation de roucouler à deux, l'expérience avait quelque chose de surnaturel. Arthur attendait l'heure où elle terminait au Morton's pour quitter le cabinet. Il passait la prendre vers huit ou neuf heures, et l'emmenait chez lui. Elle en profitait généralement pour faire escale au rayon traiteur du magasin et, lorsque le coupé d'Arthur s'arrêtait au bord du trottoir, il la trouvait chargée d'un gros sac de provisions. Ils allaient chez lui et faisaient l'amour, puis ils dînaient et refaisaient l'amour. La plupart du temps, elle dormait sur place, et ne rentrait chez elle que quelques heures, lorsqu'il était parti au travail.

Ce genre de passion physique n'entrait jamais dans la composition de ses précédentes relations. Arthur et le désir qu'il lui inspirait demeuraient toute la journée à la périphérie de sa conscience. De temps à autre, quelque imprévisible association, qu'elle aurait été bien incapable d'expliciter, faisait courir d'agréables frémissements dans ses seins ou au creux de son ventre. Ils semblaient condamnés, Arthur et elle, à demeurer indéfiniment dans la douce vallée des sens. Cette vitalité qui s'épanouissait en Arthur était comme un double secret, une face cachée. Ici commençait donc la vraie vie. Les fondations moites de l'existence, ces caves sombres et mystérieuses sur lesquelles reposait tout l'édifice. S'ils y avaient déjà fait quelques incursions par le passé, ils auraient pu avoir une idée de la façon dont on pouvait refaire surface, de temps à autre. Mais pour l'instant, tout se passait comme s'ils avaient définitivement fusionné, au cœur même du plaisir.

« Je suis vraiment accro », lui avait-elle lâché, une nuit. Et elle en était restée sans voix. Cette remarque téméraire ouvrait la porte à des milliers d'idées qu'il était plus prudent de ne pas trop creuser.

Leur fusion amoureuse se trouvait d'autant renforcée par la réticence qu'éprouvait Gillian à s'afficher avec Arthur, hors de leur chambre. Elle ne parvenait pas à se convaincre que leur relation puisse survivre à l'air libre, lorsqu'ils seraient revenus dans le monde des gens normaux, et qu'ils auraient réintégré le terrain de l'histoire, des convenances et des ragots. Elle vivait dans l'angoisse de voir leurs liens se dissoudre à la lumière du jour, comme sous l'effet de quelque philtre.

Arthur, en revanche, semblait se retenir de s'offrir un encart publicitaire pour proclamer sa passion. Gillian refusait de l'accompagner dans le monde extérieur, ne fût-ce que pour rendre visite à ses vieux copains de fac, qui étaient pourtant, l'assurait-il, la discrétion et la tolérance mêmes. La compagnie de Susan était la seule

qu'elle supportât. Tous les mardis, ils allaient la chercher à son foyer, après son injection hebdomadaire, et
la ramenaient à l'appartement. Au retour, Arthur résumait pour sa sœur les événements de la journée,
comme si Susan avait vraiment pu s'y intéresser. Elle
se retournait vers la banquette arrière à chaque feu
rouge, comme pour vérifier que Gillian était toujours
là.

Leur emploi du temps du mardi soir ne variait jamais
d'un iota. Gillian restait sur la touche, tandis qu'Arthur
et Susan s'activaient aux fourneaux. Puis Susan, munie
de son assiette, filait vers la télé. Il restait exceptionnel
qu'elle adresse la parole à Gillian, mais quand elle le
faisait, c'était la Susan préservée qui prenait les
commandes – l'îlot de cohérence qui subsistait en elle,
cet astéroïde isolé, gravitant dans un champ de pous-
sières et de graviers intersidéraux. Elle semblait veiller
à ne jamais confronter Gillian directement à sa folie.

Un soir, comme Arthur avait dû descendre à la cave
pour remplacer un disjoncteur, Susan s'approcha de
Gillian, la cigarette à la main. À présent, elle lui faisait
suffisamment confiance pour la laisser allumer le briquet. Susan tira sur sa cigarette comme si elle avait
voulu la consumer d'une seule bouffée.

« Je ne vous comprends pas », lui dit-elle. Enveloppée par le voile bleuâtre qu'elle venait de souffler entre
elles deux, Susan avait fixé sur elle le beau regard de
ses yeux verts.

« Ah, non ?

— Je ne sais vraiment pas ce qu'il faut penser de
vous. Vous êtes quoi, au juste ? Une Coopérante ou
une Normale ? »

Gillian resta sidérée – non pas par ces paroles en elles-mêmes, mais par la similitude des termes que Susan avait spontanément employés, avec ceux qu'elle-même utilisait à Alderson, pour désigner les passagers des trains qui passaient sous les fenêtres de la prison. Pour Gillian, ils étaient Normaux, non pas du fait de quelque supériorité intrinsèque, mais parce qu'ils échappaient à la marque d'infamie de la réclusion. C'était donc la façon dont Susan voyait, elle aussi, les prétendus sains d'esprit.

« J'essaie d'être une Normale, répondit Gillian. Et j'ai parfois l'impression d'y arriver, surtout quand je suis avec Arthur. Mais je n'en suis jamais parfaitement sûre. »

La conversation s'arrêta là, mais quelques jours plus tard, un soir, Arthur appela Gillian. À sa voix, il lui parut profondément bouleversé. Elle le retrouva dans la chambre d'ami de l'appartement, éclairé de la seule lueur de son ordinateur portable qu'il emportait chaque soir.

« Tu as un e-mail de Susan. »

Elle approcha, à pas comptés, et tandis qu'elle lisait le texte à l'écran, elle se laissa doucemement glisser aux genoux d'Arthur.

Arthur – tu remettras ceci à Gillian. NE LIS SURTOUT PAS. Ça n'est pas pour toi.

Salut, Gillian.

Tu es priée de ne pas trop t'emballer sur tout ça. Ça fait trois jours que je travaille sur cet e-mail. Valerie m'a donné un coup de main. D'habitude, je ne peux pas écrire plus d'une phrase ou deux. Dans une journée, il n'y a pas tant que ça de moments où j'arrive à immobiliser les mots dans ma tête assez longtemps pour pouvoir les écrire, surtout quand je parle de moi – soit parce que j'ai oublié le mot qui désigne le sentiment, soit parce que le sentiment s'échappe dès que je mets un mot dessus.

La plupart du temps, mon esprit est en fragments. Les Normaux ont l'air d'avoir du mal à comprendre ça, mais pour moi, mon état mental le plus habituel, c'est des images qui surgissent pour disparaître aussitôt, comme les flammes au-dessus d'un feu de bois.

Mais certains jours, ça va mieux, et je voulais t'écrire des choses que je ne pourrai jamais te dire de vive voix. C'est si dur pour moi, de parler. Je n'arrive pas à tout faire à la fois. Un regard peut suffire à me distraire. Et ne parlons pas des sourires, des blagues ou des questions. Une expression nouvelle, quel que soit son sens, peut m'envoyer sur orbite pendant plusieurs minutes. Je préfère donc écrire.

Qu'est-ce que je voulais te dire ?

Je t'aime bien. Ça, je pense que tu le sais déjà. Tu ne me regardes pas de haut. Toi aussi, tu es passée par des moments durs. Je sens ça. Mais plus je te connais et plus je vois que nous ne sommes pas pareilles. Je

l'aurais pourtant bien voulu, parce que
j'aimerais pouvoir espérer que je vais m'en
sortir aussi bien que toi. Et je voudrais que
tu saches que j'essaie, de toutes mes forces.
Pour les Normaux, c'est comme si j'avais tout
simplement décidé de lâcher la rampe. Mais
rien que pour me maintenir comme ça, entre
deux eaux, ça demande une sacrée énergie.
J'ai peur chaque fois que je vois ou que j'entends une radio. Quand je marche dans la rue,
je dois sans cesse me répéter : « N'écoute
pas, n'écoute pas ! » Il me suffit de voir des
gens avec des écouteurs sur les oreilles dans
le bus, et c'est fini. Je n'entends plus que
ces voix que je ne veux pas entendre, quand
je vois ces trucs noirs sur les oreilles de
quelqu'un. Pendant que je tape ces mots, je
sens très distinctement l'électricité
qu'irradie le clavier et je ne peux pas me
débarrasser de cette idée, qui est pour moi
une certitude – qu'il y a un genre de magicien
d'Oz planqué quelque part au centre de l'Internet, qui me guette et attend son heure pour
s'emparer de moi. Je dois sans cesse résister. Toute mon énergie y passe. Je suis comme
ces naufragés que j'avais vus une fois dans
un film, quand j'étais petite. Leur bateau
avait coulé et les survivants se débattaient
dans des vagues énormes, brassant désespérément l'eau, accrochés à une bouée, ou à des
débris qui flottaient, pour ne pas couler
pour de bon.

```
    Toi aussi, je sais que tu dois résister,
jour après jour. Surtout, continue à lutter.
Continue - ça serait dur pour moi de voir
quelqu'un comme toi renoncer. Tu rends
Arthur heureux, et quand Arthur est heureux,
tout est plus facile pour moi. Je n'ai plus
à me reprocher d'avoir gâché sa vie. S'il te
plaît, fais le maximum pour qu'il continue à
être heureux. Et pas seulement pour moi, mais
aussi pour lui, parce qu'il le mérite. Ça
serait atroce, si tu n'étais pas avec lui. À
trois, tout va bien mieux.

    Ton amie - Susan.
```

Gillian était sous le choc. C'était comme d'avoir sous les yeux un message d'un otage dont on sait que ses ravisseurs ne le relâcheront pas. Lorsqu'elle laissa Arthur lire à son tour, il en eut, comme on pouvait s'y attendre, les larmes aux yeux. Les messages que lui envoyait Susan dépassaient rarement les vingt mots. Elle les composait dans ces moments de cohérence qui lui tombaient dessus chaque jour, comme par magie. Mais en Arthur, l'envie le cédait à l'émotion que lui inspirait la sollicitude de sa sœur pour lui – et aussi, songea Gillian, à une terreur soudaine.

« De quoi a-t-elle peur ? » fit Arthur. Gillian refusa de répondre, mais elle avait senti une main glacée se refermer sur son cœur. Même quelqu'un d'aussi incorrigiblement positif que l'était Arthur ne pouvait manquer de reconnaître un danger qui était si évident aux yeux d'une pauvre folle.

Cette nuit-là, quand ils firent l'amour, il y eut une

absence. La tendresse était toujours là, mais ils ne parvenaient pas à larguer totalement les amarres. Ils restaient ancrés en ce monde. Ensuite, lorsque Gillian tendit la main vers son paquet de cigarettes, sur la table de nuit, Arthur lui posa la question que ni l'un ni l'autre n'avait osé formuler, jusque-là.

« Qu'est-ce que ça va donner, nous deux, à ton avis ?

— Je crois que tu finiras par tourner la page, Arthur. Riche de ce que tu auras appris sur toi-même auprès de moi, tu trouveras quelqu'un de ton âge et tu te marieras. Tu auras des enfants. Tu construiras enfin ta vie. » Elle fut elle-même surprise de la netteté avec laquelle elle s'était représenté tout ça. Évidemment, Arthur fut pris de court. Il se redressa sur un coude, pour lui jeter un regard incendiaire.

« Ne fais pas semblant de ne pas comprendre, Arthur. Il aurait mieux valu pour toi que notre aventure advienne à un autre stade de ta vie.

— Ah oui ? Lequel ?

— Si tu avais vingt-cinq ou cinquante-cinq ans, la différence d'âge serait moins importante. Mais à présent, il faudrait que tu aies des enfants. Tu ne veux pas en avoir ? La plupart des gens en veulent.

— Et pas toi ?

— C'est trop tard, Arthur. » Et ça, c'était la plaie suprême de son incarcération : elle s'était vu confisquer ses dernières chances de concevoir. Mais elle en avait fait son deuil, comme celui d'un million d'autres choses qu'elle n'aurait jamais plus.

« Pourquoi, trop tard ? Biologiquement, tu veux dire ? Mais le monde grouille d'enfants adorables, qui ont besoin d'être aimés ! »

En présence de Gillian, il était souvent impétueux.
Dix ans plus tôt, lorsqu'elle le côtoyait de loin, elle
n'avait jamais eu l'occasion de découvrir cet aspect
d'Arthur. Mais à présent, il était souvent inspiré.
Peut-il exister entre les êtres humains un fossé plus
insondable qu'entre les misérables fatalistes, mal-
menés par l'existence, et ceux qui ont décidé de cal-
quer leur vie selon les contours d'une vaste idée ?
Et elle était l'idée d'Arthur. Elle aurait voulu l'en
décourager – ô combien ! Elle aurait voulu se voiler
la face, et lui interdire toute manifestation de cette
euphorie où le mettait sa présence, comme son père
à elle interdisait le blasphème. Mais c'était à la fois
trop bon et trop inespéré. Il ne la connaissait pas. Il
ne l'avait jamais vue telle qu'elle était. Et dès que
ses yeux se dessilleraient, il s'en irait. Elle était donc
bien résolue à profiter de l'instant. Elle l'étreignit
passionnément, avant de reprendre sa longue et lente
marche vers la vérité.

« Arthur, tu ne vois pas que tu essaies déjà de trouver à travers moi tout ce qui manque à ta vie ? Pour
toi, cette période n'est qu'une aventure, une sorte d'état
de grâce. Mais quand elle aura pris fin, tu refuseras de
faire ton deuil de toutes ces choses, que tu as toujours
espéré avoir.

— Tu veux dire que tu ne voudras jamais être
mère ? »

C'était inconcevable. Sa propre survie accaparait
déjà toute son attention.

« Ça serait un énorme changement, Arthur.

— Mais justement – c'est le but de la vie, non ?

Changer, changer en mieux, en se rapprochant du bonheur et de la perfection. Regarde à quel point tu as changé, toi. Et en mieux, je suppose ? »

Elle n'avait jamais envisagé la chose sous cet angle.

« Je n'en sais trop rien, répondit-elle. Je me plais à croire que oui, et que si c'était à refaire, je ne gâcherais pas ainsi ma vie. Mais je n'en suis pas si sûre.

— Moi, j'en suis certain. Tu ne bois plus.

— Non.

— Et tu y es arrivée sans problème. Comme une fleur ! »

Elle dut en convenir, non sans une petite réticence superstitieuse. Mais Arthur avait raison. Auparavant, elle se forçait à vivre au jour le jour, sans s'inquiéter du lendemain. Et hormis dans ses moments les plus sombres, où elle cédait à la panique, elle n'avait jamais eu le moindre désir de replonger dans la drogue. En fait, c'était plutôt de clarté dont elle semblait avoir le plus urgent besoin. C'en était même troublant. Son affranchissement total des chaînes de la toxicomanie était aux antipodes de ce que décrivaient ceux qui avaient dû lutter contre ce genre de dépendance. Un soir, elle avait demandé à Duffy s'il pensait qu'elle se jouait la comédie, et il l'avait longuement considérée, avant de lui répondre : « Non, Gil. Je crois que toi, quoi que tu puisses décider, tu réussiras toujours à l'accomplir. »

Elle rapporta à Arthur la remarque de Duffy, mais il était trop pénétré de son propre point de vue pour s'attarder sur le sens profond de la citation.

« Maintenant, tu es donc libre. »

Libre. Ce n'était pas le mot. Différente, pas libre.

« Et toi, Arthur, tu as changé ?

— Tu rigoles ! Je n'ai jamais été aussi heureux. C'est le jour et la nuit !

— Mais en toute sincérité, Arthur – tu ne crois pas que tu serais mieux avec quelqu'un de ton âge ?

— Pas du tout. Vois-tu, je suis assez vieux jeu. J'aime les trucs qui défient le temps et le destin. L'amour fatal, avec un grand A. Je suis un fan des films des années 30. Je ne peux pas les voir sans avoir les larmes aux yeux.

— Eh ! Je ne suis pas si vieille que ça ! »

Il lui envoya un coup de coude, mais poursuivit sur sa lancée : « Je suis heureux, insista-t-il. Rien ne pourrait ajouter à mon bonheur. Tiens, je sens que je ne vais pas résister longtemps à l'envie de te le chanter ! »

L'idée arracha à Gillian un grognement dubitatif. Relevant le défi, Arthur sauta sur ses petites jambes grassouillettes et, debout au milieu du lit, se mit à crooner :

J'ai rêvé de quelqu'un qui te ressemble,
Tu es trop belle pour être vraie...

Ce deuxième vers transperça le cœur de Gillian, comme un coup de poignard, mais il poursuivit, comme si de rien n'était. Ça, c'était de l'Arthur tout craché – avec lui, on n'était décidément jamais à l'abri d'une surprise. Car il avait une belle voix, et il avait dû se bercer des heures durant de ces airs guimauve dont étaient truffées les comédies musicales. Il les connaissait toutes par cœur. Il mit un point d'honneur à lui chanter celui-là *in extenso*, à pleine voix, jusqu'à ce qu'elle finisse, pour la première fois depuis des années, par capituler, écroulée de rire.

30.

Mauvais

Le 24 juillet 2001

Pour Erno Erdai, le compte à rebours avait commencé. Depuis la maison d'arrêt, il avait bénéficié de la plupart des innovations du Centre Hospitalier Universitaire. En chirurgie, bien sûr, mais aussi en chimiothérapie. Il avait été soigné à l'alpha interféron, et avait bénéficié des derniers protocoles de traitement, dont certains n'étaient encore qu'au stade expérimental. Mais une vieille ennemie avait profité de son état de faiblesse pour prendre le dessus. Au beau milieu d'une nouvelle série de traitements chimiothérapiques, une pneumonie s'était déclarée et, malgré les doses massives d'antibiotiques qui lui étaient administrées par voie intraveineuse, ses poumons déjà mis à mal par le cancer n'avaient plus la force de contre-attaquer. Ses médecins, avec qui Arthur et Pamela restaient en constante relation, étaient de plus en plus pessimistes. On l'avait ramené à l'Hôpital Général du comté, dans le pavillon réservé aux détenus. En fait, pour avoir un entretien avec Erdai, Arthur devait obtenir l'autorisa-

tion conjointe du surintendant de l'administration pénitentiaire et celle de sa famille, mais après plusieurs
semaines d'efforts, il n'avait pu réunir les deux. En
désespoir de cause, il finit par menacer de s'en remettre
à Kenton Harlow. Le juge ne pouvait évidemment pas
exiger que le malade lui parle, mais il pouvait s'opposer à toute tentative d'obstruction de la part de ceux
qui défendaient Muriel et ses intérêts. Par deux fois,
Arthur avait obtenu un délai supplémentaire pour
répondre à la motion déposée par Muriel auprès de la
cour d'appel, en vue de mettre fin à l'*habeas corpus*
de Rommy. Il avait souligné qu'il lui fallait plus de
temps pour enquêter, c'est-à-dire, en pratique, pour
aller voir Erno. La cour ayant fixé comme ultime délai
le vendredi de cette même semaine, l'entretien qu'il
devait avoir avec Erdai n'en devenait que plus urgent.

Au bout d'une bonne heure d'attente dans le vestibule du service, on vint enfin le chercher. Après une
fouille rapide, un garde le pilota le long des couloirs
dallés de lino et généreusement éclairés par les néons
du Centre Hospitalier Universitaire.

Le garde qui l'escorta lui expliqua que la famille
d'Erno avait protesté : ils avaient dû écourter leur visite
pour laisser place à Arthur. Comme ils arrivaient à proximité de la chambre, il aperçut deux femmes dans le
couloir. La plus petite, qui était aussi la plus rondelette,
s'avéra être l'épouse d'Erno. Elle avait le nez rouge et
serrait dans son poing un Kleenex roulé en boule.
L'autre, moulée dans une jupe droite un rien trop
courte pour une femme de son âge, était Llona Erdai,
sa sœur, la mère de Collins, le fameux neveu pour qui
Erdai s'était tant dévoué. Elle était grande et carrée,

avec de longues mains fines. Ses cheveux, qui avaient dû être châtain clair, avaient pris une teinte indéfinissable. Dans l'ensemble, Llona était tout le portrait de son frère, en mieux – elle avait le même visage en lame de couteau, dont émanait la même dureté. Ils n'échangèrent que quelques mots, mais les deux femmes lui firent clairement sentir leur rancœur, à la fois pour cette intrusion et pour l'humiliation qui avait été infligée à Erno et qui les éclabousserait bien après sa mort, même si tout cela se révélait n'avoir servi à rien. Llona, qui avait les yeux clairs et acérés de son frère, darda sur lui un regard insolent et glacé. Arthur leur promit de faire le plus vite possible.

Au téléphone, l'infirmière lui avait dit qu'en dépit d'une forte fièvre Erno avait gardé toute sa lucidité. Son état avait été aggravé par des métastases osseuses, atrocement douloureuses. À ce stade, le principal problème auquel l'équipe médicale se trouvait confrontée était de doser convenablement les opiacées, pour ne pas précipiter la destruction de son système respiratoire déjà défaillant.

Quand Arthur entra, Erno s'était assoupi. Il semblait au plus bas. Il avait encore maigri depuis sa comparution au tribunal. La nouvelle série de traitements ne lui avait laissé que quelques rares touffes de cheveux ébouriffés, çà et là. Il avait plusieurs aiguilles à perfusion plantées dans le bras et son embout nasal avait été remplacé par un masque à oxygène en plastique qui s'embuait à chaque souffle. Le malade souffrant aussi d'une atteinte au foie, sa peau avait pris une couleur rappelant celle des blocs-notes en usage au tribunal. Il avait donc fini par rejoindre le camp des Jaunes, lui aussi, songea Arthur.

Il tira une chaise près du lit et attendit le réveil du malade. Il avait tenté d'échafauder des dizaines de scénarios pour restaurer la crédibilité d'Erno, mais n'en avait trouvé aucun qui puisse concilier sa version et celle de Genevieve. Muriel, qui avait téléphoné la veille pour lui rappeler qu'elle s'opposerait à toute demande de délai supplémentaire pour la réponse d'Arthur à sa motion, s'était fendue, par la même occasion, d'une nouvelle théorie, quant aux raisons qui poussaient Erno à mentir.

« Maintenant, il est contre la peine de mort, avait-elle dit. Il y a dix ans, en dénonçant Rommy, il l'a envoyé à la peine capitale, mais face à sa propre mort, il nous fait la grande scène de la conversion. Il a une peur bleue de mourir en état de péché mortel ; il serait prêt à raconter n'importe quoi pour empêcher l'exécution de Rommy ! » La théorie laissait fort à désirer, mais Arthur y perçut un certain progrès dans l'approche de Muriel : contrairement à l'ancienne, celle-ci ne faisait pas d'Erno un monstre glacé. En fait, en attendant à son chevet, Arthur se sentit pris pour le malade d'une certaine tendresse, dont il ne put d'abord déceler la raison. Mais tandis que les minutes passaient, tout en écoutant les voix des infirmières résonner dans le couloir, sur fond de sonneries et de bips électroniques, il s'avisa de la ressemblance entre l'actuel Erno et l'Harvey Raven des derniers jours. Le souvenir de son père et de son existence prétendument banale soulevait toujours en lui le même tourbillon d'émotions, mais l'abîme semblait moins profond, maintenant qu'il avait Gillian dans sa vie.

Revenant à l'instant présent, il s'aperçut que le regard d'Erno s'était posé sur lui, à travers les barres horizontales de son lit. On avait imposé à Arthur le port d'un masque de protection, qu'il abaissa quelques secondes, le temps de se faire reconnaître d'Erno. Le malade ne tenta même pas de dissimuler sa déception.

« Ah, fit-il. J'espérais que – c'était – mon neveu. » Le souffle lui manquait, et sa voix n'était plus qu'un râle. Erno esquissa tout de même un sourire, en évoquant le souvenir de Collins. « Il vient ce soir, murmura-t-il. Un brave gars. Il s'en est sorti. Ç'a été dur. Mais ça va – maintenant. Beaux enfants. » Les yeux du malade se refermèrent sur cette pensée consolatrice.

Arthur laissa s'écouler un long moment, avant de lui demander s'il avait entendu parler du témoignage de Genevieve. Erno fit oui de la tête. Et soudain, après toutes ces semaines durant lesquelles il avait si impatiemment attendu d'avoir cette conversation, Arthur ne savait plus par quelle question commencer.

« Merde..., finit-il par lâcher. Alors, Erno, c'est vrai ou pas ?

— Bien sûr, répliqua Erno. C'est même pour ça que – j'avais tout mis – sur le dos de Squirrel.

— Parce que vous saviez qu'il avait menacé Luisa ?

— Oui. Exact. » Chaque mot exigeait du malade une crispation de tout son corps, mais il semblait en pleine possession de ses moyens intellectuels. Erno avait ses propres raisons de tuer Luisa, mais Squirrel s'était lui-même préalablement placé dans le rôle de la chèvre.

« J'ai dit à Larry. Qu'il fasse citer – Genevieve – comme témoin. » Il dodelina du menton, déplorant la stupidité de Larry. « C'est lui qui – aurait dû. Démêler tout ça. Y a dix ans.

— L'histoire des billets, vous voulez dire ?

— Non. Pas les billets. Mauvais – pour moi.

— Parce que vous étiez le chef de la sécurité ? »

Erno hocha la tête et fit un mouvement de la main, signifiant qu'il s'agissait là d'une histoire compliquée, mais Arthur se tenait assez près de sa bouche pour entendre le moindre de ses murmures.

« Genevieve », souffla Erno. Il toussa faiblement, déglutit, et ferma un moment les yeux pour lutter contre une douleur qui l'avait assailli. Quand il revint à Arthur, il semblait avoir perdu le fil de ses explications.

« Oui, Genevieve... ? répéta Arthur.

— Elle devait pas – savoir. Pour les billets.

— Pourquoi ?

— Elle m'aurait pas – parlé de Squirrel. Mauvais pour sa copine. » À cause du risque de faire épingler Luisa. Rétrospectivement, Arthur constata que, là encore, Erno était dans le vrai. Genevieve n'était pas au courant du trafic, quand elle avait rapporté les menaces de Squirrel au chef de la sécurité. Elle ne l'avait su qu'un peu plus tard, lorsque Luisa lui avait reproché d'avoir attiré l'attention d'Erno.

« Exact, confirma Arthur. Alors, qu'est-ce que Larry aurait dû comprendre ?

— Luisa. Squirrel. Les menaces. » Erno entremêla ses dix doigts et les accrocha les uns aux autres. « Le reste. » Il fit une nouvelle grimace, cette fois pour indiquer que tout ça n'avait guère d'importance. Ce qui se serait probablement passé, si Genevieve avait rapporté à Larry l'histoire des menaces, isolée du contexte, c'est qu'il en aurait conclu que ce pauvre Squirrel avait agi par dépit amoureux. Le mobile parfait.

« Seigneur, Erno. Pourquoi avoir attendu tout ce temps pour me le dire ?

— Trop compliqué. » Erno s'interrompit à nouveau pour laisser passer un spasme qui le tétanisa. « Et mauvais pour Squirrel. »

Et une fois de plus, il avait raison. Une version qui aurait commencé par des menaces faites par Squirrel à l'encontre de Luisa risquait de ne pas aller bien loin. Et tout en lui sachant gré de sa clairvoyance et de ses bonnes intentions, Arthur se sentit défaillir, en découvrant l'étendue des libertés qu'Erno avait prises avec la vérité.

Les prunelles du malade s'étaient figées, soit à cause d'une nouvelle vague de douleur, soit parce qu'il contemplait cette pensée. On pouvait lire dans ses yeux les progrès de la maladie. Ils avaient pris une consistance épaisse, vitreuse. Le blanc était marbré d'un réseau de capillaires qui les striaient de traînées jaunâtres. Ses cils étaient tombés jusqu'au dernier et ses paupières semblaient à vif.

« Moi aussi, lâcha-t-il tout à trac.

— Quoi, vous aussi ? Ça risquait de vous porter tort, à vous aussi ?

— Les billets, chuchota Erno. Moi aussi.

— *Vous aussi*, vous en avez volé ? »

Erno confirma d'un signe de tête.

« Mais, nom d'un chien, pourquoi ? »

Sa main décrivit un petit moulinet de dégoût, et il planta les yeux au plafond.

« Idiot, fit-il. Besoin d'argent. Problèmes famille. J'avais commencé – deux ans avant.

— Bien avant que Luisa s'y mette ?

— Oui. Mais j'avais arrêté. Peur.

— De quoi ?

— S'ils coinçaient Luisa. Moi aussi, coincé. » Le malade s'interrompit pour reprendre souffle. « C'est pour ça. Que j'y suis allé. Chez Gus. Pour l'arrêter. Elle s'est débattue. Gus est arrivé. Avec son flingue. » Ses paupières s'abaissèrent. Le reste ne méritait pas d'être répété.

« Alors, l'aventure entre elle et vous, vous avez tout inventé ? »

L'idée lui tira un imperceptible sourire.

« Seigneur ! » s'exclama Arthur. Il avait parlé trop fort, mais il se sentit tout à coup céder au désespoir. Il était aux prises avec ce sentiment qui l'accablait, chaque fois qu'il se trouvait confronté à une situation où tout s'obstinait à tourner au désastre – le sentiment que tout était de sa faute. Et il se serait damné pour pouvoir s'échapper de sa propre peau, au besoin en s'écorchant vif.

« Bon Dieu, Erno ! Pourquoi ne m'avoir rien dit ?

— Ma retraite, dit-il. Cotisé. Vingt-trois ans. Ça sera – pour ma femme – maintenant. Et ça valait mieux. Pour tout le monde. »

Pour Rommy, voulait-il dire. Et pour lui. Si ce n'était que, comme tout mensonge, celui-là menaçait de craquer le long des lignes de faille de la vérité. Arthur réfléchit. Son premier mouvement aurait été de convoquer un huissier, quelqu'un qui aurait pu prendre tout cela en note. Mais il fit défiler mentalement les conséquences. La thèse de Muriel, selon laquelle Erno n'avait échafaudé son histoire que pour servir ses propres intérêts, aurait été plus que confirmée. En fait, Erno avait délibérément menti sous serment devant Harlow. Aux yeux de la loi, il était désormais indigne de confiance. Sans compter qu'en volant des billets, il avait trahi un employeur qui s'en était totalement remis à lui, pendant plus de vingt ans.

« Est-ce que vous m'avez bien tout dit, cette fois, Erno ? »

Erdai trouva la force de répondre d'un hochement de tête résolu.

« Et ce type, ce Pharaon ? enchaîna Arthur. Où est-ce qu'on peut le trouver ?

— Personne. Menu fretin, sans intérêt. Perdu de vue. Depuis des années.

— A-t-il quelque chose à voir avec les meurtres ? »

À l'idée de cet énième suspect, Erno éructa un toussotement, qui devait être la meilleure version qu'il pût donner d'un éclat de rire, et il fit lentement pivoter sa tête de côté et d'autre – geste qu'il avait déjà dû faire un certain nombre de fois, car le contact de l'oreiller avait dessiné une clairière totalement chauve dans les quelques cheveux qui lui restaient à l'arrière du crâne.

« Non – rien. Moi. Rien que moi. » Passant la main à travers les barreaux de son lit, il s'empara de celle d'Arthur. Ses doigts étaient brûlants de fièvre. « Votre client. Rien à voir. Même pas là. Innocent. Total. » Il fut pris d'une quinte de toux, puis il s'interrompit, le temps de laisser passer un nouvel accès de douleur.

Mais il était toujours bien là. « Innocent », répéta-t-il. Et en dépit de l'énorme effort que cela exigeait de lui, il se tourna vers Arthur en se laissant rouler sur le côté, pour approcher son visage du sien. Ses yeux semblaient d'un bleu plus intense, mais ça n'était probablement qu'un effet de contraste avec la nuance ocre de son teint. « Larry n'admettra jamais, souffla-t-il. Trop fier.

— Sans doute.

— Je les ai tués. Tous les trois. » La dépense d'énergie que lui avaient coûtée ces déclarations et les mouvements dont il les avait accompagnées l'avaient épuisé. Il se laissa retomber en arrière, sans relâcher la main d'Arthur, et son regard s'immobilisa vers le plafond avec une telle fixité, qu'Arthur craignit un moment qu'il n'ait rendu l'âme, là, sous ses yeux. Mais il sentit encore un frémissement dans la main qui tenait la sienne. « J'arrête pas, reprit-il. D'y penser. Tout le temps. Je revois tout. Tout. Mais j'ai au moins – essayé – de changer ça. À la fin. »

Au fil de la conversation, Arthur avait senti un grand vide se creuser en lui. Tout cet univers qu'avait décrit Erno – Luisa dans le parking, la querelle d'amoureux qui s'était ensuivie – autant de scènes qu'Arthur s'était maintes fois représentées, comme s'il y avait personnellement assisté. Et ça avait été balayé. À peine aurait-il franchi les portes de cet hôpital, qu'il ne subsisterait de tout cela qu'un simple fait, froid et têtu comme la pierre : Erno était un menteur et en dernière analyse, sa vraie motivation n'était peut-être guère plus honorable que le grandiose plaisir qu'il avait pu trouver à mener tout le monde en bateau. La dernière version avait-elle craqué aux entournures ? – il suffisait d'en rafistoler une autre ! Et pourtant là, au chevet du malade, Arthur ne parvenait toujours pas à mettre sa parole en doute. Ce n'était peut-être qu'un dernier hommage qu'il rendait à ses talents de menteur, mais contre toute raison, il le croyait, à présent, aussi fermement qu'il le prenait pour un imposteur, en arrivant à son chevet.

Il laissa s'écouler plusieurs longues minutes.

« Toujours su, dit tout à coup Erno.

— Su quoi ? »

Le malade rassembla à nouveau ses énergies avant de rouler vers Arthur, qui avança la main pour l'aider. L'épaule d'Erno n'était plus qu'un sac d'os.

« Moi, fit-il avec une grimace.

— Vous ?

— Mauvais. Ma vie. Mauvaise. Pourquoi ? »

Arthur prit la question pour une interrogation vague, une généralité religieuse ou philosophique. Mais c'était plutôt une figure de rhétorique dont Erno détenait la réponse.

« Toujours su, dit-il encore. Trop dur.

— Quoi ? »

Entre leurs paupières rougies et totalement glabres, les yeux du mourant s'attardèrent sur lui.

« Trop dur, répéta-t-il. D'être bon. »

31.

La cour tranche

Le 2 août 2001

« On les a eus ! » Tommy Molto, avec sa tronche de pudding à la vanille, prit Muriel par le bras comme elle sortait du bureau de Ned Halsey, après la réunion du matin. La cour d'appel avait rendu son arrêt. La demande de prolongation de l'*habeas corpus* de Gandolph avait été rejetée et son sursis supprimé. « On les a eus ! » répéta Molto.

Tommy était un cas. Il ne mettait qu'exceptionnellement les pieds dans une forêt, mais c'était le genre de type à qui l'on songerait, si l'on avait un arbre à abattre. Dix ans plus tôt, à l'époque du procès de Squirrel, il était le grand chef. Muriel n'était qu'une subalterne ayant tout à apprendre de lui. Au fil des années, Tommy avait toujours accepté son sort sans murmurer, au moment où elle l'avait rattrapé dans l'échelle hiérarchique, puis lorsqu'elle avait été promue premier adjoint, le poste qu'il lorgnait depuis toujours. Tommy restait égal à lui-même. La constance et l'obstination

mêmes. Jamais un poil d'humour, totalement dévoué
aux victimes, à la police, au comté, et totalement
convaincu que tout irait bien mieux dans le meilleur
des mondes, sans la présence des individus dont il
demandait et obtenait la condamnation. Muriel lui
donna une chaleureuse accolade.

« Je n'en ai jamais douté, lui dit-il. Pas un seul instant ! » Il eut un petit gloussement d'aise, puis il s'éloigna, non sans lui avoir promis de lui faire parvenir une
copie de l'arrêt de la cour, dès que Carol serait revenue
du tribunal.

Comme Ned était déjà parti – un rendez-vous qu'il
avait avec un sénateur – elle lui laissa un mot, puis
traversa le grand hall, ouvert au public, pour rejoindre
son bureau où elle voulait prendre ses messages.
Quatre journalistes avaient déjà appelé. Elle referma sa
porte sur elle. Derrière son immense bureau, face à la
baie vitrée, elle ferma les yeux un instant. L'ampleur
de son soulagement la surprit elle-même. À un poste
tel que le sien, on ne cessait de surfer sur les vagues
les plus grosses, et lorsqu'on touchait enfin au rivage,
quelle libération ! Le voyage valait son pesant de suspense, mais vous aviez constamment conscience que,
si vous buviez la tasse, votre dernière pensée, en descendant vers les abîmes éternels, serait : « Quelle idiote
j'ai été, de tout risquer ainsi ! » Car dans l'affaire Gandolph, ce n'était pas seulement sa prochaine promotion
qu'elle avait jouée. C'était de se retrouver, en cas
d'échec, dans le rôle de la proscrite, rejetée de partout,
comme quelqu'un dont la carrière avait été bâtie, dès
le premier jour, sur les fondations douteuses d'un mensonge.

Mais elle ne regrettait rien. Ni les hauts ni les bas de l'expérience. Pour la première fois de sa vie, elle avait désormais une certitude : elle voulait être le prochain procureur de Kindle County. L'angoisse qu'elle avait éprouvée, en se préparant à y renoncer si nécessaire, lui avait au moins fait prendre conscience de l'importance que les enjeux revêtaient pour elle, tant sous l'angle de la gratification personnelle, que du surcroît d'influence que lui conférerait ce poste. Mais elle était tout aussi persuadée que si l'affaire Gandolph avait capoté d'une façon ou d'une autre, si ses décisions avaient été publiquement contestées et désapprouvées, et même si tous les révérends Blythe de la terre s'étaient coalisés pour l'empêcher de succéder à Ned, au fond d'elle-même, cela ne l'aurait pas ébranlée. Elle ne croyait pas en un Dieu qui dispenserait des signaux, ou qui interviendrait en poussant les pièces sur l'échiquier. Si elle devait ne jamais devenir procureur, elle aussi accepterait son sort avec philosophie. Ces derniers temps, elle s'était par deux fois réveillée en pensant à la Divinity School, l'université qui formait les pasteurs. Au grand jour, l'idée lui avait d'abord semblé ridicule, mais elle s'était mise à y songer sérieusement. Ça pouvait être une bonne alternative. Peut-être accomplirait-elle davantage, du haut d'une chaire ?

Un coup léger, frappé à sa porte, lui fit lever la tête. Carol Keeney, une petite blonde dont le nez semblait avoir juré de rougeoyer perpétuellement, lui rapportait l'arrêt de la cour. Muriel parcourut rapidement le document, mais c'était avant tout pour faire plaisir à Carol.

Elle n'avait jamais porté grand intérêt aux raisonnements tortueux et abscons des cours d'appel. Les problèmes juridiques qui la passionnaient étaient, eux, on ne pouvait plus clairs et dépourvus de toute ambiguïté : innocence ou culpabilité ; les droits de l'individu contre les intérêts de la communauté ; le juste usage du pouvoir. Les subtilités du jargon qui entrait dans la formulation de ces arrêts n'étaient à ses yeux qu'un galimatias presque exclusivement décoratif.

« Excellent travail », déclara-t-elle. Carol s'était chargée de la rédaction des motions qui leur avaient valu la victoire. Elle y avait passé la nuit qui avait suivi la déposition de Genevieve. Mais elles savaient toutes deux que la bourde commise par Carol, le jour où elle avait échoué à prévoir la manœuvre d'Arthur, lorsqu'il avait fait enregistrer sa motion pour présenter le témoignage d'Erno, avait réduit à néant ses chances d'accéder un jour au rang d'adjoint titulaire. Au poste qu'elle occupait, Muriel avait souvent l'occasion de transmettre les mauvaises nouvelles – et pas seulement aux avocats et à leurs clients, mais à l'intérieur même de son service, où seuls une poignée d'adjoints obtenaient les dossiers, les procès, les promotions et les augmentations qu'ils convoitaient. Vu l'extrême rareté des gratifications, les rivaux se livraient des bagarres sanglantes pour un mètre carré de bureau de plus ou de moins. Et le plus souvent, c'était à Muriel de trancher, ce qu'elle faisait avec un flegme digne de Salomon. Carol, qui avait manqué de flair à un moment aussi critique, partait battue.

« Les peuplades indigènes sont sens dessus dessous ! » dit Yolanda, l'une des assistantes de Muriel. Elle avait passé la tête par l'entrebâillement de la porte avant qu'elle ne se referme sur le passage de Carol, et agitait quelques nouveaux messages émanant des journalistes. Muriel appela Dontel Bennett, l'attaché de presse du service, qui la félicita.

« Vous pourrez dire aux journalistes qui viendront à la conférence de presse que je les recevrai, eux et leurs plus plates excuses, à midi sonnant. »

Il s'esclaffa et lui demanda qui elle voulait rassembler près d'elle, sur l'estrade. Molto et Carol d'un côté, répondit-elle, et de l'autre, Harold Greer, qui était à présent chef de la police, et méritait, à plus d'un titre, de monter sur le podium.

« Et Starczek ? s'enquit Bennett.

— Laissez... je l'appelle moi-même. »

Avant de raccrocher, Bennett ajouta : « Ne pavoisons pas trop tôt, ma chère. Et n'oubliez pas : face à la presse, le scepticisme est toujours une vertu ! »

Elle essaya plusieurs numéros avant de trouver Larry. Exceptionnellement, il était à son bureau du Secteur 2, dans le North End.

« Félicitations, inspecteur ! La cour d'appel a reconnu que vous aviez épinglé le bon coupable.

— Sans déconner ? »

Elle entreprit de lui lire quelques passages choisis de l'arrêt. Il s'esclaffait comme un gosse, à la fin de chaque citation.

« Je dois recevoir la presse, lui annonça-t-elle. Est-ce que tu peux te faire beau pour midi ?

— Je vais voir si mon chirurgien esthétique aura le

temps de me prendre, d'ici là. Dois-je comprendre que je peux annuler mon message Interpol pour remonter la piste de Faro ?

— Ça m'en a tout l'air. » L'enquête qui avait été relancée par le témoignage d'Erno était à présent close. Le dossier traînerait sans doute encore un an ou deux, tandis qu'Arthur ou son successeur tenterait d'obtenir d'autres sursis à l'exécution, mais le travail de Larry était fini – ainsi que leur collaboration. Mais en raccrochant, elle constata, avec une clarté toute nouvelle pour elle, qu'elle n'avait pas la moindre intention de le laisser repartir.

Le chef huissier téléphona dès neuf heures du matin pour faire savoir à Arthur qu'une heure plus tard la cour d'appel rendrait son arrêt dans l'affaire *Gandolph ex relatione Directeur de la Prison de Rudyard*. Lorsque Arthur parvint à mettre la main sur Pamela pour lui annoncer la nouvelle, elle lui proposa d'aller chercher le document, pour lui laisser le temps de se concentrer avant d'affronter la presse. Elle fit un saut au bureau d'Arthur avant de partir pour le tribunal.

« C'est foutu », soupira-t-il.

Si elle n'avait pas personnellement rencontré Rommy Gandolph, Pamela aurait probablement contesté cette conclusion, mais à présent, elle semblait avoir perdu la flamme. Tout enthousiasme avait déserté sa jolie frimousse. « Je sais », se contenta-t-elle de répondre, et vingt minutes plus tard, comme elle rappelait Arthur depuis l'immeuble de l'administration fédérale, il discerna immédiatement, dès son premier « allô », la nuance de découragement qui avait résonné dans sa voix.

« On est morts, lui annonça-t-elle. Morts. Rommy au sens propre, et nous juridiquement. » Et de lui lire les paragraphes décisifs de l'arrêté...

« *Suite à sa demande de déposition d'une seconde requête d'*habeas corpus*, Mr Gandolph s'est vu accorder une brève période pour présenter à la cour des preuves à sa décharge, qui n'auraient pu être enregistrées antérieurement. Bien que le conseil désigné par la cour pour la défense de Mr Gandolph* – c'est-à-dire nous, précisa Pamela, comme si au bout de treize ans d'exercice, Arthur avait encore pu l'ignorer – *bien que le conseil désigné par la cour pour la défense de Mr Gandolph ait produit un nouveau témoignage en faveur de l'innocence du demandeur, les déclarations d'Erno Erdai n'ont été corroborées par aucune preuve médico-légale d'aucune sorte...* Tu parles ! La culpabilité de Rommy non plus n'est corroborée par "aucune preuve médico-légale d'aucune sorte" – et jusqu'ici, ça ne les a pas empêchés de dormir !

— La suite, demanda Arthur.

— *En outre, Mr Erdai se trouve avoir été condamné pour attaque à main armée et voies de fait aggravées, et il a manifestement un motif pour se venger des représentants des forces de l'ordre qui l'ont lui-même puni. Il a d'autre part admis avoir fait il y a dix ans des déclarations qui se trouvent en totale contradiction avec son actuelle version des faits. Il faut aussi souli-*

*gner que le ministère public a par ailleurs découvert
un autre témoin, Mrs Genevieve Carriere, qui a rapporté des propos hautement incriminants, tenus par le
demandeur, et mis en évidence des faits nouveaux et
essentiels concernant les mobiles qu'aurait eus
Mr Gandolph pour tuer l'une des victimes.*

*"À la différence du nouveau témoin du demandeur,
Mrs Carriere a rapporté des faits cohérents avec les
autres pièces du dossier. La cour a pris en considération le fait qu'un juge respecté de la cour du district –*
On s'étonne qu'ils n'aient pas mis respecté entre guil-
lemets ! » s'exclama Pamela, faisant allusion à l'ani-
mosité qui régnait entre Harlow et ses collègues de la
cour d'appel, mais cette fois, Arthur la pressa vertement de poursuivre.

« Ça vient, ça vient... *Qu'un juge respecté de la cour
du district a émis un avis favorable quant à la crédibilité de ce témoin, mais cet avis a été rendu avant que
le témoignage de Mrs Carriere ait été transmis à la
cour, témoignage qui atténue considérablement la portée de cet avis.*

*"D'autre part, Mr Gandolph a attendu près de dix
ans pour protester de son innocence, ce qui jette un
doute sur la sincérité de ses nouvelles allégations. Une
requête d'habeas corpus, et particulièrement si elle est
réitérée, doit avoir pour seul but de remédier à une
violation des droits constitutionnels du prévenu, à
condition que cette violation ait été suffisamment grave
pour entraîner une éventuelle erreur judiciaire. Rien
ne nous porte à croire que Mr Gandolph satisfera à ce
critère. Nous adhérons à la thèse du ministère public,*

*selon laquelle les preuves de la culpabilité de Mr Gandolph, qui ont entraîné sa condamnation voici dix ans, n'ont aucunement été remises en question. Enfin, à ce jour, la somme des preuves à charge contre le demandeur n'a fait qu'augmenter. Nous en concluons donc qu'il n'existe aucune base légale pour autoriser le dépôt d'une seconde requête d'*habeas corpus *et mettons fin, par la présente, à l'affectation du conseil qui a été désigné par la cour pour assister Mr Gandolph dans ses démarches. Cette décision annule et remplace nos précédentes dispositions et lève l'interdiction faite à la cour supérieure de Kindle County de fixer la date définitive de l'exécution. »*

Dès qu'il eut raccroché, Arthur se tourna vers le fleuve avec le sentiment de s'enfoncer dans ses eaux noires. « La date définitive de l'exécution ». Son esprit avait bondi sur ce que cela impliquait pour Rommy, mais c'était pour lui-même qu'il se sentait terrassé. Les médias n'en saisiraient sans doute pas la portée, mais pour lui, le message de la cour d'appel était limpide. Ils le soupçonnaient d'avoir mis sur pied le témoignage d'Erno – ou, du moins, de n'avoir pas fait preuve de tout le scepticisme qui s'imposait. En tant que conseil commis par la cour, sa mission était de n'agir qu'avec une modération qui semblait l'avoir totalement abandonné. Et sur ce point, songea-t-il, on ne pouvait leur donner tort. Car ces jours-ci, Arthur Raven était corps et âme sous l'empire de ses passions – il aurait eu peine à le nier. Et grâce à Rommy, il avait découvert que ces mêmes passions avaient leur place dans l'exercice de la justice. Cette petite flamme qui avait réussi à survivre jusque-là allait devoir s'éteindre, sur ordre de la cour.

Larry avait toujours été allergique aux journalistes. Il en connaissait quelques-uns dont il appréciait la compagnie, mais leur métier l'avait toujours laissé sceptique. Ils n'apercevaient le brasier que de très loin et n'étaient autant dire jamais exposés aux flammes, mais ils n'en prétendaient pas moins expliquer au reste du monde ce qu'était un incendie. Ce jour-là, il prit donc un plaisir tout particulier à observer la manière dont Muriel leur riva leur clou.

La salle de conférences de presse du service du procureur avait été aménagée en empiétant sur une salle initialement réservée au Grand Jury. Le mur du fond avait été badigeonné de ce bleu électrique qu'affectionnent les réalisateurs pour les incrustations en studio. On avait aménagé un podium et une tribune équipée d'un micro et décorée des emblèmes du comté, sous une batterie de projecteurs à haut voltage, accrochés au plafond. Dans leur lumière crue, Muriel, bienveillante mais pleine d'autorité, affichait un calme olympien. Elle commença par présenter tous ceux qui étaient à ses côtés, avec une mention spéciale pour Larry, puis, toujours avec cette belle sérénité, fit l'éloge de la cour d'appel fédérale et de son discernement, rendant hommage à la justice qui avait été rendue, selon l'usage, lentement mais sûrement. Et, comme elle n'avait cessé de le faire depuis des mois, elle souligna une fois de plus qu'il était grand temps de procéder à l'exécution de Mr Gandolph. Elle se contenta de renvoyer à l'arrêt de la cour les quelques journalistes qui lui demandaient de commenter la version d'Erno : c'était Gandolph que l'on jugeait, et non Erdai. La culpabilité de Gandolph avait été reconnue, et objectivement établie. La cour s'était prononcée sans équivoque. Le prévenu avait bénéficié d'un procès équitable. Les trois juges sans visage qui siégeaient à quelques blocs de là constituaient à présent un rempart imprenable, derrière lequel elle pouvait se retrancher en toute sécurité.

Dès que les projecteurs s'éteignirent, Larry desserra sa cravate. Son chef vint lui serrer la main, puis il bavarda un instant avec Molto et Carol. Muriel l'attendait pour quitter la salle. Ils traversèrent ensemble le grand hall de marbre du centre administratif du comté qui, à l'heure du déjeuner, se métamorphosait en une véritable ruche. Dans cette foule, elle jugea qu'elle ne risquait rien à lui prendre le bras.

« Tu as fait un sacré boulot sur ce dossier, Larry. Désolée d'avoir gâché ton été. Mais c'est terminé. »

Comme il lui demandait quelle serait la suite des événements, elle lui décrivit les quelques petites bombes légales qu'Arthur ou son remplaçant pouvait encore faire exploser, mais qui ne feraient guère plus d'effet, l'assura-t-elle, que des pétards mouillés.

« Tu crois qu'Arthur va laisser tomber ? lui demanda-t-il.

— À lui de voir. La cour lui laisse manifestement la possibilité de se retirer de ce dossier.

— Arthur, c'est le lapin blanc des piles Wonder – il ne va pas renoncer de sitôt à taper sur son petit tambour !

— Possible.

— Eh bien, alors... » fit-il. Il se tourna vers elle et lui fit face, dans un crescendo d'émotion. Autour d'eux s'écoulait la foule des avocats et des secrétaires qui arrivaient pour les enregistrements de la mi-journée, grossie du bataillon des occupants habituels de l'immeuble qui partaient déjeuner, ou en revenaient. « Je crois qu'on peut se dire adieu. »

Elle eut un petit rire enjoué. « Ça, ça m'étonnerait, Larry.

— Ah oui ?

— Cette fois, ne compte pas te débarrasser de moi si facilement, mon pote. Passe-moi un coup de fil. Nous irons boire un verre ensemble, pour fêter ça. Sérieux. » Elle lui ouvrit les bras et lui donna l'accolade. Avec cette totale maîtrise des apparences qui caractérise les juristes aguerris dans l'étiquette des prétoires, elle donna à son geste toute la solennité qui s'imposait, entre deux collègues se congratulant mutuellement. Mais pendant le bref instant où son corps s'attarda contre celui de Larry, il se passa des millions de choses. « J'attends ton coup de fil », murmura-t-elle, en s'écartant de lui. Puis elle s'éloigna et se retourna pour lui faire signe par-dessus son épaule – ce fut le seul instant où un témoin potentiel aurait pu subodorer quelque chose. Ça faisait un bon moment qu'il avait la puce à l'oreille, mais là, pour la première fois, il eut la certitude de n'avoir pas rêvé.

Encore sidéré, il franchit l'alignement des hautes colonnes doriques qui ornaient la façade du bâtiment, et, comme il portait machinalement la main à sa poche, pour prendre ses lunettes, il s'aperçut tout à coup que le ciel s'était couvert. L'air était lourd, chargé d'odeurs de pluie.

À plusieurs reprises, il avait eu la certitude que cette affaire était close – bien qu'à l'époque, il n'en ait pas tiré grande satisfaction. Il venait de passer deux semaines aux côtés de Muriel, durant le procès de Squirrel, début 92. Leur relation agonisait. Elle se préparait à épouser Talmadge. Pendant les quelques semaines de la préparation du procès, Larry avait échafaudé une sorte de scénario à l'eau de rose : il espérait qu'il lui suffirait de passer plusieurs jours aux côtés de Muriel, pour qu'elle retrouve la raison. Mais ça n'avait pas été le cas. Et quand le verdict était tombé, il n'aurait pas été autrement surpris si on lui avait annoncé que c'était lui qui venait d'être condamné à mort.

Quelque temps auparavant, Muriel lui avait lancé une vanne, par jeu ou par coquetterie, prétendant que c'était elle qui lui manquait. Fût-elle restée deux secondes de plus en ligne, qu'il lui aurait probablement répondu quelque chose d'aussi con que « Bien sûr, que c'est toi ». Mais il ne voulait surtout pas y repiquer. Autant se porter volontaire pour se jeter du quarantième étage. Ça n'était qu'une boutade – point final. Depuis le début, ces deux choses avaient été synonymes : la fin de Rommy et celle de son aventure avec Muriel.

Depuis le trottoir, se retournant vers la masse de briques rouges du centre administratif du comté, il lut l'inscription gravée au fronton, au-dessus des colonnes : *Veritas – Justicia – Ministerium.*

S'il lui restait quelques vestiges de ses cours de latin du lycée, cela devait vouloir dire quelque chose comme « vérité, justice, devoir ». Il sentit un picotement se répandre dans tout son corps. Ces trois mots exprimaient toujours sa position. Depuis le début, c'était ce qui l'avait motivé dans cette affaire, en dépit de tous ses problèmes personnels et des manœuvres successives de Rommy. Mais en un sens, en cet instant, il n'y avait qu'une chose dont il fût sûr.

Il n'était toujours pas heureux.

Gillian n'eut vent de l'ordonnance de la cour qu'en fin d'après-midi. Elle était à son rayon du magasin du centre-ville, quand Argentina Rojas, qui prenait son service à dix-sept heures, lui relaya ce que son autoradio venait de lui apprendre. C'était la première fois qu'Argentina manifestait le moindre intérêt pour la vie antérieure de Gillian, et elle n'avait dû passer outre à ses propres tabous que parce qu'elle était persuadée de lui transmettre une bonne nouvelle – elle avait lu les articles qui étaient parus sur Gillian, après le témoignage d'Erdai. Gillian remercia sa collègue du mieux qu'elle put avant de filer au vestiaire des employés, d'où elle téléphona à Arthur.

« Vivant », lui répondit-il, comme elle lui demandait dans quel état il était. « Enfin... à peu près. » Il lui résuma le texte de l'ordonnance. « Je ne m'attendais tout de même pas à une telle claque.

— Et si je t'emmenais dîner quelque part,

Arthur ? » Elle n'avait rien prémédité, mais elle voulait avant tout le consoler, et elle savait que ça lui ferait plaisir, de s'échapper de l'appartement. Malgré l'ampleur de son dépit, le projet parut lui plaire. Elle lui proposa de la retrouver au Matchbook, un agréable restaurant du centre-ville où Arthur pourrait se commander un steak-frites comme il les aimait. Lorsqu'elle arriva, à huit heures, il était déjà installé à une table, effondré sur lui-même. C'était l'image même de la détresse.

« Prenons un verre », lui proposa-t-elle. Quand ils étaient ensemble, Arthur évitait de boire de l'alcool par égard pour elle. Mais ce soir-là, si quelqu'un avait besoin d'un remontant, c'était bien lui.

Il lui avait apporté une copie de l'arrêt, mais elle n'avait pas parcouru le premier paragraphe, qu'il se mit à exhaler son amertume. Il s'était maintes fois dit et répété qu'ils allaient perdre, mais à présent que cette réalité s'imposait dans toute son horreur, cela semblait dépasser ses capacités d'entendement. Comment les juges avaient-ils pu faire une chose pareille !

« Arthur, j'ai appris deux ou trois choses, dans ma carrière. Les avocats et les procureurs se considèrent mutuellement avec bien plus d'indulgence qu'ils n'en ont pour les juges. Combien de fois t'es-tu surpris à pardonner à un procureur – à Muriel, pour ne parler que d'elle – en te disant qu'elle ne faisait que son boulot ? S'agissant d'un juge, les avocats n'ont pas de mots trop durs – mais après tout, eux aussi ne font que leur boulot. Et en général, ils essaient de le faire de leur mieux. Il faut bien que quelqu'un tranche, et ce quelqu'un, c'est vous. Vous tranchez donc, avec le sentiment que le matin même, sur le chemin du tribunal, vous avez croisé une multitude de personnes dont le jugement aurait été plus sûr que le vôtre, sur telle ou telle question. Mais vous tranchez. Au début, vous êtes terrifié à l'idée de commettre une erreur, et avec l'expérience, vous apprenez que vous en avez commis, et que vous en commettrez. C'est même prévu. Car si les juges étaient infaillibles, à quoi serviraient les cours d'appel ? Alors vous tranchez. Humainement. En toute humilité. Vous faites votre boulot. Ils ont tranché, Arthur. Mais ça ne veut pas dire qu'ils ont raison.

— Là, tu me consoles, parce que c'était pratiquement notre dernier recours. » Juridiquement, il leur restait encore quelques échappatoires possibles, mais pour autant qu'Arthur pût en juger, seul un décret du ciel, s'inscrivant sur le mur de la cellule de Rommy, aurait pu être de plus sinistre présage. « Et ce qui m'a littéralement achevé, c'est qu'ils ont eu le culot de me virer, ajouta-t-il.

— Avec leurs remerciements, Arthur.

— Mi-figue mi-raisin serait probablement une hyperbole, pour qualifier leur enthousiasme, à cette bande de faux culs ! Ils préfèrent ne pas laisser l'affaire entre les mains de quelqu'un qui a les moyens de se consacrer au problème.

— Arthur, ils essaient simplement de vous soulager de ce fardeau, toi et ta partenaire. Rien ne t'empêche de continuer à défendre Rommy directement – et gracieusement. Il peut te désigner comme son conseil. Tu n'as pas besoin de l'avis de la cour.

— Tout juste. C'est exactement ce dont ils rêvent, au cabinet. Que j'engage un duel avec la cour d'appel, à qui pissera le plus haut et le plus loin ! »

Aucune parole de réconfort ne parvenait à le calmer. Elle se laissa glisser dans une morosité qui ne lui était que trop familière. Le lien qui l'unissait à Arthur était déjà fragile, et ce, pour une multitude de raisons, mais elle en voyait désormais une de plus : vaincu, Arthur n'aurait plus l'énergie d'entretenir leur relation. Dans sa détresse, il se laisserait aller à son péché favori, l'autodénigrement, et ne tarderait pas à lui trouver, à elle aussi, nettement moins de mérites.

Durant les quelques heures qu'elle passait chaque jour chez Duffy, elle se posait souvent cette question qu'Arthur n'avait pas encore osé lui poser : est-ce qu'elle l'aimait ?

Il était sans aucun doute l'amant de sa vie – mais l'amour ? Elle était sidérée de la rapidité avec laquelle elle avait sauté sur la conclusion que la réponse était « oui ». Avec lui, il y avait quelque chose de régénérant, de définitif, d'essentiel. Elle voulait être avec lui. Et ça n'était qu'au prix d'un profond chagrin qu'elle se forçait, inlassablement, à admettre qu'à long terme, ça ne serait pas possible. Elle s'était demandé pendant plusieurs semaines si elle aurait la force de se battre, lorsque l'inévitable surviendrait, ou si elle se contenterait d'accepter son sort. Mais non, elle ne se résignerait pas si facilement à se laisser à nouveau réduire en miettes. Arthur, au mieux de sa forme, la rendait meilleure, elle aussi. Pour eux deux, elle devait trouver l'énergie de rebondir.

« Je peux te poser une question, Arthur ?

— Oui, j'ai toujours envie de te faire l'amour, ce soir. »

Elle tendit la main vers la sienne et lui donna une petite tape. Sa libido avait survécu au naufrage de ses espoirs – c'était déjà une bonne nouvelle... !

« Non, Arthur. À ton avis, la cour a-t-elle raison ?

— Juridiquement, tu veux dire ?

— Ton client est-il innocent ? Qu'est-ce que tu en penses, en ton âme et conscience ? »

Le scotch d'Arthur était arrivé. Il le contempla d'un œil chagrin, sans y toucher.

« Et toi ? Qu'est-ce que tu en penses ? »

Bonne réponse, se dit-elle. Mais elle ne l'avait pas vue venir. Cela faisait plusieurs mois qu'elle ne s'était pas posé la question. Entre-temps, les raisons qu'elle avait de mettre en doute la version d'Erno, qu'elle avait soupçonné de mentir depuis le début, s'étaient multipliées. Et pourtant, pour elle, les fondations de ce dossier avaient toujours été posées sur un terrain hautement instable – les documents d'archives suggérant que Gandolph ait pu être en prison à la date des faits, le témoignage d'Erno, les activités extraprofessionnelles de Luisa, la question de savoir si Gandolph aurait vraiment été capable d'une telle violence. À présent, en dépit de ses efforts pour y réfléchir froidement, avec la plus grande objectivité possible, elle n'aurait pu nier qu'il subsistait des doutes, des doutes tangibles et raisonnablement fondés, qui faisaient que, face à l'état actuel du dossier, et vu les preuves dont on disposait, elle n'aurait pu ni envoyer Gandolph à la mort, ni le renvoyer en prison. D'une façon ou d'une autre, Arthur avait réussi à la convaincre au moins de cela, bien qu'elle ait eu quelques réticences à prendre fait et cause pour l'innocence de Gandolph – tout comme à critiquer la décision qu'elle avait prise il y a dix ans, à partir des preuves dont elle disposait à l'époque.

« Mais à présent, mon avis n'engage que moi, Arthur, lui dit-elle lorsqu'elle lui eut exposé son point de vue. Et toi, qu'est-ce que tu en penses ?

— Je crois Genevieve. Erno lui-même a reconnu qu'elle lui avait parlé des menaces de Squirrel contre Luisa. Et chaque fois que j'y pense, je trouve un nouveau point sur lequel Erno avait menti. Mais j'ai toujours besoin de croire en l'innocence de Rommy... alors c'est ce que je fais. » Il fit pivoter sa tête d'un air chagrin, comme abasourdi par l'absurdité de ses propres paroles.

« En ce cas, tu vas devoir aller de l'avant ! Est-ce que tu pourrais te regarder dans la glace, si tu abandonnais à son sort un client innocent, au point où nous en sommes ? Fais au moins ce qui t'est possible, Arthur. Essaie.

— Que veux-tu que j'essaie ? J'ai besoin de faits. De faits nouveaux. »

Chaque fois qu'il lui parlait de l'affaire, ce qu'il faisait constamment, elle l'écoutait avec intérêt, mais pour tout commentaire, se contentait de l'encourager. Elle préférait s'en tenir à ses premières résolutions et admettre une fois pour toutes qu'elle n'avait plus de rôle à jouer dans cet univers. Pourtant, elle y avait pensé de son côté et, ce soir-là, elle ne vit aucun inconvénient à faire part à Arthur de ses réflexions.

« Tu sais que j'hésite toujours à te faire des suggestions. »

Il balaya ses excuses d'un geste et l'invita à poursuivre.

« Tu n'as pas dit à Muriel qu'Erno aussi volait des billets, n'est-ce pas ?

— Grands dieux, non ! Ça n'aurait servi qu'à noircir davantage Erno. Et alors ?

— Mais il avait fait fouiller Luisa, et n'avait rien trouvé. Alors, à ton avis, pourquoi était-il toujours aussi certain qu'elle continuait à trafiquer ? Et s'il n'y avait rien entre eux, qu'est-ce qui a bien pu le pousser à sortir à minuit, un week-end férié, pour venir lui parler ?

— Tu vois ce que je veux dire, à propos d'Erno, soupira-t-il. Moi-même, je n'arrive plus à m'y retrouver, dans ses mensonges.

— Là-dessus, j'ai peut-être l'avantage d'avoir l'esprit plus frais. Mais plus j'y réfléchis, plus je soupçonne qu'Erno surveillait Luisa pour son propre compte, parce qu'il ne pouvait pas faire part de ses soupçons à ses supérieurs, de peur de vendre la mèche pour son propre trafic. Et comme il l'avait à l'œil, il a dû la prendre en flagrant délit, pendant qu'elle volait les billets.

— Ça paraît logique. Il a dit qu'il était allé au Paradise pour l'arrêter.

— Mais pourquoi ne l'a-t-il pas fait à l'aéroport ?

— Peut-être voulait-il voir à qui elle remettrait les

billets. C'est la routine habituelle, dans ce genre de surveillance.

— Ce qui nous ramène à son client : ce fameux Pharaon.

— Oui. Et alors ?

— Eh bien, il devait être là, ce soir-là, Arthur. Au Paradise. À un moment ou à un autre. »

Elle vit Arthur renaître peu à peu de ses cendres, presque à son corps défendant. Ses épaules se redressèrent et son visage retrouva quelques couleurs, mais au bout d'une seconde, il parut se raviser et secoua la tête.

« Nous ne le retrouverons pas. Rommy a dit qu'il avait écopé d'une lourde condamnation, mais Pamela a cherché son nom dans le fichier du tribunal et n'a rien trouvé. Erno lui-même a dit qu'il s'était évaporé.

— Je sais. Mais il y a un détail qui a retenu mon attention : Genevieve a dit qu'elle ne voyait pas comment Luisa et Pharaon pouvaient écouler les billets en toute impunité – tu te souviens ?

— C'est ce qu'elle a dit, oui.

— Ce qui signifie que Pharaon disposait d'un bon moyen d'écouler les billets. Il ne les vendait pas à la sauvette au coin d'une rue.

— Rommy a dit qu'il les écoulait par le biais d'une boîte. » Il marqua une brève pause, le temps de la rattraper. « À quoi tu penses ? Un service organisé, une agence de voyages ?

— Par exemple, oui. »

Ils se mirent à concocter différents scénarios possibles. Arthur se sentait de plus en plus ragaillardi par l'espoir d'une improbable solution. Puis, de but en blanc, il parut à nouveau céder au découragement. Ses petits yeux si tendres s'étaient tout à coup vissés dans ceux de Gillian.

« Quoi ? » s'alarma-t-elle, craignant qu'une nouvelle erreur ne se soit glissée dans leur raisonnement. Mais la main d'Arthur s'avança vers la sienne.

« Tu avais vraiment un sacré talent ! » murmura-t-il.

32.

Évidence

7-8 août 2001

Erno Erdai mourut dans la nuit du vendredi. Arthur apprit la nouvelle de la bouche de Dubinski, qui l'appela chez lui le samedi matin aux aurores, pour avoir ses impressions. Arthur exprima ses condoléances à la famille du défunt puis, n'oubliant pas ses devoirs d'avocat, loua le courage d'Erno qui avait trouvé en lui l'énergie de réparer *in extremis* ses torts passés. Arthur avait rarement eu l'occasion de prononcer de tels propos dans un brouillard aussi total. Il ignorait complètement quelle proportion de vérité ils pouvaient receler.

Quoi qu'il en fût, son rôle de représentant de Gandolph lui imposait d'assister à la messe d'enterrement, qui eut lieu le mardi matin à la cathédrale Sainte-Marie. L'été en général, et celui-ci en particulier, étant une période peu fertile en événements, la mort d'Erno fit la une des journaux locaux, en dépit des révélations de Genevieve et de l'arrêt de la cour d'appel. Il n'y eut donc rien de surprenant à ce que ce fût au révérend Dr Carnelian Blythe qu'il revînt de faire l'éloge du défunt. De son côté, le diocèse avait lui aussi rallié la cause d'Erno et ce fut le père Wojcik, recteur de Sainte-Marie, qui officia. Mais la vedette de la cérémonie revint sans conteste à Blythe, toujours aussi spectaculaire dans ce rôle de prédicateur qui avait fait sa célébrité quelque chose comme quarante ans plus tôt.

Le révérend touchait au génie, et ce à plus d'un titre. Dans leur grande majorité, les classes blanches de Kindle County avaient fait des gorges chaudes de ses débordements rhétoriques et des foudres qu'il se plaisait à brandir à tort et à travers – Arthur le premier. Mais il n'avait pas pour autant oublié tout ce qu'avait accompli le révérend. Non seulement les hauts faits sur lesquels reposait sa légende – par exemple lorsque ce proche compagnon du Dr Luther King avait exigé et obtenu l'abolition de la ségrégation dans les écoles du comté – mais des accomplissements moins retentissants et tout aussi essentiels, tels qu'un programme de cantine gratuite pour les enfants des classes les plus pauvres, ou plusieurs projets de réhabilitation qui avaient transfiguré des quartiers entiers. Ce qui forçait l'admiration d'Arthur, c'était ce message d'espoir et d'identité que Blythe faisait passer depuis tant d'années dans les rangs de la communauté noire. Arthur se souvenait toujours du temps où, tout gamin, il regardait les émissions du dimanche matin, durant lesquelles le révérend, à la tête d'une foule de plusieurs milliers de personnes, proclamait :

JE SUIS
Un homme
JE SUIS
Quelqu'un !

Et en écoutant s'élever la voix de stentor de Blythe, il se sentait tout aussi transporté que ses ouailles.

Mais le plus inégalé de ses talents était son aptitude à concentrer sur sa personne l'attention des médias. Là où allait Blythe, on avait la certitude de trouver toujours au moins deux ou trois caméras. Et, invariablement, il lui suffisait d'ouvrir la bouche pour décrocher une demi-minute au vingt heures. Arthur aurait eu mauvaise grâce à s'en plaindre, puisque le révérend avait réussi à maintenir l'affaire de Rommy à la une, alors qu'avec toute autre personne pour champion, l'intérêt des médias pour sa cause aurait certainement fondu comme neige au soleil.

Cela dit, Arthur ne pouvait se défendre du sentiment que son client aurait été bien avisé de garder ses distances avec Blythe et ses fulminations.

Après l'hymne final, le révérend suivit le père Wojcik et la famille sur le parvis de la cathédrale. Il inclina la tête sur le passage du cercueil que l'on enfourna dans le corbillard, drapé d'un drapeau américain et semé de fleurs blanches. Les photographes, qui ont rarement le sens du sacré, ne se gênèrent pas pour aller s'agglutiner sur les lieux en mitraillant la scène. Collins, le neveu, qu'Arthur reconnut pour l'avoir vu sur des clichés anthropométriques, était le premier des six porteurs. Sanglé dans son complet sombre, il était l'image même de la respectabilité et campait parfaitement le citoyen au-dessus de tout soupçon qu'on le disait devenu. Lorsque le cercueil eut disparu dans le fourgon mortuaire, il porta à ses yeux une main gantée de gris, et alla rejoindre sa tante et sa mère, toutes deux en grand deuil. Il prit place avec elles dans la limousine noire qui devait suivre le corbillard jusqu'au cimetière.

La famille s'était à peine éloignée que Blythe entreprit de répéter, à la virgule près ou presque, des passages entiers de son éloge funèbre pour les caméras qui avaient aussitôt convergé vers lui, sur les marches de la cathédrale. Arthur tenta de filer à l'anglaise, mais se laissa coincer par la seule journaliste qui l'ait reconnu – Mira Amir, du *Bugle* de West Bank, qui coiffait généralement Dubinski au poteau sur à peu près tous les sujets d'importance. En réponse à ses questions, Arthur se contenta de l'assurer que Gandolph avait l'intention de déposer une motion de révision de l'arrêt de la cour d'appel qui avait rejeté sa demande d'*habeas corpus*. Il déclara qu'il estimait avoir de bonnes chances d'obtenir gain de cause, mais préféra esquiver les questions dont le bombardait Mira, sur les arguments qu'il avait à mettre en avant.

En revenant à son bureau, il était d'humeur sombre, découragé et pessimiste quant aux chances qui lui restaient de sauver la tête de Gandolph – et, bien sûr, chagriné par le souvenir de son père, que la cérémonie avait ravivé. Il trouva sur son bureau une pile de documents haute d'au moins vingt centimètres, accompagnée d'une petite note explicative qui portait la signature de Pamela. Conformément à la suggestion de Gillian, sa coéquipière avait passé les dernières quarante-huit heures à écumer les registres des agences de voyages pour y retrouver trace d'un individu connu sous le nom de « Pharaon », ou de tout autre patronyme de consonance proche. La veille, elle était restée toute la journée au téléphone, mais en pure perte et ce jour-là, Arthur lui avait suggéré de se rendre personnellement au service des enregistrements du centre administratif pour examiner les listes des agents de voyages licenciés dans l'État.

Elle avait soigneusement trié les documents qu'elle avait collectés. Les listes du personnel des agences de voyages d'affaires et de tourisme, les copies des dossiers d'enregistrement des quatre principales agences de voyages. Ici, à la différence de ce qui se faisait dans la plupart des autres États, les licences d'agent de voyages étaient régies par les instances juridiques. Pour les obtenir, il fallait être titulaire d'une licence de droit, puis passer avec succès un examen spécial organisé par l'État – et fournir des preuves de bonne moralité, ce qui signifiait, en pratique, pouvoir justifier d'un casier vierge, et n'avoir jamais tenté d'estamper un client. Selon la description plutôt haute en couleur qu'elle en donnait dans sa notice manuscrite, Pamela avait dû, pour identifier les agents de voyages ayant obtenu leur licence en 1991, se replonger dans l'ère préinformatique du service concerné, et explorer des archives stockées dans un sous-sol humide, où la puanteur avait failli lui faire tourner de l'œil, tandis que le lecteur de microfilms lui filait le mal de crâne du siècle. Arthur parcourut les copies grises des formulaires d'enregistrement qu'elle avait imprimés. Ferd O'Fallen (« Ferd O ? » lisait-on sur le Post-it de Pamela) ; Pia Ferro ; Nick Pharos.

Faro Cole.

Il ne lui fallut qu'une seconde pour remettre le nom dans son contexte. Il monta l'escalier quatre à quatre jusqu'au bureau de Pamela, qu'il trouva au téléphone. Il se mit à gambader autour d'elle en faisant de grands gestes, jusqu'à ce qu'elle ait raccroché.

« C'est le type sur lequel Erno avait tiré ! »

Pour plus de sécurité, il demanda à Pamela d'exhumer les rapports de police concernant la fusillade, qui se trouvaient quelque part dans les placards à dossiers du couloir et, lorsqu'elle eut remis la main dessus, ils s'installèrent dans son bureau. Arthur débarrassa un fauteuil de la pile de bouquins qui s'y étaient entassés et s'y laissa choir, tandis que Pamela s'installait en face de lui, les pieds reposant sur l'un de ses tiroirs ouverts. Ensemble, comme ils avaient passé tant d'heures à le faire auparavant, ils se mirent à improviser librement sur le thème. C'était Faro, qu'il fallait entendre – et non « Pharaon[1] ». Un agent de voyages. Tout semblait si logique, à présent. Ça aurait dû leur sauter aux yeux...

« Quand je pense que Rommy nous l'avait dit – F, a, r, o, – et que je lui ai ri au nez..., gémit Pamela. Je me collerais des baffes !

— Si vous ne commettez jamais d'erreur plus grave que de vous méfier des leçons d'orthographe de Romeo Gandolph, ne vous inquiétez pas – vous ferez votre chemin dans la profession ! » lui prédit Arthur. Mais

---

1. La confusion est, bien sûr, plus facile à faire en anglais, à cause de la prononciation du mot « Pharaoh » (*N.d.T.*).

ils étaient confrontés à un problème autrement plus urgent :

« Comment lui remettre la main dessus, à présent ? » demanda Arthur.

Pamela, qui avait eu son compte de sous-sols humides, proposa de s'offrir les services de l'une de ces boîtes de recherche sur Internet qui disposaient d'immenses bases de données, constituées à partir des archives publiques des cinquante États. Les autres associés commençaient à râler devant la note des frais généraux qui s'allongeait, pour cette cause perdue, mais Arthur était encore plus impatient que Pamela de savoir ce dont il retournait. Malheureusement, les résultats qu'ils obtinrent, après avoir successivement lancé plusieurs critères de recherche détaillés concernant Faro Cole, laissaient fort à désirer. Ils étaient loin d'en avoir pour leurs cent cinquante dollars. Ils reçurent un rapport sommairement rédigé où n'apparaissaient qu'une adresse remontant à 1990 et les éléments figurant sur le permis de conduire de Cole, remis à jour pour la dernière fois en 1996. Quant aux myriades de fichiers supplémentaires auxquels « QuickTrak » prétendait avoir accès, le nom de leur oiseau n'y apparaissait nulle part, dans aucun des cinquante États. Cole n'était plus titulaire d'une licence d'agent de voyages, ni ici, ni dans aucune des treize autres juridictions qui délivraient ce genre de licence. Faro Cole n'avait jamais mis les pieds dans un tribunal, il n'avait pas été attaqué en justice et n'avait jamais déposé de plainte. Il n'avait ni fait faillite, ni divorcé, ni été condamné. Il n'avait ni contracté de prêt, ni signé d'acte de vente. Il ne s'était pas marié. En fait, à en croire QuickTrak, il n'était jamais ni né ni mort sur le sol américain.

« Comment est-ce possible ? » s'interrogea Pamela en voyant revenir les résultats de leurs dernières recherches dans les fichiers des actes de naissance. Arthur se pencha vers l'écran et, à voir la réponse négative qui s'y était affichée, cela lui sauta aux yeux.

« C'est un pseudonyme, dit-il. Faro Cole – c'est un pseudonyme. C'est quelqu'un d'autre que nous cherchons. »

Et un autre détail s'imposa à eux dans toute son évidence.

Ils tournaient en rond.

Ce mercredi-là, comme tous les jours depuis l'arrêt de la cour d'appel, Larry avait quartier libre. Il avait accumulé un nombre impressionnant d'heures de repos à rattraper, pendant les semaines où il avait enquêté pratiquement nuit et jour sur l'affaire Gandolph. Avec ses ouvriers, il mettait la dernière main à la rénovation d'une nouvelle maison, près de Fort Hill, et, ce jour-là, comme son plâtrier s'était fait porter pâle, il avait dû lui-même mettre un masque à poussière et jouer de la ponceuse toute la journée sur les joints des cloisons en carreaux de plâtre – travail pénible et fastidieux. Au bout de quelques heures, il avait l'impression d'avoir absorbé cette impalpable poussière blanche par tous les pores de sa peau.

Aux alentours de midi, il sentit la vibration de son portable. Le numéro qui s'affichait sur le cadran était celui de McGrath Hall, l'état-major de la police. Il aurait sans doute fait la sourde oreille, s'il avait été occupé à quelque chose de plus palpitant, mais ce jour-là, il décrocha. Au bout du fil, une voix féminine annonça : « Service de l'adjoint chef Amos, ne quittez pas. » Wilma Amos, qui avait été sa coéquipière dix ans plus tôt, était à présent passée adjoint chef au service du personnel. Pour autant qu'il puisse en juger, il avait toujours trouvé que ce poste était taillé sur mesure pour Wilma, et inversement – mais son ancienne collègue avait gardé un certain intérêt pour l'affaire Gandolph. Elle lui passait un coup de fil de temps à autre, pour se tenir au courant, depuis qu'Erno avait refait surface. Larry s'attendait donc à recevoir ses félicitations, pour l'arrêt de la cour d'appel, mais lorsqu'il l'eut enfin en ligne, c'est de tout autre chose qu'elle lui parla. Elle avait eu vent d'une histoire qui risquait de l'intéresser.

« Tu sais que ma sœur Rose travaille au centre administratif, commença-t-elle. Au service des enregistrements. Et figure-toi qu'hier, elle voit arriver dans son bureau une petite nana qui se présente comme une avocate du cabinet d'Arthur Raven. Elle recherchait des informations sur les agents de voyages licenciés en 1991.

— Et 1991, pour moi, ça veut dire Gandolph.

— C'est précisément pour ça que je t'appelais, Larry.

— Est-ce que ta sœur sait quel genre de renseignements l'avocate a pu obtenir ?

— C'est Rose qui l'a aidée à faire ses photocopies. Je pensais les envoyer directement à ton bureau, mais comme, là-bas, on m'a dit que t'avais pris ta journée, je me suis dit que tu préférerais que je t'appelle.

— Merci. Tu as bien fait. »

Elle lui proposa de lui dicter les noms par téléphone. Larry piqua le crayon de Paco, son menuisier, et commença à noter. Sa mine s'immobilisa sur le papier, lorsque Wilma en fut à « Faro Cole ».

« Nom d'un chien, marmonna-t-il – et de lui expliquer qui était Faro.

— Ça change quelque chose, qu'il ait été agent de voyages ? s'enquit-elle.

— Ça veut tout simplement dire qu'un détail m'a échappé », répondit-il.

Il raccrocha et s'efforça de se remettre au travail. Il commença par se dire que c'était le fait d'être passé sur quelque chose d'aussi évident qui lui portait sur les nerfs. Mais non. Ça allait bien plus loin. Ayant l'esprit vacant par ailleurs, il passa le reste de sa journée à ressasser tout cela, tout en ponçant ses joints de plâtre et, vers la fin de l'après-midi, il ne pouvait plus se défaire d'une idée qui n'avait rien de spécialement réjouissant.

Vers quatre heures, comme Paco et ses deux ouvriers avaient quitté le chantier, Larry décida de faire un saut jusqu'au Ike's, l'abreuvoir à flics où Erno avait tiré sur Faro Cole. Si le bar s'était trouvé à l'autre bout de la ville, il n'aurait probablement pas pris cette peine, mais c'était dans le quartier, à quelques rues de là. Il pouvait y aller à pied et, vu la canicule qui sévissait, qu'avait-il de mieux à faire que d'aller s'offrir une bière bien fraîche, tout en élucidant un point qui sinon, n'avait pas fini de le turlupiner.

Il se débarrassa du mieux qu'il put du plâtre dont il était couvert, mais il avait toujours les cheveux et les vêtements poudrés à frimas, lorsqu'il partit à pied, en descendant la colline. Le quartier était en voie d'embourgeoisement rapide. La plupart de ses habitants rentraient du boulot le plus tôt possible, pour profiter de la soirée, et les jeunes technocrates des deux sexes qu'il croisait, en tenue légère, l'attaché-case à la main, avaient l'air de revenir de leur club de golf plutôt que du bureau. Au départ, Larry avait fait un diplôme de commerce et, plus les années passaient, plus il se mordait les doigts en pensant à tout l'argent qu'il aurait pu gagner, s'il avait persévéré dans les affaires. Jusqu'ici, sa principale consolation avait été de n'avoir pas eu à s'étrangler chaque matin avec une cravate, et un col de chemise amidonné... Quel monde pourri, se dit-il. Tout s'en allait vraiment à vau-l'eau.

Le Ike's était un rade des plus ordinaires. Aucun effort de décoration – ni boiseries, ni plantes vertes. C'était une longue salle, étroite et sombre, avec une acoustique déplorable. L'atmosphère était chargée de relents de bière éventée. Le long du mur s'alignaient des box dont les banquettes étaient recouvertes de skaï rouge. Le vieux bar de merisier était orné de miroirs biseautés et on avait disposé quelques tables supplémentaires, au milieu de la salle. Ike Minoque, le maître des lieux, était un ancien de la police. Il avait décroché une pension d'invalidité dans les années 60, à la suite d'une blessure à la tête et tous les flics du secteur avaient pris le pli de venir chez lui, par solidarité. En quelques années, l'établissement était devenu le repaire favori de toute la flicaille du secteur. Sa clientèle se

divisait en deux catégories : les flics, et les dames qui
appréciaient leur compagnie. Du temps où Larry s'était
engagé, en 1975, un ancien lui avait dit : « Dans notre
branche, on a le droit à deux avantages qu'on n'a pas
ailleurs. Un flingue, et des nanas. Et dans les deux cas,
mes directives sont les mêmes, fiston : réfléchis bien
avant de dégainer ! » Larry n'avait pas suivi les
conseils de ce vieux sage. Il s'était servi de son arme,
par deux fois – à bon escient, certes, mais depuis, il
avait la mort de deux hommes sur la conscience –
quant à l'autre aspect du problème, il n'avait pas la
moindre circonstance atténuante.

De tout ce qui se passait chez Ike, le code exigeait
que rien ne filtre à l'extérieur, qu'il s'agisse des
rumeurs qui y circulaient, ou de qui était reparti en
compagnie de qui. Ce qui faisait qu'on y apprenait des
foules de choses qui n'étaient pas enseignées à l'école
de la police. En général, les flics s'attribuaient des
exploits qu'ils n'avaient jamais accomplis et fanfaron-
naient à tour de bras, mais vous pouviez tout aussi bien,
dans les vapeurs de l'alcool, recueillir des informations
fiables ou des confessions sincères : les souvenirs de
cette nuit où Machin avait mal couvert son coéquipier,
ou de celle où Trucmuche avait eu si peur qu'il avait
failli tomber dans les pommes. Chez Ike, on pouvait
pleurer tout son soûl sur ce qu'on avait foiré, et la
minute d'après, rigoler en pensant à ces petits fumiers
qui attendaient, embusqués dans la ville, que la police
leur tombe sur le paletot.

À son arrivée, plusieurs exclamations fusèrent. Il
serra des mains, encaissa quelques vannes et en ren-

voya quelques autres. Puis il mit le cap sur le bar, où Ike était occupé à servir des pressions. Les deux télés de l'établissement passaient des épisodes de *Cops*.

À son tour, le patron félicita Larry de l'heureuse issue de l'affaire Gandolph. La trahison d'Erno avait fait grand bruit dans l'établissement. La communauté des flics avait tendance à se serrer les coudes, lorsque quelqu'un qui avait toujours prétendu en faire partie tournait mal.

« Ouaip, fit Larry. Celui-là, j'ai eu vite fait de sécher mes larmes, en apprenant qu'il avait pris son aller simple pour l'enfer. » Il attrapa le journal du matin, qui se trouvait près de son coude, sur le bar, et le déplia. A la une s'étalait la photo de Collins et des autres porteurs qui enfournaient le cercueil dans le fourgon mortuaire. La veille, Larry avait eu besoin de tout son self-control pour ne pas aller se poster sur les marches de la cathédrale, avec une pancarte proclamant « Bon Débarras ! »

« Moi non plus, je le portais pas dans mon cœur, ce connard, lança Ike. Cette façon qu'il avait de pleurnicher après le boulot... On aurait dit un môme qui chiale parce que sa mère lui défend d'aller jouer avec ses potes. J'ai toujours trouvé que c'était pas très sain, l'idée qu'il se faisait de la chose. Cela dit, ajouta Ike, avec un grand sourire – il n'avait pas que des mauvais côtés, Erno. Je te dis pas la quantité de bière que j'ai pu lui vendre ! »

Ike avait la dégaine d'un vieux beatnik. Il s'était déplumé sur le dessus, mais il lui restait de longues mèches blanches qui lui tombaient dans le cou. Son

grand tablier ne devait pas avoir vu de lessive depuis
belle lurette. L'œil qu'il avait perdu avait pris une
teinte laiteuse, et roulait de temps à autre dans son
orbite, selon une logique n'appartenant qu'à lui.

« Tu étais dans le coin, quand il a tiré sur ce mec ?
lui demanda Larry.

— Dans le coin, ouais. J'étais exactement là où tu
me vois, et j'ai rien compris au film. C'est l'odeur de
la poudre qui m'a fait lever le nez de mes pompes à
bière – y a quand même de quoi râler, non ? C'était un
38. Le coup a dû faire tomber le plâtre des murs, mais
quand il est parti, la seule chose qui m'a fait tiquer,
c'est cette odeur. » Ike parcourut l'assistance du
regard. « Tiens, tu vois Gage, là-bas ? Il était à deux
mètres d'eux. Lui, il a tout vu. »

Sa bière à la main, Larry alla traîner un peu de ce
côté. Mike Gage était à la Section Six, dans la brigade
des délits contre les biens. Il suffisait de regarder dans
le dictionnaire : en face de l'expression « bon flic », il
y avait sa photo. C'était le type même du bon père de
famille. Six mouflets, un pilier de sa paroisse. Mike
était un modèle d'équilibre et d'égalité d'humeur. Bon
nombre de flics s'aigrissaient avec l'âge. Le boulot
était rarement à la hauteur de vos ambitions, et vos
gosses eux-mêmes finissaient par s'apercevoir que
vous n'étiez pas le héros que vous aviez espéré être.
C'était paperasses et compagnie, à longueur de journée.
Vous vous enquiquiniez à cent sous de l'heure, les pis-
tonnés vous coiffaient au poteau pour les promotions,
et tout ça pour gagner infiniment moins que la moitié
de la racaille que vous coffriez. Sans compter que, lors-

que vous preniez de la bouteille, vous vous retrouviez avec trop peu devant vous pour pouvoir vous recycler dans une autre branche. Mais les flics de la trempe de Mike ou de Larry s'obstinaient à croire à leur mission. Ils avaient toujours un petit pincement au cœur, en prenant leur badge, chaque matin. Pour eux, c'était quelque chose, que d'aider les gens à faire le bien, plutôt que le mal.

Mike prenait un verre avec des collègues de la Six. Il lui fit une place sur la banquette, à côté de lui. De l'autre côté de la table, l'un des copains de Mike lui tendit le poing, et celui de Larry vint à sa rencontre, dans le plus pur style vestiaire de foot, pour célébrer la victoire de la semaine précédente. Les haut-parleurs déversaient du Creed, et le niveau sonore était tel que Larry dut se pencher vers l'oreille de Mike pour se faire comprendre sans hurler. Ils discutèrent un peu de l'affaire et échangèrent quelques considérations désabusées sur Erno et les bizarreries de son comportement.

« Ike m'a dit que tu étais là, quand il a descendu l'autre gus, ce Faro Cole ?

— Larry, j'ai dû commencer à peu près en même temps que toi, dans ce taf, et je peux te dire que, de toute ma carrière, c'est le jour où je suis passé le plus près d'une balle. » Mike sourit dans sa bière. « Faro, le petit con qu'Erno avait descendu – il est arrivé en poussant les hauts cris, façon pleureuse irakienne. Erno lui a pris le flingue des mains et l'a emmené dehors. Et tout à coup, les voilà qui reviennent et bang ! Cole était à moins de trois pas de moi. » Mike lui montra le coin où il était assis, près d'une porte, sur le côté.

Larry lui posa l'une des questions qui lui trottinaient dans la tête depuis un certain temps : « Pourquoi n'y a-t-il jamais eu de plainte déposée contre Faro, pour avoir menacé Erno d'une arme ?

— On a tous cru qu'il ne s'en sortirait pas. D'ailleurs, ça aurait été à Erno de porter plainte, et il ne l'a jamais fait. Une fois qu'on lui a eu enlevé le flingue des mains, il s'est affalé sur le corps en chialant tout ce qu'il savait.

— J'ai cru comprendre qu'il avait d'abord essayé de plaider la légitime défense.

— Oui, mais d'un autre côté, il nous a dit de ne pas lui chercher noise, à l'autre petit con.

— Pas très logique.

— Tu devrais en savoir quelque chose, toi qui es aux homicides – pour moi, les gens qui tirent sur les autres, c'est rarement des modèles de logique. »

Larry réfléchit une seconde. La voix de la prudence lui criait d'en rester là, mais à l'âge de cinquante-quatre ans, il n'avait toujours pas appris à l'écouter.

« Voilà ce qui se passe, Mike. Il me reste un vieux fond de doute sur un point, et je voudrais en avoir le cœur net, une fois pour toutes. Tu crois que tu pourrais le reconnaître, ce Faro ?

— Ça fait quatre ans, Larry. Mais demande à Rodriguez. Lui, il pourrait peut-être. Il a eu la tête de Cole sur les genoux pendant un quart d'heure, le temps que l'ambulance arrive.

— Vous venez au bar ? C'est ma tournée... »

Ike avait rangé le journal, mais il ne lui fallut qu'une seconde pour le retrouver.

« Regardez ce mec, fit Larry en leur montrant la photo, à la une du *Tribune*. Celui-là, à gauche. À votre avis, est-ce que ça pourrait être le type qu'Erno a flingué ? »

Rodriguez leva les yeux du journal avant Mike, mais leurs visages reflétaient la même expression. L'index de Larry s'était posé sur Collins, à l'enterrement d'Erno.

« Putain... » lâcha Larry. Mais les coïncidences continuaient à s'accumuler. Faro était agent de voyages, tout comme Collins. Tout s'emboîtait. La taille, l'âge, la race. Comme Collins, Faro s'était fait représenter par Jackson Aires. Sans compter que « Faro Cole » était une sorte d'anagramme de Collins Farwell, ce qui était souvent le cas des pseudonymes – ça permettait au type qui les utilisait de ne pas s'emmêler les pinceaux dans ses différentes casquettes. Et ça n'avait rien d'exceptionnel, pour un petit marlou fraîchement sorti de taule, ce qu'était Collins en 1997, que de se planquer derrière une identité bidon, pour brouiller les pistes auprès des flics et des inspecteurs de conditionnelle, au cas où il se serait fait à nouveau épingler pour autre chose. Mais ce qui lui avait fait dresser l'oreille, c'était ce détail qui lui était revenu, tandis qu'il ponçait ses joints – ce que lui avait raconté Collins en lui expliquant la façon dont Jésus était entré dans sa vie : « Je me suis pris une balle dans le dos », avait-il dit.

Rodriguez fit du mieux qu'il put pour lui remonter le moral. « Te bile pas, conseilla-t-il. Au bout de quatre ans, même le meilleur d'entre nous peut avoir la mémoire qui flanche. »

Larry sortit pour téléphoner sur son portable. Au-
dessus des toits, les nuages s'assombrissaient et se
cabraient comme un troupeau d'étalons furieux. La nuit
promettait d'être orageuse. Revenant à l'instant présent, il se sentit écrasé, comme sous une chape de
plomb.

Cette putain d'affaire.

33.

La mer

Le 8 août 2001

« Tu aurais une minute pour mettre le nez hors de ton bureau, là ? »

Muriel avait décroché sa ligne directe personnelle. Larry ne s'était embarrassé d'aucun préambule. Une note familière et désinvolte avait résonné dans sa question. Elle avait attendu son coup de fil toute la journée et son cœur se mit à battre à tout rompre, quand il ajouta : « J'ai déniché deux ou trois potes, avec qui tu devrais venir bavarder un peu. »

Elle eut peine à masquer tout à fait sa confusion, lorsqu'elle finit par lui demander d'où il appelait. La rumeur qu'elle entendait en arrière-plan évoquait celle d'une taverne.

« Est-ce qu'on aurait un problème ? s'enquit-elle.

— Un vrai panier de crabes, je dirais. Non, de serpents. Des pythons. Des cobras... »

Un problème, donc. Apparemment.

« Et si ça ne t'ennuie pas, dit-il, est-ce que tu pourrais apporter le dossier qu'on avait commencé à monter

sur Collins, quand on était allés le voir en taule ? » Et
de lui expliquer où elle le trouverait, parmi les fichiers
qu'elle conservait dans son bureau.

Une demi-heure plus tard, comme elle poussait la
porte de chez Ike, elle sentit une sorte d'électricité parcourir l'assistance. Dans les rangs des forces de l'ordre
de Kindle County, il y avait *grosso modo* deux courants de pensée, à son sujet. Certains flics avaient tendance à l'apprécier, et les autres l'avaient carrément en
horreur. Pendant les heures de service, ceux du
deuxième groupe gardaient leurs sentiments pour eux,
mais ils n'estimaient généralement pas lui devoir ce
genre de courtoisie en dehors du boulot. Ils se rappe-
laient les affaires qu'elle avait jetées aux oubliettes, la
dureté avec laquelle il lui arrivait de critiquer les pra-
tiques policières, et au besoin de les sanctionner. Ils
vivaient dans un univers trop machiste pour pouvoir
servir sans murmurer les ambitions d'une femme, et
supporter son autorité. À leur décharge, elle devait
reconnaître qu'il lui arrivait de manquer parfois de
nuance, dans ses opinions, et même de faire preuve
d'une certaine agressivité, mais là n'était pas la question. Au tréfonds de son âme, elle savait que le principal obstacle entre elle et ces hommes qui la dévisa-
geaient à présent se réduisait à un simple problème de
plomberie.

Elle repéra Larry au bar, dans le fond. Il était en bleu
de travail et avait l'air d'émerger d'un tas de farine. Ses
cheveux et ses vêtements disparaissaient sous une fine
couche de poussière blanche.

« Ne dis rien, je vais deviner ! s'esclaffa-t-elle. Tu
vas te déguiser en beignet au sucre, pour Halloween ? »

Larry n'avait pas l'air d'humeur. La blague lui passa totalement au-dessus de la tête, jusqu'à ce qu'il jette un œil à son image, dans les miroirs biseautés accrochés au-dessus du bar. Il lui expliqua alors qu'il avait passé la journée à poncer du plâtre, mais il avait visiblement l'esprit à tout autre chose.

« Eh bien, demanda-t-elle. Qu'est-ce qu'il y a ? »

Il prit le temps de tout lui raconter, posément, épisode par épisode. Comme elle était venue se placer juste à côté de lui, elle n'eut pas à hurler pour se faire entendre, lorsqu'il eut terminé.

« Tu crois vraiment qu'Erno aurait pu tirer sur son propre neveu ?

— Ça n'aurait rien d'impossible. Tu as le dossier ? »

Larry fit signe à Gage et à Rodriguez d'approcher et il leur montra les photos anthropométriques de Collins, prises en 1991. Mike lui jeta un regard éloquent, et Rodriguez lui dit : « Ça ne fait pas un pli – ça t'irait comme réponse ?

— Dis les choses telles quelles.

— C'est bien ses yeux, mon pote, assura Rodriguez, en tapotant de l'index la photo couleur. Il avait les yeux presque orange. Un métis, je dirais...

— C'est bien ça, confirma Larry.

— Allons en discuter ailleurs », lui glissa Muriel. L'endroit était mal choisi. Les flics, y compris ceux qui lui étaient plutôt favorables, n'étaient pas des alliés très sûrs. Leur loyauté allait d'abord à leurs copains journalistes, qui leur refilaient des tuyaux. Une fois sur le trottoir, elle proposa à Larry de l'emmener en voiture. Il s'immobilisa devant sa portière, la main sur la poignée. Les sièges de la voiture allaient prendre du plâtre. Mais, même neuve, la Honda de Muriel, qui la servait fidèlement depuis 1990, n'était jamais restée propre plus de deux jours d'affilée.

« Tu peux y aller, Larry, pouffa-t-elle. Mes sièges ont déjà tout vu... » Et elle se retint d'extrême justesse d'éclater de rire, en évoquant certains souvenirs de leur lointain passé. Elle prit le volant, tandis qu'il lui indiquait le chemin.

« Bien, fit-elle. Et maintenant, explique-moi tout.

— Je ne crois pas que ça puisse faire une quelconque différence.

— Ça, c'est la deuxième étape. La première chose, c'est de comprendre ce qui a pu se passer entre eux. Tu ne crois pas qu'il y a comme un os ? Si ma mère décidait de se réconcilier avec sa sœur, tu lui conseillerais de lui tirer une balle dans le dos ? »

Pour la première fois de la soirée, Larry parut se dérider. « Dis donc, toi ! y a trois mille comédiens au chômage, dans ce pays, et tu te permets de faire de l'esprit à l'œil ?

— Blague à part. C'est *grosso modo* ce qui s'est passé, non ? Après ça, Erno et Collins sont littéralement devenus inséparables.

— Merde, lâcha Larry. J'en sais fichtre rien, et je m'en fous. Les relations familiales, dans la smala d'Erno, ça doit être tout autant le bordel que chez n'importe qui – et alors ? Pour moi, tout ça, c'est du TPDI – "du trop-plein d'information", un raccourci fulgurant du monde moderne. »

De l'index, Larry lui indiqua une longue allée, menant à une maison de style victorien, dont il se flat-

tait d'avoir fait sa spécialité. Il avait rehaussé tous les
détails de la charpente et les encadrements des ouver-
tures en les peignant dans des nuances lumineuses et
contrastées, pour souligner le jeu des biseaux et des
facettes sculptées dans les boiseries extérieures. Muriel
se pencha sur son volant pour mieux voir.

« Nom d'un chien, Larry. Un vrai bijou !

— N'est-ce pas ? Celle-là, surtout. Certains jours,
quand je me balade dedans, je regrette de n'avoir pas
eu les moyens de m'offrir ça du temps où les garçons
étaient petits. Mais c'est la vie, hein ? On n'a jamais
ce qu'on veut au moment où il nous le faut. » Il parut
n'entendre ses propres paroles qu'après les avoir pro-
noncées. Elle sentit qu'il s'était raidi, et qu'il évitait
son regard. Pour détendre l'atmosphère, elle lui
demanda de lui faire faire un petit tour du propriétaire.

Il commença par le jardin. Le jour commençait à
tomber et les moustiques attaquaient, mais Larry, tout
à son affaire, ne semblait pas les sentir. Il posait soigneusement un pied devant l'autre, entre les fleurs et
les arbustes récemment plantés. Le trésor de couleurs
et de verdure qu'il projetait de léguer aux futurs acqué-
reurs de la maison était déjà en pleine efflorescence
dans son imagination. Il lui expliqua longuement
comment il avait orchestré les vagues successives de
plantes persistantes, des crocus aux pivoines, et des
clématites aux rhododendrons, pour que chaque espèce
puisse croître et multiplier tout à son aise, d'année en
année. Ils ne quittèrent le jardin qu'à la nuit tombée, et
encore dut-elle se résoudre à lui faire remarquer qu'elle
était bien partie pour se faire dévorer vive.

À l'intérieur, il fut plus expéditif. Pour contenir le

nuage de plâtre, les portes des pièces à poncer avaient été obstruées par des bâches de plastique. Le secret de la réussite, pour rénover ce genre de maison, lui expliqua-t-il, c'était de choisir judicieusement les détails qu'il fallait garder pour conserver le caractère du bâtiment, et ceux que l'on devait sacrifier aux critères de confort en vigueur sur le marché. Pour l'éclairage, par exemple. À l'époque où elles avaient été construites, ces pièces étaient aussi sombres que des remises. La nuit, elles étaient éclairées par des lampes à gaz. Mais actuellement, mieux valait prévoir un bon plafonnier, avec de nombreuses prises pour pouvoir brancher des lampes partout.

Elle s'émerveillait de découvrir cette autre facette de lui-même. Il était tout aussi drôle, mais elle n'avait aucun mal à l'imaginer à la tête de sa petite entreprise. Cette tendresse qu'il avait pour son jardin, c'était une chose qu'elle avait progressivement découverte chez lui. Ses anciens camarades de fac prétendaient que le seul emploi du mot « sensibilité », c'était sur les paquets de capotes. Mais il existait bel et bien en Larry un autre homme, qu'elle avait toujours pressenti et aimé – et elle l'admirait d'autant plus de le laisser s'exprimer, à présent.

« Est-ce que tu as eu le temps d'installer la plomberie ? » Il lui montra le chemin des toilettes. Une petite fenêtre s'ouvrait en face du lavabo et, dans le tapis de lumières qui s'étalait en contrebas, elle distinguait vaguement le quartier où elle avait grandi, à cinq cents mètres de Fort Hill, dans un lotissement de bungalows qui s'étaient construits entre les gares de triage et les dépôts de poids lourds. Depuis, le secteur s'était couvert d'immenses parkings, illuminés d'une lumière crue, pour prévenir les agressions, et de terrains de dépôt, où de longues files de remorques, de Ford neuves ou de containers, attendaient d'être chargés sur les trains. C'était un bon quartier. Les habitants étaient de braves gens, des travailleurs. Ils espéraient un avenir meilleur pour leurs enfants. Mais comme toujours pour la classe laborieuse, ils souffraient des circonstances qui les empêchaient de faire entendre leur voix contre ceux qui tiraient les manettes du pouvoir à leur profit. Elle ne serait jamais de ceux-là, se promit-elle. Jamais.

Elle avait renoncé à se voiler la face. Elle serait probablement devenue folle, si elle avait dû se contenter d'une vie ordinaire, privée de tout pouvoir. Mais en regardant au pied du coteau, elle se représenta un instant le bonheur que ça aurait été d'habiter là, de rendre un centre à sa vie, de se laisser vivre à son rythme, sans chercher à brûler les étapes, en tâchant de faire chaque jour un peu plus de bien que de mal. D'aimer un homme. Le désir de se réconcilier avec tout cela était, en partie du moins, ce qui l'inspirait durant l'heure qu'elle passait chaque semaine à l'église. Elle y retrouvait les bébés qu'elle n'avait jamais eus, ces inconnus qu'elle ne rencontrerait jamais, un peu comme l'amant parfait que l'on s'imagine à treize ans, cet homme idéal qui nous attend, là, quelque part. L'avenir. La vie de son esprit. Dans ses prières, elle les cherchait toujours avec ce même amour qu'elle leur avait voué dans ses rêves, durant tant d'années. Dans ce fourmillement électrique que provoquait en elle la présence de Larry dans la maison silencieuse, elle s'abandonna soudain au sentiment de la complétude qu'aurait pu atteindre sa vie, eût-elle tout sacrifié pour l'amour d'un homme.

Il l'attendait dans le living qui donnait sur l'arrière de la maison. Presque effrayée par la force des sentiments qu'elle venait de se découvrir, elle ramena délibérément la conversation sur le terrain professionnel.

« Larry, il est grand temps de mettre à plat toute cette histoire, avec Erno et Collins. Pas plus tard que demain, je vais écrire à Arthur. »

La question qu'il posa ensuite ne la surprit nullement : « Pourquoi ?

— Parce qu'ils cherchent à mettre la main sur Faro, eux aussi. Parce qu'il y a une exécution à la clé, dans cette affaire, et que je ne dois pas leur cacher des informations qui peuvent leur être essentielles.

— Essentielles ? En quoi ?

— Pour l'instant, je n'en sais rien, et toi non plus. Mais il y a tout de même une chose de sûre, c'est que Collins volait des billets avec la complicité de Luisa – OK ? Tu ne crois pas que ça pourrait expliquer pourquoi il en savait suffisamment pour balancer Gandolph ?

— Muriel, aussi sûr que tu es là, devant moi, Arthur va sauter sur l'occasion pour tenter de tout remettre sur le tapis. Tu le sais aussi bien que moi. Et il demandera que tu accordes l'immunité à Collins. On n'a pas fini de l'entendre !

— En quoi il ne ferait que son boulot, Larry. Ça ne veut pas dire qu'il obtiendra gain de cause. Jamais la cour d'appel ne me forcera à garantir l'immunité à Collins. Mais je tiens à tout transmettre à Arthur. Il doit savoir que Collins est Faro, il doit savoir la vérité sur la fusillade. Et nous lui dirons aussi ce que Collins nous a dit à Atlanta. J'aurais dû l'en informer depuis un certain temps déjà, mais je vais faire comme si l'idée ne m'avait pas effleurée, jusqu'ici. »

Larry avait fermé les yeux, pestant intérieurement contre la stupidité de la loi.

« Nous ne sommes même pas sûrs à cent pour cent que Collins est bien Faro, finit-il par dire.

— Allons, Larry !

— Non, sans blague. Je vais en parler à Dickerman. Peut-être qu'il pourra relever une empreinte sur le flingue. C'est la seule chose qui nous permettrait de savoir si c'était bien celui de Collins.

— Appelle Dickerman. Et dis-lui que nous avons besoin d'une réponse rapide. Mais je ne peux pas retarder davantage le moment où je mettrai Arthur au courant. Plus nous attendrons, plus haut il pourra clamer que j'ai dissimulé des preuves favorables à la défense. Il a dix jours pour déposer une motion de révision devant la cour d'appel, et je tiens à pouvoir dire que nous lui avons fait part de cette information dans les meilleurs délais, dès que nous avons pu établir le lien entre ces différents événements et le triple meurtre.

— Bon Dieu, Muriel !

— C'est la dernière ligne droite, Larry.

— Combien de fois allons-nous devoir le gagner, ce putain de procès ? Certains jours, je me demande si je ne ferais pas mieux de prendre ma voiture et d'aller moi-même descendre Rommy à Rudyard, pour mettre fin à tout ce merdier.

— C'est peut-être notre faute. Peut-être y a-t-il quelque chose qui nous empêche d'y mettre fin. » Et

bien sûr, elle savait pertinemment ce qu'était ce
« quelque chose ». Tout comme lui, mais apparemment, ça faisait partie du « merdier » dont il voulait se
débarrasser. Elle fit un pas vers lui, et lui posa la main
sur l'épaule. « Fais-moi confiance, Larry. Tout va bien
se passer. »

Mais tout ça ne faisait que le conforter dans ses
convictions. L'argument absolu – le vrai nœud d'une
affaire n'était ni la victime, ni l'accusé, ni même les
faits eux-mêmes, dans leur ultime vérité. Pas vraiment.
Pour les flics, les avocats, les magistrats ou le juge,
en dernier ressort, le véritable objet du problème les
ramenait invariablement à eux-mêmes. Et dans cette
affaire, à leur couple. Larry s'était détourné, pétrifié
dans sa frustration.

« Enfin, Larry – si tu voulais vraiment étouffer cette
affaire, pourquoi être retourné chez Ike ? Pourquoi
avoir pris la peine de m'appeler ? »

Il baissa les yeux, mais la main de Muriel finit par
venir à la rencontre de la sienne, et il la tapota genti-
ment, en signe d'assentiment. Ce bref contact suffit à
la réconcilier avec le courant qui les réunissait. Elle
leva vers lui un regard chaviré, où le chagrin accumulé
durant toutes ces années menaçait de déborder. Puis
elle lui pressa légèrement l'épaule, et, non sans une
certaine réticence, s'éloigna de lui. Elle éclata de rire
comme une gamine, en regardant sa propre main.

« Quoi ? » demanda Larry.

Elle lui présenta sa paume, blanche de plâtre.

« Tu as laissé ton empreinte, Larry.

— Vraiment ?

— Une statue de sel ! »

Ses yeux bleus papillonnèrent une seconde, tandis qu'il fouillait dans sa mémoire. « C'était quoi, déjà, son erreur, à cette nana ?

— Elle avait regardé en arrière, répondit-elle, avec un sourire.

— Ouais. »

Et tout comme elle s'était juré, à Atlanta, de ne pas franchir la frontière la première, elle sut que cette fois, rien ne l'arrêterait. Nostalgie, pure illusion ou simple décharge hormonale, elle voulait Larry. Personne n'avait jamais fait vibrer ce qu'il faisait vibrer en elle. Ça lui avait échappé, dix ans plus tôt, mais leur relation était en grande partie une sorte d'autel, qu'il lui avait dressé. La reconnaissance de son pouvoir, et en ce sens, elle était unique. Larry avait découvert en elle la source de ses énergies et, à la différence de Rod ou de Talmadge, il ne la détournait pas à ses propres fins. Il voulait simplement la paix, selon un traité qui leur était propre, une amitié que scellait une loyauté absolue, et où la tendresse n'excluait pas la pugnacité. Eux deux, face au reste du monde. Autrefois, elle avait laissé passer une fabuleuse occasion, et maintenant qu'elle en avait pris conscience, elle ne renoncerait pas sans s'être assurée qu'il n'y avait plus la moindre chance. Elle lui montra sa paume.

« Tu crois que c'est un signe de Dieu, qui veut me dire de garder mes mains dans mes poches, Larry ?

— J'en sais rien, Muriel. Je l'ai rarement sur ma ligne directe.

— Mais toi, c'est ce que tu veux, n'est-ce pas ? Laissons les souvenirs enterrer les souvenirs... ? »

Il réfléchit longuement.

« Pour tout te dire, je sais pas trop ce que je veux. Ce que je sais, c'est que je n'ai aucune envie de me retrouver à nouveau en ligne avec SOS Suicide.

— Ce qui veut dire – que tu dis non ? »

Il esquissa un sourire. « Les mecs ne sont pas censés dire non.

— Ça n'est qu'un mot, Larry... » Ses yeux se posèrent sur sa paume. La poussière blanche s'était déposée sur les éminences, dessinant distinctement chaque repli. La ligne d'amour et la ligne de vie, celles que déchiffraient les diseuses de bonne aventure, ressortaient aussi clairement que des fleuves et des autoroutes sur une carte. Sa main s'éleva à nouveau et revint se placer sur l'épaule de Larry, à l'endroit précis où elle s'était vaguement imprimée, en positif.

L'idée qu'il aurait pu résister lui effleura l'esprit, à l'état de pure abstraction. L'essence de Muriel, c'était d'atteindre son but, et comme toujours, elle avait une longueur d'avance sur lui. Pourquoi l'avait-il appelée, lui avait-elle demandé, si c'était pour ne rien faire ? Il l'avait emmenée ici, et maintenant, elle faisait l'impossible pour lui simplifier et lui faciliter la tâche. Frêle mais intrépide malgré sa taille, elle se dressa sur ses pointes de pied, posa la main sur son épaule et, approchant l'autre de sa joue, l'attira à elle.

Ensuite, ce fut la lutte éperdue d'un oiseau en cage qui tente de reprendre son vol. Tous ces vains battements d'aile. Cette précipitation désordonnée. Dans l'air encore torride, sa peau lui eut un goût de sel, et il y perçut une odeur de sang qu'il mit un certain temps à identifier. Son cœur battait à coups violents, comme sous l'effet d'un effroi soudain et ce fut donc bien plus bref qu'il ne l'aurait souhaité. Et à sa grande surprise, plus salissant. Elle en était au début ou à la fin de ses règles et elle l'avait pressé de la pénétrer, comme si elle avait craint qu'il ne se ravise.

Elle avait fini au-dessus de lui, et après coup, elle s'était cramponnée à lui comme à un rocher. Le poids de son corps, gisant sur le sien lui avait semblé plus satisfaisant que tout le reste. Il explora les courbes de son dos de ses deux mains et eut un tressaillement de désespoir. Tout était resté là, si vivant, dans sa mémoire. Les petites bosses bien dessinées de son épine dorsale, les côtes, aussi nettement définies que les touches noires d'un piano, l'arrondi généreux de son derrière, qui avait toujours été, aux yeux de Larry, la partie la plus avenante de son anatomie. Depuis qu'ils s'étaient séparés, il n'avait pleuré qu'une seule fois, à la mort de son grand-père, le ferronnier quasi centenaire. Larry avait été stupéfié de se représenter à quel point la vie de ses vingt-trois enfants et petits-enfants aurait été plus dure, si dans sa jeunesse, le vieil homme n'avait pas eu le cran de s'aventurer sur la mer, jusqu'en Amérique. L'exemple de cette bravoure qui avait rejailli sur tant de vies avait immunisé Larry contre toute tentation de se complaire dans la délectation morose, et de s'apitoyer sur son propre sort. Mais pour lui, le refuge le plus sûr restait l'humour.

« Comment je vais leur expliquer, à mes gars, qu'on va devoir nettoyer une moquette toute neuve ?

— Plains-toi ! » répondit-elle. Il vit son visage se

dresser devant lui. Dans leur hâte, ils avaient négligé de dégrafer la broche qu'elle portait au col de sa robe, laquelle lui flottait à présent sur le corps, déboutonnée, comme une cape. Ses épaules restaient drapées de cet impalpable tissu noir à pois blancs, tandis que ses bras nus étaient venus se croiser sous la gorge de Larry.

« Tu regrettes ? demanda-t-elle.

— J'en sais rien. Ça ne serait pas impossible.

— Ne regrette pas.

— Tu es plus coriace que moi, Muriel.

— Plus maintenant.

— Mais si. Toi au moins, tu arrives toujours à passer à la suite. Mais moi, s'agissant de toi, je crois que j'en suis incapable.

— Larry. Tu penses peut-être que tu ne m'as pas manqué ?

— Inconsciemment, alors ?

— Allez, Larry.

— Je le dis comme je le pense. Tu t'interdis de regarder en arrière pour voir les choses. Tu viens juste de t'en apercevoir.

— De quoi ?

— Que tu aurais dû m'épouser. »

Ses yeux, qui étaient d'un noir presque d'encre, ne cillèrent pas. Son petit nez rond, criblé de taches de rousseur d'été s'épata, tandis qu'elle prenait une ample inspiration. Ils se regardèrent, à travers les quelques centimètres qui séparaient leurs visages, jusqu'à ce qu'il sente que la force de sa conviction commençait à la faire ployer. Il vit qu'il ne lui apprenait rien. Elle avait toujours su tout ça. Mais comment franchir la porte de sa propre maison, une fois qu'elle l'aurait dit, haut et clair ? Et malgré tout, il sentit un imperceptible acquiescement, un mouvement de ses yeux, avant qu'elle ne repose la tête sur sa poitrine.

« Tu étais marié, Larry. Tu l'es toujours.

— Et je n'étais qu'un simple flic. »

Il n'avait jamais eu le culot de lui balancer ça dans les dents. Surtout pas comme ça, à bout portant. Elle ne l'aurait pas supporté. Il sentit le violent effort qu'elle dut faire sur elle-même, pour se remettre à la page.

« Et tu n'étais qu'un simple flic », finit-elle par dire.

Il ne la voyait plus, mais le contact de sa main sur sa peau lui suffisait pour prendre le pouls de ses émotions. Elle eut le sentiment de sa propre fragilité et de sa petitesse, à la faveur de ce bref retour à l'état de nature, blottie contre la vaste charpente de Larry. Allongé sous elle, sur la moquette claire, il la berça longtemps, comme si elle avait été à bord d'un bateau, dans la houle du terrible océan de la vie.

34.

Une vieille connaissance

Le 9 août 2001

À huit heures, Gillian s'installa à une table du Matchbook et commanda un grand verre d'eau gazeuse en attendant Arthur. Il devait s'être attardé au bureau avec Pamela. Il ne leur restait plus que quelques jours pour déposer leur motion de révision auprès de la cour d'appel.

Cette semaine-là, à l'exception du mardi soir, toujours consacré à Susan, ils étaient sortis tous les soirs – une pièce de théâtre, une symphonie et trois films. Arthur se sentait des ailes. Dès qu'il quittait l'appartement, il semblait respirer plus librement. Il y laissait les angoisses que lui inspirait l'affaire Gandolph, dont les récents développements n'avaient rien de bien encourageant, ni pour l'un ni pour l'autre. Quand il marchait près d'elle dans la rue, elle percevait chez lui un soupçon de bravade machiste. Mais quelle importance ? Presque tout en lui trouvait grâce aux yeux de Gillian.

Elle sentit tout à coup qu'un regard s'était posé sur

elle. Le phénomène n'avait rien d'exceptionnel – n'avait-elle pas, après tout, acquis une certaine notoriété, dans cette ville ? Levant les yeux, elle aperçut une très belle Noire, qui devait avoir quelques années de moins qu'elle, et qui avait risqué un sourire furtif dans sa direction. Elle eut immédiatement la certitude qu'il ne s'agissait pas de quelqu'un du tribunal. À en juger par l'élégance de sa tenue – la jeune femme portait un chemisier en soie à grand col drapé qui n'avait pas dû coûter moins de trois cents dollars – ça aurait pu être l'une de ses clientes, mais Gillian sentit que le souvenir qu'elle avait gardé d'elle gisait dans des couches bien plus profondes de sa mémoire. Et ça lui revint. Tina. Gillian fit un violent effort pour ne rien laisser transparaître de sa panique, mais seule la perspective de voir Arthur franchir la porte d'un instant à l'autre lui avait permis de réprimer l'envie de fuir qui l'avait prise à la gorge.

N'ayant jamais eu l'occasion de l'utiliser, elle ne connaissait pas le nom de famille de cette personne. Pour elle, elle s'appelait Tina, point final. C'était une jeune femme à la fois misérable et très riche. Elle vivait dans l'un des immeubles les plus luxueux de West Bank, et finançait sa propre consommation en revendant de l'héroïne. Du temps où Gillian allait s'approvisionner chez elle, c'était une femme de chambre qui venait lui ouvrir. À l'époque, elle s'était infiltrée dans le microcosme des junkies professionnels. Les manières y étaient plus policées, et le danger moins immédiat, mais le milieu était tout aussi instable que celui de la rue. Les gens pouvaient sombrer ou s'évaporer du jour au lendemain. C'est ainsi que Tina avait soudainement disparu. Elle avait été arrêtée. Terrifiée à l'idée d'être elle-même éclaboussée, et se demandant avec angoisse si elle n'était pas d'ores et déjà repérée par les flics chargés de la surveillance de Tina, Gillian s'était juré de tout arrêter. Mais peine perdue. La drogue régnait sur elle en maître absolu.

Comme tout commerçant exerçant dans tout autre branche, Tina s'était bien gardée de lui présenter d'autres fournisseurs. Il y avait tout de même cet acteur, qui se produisait dans l'un des théâtres de la ville. Elle l'avait croisé deux ou trois fois chez Tina. Mais ç'aurait été une folie que de l'appeler. Trente-six heures après sa dernière prise, elle avait jeté une écharpe sur ses épaules et était partie à pied depuis le tribunal, en direction du North End. Là, elle s'était mise en chasse dans la rue. Elle avait prévu une couverture. En cas d'interpellation, elle aurait prétendu qu'elle enquêtait sur le terrain, dans le cadre de l'une de ses affaires, ou en vue de proposer des réformes pour le traitement des affaires de drogue. Elle eut le bon réflexe d'aborder une autre femme, une fleur de trottoir vêtue d'une minijupe léopard avec cuissardes assorties. « Demandez à Léon », lui avait répondu la fille, sans cesser de regarder par-dessus l'épaule de Gillian, en secouant la tête, comme quelqu'un qui hésite entre la pitié et la réprobation.

C'était donc Tina. Elles échangèrent un regard sidéré, à travers la salle, comme si elles tentaient toutes deux d'y voir un peu plus clair dans les méandres de la vie et le bric-à-brac de leur passé. Ce fut Gillian qui rompit la première le contact visuel, ulcérée, presque au point d'en éclater de rire, de constater à quel point elle avait raison de fuir les lieux publics.

C'est à cet instant qu'Arthur arriva. Il lui demanda aussitôt ce qui n'allait pas, et elle fut à deux doigts de tout lui expliquer, mais elle avait vu ce sourire qu'il avait en entrant, et qui s'était envolé dès qu'il l'avait aperçue. Pas ce soir, se dit-elle. Pour rien au monde, elle n'aurait voulu assombrir sa bonne humeur ou lui gâcher la soirée en accaparant son attention – ni cette soirée-là, ni aucune autre. À de multiples reprises, elle avait failli passer aux aveux, mais elle s'était chaque fois ravisée. Ce secret-là, mieux valait le garder.

« On dirait que tu viens d'apprendre une bonne nouvelle ? s'enquit-elle.

— Peut-être, mais c'est encore trop tôt pour le dire. Pour l'instant, j'ai la tête à l'envers. Ils ont retrouvé Faro.

— Non !

— Et je ne t'en dis pas la moitié – j'ai reçu une lettre de Muriel.

— Je peux la voir ? » Arthur n'avait pas sorti l'enveloppe de sa poche qu'elle tendait déjà la main. La lettre était libellée à l'en-tête de Muriel D. Wynn, premier adjoint, service du procureur de Kindle County.

Cher monsieur Raven,

Au cours de ces deux derniers mois et dans le cadre des recherches entreprises par mes soins sur l'affaire qui nous intéresse, mes services ont rassemblé un certain nombre d'informations concernant Collins Farwell. Comme vous le savez, Mr Farwell a refusé de témoigner en invoquant le

cinquième amendement, et à première vue, les infor-
mations collectées ne m'ont pas semblé concerner
votre client de façon directe. Pour dissiper toute
ambiguïté, je tiens néanmoins à vous informer des
faits énumérés ci-dessous :

Suivait une longue liste de paragraphes ponctués
d'une puce. Muriel avait soigneusement composé sa
lettre pour que la teneur en demeure totalement hermé-
tique, non pas pour Arthur, qui avait tous les éléments
nécessaires pour lire entre les lignes, mais pour la cour
d'appel qui ne manquerait pas d'en avoir bientôt
connaissance. Noyés dans les détails de divers extraits
d'archives que Gillian connaissait déjà, se trouvaient
deux morceaux inédits, et de premier choix – un
résumé des déclarations faites par Collins Farwell à
l'officier de police qui était venu lui notifier une citation à comparaître à son domicile d'Atlanta, en juin
dernier. Et une brève déclaration faite par deux policiers qui avaient récemment identifié Faro sur des photos, et l'avaient reconnu comme étant Collins.

« Bon Dieu ! » s'écria Gillian en lisant ce paragraphe. Son cœur battait à tout rompre et lorsqu'elle
s'en rendit compte, au bout de quelques secondes, elle
fut elle-même stupéfaite de ses propres réactions. Elle
n'essayait même plus de donner le change, en prétendant garder ses distances. Elle demanda à Arthur ce
qu'il en pensait.

« Je ne suis pas certain d'être encore capable de penser, répondit-il. Nous avons passé la journée à grimper
aux murs, Pamela et moi. Mais il y a quand même un
truc de sûr, c'est que je ne m'inscrirai pas au comité

de soutien pour la campagne de Muriel ! Cette enquête a été menée de façon pratiquement clandestine, et elle a gardé les résultats sous le coude le plus longtemps possible. » Il soupçonnait même Larry ou Muriel d'avoir espionné Pamela lors de sa visite au service des enregistrements, et il était furieux de ne pas avoir été informé plus tôt des déclarations faites par Collins à Atlanta. « J'ai déjà préparé une motion pour exiger l'immunité de Collins. Muriel m'a opposé une fin de non-recevoir, prétextant que rien ne laissait penser que Collins puisse avoir quoi que ce soit à dire en faveur de Rommy. »

Mais sa plus grosse déception restait Erno, qui lui avait assuré que Faro Cole n'était qu'une petite arsouille sans envergure, et qu'il avait disparu depuis longtemps.

« Avec Erno, on ne touche jamais le fond, soupira Arthur. C'est comme des sables mouvants. On s'y enfonce indéfiniment.

— Ça, je ne suis pas sûre, fit Gillian, qui pensait justement à Erno. Il t'a dit que c'était pour protéger Collins qu'il avait initialement parlé à Larry, en 1991. Je me demande si ce n'est pas ce qu'il n'a cessé de faire, depuis – protéger son neveu.

— En lui tirant une balle dans le dos ? Sympa, le tonton ! Je préférerais nettement un chèque-cadeau ! »

Gillian éclata de rire. Il avait raison, mais pas tout à fait.

« Ce soir-là, chez Ike, Erno avait préféré cacher que Faro et son neveu n'étaient qu'une seule et même personne. Pourquoi, à ton avis ?

— J'imagine très bien. Collins débarque dans un bar

avec une arme... Menaces, attaque à main armée – deux ans minimum.

— Ce qui veut dire qu'Erno protégeait bel et bien son neveu. »

Arthur haussa une épaule, admettant qu'il n'était pas impossible qu'elle eût raison.

« Mais je me demande si, tout bien pesé, Erno n'a pas été parfaitement cohérent avec lui-même, dans ce qu'il t'a raconté. Tu avais le pressentiment qu'il t'avait toujours dit la vérité, sur au moins un point.

— Lequel ?

— L'innocence de Rommy.

— Oui, fit Arthur. Ça, peut-être.

— Nous pourrions donc supposer qu'il poursuivait, en fait, deux objectifs principaux : disculper Rommy, tout en protégeant Collins. »

Arthur s'empara de l'enveloppe de Muriel et la fit claquer contre sa main, plongé dans ses réflexions. Au bout de quelques secondes, il hocha la tête. « Ce qui expliquerait pourquoi Erno n'a jamais parlé du trafic des billets avant la déposition de Genevieve, présumat-il. Ce n'était pas tant sa propre retraite qu'il protégeait, que son neveu. Si la compagnie aérienne avait découvert que Collins avait volé des billets avec la complicité de Luisa et de Rommy, même si les faits remontaient à l'âge de pierre, ils lui auraient fait sauter sa licence d'agent de voyages, et lui auraient collé un procès.

— Possible. Mais je crois que ça pouvait aller carrément plus loin. Rommy était furieux après Luisa parce qu'elle avait rogné sur sa part. Mais Collins l'était peut-être, lui aussi. Peut-être avait-elle mis leur association en danger ? Ou peut-être l'avait-elle roulé, lui aussi ? Souviens-toi – nous étions arrivés à la conclusion que Faro se trouvait probablement au Paradise, ce soir-là. »

Arthur la dévisagea. Autour d'eux, l'élégante rumeur du restaurant – musique de fond en sourdine, cliquetis des verres, conversations feutrées – grimpa d'un cran.

« Tu penses que Collins pourrait être le tueur ?

— Je n'en sais rien, Arthur. Nous échangeons des idées. Mais de toute évidence, Erno essayait de faire libérer Rommy sans pour autant dévoiler le véritable rôle joué par son neveu. »

Arthur ingurgita tout cela, avant d'en conclure : « Notre prochaine étape sera donc de renouveler ma motion pour l'immunité de Collins. C'est bien ça ?

— Je pense qu'il a des choses intéressantes à te dire.

— Mais tu crois qu'il nous reste vraiment une chance de faire passer une motion de révision auprès de la cour d'appel, pour pouvoir accéder au témoignage de Collins ?

— Ça, c'est moins évident. Leur patience a des limites et, comme tout être humain, ils vont avoir tendance à s'accrocher mordicus à leurs précédentes conclusions. »

Arthur acquiesça, sourcils froncés. C'était bien son sentiment, à lui aussi.

« À mon avis, tu vas devoir te trouver une oreille plus réceptive – et il y en a une, Arthur. Quelqu'un qui s'est montré tout à fait enclin à croire Erno, dès le début.

— Harlow ?

— Pourquoi pas ?

— D'abord parce qu'il n'a plus à se prononcer sur cette affaire. À présent, elle relève de la cour d'appel. »

Mais Gillian avait sa petite idée là-dessus. Tout comme celle de Muriel, sa carrière s'était exclusivement déroulée dans les tribunaux de l'État et à son arrivée à Alderson, elle ignorait à peu près tout des lois et des procédures fédérales. Mais après avoir aidé pendant des années ses codétenues à rédiger, le plus souvent en pure perte, des demandes de libération destinées aux instances fédérales, elle avait accumulé une certaine expérience.

Arthur attrapa sa mallette et prit de quoi écrire. Ensemble, ils entreprirent de composer le brouillon d'une motion, chacun proposant des phrases ou des expressions. Arthur relisait les paragraphes au fur et à mesure de leur rédaction. Il avait approché le chandelier de son bloc-notes et, à la lueur des bougies, elle le regardait écrire, tout à son affaire, ravi d'elle et de lui. Elle se souciait tout autant de l'avenir de Gandolph que de celui d'Arthur, mais elle se sentait gagnée par son enthousiasme en découvrant que les dédales de la loi recelaient peut-être encore quelque espoir pour Rommy. Le pouvoir de la loi qui, dans sa réalité la plus immédiate, ne résidait qu'en quelques mots sur une page lui apparut alors, ainsi que le rôle déterminant qu'elle jouait, non seulement dans la vie de certains de ses concitoyens, mais dans la sienne propre. La loi avait été son métier, le théâtre de ses victoires et de ses désastres, et à présent, grâce à Arthur, elle y trouvait une source de guérison. Son langage, qu'elle s'était si longtemps interdit de parler, restait celui de son être adulte. Tout en discutant aimablement avec Arthur de la meilleure manière de tourner telle ou telle phrase, elle prit soudain conscience de tout cela, et accueillit cette découverte dans une sorte d'euphorie mêlée de chagrin – à moins que ce ne fût l'inverse.

35

Le Dieu des crêtes

Le 10 août 2001

Le vendredi à midi, Larry reçut un message de Maurice Dickerman, directeur du Laboratoire d'anthropométrie judiciaire des Forces de Police Unifiées de Kindle County, qui demandait à le voir d'urgence dans son bureau de McGrath Hall. Larry parcourut la note et en fit une boule de la grosseur d'un petit pois, qu'il balança à la poubelle. Aller voir Dickerman, cela voulait dire appeler ensuite Muriel, chose qu'il évitait comme la peste depuis quarante-huit heures. Le matin même, elle avait laissé sur son répondeur un message lui annonçant la dernière motion déposée par Arthur auprès de la cour d'appel. Sa voix sonnait alerte et enjouée. Elle était manifestement ravie d'avoir pu sauter sur cette excuse pour établir le contact. Il avait aussitôt appuyé sur la touche « effacer ».

Autrefois, il la fuyait après chacune de leurs rencontres, parce qu'il refusait de s'avouer qu'il était fou d'elle, que l'air lui semblait plus vif et plus pur dès qu'elle était à ses côtés, et qu'il manquait terriblement de quelqu'un comme elle, quelqu'un qui fût capable de lui donner la réplique, et d'aller à son rythme. Mais à présent, s'il se cachait, c'était parce qu'il ne savait pas au juste s'il était vraiment décidé à lui dire tout ou partie de cela.

Et, non content de fuir Muriel, il évitait aussi Nancy. Il s'était juré de ne plus jamais avoir à faire ce genre de truc – renifler ses vêtements avant de les mettre au sale, pour s'assurer que sa femme n'y sentirait pas le parfum d'une autre. Dix ans plus tôt, lorsque Muriel avait mis fin à leur relation, ça l'avait mis dans un tel état qu'il n'avait pas eu la force de donner le change, avec Nancy. Un soir qu'il s'était écroulé dans un fauteuil avec plusieurs bières dans l'aile, Nancy s'était penchée sur son dossier.

« Encore bourré ? Attends, que je devine ! Tu t'es fait larguer par une de tes conquêtes ? »

Il était trop déprimé pour mentir, et la vérité la stupéfia.

« Et tu comptes sur moi pour te plaindre ?

— Tu voulais savoir. Comme ça, tu sais.

— Et je devrais passer l'éponge, comme d'habitude ? »

Elle l'avait tout de même passée, parce que Nancy était Nancy, et qu'elle était trop généreuse pour lui en vouloir vraiment. Ils étaient tacitement convenus de reprendre rendez-vous chez l'avouée avec qui ils avaient commencé à discuter du partage amiable de leurs biens, à une époque où Larry se trouvait dans un état d'esprit plus alerte. Six mois plus tard, ils avaient toujours l'intention de le faire et au bout de deux ans, il s'était mis à soupçonner que chacun attendait de son côté que quelque chose de mieux se présente. Nancy avait pourtant de sérieux atouts dans son jeu. Jamais elle n'abandonnerait les garçons. Et plus les années passaient, plus la gratitude que lui portait Larry pour ça et pour sa patience, qui l'apparentait aux plus patients des anges, tendait vers l'incommensurable. Il n'avait plus la moindre raison de s'intéresser à d'autres femmes – aucune n'arrivait à la cheville de Muriel – et, point essentiel, il vouait à Nancy un trop grand respect, depuis qu'elle avait laissé passer cette occasion de le fiche à la porte. Parfois, lorsqu'il pensait à cette amitié fondamentale qui le reliait à sa femme, il se demandait si ce n'était pas tout simplement ça, l'idéal du mariage. Une relation sereine et tendre, fondée sur le respect mutuel. Mais non. Non. Il fallait qu'il s'en détache aussi une voix, une mélodie qui vous accroche l'oreille – pas seulement des chœurs avec un beau continuo à l'orchestre...

Cette conclusion le ramena à Muriel. De tout cela, ne sortirait rien de bon, se dit-il. C'était une chose que sa mère se plaisait à lui répéter et à présent, elle ne se serait pas privée de le faire. S'il avait dormi deux heures au total depuis trois jours, c'était bien tout. Il avait la sensation qu'on lui avait passé l'intérieur de l'estomac au papier de verre et dans le miroir, il semblait avoir deux cratères à la place des yeux. Il ne parvenait pas à discerner ce qu'il voulait vraiment. La seule certitude qu'il eût, en arrivant devant la porte de Dickerman, c'était que sa vie lui échappait totalement.

Sec et anguleux, le New-Yorkais Maurice Dickerman donnait régulièrement des conférences sur son art aux quatre coins du pays, dans les universités et dans de multiples séminaires organisés par les forces de l'ordre. Plusieurs des ouvrages qui faisaient autorité, en matière de dactyloscopie, portaient sa signature. Les flics et les procureurs, ainsi qu'une bonne partie du barreau de la ville ne l'appelaient que par son sobriquet : le Dieu des crêtes – sous-entendu « papillaires ». Vu sa notoriété, on avait nettement plus de chances de le trouver en mission en Alaska ou à New Delhi que dans son bureau du Laboratoire d'anthropométrie judiciaire, à McGrath Hall. Mais dans un service de police où les scandales n'avaient rien d'exceptionnel – l'année dernière, on avait démasqué non moins de deux bandes de ripoux spécialisés, les uns dans la revente des stupéfiants saisis, les autres dans le vol de bijoux – Mo était un atout maître, une irremplaçable garantie de fiabilité et d'excellence. Aux alentours de 1995, ses menaces de démission avaient fini par convaincre les autorités du comté de cracher les subventions nécessaires à l'achat d'un système informatique de dactyloscopie – une innovation dont de nombreux services de police de taille comparable disposaient depuis déjà plusieurs années.

En 1991, lorsque Gus Leonidis, Paul Judson et Luisa Remardi avaient été assassinés, une empreinte lambda ne pouvait généralement pas être rattachée à son propriétaire, si l'on n'avait pas préalablement isolé quelques suspects spécifiques. Et si le coupable n'avait pas laissé derrière lui la série complète des dix empreintes répertoriées sur sa carte anthropométrique – les traces de ses dix doigts imprégnés d'encre que l'on relevait lors de l'arrestation des suspects – il était impossible de savoir de quel doigt provenait une empreinte partielle, et partant, d'identifier une empreinte donnée, parmi toutes celles répertoriées dans le vaste catalogue qu'avaient constitué les services de polices locaux et le FBI au plan national.

L'avènement du traitement numérique des images avait révolutionné tout cela. Le Système d'Identification Automatique des Dermatoglyphes (SIAD, pour les intimes) permettait de comparer l'image de n'importe quelle empreinte à toutes les empreintes relevées dans le pays. C'était grâce à ce système que Muriel avait pu, par exemple, s'assurer du jour au lendemain qu'aucune des empreintes relevées au Paradise n'appartenait à Erno.

Le principal inconvénient du procédé était le délai. Même en ces temps d'emballement général où les ordinateurs ne cessaient de tourner de plus en plus vite, l'identification de chaque empreinte bloquait un poste de travail pendant environ une heure. Dans une affaire telle que celle de Gandolph, où il aurait fallu en examiner sept ou huit cents, il n'existait aucun moyen réaliste de les identifier toutes, vu l'ampleur de la demande pour l'ensemble des services de police du comté. Mais si Mo relevait une empreinte sur l'arme que Faro Cole avait brandie chez Ike, il lui suffirait de quelques minutes pour en retrouver le propriétaire dans les bases de données du comté, où l'on avait forcément répertorié les empreintes d'un récidiviste tel que Collins.

Mo venait de rentrer de Paris où il avait enseigné pendant deux semaines aux *gendarmes* les derniers développements de son art – c'était cette absence qui l'avait empêché de répondre à la première demande de Larry, concernant l'examen de l'arme de Faro. Il insista pour lui faire visionner les photos qu'il avait prises à Paris, et qu'il avait stockées sur son disque dur. Ce n'était pas une mince affaire que d'interrompre Mo quand il était lancé dans des explications, et son surnom de Dieu des crêtes ne reflétait pas uniquement le respect qu'il inspirait. Il tenait généralement à aller au bout de chacune de ses idées et tout en faisant frénétiquement cliquer sa souris, il submergea Larry sous un flot d'informations dont ce dernier ne voyait pas l'utilité immédiate, concernant les statues des Tuileries ou les vieux immeubles du 6ᵉ arrondissement. Quand Larry parvint enfin à lui demander s'il avait découvert quelque chose sur l'arme, Mo se détourna lentement de son écran, en promenant sa langue à l'intérieur de sa joue.

« Est-ce qu'il ne s'agirait pas, par hasard, de l'affaire Gandolph, dont on a abondamment reparlé dans les journaux, ces temps-ci ? »

Vu les alliances byzantines qui sévissaient dans la forteresse de McGrath Hall, Larry avait volontairement omis de citer les références de l'affaire sur les fiches qu'il avait remplies. La clairvoyance de Dickerman le prit donc de court.

« Tout juste, Mo. Comment vous avez deviné ?

— Ce n'est pas tout à fait ce qui s'appelle deviner, mon cher. » Mo lui lança un regard appuyé.

« Vous essayez de me dire quoi, là ?

— Eh bien, je vais tout simplement vous expliquer ce que j'ai fait, et vous tirerez vos propres conclusions. »

Là-dessus, Mo ouvrit un tiroir dans un placard à dossiers métallique qui se trouvait derrière lui et dont il sortit le pistolet, accompagné des copies carbone de divers formulaires établis par le service des pièces à conviction. L'arme avait été replacée dans le même sachet de plastique transparent scellé, à présent fendillé et jauni le long des plis, dans lequel elle avait été entreposée depuis qu'Erno avait tiré sur Faro Cole, en 1997. C'était la première fois que Larry voyait cette arme. C'était un revolver, un 38., à première vue. Lorsqu'un procès arrivait à son terme, le propriétaire légal d'une arme à feu qui avait été utilisée pour commettre un crime pouvait demander à la récupérer. Le service des pièces à conviction s'assurait auprès de l'ATF qu'il ne s'agissait pas d'une arme volée et, en cas de résultats négatifs, le propriétaire pouvait reprendre son bien. Évidemment, Faro Cole ne s'était jamais manifesté.

Avec sa componction coutumière, Dickerman entreprit de lui expliquer qu'il était difficile de relever des empreintes déposées depuis un certain temps, parce que les traces provenaient généralement d'un résidu graisseux sécrété par la peau avec la transpiration et qui tendait à s'évaporer au bout de quelques années. Larry était au courant de tout ça, bien sûr – c'était même la raison pour laquelle il avait tenu à confier l'examen à Mo lui-même, à un moment où il ignorait encore qui était Faro Cole, et où il tâchait de lui remettre la main dessus. Et il avait été bien avisé, car Mo semblait avoir levé quelque chose.

« Dans le cas présent, la seule empreinte qu'on aurait pu relever grâce aux techniques traditionnelles, se trouvait ici... » Mo releva ses lunettes sur son front et du bout d'un stylo-gomme lui montra à travers le plastique deux emplacements sur le canon. Puis il afficha les photos sur son écran. « Elles sont très partielles. Le SIAD m'a sorti une demi-douzaine de cartes anthropométriques et, après examen visuel, je dirais qu'elles proviennent de la paume et du pouce de ce type. Mais ça n'est sûrement pas ce que j'appellerais un diagnostic inattaquable. Un bon avocat n'aurait aucun mal à me faire passer pour un charlot, si je me prononçais à partir d'images aussi fragmentaires. »

Il avait sorti la carte d'empreintes. C'était une fiche de quinze centimètres sur vingt, où l'on voyait s'aligner les sillons et les tourbillons formés par les crêtes papillaires, et constituant la série habituelle des empreintes digitales humaines – deux rangs de quatre pour les doigts, avec deux cases plus grandes pour les pouces et en bas, les empreintes des paumes, la gauche et la droite. Pour évacuer tout risque d'erreur, la fiche comportait une photo du sujet, fixée sous plastique, au coin supérieur gauche. Le beau jeune homme qui regardait l'objectif d'un air totalement absent, dans la lumière du flash, était bien Collins. En toute logique, cela n'aurait pas dû surprendre Larry, mais il avait dû garder une lueur d'espoir, jusque-là, car il ne put réprimer un petit soupir. Le contraire lui aurait tout de même considérablement simplifié la vie...

« À vue de nez, il tenait l'arme par le canon, affirma Mo.

— C'est ce que dit le rapport, mais j'ai besoin d'être à cent pour cent sûr qu'il s'agit bien de ce type. » Larry tapota la fiche. Mais avec une certaine marge d'incertitude, n'aurait-il pas été plus difficile pour Arthur d'exploiter cette preuve... ? se demanda-t-il.

« Je m'en suis douté, répliqua Dickerman. J'ai donc

tenu à confirmer mes résultats et j'ai pratiqué une analyse supplémentaire. Et là, sur la crosse, il m'a semblé
voir quelque chose. À quoi ça ressemble, ça, selon
vous ? »

Il lui montrait un filament plus sombre, presque
imperceptible sur l'ocre brun de la crosse.

« Du sang ?

— On fera quelque chose de vous, inspecteur ! En
général, sur les lieux d'une fusillade, il y a du sang. Et
le sang est un excellent médium pour les empreintes.
Il sèche vite et prend les empreintes de façon nettement
plus permanente que celles de la transpiration. Si ce
n'est que, dans le cas d'empreintes laissées sur une
pellicule de sang, les poudres chimiques qui adhèrent
aux résidus de la sueur et dont mes gars saupoudrent
les pièces à conviction sont inopérantes. Sur cette
crosse, l'empreinte est restée littéralement gravée dans
une pellicule de sang si fine qu'elle nous est demeurée
invisible. À l'œil nu, vous ne voyez aucune trace de
sang sur cette arme, n'est-ce pas ?

— Pas la moindre.

— Il y a dix ans, poursuivit Mo, nous n'aurions eu
aucun moyen de relever cette image, mais aujourd'hui,
il nous suffit d'en prendre une photo infrarouge, qui
fait ressortir le sang et efface le support – dans ce cas,
le marron clair de la crosse. Puis j'ai filtré l'image pour
obtenir un dessin plus net des crêtes et, ce faisant, j'ai
vu apparaître quatre empreintes. Trois partielles, et une
magnifique empreinte de pouce – le pouce et deux des
partielles étaient sur la crosse, et la quatrième, sur la
détente. »

Mo recula sa chaise pour laisser Larry regarder les clichés qui s'étaient affichés sur son grand moniteur. Larry hocha la tête avec application, mais il piaffait d'impatience.

« Et vous avez envoyé ces photos au SIAD ?

— Évidemment. »

Dickerman sortit deux fiches anthropométriques de son placard à dossiers et les déposa sur son bureau, sous le nez de Larry. L'une devait remonter à plus de vingt-cinq ans. C'était Erno Erdai à son entrée à l'école de la police, et l'autre datait de son arrestation, après cette fusillade où il avait tiré sur Collins, puisque telle était désormais, sans le moindre doute, l'identité de sa victime.

« Et voilà ce qui vous a mis sur la piste de l'affaire Gandolph », fit Larry.

Mo hocha la tête.

« Eh bien, dit Larry, Erno a pris l'arme des mains de ce type qui la tenait par le canon – supposons qu'il s'agit bien de Collins – et il a fait feu sur lui. C'est pour cela qu'Erno était en prison. Et c'est ce qui explique qu'il ait laissé son empreinte sur la détente.

— Cette information m'aurait fait gagner du temps, rétorqua Dickerman, sèchement. Mais comme je l'ignorais, à ce moment-là, j'ai à nouveau examiné l'arme, toujours dans l'espoir de confirmer l'identification de Mr Farwell. Par acquit de conscience, j'ai donc fait ce par quoi j'aurais dû commencer – j'ai regardé s'il restait des balles dans le cylindre. Et j'ai eu la surprise de constater que le service des pièces à conviction m'avait envoyé une arme chargée. Et moi qui avais travaillé sur la détente sans même m'assurer du contenu du barillet !

— Désolé. Mais ça tombe un peu sous le sens : l'avocat d'Erno avait déjà annoncé que son client plaiderait coupable lorsqu'on l'a amené au poste. Ce qui explique qu'ensuite, personne n'a eu la moindre raison de regarder l'arme de plus près.

— Évidemment, grogna Mo, en secouant la tête. Et ma femme qui s'imagine que je fais un travail de tout repos, derrière mon écran d'ordinateur ! Vous pensez que ça aurait passé pour un suicide ?

— Sûrement pas en pleine saison de base-ball, Mo ! »

Dickerman fit la moue et hocha la tête. Visiblement, il n'y avait pas pensé.

« Il restait beaucoup de balles ? demanda Larry.

— Une seule, mais j'ai retrouvé quatre douilles dans les autres chambres, avec des marques de percuteur. »

Ce que Dickerman lui annonçait là, c'était que l'arme avait tiré quatre fois. Or les rapports s'accordaient à dire qu'Erno n'avait tiré qu'une fois sur Collins. Avec la permission de Mo, Larry attrapa le sac et plaqua le plastique contre l'arme pour la regarder de plus près. C'était un 38. à cinq coups.

« Enfin, quoi qu'il en soit, reprit Dickerman, quand mon cœur s'est remis à battre, j'ai vu que mes efforts avaient été récompensés. J'ai trouvé de magnifiques empreintes sur toutes les douilles. C'est d'être restées dans les chambres, je suppose. Ça les a empêchées de sécher. » Mo revint à sa souris et afficha une nouvelle série d'empreintes, puis il lui montra la balle et les quatre douilles enveloppées dans un petit sachet plastique, à l'intérieur du sac qui contenait l'arme.

« Et vous avez retrouvé une correspondance, dans la base de données ?

— Ouaip. L'homme a été arrêté en 55. Il avait vingt-deux ans, à l'époque. Pour trouble de l'ordre public. » « Trouble de l'ordre public », cela signifiait généralement qu'il avait participé à une bagarre dans un bar. Ce genre de charge n'allait en principe jamais bien loin. Mo sortit la carte. Au bout de dix ans, Larry dut faire un effort pour mettre un nom sur ce visage, d'autant plus que l'homme de la photo était nettement plus jeune que celui qu'avait connu Larry. Mais ça lui revint. La trogne plutôt patibulaire qui le fixait sur la photo noir et blanc était celle de Gus. Gus Leonidis.

Une fraction de seconde, Larry se félicita d'avoir réussi à repêcher ce souvenir, mais l'instant d'après, tous ses voyants se mirent au rouge. Il avait compris.

McGrath Hall avait été construit sur le modèle des arsenaux de la guerre de 14. La police s'y était installée depuis 1921 et, s'il fallait en croire certains plaisantins, il subsistait encore plusieurs secrétaires qui avaient débuté à l'époque. C'était une sorte de grand mausolée sombre. Son statut privilégié avait valu à Mo d'occuper un bureau exposé au nord. Ses hautes fenêtres donnaient sur les maisons vétustes du quartier de Kewahnee, qui commençait au-delà d'une pelouse pelée, de l'autre côté de la clôture grillagée, bordée de quelques arbres rabougris. Un emballage frappé du logo d'une chaîne de fast-food traversa le paysage, poussé par le vent, qui lui faisait faire des bonds dignes d'un galopin en pleine forme. Larry le suivit des yeux jusqu'à ce qu'un coup de vent plus fort le fît s'envoler hors de son champ de vision. Cette affaire ! pesta-t-il intérieurement.

Cette putain d'affaire.

Il regarda l'arme plus attentivement. C'était bien un Smith & Wesson. Celui de Gus, à l'évidence. Le Smith & Wesson de Gus portait l'empreinte d'Erno sur la détente, et il ne restait plus qu'une balle dans le cylindre. Les chirurgiens en avaient retrouvé une dans le corps de Collins, ce qui en laissait trois. Non, se dit Larry. Non ! Puis il se résigna à mener ce train d'idées à son terme.

« Et vous pensez que ce 38. est l'arme du crime dans mon affaire, Mo ?

— Ce que j'en pense, c'est que seuls les gars de la balistique pourront vous le confirmer de façon définitive – et ceux des empreintes génétiques vous diront sans doute à qui appartenait le sang qu'Erno avait sur les mains. Je vais donc renvoyer cette arme au service des pièces à conviction pour que les choses suivent leur cours. »

Mo lui tendit une enveloppe contenant son rapport. Larry l'empocha, mais son esprit continuait à battre la campagne. L'imperturbable mécanisme de son instinct lui soufflait à présent que le sang qu'Erno avait sur les mains n'était pas celui de Collins. À y réfléchir à deux fois, il se souvint des rapports qui disaient qu'une demi-douzaine de flics s'étaient précipités sur Erno aussitôt après qu'il avait tiré. On lui avait enlevé l'arme des mains avant qu'il ait eu le temps d'approcher de son neveu blessé. Ce sang provenait donc de quelqu'un d'autre. Presque malgré lui, l'esprit de Larry passa en revue les différentes possibilités. Luisa avait été tuée autant dire à bout portant. Et si l'empreinte d'Erno s'était imprimée dans son sang, ça ne pouvait vouloir dire qu'une chose : Erno était bien le tireur du massacre du 4 juillet.

Erno était le tireur. C'était l'arme du crime. Et, d'une façon ou d'une autre, Collins s'était trouvé en possession du flingue, six ans plus tard. L'arme portait aussi les empreintes de Collins. Le seul qui n'y ait laissé aucune trace, c'était Squirrel – or, Squirrel avait avoué. « Ce qui signifie qu'Erno et Collins ont fait ça ensemble avec Squirrel, fit Larry. Squirrel ne les a pas balancés et Erno lui a renvoyé l'ascenseur, quand il a compris qu'il allait mourir. »

Mo secoua son long visage. « La seule chose que je puisse vous dire, c'est à qui appartiennent les empreintes qu'on y a relevées. »

Ça, Larry était au courant. Il tentait juste de démêler l'écheveau. Squirrel avait avoué. Il connaissait l'existence de ce flingue. Il avait le camée sur lui. Et il avait dit à Genevieve qu'il avait l'intention de descendre Luisa. Pour Rommy, rien n'avait donc changé.

Mais pour Collins ?

Si Arthur mettait la main sur tout ça, ça déclencherait une véritable foire d'empoigne. L'affaire qui n'en finissait pas de se conclure allait repartir de plus belle, et à 7 500 tours/minute. Comme Larry se levait, Dickerman lui indiqua de l'index la poche de sa veste où il avait glissé le rapport.

« Je vous charge de transmettre tout ça à Center City, évidemment.

— Reconnaissance éternelle, Mo, répliqua Larry, puis, regardant le Dieu des crêtes dans le blanc de l'œil : – Eh merde ! » ajouta-t-il.

36.

Lincoln Land

Le 17 août 2001

La salle d'audience du juge Kenton Harlow, désertée par les curieux, avait retrouvé son traintrain. La presse n'y était plus représentée que par le petit contingent habituel : Stew Dubinski, Mira Amir et un jeune journaliste fraîchement émoulu de son école, qui s'était fait embaucher par une agence de presse locale. Arthur avait présenté aux médias les allégations des motions qu'il avait déposées, en les atténuant quelque peu. Les chances qui pouvaient lui rester auprès de Harlow risquaient de fondre s'il donnait au juge le sentiment que les péchés de Muriel avaient déjà été amplement stigmatisés par la presse.

Il n'avait pas très bien dormi. Il aurait été en peine de dire précisément dans quelle voie s'acheminait l'affaire Gandolph. La lettre de Muriel concernant Collins devait lui permettre, pendant quelque temps encore, d'empêcher le couvercle du cercueil de se refermer, et dans ses accès d'optimisme, il se prenait à imaginer que Collins pourrait, Dieu savait comment, l'aider à établir l'innocence de Rommy. Ces derniers jours, il s'était surpris à s'inquiéter pour son avenir. Car tôt ou tard, tout cela prendrait fin. Comme l'avait si bien dit Gillian voilà déjà plusieurs mois, l'aventure s'achèverait et il devrait réapprendre à se contenter de la routine habituelle. Lui qui n'avait jamais su vivre au jour le jour, il s'aperçut qu'il se retrouvait dépourvu de tout projet à long terme. Tout à coup, tout devenait flou devant ses pieds. Et cette incertitude venait le hanter jusque dans ses rêves, qui se transformaient en semi-cauchemars. Ce matin-là, vers cinq heures, il s'était glissé dans la cuisine et, assis devant la fenêtre, avait regardé le disque rougeoyant du soleil poindre au-dessus de l'horizon. Tout allait s'arranger, se promit-il. En toute sincérité. Il fut d'autant plus conforté dans ses espoirs lorsque Gillian vint le rejoindre, vingt minutes plus tard, vêtue d'un léger peignoir blanc. Elle approcha une chaise de la sienne et, sans qu'ils aient eu besoin d'échanger un seul mot, elle lui prit la main tandis que le soleil émergeait, royal, de ses oripeaux roses, pour poursuivre sa courbe ascendante, aveuglant de beauté.

Muriel avait fait son entrée dans la salle d'audience d'un pas résolu, entraînant Carol Keeney dans son sillage. Dans son élégant tailleur pantalon, elle ressemblait, comme de coutume, à un petit félin prêt à bondir sur sa proie. Laissant ses dossiers sur l'une des tables réservées aux avocats, elle traversa le prétoire pour venir s'asseoir à côté d'Arthur, sur le premier banc, où il attendait, en compagnie de quelques autres avocats, le coup d'envoi de la séance.

« Alors, Arthur, attaqua-t-elle, vous avez encore mis

votre grand chapeau, on dirait ! On peut savoir combien il vous reste de lapins, là-dedans ?

— Ce lièvre-ci devrait suffire – c'est du moins ce que j'espère.

— Là, vous avez vraiment fait très fort, Arthur. Je dois l'avouer. »

Il avait déposé une clause additionnelle auprès de la cour d'appel, concernant sa motion de révision de l'arrêt de clôture de l'affaire Rommy. Il y demandait un nouveau délai pour pouvoir mener son enquête sur les informations que Muriel lui avait transmises dans sa lettre, concernant Collins. Sa manœuvre suivante, mise au point avec Gillian, s'écartait nettement plus des sentiers battus : Arthur avait demandé au juge Harlow de sanctionner le service du procureur de Kindle County pour avoir failli à ses obligations d'information en passant sous silence ce que Collins avait dit à Larry à Atlanta. Pour l'essentiel, Arthur alléguait que la réponse négative faite par Muriel plusieurs mois auparavant, lorsqu'il lui avait demandé d'immuniser Collins, était fonctionnellement non fondée. La défense demandait, à titre de réparation, que le juge Harlow contraigne Muriel à garantir l'immunité de Collins et qu'il autorise Arthur à prendre la déposition de l'intéressé. En principe, Harlow n'avait plus à statuer sur cette affaire. Mais il était cependant le mieux placé pour déterminer si on lui avait menti ou non. Il était donc logique que ce fût à lui que ces questions soient soumises en premier. Dans un second temps, la loi devrait appuyer les sanctions qu'il déciderait d'appliquer, s'il estimait que l'une des parties avait agi de mauvaise foi.

« La cour d'appel verra immédiatement clair dans votre jeu, mon vieux. Vous avez peut-être l'impression d'avoir finement joué, mais à long terme, ça ne tiendra pas.

— Je suis persuadé du contraire, Muriel. Et je crois que le juge Harlow sera tout à fait enclin à penser que vous avez volontairement omis de dévoiler des informations essentielles.

— Je n'ai rien omis du tout, Arthur. C'est Erno qui nous a menti, autant de fait, que par omission.

— Il protégeait son neveu.

— En lui tirant dessus ? Il ne me semble pas qu'il y ait une clause d'exception pour circonstances atténuantes, dans la législation du faux témoignage. Les déclarations d'Erno sont nulles et non avenues, Arthur. De A jusqu'à Z.

— Surtout si vous vous abstenez soigneusement de nous transmettre tout ce qui pourrait les corroborer.

— Rien ne les corrobore.

— Que pensez-vous par exemple de ce qu'a dit Collins de Gandolph – qu'il demandait chaque soir pardon à Dieu pour ce qu'ils avaient fait à mon client, lui et son oncle ? Comment avez-vous pu, en toute bonne conscience, garder sous le coude une telle information ?

— C'est totalement bidon, Arthur. Pour Collins, ça n'est qu'une manière de confirmer les dires de son oncle sans vraiment se mouiller et sans risquer le faux témoignage. Et je vous signale que je vous ai fait passer l'information dès qu'elle m'est apparue comme ayant un lointain rapport avec notre problème.

— Il vous en reste encore beaucoup, de ces informations dont vous avez décidé qu'elles n'avaient aucun rapport, même lointain, avec notre problème ?

— Arthur, je vous ai dit dans ma réponse, à vous et au juge, que vous déteniez tous les éléments que l'on pouvait objectivement considérer comme favorables à votre client.

— Sauf le témoignage de Collins. Vous croyez vraiment que les cours vont vous laisser mettre Collins au placard pendant que vous ferez exécuter Gandolph ?

— Collins n'a joué qu'un rôle accessoire dans tout cela. Rien ne permet de le rattacher à ces meurtres. Jusqu'à présent, vous avez réussi à tirer le maximum d'effet de vos personnages de second plan, Arthur – ça, je dois vous le reconnaître. Mais je dois aussi vous signaler qu'il y a un autre personnage de second plan qui commence à éveiller mon intérêt.

— Comment ça ?

— Mon petit doigt m'a dit que l'on avait beaucoup vu Gillian Sullivan autour de votre cabinet, ces temps-ci. Et au Matchbook, en votre compagnie, main dans la main. Qu'est-ce que ça cache, tout ça ? Certains esprits curieux donneraient cher pour le savoir. » Elle ponctua sa question d'un atroce petit sourire.

Celle-là, elle l'avait totalement pris au dépourvu. Conformément aux prédictions faites par Gillian depuis belle lurette, les ricanements et la malveillance que leur relation n'avait pas manqué de provoquer mettaient Arthur assez mal à l'aise.

« En quoi cela pourrait-il concerner notre affaire ?

— Aucune idée, Arthur. Mais avouez que ce n'est tout de même pas banal.

— À ma connaissance, il n'existe aucune incompatibilité. Vous avez officiellement déclaré que Gillian ne jouait aucun rôle dans ces procédures.

— Tiens ! On dirait que j'ai touché un point névralgique ! J'ai toujours eu beaucoup d'amitié pour Gillian, Arthur. Sans compter que tout le monde a le droit à une seconde chance, n'est-ce pas ? »

S'il fallait en croire Gillian, Muriel ne s'était jamais beaucoup souciée d'elle, et elle ne croyait guère aux secondes chances. C'était un procureur coriace qui mettait un point d'honneur à ce que chaque faute – excepté les siennes, naturellement – reçoive son châtiment. Mais pour l'instant, Muriel avait atteint son objectif. Comme Arthur ne semblait pas spécialement désireux de prolonger cette conversation, elle se leva et retourna à sa place, à l'autre bout du prétoire. Elle n'avait traversé la salle que pour venir le mettre en garde : s'il tentait de porter atteinte à son image professionnelle, à cause des informations qu'elle avait dissimulées, elle voulait qu'il sache qu'elle avait de quoi répliquer.

Il n'avait jamais été vraiment taillé pour ce boulot, songea-t-il. En dépit de sa longue expérience, de toutes ces années où il avait longuement pratiqué Muriel, et malgré tout ce qu'il savait d'elle, lorsqu'elle était venue s'asseoir près de lui, le premier mouvement d'Arthur avait été d'en conclure qu'elle voulait juste bavarder un peu avec lui, comme ça, amicalement.

« Messieurs, la cour ! »

Harlow avait gravi d'un pas alerte les marches de son estrade, serrant sous son bras différents dossiers. Il appela et traita successivement les quelques autres affaires qui étaient prévues au planning avant la leur.

Lorsqu'il en fut à « Gandolph ex relatione Directeur de Rudyard », il accueillit d'un sourire Arthur et Muriel qui vinrent se présenter devant lui.

« Je pensais que je n'entendrais plus jamais parler de vous, les amis. Heureux de vous voir de retour ! »

Il donna d'abord la parole à Muriel, lui demandant de répondre aux motions d'Arthur, ce qu'elle fit avec la dernière véhémence.

« Votre Honneur, je soulignerai tout d'abord que la cour d'appel a déclaré cette affaire close – et définitivement. Ensuite, que Mr Raven n'est plus l'avocat de Gandolph, et en troisième lieu, que le délai d'instruction fixé par la cour est échu depuis plus d'un mois. Et enfin, qu'il n'y a eu aucune omission d'aucune sorte dans aucune des déclarations que nous avons été amenés à faire devant Votre Honneur. »

Harlow eut un fin sourire. Il était toujours séduit par le style de Muriel. À peine un mètre soixante pour cinquante-cinq kilos, et elle cognait avec le punch d'un poids-lourd. Du haut de son estrade, le juge se rencogna contre son siège pour réfléchir, en passant ses doigts dans ses longs cheveux blancs.

« Avec tout le respect que je dois à nos amis de la presse, qui sont les yeux et les oreilles du public dans cette salle, dit-il, je crois qu'il y a certaines choses dont il vaudrait mieux discuter dans l'intimité de mon bureau. »

Les invitant d'un geste à le suivre, le juge les emmena et leur fit traverser un premier bureau, qui donnait sur « Lincoln Land », comme l'on surnommait ses chambres, dans son dos. Sur ses murs et les rayonnages de sa bibliothèque, trônaient une bonne cinquantaine de portraits et de bustes de Lincoln, à tous les stades de sa vie, et dans toute la pièce étaient affichés des documents portant la signature du grand homme.

Les deux greffiers du juge, un Blanc et une Noire, l'avaient suivi, le bloc-notes à la main. Le juge mit d'abord le cap sur son bureau et, éclatant de rire, il suspendit sa robe à un portemanteau qui se trouvait à proximité.

« Chers amis, s'esclaffa-t-il, ce n'est certainement pas le premier procès que je vois, en quarante et quelques années, mais je peux vous dire que celui-ci, je ne suis pas près de l'oublier. J'ai l'impression d'assister à l'un de ces matchs de foot entre équipes universitaires où tout le monde s'arrange pour marquer pendant les prolongations. Si vous avez le malheur d'aller boire une bière, vous n'avez plus la moindre idée du score ! »

Il tendit une main royale vers la grande table de noyer qui se trouvait sur le côté de la pièce, et à laquelle Arthur, Muriel et Carol Keeney prirent place, ainsi que les deux greffiers.

Le protocole du tribunal exigeait des juges qu'ils commencent par écouter les avocats, mais ici, dans le Saint des Saints, Harlow avait tendance à faire comme il l'entendait.

« En général, je n'aime pas me cacher des journalistes, surtout dans le cadre d'une affaire tellement médiatisée. Mais au point où nous en sommes, si nous voulons avancer un peu, nous avons besoin d'un minimum de sérénité. »

Il y eut un appel depuis la salle. Pamela arrivait

d'une autre audience, à laquelle elle avait dû assister. Le juge la fit amener par ses huissiers.

« Parfait. À présent, ne tournons pas autour du pot, avec ces motions, fit-il, une fois que Pamela les eut rejoints autour de la longue table. Mrs Wynn, je sais que nous ne sommes pas de vieilles connaissances, vous et moi, mais entre nous, je pense que nous pouvons convenir tout d'abord que vous auriez dû compléter les documents que vous avez déposés auprès de cette cour, immédiatement après la conversation que votre inspecteur a eue avec Mr Farwell.

— Je regrette de n'avoir pu le faire, Votre Honneur.

— J'en prends note. Quant à vous, Mr Raven, vous savez aussi bien que moi que, si Mrs Wynn avait vraiment été de mauvaise foi, elle ne vous aurait transmis aucune de ces informations.

— J'en conviens, monsieur le juge. Mais elle a attendu pour ce faire la décision de la cour d'appel. À présent, mon client se retrouve face à un *fait accompli* sur lequel il va devoir forcer les juges à revenir.

— En fait, tout ça n'est qu'un problème de calendrier, n'est-ce pas ? »

Arthur eut un geste de la main, paume en l'air, pour exprimer un accord mitigé.

« Je n'essaie pas de minimiser la chose, Mr Raven. Nous savons tous à quel point les détails de ce genre comptent, dans un procès. Franchement, Mrs Wynn, si j'avais su plus tôt que le neveu de Mr Erdai demandait chaque soir pardon à Dieu pour ce qu'ils avaient fait à Gandolph, j'aurais été bien plus curieux d'entendre ce qu'il avait à nous dire, ce Collins Farwell.

— Votre Honneur, répondit Muriel, permettez-moi

de vous faire respectueusement remarquer que notre service n'accorde jamais l'immunité à la requête d'accusés ou de parties civiles, ni même de cours qui voudraient pouvoir accéder à un témoignage. Si le législateur avait estimé utile de donner à ces personnes le pouvoir d'accorder l'immunité, il l'aurait fait. Or, ce n'est pas le cas. Nous n'avions nullement l'intention de l'accorder à Mr Farwell, et aujourd'hui, nous ne l'avons pas davantage. »

L'espace d'une seconde, le juge lorgna Muriel, paupières plissées.

« Il ne me semble pas que l'approche qui convienne ici soit de faire le compte des missiles que nous avons chacun dans notre arsenal, Mrs Wynn. Chacun d'entre nous dispose d'un certain nombre de pouvoirs. Il est en votre pouvoir de refuser la garantie d'immunité. Mais moi, j'ai celui de rendre certaines décisions qui pourraient ne pas vous plaire. Quant à Mr Raven, il veillera à ce que mes décisions soient entendues, *urbi et orbi*. Au lieu de parler en termes de rapport de force, je préférerais donc que nous réfléchissions tous trois à ce qui nous semble équitable. Il paraît désormais établi que Collins Farwell détient des informations qu'il n'a pas divulguées il y a dix ans, concernant les circonstances qui ont été à l'origine de ce crime. Mr Raven nous dit que nous ne pouvons envoyer son client à la mort avant de nous être assurés d'avoir en main toutes les informations dont nous pouvions disposer, en quoi il me paraît avoir tout à fait raison. Cela étant, vu ce que Genevieve Carriere vous a dit concernant le comportement de Mr Gandolph en juillet 1991, aucun d'entre nous ne sera très surpris si Mr Raven finit par se repentir d'avoir tant insisté pour interroger Collins Farwell. Cela contribuera cependant à lui assurer une certaine paix d'esprit, face à ce qu'ils devront affronter par la suite, lui et son client. Ainsi qu'à moi – et à vous. »

Sous ses sourcils broussailleux, les yeux du juge scintillèrent à nouveau en direction de Muriel. Elle se garda bien de répondre, mais elle commençait manifestement à prendre la mesure du problème. La situation était exactement telle qu'Arthur la lui avait décrite dans le prétoire. Kenton Harlow ne permettrait pas que Gandolph soit exécuté sans avoir entendu le témoignage de Collins. Et, incidemment, le fait que les déclarations de Farwell risquaient fort de mettre la cour d'appel sur la sellette pour la trop grande hâte avec laquelle elle avait classé le dossier n'était sans doute pas étranger à la décision de Harlow. Mais le juge ne laissait à Muriel que peu d'options. Sous le regard inquisiteur des médias, elle pouvait ou bien faire preuve de magnanimité et, proclamant haut et clair son dévouement à la vérité, immuniser Collins – ou choisir d'engager un duel très inégal contre un juge fédéral qui pouvait anéantir tous ses espoirs électoraux, en lui apposant officiellement la marque infamante du mensonge.

« Et si nous nous donnions quelques jours pour y réfléchir ? » conclut Harlow. Avant de lever la séance, il appela sa secrétaire et lui dicta un bref ordre, stipulant que la motion d'Arthur était enregistrée. Muriel se rua hors de la pièce, le visage crispé dans un masque d'indignation froide. Elle n'avait pas sitôt passé la porte que Pamela ne put résister à l'envie de prendre Arthur dans ses bras pour lui donner une vigoureuse accolade, renforcée de l'un de ces sourires éblouissants dont elle avait le secret.

« Vous avez été formidable ! » lui dit-elle. Arthur était son héros du jour.

Écartant ses louanges, il la pressa de regagner le cabinet, où il leur restait à rédiger un bref compte rendu des derniers rebondissements, destiné à la cour d'appel.

37.

Ils savent

Le 17 août 2001

Dès son retour au bureau, Muriel téléphona à Larry pour lui demander de venir la rejoindre toutes affaires cessantes et, tenant à s'assurer que son message ne resterait pas sans effet, elle appela aussi son supérieur hiérarchique. La décision définitive concernant l'immunité de Collins relevait du procureur, mais l'inspecteur chargé du dossier devait être consulté, et il était grand temps que Larry cesse son petit jeu de cache-cache. Harlow l'avait mise dans une fureur noire. Elle était à bout de patience.

Lorsqu'il arriva, une heure plus tard, elle avait retrouvé un semblant de calme. Il lui parut au bout du rouleau, et de son côté, l'état d'esprit qui avait été le sien ces quelques derniers jours n'avait guère évolué. Du temps de leur jeunesse folle, il n'était pas rare que Larry l'évitât plusieurs semaines d'affilée. Elle avait espéré que les choses se seraient améliorées, pour l'un comme pour l'autre, mais à en juger par leurs réactions devant l'épreuve, ils en étaient apparemment toujours au même point. L'ensemble de la situation, avec ses malentendus et ses complications, lui laissait un arrière-goût d'amertume, voire d'humiliation. Le dimanche précédent, elle était sortie de l'église avec le sentiment que ça ne serait peut-être pas plus mal, si les choses en restaient là, avec Larry.

Mais, pour l'instant, le procureur était en face d'elle. Ned Halsey, un petit homme aux cheveux blancs, d'une légendaire amabilité, semblait plutôt préoccupé. Il fit signe à Larry de refermer la porte et poursuivit la tirade dans laquelle il s'était lancé. Muriel, assise à son bureau en contre-jour de la grande baie vitrée, l'écoutait, l'air soucieux.

« Quand j'étais avec lui sur les bancs de la fac, voilà quarante-cinq ans, Kenny Harlow était déjà le pire des trouducs, s'exclama Ned. Par la suite, quand il a décroché sa robe de juge, ça n'est certainement pas allé en s'améliorant – à ce stade-là, ça n'est même plus un trouduc, c'est un trou noir géant. Il mériterait d'avoir son propre système solaire ! Alors si vous me demandez s'il va continuer à se conduire comme un trou du cul, la réponse est "oui" – sans la moindre hésitation.

— J'ai tout de même un peu de mal à croire que la cour d'appel lui permette de nous imposer ses quatre volontés, Ned, objecta Muriel. Rien ne nous oblige à accorder l'immunité à quiconque ! »

Chez elle, la rage avait un effet cumulatif sur sa détermination. « Retrousse tes manches, et contre-attaque ! » Ça avait été le mot d'ordre de toute sa vie. Bien avant elle, son père avait maintes fois appliqué ce principe, lorsqu'il était confronté à l'arrogance du pouvoir.

« Il ne fera qu'une bouchée de vous, Muriel, rétorqua Ned. "Le juge accuse le premier adjoint du procureur de lui avoir menti." Les conséquences pour vous et pour votre carrière, c'est votre problème. Mais imaginez un peu le résultat, pour l'ensemble de ce service ! Pour moi, il n'est pas question de prendre un tel risque.

— Quel risque ? » s'enquit Larry.

Elle lui résuma les événements du tribunal. Larry, vert de dépit, démarra au quart de tour.

« Bon Dieu, Ned ! s'écria-t-il. Vous ne pouvez pas accorder l'immunité à Collins... Dieu sait ce qu'il va dire ! Si longtemps après les faits, il pourra raconter à peu près n'importe quoi. On n'est pas près d'en avoir fini, avec cette affaire !

— Nous pouvons nous gargariser de nos prérogatives autant que ça nous chante, riposta Halsey. Ce que je vois, moi, c'est que nous aurons l'air d'avoir peur de la vérité. Collins vous a autant dire déclaré qu'il s'était rendu complice d'une manœuvre visant à faire accuser injustement Gandolph.

— Mais on ne peut pas lui promettre l'immunité ! insista Larry. Imaginez qu'il soit complice des meurtres ? »

Mais cet argument-là, Muriel elle-même n'en voulait pas. « Larry, nous n'avons aucun élément tangible qui nous permette de relier Collins au triple meurtre. Ni témoignage, ni preuve médico-légale. D'ailleurs, comment pourrions-nous prétendre que quelqu'un d'autre pourrait être coupable d'un crime pour lequel nous demandons l'exécution de Gandolph ? Seigneur, si c'est ce genre d'argument que nous prétendons faire valoir, autant nous commander tout de suite un cercueil et nous préparer à sauter dedans ! »

Ned mit le cap sur la porte, non sans avoir au passage gratifié Larry d'une amicale petite tape sur l'épaule. Se retournant sur le seuil, il pointa l'index sur son premier adjoint : « C'est votre affaire, Muriel, lui dit-il. Quelle que soit votre décision, je la soutiendrai, mais personnellement, je suis pour négocier avec Arthur. Offrez-lui l'immunité de Farwell en échange de son accord pour renoncer à tout pourvoi en appel ultérieur, s'il s'avère que ce témoignage ne leur est finalement d'aucune utilité. »

Muriel doutait qu'Arthur morde à cet hameçon.

« Très bien, répliqua Ned. Mais au moins, vous serez couverte, au cas où vous déciderez d'engager un bras de fer avec Harlow. » En plus d'être l'amabilité même, Ned était un homme avisé. Cette solution plaisait à Muriel. Elle hocha la tête, tandis que la porte se refermait sur le procureur.

« À nous deux, fit-elle, revenant à Larry. Est-ce que j'ai dit ou fait quelque chose qu'il ne fallait pas ? Pas de fleurs, pas une lettre, pas un coup de fil ? » Une seconde plus tôt, elle avait eu la conviction de pouvoir lui parler sur un ton détendu, libre de tout souci. Mais l'électricité qui avait vibré dans sa voix était si forte qu'on aurait presque pu l'entendre grésiller. Posant ses deux mains à plat sur son bureau, elle prit une profonde inspiration. « Je te rassure tout de suite, Larry – ce n'est pas pour me plaindre que je t'ai appelé.

— Je m'en doutais un peu.

— Je voulais juste avoir ton avis, pour Collins.

— Tu ne peux pas lui accorder l'immunité. J'ai eu la réponse de Dickerman, pour le flingue.

— Quand ça ?

— Oh, la semaine dernière.

— La semaine dernière ? Bon Dieu, Larry ! Y a pas un paragraphe, quelque part dans le manuel de la police, qui dit que le flic chargé d'une enquête doit informer le procureur dans les meilleurs délais de tous les indices nouveaux ? J'ai remis au juge une réponse disant que nous avions transmis à la défense tous les éléments dont nous disposions, concernant Collins. Et tu attendais quoi pour m'en faire part ?

— De savoir ce que j'allais te dire, pour le reste.

— Le reste ? C'est quoi ça, une référence personnelle ?

— Eh bien, ça m'a tout l'air d'en être une. »

Ici, dans le bureau de Muriel, ils avaient l'avantage de pouvoir se parler sur un mode plus neutre. Elle croisa les bras derrière son bureau, et lui demanda s'il pensait que ce qui s'était passé sur son chantier était une erreur.

« Si je savais ce que j'en pense, Muriel, je serais déjà venu te le dire. C'est la pure vérité. Et toi ? Quel est ton avis ? »

Elle pataugea un moment dans l'eau trouble de ses sentiments et répondit, un ton plus bas : « J'ai trouvé ça merveilleux d'être avec toi. Pendant deux jours, j'étais sur un nuage, jusqu'à ce que je réalise que tu ne me donnerais plus signe de vie. Qu'est-ce qui se passe ?

— Je ne pourrai plus supporter tout ça bien longtemps. »

Elle lui demanda ce qu'il entendait au juste par « tout ça ».

« Baiser à la sauvette. Soit on s'engage, soit on laisse tomber. Je suis trop vieux pour vivre le cul entre deux chaises.

— Mais moi non plus, ça n'est pas ce que je veux, Larry. Je veux t'avoir dans ma vie.

— En qualité de ?

— Comme une personne avec qui j'ai un lien. Un lien très fort.

— À mi-temps ou à temps complet ?

— Purée, Larry ! Je te parle de sentiments, là. Pas d'un plan de bataille.

— Mais moi, je ne veux plus tourner autour du pot. Une porte, ça doit être ouvert ou fermé.

— C'est quoi, pour toi, ouvert et fermé ?

— Je te parle de faire un vrai choix. Pour toi, de quitter Talmadge, et pour moi, de quitter Nancy. Je te parle de reconnaître une fois pour toutes que nous nous sommes complètement plantés, il y a dix ans, et qu'à présent, il faut essayer de sauver ce qui peut encore l'être.

— Wow », fit Muriel. Elle avait porté la main à son cœur qui battait à tout rompre. « Wow ! » Dans ses projets, elle n'était pas allée plus loin que la prochaine occasion qu'ils auraient de se retrouver en amoureux, occasion dont, quelques instants plus tôt, elle acceptait qu'elle puisse ne plus jamais se présenter.

« Et je suis tout à fait sérieux.

— Je vois ça.

— Et je ne suis pas sûr à cent pour cent que ce soit vraiment ce que je veux. Mais en te présentant les choses comme ça, j'ai au moins la certitude de n'avoir rien à regretter.

— Dis les choses comme elles sont, Larry.

— Putain ! C'est ce que j'essaie de faire ! »

Il bouillait de colère, comme d'habitude. Il souffrait déjà du rejet qu'il avait anticipé. De son côté, en le quittant, la semaine précédente, elle était non seulement troublée, mais triste, pour de multiples raisons, et tenaillée par sa conscience. Mais malgré tout, elle sentait frémir sous la surface une joie juvénile, insouciante, comme si elle s'était trouvée libérée de quelque chose. En dépit de tout ce que sa conduite pouvait avoir de dangereux, d'irresponsable et d'égoïste, elle avait le sentiment d'être redevenue elle-même. Et après coup, en se heurtant au silence de Larry, c'était ce qu'elle avait eu le plus peur de perdre.

« Je suis heureuse que tu l'aies dit, fit-elle. C'est vrai. » Elle avait parlé d'une voix posée, mais en elle soufflait un vent de panique. Tant de choses lui semblaient tout à coup vaciller, dans sa vie, comme si elles avaient été empilées en équilibre instable. Son mariage. Sa carrière. Son avenir. Tout ce qu'elle avait bâti. Merde !

L'amour valait-il de renoncer à la vie que l'on souhaitait vivre ?

La question avait surgi, tout crûment, d'un recoin de son esprit. L'amour – le vrai, avec ses chambardements, à l'âge canonique de quarante-quatre ans, suffirait-il à remplacer toutes les autres choses auxquelles elle aspirait ? La poésie et la littérature prétendaient que oui, mais que devait en penser un adulte – l'adulte qu'elle était, en tout cas ?

« J'ai besoin d'y réfléchir, Larry. D'y réfléchir très sérieusement. » À l'évidence, de tout ce qu'elle avait pu lui dire jusque-là, c'était la première chose qui avait plu à Larry.

« C'est ça, dit-il. Réfléchis. » Son regard s'attarda sur elle. « Mais je risque d'attendre longtemps ta réponse.

— Pourquoi ? »

Tout à coup, sa colère parut retomber. Il s'était laissé choir sur une chaise qui se trouvait à proximité.

« Attends de savoir ce que Mo m'a dit, pour le flingue. »

Larry avait passé le plus clair de ces vingt et quelques dernières années à courir après les individus les plus dangereux de la ville. Il les avait débusqués dans les recoins les plus sombres et les ruelles les plus mal famées. Quelques années auparavant, il avait même mené la charge, armé jusqu'aux dents, contre le repaire de Kan-El, le chef des Night-Saints, un véritable arsenal rempli d'armes qu'il avait achetées Dieu savait comment à l'armée libyenne. Durant ce genre d'expédition, Larry était pris d'une sorte d'euphorie, carburant à l'adrénaline – une sensation qui le ramenait invariablement à l'époque où il régnait sur le terrain de foot de son lycée. Mais quel que fût le danger auquel il avait été confronté, il n'avait jamais éprouvé une telle terreur, avec cet atroce arrière-goût d'amertume qui lui brûlait le fond de la gorge. La personne qu'il redoutait le plus au monde, découvrait-il à présent, se trouvait en face de lui, derrière ce bureau. Pourquoi diable ne lui avait-il pas transmis les résultats de l'analyse, la semaine passée ? Ça avait effectivement quelque chose d'inconcevable. La vérité, pour autant qu'il puisse s'en faire une vague idée, c'était qu'il en avait eu ras le bol de la laisser mener le jeu.

Tout en parlant, il l'avait sentie se rétracter. Le visage de Muriel avait pris la dureté et la froideur du marbre.

« Et on peut savoir ce que tu as fait du rapport de Dickerman ? lui demanda-t-elle lorsqu'il parvint au bout de ses explications.

— Y a qu'à dire que je l'ai perdu.

— Y a qu'à dire. » Elle avait posé son front dans ses mains.

« Mais ça n'a aucune importance, Muriel. C'est Squirrel qui l'a fait – tu le sais aussi bien que moi. Même en admettant qu'il ait pu le faire avec la complicité d'Erno et de Collins – il l'a fait, point final.

— C'est une possibilité, Larry. C'est ta version, et jusqu'ici, c'était la nôtre. Mais la leur, de version, c'est qu'Erno l'a fait seul. Or, il se trouve que leur théorie est juste un poil plus convaincante, lorsqu'on sait que ce sont les empreintes d'Erno, et pas celles de Squirrel, qui se sont imprimées dans le sang sur l'arme du crime.

— L'arme qui est *peut-être* celle du crime. Pour l'instant, ça n'est qu'une hypothèse.

— Personnellement, je serais prête à parier cent dollars que c'est bien elle, Larry. Et toi, combien tu parierais qu'elle ne l'est pas ? Vingt dollars ? Dix ? » Elle avait posé sur lui un regard incendiaire. « Vingt-cinq cents, ça t'irait ?

— OK, Muriel.

— Seigneur..., murmura-t-elle, et elle se laissa aller contre son dossier en secouant la tête. Arrête de me prendre pour une idiote, Larry ! Ce revolver doit être au laboratoire de balistique dans deux heures. Et au service de sérologie, dès qu'ils en auront terminé. Et toi, tu téléphones illico à l'ATF, pour lancer les recherches sur le numéro de série.

— Bien, m'dame.

— Tu peux t'estimer heureux de la façon dont les choses se sont passées. Il aurait suffi qu'Arthur découvre le dixième de tout ça, pour que tu te sois retrouvé à Rudyard, sous les verrous. Cette idée ne t'a pas effleuré ?

— Oh, épargne-moi tes sermons.

— Je suis on ne peut plus sérieuse.

— Ça va, ça va, Muriel. C'est vrai que j'aurais pu te le dire, il y a quelques jours. Eh bien, je te le dis maintenant. Le procureur n'en saura rien. Tu n'as pas besoin d'entrer dans les détails.

— C'est-à-dire ?

— Allez, quoi, Muriel – ne fais pas celle qui débarque. Est-ce que tu demandes la recette des saucisses, quand tu vas chez le charcutier ? Non, tu achètes tes saucisses, et tu sais que tu peux les manger.

— Est-ce qu'il y a autre chose que j'ignore, Larry ?

— Passons.

— Pas de ça, Larry. Je ne vois pas comment tu pourrais me demander de me fier à toi les yeux fermés, après un coup pareil.

— On joue à quoi là, à colin-maillard ?

— Appelle ça comme tu veux. »

C'était bel et bien un duel. Il en avait toujours été conscient, et il savait aussi qu'il n'aurait pas le dessus.

« OK. Tu croyais peut-être que le camée se trouvait vraiment dans la poche de Squirrel ? »

Ça, ça lui avait cloué le bec. Muriel la Panthère eut un mouvement de recul angoissé.

« Jusqu'ici, oui.

— Ben, c'était vrai.

— Ah ! Espèce de con ! lâcha-t-elle, soulagée.

— Mais pas le jour où je l'ai arrêté. Il était dans sa poche la veille au soir. C'est un de mes collègues, un type un peu cleptomane sur les bords, qui avait mis la main dessus. Je n'ai fait que le remettre à sa place. Voilà ce que j'essaie de te faire comprendre. Ne viens pas me dire que tu es choquée... »

Elle ne l'était manifestement pas.

« Larry, faire ce qu'il faut pour que le dossier tienne debout, c'est une chose ; cacher des empreintes qui ont été retrouvées sur la détente de l'arme du crime, c'en est une autre. Tu le sais aussi bien que moi. » Elle se tourna vers la baie vitrée, derrière son bureau. « Quel bordel ! » fit-elle.

Elle s'était plongée dans ses réflexions, l'ongle du pouce tambourinant contre ses incisives supérieures. L'espace d'une seconde, il sembla à Larry que le bon sens de Muriel, comme un gilet de sauvetage, la ramenait tout doucement vers la surface.

« Je vais accorder l'immunité à Collins, déclara-t-elle.

— Quoi ?

— Si Arthur obtient ce qu'il veut, il n'ira pas chercher plus loin. Avec un peu de chance, Jackson nous donnera la primeur et l'exclusivité des révélations de Collins.

— Tu ne peux pas lui accorder l'immunité. Ce type s'est promené des années avec l'arme du crime !

— Je n'ai plus le choix, Larry. Tu m'as mise le dos au mur. Tu veux peut-être que j'accuse Collins d'être le meurtrier potentiel, tout en demandant l'exécution de Gandolph ? C'est l'un ou l'autre. Purée, Larry ! si ce sont bien les empreintes d'Erno, sur la détente, ça nous ramène à la case départ. Et Collins pourrait bien être notre dernière chance. Harlow avait raison : imagine que Farwell incrimine Rommy, une fois pour toutes !

— Ça, non ! » riposta Larry. C'était un cri de protestation globale. Il en voulait au monde entier. « C'est à cause des élections, pas vrai ? Tu as décidé de donner l'immunité à Collins, quoi qu'il arrive. C'est Ned qui t'a fait changer d'avis. Moi, je ne suis qu'une excuse. La vérité, c'est que tu ne veux pas tenir tête à Harlow.

— Oh, tu fais chier, Larry ! » Elle attrapa un crayon sur son bureau et le balança contre la vitre. « Putain de merde, tu ne comprends donc pas ? L'élection, c'est le cadet de mes soucis. Au-dessus de tout ça, il y a la loi. Les règles. La justice. Seigneur, Larry, dix ans ont passé, et aujourd'hui, quand je t'écoute, je me demande vraiment ce qui t'est arrivé. Est-ce que tu peux comprendre ça ? »

Elle s'était penchée sur son bureau, comme si elle s'apprêtait à lui sauter à la gorge.

« Très bien, répondit-il. Je comprends très bien. » Il avait mis le cap sur la porte. « Même si je ne suis qu'un flic. »

C'était le début de la soirée. Gillian attendait devant le Morton's du centre-ville. Les bureaux achevaient de se vider et la circulation avait retrouvé une certaine fluidité. À quelques mètres d'elle, deux clientes s'étaient écroulées sur le banc de la station de bus, recrues de fatigue, leurs sacs de courses à leurs pieds.

Elle mesurait à présent la durée de sa relation avec Arthur à la lumière du soleil, qui déclinait chaque jour un peu plus tôt. Ce soleil, qu'ils avaient regardé ensemble au point du jour, avait commencé sa lente plongée vers les eaux du fleuve, déployant ses rayons comme une queue de faucon, parmi les petits nuages qui ourlaient l'horizon. Quelque chose dans l'air annonçait, quoique d'encore très loin, l'automne. On avait eu beau lui dire et lui répéter que c'était le symptôme d'une nature dépressive, elle n'avait jamais réussi à se défaire de ce qui la portait à réagir avec une inquiétude superstitieuse devant les phénomènes naturels de déclin, qu'il s'agisse de la tombée du jour ou de la fin de l'été. La vie était belle et bonne, mais ça ne durerait pas.

Arthur arriva avec un léger retard, et au premier coup d'œil, elle sut qu'il s'était passé quelque chose.

« Encore un message de Super-Muriel ! » lui annonça-t-il, dès qu'elle eut pris place à son côté. Il lui avait apporté des copies des deux brèves motions déposées l'après-midi même par le service du procureur auprès de la cour du district et de la cour d'appel. Accusant réception « d'indices matériels nouveaux

concernant les circonstances et la nature du crime »,
Muriel leur demandait de surseoir à toutes les procédures pendant deux semaines pour permettre au ministère public de mener son enquête.

« Qu'est-ce que ça peut bien être ? demanda Gillian.
Tu l'as appelée ?

— Naturellement. J'ai demandé à avoir accès à ces
nouvelles informations, et elle a refusé net. Après un
échange un peu vif, nous sommes finalement convenus
que, si je lui donnais deux semaines, elle déposerait
une motion pour annuler l'ordre de la cour d'appel et
rouvrir le dossier. En gros, elle nous cède tout le terrain
qu'elle avait conquis.

— Seigneur ! » Elle se rapprocha d'Arthur, qui était
au volant, pour le prendre dans ses bras. « Mais qu'est-
ce que ça signifie ? Tu crois qu'elle va accorder l'immunité à Collins ?

— J'ai peine à croire qu'avant même de l'avoir
entendu, elle accepte d'admettre que son témoignage
est suffisamment crédible pour justifier la réouverture
du dossier. Si ce que Collins a à dire ne lui plaît pas,
il lui suffira de prétendre qu'il ment. C'est donc qu'il
y a autre chose. Quelque chose d'énorme. »

Pendant des mois, Arthur s'était accroché à l'improbable espoir que Muriel verrait tout à coup la lumière,
sur le compte de Rommy. Gillian, elle, ne se faisait
guère d'illusions au sujet du premier adjoint, mais
Arthur s'obstinait à voir tous ses ex-collègues sous un
jour indulgent. Quoi qu'il en fût, Gillian subodorait
comme lui une énorme anguille sous roche.

« La journée a donc été bonne ? s'enquit-elle.

— Hmm, pas si mauvaise, somme toute.

— Tu as eu d'autres nouvelles ? Alarmantes ?

— Rien concernant l'affaire et rien de vraiment alarmant. Non, Muriel m'a glissé quelques commentaires, sur nous deux. Ils savent.

— Je vois. Et qu'est-ce que tu en penses ? »

Il haussa les épaules. « Pas grand-chose. Ça me met juste un peu mal à l'aise. »

« Je te l'avais bien dit ! » aurait grincé sa harpie de mère. L'élégante réserve de Gillian, si savamment cultivée, n'était pour elle qu'un moyen de recycler et de canaliser cette voix qu'elle ne parviendrait jamais à arracher de sa mémoire. Mais ce pauvre Arthur tenait à l'estime et à l'amitié des gens. Exactement comme elle l'avait prédit, il souffrait de se sentir dédaigné pour le choix qu'il avait fait. Ce matin-là, à six heures, elle l'avait trouvé perdu dans ses pensées devant le lever du soleil.

« Tu m'avais prévenu, hein ? c'est bien ce que tu ne voulais pas me dire ?

— Je suis à ce point cousue de fil blanc ?

— Ça va s'arranger », dit-il.

Elle lui sourit et sa main partit à la rencontre de la sienne.

« Sans blague, fit-il. Tu sais à quoi je pensais, ce matin – je me demandais si nous ne ferions pas mieux de quitter cette ville.

— Oh, vraiment ?

— Vraiment. Il nous suffirait de faire nos valises, et de mettre la clé sous la porte. Nous pourrions repartir de zéro. Nous deux. J'ai mené ma petite enquête, Gillian. Dans quelques années, si tout continue à bien se passer, il existe des États où tu aurais de bonnes chances d'avoir gain de cause, si tu demandais ta réadmission.

— Ma réadmission ? Au barreau ? »

Il eut l'audace de jeter un œil dans sa direction, et de répondre d'un hochement de tête stoïque, avant de revenir à la route. L'idée avait de quoi lui couper le souffle. Jamais elle n'aurait osé espérer une telle résurrection.

« Et ta propre carrière, Arthur ?

— Quoi, ma carrière ?

— Après toutes ces années d'efforts, renoncer à ta position, dans ton cabinet ?

— Simple symptôme d'angoisse de rejet, de ma part. J'ai tenu à y arriver, coûte que coûte, parce que, en cas d'échec, je me sentais incapable d'exercer seul. D'ailleurs, vu le tour que prennent les choses avec Rommy, je ne devrais pas tarder à faire fortune. Si nous obtenons sa libération, Rommy pourra demander d'énormes dommages et intérêts. Je peux très bien quitter le cabinet et m'occuper exclusivement de son affaire. Il gagnera des millions, dont une partie pour moi. J'ai déjà réfléchi à tout ça.

— Je vois.

— Non, ce n'est peut-être pas ce que tu crois. Je n'ai rien d'une star des prétoires. Je suis plutôt du genre vaillant petit soldat. Je n'ai pas la tchatche qu'il faut pour attirer des gros clients, mais je suis tout à fait capable de me trouver une bonne affaire, et d'y investir toute mon énergie, surtout si c'est une cause à laquelle je crois. »

Dix ans plus tôt, et vu de très loin, il lui était apparu comme l'une de ces personnes qui sont nées quinquagénaires, mais ce devait être l'effet de son physique et de cet air fataliste qu'il semblait avoir hérité de son père. En fait, la partie la plus essentielle d'Arthur était un éternel adolescent. Il n'avait jamais fait sienne la vision du monde complexe et équivoque que partagent la plupart des adultes. L'affaire Rommy lui avait permis de laisser s'exprimer cette partie de lui-même qui s'épanouissait dans la lutte pour atteindre un idéal, fût-il inaccessible.

« Et ta sœur ? » lui lança Gillian.

La question s'imposait, évidemment. Le visage d'Arthur reflétait les mouvements de sa pensée qui s'était mise en branle, aussi clairement que si les rouages de son esprit s'étaient trouvés projetés sur un écran. Et là, sous ses yeux, Gillian vit le cœur d'Arthur tomber en flèche, rattrapé par la réalité, et se briser en percutant le sol.

« Nous ne sommes pas obligés de quitter le Midwest. De toute façon, si je dois m'occuper du procès civil de Rommy, je ne pourrai pas trop m'éloigner. Je devrai revenir ici au moins une ou deux fois par semaine. Tiens – et si je passais le relais à ma mère ? Voilà trente ans qu'elle nous fait le coup de l'abonné absent. C'est moi qui ai tenu lieu de mère à Susan. Et si je lui disais qu'il serait temps pour elle de grandir un peu ? »

Gillian sourit. Il semblait en effet y avoir réfléchi, et sérieusement. Elle n'avait jamais eu cette capacité illimitée à caresser les espoirs les plus improbables – ce qui était l'une des multiples raisons qui l'avaient poussée à chercher refuge dans la drogue. Mais elle aimait le voir ainsi prendre son vol, libre de toute entrave. Récemment, elle s'était plusieurs fois surprise à s'envoler dans son sillage. Cela ne durait guère plus que l'un de ces isotopes instables générés par les accélérateurs de particules et dont l'existence est presque purement théorique. Mais elle éclata de rire dans la pénombre, les yeux mi-clos, et, l'espace d'une infime fraction de seconde, se laissa convaincre par Arthur, par cette foi qu'il avait en un avenir parfait.

38.

Une autre histoire

Le 22 août 2001

Pour Jackson Aires, ça n'était pas un mince plaisir que d'enquiquiner le monde. Il avait initialement donné son accord pour un entretien avec Collins, préalablement à sa déposition officielle, à condition que l'entrevue ait lieu à Atlanta et que le service du procureur de Kindle County prenne en charge ses frais de voyage jusqu'en Géorgie. Mais il se trouvait que Collins était revenu à Kindle County pour régler les problèmes de la succession de son oncle. Toutefois, selon Jackson, son client avait à présent décidé de ne parler qu'après avoir solennellement prêté serment devant Dieu. Restait donc à Muriel l'option de réunir un Grand Jury pour poursuivre l'instruction du massacre du 4 juillet parce que, dans le cadre d'un meurtre, cette procédure n'était pas limitée dans le temps, et qu'elle préférait largement cela à une déposition sous serment : ça lui laisserait toute latitude pour interroger Collins sans avoir Arthur dans les pattes et sans lui donner la possibilité de divulguer immédiatement les parties du témoi-

gnage qui le serviraient – tout en évitant de violer les
règles en vigueur dans son propre service, où l'on n'ac-
cordait pas ce genre d'immunité dans une affaire civile.
Jackson lui-même s'était prononcé en faveur du Grand
Jury car ainsi, la loi garantirait la confidentialité du
témoignage de Collins.

Le 22 août, Collins débarqua dans l'antichambre de
la salle d'audience du Grand Jury, vêtu de cet élégant
costume sombre qu'il portait à l'enterrement de son
oncle. Il tenait à la main une bible autour de laquelle
était enroulé un chapelet de perles de bois, avec une
grande croix d'argent. Le livre avait été tant de fois lu
et relu que ses pages avaient pris la consistance d'un
fin papier journal. Collins était bien entendu escorté de
son avocat, ainsi que de son épouse, aussi blonde et
aussi pulpeuse que sur les photos.

Muriel leur présenta le formulaire de l'ordre d'immunité, que Jackson tint à lire à haute voix jusqu'au
dernier mot, comme s'il n'en avait pas déjà vu par dou-
zaines, puis Muriel ouvrit les portes de la salle du
Grand Jury. Bien qu'il sût pertinemment que la loi
n'autorisait pas sa présence dans les lieux, Jackson
tenta d'y entrer avec eux. Outre les jurés et le greffier,
seuls les témoins du procureur étaient admis dans la
salle.

« Je vais devoir y assister, décréta Aires. C'est ça ou
rien. »

Au bout d'une demi-heure de tergiversations, ils
convinrent que Collins prêterait serment et que son
témoignage serait ensuite différé. La séance se poursuivrait au cabinet de Jackson et le Grand Jury en rece-
vrait ultérieurement un enregistrement sur bande

magnétique. Muriel n'était pas mécontente de s'éloigner du tribunal où un journaliste un peu fouineur risquait d'avoir vent de quelque chose.

Jackson avait plusieurs bureaux, l'un au centre-ville et l'autre à Kewahnee, mais son cabinet principal était sis dans le North End, à proximité de l'aéroport de DuSable. Tout comme Gus Leonidis, Aires avait refusé de fuir devant le déclin du quartier où il avait grandi. Son cabinet était situé dans un long bâtiment de plain-pied dont il était propriétaire et qui abritait une enfilade de locaux commerciaux. Le cabinet d'Aires en occupait une extrémité.

Muriel était venue seule dans sa propre voiture, sans Larry et sans Tommy Molto. Dès le début de la semaine, on avait enregistré des températures caniculaires. Le soleil était de plomb et la chaleur accablante. Un instant, elle avait été tentée d'aller attendre ses deux acolytes dehors, mais elle avait aussitôt battu en retraite vers le vestibule climatisé.

Enfin, tout le monde se retrouva dans le grand bureau d'Aires. Vu les présomptions du personnage, elle s'attendait à ce que Jackson ait fait de cette pièce un véritable musée à sa propre gloire, mais sur les murs et les étagères de sa bibliothèque, n'étaient exposées que des photos de famille. Aires avait trois enfants qui étaient tous avocats dans d'autres villes et, si les calculs de Muriel étaient exacts, neuf petits-enfants. La mort de sa femme remontait à quelques années. À en juger par l'étendue de ses locaux et par l'activité fébrile qui y régnait (Jackson employait deux autres avocats), Muriel n'aurait su dire si Aires aurait été plutôt enclin à louer les mérites de la libre entreprise triomphante,

ou au contraire, à s'insurger contre le système, alléguant qu'il s'était battu trop durement pour obtenir ce
qui aurait dû lui revenir de plein droit. Les deux hypothèses étaient plausibles.

« Installez-vous ici, Muriel. » Avec une galanterie
inattendue, il lui offrit le grand fauteuil directorial qui
trônait derrière son propre bureau. La pièce était meublée dans le style danois moderne, carré, fonctionnel.
Aires prit place face à Muriel, au côté de son client,
tandis que Mrs Farwell, Molto et Larry allaient s'asseoir en ligne derrière eux, tel un chœur antique. Toujours égal à lui-même, Jackson sortit son propre
magnétophone et le plaça sur le bureau, près de celui
de Muriel.

On commença par tester les deux appareils puis,
quand tout fut prêt, Collins se tourna vers son avocat :
« Je peux commencer ? lui demanda-t-il.

— Attendez donc que cette dame vous ait posé une
question. On n'est pas dans un cours de théâtre. Ce
n'est pas votre grand monologue, que vous vous apprê-
tez à nous balancer !

— De toute façon, je ne vois qu'une chose qui
mérite d'être dite, répliqua Collins.

— Et qui est ? interrogea Muriel.

— C'est mon oncle Erno qui a tué ces trois personnes. Gandolph n'y est pour rien. »

Comme elle lui demandait ce qui lui permettait de
l'affirmer, Collins consulta Aires du regard. Son avocat
leva vers lui une main fataliste. « Eh bien, maintenant
que vous avez commencé, il ne vous reste plus qu'à
aller jusqu'au bout. »

Collins ferma un instant ses étonnants yeux ocre,

puis laissa tomber : « Parce que, Dieu me pardonne – j'y étais et j'ai tout vu. »

Le fauteuil d'Aires était trop haut pour Muriel. Ses escarpins étaient à demi déchaussés, et elle dut donner plusieurs coups de talon sur la moquette, avant de parvenir à faire pivoter son fauteuil pour venir se placer bien en face du témoin. Les tempes de Collins commençaient à se dégarnir et sa silhouette s'était un tantinet épaissie, mais il restait d'une beauté quasi surnaturelle. Son visage s'était pétrifié, comme celui d'un homme qui doit rassembler tout son courage pour affronter la vérité.

« Je ne veux surtout pas avoir à raconter cette histoire une deuxième fois, dit-il. C'est pour ça que j'ai demandé la présence d'Anne-Marie – pour que tout soit dit, une fois pour toutes. Mon Sauveur et Maître sait que je suis né dans le péché, mais c'est une chose terrible que de me souvenir de l'homme que j'ai été, du temps où je vivais sans lui. »

Muriel glissa un regard du côté de Larry. Il s'était affalé sur sa chaise, près du climatiseur. La chaleur l'avait contraint à tomber la veste – il avait soigneusement plié la sienne sur ses genoux, tandis qu'il se plongeait dans la contemplation de son propre pied, qui battait une mesure imaginaire sur la moquette. Ça ne faisait que commencer, mais Muriel subodora que Larry n'en avait déjà que trop entendu concernant Jésus, ses saints et ses anges. Au fil des années, il avait dû en voir un certain nombre, de ces lascars qui découpaient l'emblème de leur gang dans le ventre de leurs victimes, et n'entendaient la voix de Dieu qu'environ trente secondes avant que ne tombe leur sentence.

Muriel n'avait jamais été très gênée par ce genre de chose. Dieu reconnaîtrait les siens – c'était même pour cela qu'Elle était Dieu ! Mais son boulot à elle, Muriel, c'était de déterminer les responsabilités de chacun dès à présent. Ici, sur terre.

Elle fit défiler la bande du magnétophone en arrière, annonça la date et l'heure, expliqua la nature de la procédure et demanda à tous les présents de prononcer distinctement leur nom, pour avoir sur la bande un échantillon de toutes les voix.

« Commençons par votre identité », dit-elle à Collins. Lorsqu'il lui eut décliné son nom, son prénom et sa date de naissance, elle lui demanda s'il avait eu des pseudonymes ou des surnoms. Il lui en cita une bonne demi-douzaine.

« Vous êtes-vous déjà présenté sous le nom de Faro Cole ?

— Oui.

— Était-ce un pseudonyme ?

— Une nouvelle vie, disons, répliqua-t-il avec une sorte de sourire intérieur, quelque peu douloureux. Je suis comme tous ces gens qui persistent à désirer une nouvelle vie, jusqu'à ce qu'ils finissent par comprendre qu'ils peuvent et doivent renaître vraiment. » Puis s'adressant à son avocat : « Est-ce que je peux tout raconter, comme ça me vient ? »

En guise de réponse, Aires pointa l'index vers Muriel.

« Tout est là, dans ma tête, lui dit Collins. Ensuite, vous pourrez me poser toutes les questions que vous voudrez, mais j'aimerais commencer par vous raconter cette histoire telle que je l'ai vécue. »

Quoi qu'elle puisse dire, c'était de toute façon ce qu'il finirait par faire, se dit-elle. Collins présenterait les faits à sa guise – du point de vue d'un pécheur repenti, d'une victime, ou d'un laissé-pour-compte, au choix. Ce serait ensuite à elle de tout classer dans les petites boîtes rigides de la vérité juridique. Elle le pria de faire à sa convenance.

Il prit quelques secondes pour réajuster sa veste. Il portait une chemise blanche et une jolie cravate, choisie avec soin, comme d'habitude.

« Si on y réfléchit, commença-t-il, tout ça n'est qu'une histoire entre mon oncle et moi. Non pas que les autres protagonistes n'aient compté pour rien, évidemment. Mais à la base, c'était juste lui et moi. Voilà la première chose que je dois vous dire.

« On revenait de très loin, Erno et moi. Il n'y a peut-être jamais eu sur terre deux hommes qui se sont haïs comme nous, à certaines périodes. Je crois que c'est parce que nous étions chacun ce que l'autre avait de mieux. Mon oncle n'avait pas d'autre enfant que moi, et lui, il était tout ce que j'avais, comme père. Mais l'un comme l'autre, nous étions insatisfaits. Moi, tel que vous me voyez, on fait pas plus noir, et j'avais devant moi cette espèce de Hongrois avec son grand pif, qui me tannait sans arrêt pour que je calque ma conduite sur la sienne. Et, évidemment, je ne voyais pas comment j'aurais pu réussir à lui ressembler un jour. »

Le regard de Collins s'abaissa vers la croix et la bible qui reposaient sur ses genoux.

« Je ne devais pas avoir plus de treize ou quatorze ans, et tous autant qu'ils étaient, je ne pouvais pas les

voir, dans le quartier. Qu'ils le disent ou pas, pour eux,
je ne serais jamais qu'un Noir – et mauvais, avec ça.
Sauf que l'oncle Erno avait décidé de ne pas me lâcher.
Je traînais dans la rue toute la journée, à faire toutes
sortes de conneries. Je vendais de la dope, du crack
surtout – et j'en fumais. Or, mon oncle a toujours adoré
jouer au flic. Il venait me chercher dans les pires trous
à rats et me faisait la morale, en me disant que je
gâchais ma vie. "Mais justement, je lui répondais, c'est
la mienne, de vie, pas la tienne !" Et bien sûr, dès que
la police m'épinglait, il me suffisait de passer un coup
de fil à Erno, pour qu'il me sorte du pétrin.

« Ma première vraie condamnation date de 87. Erno
m'a collé à l'Honor Farm, une maison de rééducation
pour jeunes délinquants, et à ma sortie, vous voyez,
j'avais vraiment l'intention de me tenir à carreau. Si
vous êtes réglo, ils effacent tout et vous pouvez repartir
de zéro. Après ça, Erno et ma mère m'ont envoyé en
Hongrie, pour me faire changer d'air, et de là, je suis
allé en Afrique par mes propres moyens. Ensuite, à
mon retour, j'ai demandé à mon oncle de m'aider à
démarrer comme agent de voyages.

« En 1988, Erno a bien failli croire qu'il avait réussi.
Jamais il n'avait été aussi heureux et aussi fier. J'avais
enfin réussi à faire tout ce qu'il me disait de faire,
depuis toujours. Je me suis inscrit à l'école, j'ai suivi
mes cours, j'ai passé mon examen et j'ai décroché un
poste à Time to Travel. Tous les matins, je croisais mes
anciens copains dans la rue, en allant à l'agence, et je
faisais comme si je ne les connaissais pas. Et ça, je
vous prie de croire que c'était dur. Très dur. Erno et
ma mère n'arrêtaient pas de me raconter comme ils

avaient galéré dans leur jeunesse, en Hongrie. Ils en étaient réduits à manger des écureuils et des oiseaux qu'ils attrapaient dans les parcs, et tout le bordel. Mais moi, j'avais beau bosser, et bosser tant et plus, je n'avais toujours pas un rond devant moi. À vingt ans bien sonnés, je me retrouvais dans une chambre chez ma mère. Quand ils m'ont promu agent, j'étais payé à la commission, mais aucun de nos gros clients, vous savez, ceux qui gèrent les comptes des grosses entreprises, ne voulait avoir affaire à un Noir. J'ai donc fini par dire à Erno : " Écoute, oncle Erno, j'y arrive pas. C'est pourtant pas faute d'avoir essayé, mais là, je crois que je vais jeter l'éponge." »

Collins leva brièvement les yeux, le temps de juger de l'effet de ses paroles. Molto en profita pour s'assurer que son magnétophone fonctionnait toujours, et Jackson s'empressa aussitôt de faire de même.

« Erno avait compris que j'allais replonger, et il s'arrachait les cheveux. Un moment, il a même pensé à me faire engager dans son équipe, à la compagnie aérienne – il avait toujours tout un tas d'idées, toutes plus nazes les unes que les autres. Mais c'est comme ça que j'ai commencé, avec les billets. Au début, il a essayé de me faire avaler que c'était tout simplement des tickets perdus qu'il avait récupérés. Mais je n'ai pas tardé à comprendre de quoi il retournait. »

Larry s'éclaircit la gorge : « Je peux vous poser une question ? » Le ton sur lequel il l'avait dit était à peine aimable. Emporté par le cours de son récit, Collins mit un certain temps à lever les yeux.

« D'où venaient les billets ?

— À l'époque, expliqua Collins, ça n'était que le

début de l'informatisation, pour les systèmes de billet-
terie. Les imprimantes marchaient quand elles voulaient – elles imprimaient cinq lignes sur une seule, ou
faisaient des pâtés. Les trois quarts du temps, les
hôtesses préféraient remplir les billets à la main, avant
de les passer dans la machine à valider, avec leur
cachet. Quand vous faisiez une erreur en remplissant
un billet, il suffisait de l'annuler, en consignant le
numéro du billet dans un rapport d'erreur. Les billets
qu'Erno me donnait, c'étaient des tickets dûment
validés, mais vierges. Leur numéro figurait dans les
listes du rapport d'erreur, ce qui fait que personne ne
s'étonnait de leur disparition.

— À la compagnie aérienne, on m'a dit que quelqu'un qui aurait tenté de voyager avec ce genre de billet se serait fait pincer, tôt ou tard.

— Sans doute, concéda Collins. Mais justement, ces
billets, personne ne les utilisait pour voyager. Je me
contentais de les échanger contre d'autres billets. »

Muriel jeta un coup d'œil vers Larry, pour voir si
quelque chose lui avait échappé, mais lui aussi avait
l'air largué.

« Imaginez que j'aie un client qui me paie en
espèces, pour un voyage à New York. Je prends l'un
des billets de l'oncle Erno, et je le libelle comme un
aller pour New York, mais pour une date antérieure,
périmée. Comme il porte le tampon de la machine à
valider, c'est exactement comme s'il avait été rempli à
la main aux guichets de la Transnational. Ensuite, je
renvoie à la compagnie le billet d'Erno, pour couvrir
le coût de celui de mon client – comme s'il s'agissait
d'un simple échange, parce que la date du premier

n'est plus valide. J'empoche la somme versée par mon client au lieu de la déposer dans la caisse de Time to Travel, et au lieu des quelques cacahuètes de commission, j'ai gagné le prix du trajet – plus la commission. À la compagnie aérienne, la comptabilité se contentait d'enregistrer l'échange d'un billet périmé contre un billet valable. Et tout le monde n'y voyait que du feu.

— Futé, lança Muriel.

— L'idée n'était pas de moi, continua Collins. C'est Erno qui avait tout combiné. Il était au courant de toutes les magouilles possibles et imaginables, avec les billets. Il a donc fini par trouver l'arnaque parfaite. Pour lui, c'était une espèce de sport cérébral – il était comme ça.

— C'est vrai, confirma Larry. Mais je me demandais un truc : pourquoi votre oncle ne s'est-il pas contenté de vous donner de l'argent, comme toute personne normalement constituée ? »

La tête de Collins eut un mouvement de va-et-vient, tandis qu'il réfléchissait à sa réponse.

« Vous savez, mon oncle a toujours été un peu bizarre. Primo, il était du genre regardant. Pour lui, un dollar, c'était un dollar, et il préférait qu'il soit dans sa poche. Ensuite, il n'arrêtait pas de se plaindre de ses employeurs. Il trouvait qu'ils lui devaient bien ça, sans compter que, vous savez... ça peut être vraiment le pied, d'enfreindre le règlement. L'attrait du danger – j'imagine que vous connaissez. Erno ne s'est jamais consolé de s'être fait jeter de l'école de la police. Et son attitude envers moi c'était, *grosso modo* : "Si je vois que tu fais un effort pour t'en sortir, tu peux compter sur moi – je suis prêt à tout pour te donner un coup de main !" »

Larry eut une mimique équivoque, qui devait signifier quelque chose comme « Allez savoir, avec un tel margoulin ! »

Collins poursuivit : « Enfin, bref, je crois que j'avais toujours l'impression d'être téléguidé par mon oncle. Une année, je suis allé en Europe pour les vacances. J'ai atterri à Amsterdam, et là, comme je n'avais qu'à me baisser, j'y ai repiqué. Mais cette fois, quand je me suis fait épingler, Erno a refusé d'intervenir. Il s'était mis en quatre pour moi, et voilà comment je le remerciais ! J'ai été écroué à Jensenville, mais il n'est pas venu me voir une seule fois.

« Je n'ai compris dans quel pétrin je m'étais fourré qu'à ma sortie de prison, en 90. En fait, il n'y avait que deux choses que je savais faire : fourguer de la dope et des billets d'avion. Et je ne pouvais plus faire ni l'une ni l'autre. Il aurait suffi que je me fasse serrer une fois de plus par la brigade des stups, et j'étais bon pour la prison à vie. Quant à ma licence d'agent de voyages, je l'avais perdue lors de ma condamnation, en 89. Alors j'ai changé de nom. Je me suis rebaptisé Faro Cole, j'ai falsifié les papiers d'inscription au diplôme, et je l'ai carrément repassé.

— Ah ! » lâcha Muriel.

Pour toute réponse, Collins n'eut qu'un petit sourire contrit.

« Ensuite, je me suis trouvé un job chez Mensa Travel, à nouveau payé à la commission. Et ça, c'était le retour à la case départ : beaucoup de boulot, pour des clopinettes. Je me suis donc souvenu de la combine avec les billets. La première fois, ça avait marché comme sur des roulettes. Il me suffisait de trouver quelqu'un qui pouvait m'en procurer sans laisser de traces. Évidemment, je ne pouvais pas me rendre personnellement aux guichets de TN – mon oncle m'aurait fichu dehors. Mais une nuit que je traînais dans un bar, j'ai vu arriver Gandolph, en quête d'une arnaque, ou d'un truc à piquer. Je l'avais rencontré durant les quelques mois où j'avais travaillé à l'aéroport, à ma sortie du lycée. À l'époque, il venait m'acheter de l'herbe. Mais les années avaient passé, et il ne se souvenait même plus de mon nom, mais je me suis dit qu'il était toujours au courant de tout et je lui ai demandé s'il ne connaissait pas un guichetier, à DuSable, qui aurait aimé arrondir un peu ses fins de mois. Et je lui ai promis que si ça marchait, il toucherait sa part du gâteau. C'est comme ça que j'ai rencontré Luisa.

« Au début, elle n'a rien voulu savoir. Mais je lui ai dit que Erno avait fait la même chose et que personne n'avait rien su. C'est ce qui lui a fait changer d'avis. »

Muriel lui demanda à quelle date se déroulaient ces événements.

« Nous avons dû commencer au début de l'année 91. En janvier, disons. 91 – c'est bien l'année où ils se sont fait tuer ? Oui, ça devait être en janvier. Et tout s'est très bien passé, jusqu'à ce que je tombe à nouveau sur Gandolph, dans le même bar. Le Lamplight – c'est là qu'il m'a annoncé qu'elle ne lui avait rien donné. Peut-être parce qu'elle n'avait pas bien compris que c'était à elle de lui verser sa part. C'était pourtant pas faute de le lui avoir dit, mais enfin, elle ne l'avait pas fait. Squirrel s'est mis à râler dans tout l'aéroport, jusqu'à ce qu'elle finisse par lui donner son camée, pour qu'il la boucle, le temps qu'elle réunisse ce qu'elle lui devait.

— Ce que vous nous expliquez là, c'est que Luisa lui a laissé son camée en gage – c'est bien ça ? demanda Muriel.

— Exactement, répondit Collins. Elle lui a dit que c'était un héritage. Un bijou de famille. Évidemment, c'était déjà trop tard, parce que, comme Squirrel était allé tout raconter à qui voulait l'entendre, Erno était déjà au courant et il était furieux. En entendant mon nom, il a tout de suite compris ce qui se passait, et il m'est tombé dessus. Il était vert de rage. Ce culot que j'avais, de venir le voler sous son nez, dans sa propre boutique, et en appliquant une recette que je tenais de lui, avec ça ! Il m'a dit de tout arrêter immédiatement, et que, sinon, il s'en chargerait lui-même. Dès le lendemain, il a fait fouiller Luisa sous le premier prétexte.

— La drogue, suggéra Larry.

— Exact, fit Collins. La drogue. Il a raconté qu'elle cachait de la drogue sur elle. Il a dû se dire que, si elle était dans une combine avec moi, ça ne pouvait être qu'une histoire de drogue. Mais elle, elle n'était pas du genre à se laisser impressionner. Et elle avait besoin d'argent pour payer Gandolph, parce qu'elle voulait récupérer son camée.

« Au début de juillet, elle m'a donné rendez-vous. Elle m'a expliqué qu'elle avait pris toutes les précautions et qu'elle avait réussi à mettre quelques billets à gauche. Elle pensait n'avoir rien à craindre d'Erno, et elle m'a assuré qu'elle avait trouvé une bonne planque pour les billets. Là où ils étaient, m'a-t-elle dit, personne ne les trouverait. Elle m'a donné rendez-vous le 4 juillet. Elle s'était dit qu'un jour pareil, il n'y aurait pas grand monde dans le coin.

« Alors, le 3 juillet au soir, ou plus exactement le 4 à minuit et demi, nous nous sommes retrouvés au Paradise. Elle n'avait pas passé la porte depuis cinq minutes que j'ai vu débouler Erno, presque sur ses talons. Évidemment, il avait surveillé les listes de ses rapports d'erreur. Il avait dû fouiller dans ses affaires. Il s'est tourné vers moi et il m'a dit : "Toi, tu fiches immédiatement le camp et vous, a-t-il fait, pour Luisa, vous me rendez immédiatement les billets que vous avez cachés dans vos sous-vêtements, et vous me signez une lettre de démission, ou j'appelle les flics." Mais Luisa lui a répondu du tac au tac : "Va te faire voir ! Vas-y, appelle les flics ! Dès qu'ils arriveront, je me ferai un plaisir de leur raconter de qui venait l'idée !" »

Collins leva sa main en visière et changea de position sur son siège, pour se protéger d'un rayon de soleil qui lui arrivait dans l'œil. Comme Jackson se levait pour réajuster les stores, Collins marqua une brève pause, puis poursuivit :

« Quand elle lui a dit ça, ça a tout fait basculer. Parce que Erno, ça ne lui était pas venu à l'idée, que j'aie pu cafter. Jamais il n'aurait imaginé que j'irais ébruiter ce genre de secret, auprès de quelqu'un qui n'était même pas de la famille.

« Il est devenu rouge pivoine, et il a ouvert des yeux comme des soucoupes. Il était vraiment prêt à tuer quelqu'un – pour de bon. Sauf que ça n'était pas après Luisa qu'il en avait. C'était après moi. S'il avait eu une arme, à cet instant-là, c'est sûrement moi qu'il aurait descendu. Mais il n'en avait pas. Pas encore. Il nous est tombé dessus, en gueulant tout ce qu'il savait, jusqu'à ce que Gus rapplique, et lui dise d'aller crier dehors. Mais Erno faisait la sourde oreille, et au bout d'une minute, Gus est sorti de derrière son bar, le pistolet au poing.

« Après, ça s'est passé *grosso modo* comme mon oncle l'a raconté au tribunal : Erno a dit à Gus qu'il ne descendrait personne, Luisa lui a pris le pistolet des mains et Erno a attrapé l'arme au vol. Je serais incapable de vous dire si c'est uniquement par accident qu'il a fait feu sur elle. D'après ce que j'ai vu, j'ai eu l'impression qu'elle avait encore l'arme en main, quand le coup est parti. Mais tout s'est passé tellement vite... Bang ! Ce boucan ! Cinq minutes après, on avait l'impression que les murs vibraient encore. Et Luisa qui restait là, à regarder ce trou qui fumait, au milieu de son corps – parce que ça fumait, comme une cigarette. Pendant un bon moment, on est restés plantés là, tous les trois, à se demander ce qu'il fallait faire. C'était vraiment bizarre.

« Finalement, Gus a claqué des doigts et a couru vers le téléphone. Erno lui a dit de revenir, mais Gus a continué et mon oncle lui a tiré dessus, comme s'il abattait un cheval.

— Et vous ? demanda Larry.

— Moi ?

— Oui, qu'est-ce que vous faisiez ?

— Putain, mec, j'avais assisté à toutes sortes de scènes de bagarres, mais en fait, c'était la première fois que je voyais quelqu'un se faire flinguer en direct. Et c'était vraiment épouvantable. La première chose qui m'est venue à l'esprit, ça a été : "Comment faire pour rembobiner la bande, et revenir à la minute précédente ?" C'était tellement la folie que je n'arrivais pas à croire que cette scène pouvait durer. C'était comme un cauchemar – vous vous dites que ça va prendre fin d'un instant à l'autre, et que les choses vont revenir d'elles-mêmes à la normale. Et peu à peu, vous commencez à comprendre que non : ce qui est fait est fait.

« Quand j'ai vu Gus s'écrouler, j'ai éclaté en larmes, et mon oncle s'est mis à brailler : "La faute à qui, Collins ? La faute à qui, hein ?" Là, je me suis dit que ça allait être mon tour, et j'ai lorgné les vitrines, dans l'espoir que quelqu'un entendrait les coups de feu et appellerait la police. Mais c'était le 4 Juillet, et les détonations étaient passées inaperçues.

« Après ça, Erno a trouvé le troisième. Il s'était planqué sous la table, le pauvre. Mon oncle a pointé le pistolet sur lui et l'a forcé à descendre dans la chambre froide. Et j'ai entendu le coup de feu. Ça n'était pas tout à fait le même bruit que les deux premiers, je ne saurais pas vous dire pourquoi, mais ça avait quelque chose de plus atroce. Pour Erno aussi. Quand il est revenu et qu'on s'est regardés, j'ai vu que sa colère était retombée. Il s'est affalé sur une chaise, et s'est mis à me dicter ses ordres. On allait faire comme si c'était une attaque à main armée. "Ramasse ceci – essuie cela." J'ai suivi ses directives à la lettre.

— Est-ce qu'il vous menaçait ? s'enquit Muriel.

— Il n'avait toujours pas lâché le pistolet, si c'est ce que vous voulez dire. Mais il suffisait de le regarder pour comprendre qu'il n'avait plus l'intention de me tirer dessus. La vérité, c'est que ça ne lui était même pas venu à l'idée, que je puisse refuser d'obéir – parce que à moi non plus, ça ne m'était pas venu à l'idée. C'était la famille. » Il s'interrompit, et soupira.

« C'est donc vous qui avez traîné les corps au sous-sol ? l'interrogea Larry.

— Exact. En pleurant à chaudes larmes. » Se tournant vers Larry, il ajouta : « Vous vous demandez peut-être, pour les traces de pas ?

— Oui, en effet... » Le labo avait établi que les traces de pas que l'on avait retrouvées le long de la piste sanglante laissée par les corps provenaient bien des semelles de Paul Judson.

« Quand je suis remonté, après avoir descendu les deux corps, Erno s'est aperçu que mes mocassins étaient pleins de sang. "Tu peux pas te balader dans la rue avec ça aux pieds, qu'il m'a dit. Redescends. Et regarde si tu ne trouves pas des chaussures qui te vont, sur les corps." Pour la première fois, j'ai eu envie de l'envoyer sur les roses. "Moi, piquer les chaussures d'un mort !" Vous imaginez ? On s'est encore enguirlandés quelque temps, pour cette histoire de godasses. Mais j'ai fini par obéir. »

Collins pointa l'index vers Larry. « C'est simple : il vous suffit d'aller voir les chaussures que portait la troisième victime, le VRP. Des jolis mocassins italiens, gris perle, tout neufs. Des *Facione*, si je me souviens bien. Ils étaient trop grands pour lui d'une taille ou deux. J'ai vraiment eu du mal à croire que personne ne se soit aperçu de la substitution. Vous en connaissez beaucoup, vous, des hommes d'affaires qui prennent l'avion avec des mocassins gris perle ? »

Muriel crut apercevoir quelque chose, derrière le masque de dureté qu'affichait Larry, un frémissement à peine perceptible : les chaussures avaient fait tilt. L'histoire de Collins devait être très proche de la vérité, et elle-même commençait à le subodorer depuis un certain temps déjà.

« On se préparait à mettre les voiles, et on était près de la porte, lorsque Erno a claqué dans ses doigts. "Tiens-moi ça !" m'a-t-il dit. Il avait rassemblé tout notre butin – les portefeuilles et les bijoux, le cash, le flingue – dans un de ces grands tabliers que portait Gus. Il a filé vers l'escalier, l'a redescendu sur la pointe des pieds et dix minutes plus tard, je l'ai vu revenir avec une capote à la main.

— Un préservatif, vous voulez dire ? demanda Muriel.

— Oui. Un préservatif usagé. Et je me suis dit qu'après tout ce qu'il venait de faire... » Collins hocha la tête, à plusieurs reprises. « Enfin bref, Erno m'a dit : "Elle s'était enfilé un rouleau de billets où je pense. Jamais j'aurais eu l'idée d'aller les chercher là, si j'avais pas vu dépasser le bout du préservatif." Il y avait au moins une quinzaine de billets, enroulés serré. »

Pour la première fois, Collins regarda par-dessus son épaule en direction d'Anne-Marie. Derrière lui, son épouse avait écouté tout cela les bras croisés, le talon de la paume contre la bouche, comme pour s'efforcer de réprimer ses réactions. Mais lorsque Collins se retourna vers elle, elle lui tendit immédiatement la main, et ils restèrent ainsi un long moment, sans mot dire, main dans la main.

« Vous êtes sûr que ça va aller ? » demanda Aires à son client.

Collins demanda un verre d'eau et s'accorda une minute de pause. Ce moment de répit était le bienvenu pour tout le monde. Muriel se tourna vers Larry et tenta de capter son regard, mais il avait l'air terrassé, complètement replié sur lui-même. Elle sortit une minute dans le couloir et tandis qu'ils attendaient à la porte des toilettes, elle demanda à Tommy Molto ce qu'il en pensait. Tommy se plongea dans la contemplation d'une tache de sauce tomate qui avait atterri sur sa cravate et, tout en tentant de la gratter du bout de l'ongle, il lui répondit qu'il hésitait sur le parti à prendre. Elle non plus, elle ne savait pas trop ce qu'il fallait en penser.

Lorsqu'ils revinrent à leur place, Anne-Marie avait approché sa chaise de celle de son époux. Elle ne lui avait toujours pas lâché la main – et l'autre main de Collins restait agrippée à sa bible. Après s'être une fois de plus assurée du bon fonctionnement des magnétophones, Muriel précisa la date et l'heure, et demanda à Collins ce qu'ils avaient fait après avoir quitté le Paradise.

« J'ai raccompagné mon oncle jusqu'à chez lui. Cette nuit-là, on en avait vu de toutes les couleurs, tous les deux. Au Paradise, Erno était successivement passé de la colère au délire, puis à l'accablement et au découragement. Mais à présent, c'était la trouille qui prédominait. Il essayait de réfléchir à tous les aspects du problème, pour échapper à la police. Il me donnait ses directives : "N'oublie pas de dire aux gens que tu vois que nous sommes allés faire la fête ensemble, la nuit dernière, toi et moi. Et surtout, jamais un mot de tout ça, même si tu es fin soûl. Ni à tes copains, ni à tes copines." Mais son principal souci, c'était de se débarrasser du tablier et des objets compromettants qu'il avait dans son coffre – le flingue, les portefeuilles, les bijoux, tout était là-dedans. Il devait être plus de trois heures du matin et nous étions l'un et l'autre complètement épuisés. Je ne voulais plus entendre parler de tout ça, et Erno était en pleine crise de parano. Il se disait qu'il y avait de grandes chances pour qu'on se fasse pincer, si on essayait de jeter le tablier dans la rivière ou dans un grand feu, ou de l'enterrer quelque part dans un bois. Le soleil allait se lever dans deux heures. Mais dans la cour derrière chez lui, il y avait un petit appentis, avec un sol en terre battue. Là-dedans, on pouvait creuser un trou en toute tranquillité, sans se faire voir. Alors on a pris des pelles, on a creusé comme deux malades, et on a tout balancé dans le trou. Il disait qu'il trouverait une meilleure idée plus tard, lorsqu'il aurait eu le temps d'y réfléchir, mais je savais que ni lui ni moi n'aurions plus jamais la moindre envie d'aller déterrer ça. Puis il m'a raccompagné à ma voiture et, avant de me laisser partir, il m'a longtemps serré dans ses bras. Je devais avoir dix ans, la dernière fois qu'il l'avait fait, et au milieu de toute cette folie, ça a peut-être été la chose la plus folle : ça m'a vraiment fait du bien. Il avait buté trois personnes, mais moi, il m'avait pris dans ses bras. Quand je suis reparti dans ma voiture, je chialais comme un gamin.

« Après ça, je n'ai plus eu une seconde de paix. J'ai dû renoncer à me faire passer pour Faro, au cas où la police aurait découvert la combine, pour les billets.

Mais il ne s'était pas écoulé une semaine que j'étais retombé dans la poudre. Erno essayait encore de m'en empêcher, mais là, après réflexion, j'avais décidé de faire la sourde oreille à tout ce qu'il me disait. Un jour que j'étais au Lamplight, j'ai vu arriver Gandolph. Ça devait être deux mois après tout ça. Et voilà qu'au beau milieu du bar, sous les yeux d'une vingtaine de témoins, Squirrel me sort le camée de Luisa, enveloppé dans un bout de tissu crasseux. Je l'ai reconnu du premier coup d'œil. Je l'avais vu à son cou.

« "Faro, qu'il m'a dit – il ne me connaissait que sous ce nom-là. Faro, mon pote, qu'est-ce que je peux bien en faire, maintenant, de ce truc ? Personne d'autre ne m'en donnera grand-chose." Je lui ai répondu quelque chose comme "Fais gaffe à toi, vieux. Tu vas te faire pincer. T'as plutôt intérêt à t'en débarrasser au plus vite. La police va dire que c'est toi qui l'as flinguée !" Et il m'a répondu : "Comment ils pourraient dire ça, puisque j'ai rien fait ? Mon plan, c'est de retrouver sa famille. Eux, ils seront prêts à payer pour ce truc, maintenant qu'elle est morte. D'ailleurs, ils me le doivent bien, vu la dette qu'elle avait envers moi." Alors je lui ai dit : "À toi de voir. Mais à ta place, j'attendrais au moins que quelqu'un d'autre se soit fait épingler pour l'avoir butée. Et je veux surtout plus entendre parler de l'histoire des billets !" "Ça, ça risque pas !" qu'il m'a répondu.

« Mais quand j'ai raconté cette histoire à mon oncle, il s'est mis à grimper aux murs. Il avait les chocottes. Il voulait remettre la main sur Gandolph pour lui coller une bonne raclée et récupérer le camée avant qu'il nous ait mis dans le pétrin, tous les trois. Mais je crois qu'Erno n'a jamais réussi à retrouver sa trace. L'hiver n'avait pas encore commencé, et Gandolph n'allait pas traîner du côté de l'aéroport. »

Muriel étouffa un petit grognement. L'hiver. Erno avait beau avoir magistralement peaufiné sa version pour escamoter le rôle joué par son neveu, ce détail lui avait échappé, lorsqu'il leur avait raconté sa propre rencontre fictive avec Gandolph, au sujet du camée. C'était la première fois qu'elle l'avait pris en flagrant délit de mensonge, dans le box des témoins, et à cette seconde même, elle avait eu la conviction qu'Erdai mentait.

« Deux semaines plus tard, j'ai eu quelques ennuis de mon côté, poursuivit Collins. Je me suis fait épingler dans une rafle. Les flics savaient qu'ils me tenaient : "C'est la troisième fois que tu plonges, mon pote, qu'ils m'ont dit dans le fourgon. Regarde bien par la vitre, parce que c'est la dernière fois que tu vois une rue !" Quelle bande de peaux de vaches ! Le seul moyen de m'en sortir, c'était de leur balancer quelque chose. Et j'aurais été prêt à me mettre à table avant même d'être arrivé au poste, si je n'avais pas su que les GO m'auraient collé une balle dans la peau dès ma première nuit en prison.

« Alors, je n'avais pas passé deux heures derrière les barreaux que j'ai commencé à me dire que rien de tout ça ne me serait arrivé sans mon oncle. S'il ne s'en était pas mêlé, s'il n'avait pas descendu ces trois personnes, jamais je ne me serais retrouvé dans ce merdier. J'aurais pu balancer Erno, sans craindre de me faire descendre à mon tour par les mecs des gangs. Mais il y avait pensé – il pensait à tout. Mon premier visiteur, ça a été lui.

« "J'espère que tu n'as rien dit ?" qu'il me fait. J'ai fait semblant de ne pas comprendre, mais il ne s'en est pas laissé conter : "Je suis un trop vieux singe, Collins – n'essaie pas de m'apprendre à faire des grimaces ! Je sais très bien à quoi tu penses, et moi ce que je t'en dis, c'est pas pour moi. C'est pour toi. Vas-y – essaie d'aller leur raconter ce qui s'est réellement passé, et tu vas te retrouver dedans jusqu'au cou. À qui sont les chaussures qu'ils ont retrouvées sur un des corps ? Qui est-ce qui les refourguait, les billets de la fille ? Tu vas te prendre la prison à perpétuité pour la came. Et pour homicide, tu risques cinquante ou soixante ans. C'est ça que tu veux ? Ça m'étonnerait !" Évidemment, il avait raison. Question flicaille, mon oncle savait de quoi il parlait.

« Il m'a dit qu'il avait une meilleure idée : il suffisait de balancer ce pauvre branleur de Gandolph, qui avait crié sur tous les toits qu'il avait l'intention de descendre Luisa. C'était le suspect idéal. Y avait plus qu'à mettre la police sur la piste. Évidemment, je n'aurais pas juré que Squirrel serait assez bête pour garder le camée, après ce que je lui avais dit, mais Erno m'a dit de ne pas m'en faire. On avait toujours les objets enterrés dans son appentis. Si nécessaire, il pourrait se débrouiller pour faire pincer Gandolph avec quelque chose sur lui. Il pourrait dire qu'ils avaient découvert l'une de ses planques dans l'aéroport. Mais ça n'a pas été nécessaire, puisqu'il avait le camée, lorsque vous l'avez serré. Il espérait toujours récupérer l'argent que

Luisa lui devait. Ce genre de crétin, une fois que ça a une idée derrière la tête...

« Le seul truc, c'est que j'avais peine à croire qu'on puisse le prendre pour un assassin, ce pauvre Squirrel. Mais mon oncle m'a dit : "T'en fais pas. Un clebs, ça monte n'importe quelle chienne, du moment qu'elle a l'air en chaleur !" Mon oncle connaissait la musique, avec les flics. »

Muriel jeta un coup d'œil du côté de Larry, pour juger de l'effet produit par la remarque, mais il s'était absorbé dans la contemplation du parking qui s'étendait derrière les stores. Pour autant qu'elle pût en juger, la version d'Erno avait été tramée de main de maître. Le plus gros risque encouru par Erdai, c'était que, lors de son arrestation, Gandolph aurait pu se mettre à parler des billets, pour expliquer le camée. Mais sans doute Squirrel avait-il eu suffisamment de bon sens pour comprendre que cette histoire l'aurait emmené trop loin. Le fait d'avoir menacé Luisa le désignait d'office pour le rôle du tueur et, même au cas où il se serait mis à table, Erno et Collins savaient aussi bien l'un que l'autre que la police pouvait toujours courir pour remettre la main sur Faro.

« Ce qui explique que vous ayez refusé net de venir témoigner, quand nous sommes venus vous voir en prison, en 91 – n'est-ce pas ? demanda Muriel à Collins. Le jour où vous nous avez parlé du camée ?

— Exact, répondit Collins. C'était strictement exclu. Rommy m'aurait aussitôt reconnu comme étant Faro, et tout aurait éclaté au grand jour. Mais ça a marché. J'ai eu ma remise de peine et mon oncle a continué sa route comme si de rien n'était, comme après un simple accident de parcours.

« Erno a été aux petits soins pour moi pendant tout le temps que j'ai passé en prison. Il venait me rendre visite, il m'apportait des colis, et ne perdait pas une occasion de me faire la leçon, disant qu'il fallait absolument que je profite de cette dernière chance, quand je sortirais. J'ai été libéré fin 96. Personne n'avait remonté la piste de ce vieux Faro, alors j'ai repris cette identité et je me préparais à reprendre un boulot dans une agence de voyages, sauf qu'au bout de trois jours, je me suis retrouvé avec une pipe au bec, et c'est reparti. J'étais à nouveau accro, et Erno ne voulait plus entendre parler de moi. Le seul truc, c'est que j'avais une peur bleue de me remettre à dealer. Cette fois, si je m'étais fait choper avec une certaine quantité, j'étais sûr de tomber. Et cette fois, je n'aurais même pas pu balancer mon oncle pour les meurtres, puisque j'avais déjà fait tomber Gandolph, et que plus personne n'accepterait de croire à une nouvelle version.

« Une nuit que j'étais en manque, je me suis souvenu des objets que nous avions ramassés au Paradise, la nuit du 4 juillet. Ils devaient toujours être enterrés dans l'appentis au fond de la cour d'Erno. J'ai pris une pelle et j'y suis allé. Je me suis mis à creuser jusqu'à ce que je les retrouve. Le tablier était mangé aux mites, mais il n'y manquait rien. Au départ, je voulais simplement revendre quelques-uns des objets, les montres et les bijoux, pour pouvoir m'acheter un peu de came, mais quand j'ai vu le flingue, il m'est venu une autre idée. J'allais pouvoir faire cracher mon oncle. Ses empreintes digitales devaient toujours être sur la crosse et la détente. Il n'aurait pas le choix – il allait devoir me rendre ce qu'il me devait. Parce que j'en revenais toujours là : à cette dette qu'Erno avait envers moi. Une sacrée dette !

« Ma tante est arrivée et m'a dit qu'Erno était parti boire un verre chez Ike. J'ai filé là-bas et j'ai débarqué en tenant le flingue par le canon, pour ne pas effacer les empreintes d'Erno. Et je criais tout ce que je savais, comme quoi il m'avait empoisonné la vie et m'avait réduit à la misère. Évidemment, c'était la dernière des conneries, dans un bar où la moitié de la clientèle était composée de flics. Je n'avais pas prononcé trois mots qu'ils avaient tous dégainé.

« "Donne-moi ce flingue !" s'est écrié Erno, et il m'a arraché l'arme des mains, en me poussant vers la sortie. Il essayait de me raisonner, en me disant que j'allais finir par me faire tuer, avec mes conneries. Il m'a répété que je ne pouvais pas le balancer pour les meurtres, maintenant que je les avais mis sur le dos de Gandolph, et j'ai répliqué : "Putain, ce revolver porte tes empreintes. Y en a sur la crosse, partout !" – Il m'a répondu "Et alors ? Y a vingt flics qui viennent de me voir te le prendre des mains !" Là aussi, il avait raison, mais de mon point de vue, c'était toujours la même vieille rengaine qu'il me ressassait : lui, le Blanc bon teint, et moi, le sale Black. "Sans blague ? je lui ai dit. Mais j'ai aussi tout le reste du butin que j'ai déterré sous ton appentis ! Il reste un grand trou, à l'emplacement où on les avait enterrés, et cette fois, tu vas devoir répondre de tes saloperies. Je vais aller leur dire, moi, à tes chers copains, quel genre d'assassin et de faux cul tu es !"

« Comme je vous ai dit, mon oncle a toujours détesté les surprises. Je suis retourné dans le bar et il a couru sur mes talons, en criant : "Arrête ! Fais pas ça !" Si j'avais eu l'esprit un peu plus clair, je me serais souvenu de ce qui était arrivé à Gus. Mais j'étais complètement dans le potage, et – enfin bref, la dernière chose dont je me souvienne, c'est d'avoir franchi la porte. Après, rideau ! Je ne me rappelle même plus avoir entendu la détonation. Il y a simplement eu cette lumière, et cette nuit-là, j'ai vu le visage de Jésus. Comme je vous vois. J'ai entendu sa voix. J'étais allongé là, par terre, à moitié mort, pissant le sang – mais je savais qu'il pouvait m'arriver n'importe quoi. Je serais sauvé.

« Et c'est bien ce qui s'est passé. Dès ma sortie de l'hôpital, je suis parti pour Atlanta. Et depuis, j'y suis resté. J'ai fait ma vie, et j'ai fini par m'en sortir.

« Mais évidemment, on avait échangé nos rôles, mon oncle et moi. Lui, il s'est retrouvé derrière les barreaux, et moi j'étais libre. À présent, c'est moi qui allais lui rendre visite. Je lui parlais de Jésus, lui expliquant que lui aussi, il pouvait être sauvé. Il m'a peut-être écouté – ça, j'en aurai jamais le cœur net. Mais il a dû se passer quelque chose dans sa tête, le jour où il a appris qu'il était malade. Il ne pouvait pas mourir avec tous ces péchés sur la conscience. Je suis allé le voir, un peu après le jour de l'an, lorsque ses médecins lui ont dit qu'il n'y avait plus grand espoir, pour son cancer. J'ai essayé de lui remonter le moral et au beau milieu d'une phrase, il m'a lancé un regard et m'a dit : "Ils vont l'exécuter dans quelques mois, l'autre crétin." Je savais de qui il parlait. Ça n'était pas la première fois que nous en discutions. "On ne peut pas les laisser faire ça", m'a dit mon oncle. Je lui ai répondu : "Fais ce que tu estimes devoir faire."

« Il m'a rétorqué : "Je ne t'ai pas tiré une balle dans le dos, je ne t'ai pas sorti dix fois de taule, et tout le tintouin, pour te remettre dans le pétrin maintenant. D'ailleurs, les choses en sont toujours au même point : les flics n'accepteront jamais de croire que tu n'avais rien à voir avec les meurtres. Laisse-moi faire. Je vais leur dire ce qu'ils ont besoin de savoir, pas un mot de plus. Évidemment, rien ne nous garantit que je trouverai quelqu'un pour m'écouter, mais j'aurai au moins essayé. Toi, tu la boucles. Tu appelles ton avocat, et vous demandez l'application du cinquième amendement. Cinquième amendement, et basta !" »

Collins, qui avait jusque-là parlé en fixant ses genoux, leva les yeux, pour regarder Muriel bien en face.

« Voilà ce qui s'est passé », déclara-t-il.

C'était l'une de ces journées où le mercure ne cesse de grimper, jusqu'au coucher du soleil. Il avait beau être cinq heures de l'après-midi, Muriel sentait l'asphalte mollir sous ses semelles, tandis qu'elle prenait congé de Molto et de Larry, dans le parking du cabinet d'Aires. Il suffit d'être directement confronté à la tyrannie du soleil, pour comprendre que tant de peuples en aient fait un véritable dieu.

« Alors ? » demanda-t-elle. Ils étaient tous trois lessivés.

« J'ai besoin d'y réfléchir, fit Molto. Je veux me replonger un peu dans le dossier. Donnez-moi vingt-quatre heures et retrouvons-nous vendredi pour en discuter. »

Larry et Molto filèrent aussitôt vers leur voiture pour échapper à la canicule. Muriel rejoignit la Concord de Larry avant qu'il n'ait démarré. Une bouffée de fraîcheur lui arriva en plein visage lorsqu'il abaissa sa vitre.

« On n'a pas beaucoup eu l'occasion de se parler, lui dit-elle.

— Non », répondit-il. Il avait mis ses Oakley et son regard lui demeurait invisible – ce qui était probablement aussi bien.

« J'aurais une chose ou deux à te dire. »

Il eut un haussement d'épaules fataliste. « Je suis sur mon chantier, demain soir. Je dois faire la liste du matériel pour la suite des travaux. Viens boire une bière avec moi, si ça te dit, lui proposa-t-il.

— Entendu. On se verra là-bas. »

Il démarra sans un regard en arrière.

Elle ouvrit sa portière et patienta quelques instants, le temps de laisser s'échapper l'air brûlant, lorsqu'elle vit Jackson qui franchissait les portes vitrées de son cabinet et filait en direction de sa Cadillac, l'attaché-case sous le bras. Il semblait avoir le feu quelque part.

« Vous avez un rendez-vous galant ? » lui lança Muriel.

L'œil de Jackson, qui brillait toujours d'une lueur espiègle, eut cependant une étincelle supplémentaire, lorsqu'il lui rétorqua : « On ne peut rien vous cacher ! J'ai promis d'emmener une charmante dame à un concert promenade dans le parc. » Jackson était veuf depuis deux ou trois ans, à présent.

Muriel lui demanda comment allait Collins. En partant, elle l'avait laissé effondré dans les bras de sa femme.

« Il est dans mon bureau. Il prie. Il va lui falloir un bon moment, mais il s'en remettra. Ce que vous venez d'entendre, c'était la pure vérité divine, Muriel. J'espère que vous avez l'ouïe assez fine pour l'avoir reconnue d'oreille.

— Si Dieu veut prendre mon job, je le lui laisse volontiers, mais dans le cas contraire, je crains que ce ne soit à moi de me faire ma propre opinion.

— Ne jouons pas au plus fin, Muriel. Dans tout ce que vous a dit ce jeune homme, il n'y avait pas un seul mot qui n'ait pas sonné juste et je n'imagine pas une seconde que vous puissiez mettre sa parole en doute ! » Jackson avait ouvert sa portière. Lorsqu'il posa la main sur son volant, il poussa un juron et se suça le pouce en pestant, mais cela ne l'empêcha pas d'agiter l'index en direction de Muriel, lorsqu'il pivota à nouveau dans sa direction.

« Il y a quand même une chose que vous devriez savoir, Muriel – c'est que j'ai été l'avocat de Collins depuis ses premières arrestations, quand ce n'était qu'un délinquant juvénile. C'était un vrai petit salopard, aussi méchant que tous les autres, mais son oncle Erno, qu'il repose en paix, ne cessait de répéter : "C'est un bon petit. C'est un bon petit. Tout ça va s'arranger !" Personne ne peut dire d'avance lequel sera capable de s'en sortir. Mais vous autres, par les temps qui courent, vous ne prenez même pas la peine d'essayer. Vous vous contentez de les entasser derrière des barreaux aussi longtemps que possible, et pour peu que vous en ayez l'occasion, vous les supprimez définitivement.

— Est-ce bien dans votre bouche que je viens d'entendre le mot "salopard", Jackson ?

— Salopard ou pas, personne n'a le droit de désespérer d'un être humain, répondit-il. Vous savez pourquoi ? Parce que sinon, tout ça ne rime à rien. Pourquoi nous agiter à tenter de faire justice, si c'est pour finalement renoncer à sauver les gens ? »

Si Aires était devenu procureur la semaine suivante, il aurait condamné la moitié de ses propres clients, d'une façon aussi expéditive que s'il avait écrasé des mouches, mais toute thèse lui semblait bonne à défendre, pour peu qu'elle lui donnât l'occasion de croiser le fer avec un procureur.

« Passez une bonne soirée, Jackson !

— Mais c'est bien mon intention ! » gloussa-t-il. Il se posa avec raideur sur le cuir rouge du siège conducteur, et, laissant ses pieds sur l'asphalte, s'aida des deux mains pour ramener ses jambes sous le volant. Son dos semblait lui faire un mal de chien, mais malgré ses défaillances physiques, Jackson ne s'estimait pas trop vieux pour tomber amoureux – pas plus que quiconque. Il fit ronfler son moteur avec l'enthousiasme d'un jeune premier. Maintenant que Larry n'était plus là, elle sentit les regrets revenir en force. Quelques jours plus tôt, elle s'était trouvée à deux doigts de tout laisser tomber, pour suivre la pente de son cœur. La bizarre ironie des derniers développements de cette affaire la transperça soudain de part en part : les vain-

queurs allaient tout rafler. Non contents de sauver la
mise à leurs clients, Jackson et Arthur allaient avoir
l'amour en prime – et elle, rien.

« Vous connaissez la dernière, pour cette affaire ?
demanda-t-elle à Jackson, comme il se préparait à passer une vitesse.

— Non, mais je sens que vous allez me l'apprendre...

— Arthur Raven et Gillian Sullivan – pour la première fois réunis, dans un grand duo d'amour.

— Non ! s'esclaffa Jackson avec le même petit
gloussement suraigu. Depuis quand ? »

Muriel haussa les épaules.

« Alors ça, c'est la meilleure ! s'émerveilla Jackson.
Raven et le Juge Junkie !

— Le juge quoi ?

— Oh, ce n'est qu'un petit surnom affectueux que
je lui donnais à part moi, dans le temps. Gillian, le Juge
Junkie. J'ai eu plusieurs clients qui lui ont vendu de la
came dans la rue, du temps où elle exerçait encore.

— Du crack ?

— De l'héroïne – enfin, d'après eux.

— Vous en êtes sûr ?

— C'était la fine fleur de la racaille, évidemment,
mais ils étaient tout de même une bonne bande, s'ac-
cordant à raconter la même histoire. Ils se feraient sans
doute un plaisir de venir vous la répéter aujourd'hui, si
vous aviez besoin de leur témoignage. Parce que ça
avait tendance à les mettre hors d'eux, quand ils
devaient comparaître devant elle. Et là-dessus, Muriel,
vous pouvez me croire – même le dernier des salopards

sait faire la différence entre ce qui est équitable et ce qui ne l'est pas. »

Sur le moment, elle n'aurait su dire ce qui l'emportait en elle, de l'amusement ou de la surprise. Elle éclata de rire, en contemplant le tableau.

« Une junkie... murmura-t-elle.

— Oui, mais ça remonte déjà à une dizaine d'années. À présent, comme vous voyez, elle a complètement remonté la pente – et elle a même l'amour, en prime ! » Jackson passa sa première, avec un sourire radieux. « Qu'est-ce que je vous disais ? fanfaronna-t-il.

— Quoi donc ?

— Jamais il ne faut désespérer d'un être humain ! »

39.

Avant tout

Le 23 août 2001

Avant tout, ils firent l'amour. Quand elle lui avait dit « j'ai des choses à te dire », dans le parking d'Aires, il avait compris. Elle n'avait pas passé la porte depuis trente secondes qu'ils étaient dans les bras l'un de l'autre. Il n'aurait su dire qui en avait pris l'initiative. Et de toute façon, à quoi bon résister ? Rien n'aurait pu aller ni mieux ni plus mal.

Mais ils étaient un peu revenus du choc initial et, partant, plus à leur aise. Ils allèrent donc droit au but, en ce lieu essentiel où le temps s'abolit et où le plaisir devient le seul objet de l'existence terrestre. Vers la fin, à un moment où ils changèrent de position, avec sa main en elle et ses mains à elle sur lui, chacun contrôlant les commandes de l'autre, elle ouvrit un instant les yeux et lui offrit un sourire de pure joie.

Après, ils roulèrent sur le dos, nus, sur la moquette – qui n'avait toujours pas été shampouinée – et ils gardèrent longtemps le silence.

« Wow ! finit par s'exclamer Muriel. Grand chelem. En plein dans le mille ! »

Répétant ces mots, il disparut dans la cuisine et en revint avec deux bières. À son retour, il s'assit sur une marche de l'escabeau des peintres.

« Bien, fit-il. Je vais prendre ça comme un cadeau d'adieu.

— Tu crois que c'est ce que j'étais venue te dire ?

— Pourquoi ? Je me trompe ?

— Un peu, oui.

— OK. Alors explique. »

Elle s'était assise, arc-boutée sur ses deux mains posées par terre. Il se demanda ce qu'elle avait bien pu faire de ses seins. Elle n'avait jamais eu beaucoup de poitrine, mais à présent, c'était vraiment des pois chiches sur une soucoupe. Il aurait eu mauvaise grâce à le lui reprocher, lui et sa brioche, à laquelle se heurtaient ses érections. À regarder les choses en face, la vie était cruelle.

« Larry. J'ai pas mal réfléchi à tout ça. J'aimerais que nous trouvions rapidement un terrain d'entente.

— Comme par exemple ?

— Est-ce que je suis toujours candidate au poste de procureur ?

— Tu es toujours candidate. Question suivante. »

Elle lui lança un regard. « Tu crois que les choses seraient aussi limpides, s'il s'agissait de ta vie ?

— Il s'agit de ma vie.

— Larry, comment peux-tu me faire l'amour comme tu viens de me le faire, et me haïr dix minutes après ?

— Parce que c'était la dernière fois que je te faisais l'amour comme je viens de te le faire – OK ?

— Et si tu respirais un grand coup, et que tu viennes t'asseoir près de moi, en faisant un truc débile, tel que de me prendre la main, et en me parlant comme si nous étions deux personnes qui tiennent énormément l'une à l'autre, et non comme s'il s'agissait d'un sommet israélo-palestinien ? »

La main dans la main, ça n'avait jamais été leur genre. Ils n'avaient jamais su trouver de moyen terme. C'était ou bien la fusion totale, ou bien chacun pour soi. Mais il vint s'asseoir près d'elle sur la moquette, et elle passa son bras sous le sien.

« Tu as raison, Larry. Je tiens à faire cette campagne, si j'en ai encore la possibilité – mais, vu le tour que prend cette affaire, rien ne me paraît moins sûr. Cela dit, quel que soit le cas de figure, je n'ai pas l'intention de larguer Talmadge dans les mois qui viennent – et ce, pour de bonnes raisons, et pour d'autres, moins bonnes. La vérité la plus brutale, c'est que sans lui, je n'ai pas la moindre chance de gagner. Mais je pense aussi qu'il mérite mieux, de ma part. Je vais devoir le regarder bien en face, et lui annoncer que, de mon point de vue, notre mariage n'est pas une réussite. Je n'ai encore jamais fait ce genre de chose.

— Et tu crois que ça va tout arranger ?

— Écoute, je l'ai épousé sur des bases douteuses. Et là, ce n'est pas de ses ambitions que je parle, ni des miennes. La vraie vérité, c'est que c'est justement sur ce plan que nous nous entendons le mieux, et il en sera toujours ainsi. Non. Je parle de l'image que j'ai de moi et de lui. C'est toi qui as levé le lièvre, mais c'est avec

lui que je dois en discuter, pas avec toi. Nous devons
y réfléchir sérieusement, Talmadge et moi, quelle
qu'en soit l'issue – qui, selon toute probabilité, sera la
porte pour moi. »

En fait, réalisa-t-il tout à coup, elle ne lui demandait
rien de moins que de patienter. Ce qu'elle était en train
de lui dire, là, c'est qu'ils avaient peut-être encore une
chance.

« Et moi, là-dedans, qu'est-ce que je suis censé faire ? Apprendre par cœur les paroles de *You just keep
me hanging on* ? Je viens de te dire que je ne voulais
surtout plus vivre le cul entres deux chaises.

— J'entends bien. Ce que je te propose, ce n'est pas
une passion secrète. Ça, pour nous deux, il vaudrait
mieux que ça cesse. Pour l'instant, je me contente de
te dire à quoi je pense. Je ne suis pas extralucide. Dieu
seul sait comment tout cela va tourner. Il y a dix ans,
tu avais dit que tu allais te séparer de ta femme, et à ma
connaissance, tu n'as toujours pas changé d'adresse...

— La situation est différente.

— Voilà. Tu as compris. »

Effectivement. Il voyait très bien. Il fixait la
moquette, droit devant lui, plongé dans ses pensées. Sa
bite, qui l'avait tant de fois mis dans le pétrin, s'était
recroquevillée sur elle-même comme un bébé endormi.
Mais ce n'était pas là qu'il avait mal. Il tâchait désespérément de rester en colère, parce que cette émotion-là
imposerait silence à toutes les autres. Entre-temps,
Muriel avait affermi sa prise sur son bras.

« Écoute. J'ai encore un truc à te dire. Qu'est-ce que
tu as fabriqué, dans l'affaire Gandolph ? Qu'est-ce que
tu savais au juste, et qu'est-ce que tu en as dit ? Tout

est en grande partie de ma faute. Tu m'as dit que tu n'étais pas comme moi, et je ne t'ai pas écouté. Ce n'est pas par hasard qu'on dit qu'il vaut mieux ne pas se soulager là où on mange, et ne pas baiser sur son lieu de travail. J'ai imprudemment bousculé cet interdit, parce que j'avais besoin de voir à quoi ça ressemblait, en dehors de mon couple. J'avais besoin de me rendre compte par moi-même.

— Et alors ? C'était comment ? »

Elle soutint longtemps son regard.

« Formidable », répondit-elle, et elle le regarda encore un moment avant d'ajouter : « Mais c'était surtout idiot et égoïste. Et pas très professionnel. Alors, si quelqu'un est à blâmer, dans l'histoire, c'est moi et moi seule. J'en assume la responsabilité, quelles qu'en soient les conséquences pour ma carrière. »

Et ça, il aimait le lui entendre dire. Tout comme une bonne partie de ce qu'elle venait d'admettre. Elle lui avait parlé en toute honnêteté. D'habitude, Muriel était d'une rigueur féroce, sauf avec elle-même.

« À propos de cette affaire, lança-t-elle. Tu connais la blague du jour ?

— Non, mais ça ne me ferait pas de mal de rigoler un peu. »

Elle lui rapporta ce qu'avait dit Aires de Gillian et de ses anciens travers.

« Non – c'est pas vrai !

— Aujourd'hui, j'ai essayé de creuser un peu le sujet. J'ai appelé Gloria Mingham, du service anti-drogue. Techniquement parlant, aucun de ces trucs concernant le passé de Gillian ne relève du secret de l'instruction, mais Gloria n'en parle qu'avec réticence. Elle me l'a à peine fredonné.

— Fredonné ? c'est une façon de parler ?

— Pas du tout. Elle m'a vraiment fredonné un petit air au téléphone.

— Lequel.

— La *Cucaracha.* »

Larry éclata de rire. « Parce que Gillian fumait ? Quoi, de l'herbe ?

— De l'héroïne.

— Ça, ça tombe un peu sous le sens : va donc essayer d'enfiler une aiguille dans un iceberg !

— Gloria a dit qu'il y avait des présomptions, mais rien d'assez grave pour l'épingler. Tous les témoins étaient eux-mêmes des toxicos.

— Putain, tu parles d'une bande d'hypocrites !

— Les Fédéraux ?

— Arthur.

— Je doute que Gillian l'ait mis au courant.

— Super ! Et tu crois qu'il s'agit, là encore, d'une information sensible que nous sommes tenus de lui dévoiler ?

— Ça, ça m'étonnerait ! Dans le cas présent, je pense que la cour considérera que la défense a eu tout loisir de s'enfiler le dossier ! » Elle lui décocha un sourire espiègle, et prit tout à coup un air pensif, le menton appuyé sur sa main, comme si son esprit était soudain passé à tout autre chose.

« Une nouvelle idée ? demanda-t-il.

— Possible. Quelque chose qui mérite réflexion, pour cette affaire. Je vais y songer très sérieusement.

— Mais à ton avis, où elle va, cette affaire ? Quel est ton point de vue du jour ? »

Elle marqua un temps avant de lui demander ce qu'il avait pensé de l'entrevue avec Collins.

« Mémorable performance, fit-il. Top niveau, comme celle de son oncle ! Ça doit être de famille...

— Tu crois qu'il y était vraiment, au Paradise ?

— Collins ? Je ne crois pas, j'en suis sûr.

— Vraiment ?

— Je suis allé voir les chaussures de Judson, au service des pièces à conviction. C'est bien la marque annoncée par Collins. J'ai tanné toute la journée les mecs des empreintes génétiques. Ils avaient déjà reconstitué le profil de Collins à partir du sang prélevé sur la chemise de Faro. Ils ont trouvé des tas de résidus de sueur dans les chaussures. Tu les connais, au labo, si on les laissait, ils poursuivraient leurs analyses pendant les six prochaines années, avant de pouvoir donner un avis définitif – mais en un mot comme en cent, l'ADN de la sueur ne provient pas de la même personne que le sang qui se trouve sur les semelles. Par contre, c'est bien la même empreinte génétique que celle du sang de la chemise. Ces chaussures sont bien celles de Collins, mais en 91, le labo n'aurait pas pu nous le confirmer. »

Elle prit une gorgée de bière, toujours plongée dans ses réflexions.

« Ça change quelque chose, à ton avis ?

— *Nada*. »

Parce qu'elle était déjà convaincue que Collins était présent.

« Moi, y a quand même un truc qui ne passe pas –

c'est son histoire de témoin innocent. Pourquoi accepter de traîner ces trois corps ? Ça n'est sûrement pas parce que Erno lui avait agité l'épouvantail de la police. Tu irais, toi, traîner les corps des victimes d'un meurtre auquel tu n'aurais pas participé ?

— C'est une drôle d'histoire, convint-elle. Mais dans le genre drame familial, on voit plus bizarre tous les jours ! Si Collins ne nous avait pas dit qu'il avait traîné ces corps, nous n'en aurions jamais rien su, tout comme pour les chaussures.

— Alors, toi, tu crois vraiment qu'il s'est contenté d'assister ?

— On n'a retrouvé que les empreintes d'Erno sur la détente et sur la crosse. Et elles se sont imprimées dans le sang de Luisa – c'est bien ça ?

— Du sang de son groupe, disons. Je n'ai pas soumis le problème aux généticiens, pour Luisa. Tu imagines, avec le boulot que je leur ai déjà demandé ! D'autant plus que la sérologie était pratiquement concluante. Le sang retrouvé sur la crosse est du groupe B–, et il n'y a que deux pour cent de la population qui appartienne à ce groupe. Luisa en était. Judson et Collins sont O+, comme à peu près tout le monde. » Il avait quelque temps espéré qu'Erno ait été du groupe B–, mais l'hôpital de la prison l'avait détrompé sur ce point. Selon lui, la version selon laquelle Erno aurait été le seul tueur restait cependant incomplète.

« J'en reviens toujours au même point, lui dit-il. Pour moi, il est totalement exclu que Rommy n'ait rien eu à voir dans l'affaire. Peut-être qu'Erno et Squirrel se sont attaqués ensemble à Luisa et à Collins. Mais à présent, Collins a décidé de terminer ce qu'avait entrepris son oncle. Il innocente Rommy parce qu'il leur a servi d'homme de paille jusqu'ici, à lui et à son oncle, et qu'il ne les a pas balancés.

— Tu imagines vraiment Rommy dans le rôle d'un vaillant petit résistant, refusant de balancer ses copains, Larry ? Même pour se protéger lui-même, il est incapable de résister plus d'un quart d'heure ! Et nous n'avons rien de tangible, à l'appui de ton hypothèse. »

Mais là-dessus, Larry avait sa petite idée. Il avait mobilisé une équipe de cadets pour le lendemain, et il voulait un mandat pour creuser sous l'auvent du jardin d'Erno, dans l'espoir d'y retrouver le butin prélevé sur les victimes, la nuit du meurtre. Collins leur avait dit qu'Erno avait pensé à déterrer lui-même ces objets, pour confirmer son témoignage, mais qu'il y avait renoncé parce qu'un certain nombre de ces pièces à conviction risquaient de porter les empreintes de son neveu. Larry soupçonnait qu'il y retrouverait aussi celles de Squirrel, ou son ADN.

« Tu auras ton mandat demain matin, dès dix heures, et tu peux compter sur moi pour t'appuyer. Mais si nous n'y trouvons rien qui ait rapport à Squirrel, ça ne sera qu'un argument de plus pour le camp adverse. Pour l'instant, tous les éléments médico-légaux dont nous disposons ne font que corroborer la version d'Erno et de Collins. Si le butin est là où Collins l'a annoncé, et si nous n'y trouvons que ses empreintes et celles d'Erno, nous sommes cuits. Il y aura un nouveau procès, Larry.

— Un nouveau procès ?

— On pourra toujours essayer de jouer au chat et à la souris avec Harlow pendant un an et demi, lorsque la cour d'appel nous renverra l'affaire. Mais en un mot comme en cent, si tu considères l'histoire dans son ensemble – les témoignages, les empreintes, l'ADN, les archives qui laissent penser que Squirrel était sous les verrous à la date du meurtre. » Elle marqua une pause, comme si elle-même mesurait tout à coup la portée de ce qu'elle venait de dire. « Gandolph obtiendra son *habeas* haut la main. »

Juridiquement, son diagnostic devait être juste, mais il subodora que ce qu'elle craignait par-dessus tout, c'était de voir filtrer ces mauvaises nouvelles, jour après jour, à la une des journaux, en pleine campagne électorale.

« Et ça n'est encore pas le pire, ajouta-t-elle.

— Qu'est-ce qu'il pourrait y avoir de pire ?

— Il nous sera impossible de reprendre l'instruction de cette affaire.

— À cause de Collins ?

— Collins nous a livré deux versions totalement différentes. Il a successivement incriminé puis disculpé Rommy. De son propre aveu, il s'est rendu coupable de trafic de stupéfiants et de recel, et il a trois condamnations à son palmarès. Il peut toujours jouer les pêcheurs repentis, n'importe quel jury se bouchera le nez dès qu'il apparaîtra dans le box des témoins. Non. Mon vrai problème, c'est la manière dont le camée nous est parvenu.

— Il suffira de faire comme la dernière fois, non ? Je témoignerai.

— Pas question, Larry. Dans une salle d'audience, il peut se passer des choses bizarres, et je ne prétendrai pas n'avoir jamais rigolé dans ma barbe en écoutant des témoins que j'avais moi-même cités. Mais je n'ai jamais appelé quelqu'un à la barre en sachant pertinemment qu'il s'apprêtait à commettre un faux témoignage. Ce n'est pas aujourd'hui que je vais commencer.

— Un faux témoignage ?

— Oui. Quand on raconte des salades après avoir prêté serment, Larry – ça s'appelle comme ça. » Cette fois, elle le lui avait dit bien en face. Il avait devant lui la Grande Muriel, sans peur et sans reproche.

« Tu demanderais des sanctions contre moi ? »

Son regard balaya son propre corps – elle était toujours en tenue d'Ève. « Je crois que je serais obligée de me récuser.

— Sans blague, lâcha-t-il. Tu penses vraiment que ce que j'ai fait tombe sous le coup de la loi ?

— Ce que j'en pense, c'est que tu as eu tort, Larry. Vraiment tort. Et je ne vais sûrement pas te laisser déclarer sous serment que tu as trouvé ce camée dans la poche de Squirrel, alors que je sais pertinemment que c'est faux. »

Pendant toutes ces années où il l'avait côtoyée, il n'aurait su dire jusqu'à quel point Muriel tenait à ses principes. Elle croyait sincèrement à ce qu'elle disait, mais ses intérêts personnels n'étaient jamais totalement absents de ses calculs. Si elle l'avait laissé continuer à mentir, il aurait toujours eu ce moyen de pression sur elle. Il soupesa les différentes solutions. En juin, avec l'accord d'Arthur, ils avaient rendu le camée aux filles de Luisa. Il n'était donc plus possible à présent de le faire analyser pour prouver qu'il était bien passé entre les mains de Squirrel.

— Et si je reconnaissais que j'ai menti ? demanda-t-il.

— Parjure de la part d'un officier de police dans l'exercice de ses fonctions, Larry. Tu te ferais aussitôt virer. Quant à ta retraite, tu pourrais lui dire bye-bye ! Et tu n'aurais toujours aucun moyen d'établir que le camée était bien dans la poche de Squirrel, à moins que le flic qui l'avait subtilisé ne reconnaisse les faits – ce qui me paraît hautement improbable, s'il tient lui aussi à sa pension. De toute façon, nous sommes dedans.

— Pourquoi ?

— Cela reviendrait à admettre que tu as menti pour obtenir une condamnation, non ?

— Pour mettre un meurtrier hors d'état de nuire.

— En ce cas, qui peut dire que tu ne recommenceras pas ? Tu es le seul témoin de pratiquement tout ce qui s'est passé entre Rommy et toi au poste de police, en octobre 91. Arthur sautera sur la première occasion pour dire que tu as forcé la main à son client pour obtenir sa confession. Et tout ce que nous aurons pour le contrer, c'est la parole d'un officier de police convaincu de faux témoignage.

— Nous perdons l'argument de la confession ?

— Ainsi que celui du camée. Et tu seras cuit. En mettant les choses au pire, si nous reconnaissons que tu as menti pour le camée, et si quelqu'un venait à découvrir que tu as jeté le rapport de Dickerman aux oubliettes, le service du procureur fédéral risque fort de t'accuser d'obstruction à la justice.

— Les Fédéraux ? Pourquoi ?

— Parce que nous sommes devant une cour fédérale, Larry.

— Merde. » Et pour les Fédéraux, faire des procès aux flics, c'était devenu une discipline olympique, dans la guérilla perpétuelle qui opposait les forces de l'ordre fédérales à celles de l'État.

« Nous ne pouvons prendre le risque de rouvrir ce procès, Larry. »

Les tripatouillages juridiques. Il avait toujours détesté ça. Tout comme il la détestait, elle, lorsque la Loi semblait parler par sa voix. Nouant ses bras autour de ses genoux, il lui demanda si le mieux n'était pas de négocier avec Gandolph pour commuer son exécution en une peine de prison.

« Ça serait une solution, réfléchit-elle. Mais qu'est-ce que tu me disais d'Arthur – que c'était le petit lapin blanc des piles suractivées. Or, le Vaillant Petit Arthur est persuadé de l'innocence de son client. Il y a toutes les chances pour qu'il s'accroche et qu'il exige un procès.

— Et alors ? »

Elle garda le silence. Larry, qui s'était soudain redressé, lui attrapa le bras.

« Je ne veux pas entendre parler d'un procès civil pour les années que Rommy aura passées en taule, Muriel. Ni de quoi que ce soit du genre. Je ne veux pas que ce type soit relâché dans la nature, comme si de rien n'était. Je préfère courir ma chance devant un tribunal, quitte à y laisser ma retraite, quitte à être accusé d'obstruction – n'importe quoi ! Et je ne rigole pas, Muriel. Je te dis ça entre quatre yeux. Jure-moi que je peux compter sur toi.

— Larry.

— Jure-le-moi, nom de Dieu ! Comment il s'appelait, ce mec dans la mythologie grecque, celui qui poussait son caillou jusqu'au sommet d'une colline, dont il
ne voyait jamais le bout – Sisyphe ? Y a pas écrit
"Sisyphe", là ! Sisyphe et son rocher, c'était une malé-
diction divine. Mais c'est exactement ce que tu t'ap-
prêtes à me faire, Muriel !

— J'essaie surtout de te tirer d'affaire.

— Parce que t'appelles ça comme ça, toi ? » pesta-
t-il, en attrapant ses vêtements.

Mais elle était à nouveau ailleurs. Elle cherchait
désespérément ce qu'elle pourrait faire pour le sauver.
Et il fallut quelques secondes à Larry pour comprendre
qu'elle pensait avoir trouvé.

40.

L'héroïne

Le 24 août 2001

Les réceptionnistes du cabinet O'Grady, Steinberg, Marconi & Horgan étaient habituées aux allées et venues de Gillian. Elle passa devant leur comptoir en leur faisant un petit signe de la main, et s'engagea dans l'enfilade des couloirs et des élégants vestibules qui menaient au bureau d'Arthur, recevant au passage les sourires aigres-doux de ceux qui ne la connaissaient pas – et de ceux qui ne la connaissaient que trop bien. Conformément à ses prédictions, le choix d'Arthur n'avait pas soulevé l'enthousiasme auprès de ses partenaires. Gillian s'abstenait de répondre, et gardait les yeux fixés sur le bracelet d'argent qu'elle portait à la cheville et qu'elle s'était offert le matin même. En matière d'accessoires, ses opinions avaient beaucoup varié, au fil des différentes époques de sa vie. Du temps de sa prime jeunesse, sa mère avait décrété que les bracelets aux chevilles étaient du dernier vulgaire. Gillian avait donc mis un point d'honneur à en porter pendant des lustres, avant de les abandonner du jour au

lendemain, dans les premières années de son âge
adulte. Mais en cette fin d'été, comme sa peau avait
fini par prendre une nuance dorée, la petite chaîne lui
avait semblé d'une sensualité prometteuse, sur sa cheville nue – comme l'évidence ténue d'elle n'aurait su
dire quoi – et pour des raisons qu'elle n'aurait su préci-
ser, ça lui rappelait Arthur. Elle frappa au montant de
la porte de son bureau, et passa la tête dans l'entrebâillement.

« Je t'emmène dîner ? » demanda-t-elle.

Il était à son bureau et lui tournait le dos. Son visage
restait incliné, comme s'il avait été plongé dans la lecture d'un document, mais lorsqu'il pivota vers elle, elle
vit qu'il avait pleuré. Jusqu'ici, elle avait pu constater
qu'Arthur tenait parole – il ne perdait vraiment aucune
occasion de pleurer. Elle ne s'en alarma donc pas outre
mesure, jusqu'au premier mot qu'il prononça.

« De *l'héroïne* ? » lança-t-il.

Il répéta plusieurs fois sa question, mais la voix de
Gillian semblait s'être gelée dans sa gorge.

« Ce matin, Muriel a déposé une motion d'urgence
auprès de Harlow, demandant de rouvrir l'instruction,
et de t'assigner à comparaître.

— Moi ?

— Toi. La motion précise que tu serais susceptible
de détenir des informations favorables à la défense.
C'était tellement dérisoire et bas que j'ai préféré ne pas
t'en parler. Je suis arrivé dans le prétoire en tirant sur
Muriel à boulets rouges. "Navrant. Écœurant. Ridicule.
Bêtement théâtral. Contraire à toute éthique." Tu vois
ça d'ici – des termes que je n'utilise jamais en public,
pour qualifier la conduite d'un procureur. Amener ainsi

le débat sur le terrain personnel ! Mais au bout d'un quart d'heure, lorsque j'ai eu un peu épuisé mes munitions, Muriel a demandé un instant au juge, et m'a remis six déclarations écrites sous serment, provenant toutes de personnes qui t'ont vendu de l'héroïne, ou qui t'ont vue en acheter. Évidemment, j'ai d'abord refusé de croire sur parole cette bande de tapineuses toxicomanes. Mais cet après-midi, j'ai personnellement rencontré deux d'entre elles. Elles ne sont plus héroïnomanes – l'une d'elles est même devenue conseillère en matière de toxicomanie, et toutes deux ne m'ont parlé qu'à contrecœur. Elles n'avaient rien contre toi. La première avait même comparu devant toi, il y a des années. Tu lui avais accordé une remise en liberté conditionnelle avec mise à l'épreuve, et bien sûr, les raisons de ton indulgence ne lui ont pas échappé. Tu vois, elles ne m'ont dit que la vérité. La vérité sur *toi*. Tu imagines l'état où ça m'a mis ? Je veux dire, nom de Dieu de bordel de merde – Gillian. De *l'héroïne* ! ? »

Il n'existait aucun mot pour ça. Elle parvint à s'asseoir dans un fauteuil, mais sans avoir la moindre idée de la façon dont ses jambes avaient pu la porter jusque-là. Elle se sentait comme dans un ascenseur qui se serait arrêté d'un coup, après une chute de trente étages. Laminée. Aplatie. L'espace d'une fraction de seconde, elle fut prise de l'envie de nier, ce qui eut pour unique effet de la faire désespérer davantage d'elle-même.

« Arthur, dit-elle. Ça assombrissait tellement le tableau...

— C'est le moins qu'on puisse en dire, et ça n'est qu'un début !

— Pour moi, je veux dire. Vu sous cet angle, ça paraissait tellement plus repoussant. Et j'en avais déjà encaissé plus que je ne pouvais supporter, Arthur. Ça, tu le sais. Ça, au moins, tu peux comprendre.

— Mais c'est la première question que je t'ai posée ! Je t'ai demandé si tu avais arrêté, à l'époque où tu as jugé l'affaire de Rommy.

— Arrêté de boire, as-tu dit. Et j'ai répondu à ta question. Je t'ai dit que je ne buvais plus.

— Génial ! Et l'idée ne t'a jamais effleurée, durant ces quatre derniers mois ? Putain ! Tu ne vois pas le problème que ça pose, légalement ?

— Légalement ?

— Légalement, oui. Du point de vue de Rommy. Nom de Dieu, il a été jugé par une héroïnomane !

— Il ne serait pas le premier prévenu à comparaître devant un juge récusable. L'affaire est passée en appel, Arthur. Par deux fois. Et elle a donné lieu à d'innombrables procédures. Aucune cour n'a jamais constaté le moindre vice de forme.

— Et la Constitution – qu'est-ce que tu en fais ? »

Le rapport lui échappait. « Eh bien... quoi, la Constitution ?

— Celle qui garantit à tout accusé un procès équitable ! À ton avis, c'est équitable de comparaître devant un juge qui enfreint quotidiennement les lois qu'il est censé appliquer ? Une personne dont le fonctionnement mental risque d'être altéré, qui doit aller tous les jours s'approvisionner dans la rue, auprès d'individus suspects – et qui a donc toutes les raisons de s'abstenir de tout ce qui pourrait attirer sur elle l'attention des procureurs et de la police !

— Ah. » Elle se laissa aller contre son dossier, soufflée. Celle-là, elle ne l'avait pas vue venir. Elle avait un peu réfléchi à cet aspect du problème, le jour où elle avait vu Arthur pour la première fois. Par la suite, elle en avait brièvement discuté avec Duffy, et avait considéré le sujet comme clos. La seule justice dont elle se fût préoccupée, c'était la sienne. Mais si elle avait envisagé les choses avec un minimum d'objectivité, ne fût-ce qu'un instant, elle aurait immédiatement discerné ce que ça impliquait pour Gandolph, exactement comme Arthur venait de le lui exposer. C'était inexcusable. Et sur ce point, elle ne trouvait rien à invoquer pour sa défense.

« Muriel a déjà appelé pour me demander ce que je comptais faire.

— Et ?

— Et je lui ai dit que j'avais ajouté un avenant à ma demande d'*habeas corpus*, alléguant que ton état d'intoxication constituait une violation du droit de mon client à être équitablement jugé.

— Tu comptes m'assigner à comparaître ?

— S'il le faut. »

Elle se retint de lui dire qu'il se jouait la comédie, ou qu'il se laissait aveugler par sa colère. Comment pourrait-il soumettre sa propre maîtresse à un tel interrogatoire... mais là aussi, la réponse s'imposait – elle n'avait décidément plus sa présence d'esprit de naguère, songea-t-elle, tristement. À l'évidence, il ne la considérait déjà plus comme sa maîtresse.

« Bon Dieu, Gillian ! Cette seule idée me file des

frissons. Tu allais acheter ta came aux putes des quartiers mal famés et tu revenais siéger sur ton estrade, comme si de rien n'était. Tu te permettais de juger tes semblables ? J'arrive même pas m'imaginer ça ! Et toi ? Mais qui, nom de Dieu – qui tu peux bien être ! »

Eh oui. Celle-là, elle l'attendait. Elle avait toujours su que, tôt ou tard, il finirait par se poser la question.

« Et tu espères emporter l'affaire, avec ce nouvel argument ? » Elle craignit que sa question n'ait sonné comme si elle avait imploré sa grâce – jusqu'à ce qu'elle réalise que c'était bien ce qu'elle était en train de faire.

« Est-ce que je ferais ça uniquement pour te rendre la monnaie de ta pièce, tu veux dire ? Non. Non. Pamela a lancé les recherches. Il semblerait qu'un nouveau procès nous soit acquis. Et ma position, c'est que ce nouveau procès serait nul et non avenu. Le ministère public a failli à son devoir fondamental de fournir à l'accusé un forum compétent. Muriel semble d'accord pour me suivre sur ce point. »

Elle se représenta la manière dont Muriel prenait la chose. En dépit de sa défaite, elle rirait la dernière. C'était une satisfaction rare, dans la vie d'un juriste, que de pouvoir triompher de la partie adverse en lui brisant le cœur.

« Attends une seconde. Est-ce que j'ai bien compris ? dit Gillian. Je vais lui tenir lieu de paravent. L'auteur d'un triple meurtre va être libéré parce que j'étais héroïnomane. C'est comme ça qu'elle compte présenter les choses à la presse ? »

Arthur ne prit pas la peine de nier l'évidence. Jusqu'à présent, elle n'était qu'une proscrite ordinaire, une ratée. Elle allait désormais accéder à la catégorie des monstres. Et elle comprit qu'aux yeux d'Arthur, elle l'était déjà. De l'autre côté de son bureau, le regard qu'il avait posé sur elle lui parut d'une terrifiante objectivité.

« Je ne peux m'en prendre qu'à moi-même, Gillian. Ça n'est certainement pas faute de m'avoir prévenu. Tu m'as dit ce que tu avais fait aux hommes de ta vie. Tu m'as fourni un véritable casier judiciaire amoureux. Et j'ai tout de même foncé, tête baissée. »

Du fond de son désarroi, elle discerna en elle une nouvelle source de douleur, comme si un muscle s'était détaché de l'os, quelque part du côté de son cœur. Plus rien n'était possible, entre Arthur et elle. C'était désormais une certitude. Jamais il ne lui avait parlé avec une telle cruauté.

Elle se précipita hors du bureau et, en toute hâte, rebroussa chemin à travers l'enfilade des couloirs et des vestibules, jusqu'à l'ascenseur. Une fois dans la rue, elle resta quelque temps clouée sur le trottoir. Comment – mais comment diable avait-elle pu s'infliger une chose pareille ? Face à cet urgent besoin de se souvenir, pour la première fois depuis des années, elle éprouva très distinctement la sensation de l'irrésistible fleuve d'oubli qu'elle recherchait jadis dans la drogue.

« De *l'héroïne*. » La voix d'Arthur lui résonnait obstinément aux oreilles. « De *l'héroïne*. »

41.

Terre-plein central

Le 27 août 2001

Ils marchèrent un certain temps, en quête d'un banc, sous les longs bras verts des ormes et des chênes du terre-plein central. Ils s'étaient munis chacun d'un sandwich emballé dans du papier sulfurisé et d'un grand gobelet rouge vif, avec une paille. Cette étroite bande de terrain, longue de plusieurs kilomètres, avait été aménagée en allée piétonne peu après la guerre de Sécession. À l'époque, c'était une bande de verdure au milieu d'une route sur laquelle ne résonnait que le clip-clop des attelages qui trottaient devant les chariots et les cabriolets. À présent, elle passait dans le mitan d'une artère à quatre voies – deux vers l'est et deux vers l'ouest – dont le vacarme décourageait toute tentative de tenir la moindre conversation. Ils attendirent donc de s'être trouvé un banc, deux madriers raboteux sur un socle de béton, pour se parler.

« Ici ? demanda Muriel.

— Là ou ailleurs », bougonna-t-il. La balade ne lui avait apparemment pas rendu sa bonne humeur.

« J'étais en train de réfléchir, Larry, et je me disais que tout le temps que nous avons passé ensemble, c'était pratiquement toujours dans des espaces confinés. Tu n'arrêtes pas de me parler de tes jardins, mais nous étions toujours entre quatre murs. Tu te rappelles – au tribunal, dans mon bureau, ou dans une chambre d'hôtel... »

Un gros bus passa devant eux dans un épouvantable rugissement, lâchant dans l'atmosphère un nuage toxique et nauséabond.

« Vraiment bucolique, ton coin ! ricana Larry. Dis-moi, Muriel – comment se fait-il que, pendant toute la balade, j'ai eu l'impression de marcher vers l'échafaud ? »

Elle fit un louable effort pour sourire, mais sans grand succès. Elle dut reposer son sandwich, qu'elle venait de déballer : elle avait besoin de ses deux mains pour lui dire ce qu'elle s'apprêtait à dire.

« J'ai décidé de classer le dossier contre Rommy Gandolph », déclara-t-elle. En un sens, il aurait pu s'en douter. Sa chasse au trésor sous l'auvent du jardin d'Erno avait mis au jour six nouvelles pièces à conviction, qui portaient toutes les empreintes de Collins et de son oncle – et toujours pas la moindre trace de celles de Squirrel. La conclusion s'imposait d'elle-même, mais les mots avaient eu du mal à franchir ses lèvres.

Larry avait déjà bien entamé son sandwich. Il continua à mastiquer, mais tout le reste de son corps s'était pétrifié. Sa cravate, dont le nœud desserré pendait à vingt centimètres de son col, se souleva, portée par la brise et se maintint quelques secondes à l'horizontale.

« Tu es la première personne à qui j'en parle – après Ned, bien sûr. »

Il déglutit laborieusement et dit : « Ce qui explique que tu m'aies emmené ici, pour que personne n'entende mes cris... »

Elle n'y avait pas songé, mais comme toujours, si son instinct lui avait soufflé de venir par ici, ce n'était sans doute pas un pur hasard.

« Tu plaisantes ou quoi, Muriel ? Tu as tous les atouts en main. Tu dis qu'Arthur refusera de négocier, mais là, je ne vois pas ce qu'il pourrait faire d'autre, s'il ne veut pas étriper sa petite amie dans le box des témoins. »

Après toutes ces années, elle n'avait toujours pas parfaitement intégré ce qui opposait le monde de Larry au sien. Il avait beau être l'une des personnes les plus intelligentes qu'il lui eût été donné de rencontrer, il avait beau lire des livres, et être capable d'abstraction, pour lui, la loi se réduisait à un ensemble de stratégies. Il n'y voyait qu'un vaste champ de bataille où les différents protagonistes se renvoyaient des raisons logiques pour faire ce qui servait leurs propres intérêts.

« Je doute qu'il accepte de négocier, expliqua Muriel. Ça reviendrait à trahir son client pour sauver Gillian.

— Qu'est-ce que ça coûte d'essayer ?

— Ce serait totalement contraire à l'éthique, Larry. Pour moi de le lui proposer, et pour lui, s'il acceptait.

— À qui tu parles, là, Muriel ?

— Je ne suis pas meilleure qu'une autre. Je peux parfois me laisser emporter, mais je persiste à essayer. Je crois sincèrement qu'on ne peut prétendre appliquer à autrui des règles qu'on ne commence pas par s'appliquer à soi-même. » Comme elle prononçait ces mots, une main glacée lui étreignit le cœur. « D'ailleurs, je ne crois plus à la culpabilité de Squirrel. »

Elle savait depuis un certain temps déjà qu'elle le lui dirait, mais l'effet qu'eut cette petite phrase sur lui acheva de lui broyer le cœur. L'échine de Larry s'était raidie, tandis que ses traits prenaient la dureté du béton. C'était peut-être le seul homme sur terre qui fût capable de l'aimer comme elle le désirait, et il allait devenir son ennemi.

« Il a avoué », grogna-t-il. Pour lui, c'était l'alpha et l'oméga. En dernière analyse, elle pourrait dire que c'était Larry qui l'avait induite en erreur, mais du haut de ses vingt ans d'expérience, il devrait, lui aussi, reconnaître sa bourde. Et admettre soit une faille dans ses compétences, soit un certain manque d'intégrité – voire un peu des deux. Mais au point où ils en étaient, le pire aurait été d'excuser l'erreur de Larry en la justifiant par la passion qu'elle lui avait inspirée, et le désir qui l'avait poussé à tout faire pour lui être agréable.

L'autre jour, lorsqu'il lui avait dit qu'elle ne pouvait pas lui faire une chose pareille, elle avait pensé qu'il s'était quelque peu laissé emporter par ses émotions. Mais à présent, pour accepter la décision de Muriel, il aurait dû se résoudre à se déconsidérer à ses propres yeux. Personne ne poussait aussi loin la dévotion.

« Larry, vu le tour que prennent les choses, tout va se jouer sur Gillian. Pas sur le témoignage de Dickerman, ni sur celui de Collins. L'enquête ne sera absolument pas remise en cause. Notre version, officieusement, sera que nous refusons de prendre le risque de demander un second procès, qui risquerait d'entraîner la remise en liberté de tous les détenus qui ont été condamnés par Gillian en près d'une décennie d'exercice. Et si nous sommes tout de même acculés à livrer ce genre de bataille, il vaudra mieux ne pas le faire dans le cadre d'une affaire passible de la peine capitale, où les règles procédurales sont bien plus strictes. »

Les yeux bleus de Larry ne l'avaient pas lâchée une seconde. Finalement, il se leva et parcourut les quelques mètres qui le séparaient d'une poubelle en grillage où il balança l'emballage de son sandwich. Puis il retraversa l'allée, envahie de touffes d'herbe couchées et de pissenlits.

« Tu essaies de me mener en bateau, là, hein ? fit-il. Tout mettre sur le dos de Gillian, c'est surtout toi que ça protège.

— Disons que ça nous protège tous les deux.

— Dès que Rommy sera sorti de taule, la première chose que fera Arthur, c'est d'engager un énorme procès civil – et tous les trucs avec Dickerman et Collins vont refaire surface à l'instruction plus vite que de le dire.

— Il n'y aura pas d'instruction, Larry. Jamais ils ne prendront le risque de faire comparaître Squirrel. Il serait capable de raconter à peu près n'importe quoi. L'affaire se négociera le plus vite et le plus discrètement possible.

— C'est ça, oui. Juste après les primaires. »

Pour lui, elle n'avait plus aucune épaisseur. Toute à ses calculs, elle était désormais, à ses yeux, incapable du moindre sentiment. Mais elle acquiesça d'un signe de tête. Elle était ce qu'elle était, même si ça n'était pas toujours très joli. Elle hésita un instant à lui dire à quel point elle allait souffrir de le perdre. Elle se prépara mentalement à affronter quelques nuits affreuses. Mais elle se tiendrait occupée. Le pire viendrait sans doute bien plus tard, dans un certain nombre d'années.

La veille, à l'église, elle avait prié avec une ferveur redoublée. Elle avait remercié Dieu. Une vie pleine à ras bord. Le petit-fils de Talmadge. Personne ne pouvait tout avoir. Elle n'aurait pas l'amour, mais sans doute ne l'avait-elle pas voulu assez fort. En se hissant sur ses pieds, elle fut prise d'un léger vertige. Elle se serait damnée pour pouvoir le serrer une dernière fois dans ses bras. Mais elle avait choisi la solitude. Il restait immobile, affaissé sur lui-même, le menton dans la paume de sa main, en proie à un accès de rage froide. Désormais, quand il penserait à elle, ce serait comme à la femme qui lui avait gâché la vie.

« Je vais passer voir John Leonidis, dit-elle. Je lui ai donné rendez-vous au Paradise.

— Retour sur les lieux du crime.

— Oui.

— Ne compte surtout pas sur moi pour te couvrir, là-dessus, Muriel. Ni auprès de lui, ni auprès de la police. Je dirai la vérité sur toi à quiconque voudra l'entendre. »

Sa vérité. Celle de son ennemi. Elle le regarda une dernière fois, et se retourna pour héler un taxi.

Elle pleura en silence pendant la moitié du trajet puis, sur les derniers kilomètres, elle se mit à penser à la façon dont elle allait présenter les choses à John. Elle lui dirait tout, en détail. Il n'était pas du genre à bavarder à tort et à travers. Il garderait ça pour lui et sinon, eh bien tant pis. Elle se mit avant tout en quête de quelques paroles de consolation. Depuis dix ans, John Leonidis attendait cette exécution qui devait réparer la mort de son père. Mais même si elle parvenait à le convaincre qu'Erdai était bien l'unique meurtrier, ce qui pour elle était à présent une certitude, même en ce cas, John se sentirait floué à l'idée qu'Erdai ait pu mourir de sa belle mort. Après dix ans d'expérience dans des affaires criminelles, Muriel était persuadée que dans une zone éloignée de leur conscience, la partie la plus primale, celle qui craignait le noir et les bruits violents, la plupart des survivants supposaient qu'il suffisait de supprimer l'individu adéquat, celui qui méritait d'être balayé de la surface du globe, pour rendre vie à leurs chers disparus. C'était la logique de la vengeance, celle que nous apprenons dès le jardin d'enfants, celle des sacrifices rituels, où l'on tente de troquer une vie contre une autre.

Jusqu'à présent, elle avait assisté à trois exécutions. Lors de la première, le père de la victime (une mère de famille qui avait été assassinée dans une station-service) était reparti encore plus amer, furieux de constater que ce qui lui avait été présenté comme un remède à sa souffrance n'avait fait qu'envenimer les choses. Mais les deux autres familles avaient confessé qu'elles y avaient trouvé un certain réconfort : une finalité, le sentiment qu'une sorte d'atroce équilibre avait été rétablie – et l'absolue certitude que plus personne ne souffrirait ce qu'ils avaient souffert de la main de ce salaud. Mais sur le moment, dans le douloureux état de choc où elle se trouvait, elle avait quelque peine à comprendre comment on pouvait prétendre embellir ou améliorer d'un iota la vie de qui que ce fût, en infligeant à quelqu'un d'autre un surcroît de souffrance.

Son taxi la déposa à quelques mètres de la lourde porte vitrée du Paradise, qu'elle poussa avec le souvenir très distinct de l'instant où elle y était entrée, dix ans plus tôt, en compagnie de Larry. Elle se rappelait le courant d'air frais qui était tout à coup venu lécher ses jambes nues, encore un peu flageolantes, après l'heure mouvementée qu'elle venait de passer dans ses bras. Mais c'était de l'histoire ancienne. Larry appartenait désormais à son passé. Elle se contraignit, une fois de plus, à regarder tout ça bien en face. C'était peut-être parce qu'elle avait pensé à Larry et à son obstination à s'accrocher à cette théorie, qui n'avait à présent plus rien de plausible, mais l'image de Rommy Gandolph lui revint en un éclair. Elle le vit comme en rêve, très distinctement, dans un clair-obscur de dessin animé, au sommet d'un donjon crénelé. Son premier mouvement fut d'en rire mais en fait, cette lumière dont elle avait eu la vision, comme celle d'une lanterne éclairant un porche, n'était que le premier point d'incandescence de sa douleur, qui allait croissant. Il lui faudrait des années, et probablement tout ce qu'il lui restait à vivre pour digérer ce qu'ils avaient fait à Rommy Gandolph – ça et les raisons qui les avaient poussés à le faire.

L'accueil de John fut comme toujours chaleureux. Il la serra dans ses bras, avant de l'emmener dans ce qui avait été le bureau de son père. Au mur, la collection de photos de Gus était restée accrochée, exactement dans la même disposition.

« C'est plutôt mauvais pour nous, n'est-ce pas ? » Il avait vu les journaux. « Le Juge Junkie » – la formule d'Aires avait fait l'unanimité dans les rédactions.

« Je n'en sais rien, John. Je n'ai pas de mot pour dire ça. »

Il s'était mis à se ronger l'ongle du pouce avec une telle férocité qu'elle craignit de voir perler le sang. Elle avait peine à se retenir de lui dire d'arrêter. Pourtant, elle n'eut même pas à l'exhorter à regarder les choses en face. Il était, comme d'habitude, parfaitement honnête. Il accepta sans rechigner les conclusions qu'imposaient les empreintes digitales et génétiques et se rangea à l'avis de Muriel bien plus aisément qu'elle ne l'aurait escompté, lorsqu'elle lui annonça que Gandolph n'avait vraisemblablement joué aucun rôle dans le triple meurtre.

John, comme tant d'autres, se fiait aveuglement à ses compétences juridiques. La seule consolation qu'il attendît d'elle était bien celle qu'elle escomptait :

« Auriez-vous demandé la peine de mort pour ce type, pour cet Erdai ? Si on lui avait administré un médicament miracle, et qu'il ne soit pas mort, après avoir avoué.

— Nous aurions au moins essayé, John.

— Mais ça n'aurait pas marché ?

— Sans doute pas.

— Parce qu'il était blanc ? »

Pour autant qu'elle pût en juger, la race n'était pas le critère déterminant. Les jurés estimaient généralement la gravité du crime à la valeur qu'ils attribuaient aux vies des victimes. Dans ce genre de calcul, comme en bien d'autres circonstances, il devenait impossible de distinguer la race et le statut social. Ils auraient certainement tenu compte du fait que les trois victimes étaient des personnes consciencieuses, de bons travailleurs, des soutiens de famille. Mais réciproquement, leur perception du tueur et, en particulier, sa couleur de peau n'auraient joué qu'un rôle mineur.

« En fin de compte, les jurés ne prononcent la peine de mort que pour des individus dangereux dont ils pensent qu'il n'y a plus rien à espérer. Dans le cas d'Erno, ils auraient probablement considéré qu'il avait fait au moins quelque chose de bien – ne pas laisser un innocent mourir à sa place. Et peut-être même deux : il s'est dévoué pour son neveu. » La chair de sa chair. Le sang de son sang – ça, Muriel était bien placée pour le comprendre. C'était le genre de chose qui aurait fait une différence.

« Mais à quoi ça rime, tout ça ? demanda John. Honnêtement, vous trouvez que ça rime à quelque chose ? Ils n'en sont pas moins morts, tous les trois – mon père, Luisa et Judson. D'après ce que vous en dites, cet Erdai n'était rien de bien. Assassin. Menteur. Parjure. Voleur. Bref, un vrai fumier. Il a fait bien pire que tout ce dont on accusait Gandolph. Et lui, vous me dites qu'il aurait échappé à la peine de mort ! »

Elle n'avait rien à répondre à cela. Effectivement, on ne pouvait guère faire pire qu'Erno.

« Je vous explique simplement comment ça se passe, pour la peine capitale, John. Tout est tellement extrême – le crime, les enjeux, la réaction des gens. On en est réduit à essayer de fixer des règles, bien qu'aucune ne semble adéquate, ni même sensée. »

Elle lui avait apporté une transcription des déclarations de Collins. Il en parcourut quelques pages, et la lui rendit.

« Ce qui est fait est fait, dit-il, avec un long soupir. Voilà au moins quelque chose d'acquis : c'est fini. »

Comme il la raccompagnait à la porte, elle tint à s'excuser, une fois de plus, du rôle qu'elle-même avait joué dans cette affaire. De tout ce qui avait pu contribuer à la prolonger, et à la rendre si tortueuse, mais il ne voulut rien entendre :

« Pas une seconde ! » se récria-t-il, avec la même véhémence qu'il avait mise, un instant plus tôt, à dénoncer l'absurdité de la loi. « Qui pourrait dire que vous n'avez pas toujours fait de votre mieux ? Vous et Larry. Et Tommy. Et toute votre équipe ! »

Il la serra sur son cœur aussi vigoureusement qu'à son arrivée, et fila se chercher un pansement pour son pouce.

Sur le trottoir, elle s'arrêta un instant pour contempler ce restaurant où trois personnes avaient trouvé la mort, dix ans plus tôt. Plus jamais elle ne pourrait passer devant ce bâtiment, pourtant si ordinaire avec ses murs de brique et ses grandes vitrines, sans ressentir un peu de la terreur dans laquelle Gus, Luisa et Paul avaient trouvé la mort. Elle s'attarda encore, le temps de se représenter, une fois de plus, l'intolérable instant où chacun d'eux avait compris : pour lui, cette vie, que nous chérissons tous plus que tout au monde, allait prendre fin, sur la décision d'un autre être humain, sur lequel les forces de la raison et de l'humanité n'avaient pas prise.

Avant qu'elle ne franchisse la porte, John lui avait répété quelque chose qu'il lui avait souvent dit – qu'à ses yeux, les traînées de sang seraient toujours là, sur le lino. Pourtant, John n'avait pas fermé le Paradise. L'établissement était un véritable mausolée à la mémoire de son père. Un îlot de lumière dans la nuit noire. Un coin chaud, quand il faisait froid. Un repas copieux quand on avait faim. De la compagnie quand on se sentait seul. Une oasis de vie dans ce quartier désolé, un endroit où des êtres humains s'efforçaient de tendre à leurs semblables une main amicale.

Elle reviendrait.

42.

Libération

Le 30 août 2001

Les vêtements que Rommy portait lors de son procès et dans lesquels il était arrivé à la prison avaient été égarés depuis belle lurette. L'administration pénitentiaire ne se souciait sans doute pas de conserver les effets personnels des Jaunes. Comme ils arrivaient en vue des faubourgs de Rudyard, Arthur et Pamela s'arrêtèrent dans un supermarché, où ils lui achetèrent trois pantalons et quelques chemises. Puis ils continuèrent, tout guillerets, en direction de la prison.

En arrivant, ils trouvèrent le parking déjà envahi par une petite armada de camionnettes et de véhicules de presse. Le révérend Blythe avait convoqué les médias. À son habitude, il s'était déplacé avec toute une cohorte de fidèles. Arthur avait peine à comprendre d'où pouvaient venir tous ces gens – certains faisaient partie du personnel permanent de son église, quelques autres étaient chargés de la sécurité, mais pour le reste, c'était un véritable mystère. À sa garde rapprochée, qui comptait au bas mot une trentaine de personnes, s'était joint pour l'occasion un demi-frère de Rommy dont Arthur ignorait l'existence jusqu'à la semaine précédente, lorsque les journaux avaient commencé à évoquer la possibilité d'un procès civil, avec dommages et intérêts à la clé. La plus grande effervescence régnait dans les rangs des fidèles, qui semblaient se délecter à la fois de l'événement lui-même, et de la façon dont ils avaient réussi à imposer leur présence sur une bonne partie du terrain de la prison, grâce à leur nombre et au bataillon de journalistes qu'ils avaient attirés.

Blythe avait apporté son estrade démontable, une petite plate-forme équipée d'une tribune avec un micro, dans le coffre de l'interminable limousine dans laquelle il se déplaçait. L'imposant véhicule avait été garé à distance prudente, hors de vue des caméras. Après l'enregistrement de la dernière motion de Muriel, il avait eu la bonté d'appeler au cabinet pour féliciter Arthur mais depuis, ce dernier était sans nouvelles du révérend et de son équipe. Bien sûr, il n'avait été nullement surpris de retrouver Blythe au cœur de l'événement. Avec son crâne chauve qui brillait comme un sou neuf et son épaisse moustache blanche, le révérend avait l'air d'un brave petit tonton – jusqu'à ce qu'il prît la parole, dénonçant vertement ce système inique qui permettait à des juges héroïnomanes d'envoyer à la mort d'innocents citoyens noirs. Il n'avait peut-être pas tout à fait tort sur ce dernier point, songea Arthur, mais, vues sous cet angle, les choses prenaient une allure bizarrement distordue.

Comme un petit essaim de journalistes se ruait sur Arthur, le révérend l'invita à le rejoindre sur le podium. Il lui serra vigoureusement la main et, à grand renfort de tapes dans le dos, lui réitéra ses congratulations. C'était lui qui avait appris à Arthur, lors de leur dernière conversation, que le ministère public avait enregistré la déclaration du neveu d'Erno et que Muriel, pour couvrir ses arrières, n'avait rien trouvé de mieux que de rejeter la faute sur Gillian. Jackson Aires avait exigé le secret absolu pour la déposition de son client et, réexpédiant immédiatement Collins à Atlanta, avait refusé de confirmer ce dont Arthur le soupçonnait d'avoir fait part à Blythe, en privé. Aires s'en était tenu à un seul détail :

« Votre client n'a rien fait. Il n'était même pas sur les lieux. Quant au reste, ça n'a strictement aucune importance, pour ce qui nous intéresse. Super boulot que vous avez fait là, mon vieux ! Je n'aurais pas parié un malheureux dollar sur votre avenir en tant qu'avocat de criminelle, mais il semble que je me sois mis le doigt dans l'œil. Super boulot ! »

La vérité quant au rôle exact joué par Collins pouvait encore émerger à la faveur du procès civil, surtout si le ministère public refusait de lâcher du lest. Arthur espérait parler à Rommy d'une éventuelle demande de dommages et intérêts, sur le chemin du retour. La veille, il avait informé Ray Horgan de son intention de quitter le cabinet pour se consacrer au procès de Rommy.

Dans le pavillon des gardes, Arthur et Pamela remirent un pantalon et une chemise au lieutenant de service, qui refusa de prendre les vêtements.

« Vous arrivez un peu tard ! Les autres, là, les assistants du révérend Blythe – ils lui ont déjà offert un costard – cinq cents tickets, au bas mot ! » Le lieutenant, qui était blanc, jeta un coup d'œil méfiant tous azimuts après avoir prononcé ces paroles, comme s'il craignait d'avoir mal mesuré leur portée.

Une minute plus tard, ils virent arriver Blythe, flanqué d'un superbe Noir, éblouissant de prestance et vêtu comme un prince. Arthur eut immédiatement une impression de déjà-vu. Il avait croisé cet homme, mais sans doute pas dans la région – il s'en serait souvenu. Ce devait être une sorte de star. Un athlète, peut-être, mais dans quelle discipline... ?

Le lieutenant décrocha son téléphone et, quelques minutes plus tard, Henry Marker, le directeur de la prison, fit son entrée. Lui aussi était noir. Il réserva à Blythe un accueil particulièrement chaleureux et l'invita, lui et toute sa petite cour, à le suivre. Au-delà du premier sas de sécurité, ils prirent une direction dans laquelle Arthur et Pamela n'avaient jamais eu l'occasion de s'aventurer et pénétrèrent dans le bâtiment réservé à l'administration. L'entrée en était défendue par les mêmes grilles, gardées par les mêmes sentinelles, mais avec cette fois pour objectif d'empêcher les détenus non pas d'en sortir, mais d'y entrer.

À l'étage, Marker les pilota jusqu'à son bureau, une vaste pièce sobrement meublée. Devant le bureau du directeur, affalé dans un fauteuil et sanglé dans son costume neuf, les attendait Romeo Gandolph. Il semblait avoir peine à tenir en place et sauta sur ses pieds à leur arrivée, l'air totalement largué, comme s'il n'avait eu aucune idée de la conduite à tenir. Quelqu'un avait pris la peine de tailler et de peigner ses cheveux et, lorsqu'il lui tendit les bras pour l'accueillir, Arthur eut la joie de constater que ses poignets étaient enfin libres de leurs chaînes. Malgré lui, Arthur, qui n'avait pratiquement pas cessé de pleurer depuis une semaine, sentit à nouveau les larmes lui monter aux yeux, tandis que Pamela avait, elle aussi, le plus grand mal à retenir les siennes. Mais entre-temps, Blythe s'était précipité sur Rommy, pour le serrer sur son cœur.

Le directeur avait plusieurs documents à faire signer à Gandolph. Arthur et Pamela en parcoururent le contenu, tandis que Blythe entraînait Rommy à l'autre extrémité de la pièce. Arthur les entendit murmurer ce qu'il prit pour des prières, d'abord, puis des propos enthousiastes. Lorsque Rommy eut laborieusement signé ses papiers, Marker les raccompagna tous jusqu'à la grande porte. Le verrou électronique s'ouvrit avec le bourdonnement habituel et, comme le directeur s'effaçait pour leur tenir la porte, Blythe en profita pour doubler Arthur et Pamela, et se glisser aux côtés de Rommy, tandis qu'il faisait ses premiers pas d'homme libre dans la lumière du jour.

Autour d'eux, les flashes crépitèrent. Journalistes et photographes se livrèrent à la foire d'empoigne habituelle. Dans la mêlée générale, Blythe prit fermement Rommy par le coude, et l'entraîna en direction du parking. Une fois sur le podium, il invita Arthur et Pamela à se joindre à eux et les plaça au second rang, derrière Rommy et lui-même. Pamela avait préparé pour Rommy une brève déclaration qu'il tenait à la main, mais d'autorité, Blythe la lui enleva pour la remplacer par une autre. Rommy se mit en demeure de lire, mais il s'interrompit presque aussitôt, l'air paniqué, comme pour demander de l'aide. Le demi-frère, qui se trouvait sur sa gauche, lut quelques mots à sa place et pour la première fois, Arthur s'interrogea sur le nombre de répétitions qu'il avait dû falloir, pour enregistrer la confession filmée de Rommy, dix ans plus tôt. Il resta planté là un long moment, abasourdi devant la monstruosité de ce qui s'était abattu sur Romeo Gandolph, stupeur il est vrai nuancée de la satisfaction suprême d'avoir réussi. Ils avaient contraint la loi, Pamela et lui, à reconnaître ses torts et à les réparer, pour que justice soit faite à Rommy Gandolph. Mais même s'il devait vivre quarante ou cinquante ans de plus, et finir complètement gâteux, en cet instant, il eut l'absolue certitude qu'il se souviendrait jusqu'à son dernier souffle d'avoir réussi à faire ça.

Gandolph finit par renoncer à sa déclaration. La ruée des journalistes et des techniciens sur le gravier du parking avait soulevé un nuage de poussière. Rommy clignait désespérément les yeux.

« Tout ce que je peux dire, conclut-il en se frottant les paupières, c'est merci à tous. »

Les reporters montèrent alors à l'assaut, répétant inlassablement les mêmes questions : quelles étaient ses premières impressions d'homme libre ? Avait-il des projets ? Rommy déclara qu'il se sentait partant pour un bon steak, Blythe annonça à tous le service solennel de célébration qui se tiendrait dans son église, et la conférence prit fin.

Comme Gandolph descendait de l'estrade, Arthur joua des coudes pour le rejoindre. Au téléphone, ils étaient convenus que Rommy rentrerait avec lui, dans sa voiture. Arthur avait déjà lancé quelques sondes pour lui trouver un emploi, et il voulait discuter avec lui du procès civil. Mais Rommy ne bougea pas d'un pouce lorsque Arthur lui fit signe de les suivre vers l'autre extrémité du parking.

« Ben, en fait, j'avais promis aux autres de venir avec eux », fit-il. Et s'il s'aperçut de la vive déception qu'était pour Arthur ce changement de programme, Rommy n'en laissa rien paraître. C'était plutôt la curiosité qui se lisait sur son visage. « Eh, c'est quoi votre bagnole, à vous ? »

Réprimant un sourire, Arthur lui cita la marque et le modèle. Rommy balaya le parking du regard, mais ses yeux brillèrent en se posant sur la vaste limousine de Blythe.

« Non, je vais rentrer avec eux », lui dit-il. Son expression demeurait labile et hésitante. L'équipe de Blythe tenait un petit groupe de reporters à distance. « Je voulais vous dire merci, pour tout ce que vous avez fait. Vraiment, un grand merci. »

Il leur tendit la main et Arthur s'avisa que c'était la première fois, et sans doute la dernière, qu'ils avaient l'occasion de toucher Rommy Gandolph. Sa paume était étrangement calleuse et presque aussi étroite qu'une main d'enfant. Il se mit à tourner autour de Pamela qui se pencha vers lui pour l'embrasser.

« Je vous l'avais bien dit, que vous auriez dû vous mettre avec moi, gloussa-t-il. Maintenant, je vais me trouver une petite femme. Aussi jolie que vous, mais noire. Et je vais être riche. Je vais pouvoir m'acheter des actions ! » C'est alors qu'ils virent surgir le beau Noir qui escortait Blythe, et qui vint récupérer Rommy.

Ils regardèrent s'éloigner leur client. Rommy s'engouffra dans la limousine, sans un dernier regard pour ses avocats.

Ils roulaient en direction de l'autoroute, lorsque Pamela lui révéla le nom de ce type – Miller Douglas, un célèbre avocat de New York, spécialisé dans les affaires de dommages et intérêts, ce qui ne laissait que peu de doute sur l'identité du prochain défenseur de Rommy. Leur client allait probablement signer avec Douglas pour son procès civil dans la limousine de Blythe – si ce n'était pas déjà fait. Arthur ralentit et s'arrêta sur le bas-côté, le temps de digérer la nouvelle.

« Mais c'est écœurant ! » s'exclama-t-il. Pamela, qui était encore assez inexpérimentée pour ne pas s'émouvoir de ce genre de broutille, haussa les épaules, sans montrer le moindre signe de surprise.

« Et alors ? fit-elle. Il a fait le bon choix, vous ne trouvez pas ? Notre cabinet ne s'occupe pas d'affaires civiles. »

Arthur n'y avait pas songé, mais l'ironie de la situation le heurtait de plein fouet : Rommy était désormais libre, mais pas lui. Horgan allait bien rire, en le voyant revenir déconfit, mais l'onde de choc de l'affaire et les conséquences qu'elle aurait sur sa carrière mettraient des années à s'effacer. Magnanime, Ray l'avait tout de même exhorté à y réfléchir à deux fois : « Entre nous, Arthur, vous risquez de l'attendre longtemps, votre prochain client innocent. Comptez de dix à vingt ans, minimum ! » Arthur s'efforça de réfléchir à la façon dont il pourrait présenter les choses à Ray, mais y renonça presque aussitôt. De toute façon, le choix de Rommy ne venait qu'en seconde position, dans la liste de ses déceptions. En dépit du maelström déclenché par la libération de Gandolph, des innombrables coups de fil auxquels il avait dû répondre, de l'atmosphère de liesse générale du cabinet, où Arthur s'était découvert de nombreux supporters qu'il s'ignorait jusque-là, il lui restait un chagrin, un irréductible point noir, sur lequel il revenait inlassablement, comme à présent.

Gillian. Ma Gillian, songea-t-il, et pour la énième fois, il sentit naître en lui une envie de pleurer. Muriel avait mis un point d'honneur à la traîner dans la boue, et elle y avait plus que réussi. Deux jours après qu'elle eut lâché l'information, le *Tribune* avait déniché une photo anthropométrique prise lors de l'incarcération de Gillian, en 1993, et l'avait publiée à la une, avec un article de plusieurs feuillets sur le passé de toxicomane de Gillian, inspiré par des sources aussi diverses que les inspecteurs de la brigade des stups, des avocats, ou des drogués interrogés dans la rue. L'histoire de la « Juge Junkie » avait été abondamment reprise au niveau national et la presse à scandale en avait fait ses choux gras. Seuls quelques rares journalistes avaient eu l'honnêteté de souligner que Gillian avait tout arrêté plusieurs mois avant sa condamnation et qu'elle n'avait jamais rechuté à ce jour.

En tant que défenseur de Rommy, il aurait été délicat pour Arthur d'appeler Gillian pour la consoler. D'ailleurs, il était trop blessé pour risquer une telle tentative. Il avait beau se creuser la tête, il ne se souvenait pas d'avoir entendu un mot d'excuse, dans la bouche de Gillian. Si seulement elle avait fait l'effort d'exprimer un semblant de regret pour lui avoir menti à ce point, peut-être aurait-il trouvé un moyen de se sortir de cette incroyable jungle d'obligations contradictoires dans laquelle il se trouvait empêtré. Pendant plusieurs jours, il avait consulté son répondeur toutes les demi-heures. Le lundi, il était même revenu déjeuner chez lui pour voir son courrier. Sans doute avait-il été trop dur avec elle, en particulier lorsqu'il lui avait décoché cette dernière flèche empoisonnée, à propos de son « casier judiciaire amoureux » – il s'en était immédiatement mordu les doigts. Peut-être était-ce les impératifs de la situation juridique qui la retenaient de l'appeler. Mais non. Elle avait tout simplement baissé les bras, maintenant que toutes ses prophéties de malheur se trouvaient confirmées par les faits. Trois nuits auparavant, il s'était réveillé d'un rêve agité, terrifié à l'idée qu'elle se soit remise à boire, et il lui avait fallu une bonne minute pour se souvenir que non, l'alcool n'avait joué aucun rôle dans l'affaire. À présent, c'était des scènes cauchemardesques qu'il voyait en rêve. Il voyait Gillian rôder dans des rues sombres, avant de disparaître dans des bâtiments sinistres, où elle allait faire Dieu savait quoi.

Lorsqu'ils arrivèrent dans le centre-ville, il se gara près de l'immeuble IBM. Il hésita un peu sur le seuil, s'avisant tout à coup qu'il n'était plus l'avocat de Gandolph. Quoique déçu de s'être fait souffler ce retentissant procès civil – ainsi que la mirifique cagnotte qui l'accompagnerait et à laquelle, étant le fils de son père, il n'avait jamais vraiment cru – il eut tout à coup une sensation de pur soulagement. Il s'était chargé de cet énorme fardeau qui avait plus d'une fois menacé de l'écraser, mais il avait fini par mener à son terme cette lourde tâche et, à plus d'un titre, il avait de quoi se sentir libéré.

Devant les portes du grand immeuble, il embrassa confraternellement Pamela et la complimenta pour ses talents de juriste et la maestria dont elle avait fait preuve. Puis, tremblant d'espoir et de terreur, il partit à pied le long des quatre blocs qui le séparaient du Morton's. Gillian n'était pas à son rayon. Argentina, sa collègue, se pencha sur le comptoir de verre, et, tout en veillant à n'y laisser aucune marque de doigts, elle lui expliqua que Gillian n'était pas venue travailler de toute la semaine – ni au magasin du centre-ville, ni à celui de Nearing.

« Les journalistes lui ont vraiment empoisonné la vie ! ajouta-t-elle, à mi-voix. Je crois qu'elle a démissionné.

— Démissionné !

— C'est du moins ce qu'on m'a dit. Mais elle est partie pour de bon. Il paraît qu'elle va quitter la ville. »

En passant devant les luxueuses boutiques et les gratte-ciel de Grand Avenue, il examina les différentes options qui s'offraient lui. Il n'avait aucune expérience en matière de stratégie amoureuse et pour l'instant, il souffrait trop pour avoir la moindre certitude quant à ce qu'il voulait vraiment. Mais comment aurait-il pu être quelqu'un d'autre que lui-même – et Arthur Raven n'avait jamais brillé par son aisance, ni par sa subtilité. La seule chose qu'il savait faire, c'était foncer, droit devant lui et à vitesse constante.

Il fit au moins un heureux, en débarquant chez Duffy Muldawer. Duffy l'avait aperçu par la petite fenêtre du vestibule. Il se répandit en exclamations enthousiastes avant même d'avoir fini d'ôter la chaîne de sécurité.

« Arthur ! » s'écria le vieil homme, en lui passant le bras autour des épaules. Arthur entra dans le petit hall. Duffy ne lui avait pas lâché la main. Il aurait été manifestement ravi d'avoir de plus amples détails sur les événements de la semaine, et de célébrer avec lui ce confraternel triomphe des avocats de criminelle, qui ont si rarement l'occasion de se réjouir, mais le regard d'Arthur s'était fixé sur Gillian. Elle était apparue au bas de l'escalier menant au sous-sol. Elle avait dû entreprendre un grand ménage, à en juger par sa tenue : un vieux short bleu et un grand T-shirt dont elle avait roulé les manches. Elle avait enfilé des gants de caoutchouc et, grande première pour Arthur, n'avait pas pris la peine de se maquiller. Derrière elle, il aperçut une valise.

« C'est terminé, annonça-t-il. Il a été libéré.

— Toutes mes félicitations », répliqua-t-elle. Elle le dévisageait, dans la lumière chiche du petit escalier. Elle posa le pied sur la première marche. Entre-temps, Duffy avait eu la bonne idée de s'éclipser.

« Est-ce que je peux te prendre dans mes bras ? » demanda-t-elle.

Au bout d'une longue minute, lorsqu'ils eurent desserré leur étreinte, ils s'assirent côte à côte sur les marches. Elle n'avait toujours pas lâché sa main, et la serrait, très fort. Elle qui ne pleurait jamais, elle avait les larmes aux yeux et Arthur, à travers les siennes, retrouvait la joie profonde que c'était, que de l'avoir à nouveau près de lui. Il s'avisa soudain qu'il avait une époustouflante érection. Elle aussi avait senti le frisson du désir, mais dans ses bras, c'était une pure consolation qu'elle avait éprouvée, un sentiment assez innocent pour être qualifié de fraternel. Ni l'un ni l'autre n'aurait su dire ce qui allait leur arriver, à présent.

« Est-ce que tu vas bien ? » demanda-t-il enfin.

Elle leva les mains dans un geste perplexe. « Je n'ai pas replongé, si c'est ce que tu veux dire. Duffy ne m'a pas lâchée d'une semelle.

— Tu déménages ?

— Je n'ai pas le choix, Arthur. J'ai trouvé une place à Milwaukee, dans le cabinet de Patti Chong, une amie de la fac. Elle m'a proposé un poste d'assistante. Je me chargerai de sa documentation. Et au bout de quelques années, si tout va bien, je pourrai demander ma réinscription au barreau. Mais je vais devoir quitter cette ville. » Elle secoua la tête. « Même selon mes propres critères, la cote d'alerte a été dépassée, Arthur. Hier, j'ai demandé à Duffy de me rapporter un journal. Et quand j'ai vu cette photo ! » Elle ferma les yeux, paupières serrées, au souvenir de cette image de cauchemar. Elle avait été prise au petit matin, après une nuit d'interrogatoire durant laquelle les agents du FBI s'étaient relayés pour la cuisiner. Échevelée, l'œil vague, elle avait l'air hagard d'une vieille pocharde.

« Tu aurais pu m'appeler, fit-il. Tu imagines, si j'étais passé un jour trop tard, et que je n'aie trouvé personne ?

— Je ne pouvais pas t'appeler, Arthur. Comment aurais-je pu faire appel à ta compassion, alors que chacun des coups que j'encaissais profitait à Rommy ?

Sans compter, ajouta-t-elle, que j'étais morte de honte et de peur, en pensant à tes réactions. J'étais complètement déboussolée. Je ne peux plus vivre dans cette ville, Arthur, et je sais que toi tu ne partiras pas.

— Impossible. Ma sœur...

— Je comprends. »

Il était heureux de l'avoir dit, parce que ça n'était qu'à demi vrai. Il pouvait quitter la ville. L'équipe du foyer s'occuperait très bien de Susan, et sa mère finirait par trouver le moyen de se rendre utile. Et si tout le reste capotait, restait encore la solution de faire venir Susan. Le cabinet avait même une succursale à Milwaukee... Ça n'avait rien d'impossible. Tout restait ouvert. Même leur histoire. La part la meilleure et la plus féconde de lui-même, l'incorrigible partisan de l'espoir, avait à nouveau pris les commandes.

« Je ne sais pas pourquoi je fais ce que je fais, Arthur, lui dit-elle. Pendant des années, j'ai tenté d'y voir plus clair en moi-même, et je crois que j'ai fait des progrès sur ce plan, même s'il me reste fort à faire. Mais je suis vraiment persuadée que j'essayais simplement de me protéger. Et à raison – tout cela a été aussi sordide que je l'avais prévu. Ça, tu ne peux refuser de l'admettre.

— Ça aurait été plus facile, avec quelqu'un pour te soutenir.

— Justement. Ce quelqu'un ne pouvait pas être toi. Ça faisait partie du problème. »

Aux oreilles d'Arthur, l'argument devait sonner comme une excuse, et l'expression qui s'était peinte sur son visage le lui confirma – mais, au moins sur ce point, les choses étaient limpides.

« Je sais parfaitement ce que c'est, que de vouloir blesser quelqu'un, Arthur. Parfaitement. Et je te jure que pas une seconde, je n'ai eu l'intention de te faire du mal.

— Je te crois.

— Vraiment ?

— Tu étais bien trop occupée à t'en faire à toi-même.

— Je croirais entendre Duffy !

— Je le pense sincèrement. Tu ne cesses de t'auto-flageller. Ça saute aux yeux.

— Je t'en prie, Arthur ! J'ai développé une allergie à la psychanalyse sauvage. Ce n'est sûrement pas le genre de chose que je pourrai résoudre seule. Ces derniers jours ont été atroces. J'ai passé plus d'une nuit à serrer les poings. J'avais oublié ce que c'était, que de lutter contre l'envie de replonger dans la drogue. »

Arthur accusa le choc, avant de répondre.

« Je veux être avec toi, Gillian. Partir avec toi. Vivre avec toi. T'aimer. C'est ce que je veux. Mais tu dois reconnaître avec quelle hargne tu as travaillé à ta propre perte. Ne serait-ce que pour ne plus jamais nous faire subir ça. Si tu peux me promettre que tu comprends ça, et si tu es prête à lutter pour nous deux...

— Arthur. Je ne suis ni idiote ni aveugle. Je sais exactement dans quelle entreprise d'autodestruction je suis engagée. Je sais que je ne m'élève que pour pouvoir retomber encore plus bas. C'est sans espoir.

— Pourquoi, sans espoir ? Pas du tout. Je peux t'apporter ce dont tu as besoin.

— C'est-à-dire ? » Elle aurait voulu pouvoir lui

résister davantage, et lui opposer plus de scepticisme, mais c'était Arthur. Elle l'avait aussitôt cru.

« Moi. Je suis l'homme qu'il te faut, et je vais te dire une chose que tu n'as jamais dû entendre, jusqu'ici. » Il prit ses mains dans les siennes. « Regarde-moi et ouvre tes oreilles. »

Il vit pivoter vers lui son beau visage, tandis que son admirable regard, saisissant d'intelligence, plongeait dans le sien.

« Je te pardonne », murmura-t-il.

Elle le contempla un long moment, puis elle laissa tomber : « Tu veux bien répéter ça ?

— Je te pardonne, dit-il à nouveau, en gardant ses mains dans les siennes. Je te pardonne, je te pardonne, je te pardonne. » Et il le lui répéta, encore et encore.

Table

Scott Turow
dans Le Livre de Poche

Dommage personnel   n° 17244

Rien ne devait arrêter la fulgurante ascension de Robert Feaver, avocat florissant, roi du préjudice personnel, de la plaidoirie avec dommages et intérêts, fier de son cabinet en pleine expansion, de son existence dorée, de sa vie amoureuse. Jusqu'au jour où le procureur Sennett l'épingle pour fraude fiscale. Avec un simple marché dans les mains : aller en prison ou collaborer avec la justice. Le piège se referme sur Feaver. Désormais condamné à jouer les porte-micros pour confondre les juges corrompus auxquels il remettait des enveloppes. Pour qui joue la froide Evon Miller, ange gardien que le FBI a placé à son côté ? L'intraitable Sennett se contentera-t-il de seconds couteaux ? Et comment réagira le mystérieux et redoutable « parrain » de ce réseau véreux si la vérité vient à éclater ? Jusqu'où, surtout, Feaver trahira-t-il et se trahira-t-il ?

La Loi de nos pères   n° 17117

June est morte assassinée, au petit matin, dans un ghetto ravagé par la violence et la drogue. Mais que fait là l'ex-épouse de l'influent sénateur Loell Eddgar ? Pour Sonia Klonsky, la juge à qui échoit le dossier, l'affaire se complique lorsque l'accusé, un chef de gang surnommé Hardcore, affirme avoir agi pour le compte du fils de la victime. Et puis surtout, Sonia a bien connu les Eddgar, jadis, à l'université, en Californie. Comme elle a bien connu l'avocat noir de Hardcore. Et Seth, le journaliste vedette, son ancien amant... C'est toute l'Amérique actuelle qui est dépeinte ici, avec ses idéaux anciens – l'émancipation des mœurs, le refus du racisme et de la violence – et la dislocation sociale d'aujourd'hui.

574 - 217 - 0038

Composition réalisée par NORD COMPO

IMPRIMÉ EN ESPAGNE PAR LIBERDUPLEX
Barcelone
Dépôt légal Éditeur : 58832-06/2005
Édition 1
LIBRAIRIE GÉNÉRALE FRANÇAISE - 31, rue de Fleurus - 75278 Paris Cedex 06

ISBN : 2 - 253 - 11390 - 5